TANJA HEITMANN

Wintermond

TANJA HEITMANN

Wintermond

Roman

HEYNE <

FSC
Mix
Produktgruppe aus vorbildlich
bewirtschafteten Wäldern und
anderen kontrollierten Herkünften

Zert.-Nr. SGS-COC-1940
www.fsc.org
© 1996 Forest Stewardship Council

Verlagsgruppe Random House FSC-DEU-0100
Das für dieses Buch verwendete
FSC-zertifizierte Papier *Munken Premium Cream*
liefert Arctic Paper Mochenwangen GmbH.

Dieses Werk wurde vermittelt durch
die Literarische Agentur Thomas Schlück GmbH, Garbsen
Redaktion: Kerstin von Dobschütz
Herstellung: Helga Schörnig
Satz: Leingärtner, Nabburg
Druck und Bindung: GGP Media GmbH, Pößneck
Printed in Germany 2009

ISBN 978-3-453-26611-7

www.tanja-heitmann.de
www.heyne.de

Für Justus mit den blauen Augen

Von seinen Worten, den unscheinbar leisen
Geht eine Herrschaft aus und ein Verführen
Er macht die leere Luft beengend kreisen
Und er kann tödten, ohne zu berühren.

Hugo von Hofmannsthal

Prolog

Ende des Sommers

Bei Tag war das Viertel dieser Stadt wie ausgestorben, die Straßen lagen verlassen da. Die Metalltüren waren geschlossen, Schaufenster hinter Gittern und Rollläden verborgen, und die Leuchtreklamen sahen dunkel und unscheinbar aus. Nur der Müll, den der Reinigungsdienst nach der letzten Nacht übersehen hatte, verriet etwas über das zweite Gesicht dieser Gegend: Hastig angebrachte und sogleich wieder heruntergerissene Plakate und Flyer lagen nun, mit Schuhabdrücken verziert, im Rinnstein. Wer noch genauer hinsah, entdeckte auch andere verräterische Spuren, wie etwa den abgebrochenen Absatz eines High Heels oder zusammengeknüllte Zettel mit Telefonnummern.

Erst in der Dämmerung erstrahlte das Straßengeflecht in seinem Glanz, wie eine nachtblühende Blume. Dann wurden mit einem Mal Palmen in Kübeln neben Eingänge gekarrt; die Leuchtröhren der Reklametafeln sprangen mit einem Surren an und tauchten Schaufenster in buntes Licht. Vor einigen Bars wurden Stühle und Tische aufgestellt, um die weichende Hitze des Tages noch auszunutzen. Schmal geschnittene Bistros, die bestenfalls sechs Tische aufweisen konnten, schlossen erst zu dieser Zeit ihre Türen auf, würden sie aber bis tief in die Nacht offen stehen lassen. Musikanlagen wurden aufgedreht, und von überallher dröhnten die unterschiedlichsten Melodien und Rhythmen, die sich zu einem ganz eigenen Sound zusammenfügten: dem einer vielversprechenden Nacht.

Je weiter der Abend voranschritt, desto mehr füllten sich Straßen und Gehwege, bis kaum noch ein Durchkommen möglich war. Obwohl sich die Menschen in dieser Stadt nur äußerst ungern im Freien aufhielten, blieben sie dank der ausgelassenen Stimmung einfach draußen stehen, wenn die Lokale überfüllt waren. Vorbeifahrende Wagen kamen bestenfalls in Schrittgeschwindigkeit voran, und jeder Feierfreudige, der die Location wechseln wollte, musste sich durch eine Vielzahl von Leibern hindurchschlängeln. Einige standen in kleinen Gruppen miteinander plaudernd beisammen, andere starrten nur stumm dem Rauch ihrer Zigaretten hinterher. Sie alle verstopften die Wege, woran sich jedoch niemand zu stören schien. Vielmehr genossen die Nachtschwärmer die Muße, einander genau zu begutachten. Hier wurde ein verächtlicher Blick erteilt, dort ein einnehmendes Lächeln verschenkt. Jedem schien nur allzu bewusst, dass sich mit dieser Nacht der Sommer verabschiedete. Der Wind hatte aufgefrischt, und auch wenn er noch sanft über nackte Arme und Beine strich, so trug er bereits eine erste Ahnung von Kühle und fallendem Laub mit sich. Wie es aussah, wollte jeder noch einmal die Gelegenheit nutzen, seine braungebrannten Schultern vorzuführen, und sich dem Gefühl hingeben, das die Hitze des Tages hinterlassen hatte: eine wohlige Erschöpfung, gepaart mit diesem seltsamen Prickeln, dem Versprechen auf angenehme Möglichkeiten.

Immer mehr Menschen fanden ihren Weg in dieses Viertel, angelockt von der guten Stimmung. Ein ungewöhnlicher Zustand in einer Stadt, die oft wie ausgestorben wirkte. Selbst bis in jene abseitsliegende Seitengasse drang die ausgelassene Atmosphäre. Der Wind trug Stimmen und Musikfetzen mit sich, während der Asphalt vom Beat der Bassläufe und Drums bebte. Ein Liebespaar schreckte nicht einmal der leicht moderige Geruch ab, der sich trotz der wochenlangen Wärme zwischen den eng stehenden Häuserwänden gehalten hatte. Einander umringend, ganz und gar in ihr Spiel vertieft, hatten sie sich in die Gasse zurückgezogen, fort von neugierigen Augen.

Das Paar drängte sich in die Dunkelheit, leise lachend. Die Frau trug ein rotes Seidentuch um den Hals, ein Kontrast zu ihrer eher zurückhaltenden Erscheinung. Gerade zog ihr Liebhaber daran, bis ihr Hals freilag und er seine Lippen über ihre Haut tanzen lassen konnte. Genießerisch neigte die Frau den Kopf zur Seite und wollte schon die Augen schließen, als sie etwas bemerkte: Vollkommen lautlos löste sich aus der Dunkelheit der Schattenriss eines mächtigen Raubtieres. Das Tier duckte sich, spannte seine Muskeln zum Sprung, zum Angriff an. Doch mitten in der Bewegung verharrte es und warf den mächtigen Schädel herum, als habe es einen Ruf vernommen.

Als die Frau endlich den erlösenden Angstschrei ausstieß, jagte der Schatten bereits wie von Sinnen um die Häuserecke, als habe er ein klares Ziel vor Augen.

Kapitel 1

Lockende Schatten

Die Süße des Cocktails hatte sich auf ihre Lippen gelegt, und obwohl Meta sie unauffällig abzulecken versuchte, blieb sie hartnäckig an Ort und Stelle. Es fühlte sich glatt an, wenn Meta mit der Zungenspitze darüberfuhr. Kandiert – viel besser als jeder Nachtisch, der auf der Speisekarte des kleinen Restaurants gestanden hatte.

Meta lachte leise in sich hinein und legte im nächsten Moment schützend die Hand vor den Mund. Wenn eine ihrer Freundinnen mitbekommen sollte, dass sie beschwipst genug war, um albern zu kichern, würden sie sie kurzerhand ins nächste Taxi setzen. Aber allein nach Hause zu fahren, war so ziemlich das Letzte, was Meta sich an diesem Abend wünschte. Nein, sie wollte hierbleiben, die flirtenden Menschen beobachten und noch mehr Cocktails trinken.

Es war schon seltsam, dass dieses mondäne Vierer-Kleeblatt von Freundinnen ausgerechnet in einer Tapas-Bar gelandet war. Auf die rot getünchten Wände waren Kakteen gemalt, deren Umrisse unter der Sonnenglut flimmerten. Wer auch immer dieses Kunstwerk zustande gebracht hatte, hatte genau gewusst, was er tat. Diese Meinung behielt Meta allerdings tunlichst für sich, denn die drei anderen Frauen hatten sich erst nach mehreren Gläsern Wein mit dieser doch recht gewöhnlichen Umgebung abgefunden. Es war auch nicht besonders hilfreich gewesen, dass die anderen Gäste keine Chance ungenutzt hatten verstreichen lassen, um die edel gekleideten Freundinnen ungeniert zu mustern. Oder dass sie die Frauen amüsiert dabei beobachteten, wie sie kerzengerade auf den Holzstühlen saßen und ihr Essen weitgehend unangetastet wieder zurückgehen ließen. Nicht, dass es etwas an der Tapas-Auswahl zu mäkeln gegeben hätte – sie war nur schlicht und ergreifend tödlich für jede schlanke Linie.

Die Galerie-Eröffnung, die die vier Frauen zuvor besucht hatten, hatte sich als gnadenlos überlaufen entpuppt. Was sich kaum anhand der ausgestellten Werke erklären ließ – Pyramiden von kleinen blauen Plexiglasschachteln mit verderblichem Zeug im Inneren, das sicherlich schon bald unangenehm riechen würde. Dass die Gäste trotzdem dicht an dicht standen und sich nach einigen Gläsern Sekt nicht mehr sonderlich darum kümmerten, wenn sie die Kunstwerke umstießen, hatte sicherlich viel mit der Lage der neuen Galerie zu tun: Sie war im Herzen einer der lebendigsten Amüsiermeilen der Stadt eröffnet worden. Das Paar, das die Galerie leitete und selbst der Künstlerszene entstammte, hatte sich zu diesem Einfall gratuliert, denn in diesem Viertel mussten sie kein schlechtes Gewissen haben, wenn sie die Ausstellungsräume erst zur Dämmerstunde öffneten – vorher ließ sich hier sowieso kein Mensch blicken.

Nachdem die vier Frauen sich mit allen Gästen, die von Bedeutung waren, über die laute Musik hinweg angeschrien hatten, war beschlossen worden, sich in eins der vielen kleinen Restaurants dieser Straße zu flüchten. Dabei fühlte sich der Besuch dieser Tapas-Bar wie das Betreten von Neuland an und zeigte Meta nur, wie sehr sie und ihre Freundinnen sich in den letzten Jahren zu Snobs entwickelt hatten. Sie selbst hatte sich dabei erwischt, wie sie kritisch den Holzstuhl begutachtet hatte, bevor sie sich mit ihrem hellen Seidenkleid darauf niederließ. Die Nächte, in denen sie Bier aus Flaschen in irgendwelchen Hinterhäusern getrunken hatte, wo sich mittellose Künstler herumtrieben, waren nicht nur passé, sondern auch schon eine ganze Weile her.

Es ist wirklich mal an der Zeit für ein wenig Abwechslung, dachte Meta, während sie unauffällig Salzreste vom Glasrand leckte. Immer nur schicke Restaurants und zu Tode geplante Dinners bei Bekannten, deren Wohnungen mit jedem Jahr mehr wie Ausstellungsräume aussahen, war auf die Dauer doch nicht das Wahre.

Derartig beschwingt, ließ Meta sich dazu hinreißen, Eve, deren gelangweilter Blick sie gerade streifte, ein Lächeln zu schenken. Einen Moment funkelte so etwas wie Abneigung in Eves sorgfältig geschminkten Augen auf, dann erwiderte sie das Lächeln und rückte mit ihrem Stuhl näher. Marie und Sue, die gerade in einer mit vielen Ausrufezeichen versehenen Unterhaltung versunken waren, sahen gleichzeitig auf.

Als Eve sich über die Stuhllehne zu ihr hinüberbeugte, bereute Meta ihre Charmeoffensive sofort. Denn in einem Augenblick von Aufrichtigkeit musste sie sich eingestehen, dass sie schon ordentlich angetrunken war und sich deshalb viel lieber hätte weiterhin treiben lassen, als sich mit der scharfzüngigen Eve auseinanderzusetzen. Außerdem fühlte sie sich unwohl, wenn ihr die Frau mit ihrem aufdringlichen Parfüm zu dicht auf den Leib rückte. Als ahnte Eve etwas von dieser Abneigung, rutschte sie dichter an Metas Seite und legte ihr einen Arm um die Taille. Reine Schikane. Metas Lächeln zerfiel zu einigen kläglichen Resten, während sie das Bedürfnis unterdrückte, nach Luft zu schnappen.

Wenn Meta ganz ehrlich war – und nach vier Margaritas auf fast nüchternen Magen war sie das –, gab sie zu, dass sie Eve ebenfalls nicht ausstehen konnte. Sie misstraute dem Ehrgeiz, der die drahtige Eve wie ein Schutzpanzer umgab. Der abschätzende Blick, mit dem sie ihr Umfeld unentwegt taxierte, um alles umgehend in etikettierte Schubladen zu stecken. All das weckte in Meta den Wunsch, irgendetwas Unerwartetes zu tun, das Eves starre Weltsicht wenigstens für einige Sekunden ins Schwanken brachte. Allerdings blieb es lediglich bei der befriedigenden Vorstellung von einer Ms. Eisblock, die die Fasson verlor. Denn Meta war nicht sonderlich erfahren darin, aus der Rolle zu fallen.

»Du bist wirklich ein tapferes Mädchen, das muss ich dir einmal sagen«, zwitscherte Eve ihr ins Ohr. Als Meta sie fragend anblickte, zeigte sie ihre Zähne, die trotz des rötlichen Dämmerlichts ungewöhnlich weiß aufleuchteten. »Dass du mit Karl weiterhin befreundet sein kannst – ich finde, das zeugt von deiner reifen Persönlichkeit. Nein, eigentlich mehr von … na, du weißt schon … Großmut.«

Allein Karls Name führte nun dazu, dass Metas Magen androhte, die Cocktails wieder retourzuschicken. Obwohl sie fest damit gerechnet hatte, dass Karl auch an diesem Abend ein Thema sein würde, irritierte sie etwas an Eves Wortwahl.

Mittlerweile täuschten Marie und Sue nicht einmal mehr vor, ein Gespräch zu führen, und sahen Meta mit Kummerfalten auf der Stirn an. Wenn sie nicht ein so gut erzogenes Mädchen wäre, dann hätte Meta jetzt einfach mit den Schultern gezuckt und ihr Gesicht hinter dem Rand des Cocktailglases versteckt, um alle unfreundlichen Gedanken fortzuschieben. Doch ihre Freundinnen hatten sie längst mit ihrer Fürsorge umzingelt und warteten auf eine Antwort.

»Nun, es ist ja nicht das erste Mal, dass Karl und ich uns eine Auszeit nehmen, deshalb bin ich eigentlich auch nicht sehr unglücklich. Bislang ging es uns danach jedes Mal ein wenig besser. Ab und zu braucht es etwas Distanz, um sich neu zu entdecken.«

Diese Erklärung hatte Meta im Lauf der gemeinsamen Jahre mit Karl immer mehr verfeinert. Sie waren beide anspruchsvolle, intellektuelle Menschen, da war es nicht weiter verwunderlich, dass sie sich nicht wie ein verheiratetes Paar aus der Vorstadt aufführten. Wie viel Schlaf sie diese regelmäßigen und von vielerlei Diskussionen begleiteten Auszeiten kosteten und wie oft sie sich dabei ertappte, allein und einsam an ihrem Esstisch zu sitzen und in ein Weinglas zu starren, bedachte sie dabei lieber nicht. Vielleicht fiel es ihr auch einfach nicht mehr auf, denn der Glanz der gemeinsamen Zeit mit Karl war inzwischen verblasst.

»Du hast ja Recht, Meta«, erwiderte Marie sofort. Trotzdem presste sie ihre mit Cocktailringen geschmückte Hand gegen die Brust, als fühle sie dort einen tiefen Schmerz. »Immerhin amüsierst du dich ja auch gut, nicht wahr?«

»Amüsieren?« Meta drehte das Wort in ihrem Mund wie einen Fremdkörper. Nun, sie hatte sich nach einem anstrengenden Tag, den sie größtenteils in der Gesellschaft eines grauenhaft ordinären Geschäftsmanns und dessen Anlageberaters verbracht hatte, ordentlich einen angetrunken und wollte nun einfach nur entspannt dasitzen. Warum auch nicht? Schließlich hatten sich ihre Freundinnen seit dem Verlassen der Galerie nur noch über ihre Inneneinrichtungen und den neuesten Klatsch der Kunstszene unterhalten. Desto unvermittelter traf Meta jetzt dieser Themenwechsel. Doch für einen Absprung war es zu spät, wie die mitleidigen Blicke, die zwischen den drei Freundinnen ausgetauscht wurden, bezeugten.

»Karl amüsiert sich also gut?«, fragte Meta in unsicherem Ton. »Meinen Segen hat er.«

»Tatsächlich, ist das so?« Eve machte keinen Hehl daraus, dass sie ihr diese glattzüngige Reaktion nicht abnahm. Die Lippen verzogen sich zu einem schmalen Strich, der Klammergriff um Metas Taille wurde merklich gelockert. »Dann müssen wir uns ja keine Gedanken machen, wenn er sich mit der guten Reese Altenberg in der Horizontalen vergnügt, anstatt diese albernen Ölschinken zu bewerten, die sie von irgendeinem ihrer unzähligen Verwandten geerbt hat.«

Im letzten Augenblick schluckte Meta die ungläubige Frage, die ihr schon auf der Zunge lag, wieder hinunter. Die Gesichter ihrer Freundinnen verrieten sowieso die Antwort. Eves Mund glich nach wie vor einem Strich, was nichts anderes bedeutete, als dass Meta nur bekommen hatte, was sie verdiente. Während Sue mit dem Fingernagel die Kanten des Tisches abfuhr, schaute Marie sie unverändert mit sorgenvoller Miene an.

Wie nett, dachte Meta. Und damit kommen sie mir erst jetzt, nachdem wir den ganzen Abend miteinander verbracht haben. War es ihnen die Stunden zuvor entfallen? Oder haben sie mein Gesicht nach Spuren abgesucht, ob ich es nicht vielleicht schon wusste? Obwohl es ihrem Stolz zuwiderlief, nahm sie die frische Margarita an, die Sue fürsorglich geordert hatte, und trank sie aus. Ihr Magen zog sich kurz und schmerzhaft zusammen, aber dann war auch er zu betrunken, um sich weiter zu beschweren.

»Karl kann sich amüsieren, mit wem er will. Schließlich sind wir zurzeit kein Paar.« Herausfordernd schob Meta das Kinn vor, aber selbst in ihren Ohren klangen diese Worte nach kindischem Trotz. Schlimmer jedoch war, dass sie ihre Verletztheit nur schlecht verbergen konnte.

»Nun, das tut er ja auch ausgiebig, wie man so hört«, erklärte Eve mit einem schnippischen Ton, für den Meta ihr nur allzu gern den Cocktail über den Kopf gegossen hätte, wenn davon noch etwas im Glas gewesen wäre.

»Wir wollten nur vermeiden, dass du es hintenherum erfährst. Außerdem war es uns wichtig, herauszufinden, ob dich Karls Affäre nicht allzu sehr belastet.« Während Sue sprach, widmete sie die ganze Aufmerksamkeit ihren Fingernägeln, unter denen offensichtlich ein Splitter vom Tisch hängen geblieben war. Dabei übertönte ihre im Auktionshaus geschulte Stimme spielend leicht den Geräuschpegel des Restaurants, einer Mischung aus Salsamusik, Geschirrgeklapper und Gesprächsfetzen.

Wahrscheinlich haben euch Karls Affäre und meine Unwissenheit die Feierabende am Telefon versüßt, dachte Meta bissig. Doch im nächsten Augenblick schossen ihr Tränen in die Augen, und als Marie ihr tröstend übers Haar strich, hätte Meta sich fast gehenlassen. Wie leicht wäre es gewesen, einfach zu weinen und sich von ihren Freundinnen beschwichtigende Worte ins Ohr flüstern zu lassen, während sie ihr den Rücken tätschelten. Wie gut hätte ihr das Gefühl von Nähe und Vertrautheit getan, genau wie die Bestätigung, dass sie unter Karls Herzlosigkeit leiden durfte, ganz gleich, ob sie nun ein Paar waren oder nicht. Doch Meta kannte ihre Freundinnen zu gut und zu lange und erriet daher mühelos ihre Meinung zu diesem Thema: Ein Mann wie Karl gehörte an die lange Leine, und Meta standen überbordende Gefühle nicht gut zu Gesicht.

Als wolle sie Metas Überlegungen bestätigen, sagte Marie sanft: »Es ist ja so, wie du sagtest: Karl und du – im Augenblick seid ihr kein Paar.«

»Ja«, erwiderte Meta leise und ärgerte sich über das Zittern in ihrer Stimme. Ohne einen weiteren Kommentar abzuwarten, stand sie auf und griff nach ihrer Clutch, um ein paar Geldscheine hervorzuholen. »Nehmt es mir nicht übel, aber ich möchte jetzt gehen.«

»Warte«, sagte Marie und versuchte, eilig aufzustehen, aber ihr hautenger Rock machte ihr einen Strich durch die Rechnung. »Wir können uns doch ein Taxi teilen, so wie sonst auch immer.«

Meta war bereits auf dem Weg in Richtung Ausgang. »Lass

nur. Die Nacht ist schön, und ich will noch ein paar Schritte laufen.«

»Laufen? Das ist doch wohl nicht dein Ernst.«

Meta ignorierte das ungläubige Schnaufen ihrer Freundinnen und eilte aus der Tapas-Bar.

Die Nacht war wirklich schön. Zwischen den Straßenschluchten hatte sich die Wärme des Tages gehalten, aber zu dieser späten Stunde ging ein leichter Wind, der die vielen erhitzten Nachtschwärmer ein wenig abkühlte. Alle Gedanken beiseitedrängend, tauchte Meta in die Menge ein und ließ sich treiben. Die vielen funkelnden Lichter fesselten sie, sorgten jedoch zugleich dafür, dass ihr zusehends schwindliger wurde. Ihre Sinne überschlugen sich, und inmitten des ausgelassenen Trubels sehnte sie sich plötzlich nach Halt. Halt, den es in ihrem Leben nicht gab, obwohl sich nach außen hin alles in perfekten Bahnen bewegte. Ihre Vorzeigefamilie, ihr spannender Beruf als Galeristin, Karl, der sicherlich bald wieder an ihre Türe klopfen würde.

Bevor das Unglück der letzten Wochen auf sie einstürmen konnte, beschleunigte Meta ihren Schritt, als sie plötzlich eine Lücke im Gedränge ausmachte … als träten die Menschen, ohne es selbst zu bemerken, beiseite, um ihr einen geheimen Weg zu offenbaren. Ein Kellergang … ein dunkler Ort, der sie magisch anzog … Während Meta noch über diese märchenhafte Vorstellung staunte, fand sie sich an einer Bar wieder, mit einer halbleeren Margarita vor sich. Leicht verwirrt blickte sie sich um. Offensichtlich war sie in einem der vielen Clubs gelandet, die in den Kellerräumen dieser Straße zu finden waren. Auch hier war kaum mehr ein Fuß an den Boden zu kriegen, die zum Rhythmus wippenden Schatten standen dicht an dicht gedrängt. Zwar war der Raum – von einem gelegentlich blitzartigen Licht einmal abgesehen – in Dämmerlicht getaucht, laut und unerträglich stickig, aber genau das gefiel Meta. Ein wunderbarer Gegenentwurf zu ihrer Alltagswelt der Galerie und ihrem gestylten Apartment, in dem jeder Schritt hallte. Selbst die Farbe des Cocktails zauberte ihr ein Lächeln aufs Gesicht.

Da ihre Hände zitterten und ihr bereits ein Schwung des Getränks über die Finger gelaufen war, versuchte sie, jeden Anflug von Melancholie zu unterdrücken. »Amüsieren«, sagte sie zu sich selbst. Ein gutes Motto. Amüsieren klang so viel besser, als sich zu Hause allein die Augen auszuweinen.

Sie spürte eine Berührung am Arm und glaubte schon, dass Marie ihr vor lauter Sorge bis in den Club gefolgt war. Doch es war ein Fremder, der neben ihr an der Bar gestanden hatte und sich nun zum Gehen abwandte. Meta erhaschte nur noch einen Blick auf sein dunkles Haar und ein ebenso dunkles T-Shirt, aber eine Spur seines Geruchs blieb zurück und rief in ihr eine Flut von Impressionen wach. Frisch geschlagenes Holz und Laub, aber auch etwas Schwereres, das von einem Körper in Bewegung erzählte. Eindringlich, vielleicht sogar ein wenig zu herb, meinte ihre Nase, die von dem Duft prickelte. Meta schüttelte unbewusst den Kopf. Nein, er war perfekt. Obwohl der Geruch ihr ungewöhnlich intensiv erschien, hielt sie es keinesfalls für ein raffiniertes Aftershave mit der Note Moschus. Es roch echt, sehr echt.

Metas Mund verzog sich zu einem Lächeln, während ihr unzählige Bilder durch den Kopf wirbelten, hervorgerufen durch den Duft des fremden Mannes. Einige Vorstellungen waren derart sinnlicher Natur, dass sie sich fast verlegen umgeschaut hätte, ob nicht jemand sie beobachtete und die schmutzigen Gedanken von ihrem Gesicht ablesen konnte.

Herrgott, dachte sie. Keine Margarita mehr für die Lady, oder sie fängt noch an, sich an fremden Männern zu reiben. Doch halt: Warum eigentlich nicht? Ein bisschen Vergnügen konnte schließlich nicht schaden – sagte sie sich und schaute sich um. Der Club war inzwischen in ein gedämmtes goldenes Licht getaucht, in dem sich die umherschwirrenden Gäste als weiche Schatten abzeichneten. Außerdem fiel es Meta schwer, den Blick geradeaus gerichtet zu halten. Alles war in Bewegung, ein einziges Durcheinander, in dem vereinzelt Gesichter und glitzernder Schmuck auftauchten und sofort wieder verschwanden. Von einem leichten Schwindel gepackt, widmete Meta sich wieder ihrem Cocktail.

Doch lange hielt es sie nicht an der Bar. Der Duft dieses Mannes hatte ihre Lebensgeister geweckt, und unruhig rutschte sie auf dem Barhocker hin und her. Als sie sich schließlich einen Weg durch den überfüllten Club bahnte, stellte sie fest, dass sie das mittlerweile leere Cocktailglas immer noch in der Hand hielt. Sie versuchte, es auf einem der Stehtische abzustellen, verfehlte die Platte aber, so dass das Glas zu Boden fiel und zersprang. Eine junge Frau, die von einer Scherbe am Bein getroffen worden war, schimpfte laut. Meta nuschelte eine halbherzige Entschuldigung, dann verschwand sie zwischen den tanzenden Leibern. Sie war heilfroh über die allgegenwärtige Enge, denn sie war sich nicht sicher, ob sie sich ohne sie lange allein auf den Beinen gehalten hätte.

Sie bewegte sich zum treibenden Rhythmus der Musik, wobei sich vor ihrem geistigen Auge das Bild eines sich sanft wiegenden Algenteppichs verdichtete. Obwohl Meta arge Probleme mit ihrem Gleichgewichtssinn hatte, streckte sie ihre Arme in die Höhe und glaubte einen Augenblick lang zu sehen, wie die Sonne sich an der Wasseroberfläche brach und ein blaues Schimmern auf sie niedersank. Sie schwankte leicht nach hinten und lachte dabei. Jemand stützte sie am Ellbogen ab, und noch bevor Meta sich bedanken konnte, stieg ihr wieder dieser markante Duft in die Nase, der von dem dunklen Stoff eines T-Shirts direkt auf ihrer Augenhöhe aufstieg.

»Hallo«, sagte Meta gedehnt und schmiegte kurzerhand die

Wange an das T-Shirt, um diesem übersinnlichen Geruch noch näher zu sein. Es fühlte sich gut an, warm und verschwitzt. Und darunter schien sich ein männlicher Oberkörper zu verbergen, der es durchaus mit dem anregenden Duft aufnehmen konnte.

Meta schloss die Augen und überließ sich dem leichten Schwindel, während ein Mann in ihrer unmittelbaren Nähe verwirrt auflachte. Sie spürte noch, wie sie bei den Oberarmen gepackt wurde, dann geriet hinter ihrer Stirn alles durcheinander.

Es war ihr unmöglich, zu sagen, wie lange sie einfach so mit geschlossenen Augen dagestanden hatte. In der samtigen Dunkelheit fühlte sie sich geborgen, während sich ihre Glieder seltsam schwerelos anfühlten. Sie zwang ihre Augenlider erst wieder auf, als sie das Kratzen von Bartstoppeln auf ihrer Wange spürte. Die Musik war nicht mehr laut, sondern ein vibrierendes Pochen im Hintergrund, das ihren Körper erbeben ließ, während das Licht mit einem Mal sanft und diesig war.

Meta versuchte, sich zu konzentrieren, vor allem, weil die Umarmung, die sie eben noch auf den Füßen gehalten hatte, gelockert wurde. Nur einen Hauch von ihr entfernt streifte sich der Unbekannte das schwarze T-Shirt über den Kopf, wie sie erstaunt feststellte. Noch mehr erstaunt war sie allerdings, als der körperwarme Stoff ihren nackten Busen streifte. Benommen bemerkte sie, dass ihr Kleid um ihre Fußknöchel drapiert dalag und sie allem Anschein nach nur in Slip und T-Straps auf der Tanzfläche stand.

Vor Schreck hätte sie sich beinahe auf den Boden sinken lassen, dann wurde ihr bewusst, dass sie schon längst nicht mehr in dem überfüllten Club tanzte. Vor ihr zeichnete sich im Gegenlicht ein muskulöser Oberkörper ab, dessen Brust mit dunklen Haaren übersät war. Wow, schoss es Meta durch den Kopf. Dabei hatte sie so etwas eigentlich nie ausstehen können. Leicht wankend, streckte sie die Hand aus, um mit den Fingern durch die Brusthaare zu fahren.

Das Nächste, woran sie sich entsinnen konnte, waren kräftige Finger in ihrem Mund, an denen sie leidenschaftlich leckte. Sie schmeckten nach Margarita und etwas anderem. Aber bevor Meta hinter dieses Geheimnis kommen konnte, kitzelte sie eine Zunge unterhalb ihres Bauches. Vor Überraschung spannte sie die Bauchmuskeln an. Augenblicklich stieg Übelkeit ihre Kehle hoch, und die Ahnung von Margaritas weckte überhaupt keine aufregenden Bilder mehr.

Stöhnend richtete Meta sich auf und begriff erst in diesem Moment, dass sie auf dem Rücken lag, splitternackt, mit angewinkelten Beinen. Sie griff in das dunkle Haar des Fremden und schob seinen Kopf fort, so dass sie sich auf die Seite legen konnte. Dabei atmete sie tief ein und krallte ihre Finger in einen rot gebatikten Bettbezug, den sie noch nie in ihrem Leben gesehen hatte. Hinter ihr geriet die Matratze in Bewegung, und ein verschwitzter Körper drängte sich an ihren Rücken, streifte ihren Hintern. Sie spürte den Atem des Fremden in ihrem Nacken, den er voller Leidenschaft zu küssen begann. Dazwischen biss er immer wieder einmal leicht zu, während seine Hand über ihre Hüfte wanderte.

Trotz der Übelkeit gab Meta sich den Liebkosungen hin, bis der Arm, auf dem sie sich abstützte, nachgab und ihr unbekannter Liebhaber, der ihr Verhalten missverstand, sie kurzerhand auf den Bauch drehte. Bevor sie protestieren konnte, sank sie benommen in die Kissen.

Als sie wieder auftauchte, hatte er sie schon auf alle viere hochgezogen, und Metas Arme drohten unter seinen Stößen erneut nachzugeben. Trotzdem war der eben noch rebellierende Magen vergessen. Ihr ganzer Körper war ein einziges Glühen und Pochen, das sich nach den Erschütterungen des Fremden sehnte. Meta gab sich ihrer Lust hin und nahm ihren

Gespielen erst wieder wahr, als er auf sie niedersank. Sie spürte seinen prickelnden Bartschatten auf ihrer Schulter, auf die er seinen Kopf gebettet hatte. Sie spürte die verschwitzte Hitze seiner Haut, mit der er sie bedeckte, den tiefen Atem, als seine Brust sich vor Erschöpfung hob und senkte. Dann schlief Meta ein.

Kapitel 2

Herbsterwachen

Aus einer Musikanlage dudelte, unterlegt mit einem feinen Knacken, Gesang.

Jesus walking on the water, sweet Jesus walking in the sky.

Wer war das, die Violent Femmes?

Einen Augenblick lang geisterte der wirre Gedanke an eine Zeitreise durch Metas Kopf – war sie vielleicht wieder die Kunstgeschichtsstudentin, deren WG-Genossinnen nicht einmal am frühen Morgen vor Rockmusik zurückschreckten? Doch diese Vorstellung wurde sofort von einem dumpf pochenden Schmerz beendet, der Meta gut vertraut war. Genau wie der ausgetrocknete Mund und die Säuregrube in ihrem Bauch. Das Pochen zwischen ihren Schenkeln erinnerte sie daran, dass ihr nicht nur ein grauenhafter Kater, sondern auch die Begegnung mit ihrem unbekannten Liebhaber der letzten Nacht bevorstand. Denn dass die Nacht vorbei war, verriet das monotone Verkehrsrauschen, das mit der kühlen Luft ins Zimmer getragen wurde.

Widerwillig öffnete Meta die Augen und blinzelte ins graue Morgenlicht. Zu ihrer Erleichterung fand sie sich allein auf dem Bett wieder. Auf einer Matratze auf dem Boden, wie sie sich sogleich korrigierte. Ein schmaler Raum mit hohen, roh verputzten Wänden und altersschwachen Doppelfenstern, von denen eins einen Spalt weit geöffnet war. In einer Ecke stand neben einer Stereoanlage, aus der die anstrengende Musik erklang, ein Karton, der bis obenhin mit Kleidung vollgestopft war. In was für einer Absteige war sie bloß gelandet?

Auf dem Dielenboden entdeckte Meta zu ihrer Erleichterung einen Zipfel ihres Kleides. Als sie sich jedoch hastig aufsetzen wollte, um danach zu greifen, überkam sie schlagartig Übelkeit, und sie ließ sich langsam wieder in das Kissen zurücksinken.

Während sie mit ihrem widerspenstigen Körper um die Gewalthoheit kämpfte, wanderte ihr Blick zu einer offen stehenden Tür, aus der Wasserdampf wallte. Mit pochendem Herzen erblickte sie die seitliche Körperlinie eines Mannes. Ein nackter Oberkörper, Jeans, barfuß. Angezogen von diesem Anblick, richtete Meta sich ein wenig auf, bis sie einen Oberarm zu sehen bekam, über dessen Ellbogen eine dunkelviolette Prellung aufblitzte. Dann blickte sie in das Gesicht des Mannes, indem sie in den Spiegel schaute, vor dem er stand und sich rasierte.

Er hatte den Kopf leicht in den Nacken gelegt und schabte mit der Rasierklinge den Schaum von der Kehle weg. Eine langsame, selbstversunkene Bewegung, die Klinge von unten nach oben führend. Obwohl seine Augen auf den Spiegel gerichtet waren, schien er sich nicht zu sehen. Auch dass Meta sich im Zimmer regte, entging ihm wohl. Konzentriert spülte er die Klinge unter dem fließenden Wasser ab, bevor er sie erneut ansetzte.

Meta raffte die Decke vor der Brust zusammen und nahm den Anblick in sich auf, denn sie befürchtete, später keinen direkten Blick, von Angesicht zu Angesicht, mehr wagen zu können – nicht nach dieser Nacht. Sollte sie die Neugierde auch noch so sehr quälen.

Die Art, wie dieser halbnackte Mann sich vor dem Spiegel rasierte, irritierte sie. Sie versuchte, sich diesen Anblick als Gemälde vorzustellen. Kein Bild, für das ihre Kollegen einen

Markt gesehen hätten: zu altmodisch und auch einen Tick zu archaisch, eine Art rauer Eros. Was konnte man heutzutage mit einem so antiquierten Bild von Männlichkeit schon anfangen?, hörte sie sie philosophieren. Die Männer, mit denen sich Meta für gewöhnlich umgab, waren von einem ganz anderen Schlag: gebildet, schmal und biegsam – Männer von Welt, moderne Männer eben. Trotzdem konnte sie ihren Blick nicht von diesem seltsamen Exemplar lösen.

Der Mann hatte dunkles, etwa streichholzkurzes Haar, das vor Nässe strubbelig abstand. Beim Rasieren vernachlässigte er die Konturen seiner Koteletten, so dass sie eigentlich viel zu lang und zu breit waren. Die Gesichtszüge waren ausgesprochen scharf geschnitten, hohe Wangenknochen, schwarze gerade Brauen und eine markante Nase dominierten das Gesicht. Die Augen standen eine Spur zu dicht beisammen, und gemeinsam mit dem schwarzen Wimpernkranz strahlten sie eine Eindringlichkeit aus, der Meta sich nicht entziehen konnte. Im Gegenteil – sie waren so aufsehenerregend, dass sie ihr einen Schauer über den Rücken jagten. Die untere Augenpartie war leicht geschwollen und dunkel verfärbt, was nach der letzten Nacht jedoch kein Wunder war. Das passte auch zu dem blassgrauen Film, der die natürliche Bräune der Hautfarbe abschwächte. Doch als der Mann den Kopf zur Seite drehte, erkannte Meta, dass es keineswegs nur Augenschatten waren. Unter dem linken Auge prangte ein Bluterguss, der von einer verschorften Platzwunde gekrönt wurde. Überrascht vom Anblick dieser Verletzung ließ Meta sich zurück ins Kissen fallen.

Einen Augenblick später legte der Mann die Rasierklinge beiseite, griff sich ein Handtuch und trat ins Zimmer. Während er sich die letzten Schaumspuren aus dem Gesicht wischte, sah er Meta schweigend an. Sattgesehen?, schien er sie zu fragen. Er hatte ihren neugierigen Blick also doch bemerkt und ihr die Zeit zugestanden, ihn ausgiebig zu beobachten.

Wortlos hängte er das Handtuch über einen Holzstuhl neben der Tür, dann ging er zu dem Karton hinüber. Metas Blick hing unverwandt an ihm, aber als sie einige vernarbte Striemen auf seinem Rücken entdeckte, griff sie nach ihrem Kleid und floh ins Badezimmer.

Immer schön durchatmen, redete Meta auf sich ein, während sie sich hastig abduschte und dabei mit zittrigen Fingern ihren Körper inspizierte. Alles noch an Ort und Stelle, stellte sie erleichtert fest. Und so wird es auch bleiben. Wenigstens hatte der Adrenalinschub ihrem Kater ein Ende bereitet.

Mit den Fingerspitzen wischte sie den Wasserdunst vom Spiegel und musterte sich rasch, bevor er wieder beschlug. Ihr schmales Gesicht war bleich wie immer, nur ihre Lippen waren eine Spur geschwollen. Mit den Fingern kämmte sie durch ihr Haar, das ein Stück über das Kinn reichte, und strich es sich hinter die Ohren.

Du ziehst dir jetzt dein Kleid an, schnappst dir Handtasche und Schuhe, rufst noch einmal »Ciao« über die Schulter und suchst dir auf der Straße ein Taxi, versprach sie ihrem zerrüttet aussehenden Spiegelbild. Und danach wird diese Nacht unter dem Motto »One-Night-Stand – nicht zum Weitererzählen geeignet« abgelegt.

Als Meta durch den Türspalt linste, war von dem dunkelhaarigen Mann keine Spur zu sehen. Auf der glattgestrichenen Bettdecke lag ihre mit Kristallen besetzte Clutch, davor standen ihre T-Straps, als müsse sie nur noch in sie hineinspringen und durch die Tür am anderen Ende des Zimmers ins Freie flüchten.

Aus dem Raum neben dem Badezimmer erklang das Scheppern von Geschirr, und Meta sog Kaffeeduft ein. Bevor sie einen klaren Gedanken fassen konnte, stand sie im Türrahmen und spähte in die Küche, die einem Verschlag glich, obwohl durch eine Fensterluke Sonnenlicht einfiel. Zu ihrer

Enttäuschung hatte sich der Mann ein Hemd übergezogen. Er warf ihr einen kurzen Blick über die Schulter zu, dann holte er von einem Regal eine zweite Tasse herunter und schenkte Kaffee ein. Offensichtlich hatte er nicht damit gerechnet, dass Meta sich zu ihm in die Küche verirren würde, da er ihr doch den Fluchtweg freigehalten hatte.

»Guten Morgen«, sagte er, als er ihr die Tasse hinhielt. Er versuchte sich an einem Lächeln, das seine Augen jedoch nicht erreichte. Diese leuchteten in einem tiefen Blau, eingegrenzt von einem Band, das von seinem schattigen Farbton her an jene Linie erinnerte, die den Horizont markiert. Eine betörende Komposition.

»Der Kaffee macht ihn auf jeden Fall besser«, erwiderte Meta und wusste dann nicht weiter. Um ihre Verlegenheit zu überwinden, trank sie einen Schluck und stellte erleichtert fest, dass ihr Magen die warme Flüssigkeit gnädig aufnahm. »Ich heiße übrigens Meta.«

»David.« Eine tiefe Stimme mit einem leicht verhaltenen Ton, der vermuten ließ, dass dieser Mann lieber leise sprach.

Meta musste sich eingestehen, dass David auch frisch geduscht noch sehr anziehend roch. Während sie ihn dabei beobachtete, wie er einen Schluck Kaffee trank, durchfuhr sie plötzlich eine Erkenntnis: Dieser Mann war definitiv ein paar Jahre jünger als sie, höchstens Mitte zwanzig. Sein dunkler Typ und die ernsthafte Ausstrahlung mochten zunächst darüber hinweggetäuscht haben, aber nun im Morgenlicht blieb kein Zweifel. Ein Student, dachte Meta. Oder schlimmer: irgendein heruntergekommener Schläger, wenn man seine alten und frischen Verletzungen bedachte.

Während sie vor lauter Verlegenheit ihre Aufmerksamkeit dem Schlafzimmer zuwandte, in dem noch immer die Musik von Violent Femmes lief, blieb ihr Blick an einem Bild hängen, das unter einem der Fenster an der Wand lehnte.

Ein streng geometrisch aufgeteiltes Bild mit exakt umrissenen Flächen, die wie mit einem Chirurgenbesteck herausgeschnitten und fein säuberlich zusammengesetzt wirkten. Blasse Farben, kaum Akzente oder gar ein Lichtspiel. Meta glaubte, von einer ungewöhnlichen Perspektive aus auf den Ausschnitt eines modernen Bauwerks zu blicken. In dem Bild gab es etwas Vertrautes, und sie war kurz davor, es zu fassen zu bekommen.

»Das ist interessant – von wem ist das?«, fragte sie und wollte schon auf das Bild zugehen. Dann spürte sie, dass die Stimmung mit einem Mal von einer Anspannung in nur mühevoll verborgene Ungeduld umgeschlagen war. Augenblicklich bereute sie ihren Abstecher in die Küche.

David stellte die Tasse in die Spüle, dann rieb er sich mit der flachen Hand über den Mund und sah Meta nachdenklich an. »Es tut mir wirklich leid ...«, setzte er an. »Ich weiß, es klingt wahrscheinlich wie eine billige Ausrede, aber ich bin noch verabredet und muss jetzt wirklich langsam los. Etwas Wichtiges.«

Meta fuhr zusammen, als habe er ihr eine Unflätigkeit an den Kopf geworfen. Ihre Mundwinkel zuckten zu einem künstlichen Lächeln nach oben, aber selbst dies misslang. Mit einer fahrigen Geste stellte sie die Tasse ab und ging zu ihren Sachen.

David blieb mit verschränkten Armen im Türrahmen stehen. »Wenn ich nicht verabredet wäre, könnten wir ruhig –«

»Nein, lass gut sein«, schnitt Meta ihm das Wort ab und ging mit schnellen Schritten auf die Ausgangstür zu.

»Warum lässt du mir nicht einfach deine Telefonnummer da?«, fragte David, der nun hinter ihr herlief.

Meta warf ihm einen spöttischen Blick zu, den sie sogleich bereute. Anscheinend tat ihm der grobe Korb, den er ihr erteilt hatte, leid. Ich sollte wirklich nicht eingeschnappt reagieren, sagte sich Meta, während sie in der offenen Tür stand. Schließlich habe ich mich aufgedrängt.

»Mach's gut«, sagte sie so freundlich, wie es ihr unter diesen Umständen möglich war, und gönnte sich noch einen Blick in seine ausdrucksstarken blauen Augen. Dann zog sie die Tür hinter sich ins Schloss, bevor David noch etwas sagen konnte, und hastete die verwahrloste Treppe hinunter. Draußen wehte ihr ein kühler Wind entgegen. Der Sommer war endgültig vorbei.

Kapitel 3

Die Abrechnung

David bog um die Häuserecke und war froh, trotz der Eile nach seiner Jacke gegriffen zu haben. Irgendwann in der Nacht hatte der Wind deutlich aufgefrischt und wehte ihm jetzt so herb ins Gesicht, dass die bohrenden Kopfschmerzen vom Wodka mit einem Schlag vergessen waren.

Unwillkürlich fuhr David mit den Fingerspitzen über seine geschwollenen Lippen und war sich dabei nur allzu bewusst, wie der Stoff des Hemdes bei jeder Bewegung über seine wundgebissene Brust rieb – vor lauter Leidenschaft war sie nicht gerade sanft mit ihm umgesprungen. Wenn er nicht so betrunken gewesen wäre, hätte er sich vielleicht verblüfft zurückgezogen. Aber letzte Nacht hatte sich einfach alles richtig angefühlt, seit dem Moment, in dem sie sich gegen seine Brust geschmiegt hatte.

Bei der Erinnerung daran wurden Davids Schritte langsamer, bis er versunken stehen blieb. Er sah wieder, wie sie nackt auf seinem Bett lag, die Arme weit über den Kopf gestreckt, den Rücken durchgebogen. Ein blasser, viel zu filigraner Körper. Das Geflecht von Adern, dicht unter ihrer Haut, pulsierend. Alles an ihr hatte nur darauf gewartet, dass er sich endlich niederließ und sie berührte. Keinen einzigen Gedanken hatte er daran verschwendet, wie unwirklich es war, einer fremden Frau so nahe zu kommen, wie sehr sein Gefühl, als sei ihm jeder Zentimeter ihrer Haut vertraut, der Wirklichkeit widersprach. Er hatte nicht mal einen Anflug von Hemmung verspürt.

Als David plötzlich eine Berührung am Oberschenkel wahrnahm, machte er vor Überraschung einen Satz nach hinten. Doch im nächsten Moment fasste er sich wieder und warf dem Hund einen strafenden Blick zu, der winselnd die Ohren anlegte und verlegen dreinblickte.

»Burek, wenn du dich noch einmal so anschleichst, gibt es einen Tritt. Dasselbe gilt auch für dich, Jannik«, begrüßte David seinen Freund, der in diesem Moment vor ihm zum Stehen kam.

»Du bist verdammt spät dran«, erklärte Jannik, der seinem Hund kurz über den Kopf strich und sich dann an Davids Seite gesellte. Den Reißverschluss seiner Jacke hatte er bis zum Anschlag hochgezogen, so dass der aufgestellte Kragen sein Kinn verdeckte. Die Hände steckten in den Taschen, und den Kopf hatte er zwischen die Schultern gezogen, als wäre er kurz vorm Erfrieren. Doch das war keineswegs der Fall: Jannik hielt diese Körperhaltung für einen Ausdruck von Coolness, während sie bei David den Eindruck hervorrief, es mit einem Schuljungen zu tun zu haben.

Jannik grinste. »Außerdem riechst du immer noch nach Sex und Alkohol – eine seltene Mischung in der letzten Zeit.«

»Ich weiß.« David setzte sich in Bewegung, wobei er sich zwingen musste, nicht zu laufen. Er brauchte auf keine Uhr zu blicken, um zu wissen, dass er schon zu viel Zeit verloren hatte. In seinem Nacken hatte sich ein drohendes Kribbeln ausgebreitet, das sich rasch zu einem festen Griff verdichten konnte, wenn er nicht endlich einen Schritt schneller ging.

»Sie werden dich mit diesem heißen Ritt aufziehen.«

»Ich weiß«, erwiderte David ruppig. »Aber ich kann es nun einmal nicht ändern, okay?«

Jannik lachte verhalten, während er versuchte, mit David

Schritt zu halten. »Die letzte Nacht hat sie alle total wild gemacht, diese alten Scheißer. Ich war noch nicht mal richtig wach, da haben die sich schon die Mäuler zerfetzt. Muss ja ganz schön gebumst haben bei dir, wenn ich das richtig mitbekommen habe. Wie wäre es mit einer kleinen Berichterstattung?«

»Nun gib schon Ruhe«, blockte David ab, stimmte dann aber selbst leise ins Gelächter ein, obwohl er versuchte, es hinter dem Schild seiner Baseballkappe zu verbergen.

Jannik hingegen machte es nichts aus, der Welt sein Lächeln zu zeigen. Seine Züge schienen wie gemacht für ein gut gelauntes Strahlen. Während David darüber nachdachte, verging ihm der Frohsinn. Schließlich lebten sie beide nicht in einer Welt, in der man ungestraft über die Straßen schlenderte und über erotische Ausschweifungen plauderte. Janniks unkompliziertes Wesen mochte zwar dazu einladen, aber David kam es so vor, als spränge er vor lauter Übermut auf einer Falltür herum, die jeden Moment aufschnappen und ihn in die Tiefe stürzen lassen konnte. Als ihr Ziel sich im unablässigen Nebeneinander der Hausfassaden abzeichnete, hätte er dem immer noch unbekümmert lächelnden Jannik am liebsten den Ellbogen in die Seite gerammt.

Obwohl die Straße abseits der Hauptschlagadern der Stadt lag, fuhren auch hier unentwegt Autos entlang. Nur die Gehwege waren verwaist – ein Kennzeichen dieser Stadt, in der sich kaum jemand zu einem Spaziergang berufen fühlte. Lieber rottete man sich in den Bussen und U-Bahnen zusammen, als könnte der Herdenschutz alles Unangenehme aufwiegen. Doch in der Straße, auf die David und Jannik zuhielten, nahm auch der Straßenverkehr auf unerklärliche Weise ab. Sie lag verlassen. Trotz der unzähligen Fenster erschien der Gedanke seltsam, dass sich hinter den Scheiben tatsächlich Leben abspielte. Es war, als gäbe es nur Asphalt und Mauerwerk. Selbst der Himmel zeigte sich inzwischen in einem Grau, das an schmutzigen Putz erinnerte.

Als die beiden jungen Männer vor dem Stadtpalais hielten und verlegen von einem Bein aufs andere traten, musterte David es voller Argwohn: Die meisten Gebäude der Stadt sahen wenig einladend aus, weil der Schmutz und die Abgase sich wie eine Patina über alle Fassaden legte. Aber dieser Palazzo, der sich zu beiden Seiten an gewöhnliche Mietblöcke lehnte, wirkte wie ein Fremdkörper. Das lag zum einen an seiner optischen Erscheinung. David zog jedes Mal die Nase kraus, wenn er davorstand. Der Bauherr hatte wahrscheinlich unter einem Überschuss an Nostalgie gelitten und dem Architekten seine verschwommene Vorstellung von einem venezianischen Palais aufgezwungen. Das Ergebnis, reichlich Stuckwerk und verzierte Bogenfenster, sah in diesem Sozialbau-Viertel wie ein schlechter Witz aus. Ein sich langsam auflösender Witz, wie die bröckelige Fassade belegte. Zum anderen aber war das Gebäude von einer selbst für diese Stadt unvergleichlich düsteren Aura umgeben. Hier hinein setzte niemand freiwillig einen Fuß.

»Du bist wirklich spät dran«, sagte Jannik, und seine großen Kinderaugen blinzelten David an.

Nur mit Mühe gelang es David, eine grobe Entgegnung für sich zu behalten. Schließlich hatte Jannik Recht. Trotzdem zögerte er und rieb seine feuchten Handflächen an der Jeans trocken. »Willst du nicht drinnen auf mich warten?«, fragte er Jannik noch, während er schon die Treppen zur Eingangstür hinaufstieg. Aber Jannik winkte nur ab, setzte sich mit Burek zwischen seinen Knien auf die unterste Stufe und machte sich daran, eine Zigarette zu drehen. David warf ihm noch einen neidischen Blick zu, weil sein Freund nicht mit hineingehen musste, dann schob er die schräg in den Angeln hängende Tür auf und verschwand im dunklen Hausflur.

»Na, du Penner«, begrüßte ihn Malik, der unten im Foyer auf einem Stuhl saß und in einer Sportillustrierten blätterte. »Was war denn das für eine Party letzte Nacht? Eure Herrlichkeit kann es gar nicht erwarten, dich in die Finger zu kriegen. Er bittet dich in den Audienzsaal. Hoffentlich hast du dir eine gute Ausrede zurechtgelegt. Aber so, wie du riechst, wirst du wohl kaum dazu gekommen sein.«

David nickte ihm kurz zu und stieg dann die sanft geschwungene Treppe hinauf – oder besser: die verbliebenen Reste davon. Irgendwann einmal hatte jemand beschlossen, das Innenleben des Palais umfassend zu überholen, aber die Arbeiten waren nie zu Ende geführt worden. Bei der breiten Treppe, dem Herzstück des Gebäudes, fehlte das Geländer, und was auch immer die Stufen einmal bekleidet haben mochte, hatte nur einige Klebespuren auf dem Zement hinterlassen. Die hohen Wände waren früher einmal in hoheitlichem Blau erstrahlt, aber jemand hatte ohne System Farbkleckse auf ihnen verteilt, als habe man nach einer passenden Farbe gesucht, sie aber nie gefunden. Flure, Foyer und Treppenschacht waren erst halb fertig und doch schon wieder verwahrlost.

Als David den Audienzsaal betrat, der einen Großteil des ersten Stocks einnahm, stellte er erleichtert fest, dass er verlassen dalag. Dankbar für jede Minute Aufschub sah er sich um, während ihm der Widerhall seiner eigenen Schritte unangenehm auffiel. Er war erst einige Male hierherbestellt worden und hatte nie die Gelegenheit gehabt, sich eine Vorstellung von diesem großen, nahezu leeren Raum zu machen.

Trotz der vielen hohen Fenster fiel nur spärliches Licht ein, da das gegenüberliegende Haus das Palais überragte. Die Wände zeigten sich in einem rauchigen Lavendelton, wo sie nicht von offen liegenden Leitungen durchbrochen waren. Inmitten des Raums stand ein gewaltiger Tisch, über dem eine Pelzdecke mit Brandlöchern und Schmutzflecken ausgebreitet lag.

Gegen die Kühle des Raumes arbeitete ein Heizlüfter an. Die umhergewirbelte Luft war schwer von einem Strauß Lilien, der neben einer Designer-Musikanlage an der Wand stand. Der süßliche Duft nach Verwesung setzte sich in Davids Nase fest, so dass er automatisch ein Würgegefühl verspürte. Seine Aufmerksamkeit wurde jedoch von einer Decke angezogen, die zerwühlt in der Ecke lag. Oder etwas abdeckte. David wollte es nicht so genau wissen. Doch je länger er im Audienzsaal stand, desto mehr setzte ihm der penetrante Geruch zu, bis er schließlich begriff, dass er noch etwas anderes wahrnahm ... etwas Verbranntes.

Gerade als David sich dabei ertappte, wie er langsam rückwärts zum Ausgang schritt, öffnete sich eine Seitentür, und Hagen trat ein. Ohne erkennen zu lassen, was ihm durch den Kopf ging, musterte er David eingehend. Dann schloss er die Tür und stellte sich hinter die Breitseite des Tisches. Er hielt den Blick nach wie vor auf David gerichtet, der mit einem störrischen Zug um den Mund zurückstarrte.

Durch die Seitentür drang die helle Stimme einer Frau, die ununterbrochen etwas erzählte. Amelia führte offensichtlich ein Telefonat, und David war äußerst dankbar dafür. Es reichte ihm vollkommen, Hagens Missmut ausgeliefert zu sein – auf Publikum konnte er gern verzichten. Vor allem wenn es sich dabei um die Gefährtin seines Anführers handelte, die für ihre schneidenden Kommentare berüchtigt war.

Hagens außergewöhnlich kräftige Finger strichen durch den verdreckten Pelz, während David regungslos auf den ersten Zug seines Gegenübers wartete. Doch Hagen verlor sich in der Liebkosung des Fells, und je länger David auf die streichelnde Hand blickte, desto stärker wurde das Kribbeln in seinem Nacken. Als streichle *ihn* jemand, jemand, der ihn erregen wollte. Gereizt biss er die Zähne aufeinander, und als Hagen ihn endlich anlächelte, war sein Kiefer so verspannt, dass er es kaum erwidern konnte.

»Ist dir vielleicht kalt, David? Nein? Und warum ziehst du dann deine Jacke nicht aus und kommst ein wenig näher?«

Hagens Bariton klang wie immer zu laut in Davids Ohren, und die Vorstellung, sich diesem Mann zu nähern, ließ ihn innerlich zusammenzucken. Seine Erscheinung mit der zur Schau gestellten Virilität schürte sein Misstrauen: das stoppelige Gesicht, die dunkle Kleidung und die derben Lederstiefel. Seht her, schien die Verkleidung zu sagen, ich bin ein ganzer Kerl, ein geborener Anführer, geradlinig und respektabel – ihr könnt mir vertrauen. All das glaubte David ihm nicht. Das seltsame Palais und die verschmutzte Pelzdecke sagten viel mehr über Hagens Wesen aus. Allerdings etwas, das David nur bruchstückhaft in Worte fassen konnte.

Plötzlich sprang Hagen mit einem Satz über den Tisch und landete gezielt vor David. Vor Zorn zog er die Oberlippe hoch und entblößte seine Zähne, während er ihn herausfordernd anstierte. Dann versetzte Hagen ihm blitzartig einen Schlag mit der geballten Faust ins Gesicht. Seine Fingerknöchel schlugen gegen Davids Wangenknochen und ließen die gerade erst verheilte Wunde unter dem Auge erneut aufplatzen.

David taumelte einen Schritt zurück, unterdrückte allerdings den Impuls, nach der brennenden Stelle zu tasten oder sich gar zur Wehr zu setzen. Demonstrativ ließ er seine Arme hängen, denn er wollte Hagen auf keinen Fall herausfordern. Doch der hatte seinen Zorn bereits wieder unter Kontrolle und sah David abermals mit einem prüfenden Blick an, der fast noch unangenehmer war als seine leicht auflodernde Gewalttätigkeit.

»Wirst du jetzt bitte so höflich sein und die Jacke ausziehen?«, fragte Hagen, wobei er sich die Fingerknöchel massierte.

Widerwillig zog David seine Lederjacke aus und ließ sie neben sich auf den Boden fallen. Hagen lächelte zufrieden, dann ging er zum Tisch hinüber und lehnte sich rücklings dagegen. Als Hagen ihn zu sich winkte, folgte David der Aufforderung dieses Mal ohne Zögern, auch wenn er einen gewissen Abstand wahrte. Er hatte nun erkannt, dass der brennende Geruch, der ihm zunehmend zu schaffen machte, von Hagen ausging, als habe der Mann gerade noch neben einem Feuer gestanden. David vermutete jedoch, dass dieser Gestank von etwas ausgelöst wurde, das weitaus unangenehmeren Ursprungs war als ein loderndes Feuer.

»Nun, dann erzähl doch einmal, warum du dich bei deinem Auftrag gestern nicht an meine Anweisung gehalten hast. Schließlich war sie unmissverständlich formuliert: Der gute Rosenboom sollte dazu ermuntert werden, über seine Entscheidung nachzudenken, sich der Pharmafirma und nicht unseren Geschäftspartnern gegenüber zur Loyalität verpflichtet zu fühlen. Du hast ihn besucht, das weiß ich. Aber du hast ihn nicht ermuntert. Unsere Geschäftspartner erzählten, er hätte heute Morgen bei den Verhandlungen eine ganz schön große Klappe gehabt.«

David verschränkte die Arme, denn das Kratzen des Stoffes an seiner Brust war mit einem Mal unangenehm und irgendwie zu intim. »Ich habe mit dem Kerl gesprochen, und er wirkte einsichtig. Es gab keinen Grund, noch eindeutiger zu werden.«

»David, warum benimmst du dich nur wie ein armseliger Idiot?«, fragte Hagen und schüttelte mitleidig den Kopf. »Ich habe dir gesagt, geh auf Nummer sicher. Dieser kleine Wichser Rosenboom glaubt nämlich, uns alle von hinten nehmen zu können. Und was machst du? Du redest ein bisschen mit ihm, und unsere Geschäftspartner reden ein bisschen mit ihm, und dann muss ich Mathol und Leug losschicken. Was glaubst du, wie es deinem Freund Rosenboom jetzt wohl geht?«

David senkte den Kopf. Nachdem er den schwitzenden und zu allem Ja und Amen sagenden Rosenboom verlassen hatte, war ihm klargeworden, dass dieser Mann es sich im Laufe der Nacht anders überlegen würde. Doch anstatt noch einmal zurückzugehen, hatte er sich durch das Nachtleben der Stadt treiben lassen, bis er sich schließlich volltrunken und mit einer Blondine an seiner Brust lehnend auf einer Tanzfläche wiedergefunden hatte.

Hagen schien zu einer ähnlichen Schlussfolgerung gelangt zu sein, denn über seine dunkelblauen Augen hatte sich ein verräterischer Schatten gelegt. »Zumindest hat dich letzte Nacht nicht das schlechte Gewissen gequält, obwohl du deinen Auftrag versaut hast«, bestätigte er Davids Vermutung. »Wir haben uns alle gut auf deine Kosten amüsiert. Wenn Amelia nicht gerade beschäftigt wäre, würde sie dir als Dankeschön sicherlich einen Kuss auf die Wange geben.« Mit verschwommenem Blick griff Hagen sich den Saum von Davids Hemd und zog ihn ein Stück näher zu sich heran.

Instinktiv ballten sich Davids Hände zu Fäusten, und er fixierte die aufgerissene Wand hinter Hagens Schulter.

»Was soll ich nur mit dir machen? Du vermasselst einen Auftrag, der dich eigentlich voranbringen sollte, bei dem du hättest beweisen können, dass du Vertrauen verdienst. Statt den Fehler auszubügeln, besäufst du dich im Niemandsland und vögelst herum. Um dem Ganzen noch die Krone aufzusetzen, tauchst du hier mit einem halben Tag Verspätung auf. Weißt du, was ich denke? Ich denke, du fühlst dich eigentlich recht wohl, wenn du Händchen haltend mit deiner Freundin Jannik durch die Straßen läufst und Kleinkram erledigst. Es ist verschenkte Liebesmüh, dir eine Aufstiegschance anzubieten, weil du es dir ganz unten in der Rangordnung gemütlich gemacht hast.« Langsam ließ Hagen den zerknüllten Hemdzipfel los und strich ihn wieder glatt. »Deshalb werde ich dich in Zukunft erst einmal nicht mehr überfordern«, fuhr er verträumt fort, die eine Hand auf Davids Hüfte gelegt, während die andere wieder die Pelzdecke streichelte. »Du und Jannik, ihr dürft euch wieder gemeinsam der Drecksarbeit widmen. Da drüben in der Ecke unter der Decke liegt auch gleich welche – bitte entsorgen.«

Als David wenig später aus der schiefen Eingangstür des Palais trat, saß Jannik immer noch auf der Treppe und warf einen Tennisball auf den Gehweg, dem Burek wie ein Pfeil nachjagte. David zog den Reißverschluss seiner Jacke hoch, denn nach der Unterredung mit Hagen war er durchgeschwitzt, und der Wind hatte an Kraft gewonnen. Dann setzte er sich neben Jannik, der vorgab, seinen herumtollenden Hund zu beobachten.

Doch allzu lange hielt dieser seine Zurückhaltung nicht durch: »Und, sind noch alle Körperteile an dir dran, oder hat Hagen eine Trophäe behalten?«

Unwillkürlich fasste David sich an die aufgeplatzte Wunde unter dem Auge, die immer noch leicht blutete. »Nein, ich bin wohl recht glimpflich davongekommen.«

Nun wandte sich Jannik ihm zu und musterte ihn nachdenklich, bevor er sich verlegen mit der Hand über den Kopf fuhr und an den Haarfransen herumspielte. Jannik trug das hellbraune Haar sehr kurz geschnitten, nur am Hinterkopf ragte eine kleine Insel mit langen verfilzten Strähnen empor. David vermutete, dass Jannik darauf hoffte, mit der Frisur verwegen auszusehen und einen Hauch von Gefahr zu verströmen. In Wirklichkeit sah es mehr wie eine verschnittene Bubenfrisur aus.

»Hagen hat eine Schwäche für dich«, sagte Jannik schließlich, und in seinem Gesicht zuckte es leicht, als erwarte er einen Schlag für seine Worte.

Doch David zerschabte nur mit der Schuhspitze die aufgerauchten Zigarettenkippen, die Jannik achtlos auf den Gehweg geworfen hatte. Kurz spielte er mit dem Gedanken, seinem Freund das diffuse Schamgefühl zu beschreiben, das er in Hagens Gegenwart empfand. Jedes Mal, wenn sie einander gegenüberstanden, tat Hagen etwas, von dem er sich unangenehm berührt fühlte. Als wolle Hagen ihm nicht einfach nur klarmachen, dass er das Sagen und David zu parieren hatte, sondern auch andeuten, dass er ihn noch auf ganz anderen Ebenen dominieren könnte, wenn er nur wollte. Allerdings gelang es David nicht, die passende Beschreibung für dieses Gefühl zu finden. Außerdem war es ihm peinlich, dass Hagen solch ein merkwürdiges Spielchen mit ihm trieb.

»Es würde mich nicht überraschen, wenn Hagen mir beim nächsten Mal ein Hundehalsband umlegen würde, an dem er mich spazieren führen kann«, erklärte er, um sein unbestimmtes Gefühl zu beschreiben.

Jannik lachte und klopfte seinem Freund dabei auf die Schulter. Aber David entzog sich wendig der Berührung.

»Das ist nicht witzig«, sagte er, bis er selbst schmunzeln musste und das Gefühl von Erleichterung genoss. Als Burek, angelockt von der guten Laune, angelaufen kam, streckte David seine Hand aus, um ihn zu streicheln. Doch plötzlich hielt der Hund mitten im Lauf inne und fletschte die Zähne. Einen Augenblick lang schaute David irritiert drein, dann fiel ihm wieder ein, was Bureks Instinkte geweckt hatte.

»Hagen hat sich etwas Nettes für uns einfallen lassen: Wir sollen die Reste entsorgen, die wohl noch von einer kleinen Privatfeier übrig geblieben sind. Ich habe sie bereits zum Hinterhof getragen, damit wir das Ganze in den Wagen laden können. Eine ekelhafte Schweinerei. Als ich die Treppe runterging, ist ein Unterarm aus dem Bündel gefallen. Malik hat fast einen Herzinfarkt bekommen, weil man dieses Geschmiere wohl nie wieder richtig aus dem Zementboden rausbekommt. Ich habe ihm gesagt, er soll die Klappe halten, schließlich ist das Zeug im Audienzsaal schon aus der Decke auf den Boden gesuppt. Wenn er sich so über Flecken aufregt, kann er gleich das ganze Palais abfackeln.«

Auf Janniks Gesicht zeichnete sich Ekel ab, den er auch nicht zu vertuschen versuchte – ebenfalls einer der Gründe, warum sich der Junge so schlecht machte: Es gelang ihm einfach nicht, im entscheidenden Moment ein Pokerface aufzusetzen. David hatte es mittlerweile aufgegeben, Jannik zu erklären, warum es nicht immer angebracht war, seine Herzensregungen für jedermann sichtbar zu Markte zu tragen. Jannik zeigte sich resistent gegen gute Ratschläge und wunderte sich weiterhin, warum er von allen wie ein Laufbursche behandelt wurde.

»Scheiße, wir sollen es mit dem Wagen wegbringen?«

David nickte missmutig. Keiner von ihnen konnte Autos oder andere Fortbewegungsmittel sonderlich gut ausstehen.

»Stinkt es stark nach Verwesung?«, fragte Jannik nun mit wenig Hoffnung in der Stimme. »Du weißt doch, dass Burek ganz wild wird, wenn er das wittert. Der wird uns während der Autofahrt die Ohren vollheulen.«

David stand auf und klopfte sich den Staub von der Jeans, während der Hund weiterhin knurrend um ihn herumtänzelte. »Dann tu uns doch beiden den Gefallen und sperr den Köter so lange in eins der leeren Zimmer des Palais ein. Wenn wir den Wagen zurückbringen, kannst du ihn ja wieder holen.«

Bei diesem Vorschlag zeigte sich auf Janniks Gesicht sogleich ein aufmüpfiger Zug, so dass David die Antwort schon kannte, bevor sein Freund überhaupt den Mund aufmachte. »Was ist denn das für eine bescheuerte Idee: Burek hier im

Palais einsperren! Damit Malik gleich das Feuer in einem der Kamine anschmeißt, um meinen Hund am Spieß zu grillen? Das kann doch wohl nicht dein Ernst sein?«

Aber David hatte sich bereits umgedreht und war die Treppen hochgestiegen. Er winkte nur müde ab. Dann würde Burek sie eben mit seinem Geheule in den Wahnsinn treiben. Vielleicht hatte es auch sein Gutes: Unter solchen Umständen käme er zumindest nicht dazu, auch nur einen Gedanken an die letzten Stunden zu verschwenden.

Unwillkürlich hielt David inne, als ihn die Erinnerung an feines helles Haar zwischen seinen Fingern einholte. Augenblicklich verspürte er eine Sehnsucht, in die sich eine Spur von Bedauern mischte: Ganz gleich, wie aufregend die letzte Nacht gewesen war, es würde bestimmt keine Wiederholung geben, dafür hatte er selbst gesorgt. Und so, wie diese Meta gekleidet gewesen war, hatte sie sicherlich kein Interesse, sich ein weiteres Mal auf seiner Matratze am Boden zu räkeln.

In seiner Brust baute sich eine prickelnde Anspannung auf, die David seine trüben Gedanken vergessen ließ. Offensichtlich war er nicht der Einzige, den die Erinnerungen an die letzte Nacht gefangen hielten. Zu seiner Verwunderung war es jedoch keine gierige Jagdfantasie, die sich ihm bei dem Gedanken an Meta enthüllte, sondern Freude bei der Vorstellung, diese betörende Frau wiederzusehen. David konnte es kaum glauben. Ein Raubtier, das seine Instinkte überwand? Niemals. Nicht in alle Ewigkeit.

Kapitel 4

Vergebliche Liebesmüh

Nachdem er den lockenden Fluss und die Böschung hinter sich gelassen hatte, war er kreuz und quer über den rissigen Betongrund gelaufen. Einfach nur gelaufen, seine Sinne frei und begierig darauf, alles aufzunehmen, was diese karge Gegend an Spuren von Leben zu bieten hatte. Sogar die Abgase und der Lärm des weit über ihm dahinbrausenden Verkehrs hatten ihn mit Genugtuung erfüllt. Bei der Brücke war er auf einen unter Decken und Planen versteckten Leib gestoßen, der bei seinem Anblick einen hohen, plötzlich verstummenden Schrei ausgestoßen hatte. Doch heute stellte diese einfache Beute keine Versuchung dar. Auch der stromernden Hundemeute, die vor lauter Panik in alle Richtungen geflohen war, hatte er nur neugierig hinterhergeblickt, ohne in seinem Lauf innezuhalten. In der letzten Nacht hatte er ein Geschenk erhalten, und keine noch so wilde Hetzjagd konnte sein augenblickliches Gefühl der Lebendigkeit verstärken.

Aus einer Laune heraus hielt er schließlich an, rieb sich Nacken und Schulter an der rauen Oberfläche eines Pfeilers und genoss das elektrisierende Gefühl, das bei der Berührung entstand. Doch genau in diesem perfekten Moment setzte das unerbittliche Zerren wieder ein, und er sank beinahe in den Pfeiler ein, der ihm eben noch einen festen Widerstand geboten hatte. Der Moment der Freiheit war vorbei, seine Umrisse waren bereits von Auflösung bedroht. Und die kaum zu ertragende Leere in seinem Inneren breitete sich aus, um ihn in einem Sog zu verschlingen. Ohne etwas dagegen tun zu können, verlor er seinen Platz in dieser Welt. Doch bevor es zu spät war, floh er voller Verzweiflung zu dem einzigen Hafen, der ihn bergen konnte – ob er wollte oder nicht.

An diesem Nebenarm des Kanals herrschte eine Ruhe, wie man sie ansonsten nirgendwo in der Stadt fand. Die durch Betonwände gewaltsam begradigten Ufer und der schmale gepflasterte Pfad, neben dem eine von Unkraut übersäte Böschung aufstieg, luden auch nicht gerade zum Spazierengehen ein. Auf der gegenüberliegenden Seite des Kanals lag Brachland, und durch den abendlichen Dunst drangen kaum wahrnehmbar die Geräusche einer fernen mehrspurigen Straße und das Kläffen von Hunden.

Nachdem sie den Job für Hagen erledigt, den Wagen gesäubert und zurückgebracht hatten, hatte David sich mit einem Nicken von Jannik verabschiedet. Normalerweise wäre es ihm nicht so leicht gefallen, seinem Freund zu entwischen, doch Jannik war viel zu sehr damit beschäftigt gewesen, den überdrehten Burek zu beruhigen. David hatte die Chance genutzt und war hastig durch die Pforte des Hinterhofes geschlüpft, bevor Jannik in den Sinn kommen konnte, ihn zu begleiten und vielleicht noch ein paar anzügliche Fragen zu den Erlebnissen der vergangenen Nacht zu stellen.

Davids Hände tasteten über die körnige Oberfläche der Brüstung, während er gedankenverloren das dunkle Wasser betrachtete, das gemächlich in Richtung Hafen floss. Obwohl er schon so lange gegen die Mauer gelehnt dastand, dass seine Hüftknochen schmerzten, war noch kein Kahn den Kanal entlanggeschippert. Nur zwei Jungen waren auf ihren BMX-Rädern, Schlenker fahrend, auf ihn zugekommen, als die Sonne gerade hinter dem Gewirr von Hochbrücken im Westen verschwand. Sie waren stehen geblieben, hatten ihn einen Moment lang gemustert und wohl überlegt, ob er vielleicht in dieser Einöde herumstand, um Dope zu verkaufen. David rechnete schon fest damit, ihnen einen Anpfiff verpassen zu müssen, damit sie sich aus dem Staub machten, da verschwanden sie von selbst. Seitdem zogen lediglich ein paar Möwen ihre Kreise.

Plötzlich stützte David sich auf die Ellbogen, wobei die Lederjacke auf der Brüstung ein Geräusch machte, als würde sie über Sandpapier schleifen. Mit einem Stöhnen vergrub er sein Gesicht in den Händen. Es war ganz gleich, wie sehr er sich auch bemühte, es wollte ihm einfach nicht gelingen, das Durcheinander in seinem Kopf unter Kontrolle zu bekommen. Erinnerungsfetzen quälten ihn, und zum ersten Mal seit langem drohten ihn die hochkochenden Gefühle zu überwältigen. Es war ein Fehler gewesen, sich in der letzten Nacht von seiner Leidenschaft mitreißen zu lassen. Er hätte wissen müssen, wie schwer es ihm fiele, all dies am nächsten Tag wieder auszumerzen.

Zwangsläufig spürte er Convinius' enttäuschten Blick. Seine Gedanken und erst recht seine Gefühlswelt zu beherrschen, war eine der wichtigsten Lektionen gewesen, die er David vermittelt hatte. Wahrscheinlich sogar die wichtigste von allen. Damals war David ein störrischer Schüler gewesen, da es ihm so vorgekommen war, als töte er einen Teil von sich selbst ab, wenn er alles, was in ihm Blüten trieb, sofort niedermähte. Erst als er vor Hagen gestanden hatte, war David klargeworden, welche Bedeutung diese Lektion tatsächlich hatte. Seitdem beherzigte er sie.

Bis auf letzte Nacht. Das Problem war nicht die Tatsache, dass er sehenden Auges einen Auftrag vermasselt hatte, auch der Alkohol und die Frau in seinem Bett waren es nicht. Aber Meta hatte etwas tief in ihm berührt. Zuerst hatte er seine Reaktion auf sie allein seiner vom Alkohol angestachelten Triebhaftigkeit zugeschrieben. Mit so viel Wodka im Blut wurde jede Frau, die sich an einen schmiegte, zu etwas Besonderem. Doch am nächsten Morgen, als sie noch schlafend zwischen den zerwühlten Laken lag, hatte sich an ihrer Faszination auf ihn ebenso wenig geändert wie an seinem dringenden Bedürfnis, sie durch Worte und Berührungen an sich zu binden.

Jannik und die anderen mochten zwar glauben, dass es lediglich sein Schwanz gewesen sei, der in aller Deutlichkeit ausgeschlagen hatte, aber David wusste es besser. Sie alle kannten diese kaum zu überwindende Distanz, wenn sie einem Menschen gegenüberstanden, der nicht zum Rudel gehörte. Das Gefühl, einander für immer fremd zu sein, gepaart mit der Furcht, das Gegenüber könne den eigenen Jagdinstinkt wecken. Doch in Metas Gegenwart hatte sich diese vertraute Empfindung nicht eingestellt, ganz im Gegenteil: David hatte sich derartig gut gefühlt, dass er selbst sein Geheimnis vergessen hatte – und genau das machte ihm solche Sorgen. Allein die Tatsache, zum wiederholten Male Metas Spur verfolgen zu wollen, war Beweis genug dafür, dass hier etwas nicht stimmte. Er spürte eine Vorfreude aufsteigen, die einen anderen Ursprung als sein eigenes Verlangen hatte. Diese Vorfreude war ungezügelt und zugleich von einer Unschuld, die gar nicht zu seinen Gedanken an die Frau passte. Lass uns zu ihr gehen, schien sie ihm zuzuflüstern, uns an sie schmiegen, bis wir uns vollständig fühlen. David stutzte, dann schob er mit aller Willenskraft die verführerische Vorstellung beiseite.

Meta – das klang nicht nur nach einem exzentrischen Vornamen, sondern auch nach richtig großen Schwierigkeiten. Eine schöne Frau, die bestimmt in einem der wohlhabenden Viertel lebte, die man in dieser Stadt an einer Hand abzählen konnte. Aus einer sogenannten guten Familie stammend, gebildet … Diese Frau hatte sicherlich nur darauf gewartet, jemandem wie ihm zu begegnen. David spürte, wie der zynische Gedanke ihm einen Stich versetzte. So weit war es also schon gekommen.

Mit einem Satz richtete er sich auf und wusste einen Augenblick lang nicht, wohin mit der angestauten Frustration. Am liebsten hätte er mit seiner Faust gegen den Beton geschlagen und sich dann für ein paar Sekunden dem Schmerz überlassen. Doch er riss sich zusammen. Wut war ein starkes Gefühl, und wenn man nicht achtgab, schlug es plötzlich in etwas anderes um.

David verschränkte die Hände hinter dem Nacken und atmete tief durch. Er würde den Gedanken an diese Frau jetzt sofort fallenlassen. Darin bestand die einzige Möglichkeit, sie zu vergessen und nicht mehr aus der Sache zu machen. So hielt er es schließlich mit allem, seit er von Hagen aufgegriffen worden war. Damit war er auch immer gut gefahren.

Diese Meta führte garantiert ein Leben, das erfüllt war mit Luxus und Annehmlichkeiten und einem passenden männlichen Gegenstück an ihrer Seite. Womit könnte ausgerechnet *er* sie überzeugen, ihn eines zweiten Blickes zu würdigen? Einmal davon abgesehen, dass ihm eine Liebesgeschichte Hagen gegenüber das Genick brechen würde. Außerdem konnte er sich nicht sicher sein, ob es ihm überhaupt gelingen würde, ihrer von Stunde zu Stunde schwächer werdenden Fährte zu folgen … da war er wieder, dieser hoffnungsvolle Gedanke.

Mit einem unterdrückten Wutschrei sauste Davids Faust auf den Betonsims nieder, doch das Brennen, das seine Handkante durchzuckte, war nichts im Vergleich zu der Verzweiflung, die in ihm tobte. Wenn er sich nicht schleunigst unter Kontrolle brachte, würde er sich selbst zu Fall bringen, sich Hagen ausliefern wie ein verdammter Idiot. Und so, wie es aussah, gab es nichts, was ihn davon abhalten konnte.

Kapitel 5

Das Geschenk

Meta konnte nicht sagen, wie lange sie an diesem Nachmittag schon vor dem Frontfenster der Galerie gestanden und in den Regen hinausgeblickt hatte. Unablässig jagte der Wind den Nieselregen gegen die bodentiefen Scheiben und verwischte das Geschehen auf der Straße zu einem grauen Einerlei. Trotzdem konnte sie sich nicht losreißen. Mit verschränkten Armen und leicht fröstelnd stand sie da und ließ ihre Gedanken schweifen. Sie fühlte sich unendlich erschöpft, obwohl der Tag ihr bislang keine nennenswerte Anstrengung abverlangt hatte. Ein paar unwichtige Anrufe, und die Eingangstür der Galerie war nur wenige Male aufgeschwungen, meistens weil irgendein Mitarbeiter eines Lieferdienstes fälschlicherweise den Haupteingang benutzte.

In der Regel stürzte sich Eve dann auf die unglücklich dreinblickenden Menschen und erklärte ihnen im für unterbezahlte Hilfskräfte ohne Durchblick reservierten Kommandoton, dass die Pakete auf der Rückseite des Gebäudes bei der Buchhaltungsdame abzugeben seien. Nein, sie würde das Paket auf keinen Fall annehmen. Das gehöre hinten auf der Lieferantenseite abgegeben und jetzt – husch, husch – raus hier. Es könnte schließlich gleich jemand Wichtiges auftauchen, der sich Kunst anschauen wollte. Der sollte dann nicht mit dem deprimierenden Anblick von Arbeitsdrohnen und braunem Packpapier konfrontiert werden.

Das alles hatte Meta unglaublich runtergezogen, aber eigentlich war sie schon den ganzen Tag deprimiert: Am gestrigen Abend wärmte sie sich gerade eine Schale mit Miso-Suppe in der Mikrowelle auf, als das Telefon klingelte. Beim Blick auf die Nummer des Anrufers verwandelte sich ihr Magen in eine Grube voller Eiswürfel. Sie musste sich regelrecht dazu zwingen, das Gespräch anzunehmen. Viel lieber wäre sie vor der brummenden Mikrowelle stehen geblieben und hätte zugesehen, wie die Suppenschale ihre Runden drehte. Doch Karl kannte ihren Wochenablauf gut genug, um zu wissen, dass sie zu Hause war. Wahrscheinlich würde er über ihre Unsicherheit den Kopf schütteln und ihr eine entsprechende Nachricht hinterlassen. Deshalb griff Meta dann doch zum Hörer, bevor der Anrufbeantworter anspringen konnte.

»Ich wollte einmal hören, wie deine Woche so gewesen ist«, sagte Karl nach den üblichen Begrüßungsfloskeln. Seine Stimme war so fest und wohlklingend wie immer, ohne jede Spur von Unsicherheit. »Ich habe Sue mit einigen Kollegen im *Lavine* getroffen, und sie hat mir erzählt, dass du zurzeit wohl etwas unter Druck stehst. Ihr wärt gemeinsam ausgegangen, und du hättest dich gnadenlos volllaufen lassen.«

Meta stand in ihrem nach Reinigungsmitteln und Duftkerzen riechenden Wohnzimmer und ertappte sich dabei, wie sie sich das Haarband abzog und ihre Frisur richtete, als ob sie Karl gegenüberstünde. Was, zum Teufel, wollte er von ihr hören? Dass sie von seiner Affäre erfahren und vor lauter Verzweiflung die Fassung verloren hatte? Vielleicht sollte sie ihm davon erzählen, dass sie ein ziemlich wirkungsvolles Mittel gegen den Druck, unter dem sie wegen ihres Beziehungschaos stand, gefunden hatte. Zumindest für eine Nacht.

Stattdessen antwortete sie ein wenig lahm: »Ach, du weißt ja, wie das ist. Kandelanz, der König von dieser großen Anwaltskanzlei im Osten der Stadt, suchte einige Arbeiten für die neu bezogenen Räume. Ich hatte einfach viel um die Ohren.«

»Sollen wir vielleicht an einem der nächsten Abende zusammen essen gehen? Das heißt, diese Woche könnte schwierig werden, aber danach schaufle ich mir einfach für dich etwas Zeit frei. Dina wird dich anrufen und das mit dir abstimmen. Mein Schatz, tu mir einen Gefallen und trink nicht so viel. Ich möchte gar nicht darüber nachdenken, was dir alles passieren kann, wenn du nachts sternhagelvoll durch die Straßen irrst.«

Nach diesem Telefonat brauchte Meta dringender als je zuvor einen Drink. Während sie sich an einer Martini-Flasche zu schaffen machte, dachte sie darüber nach, wie Karl es mit ein paar Sätzen geschafft hatte, es so dazustellen, als ob sie um eine Verabredung mit ihm bettele, weil sie sonst vor die Hunde ging. Karl, der edle Ritter. Vermutlich war seine Affäre mit Reese Altenberg nicht mehr ganz so heiß, und es war an der Zeit, die Rückkehr zu seiner alten Liebe einzuleiten.

Es war ja nicht das erste Mal, dass Karl eine Auszeit dafür nutzte, sich anderweitig zu vergnügen. Außerdem hatte er noch nie einen großen Hehl aus seinen Affären gemacht. Meta hatte sogar den unschönen Verdacht, dass ihm durchaus daran gelegen war, dass sie davon erfuhr. Schließlich war er ein Mann in den besten Jahren, dessen moderner Lebensgeist Monogamie für ein Zeichen von schlechten Marktchancen hielt. Weil Karl aber auch gut erzogen war und wenig Wert auf üble Nachrede legte, setzte er regelmäßig Auszeiten in seiner Beziehung zu Meta durch. Natürlich formulierte er das nie so eindeutig, sondern schob stattdessen findige Ausreden vor, aber im Verlauf der letzten Jahre hatte sich dieses Muster immer mehr verfestigt. Leider schienen die Auszeiten mit Karls Alter zuzunehmen.

Obwohl Metas Stolz es ihr eigentlich verbot, hoffte sie darauf, dass Karl tatsächlich die Nase von Reese Altenberg voll hatte. Diese Ausrufezeichen liebende Ziege mit ihren Leopardenmänteln. O ja, Reese gehörte zu jener Sorte, deren Familie schon so lange im Reichtum schwelgte, dass sie weder Geschmack noch Lebensart mehr nötig hatte. Wahrscheinlich kam Karl sich sehr extravagant vor, mit solch einer Person ins Bett zu gehen.

Im nächsten Augenblick hätte Meta sich für diese Gedanken am liebsten in den Arm gekniffen: Da kritisierte sie Reeses Mangel an Stil und arbeitete sich selbst vor lauter Eifersucht dermaßen billig an ihrer Konkurrentin ab. Aber was hieß hier überhaupt Konkurrentin? Reese war bestimmt nichts weiter als ein Amüsement für Karl – genau wie es dieser Junge neulich für sie selbst gewesen war: Selbstbestätigung, gepaart mit Vergnügen im Bett ohne Konsequenzen.

Wenn es allerdings nur darum gegangen ist, warum stehe ich dann schon eine geschlagene Ewigkeit vor dem Fenster und starre in den Regen hinaus?, fragte sich Meta. Statt Trübsal zu blasen, sollte ich mich einfach mit zwei Tassen Kaffee in der Hand zu Eve gesellen und ihr von der Nacht mit diesem jugendlichen Liebhaber berichten. Und zwar mit sämtlichen schmutzigen Details, damit die gute Eve auch wirklich begreift, wie viel Spaß ich hatte.

Allein bei der Vorstellung presste Meta ihre Faust gegen die Rippen, weil ihr Herz einen nervösen Satz machte. Was immer Eve zu dem Thema betrunkene One-Night-Stands mit verführerisch duftenden Kerlen zu sagen hatte, sie wollte es lieber nicht hören. Denn seltsamerweise war es ihr unmöglich, die Nacht mit David wirklich aus dieser Perspektive zu betrachten. Im Nachhinein war sie sogar froh, während der Taxifahrt am nächsten Morgen zu ihrem Apartment nicht weiter auf das Stadtviertel geachtet zu haben, in dem seine Wohnung lag. Wenn sie sich die Straße gemerkt hätte, wäre sie vielleicht noch in Versuchung geraten, ihm einen Besuch abzustatten. Unleugbar hatte er einen bleibenden Eindruck bei ihr hinterlassen – und leider nicht nur wegen seiner physischen Vorzüge.

Meta rieb sich das Gesicht, darauf bedacht, den Lippenstift nicht zu verschmieren. Da zerbrach sie sich den Kopf über einen Unbekannten, der sie mehr oder weniger aus seiner Wohnung komplimentiert hatte, obwohl sie mit ihrer komplizierten Beziehung zu Karl schon genug um die Ohren hatte. Dabei hatte sie eigentlich gehofft, so langsam dem Alter entwachsen zu sein, in dem verpfuschte Liebesgeschichten die Hauptrolle spielten.

Nachdem sie ihren dreißigsten Geburtstag hinter sich gebracht hatte, war sie darauf fixiert gewesen, sich ganz der Perfektionierung ihrer Karriere und des Interieurs ihres Apartments hinzugeben, das sie unter großen Anstrengungen erworben hatte. Sämtliche überschüssige Energie hatte sie in ihre Familie investieren wollen, nun, da sie wieder in ihrer Geburtsstadt lebte. Dabei stellte sich leider äußerst schnell heraus, dass einem manche Familienmitglieder nicht unbedingt näherkommen, nur weil man mehr Zeit mit ihnen verbringt. Und ihr wunderschönes Apartment hatte sich unter Karls strenger Federführung in einen Eispalast verwandelt, in dem Meta auf Zehenspitzen umhertippelte, weil sie das Hallen ihrer Schritte nervös machte. Blieb immer noch die Karriere.

Mit energischen Schritten durchquerte Meta das weitläufige Foyer der Galerie und ließ ihren Blick über großformatige Leinwände schweifen, auf denen in Giftfarben und in dilettantischer Pinselführung eine Erweckungsszene und das Höllenfeuer dargestellt waren. Wie immer musste sie ein Schaudern unterdrücken. Neben einer brusthohen Bronzeskulptur fand sie schließlich Eve, die gedankenverloren an der Kante ihres Handys knabberte.

Immer noch besser als an ihren beigefarbenen Plastiknägeln, dachte Meta bissig. Wenn Eve davon etwas verschlucken würde, müsste ihr aus gesundheitlichen Gründen bestimmt der Magen ausgepumpt werden. Sofort meldete sich ihr Magen mit einem Stich, denn in ihm wohnte schon seit Jugendtagen ihr schlechtes Gewissen. Aber etwas an Eve reizte sie, rief ihre für gewöhnlich wenig ausgeprägte Niederträchtigkeit hervor.

»Was für ein grauenhaft düsterer Nachmittag«, sagte Meta und streifte im Vorbeigehen Eves Schulter, quasi als Wiedergutmachung für ihre gemeinen Gedanken. »Falls sich heute allerdings ein an Kunst interessierter Mensch zu uns verirren sollte, ist er vielleicht in der richtigen Stimmung, um diese gruseligen Schinken aus dem Foyer zu kaufen. Rinzo schwört ja nach wie vor auf deren Großartigkeit.«

Eves schlecht gelaunte Miene verriet, dass auch sie den Dauerregen nicht mit einem Lächeln wegstecken konnte. »Diese Interpretation des Glaubens ist ein sehr aktuelles Thema – Rinzo hat das perfekte Gespür für so etwas. Oder willst du ihm das vielleicht absprechen?«

Es reizte Meta, einen Kommentar darüber zu verlieren, wie weit Rinzos Gespür beim Erwerb dieser Bilder seiner Zeit voraus gewesen war. Nämlich so weit, dass die Gegenwart ihn noch immer nicht eingeholt hatte, obwohl die beiden Bilder nun schon seit einigen Monaten ausgestellt wurden. Doch in ihrer jetzigen Stimmung würde Eve Meta jeden Witz als Hochverrat an dem umtriebigen Mäzen auslegen und wahrscheinlich sogar weitertratschen.

Also versuchte Meta sich an einem anderen Thema: »Ich wollte dich eigentlich fragen, ob du dir die Fotos, die ich von den Aquarellen dieser Künstlerin am Stadtrand gemacht habe, einmal angesehen hast. Es würde mich interessieren, wie du ihre Arbeiten einschätzt.«

»Nein, da habe ich noch nicht draufgeschaut.« Eve kniff

sich ins Nasenbein, als plagten sie plötzlich Kopfschmerzen. »Aber hör mal: Aquarelle, Vorstadt … Meta, du bist zum Verkaufen hier und nicht zum Entdecken von neuen Künstlern. Man kann halt nur eins machen: Irgendwelchen Leuten klarmachen, warum sie ein Bild kaufen sollen und wie viel sie dafür zu zahlen haben, oder man hat den richtigen Riecher für die Entwicklungen auf dem Kunstmarkt und darüber hinaus auch noch das Talent, die Künstler mit dem größten Potenzial an die Galerie zu binden.«

»Du meinst, bei mir reicht es gerade dazu aus, auf Rinzos Instinkt zu vertrauen und das Geld einzutreiben?« Obwohl sie wusste, dass es ein Fehler war, konnte Meta die Bitterkeit in ihrer Stimme nicht unterdrücken.

Allerdings schien Eve sich nicht daran zu stören. Sie zuckte mit den Schultern, und während sie ihr Handy aufklappte, sagte sie: »Du bist doch eine tolle Verkäuferin, sei stolz darauf. Und du organisiert großartige Vernissagen, das ist auch etwas, auf das du stolz sein kannst.«

In Metas Ohren klang das wie eine Beleidigung. Aber Eve war bereits in ein Telefonat versunken und wandelte davon, so dass Meta keine Gelegenheit fand, ihr die Meinung zu sagen. Allein gelassen, betrachtete sie die Bronzefigur, die Michelangelos *David* als obszöne Kopie zeigte: Nur an einer Körperstelle stimmten die Proportionen dieses ansonsten zu klein geratenen Kerls. Entweder hoffte Rinzo auf Kunden mit schrägem Humor oder auf solche, die das Thema der Skulptur nicht begriffen, weil die Darstellung äußerst grob gehalten war. Allerdings drängte sich Meta der Verdacht auf, dass der Künstler die Form derart reduziert hatte, weil er es nicht besser hinbekam.

Allein der Gedanke grenzte an Ketzerei, und automatisch hörte sie Rinzos geölte Stimme in ihrem Kopf: »Natürlich kann man sich darüber unterhalten, dass die Handwerkskunst wieder im Kommen ist, aber die Idee steht doch wohl immer noch im Zentrum. Und diese Idee ist genial: Wer hat beim Anblick des Davids noch nicht über die Größe seines besten Stückes nachgedacht?«

Meta hatte allerdings nur wenig Lust, diesen Disput zu führen. Der Name David kribbelte auf ihrer Zunge, und sie ertappte sich dabei, wie sie ihn leise aussprach. Glücklicherweise telefonierte Eve immer noch, so dass sie diesen Anfall von jugendlichen Gefühlswallungen nicht mitbekam. Trotzdem glühten Metas Wangen, und sie entschied sich zu einem Abstecher in den Waschraum, um zu überprüfen, ob wenigstens das Make-up noch in Ordnung war.

In dem von schwarzem Marmor gesäumten Spiegel blickte ihr ein erstaunlich mädchenhaftes Gesicht mit glänzend grünen Augen entgegen. Augen, die sich nach Abenteuern sehnten. Also so gar nicht das, was Meta für ihre Zukunft geplant hatte. Ohne dass sie etwas dagegen tun konnte, breitete sich Hitze in ihrem Körper aus. Sie schlüpfte aus ihren Pumps und genoss das Gefühl der Kälte, als die nackten Zehen den Marmorboden berührten. Sie musste sich dringend erden, so viel stand fest.

Hektisch wusch sie sich die Hände und ordnete anschließend das Haar zu einem perfekten Bob. Dann zupfte sie die Falten ihres Kleides zurecht. Ein Kontrollblick in den Spiegel bewies, dass die Dame aus der Galerie wiederhergestellt war: Alles saß tadellos, ihr Gesicht verriet nicht die geringste Erschütterung. Allerdings reichte ein flüchtiger Gedanke an David, wie er sich vor dem angelaufenen Spiegel rasiert hatte, und ihre Mundwinkel verzogen sich wie von Geisterhand zu einem Lächeln. Das war gar nicht gut.

Gerade als Meta die Privaträume verlassen wollte, schreckte Eves Stimme sie auf.

»Falscher Eingang, Herrgott nochmal!«

Meta spähte ins Foyer, in dem Eve gerade im Stechschritt auf einen Lieferanten zuhielt. Doch anders als seine Kollegen zog er nicht den Kopf zwischen den Schultern ein. Stattdessen ging er einfach weiter auf sie zu, so dass Eve in ihrer Rage fast in ihn hineingelaufen wäre. Er hielt einen in braunes, vom Regen durchnässtes Packpapier gewickelten Gegenstand in den Händen, der sehr nach einer gerahmten Leinwand aussah.

Einen Augenblick lang befürchtete Meta, dass es sich um einen ahnungslosen Künstler handelte, der seine Arbeit vorstellen wollte. Diese Sorte von Opfern liebte Eve fast noch mehr als Lieferanten. Vor lauter Verlegenheit blieb Meta stehen und war erleichtert, dass sie auf diese Entfernung kein Wort von der Unterhaltung verstehen konnte, die Eve und das Opferlamm führten.

Sie spielte mit dem Gedanken, lautlos die Treppe, die zu den oberen Ausstellungsräumen führte, hinaufzusteigen, als sie einen Blick auf das Gesicht des Mannes im Foyer erhaschte. Instinktiv trat sie einen Schritt zurück, um sich hinter der Tür in Sicherheit zu bringen. Da stand ein klitschnasser David mit Baseballkappe auf dem Kopf und in abgewetzter Lederjacke und weigerte sich, vor Eve in die Knie zu gehen. Trotz ihrer hohen Absätze musste diese den Kopf in den Nacken legen, um ihn aufgebracht anfunkeln zu können.

Plötzlich drehte Eve sich um und deutete auf die Bronzefigur, neben der sie Meta vorhin zurückgelassen hatte. Beide schauten einen Moment lang auf den verwaisten Platz. Dann verschränkte Eve demonstrativ die Arme vor der Brust, als David ihr das Paket in die Hände drücken wollte. Sie wandte sich sogar leicht zur Seite, um ihn für seine Impertinenz abzustrafen. Aber als er Anstalten machte, einfach an ihr vorbeizugehen, packte sie ihn am Arm.

Meta konnte Eves Gesicht sehen: Ihre Freundin war schlicht

fassungslos, dass dieser schlecht erzogene Laufbursche eine solche Frechheit an den Tag legte. Für einen Augenblick nahm sie David durch Eves Augen wahr: ein junger Kerl, der eine unterschwellig brodelnde Aggressivität ausstrahlte. Ein Niemand, die Verkörperung allen Elends, das diese Stadt zu bieten hatte. Während ihr Eves strenge Stimme durch den Kopf hallte, kräuselte Meta abschätzig die Lippen.

In diesem Moment traf sie Davids suchender Blick. Das tiefe Blau seiner Augen flackerte auf, und ein Lächeln zeichnete sich ab, das sofort wieder erlosch. Er blinzelte noch einmal kurz, als habe er angesichts ihrer Miene einen Schlag ins Gesicht erhalten, dann senkte er den Kopf. Bevor Meta ihre Starre abwerfen konnte, hatte er der unwilligen Eve bereits das Paket in die Hand gedrückt und war durch den Ausgang verschwunden.

Meta schluckte. Dann schluckte sie erneut, während ihre Fingerspitzen und das Dreieck zwischen den Schulterblättern wie verrückt zu brennen begannen. Das eben, das war falsch gewesen Wie hatte das nur passieren können? Sie hätte ohne Zögern zu David gehen müssen, ein paar Worte mit ihm wechseln … zumindest sein Lächeln erwidern!

Von sich selbst enttäuscht, stöhnte Meta auf, dann führte sie sich das eben Geschehene noch einmal vor Augen. In dem Moment, als Davids Blick sie gefunden hatte, was hatte er gesehen, das ihn so verletzt hatte? Eine Frau, die sich hinter einem Türrahmen versteckte und zusah, wie der Mann, der sie suchte, nach allen Regeln der Kunst abgewiesen wurde. Er wird denken, dass es mir peinlich ist, mit ihm in Verbindung gebracht zu werden, dachte Meta. Aber hätte sie es tatsächlich fertiggebracht, auf ihn zuzugehen, während Eve daneben stand? Sie konnte es nicht sagen.

In der Zwischenzeit hatte Eve sie entdeckt und stolzierte auf sie zu, das durchnässte Paket mit Sicherheitsabstand von sich haltend. »Was hast du auf der Toilette getrieben?«, fragte sie und musterte Meta von Kopf bis Fuß – wortwörtlich bis zum Fuß, wie diese überrascht feststellte. Denn offensichtlich war es ihr völlig entfallen, wieder in ihre Pumps zu schlüpfen. Sie stand barfuß auf dem weißen Fliesenboden und lieferte Eve damit eine wunderbare Geschichte, die sie Karl bei Gelegenheit brühwarm auftischen konnte.

Dann drückte sie das Paket Meta in die Hand, deren Finger mühelos durch den Papierumschlag sackten. »Dieses hübsche Etwas hat ein gewisser David für dich abgegeben – ein Geschenk, wie er sagte. Noch einer von deinen angehenden Künstlern vom Stadtrand?«

»Nicht ganz«, erwiderte Meta tonlos. Ihre Verstörung wich kalter Wut. Was bildete Eve sich eigentlich ein, dass sie ohne jede Hemmung alles durch den Dreck zog, was ihr wichtig war? Sie hatte nicht übel Lust, an ihrer glatten Fassade zu kratzen, ihr eine Provokation entgegenzuschleudern. Ein kühles Lächeln schlich sich auf Metas Züge. »Das eben war ein Bekannter. Und das hier dürfte eine Skizze von seinem besten Stück sein, absolut beeindruckend. Soll ich es jetzt gleich auspacken? So etwas wolltest du doch bestimmt schon immer einmal ansehen.«

Obwohl Eve – konfrontiert mit einer so unerwarteten Frechheit – schwieg, zuckte es verräterisch unter ihrem Auge. »Du solltest Karl um eine Verabredung bitten, damit sich möglichst bald wieder alles zum Guten wendet. So langsam mache ich mir nämlich Sorgen um dich, meine Liebe. Dieser David sah aus, als suche er abends die Straßen nach leichter Beute ab. Und von so jemandem möchtest du doch nicht gefunden werden, oder?«

»Das war dann wohl ein Nein zu meinem netten Angebot?«, sagte Meta und lächelte zuckersüß, obwohl ihr vor Aufregung flau war. Diese Kratzbürstigkeit war noch ein ungewohnter Zug von ihr, denn normalerweise war sie so gut erzogen, dass sie an Gegenwehr nicht einmal dachte.

Als Eve beleidigt davonstöckelte, hatte Meta sie allerdings trotz dieses kleinen Sieges bereits vergessen, denn das Paket in ihren Händen erinnerte sie daran, dass soeben etwas viel Wichtigeres geschehen war. Unschlüssig, was sie damit tun sollte, sah sie es an.

Kapitel 6

Reue

Jannik hatte beide Hände tief in den Jackentaschen vergraben, die Schultern hochgezogen und beeilte sich, mit David Schritt zu halten. Gleichzeitig war er darum bemüht, den Fontänen auszuweichen, die der Feierabendverkehr aufspritzen ließ. Er war zwar schon bis auf die Haut durchnässt, aber er kam sich jedes Mal wie ein Opfer vor, was durch die gleichgültigen Mienen der Autofahrer noch verstärkt wurde. Soll er sich eben ein Taxi nehmen wie jeder andere normale Mensch auch, schienen diese Leute zu denken. Doch genau wie David wurde Jannik lieber nass, als sich in ein Auto zu setzen.

Er hatte vor der Galerie auf seinen Freund gewartet, mit einigen Schritten Abstand zu den hell erleuchteten Fenstern, die wie von Licht umflorte Schleusen in eine andere Welt aussahen. Während er von einem Bein auf das andere getreten war, waren seine Sinne ganz auf David gerichtet gewesen. Er spürte, wie dieser sich zuerst unsicher und gereizt gefühlt hatte, um dann von einer Woge der Enttäuschung überrollt zu werden. Da war Jannik näher an das Fenster herangetreten, über das Rinnsale von Regen flossen, die die Sicht verzerrten. Umringt von einem klinischen Weiß, überreichte David einer Frau mit Unmengen von Armreifen an beiden Handgelenken das Bild, bevor er fluchtartig das Foyer verließ.

Erst als David wieder auf der regennassen Straße stand, konnte Jannik aufatmen. Sein Freund würdigte ihn keines Blickes, und auch der Kopf des schwanzwedelnden Hundes blieb ungetätschelt. Stattdessen ging David einfach los, ohne ein Wort zu verlieren.

»Diese Meta hat nicht besonders begeistert ausgesehen«, platzte es schließlich aus Jannik hervor, als er Davids Schweigen nicht länger ertragen konnte. Dabei versuchte er, unauffällig einen Schritt vor seinen Freund zu treten, damit er wenigstens einen Blick auf dessen Gesicht erhaschen konnte. Eigentlich ein überflüssiges Unterfangen, denn der Missmut umgab David wie ein dunkles Energiefeld. Trotzdem wurde Jannik von seiner Neugierde übermannt, da sich David nur selten Gefühle erlaubte. Bevor er allerdings an ihm vorbeitänzeln konnte, hielt David unwillkürlich an und musterte Jannik entnervt.

»Das ist nicht Meta gewesen, sondern eine Kollegin«, erklärte er, dann schritt er weit aus, als wolle er bloß schnell den größtmöglichen Abstand zwischen sich und die Galerie bringen.

Jannik war das nur recht, denn dieses herrenlose Gebiet zerrte an seinen Nerven. Lieber wäre er durch ein fremdes Revier gestromert, das entsprach wenigstens seiner gewohnten Umgebung. In dieser Gegend jedoch erhoben sich die Gebäude wie gläserne Riesen. Stahl und verspiegeltes Glas weckten den Eindruck von Eleganz, aber die schiere Menge dieser Gebäude machte sie wieder zunichte. Genau wie der allgegenwärtige Staub, der den Regen in verdreckten Schlieren an den Scheiben herunterlaufen ließ. Diese Ecke der Stadt war erfüllt mit dem Vibrieren der Rechner, Telefone und Leuchtstoffröhren. In den Schaufenstern, die so zurückhaltend dekoriert waren, dass sie schon fast leer aussahen, wurden exklusive Kleidung und Schmuck, Hightech und Antiquitäten ausgestellt. Doch niemand war unterwegs, um diese verwaisten Luxuszellen zu erobern. Diese Läden, die sich dicht an dicht aneinanderreihten, wirkten fast selbst wie Ausstellungsstücke. Auch wenn er es nicht zugegeben hätte, gruselte es Jannik vor diesen Kunstwelten. Zwar wäre er David so ziemlich überallhin gefolgt, aber je eher sie dieses merkwürdige Viertel verließen, desto besser.

Zwei Blöcke weiter verdaute Jannik immer noch die Information, dass David lediglich einer Kollegin seiner Angebeteten das Päckchen übergeben hatte, und versuchte, sie mit Davids Emotionen während seines Galerieaufenthalts abzustimmen. So viel Enttäuschung, bloß weil diese Meta nicht da gewesen war – eine Frau, mit der er sich lediglich eine Nacht lang vergnügt hatte?

Als David ihm von seinem Plan erzählt hatte, die Frau zu suchen und ihr zur Wiedergutmachung für seine Grobheit etwas zu schenken, hatte er ihm begeistert zugestimmt. Ein cleverer Schachzug. Wenn es gut gelaufen wäre, hätte die Dame sich vielleicht noch zu einer kleinen Zugabe hinreißen lassen. Dagegen hätte Jannik ganz und gar nichts gehabt. Denn wenn David auf seine Kosten kam, dann fiel davon auch etwas für ihn ab. Eine nette Abwechslung, da Davids Gefühlswelt ansonsten eher einem trüben Tümpel glich.

»Hast du dem Paket denn wenigstens eine Karte mit deiner Adresse beigelegt oder so?«, fragte Jannik schließlich in der Hoffnung, dass noch nicht alles verloren war.

David verlangsamte seine Schritte, als habe diese Frage ihm den Wind aus den Segeln genommen. »Nein, ich bin irgendwie davon ausgegangen, dass ich mit ihr sprechen würde und dabei feststellen könnte, ob sie mich überhaupt noch einmal treffen will.«

Jannik stöhnte und fing sich dafür einen zornigen Blick von seinem Freund ein. Doch in diesem Augenblick war es ihm herzlich gleichgültig, ob David die Zähne fletschte vor Wut. Sie hatten sich beide den Arsch aufgerissen, um Metas Fährte zu folgen, die nach einer Woche alles andere als aufdringlich gewesen war. Aber sie hatten sie gefunden und waren ihr bis in dieses elende Glasscheiben-Viertel gefolgt. Nach all den Mühen erwartete Jannik mehr als ein anonym überreichtes Geschenk.

»Das heißt, sie hat jetzt keine Möglichkeit, sich bei dir zu melden? David, warum machst du das so kompliziert?«

»So wie Meta mich eben in der Galerie angesehen hat, dürfte sie eh kaum ein Interesse daran haben, mich wiederzusehen.«

»Moment mal – sie war da?«

Jannik brauchte die Antwort nicht zu hören, denn schon überrollte ihn Davids nur mühsam beherrschte Enttäuschung, die jeden Augenblick in Wut umschlagen konnte. Und in seinem Inneren breitete sich als Reaktion eine Angst aus, die sich anfühlte, als habe er unzählige Zitronenspalten auf einen Schlag verschluckt. Obwohl er genau wusste, dass David seine Frustration nicht an ihm auslassen würde, zog er unwillkürlich den Kopf ein. Das verängstigte Winseln in seinem Inneren, das nur er und David hören konnten, war von der Ungefährlichkeit der Situation alles andere als überzeugt. David warf seinem Freund einen wissenden Blick zu und berührte ihn kurz an der Schulter.

Eine Zeit lang liefen sie schweigend durch die Straßen, das Wasser rann ihnen in die Kragen, die Hosen klebten nass an ihren Oberschenkeln. Dabei machte die Nässe Jannik deutlich weniger zu schaffen als David, der immer wieder übellaunig zum schwarzen Himmel aufsah. Jannik ärgerte sich nur darüber, bei dem Regen nicht rauchen zu können. Burek lief einige Schritte wie eine Vorhut voraus, dicht an den Hausmauern entlang, um wenigstens etwas Schutz vor dem Unwetter zu finden. Er hatte die Ohren angelegt, die Rute eingezogen und sah sich immer wieder nach den beiden Männern um, als sei ihm die Stille unheimlich.

»Meta hat mich gesehen und auch wiedererkannt«, sagte David schließlich. Dabei ging er unbeirrt weiter, hielt den Kopf jedoch gesenkt, als wolle er dem Regen keine Chance geben, ihm ins Gesicht zu fegen. »Da war so ein Ausdruck auf ihrem Gesicht, als würde sie sich einen räudigen Straßenköter anschauen. Vielleicht ist ihr in diesem Moment ja klargeworden, mit wem sie sich da eingelassen hat. Jedenfalls schien es ihr klüger, sich im Hintergrund zu halten, während dieses aufgetunte Miststück von Kollegin mich Richtung Ausgang gebissen hat. Was für eine idiotische Idee, ihr ausgerechnet ein Bild zu schenken. Eine Galerie, verflucht! Du hast diesen Laden ja gesehen – todschick. Und ich Schwachkopf geh da trotzdem rein und versuche eine nette Zufallsnummer in … ja, in was eigentlich zu verwandeln?«

Janniks Hand fuhr unwillentlich zu der Haarinsel auf seinem Hinterkopf und zupfte an den nassen Fransen. »Das mit der Galerie konntest du doch nicht wissen«, sagte er, um seinen Freund etwas zu beruhigen. »Hör mal, wir sind den ganzen Tag unterwegs gewesen, sind sogar in Maggies Revier eingedrungen, um Metas Wohnhaus zu finden. Aber was hätten wir da ausrichten können? Dumm herumstehen, bis uns Maggies Grenzwächter den Hintern aufreißen? Das Geschenk einfach so vor ihrer Tür abstellen? Mann, die Galerie befindet sich wenigstens auf neutralem Boden.«

Doch David machte nicht den Eindruck, als ob ihn irgendetwas beruhigen könnte. »Wenn es richtig schlecht läuft, denkt sie noch, dass ich mich mit meinen Bildern aufdrängen will. Warum, zum Teufel, bin ich da bloß reingegangen? Wenn ich nur einen Augenblick lang nachgedacht hätte.«

»Nun komm schon«, sagte Jannik und streckte vorsichtig die Hand aus, um Davids Arm zu berühren, hielt aber mitten in der Bewegung inne. Was er gleich sagen wollte, würde seinem Freund sicher nicht gefallen. Aber wenn er Davids Verhalten richtig einschätzte, brauchte sein Freund einen Schuss vor den Bug, bevor er sich noch mehr in diese heillose Geschichte verrannte. »Das mit dir und dieser Frau, das war doch bloß ein bisschen Ficken. Mit einer zweiten Nummer wird es offensichtlich nichts, was soll's. Ist doch besser so, als wenn sie sich eine Liebesgeschichte erhofft hätte. Das hätte die Sache doch erst recht schwierig gemacht.«

Zu Janniks Beunruhigung nickte David lediglich vage, ohne seinen Blick zu erwidern. Wirklich überzeugt sah er nicht aus. Wenn David sich tatsächlich etwas in dieser Richtung erhoffen sollte, war es besser, ihm gleich klar und deutlich zu sagen, dass er sich das abschminken musste. Sehr viel besser, als anschließend seine Reste einzusammeln, wenn Hagen mit ihm fertig war.

»Das mit Liebesgeschichten ist nichts für uns beide, David«, sagte Jannik deshalb leise. »Es in einer Nacht mal knallen zu lassen, ist ja okay. Da lachen alle anderen drüber und kraulen sich gegenseitig die Eier, während sie dreckige Witze reißen. Aber wenn du anfängst, dich auf jemanden einzulassen, der nicht zu uns gehört … Du weißt doch genauso gut wie ich, wie das dann läuft.«

David hielt den Kopf immer noch gesenkt, aber bevor Jannik erleichtert ausatmen konnte, sah David auf. »Vielleicht hätte ich Hagens Angebot, im Rudel aufzusteigen, doch nicht so leichtfertig ausschlagen sollen«, sagte er mit rauer Stimme, als fiele es ihm schwer, die Worte hervorzubringen.

Mit aufgerissenen Augen setzte Jannik einen Schritt zurück. »Das ist nicht dein Ernst.«

»Wir werden sehen.«

Kapitel 7

Kaffeetrinken

»Hallo, ich wollte fragen, ob du vielleicht Zeit und Lust auf einen Kaffee hast? Ich kann zur Versüßung der Pause sogar ein paar Trüffel beisteuern.« Rahel war in der Tür stehen geblieben und hielt eine durchsichtige Zellophanpackung in die Höhe, in der sich cremefarbene Pralinen türmten. »Himbeer-Chili – klingt das schick genug für dich?«

Meta wedelte mit der Hand, unfähig, den Blick vom Schreibtisch zu lösen. Doch dieses Zeichen reichte Rahel aus, und sie schlüpfte ins Büro, wobei ihr versehentlich heißer Kaffee über das Handgelenk lief. Hastig stellte sie die beiden Becher auf dem Schreibtisch ab und ignorierte Metas missbilligendes Naserümpfen angesichts der Flecken.

Entspannt sank Rahel in einen der üppig gepolsterten Besuchersessel und wischte das Handgelenk an ihrer Stoffhose trocken. Wenn Meta jemandem die Frau aus der Buchhaltung hätte beschreiben müssen, so hätte sich dieses Bild hervorragend angeboten. Denn so war Rahel: eine entspannte, pragmatisch veranlagte Frau mit dunklem Lockenhaar, das – obwohl sie erst Mitte dreißig war – von ersten grauen Strähnen durchzogen war. Rahel kümmerte sich nicht um solche Eitelkeiten, die in ihren Augen reine Zeitverschwendung waren. Genauso wenig wie um ihre üppigen Hüften und den Bauch, der gerade unter dem Poloshirt hervorblitzte. Für Meta, die mit einem Bekanntenkreis gestraft war, für den eine Rubensfigur so abstoßend schien wie schwarz verfärbte Zahnstumpen, war Rahel zu einem Ruhepol in ihrem überspannten Alltag geworden.

Diese gemeinsamen Pausen hatten sich seit einigen Monaten eingebürgert. Meta konnte gar nicht mehr sagen, wie es dazu gekommen war, und auch nicht, was sie und Rahel sich eigentlich zu erzählen hatten. Von außen gesehen waren sie zwei vollkommen verschiedene Frauen, in deren Leben es kaum Berührungspunkte gab. Nichtsdestotrotz verging die Zeit immer rasend schnell und mit viel Gelächter. Nicht diesem schrillen Lachen, bei dem man sich gegenseitig zu übertrumpfen versuchte, weil ja alles so schrecklich witzig war, sondern mehr ein lockeres Glucksen.

»Himbeer-Chili?«, wiederholte Meta mechanisch, und doch schwang eine Mischung aus Verlangen und einem Hauch von Panik mit. Unter der cremefarbenen Hülle zeichnete sich ein zart pinkfarbener Kern ab. Unwiderstehlich. »Na, dann gibt es heute Abend wohl wieder nur Miso-Suppe.«

Rahel beobachtete, wie Meta sich über den zu groß geratenen Schreibtisch beugte, um sich eine Trüffel und den Kaffeebecher zu angeln. »Da ist Vollmilch drin«, sagte sie und bereute den Kommentar sofort, weil Meta sich anschickte, den Becher wieder wegzustellen. »Komm, das war ein Scherz. Aber du würdest dieses Hängerchen wirklich besser ausfüllen, wenn du ein wenig mehr auf den Rippen hättest.«

Meta blinzelte getroffen, denn eigentlich gab sie Rahel Recht: Selbst Meta konnte ihre staksigen Beine und ihr hageres Dekolleté nicht ausstehen. Noch weniger gefiel ihr allerdings der Gedanke, nicht dem Bild von einer attraktiven Frau zu entsprechen, das in ihrem Umfeld vorherrschte.

Als hätte sie ihre Gedanken gelesen, sagte Rahel: »Aber was verstehe ich schon von Mode, die aussieht wie ein paar gefältelte Stoffbahnen.« Ihr Augenblinzeln dabei verriet, dass auch Rahel sich der Unterschiede zwischen ihnen beiden bewusst war.

Einen Augenblick lang stellte Meta sich vor, wie Rahel abends mit einigen Freundinnen dicht gedrängt auf einer Couch saß, während irgendein alter Spielfilm lief. Die Frauen hielten Bierflaschen in den Händen, zwischen ihnen eine Schale Chips, so dass von allen Seiten kräftig zugelangt werden konnte.

Vielleicht versuchte Rahel in solch einem Moment, ihren Freundinnen Meta zu beschreiben: »Ihre Fingernägel sind immer blau angelaufen unter dem Lack, weil sie außer Kaffee nichts im Magen hat und in diesen kompliziert geschnittenen Fähnchen friert. Aber man stellt sich eben nicht mit einem Hosenanzug in die Galerie, als würde man in einer Bank arbeiten. Kunst ist schick, da darf man nicht so rüberkommen, als würde man bloß einem Job nachgehen.«

»Also ist das Einzige, was euch verbindet, das Kaffeetrinken«, stellte eine Frau fest, deren blondes Haar dem Fell eines Straßenköters glich. Bestimmt fristet sie ihr Leben in einer Versicherungsgesellschaft, entschied Meta. »Das ist nicht viel.«

»Na ja«, erwiderte Rahel, als fiele es ihr schwer, die Beziehung in die richtigen Worte zu fassen. »Irgendwie passt das schon.«

Genau, irgendwie passte das schon, auch wenn Meta wahrscheinlich niemals auf diese Couch eingeladen werden würde. Aber sie hatte ja selbst genug Freundinnen. Die sahen ihr allerdings alle so ähnlich, dass es ihr manchmal vorkam, als blicke sie ständig in einen Spiegel. Dafür brauchte sie Rahel nicht.

Während Meta ihrer Fantasie freien Lauf ließ und an einer Trüffelpraline knabberte, trank Rahel ein paar Schlucke Kaffee. Dann deutete sie auf das nasse Paket, auf dem Metas freie Hand besitzergreifend ruhte.

»Ist das schon das Kunstwerk oder steckt da eins drin?«

Augenblicklich bekam Metas blasses Gesicht Farbe, und sie strich einige der Papierfetzen glatt. »Das ist ein Geschenk«, sagte sie und verspürte das Bedürfnis, Rahel alles über David zu erzählen. Aber das war unmöglich, hier in ihrem cleanen Büro mit den ausgesuchten Werken an den Wänden und dem Panoramafenster, das direkt auf die Hauswand des Nachbargebäudes zeigte. Rinzo hatte das sehr lustig gefunden, als sie die Galerie eingerichtet hatten: eine Aussicht auf Beton, haha. Aber er hatte das Büro dann doch nicht selbst beziehen wollen.

»Und willst du es nicht auspacken?«

»Ich glaube, ich weiß schon, was drin ist.«

»Ja, und?«

Widerwillig machte Meta sich daran, das Papier abzuziehen. Zum Vorschein kam das gut ein Meter hohe Bild, das sie in Davids Wohnung gesehen hatte. Auch von nahem übte es dieselbe Faszination auf sie aus, dennoch erkannte Meta sogleich, dass die Acrylfarbe nicht mit sonderlich ausgefeilter Technik aufgetragen worden war. Enttäuscht stellte sie fest, dass es keine Signatur gab. Auch auf der Rückseite der Leinwand war keine Spur des Künstlers zu finden.

»Keine Liebesgrüße?«, fragte Rahel. Sie streckte die Hand nach dem Bild aus, und als Meta zögerte, hielt sie ihr die Trüffel zum Tausch hin. Meta legte den Kopf schief, doch schließlich ging sie auf den Handel ein. Mit krauser Stirn betrachtete Rahel die Leinwand. Nach einiger Zeit drehte sie sie auf die Seite und dann auf den Kopf, ohne dass sich auf ihrem Gesicht so etwas wie Verständnis abzeichnete.

»Für mich sieht das aus wie Malen nach Zahlen.«

Den Mund voller Himbeer-Mousse streckte Meta beleidigt die Hand aus, aber Rahel ignorierte sie.

»Du hältst es verkehrt herum«, brachte Meta mit schwerer Zunge hervor und griff nach ihrem Kaffeebecher. »So herum gehalten, steht das Gebäude auf dem Kopf.«

»Und woher willst du das wissen? Gibt es hier vielleicht versteckte Hinweise, die für Menschen aus der Buchhaltung unsichtbar sind?«

Gereizt sprang Meta auf die Beine und holte sich das Bild kurzerhand zurück. Wie einen Schatz presste sie es gegen ihre Brust, als befürchte sie, Rahel würde es ihr sonst rauben.

Rahel blickte sie verblüfft an, dann musste sie schmunzeln. »Diesem Bild haftet ein irrer Geruch an, zwar nur leicht, aber ignorieren kann man ihn nicht«, sagte sie herausfordernd. »Gehört das dazu? Ich meine, so eine Art künstlerischer Trick?«

Meta lächelte verträumt. Die Spur des markanten Duftes, den sie als Erstes an David wahrgenommen hatte, war ihr auch schon aufgefallen. »Duftet großartig, nicht wahr? Wonach riecht es deiner Meinung?«

Rahel kratze sich am Hinterkopf. »Ich weiß nicht … irgendwie … wow.« Als sie Metas eifriges Nicken sah, grinste sie. »Ich glaube, ich möchte gern ganz genau wissen, was es mit diesem geheimnisvollen Geschenk auf sich hat. Oder wohl eher mit dem Spender. Das ist das erste Mal, dass ich dich so aufgeregt sehe. Dabei verlierst du doch nicht einmal die Nerven, wenn einer von Rinzos Künstlern vor versammelter Kundschaft seine eigenen Werke bepinkelt, weil er glaubt, damit einen bleibenden Eindruck zu hinterlassen. Wer verbirgt sich hinter diesem Bild?«

Meta hielt ertappt inne, dann erzählte sie atemlos die Geschichte, wie sie betrunken in Davids Bett gelandet und am nächsten Morgen darin aufgewacht war. Wie sie das Bild gesehen und er sie schon im nächsten Moment zum Gehen aufgefordert hatte. Als sie mit der nur vage erinnerten Taxifahrt endete, war sie trotz der kühlen Temperaturen in ihrem Büro und ihres schulterfreien Hängerchens ins Schwitzen geraten. Schau mal an, dachte sie. So verwegen und zugleich peinlich berührt habe ich mich das letzte Mal gefühlt, als ich meiner Studienfreundin Bea zwischen zwei Seminaren von einem Abenteuer mit unserem Professor erzählt habe.

Während der ganzen Zeit hatte Rahel sie mit einem Hauch von Begeisterung angeschaut und sie kein einziges Mal unterbrochen. Vermutlich hatte Meta alles ausgeplaudert, weil sie es einfach nicht gewohnt war, so viel Redezeit zugestanden zu bekommen. Normalerweise wurde man in ihren Kreisen relativ schnell mit schrillem Quietschen, Seitenhieben oder der Langeweile geschuldeten Themenwechseln unterbrochen.

»Klingt so, als hätte Karl ernsthaft Konkurrenz bekommen«, sagte Rahel nun mit einem breiten Grinsen. »Ein junger, knackiger Kerl.«

»Nein, nein, so ist das nicht«, unterbrach Meta sie in gehetztem Ton. »Das war nur Spaß. Ich meine, warum soll nur Karl gelegentlich eine Abwechslung genießen? Außerdem ist David jünger als ich, und ich glaube … Ich weiß, das klingt jetzt unmöglich, aber er lebt in eher schlichten Verhältnissen. Nicht, dass er deshalb auch schlicht oder einfach gestrickt wäre. Es ist nur so: Wenn Karl David sehen würde, würde er mich wahrscheinlich auslachen. Das wäre keine Affäre, sondern ein Witz für ihn.« Ihre eigenen Worte berührten Meta auf peinliche Weise.

Ein Schatten huschte über Rahels Gesicht, aber was auch immer ihr bei diesen Sätzen durch den Kopf ging, sie behielt es für sich. Stattdessen hob sie den Kaffeebecher an ihren Mund, um anschließend einen enttäuschten Blick hineinzuwerfen, weil er leer war. »Trotzdem ist es eine spannende Geschichte«, sagte sie nachdenklich. »Ich mag Happy Ends, da bin ich wirklich ganz altmodisch. Es ist doch sehr niedlich, dass dieser David jetzt nach über einer Woche in der Galerie auftaucht, um dir das Bild zu schenken.«

Statt einer Antwort lächelte Meta versonnen. Jetzt, da sie die Geschichte das erste Mal jemandem erzählt hatte, konnte sie ihr auch etwas Romantisches abgewinnen. Denn das Geschenk warf ein anderes Licht auf die triebgesteuerte Leidenschaft der einen Nacht. Wenn es dabei geblieben wäre, hätte sie es Rahel auch auf keinen Fall erzählt, ganz gleich, ob ihr David unentwegt durch den Kopf spukte oder nicht.

»Ja, das hat mich wirklich gerührt. Besonders, da ich nicht damit gerechnet habe, ihn überhaupt wiederzusehen. Die Verabschiedung am Morgen ist ja recht übereilt ausgefallen.«

»Wie hat er dich eigentlich gefunden? Hast du ihm erzählt, dass du in dieser Galerie arbeitest, oder ihm deine Visitenkarte dagelassen?«, fragte Rahel auf einmal in einem derart nüchternen Ton, als erkläre sie Meta das Ergebnis der monatlichen Abrechnungen.

»Nein, keine Visitenkarte.« Meta biss sich auf die Unterlippe, während ihre Finger über den Innenrahmen aus rissigem Holz wanderten. »In der Nacht hatte ich, wie gesagt, einige Blackouts. Aber ich schwöre, wir haben uns nicht wirklich viel unterhalten. Höchstens ein paar Sätze, und ich kann mir beim besten Willen nicht vorstellen, dass die sich um die Arbeit gedreht haben.«

»Dann muss der Bursche wohl einer von der findigen Sorte sein, wenn er dich trotzdem aufgestöbert hat. Erwartet er jetzt dasselbe von dir? Schließlich hat er dir weder seine Telefonnummer noch sonst etwas hinterlassen.«

»Wahrscheinlich geht er davon aus, dass ich mich noch daran erinnern kann, wo er wohnt.«

Meta ließ die Schultern hängen. Eigentlich hatte sie immer gedacht, ihre Geburtsstadt in- und auswendig zu kennen, doch in Davids Viertel hatte es sie auch bei ihren nächtlichen Ausflügen noch nie hin verschlagen. In seiner Gegend reihten sich die Mietshäuser trist aneinander, die Bordsteine sahen verwahrlost aus. Ein Block voller Kasernen, unmöglich, sich dort an einem Herbstmorgen nach unzähligen Margaritas zurechtzufinden. So romantisch Meta das Ganze eben noch erschienen war, so abgeschlossen wirkte es jetzt: Sie würde David für das Bild keinen Dank übermitteln können. Und nach dem Blick zu urteilen, den er ihr in der Galerie zugeworfen hatte, würde er bestimmt nicht vorbeikommen, um ihn sich persönlich abzuholen.

Kapitel 8

Hagens rechte Hand

Die Küche des Palais war von der Größe her an die Küchen der großbürgerlichen Villen des vergangenen Jahrhunderts angelehnt. Zahlreiche Bedienstete sollten darin Platz finden, um sich um die verschiedenen Belange der Herrschaften kümmern zu können oder die Mahlzeiten an einem langen Esstisch einzunehmen. Der Zweck war weit verfehlt. In dieser Küche gab es nur einen rostigen Gasherd, von dem die Hälfte der Bewohner keine Ahnung hatte, wie man ihn bediente, eine leckende Spüle und einige Resopaltische, die den Charme einer Großkantine versprühten. Dafür strahlte der mannshohe Kühlschrank aus Edelstahl wie ein Kronjuwel. Nathanel stöberte gerade in dessen Tiefen, aber was er fand, entlockte ihm lediglich ein tiefes Grunzen.

David war im Türrahmen stehen geblieben und betrachtete den niedergebeugten Mann, der in einem ausgefransten Flanellhemd, Arbeiterhosen und Schnürstiefeln steckte. Nach einer Weile zog Nathanel den Kopf aus dem Kühlschrank und musterte ein in Schlachterpapier eingeschlagenes Stück Fleisch. Mit einem unübersehbaren Humpeln trat er ein Stück zurück, und die Kühlschranktür schloss sich mit einem geräuschvollen Plopp.

Nachdenklich wog Nathanel das Fleisch in seiner grobgliedrigen Hand, dann warf er David einen Blick zu. »Was denkst du, wie lange das hier schon im Kühlschrank liegt?«

Seine Stimme war so durchdringend wie eh und je, nicht das leiseste Anzeichen von Schwäche war herauszuhören. Aber es klang ein wenig abgehackt, als bereite es ihm Mühe, die einzelnen Worte klar und deutlich auszusprechen.

»Solange es nicht aus eigenem Antrieb aus deiner Hand springt …«, erwiderte David. Da er immer noch keine Anstalten machte, aus dem Türrahmen zu treten, gab Nathanel ihm mit einem Nicken zu verstehen, endlich näher zu kommen. Dabei fiel ihm eine der grauen Strähnen ins Gesicht und berührte die beachtliche Habichtsnase. Im nächsten Moment wurde sie wieder hinters Ohr geklemmt.

Nathanel war gewiss kein ansehnlicher Mann, seine Gesichtszüge waren zu ausgemergelt und die Lippen zu dünn. Dafür stachen die buschigen Augenbrauen hervor, genau wie die blau strahlende Iris. Der Körper war hochgewachsen, mit breiten Schultern und Gelenken, und doch durch und durch hager. Manchmal dachte David, wenn er diesem Mann gegenübersaß, dass er in gut dreißig Jahren vielleicht ganz genauso aussehen würde. Von den leicht hängenden Zügen der linken Gesichtshälfte einmal abgesehen. Vollkommen ausgezehrt und zugleich so widerstandsfähig wie gegerbtes Leder. Er wusste nie recht, was er von diesem Gedanken halten sollte.

Nathanel hatte eine alte Pfanne aus dem Ofen hervorgeholt und suchte nun das weitgehend leere Küchenregal nach Streichhölzern oder einem Feuerzeug ab, um den Gasherd anzünden zu können. Auffordernd sah er David an, der sich mit einigen Schritten Abstand zu ihm gesellt hatte, aber der zuckte bloß mit den Schultern.

»Wo treibt sich denn dein kleiner Schoßhund rum? Der raucht doch wie ein Schlot.«

»Jannik erledigt ein paar Besorgungen für Amelia.«

»Wie nützlich«, brummte Nathanel.

Schließlich fand er in einer Waschmitteldose ein Streichholzheftchen. Erst nach einigen Fehlversuchen gelang es ihm, ein Hölzchen anzureißen, denn sein linker Arm war immer noch steif und zu wenig nütze. Trotzdem hütete David sich, hilfreich einzuspringen. Dafür kannte er Nathanel zu gut. Bis dieser das Fleisch gebraten und aufgegessen hatte, schwiegen die beiden Männer.

David schaute zum Fenster hinaus, obwohl durch die Gardine kaum etwas zu erkennen war. Vor lauter Anstrengung, an nichts Besonders zu denken, schwitzten seine Hände, und er versuchte, sie unauffällig an seiner Jeans trockenzureiben. Dabei bildete er sich gar nicht erst ein, dass seine Nervosität Nathanel entging. Der Mann mit der Habichtsnase war Hagens rechte Hand, und mit vielen Dingen kannte er sich unleugbar besser aus als sie alle zusammen. Ohne Zweifel wusste Nathanel ganz genau, dass der junge Mann vor ihm etwas verbarg.

»Tut mir leid, dass ich dich in der Reha nicht besucht habe«, sagte David, als Nathanel das Besteck aus der Hand legte und sich im Stuhl zurücklehnte. »Aber irgendwie ist die Zeit so schnell vorbeigegangen, und ich hatte es einfach nicht im Kopf.«

Nathanel winkte lediglich ab. »Zeitgefühl ist nicht gerade unsere Stärke. Außerdem hätte es Hagen bestimmt nicht gern gesehen, wenn du das Revier verlässt. Wozu auch? War ja nicht viel los mit mir.«

David nickte langsam. Zumindest Nathanel meinte das, was er sagte. Doch David hatte weniger sein mangelndes Interesse von einem Besuch abgehalten, als die seltsame Furcht, die der abgezehrte Mann in ihm weckte. Obwohl Nathanel niemals Anzeichen eines väterlichen Interesses gezeigt hatte, erinnerte er ihn an Convinius. Oder vielmehr an die Rolle, die er sich damals als Junge von Convinius erhofft hatte: jemand, der einem das seltsame Leben, in das man geworfen worden war, erklärte. Jemand, der einem die Nähe gab, die ihm in der eigenen Familie fehlte. Die ihm dort gar nicht gegeben werden konnte, weil er ganz und gar anders war. Dass er sich immer noch so bedürftig fühlte, ärgerte David. Aus diesem Grund hatte er Nathanel nicht in der Reha besucht, als dieser nach einem Schlaganfall zusammengebrochen war und er ihn im Hinterhof des Palais liegend vorgefunden hatte. Dabei hatte Nathanel mit letzter Kraft ausgerechnet nach ihm gerufen. Hagen hatte David später regelrecht gelöchert, wie er bei dem im Sterben liegenden Mann sein konnte, bevor einer der anderen überhaupt etwas mitbekommen hatte. Aber David hatte den Hilferuf verschwiegen und es als Zufall abgetan. Etwas anderes konnte es auch gar nicht gewesen sein, denn Nathanel griff zwar bei Aufträgen stets auf David zurück, kümmerte sich ansonsten jedoch einen feuchten Dreck um ihn. Selbst dieses Erlebnis hatte nichts daran geändert: Nathanel hatte ihm durch Hagen seinen Dank ausrichten lassen, und damit schien die Sache für ihn erledigt. David war das nur recht.

»Hast du schon mit jemandem gesprochen? Ich meine darüber, was hier in den letzten Monaten so gelaufen ist?«, fragte David vorsichtig und ertappte sich dabei, dass er erneut mit den Händen über die Oberschenkel rieb. Dann legte er sie demonstrativ auf die Tischplatte und schwor sich, dass sie für den Rest des Gesprächs dort liegen bleiben würden.

Nathanel stocherte mit einem Streichholz zwischen seinen Zähnen herum. »Meinst du das Gestöhne über Amelias Größenwahn, das ganze Gequatsche über Ritualopfer oder die Tatsache, dass du dich wegen irgend so einem heißen Zufallstreffer überhaupt nicht wieder einkriegst?«

Davids Finger zuckten verräterisch, und er konzentrierte sich darauf, sie wieder zu entspannen. Nathanel schien sich eh nicht allzu viel aus seiner Reaktion zu machen. Warum auch?

Er wusste schließlich, wie es um David bestellt war, egal wie viel Energie der darauf verwendete, seine Empfindungen abzuschirmen. Das war in Nathanels Nähe ein sinnloses Unterfangen, aber der ältere Mann wusste die Bemühungen zu schätzen. Die meisten von ihnen brachten nicht einmal ansatzweise den Ehrgeiz mit, ihre Intimsphäre vor dem Rest der Meute abzugrenzen.

»Beruhige dich«, sagte Nathanel. »Ich habe weder vor, mich auf deine Kosten zu amüsieren, noch, dir die Leviten zu lesen. Du bist erfahren genug, um zu wissen, wie solche Liebesgeschichten ausgehen.« Mit behäbigen Schritten ging er zur Spüle, goss sich ein Glas Wasser ein und trank es in einem Zug leer. Dabei wandte er David den Rücken zu, der die Gelegenheit ausnutzte und ihn betrachtete. Doch ganz gleich, wie sehr er sich auch konzentrierte, es gelang ihm nicht, hinter die Fassade dieses Mannes zu blicken. Im Gegensatz zu ihm verfügte dieser nämlich über die Gabe, sich vor der Neugierde anderer zu verschließen.

Schließlich drehte Nathanel sich wieder um. »Du hättest Hagens Angebot nicht so leichtfertig ausschlagen sollen. Wärst du darauf eingegangen, dann könntest du jetzt nicht nur mein Verhalten besser abschätzen, sondern auch deine offensichtlichen Bedürfnisse besser kaschieren. Wahrscheinlich hast du gedacht, dass du Hagen kräftig eins auswischst, indem du sein Vertrauen enttäuschst.«

»Sagen wir, ich habe einfach keine Lust, Leichenteile zu fressen, nur weil es Hagen in den Kram passt.« Davids Brauen zogen sich trotzig zusammen.

»Leichenteile fressen? Dafür hältst du das Ritual?« Nathanel schüttelte den Kopf, als könne er so viel Dummheit nicht fassen. »Was hat dieser Trottel dir eigentlich beigebracht, mit dem du dich so lange im Niemandsland versteckt hast?« Als David sich anschickte, eine zornige Antwort zu geben, winkte Nathanel ab und sah mit einem Mal sehr erschöpft aus. »Vergiss es. Das geht mich alles nichts an. Außerdem sollten wir jetzt zusehen, dass wir loskommen. Sonst kommt Hagen noch auf die Idee nachzuschauen, was wir hier unten so lange treiben, obwohl er uns doch einen Auftrag erteilt hat.«

David trat einen Schritt zurück und zog mit dieser erneuten Bewegung Rene Parlas' Aufmerksamkeit auf sich. Obgleich Parlas unter seinem Maßanzug den wohlgepflegten und durchtrainierten Körper eines Vierzigjährigen verbarg, brach ihm bei der leichten Drehung des Oberkörpers der Schweiß aus. Mit einem wütenden Blick fixierte er David, der in der Nähe der Tür stand, bis Nathanel mit einem Klatschen beide Hände auf den Couchtisch vor ihm legte. Widerwillig wandte Parlas sich seinem Gesprächspartner zu, zückte ein Taschentuch und wischte sich über die Stirn. Es trug nicht zur Verbesserung seiner Stimmung bei, dass er seine Gereiztheit nicht überspielen konnte, obwohl stete Gelassenheit zu seinem Berufsimage gehörte. Allerdings hatten Nathanels Andeutungen ihn bereits an die Grenze seiner Belastbarkeit gedrängt, mehr wollte er nun nicht mehr hinnehmen.

»Ich weiß, dass Sie mir diesen Kerl im Nacken positioniert haben, um mir auf die Nerven zu gehen. Verstehe ich vollkommen, eine alte und immer noch beliebte Taktik. Aber es dürfte doch für Ihre Zwecke ausreichen, wenn er seiner Aufgabe hinter der Tür nachgeht. Ich habe ja nun begriffen, dass Sie mir jederzeit diesen großen, gefährlichen Kerl auf den Hals hetzen könnten, wenn ich mich nicht ordentlich um Ihr Anliegen bemühe. Aber seine Anwesenheit motiviert nicht, sondern lenkt mich ab. Und wir wollen dieses Gespräch doch möglichst rasch über die Bühne bringen, oder?«

Das Treffen hatte von Anfang an unter keinem guten Stern gestanden, weil Nathanel und David zu früh im Haus des Mittelsmanns aufgetaucht waren. Frau Parlas, eine ausgesprochen junge und attraktive Frau, hatte ihnen geöffnet und erstaunt zugesehen, wie ihr Mann diese beiden heruntergekommenen Kerle in ihr Wohnzimmer geführt hatte.

»Ich finde, der Junge macht sich dort ganz gut«, erklärte Nathanel, während er David zugleich einen strengen Blick zuwarf.

Demonstrativ versenkte David seine Hände in den Jackentaschen. Normalerweise machte er sich nicht viel aus dieser Art Job, die eigentlich nur darin bestand, herumzustehen und höchstens einmal jemanden grob bei der Schulter zu packen. Auf die Weise machte er Nathanels Gesprächspartner klar, wer bei den Verhandlungen den Ton angab. Dies war einer der Vorteile, wenn man in Hagens Hierarchie unten stand: Man musste zwar die Drecksarbeit erledigen, aber man machte sich nicht wirklich die Hände schmutzig. Dafür war man zu unwichtig.

Parlas seufzte ergeben. »Dann soll er wenigstens still stehen. Dieses ständige Gezappel irritiert mich.«

Rene Parlas war ein Mittelsmann, über den Hagen mit seiner Konkurrenz in Kontakt blieb. Ein Mann, der sein Einkommen mit seinem Mundwerk verdiente, indem er die eher grobschlächtigen Befehle seiner Auftraggeber wohlklingend weitervermittelte. An diesem Nachmittag musste David nicht befürchten, dass Nathanel ihn plötzlich auffordern könnte, Herrn Parlas mit ein paar gezielten Schlägen auf die Sprünge zu helfen. Selbst Rene Parlas befürchtete dies nicht, denn er hatte weder seinerseits auf einen zweiten Mann bestanden, noch wies sein Anzug irgendwelche verräterischen Ausbeulungen auf, die auf eine versteckte Waffe deuten könnten. Hätte ihm in dieser Gesellschaft auch nicht viel geholfen.

Trotzdem wollte es David nicht gelingen, sich still zu verhalten und einfach nur die cremefarbene Inneneinrichtung zu betrachten, die den Charme eines Designerkatalogs ausstrahlte. Insgeheim ärgerte er sich darüber, dass Nathanel den Vorschlag, sich vor dem Penthouse zu postieren, abgelehnt hatte. David hatte keine Lust mehr, den beiden Männern zuzuhören: zu viel Internes, zu viel Politisches. Er wollte nicht Zeuge werden, wollte nicht darüber nachdenken müssen, was Hagen für ihre Zukunft plante. Es reichte ihm, davon zu erfahren, wenn aus den Plänen Realität geworden war.

Nathanel nahm darauf keinerlei Rücksicht. Vielleicht war er auch der Auffassung, dass David sowieso nicht zuhörte, weil ihm diese zähe Unterhaltung voller Andeutungen und verwirrender Details gleichgültig war. Schließlich hatte er bei jeder sich bietenden Gelegenheit mit Absicht bewiesen, dass er weder Cleverness noch Ehrgeiz besaß. In diesem Augenblick aber wünschte sich David sehnlichst, so abgestumpft zu sein, wie man es ihm nachsagte. Er konnte seine Ohren einfach nicht vor dem Gespräch verschließen, ganz gleich, wie sehr er sich auch darum bemühte. Das Netz seiner Wahrnehmung war zu feinmaschig, unentwegt blieben Bruchstücke der Unterhaltung hängen.

»Was Hagen vorhat, kann nur mit einem Blutvergießen enden«, erklärte Parlas gerade. »Er überspannt den Bogen schon viel zu lange, nicht nur mit seinen dunklen Geschäften. Will er Sascha wirklich herausfordern?«

Verzweifelt konzentrierte David sich auf ein schlicht gerahmtes Ölgemälde, das eine üppige Nackte zeigte. Die Haut wies einen Stich ins fahle Grau auf, die Konturen wirkten zerlaufen. Die Augen der Frau waren geschlossen, jedoch nicht im Schlaf. Unwillkürlich tauchten Bilder vor Davids innerem Auge auf, Zeugnisse seiner Vergangenheit, die er sorgfältig verdrängt zu haben glaubte. Und nun ... ausgeblutete Leichname, die Haut wächsern grau, auf grünem Grund liegend, mit seltsam verrenkten Gliedmaßen und klaffenden Wunden, die den Blick auf ein verwirrendes Durcheinander in ihrem Inneren freigaben. Er spürte einen Druck im Magen, widerstand jedoch dem Bedürfnis, sich die Hand vor den Mund zu halten.

»Sascha sollte das Ganze nicht so schrecklich eng sehen«, erwiderte Nathanel, wobei seine gesamte Aufmerksamkeit auf die aufsteigenden Blasen in seinem Wasserglas gerichtet war. Rene Parlas mochte unter Druck stehen und David nervös in seinen Jackentaschen kramen, doch Nathanel saß entspannt auf der tiefen Couch, umrahmt von einem Meer aus cremefarbenen Kissen. Er wirkte irritierend gleichgültig, trotz der unheilvollen Neuigkeiten. »Sein Haufen ist derselbe wie vor zehn Jahren, da tut sich doch nichts. Bei Hagen sieht das anders aus, er muss zusehen, wo er bleibt.«

»Ich befürchte, dass ich Ihnen nicht folgen kann«, erklärte Parlas und schenkte Nathanel Wasser nach. Sein eigenes Glas stand weiterhin unberührt da. Vermutlich war ihm mittlerweile eher nach einem Drink zumute.

Nathanel bedankte sich mit einem Nicken, dann sagte er: »Es ist doch nicht überraschend, dass Hagen seine Position stärken will, das liegt in der Natur eines Anführers. Sie zwingt ihn, immer einen Schritt weiter voranzugehen. Außerdem sehnt sich die Meute noch nach etwas anderem, wie wir beide nur allzu gut wissen. Wie soll Hagen die Bedürfnisse seiner Anhängerschaft also befriedigen? Es führt einfach kein Weg an der Vergrößerung des Reviers vorbei. Das als eine aggressive Herausforderung zu interpretieren, ist albern. Sascha würde sich an Hagens Stelle genauso verhalten.«

»Ach, und weil Hagen angeblich bloß seiner Verantwortung als Anführer nachkommt, soll Sascha den völlig überzogenen Revieranspruch als naturgegebene Zwangsläufigkeit akzeptieren und einfach zurückweichen?« Parlas klang belustigt, aber die verkrampften Finger verrieten seine Angst.

»Nun, er könnte natürlich auch darüber nachdenken, sich Hagen anzuschließen.«

Bei diesen Worten konnte David ein Stöhnen nicht unterdrücken. Was Nathanel da vorschlug, war ungeheuerlich.

Parlas fuhr erneut in seinem Sessel herum. Anklagend deutete er mit dem Zeigefinger auf David. »Der Kerl soll endlich still sein!«, forderte er, und seine Stimme überschlug sich.

Mit einem Mal verspürte David den Wunsch, diesem Mann einen Schlag ins Gesicht zu verpassen, wenn auch nur, um endlich die Anspannung loszuwerden. Er trat einen Schritt vor und ballte bereits die Hand zur Faust, doch Nathanel zwang ihn, innezuhalten. Der ältere Mann hatte nämlich instinktiv begriffen, was David durch den Kopf ging. Sogleich hatte sich auf seinem Antlitz ein Schemen ausgebreitet, als wäre er für den Bruchteil einer Sekunde aus dem Licht getreten. Die Gestalt seines Schattens, soeben noch unsichtbar auf dem hellen Sofabezug, veränderte sich. Als der Schatten sich selbstständig aufrichtete, verriet seine verschwommene Kontur, dass er nicht länger die Silhouette eines Menschen ausmachte. Und schon setzte er zum Sprung an.

David hatte keine Chance, sich zu wehren. Er wurde so fest an der Kehle gepackt, dass ihm augenblicklich die Tränen in die Augen stiegen. Gefährlich scharfe, doch durchscheinende Reißzähne drohten die Haut zu durchstoßen. Unter dem Gewicht des Schemens sank er zu Boden, obwohl sein Verstand behauptete, dass er nicht einmal so schwer wie eine Feder sein durfte. Aber David wusste es besser. Es hätte nicht einmal des drohenden Knurrens bedurft, um ihn zur Räson zu bringen. Diesem Gegner, der im Licht des Nachtmittags nicht mehr als ein Trugbild zu sein schien, war er in keinerlei Hinsicht gewachsen. Erst als er seine Muskeln entspannte und somit seine Unterwerfung eingestand, ließ der Griff um seine Kehle nach.

Auch Parlas hatte das furchterregende, heiser klingende Knurren vernommen, das den Raum mit einem Beben erschüttert hatte. Sein Redefluss war schlagartig versiegt, nur sein Mund schnappte weiter auf und zu.

Der Schatten, dessen rasch verbleichende Silhouette an einen Wolf erinnerte, eilte zu seinem Herrn zurück und streifte dabei Parlas' Schulter. Dieser zuckte derart zusammen, dass seine ruckartig hochgerissenen Knie sein Kinn rammten. Obgleich er sich mit der Haltung der Lächerlichkeit preisgab, starrte er Nathanel lediglich mit schreckgeweiteten Augen an. Nur hochrangige Rudelmitglieder verfügten über die Fähigkeit, sich von ihrem Wolf zu trennen und sich wieder mit ihm zu vereinen. Die anderen blieben für immer mit ihm verschmolzen.

»Dazu solltest du gar nicht … dazu … sich von seinem Schatten zu trennen, ist ein Privileg der Anführer«, stammelte Parlas. »Das kann sonst niemand, es ist zu schwierig.«

Nathanel zuckte mit den Schultern, dann erhob er sich mit viel Geächze von der Couch, wobei sein Schatten ihm wie ein Scherenschnitt folgte. Es brauchte einen Augenblick, bis er sich aufgerichtet und die Balance wiedergefunden hatte. »Vertagen wir dieses Gespräch«, sagte er, und seine Hand zitterte vor Erschöpfung, als er sich das Haar hinter die Ohren strich. »Bleiben Sie sitzen, Parlas. Wir finden allein den Weg nach draußen. Immer der Nase nach, sozusagen.«

Als er an David vorbeiging, verpasste er ihm einen Klaps gegen den Oberarm, damit dieser sich in Bewegung setzte. Rene Parlas hingegen rührte sich nicht vom Fleck, nur sein Blick folgte ihnen.

Obwohl Parlas' Penthouse im achten Stock lag, Nathanel Probleme mit dem Gleichgewicht hatte und David immer noch von der rüden Zurechtweisung benommen war, nahmen sie die Treppe statt den Fahrstuhl. Draußen auf der Straße empfing sie Nieselregen. Nathanel fluchte und zog sich umständlich seine Jacke über, während David scheinbar teilnahmslos den Verkehr beobachtete.

»Hör auf, dich wie ein kleines Mädchen zu benehmen«, sagte Nathanel schließlich. Dabei versuchte er, einhändig die Jacke zuzuknöpfen, was ihm mehr schlecht als recht gelang. »Es gibt keinen Grund, eingeschnappt zu sein, weil ich dich an die Leine gelegt habe.« Endlich warf David ihm einen zornigen Blick zu, auf den er mit einem Seufzen reagierte. »Du wolltest Parlas ins Gesicht springen.«

»Ich hätte mich schon wieder eingekriegt«, behauptete David gereizt.

»Das sah aber anders aus.«

»Ach ja?«

Nathanel beobachtete, wie Davids Hände sich zu Fäusten ballten. Erneut kämpfte er mit den Knöpfen, dann gab er auf. So schlimm war der Nieselregen nun auch wieder nicht. »Dafür, dass du so gern Hagens Fußabtreter spielst, reagierst du ganz schön empfindlich, wenn man dich mal ein wenig rannimmt. Unterwürfigkeit und ein hitziges Temperament passen eigentlich nicht zusammen, sollte man meinen.«

Einen Augenblick lang war David versucht, den älteren Mann einfach stehenzulassen. Er spürte einen blinden Zorn, der danach drängte, sich an etwas abzuarbeiten. Wäre Jannik an seiner Seite gewesen, hätte er ihn wahrscheinlich zu einer kameradschaftlichen Rangelei genötigt. Doch mit Nathanel konnte man so etwas nicht machen: Zum einen wirkte sein vom Schlaganfall gezeichneter Körper zu zerbrechlich für eine körperliche Auseinandersetzung, zum anderen wusste David nur allzu gut, dass er diesem Mann nicht gewachsen war. Das hatte sein eigener Wolf ihm vorhin ohne Zweifel deutlich gemacht, als der Schatten ihn an der Kehle gepackt hatte: Nur ein unterwürfiges Wimmern war zu hören gewesen. Außerdem war allein die Kraft hinter dem Biss des Schattenwolfes, mit dem Nathanel ihn zur Räson gebracht hatte, mehr als eindeutig gewesen. Noch immer brannten die Stellen, wo sich die körperlosen Reißzähne drohend an seine Haut gelegt hatten. Nathanel hatte ihn wie einen ungezogenen Welpen gepackt, und er nahm ihm diese demütigende Geste übel. Allerdings vergaß er darüber nicht den tief empfundenen Respekt gegenüber dem älteren Mann.

»Wie fandest du Parlas' Reaktion?«, wechselte Nathanel das Thema und blinzelte den Regen aus den Augen.

»Keine Ahnung«, erwiderte David, obwohl ihm sehr wohl eine Meinung dazu durch den Kopf ging. Aber er würde sich hüten, sie Hagens rechter Hand zu verraten.

Nathanel sah ihn prüfend an, und David hätte ihn dafür am liebsten angeknurrt. Dann verzog Nathanel seinen schiefen Mund zu einem wissenden Grinsen, er verkniff sich jedoch einen Kommentar. »Das Ganze interessiert dich also nicht weiter«, sagte er stattdessen. »Eigentlich hätte ich vermutet, dass du ein Vertreter des Gleichgewichts bist.«

»Welches Gleichgewicht?«

»Zwischen den Rudeln«, gab Nathanel geradeheraus zurück. »So empfinden doch die meisten von uns in der Tiefe ihres Herzens. Wir neigen zur Bescheidenheit. Darum ist Hagens Vorstoß ja auch so verwirrend. Ich könnte mir gut vorstellen, dass Sascha eine Weile brauchen wird, bis er die Ausmaße der Veränderungen tatsächlich begreift. Er ist zwar auch nicht gerade ein Herzchen und ziemlich verbohrt in die Idee, dass das Recht immer auf der Seite des Stärkeren ist. Aber Hagens Pläne sind viel zu abwegig für einen Wolf, als dass er sie erraten könnte. Und dieser Parlas wird sich jedenfalls schwer damit tun, es ihm begreiflich zu machen. Viel zu überreizt, der Mann. Wenn der anfängt, nach Angst zu riechen, nimmt ihn niemand mehr ernst. Darüber muss man sich schon so seine Gedanken machen, denn ein Ungleichgewicht zwischen den Rudeln könnte schlimme Folgen haben.«

»Warum erzählst du mir das alles?«, fragte David, der eine ernstzunehmende Beunruhigung in sich aufsteigen fühlte. Er wollte nicht in diese politischen Dinge hineingezogen werden, wollte am liebsten nicht einmal etwas davon wissen. Sein Leben war kompliziert genug.

»Ach, ich rede nur so vor mich hin, weil ich besorgt bin.« Nathanel schaute gedankenverloren in die Luft und schien den unsicheren Ton in Davids Frage absichtlich zu ignorieren. »Ich will einfach nur, dass Sascha begreift, was auf ihn zukommt. Du weißt ja, was passiert, wenn man einen Wolf zu ungestüm in eine Ecke drängt: Er beißt um sich und richtet damit unnötig viel Unheil an. Parlas ist ein Schlappschwanz, der kriegt Sascha garantiert nicht dazu, sich mit den Veränderungen auseinanderzusetzen. Eigentlich sollte jemand mit Maggie reden, schließlich geht es um ihre Straßen. Wenn es zu einem Kräftemessen kommt, wird ihr kleines Revier zum Schauplatz werden, nicht wahr?«

Einen Augenblick lang wirkten die Worte nach, doch bevor David etwas Unbedachtes herausrutschen konnte, raffte Nathanel seinen Kragen mit der rechten Hand zusammen und warf ihm einen müden Blick zu. »Wir haben getan, was Hagen uns aufgetragen hat. Ich werde jetzt zum Palais zurückgehen und etwas schlafen. Du kannst ja noch in der Stadt herumstromern. Aber treib dich besser nicht in den falschen Gegenden herum.«

Ohne eine Antwort abzuwarten, drehte Nathanel sich um und ging leicht wankend davon. David blieb stehen, während die Worte durch seinen Geist wirbelten, als wollten sie ihn zwingen, eine Meinung zu alldem zu formulieren. Doch genau das wollte er mit allen Mitteln vermeiden. Hagen bestimmte die Wege des Rudels. Er würde einen Teufel tun und sich einmischen. Stattdessen würde er sich auf die Suche nach Jannik machen. Sein Kumpel wäre sicherlich für einen Zuhörer dankbar, bei dem er sich stundenlang über Amelias divenhaftes Verhalten aufregen konnte. Vielleicht hatte er auch noch gar nicht alle Aufträge für sie erledigt, so dass David ihm helfen konnte. Alles war recht, wenn er nur ausreichend Ablenkung fand.

Nachdem David diesen Entschluss gefasst hatte, spürte er eine Empfindung in sich aufsteigen, die ihm das Blut in die Wangen trieb. Er hatte sie in den letzten Jahren immer wieder einmal erlebt, in den letzten Wochen sogar häufiger. Doch heute ließ sich das diffuse Schamgefühl nicht so leicht niederringen wie sonst. Während er Janniks Fährte aufnahm, quälte es ihn unablässig und fragte ihn flüsternd, wie lange es ihm noch gelänge, die Stärke seines Wolfes zu verbergen. Wie lange er es wohl noch aushalten könnte, sich selbst zu verleugnen und sich von den anderen Rudelmitgliedern gängeln zu lassen. Wann er schließlich daran zerbrechen würde. Heute noch nicht, hielt David mit aufeinandergepressten Zähnen dagegen und schritt schneller aus.

Kapitel 9

Familienbande

Die Deckenstrahler waren so raffiniert ausgerichtet, dass man fast glaubte, in einen sonnenüberfluteten Himmel zu blicken, über den sich dralle Engelchen räkelten und an ihren Harfen zupften. Dabei war die gewölbte Decke des *Dea* bestenfalls fünf Meter hoch. Meta kam einfach nicht dahinter, bei wem der Besitzer des Restaurants diese Deckenarbeit in Auftrag gegeben hatte. Allerdings war es ohnehin viel interessanter, wer diese perfekte Beleuchtung installiert hatte. Diesen Menschen müsste man in die Finger kriegen, damit er sich einmal der Galerie annahm. Im Augenblick waren die Lichtquellen dort so ungünstig ausgerichtet, dass die allgegenwärtigen weißen Fliesen stark spiegelten und von den Exponaten ablenkten

Bevor Meta diesen Gedanken weiterspinnen konnte, bemerkte sie, dass etwas nicht stimmte. Der Geräuschpegel im Restaurant hatte sich verändert. Meta wandte den Blick von der Decke ab, wobei ihr schmerzender Nacken verriet, wie lange sie schon das unerreichbare Paradies angestarrt hatte, und schaute in die Gesichter ihrer Familie.

Ihr Bruder Georg war mit seiner Frau Antonia auf Reisen, was jedoch keinen großen Verlust für die Runde darstellte. Wenn Georg nicht über Finanzdinge sprechen konnte, redete er lieber gar nicht. Trotzdem war es Antonia nach drei Jahren Ehe immer noch nicht gelungen, sich im Familienkreis Gehör zu verschaffen. Vermutlich war es schade darum, denn Meta dachte, dass ihre von Schüchternheit geplagte Schwägerin einen süßen Kern enthielt. Aber Georg bewachte seine Frau genauso herrisch wie alle anderen Privilegien, die er sich im Schweiße seines Angesichts verdient hatte. Daher hatte Meta bislang keine Chance gehabt, Antonia besser kennenzulernen.

Gegenüber Meta saß ihre Mutter Elise, deren äußere Erscheinung sie und ihre Schwester geerbt hatten: eine anmutige Gestalt mit ungewöhnlich gleichmäßigen Gesichtszügen und naturblonden Haaren. Von ihrer Mutter hatte Meta außerdem gelernt, wie man achtsam Kalorien zählte, da der von der Natur geschenkte ätherische Körper auf keinen Fall ruiniert werden durfte. Nur mit hervortretenden Wangenknochen, schmalen Schultern und kantigen Handgelenken gelang es einem, sich von der Masse abzusetzen.

Es brauchte einen Moment, bis Meta begriff, dass der dezent geschminkte Mund ihrer Mutter geschlossen war – das hatte sie also aus ihren Gedanken geholt. Elise hatte ihren detaillierten Bericht über den Wochenendausflug an die Küste unterbrochen, weil ein bekanntes Ehepaar samt Nachwuchs das *Dea* betreten hatte. Der vielleicht vierzehn Jahre alte Sohn hatte sich die Hälfte seines Schädels kahlrasiert. Es sah ganz so aus, als wäre seine Mutter mitten in der Prozedur ins Badezimmer geplatzt und habe ihm den Rasierapparat entrissen. Die andere Seite des Kopfes zierten nämlich halblange dunkelblonde Locken.

Elise schien dermaßen in ihre Beobachtung vertieft zu sein, dass sie ihren kleinen Vortrag einfach vergessen hatte – wie auch das Risotto und ihre schweigende Familie. »Nathalia sollte diesem Bengel einfach jeden Abend ein Sedativ auf seine Pizza streuen, das würde ihr viel Ärger ersparen. Ich werde das ihr gegenüber bei Gelegenheit einmal andeuten«, sagte

Elise selbstversunken, während ihre Fingerspitzen die Leinentischdecke glattstrichen. Sie hatte eine Schwäche für Skandale, obwohl sie es niemals zugeben würde. Zu ordinär.

Links von Elise saß ihr Ehemann, Metas Vater Lorenz, und widmete sich seinem blutigen Steak. Obwohl er schon weit in den Sechzigern war, war er ein Bild von einem Mann: groß und breitschultrig, der Haarkranz, der ihm geblieben war, immer noch dunkel. Alles an ihm wirkte beeindruckend, von seiner Stimme über seinen Familienstammbaum bis hin zu seinem Bankkonto. Die Mensch gewordene Verkörperung des Wortes *stattlich*. Manchmal hatte Meta den Verdacht, dass er sich unter all den jungen Frauen, die ihm – laut ihrer Mutter – damals verliebte Augen gemacht hatten, Elise auswählte, weil sie mit ihrer zierlichen Figur und ihrem vordergründig zerbrechlichen Wesen seine Stattlichkeit noch unterstrich. Denn auch seine Eitelkeit zeigte gelegentlich beachtliche Ausmaße, die er jedoch durch seinen trockenen Humor wieder ausglich. Wie immer, wenn ihre Eltern nebeneinandersaßen, staunte Meta darüber, wie unterschiedlich die beiden waren und wie perfekt sie einander ergänzten.

Lorenz spürte Metas Blick und deutete auf die Schale mit Rosmarinkartoffeln, die vor ihm stand. »Nimm dir ruhig welche«, bot er an, dann galt seine Aufmerksamkeit wieder dem Steak.

Hastig wandte Meta den Blick von den appetitlichen Kartoffeln ab. Rechts von ihr saß ihre jüngere Schwester Emma, in der einen Hand die Gabel mit einem Stückchen Huhn, während die andere Hand unter dem Tisch unablässig die in der Schachtel verbliebenen Zigaretten durchzählte. Dabei lag die schon arg zerfledderte Verpackung auf ihrem nackten Oberschenkel. Ihr Kleid war so weit nach oben gerutscht, dass nicht einmal der Kellner es übersehen konnte, der ihr gerade Wasser nachschenkte.

Wie schon so oft fragte Meta sich, wie viel von Emmas Attitüde inszeniert war und was als unschuldig durchgehen konnte. Der geistesabwesende Blick, mit dem Emma durchs Leben schritt, wies auf Letzteres hin, doch je mehr Zeit Meta mit ihrer Schwester verbrachte, desto unsicherer wurde sie diesbezüglich. Schon als sie noch Kinder gewesen waren, war es Meta nie gelungen, ihrer Schwester nahezukommen. Damals hatte sie es auf den Altersunterschied von fast acht Jahren geschoben, wenn Emma alle Annäherungsversuche mit einem gelangweilten Achselzucken abgetan hatte. Sie hatte diese Zurückweisung einfach akzeptiert, vor allem, da es dem Rest der Familie genauso erging.

Später hatte Meta dann herausgefunden, dass es sehr wohl möglich war, Emma zu begeistern. Zum Beispiel, wenn irgendwelche Schulkameraden die schwülstigen Tagebucheinträge ihrer großen Schwester vortrugen. Das hatte Emma gefallen, doch Metas Zorn und wüsten Beschimpfungen waren wiederum einfach spurlos an ihr abgeprallt. So hatte Meta sich auch noch für ihre Tränen geschämt, weil sie ihre Hilflosigkeit bewiesen.

Aus diesem Grund glaubte Meta in manchen Momenten auch, dass die scheinbar so ehrgeizlose und oft apathisch wirkende Emma in Wirklichkeit ein durchtriebenes Luder war, das sein Vergnügen in Gemeinheiten fand. Dieser Eindruck hatte sich verstärkt, nachdem sie Emma als junge Erwachsene einige Male außerhalb des familiären Rahmens erlebt hatte.

Der Gedanke an die Galerieeröffnung vor drei Jahren trieb Meta noch heute die Schamesröte ins Gesicht. Emma vertrieb sich die Zeit in einer Nische mit einem Maler und bemühte sich dabei nicht sonderlich, den Quickie vor den anderen Gästen zu verbergen. Die Frau des Künstlers war weiß wie die Kacheln der Galerie geworden, als sie begriff, wer sich dort so schamlos aufführte. Sie sagte weder ein Wort, noch rührte sie sich, bis ihr Mann sie mit erhitztem Gesicht ruppig am Ellbogen fortführte. Schon ein paar Stunden später waren alle Arbeiten dieses Künstlers verkauft gewesen. Rinzo rieb sich vor Begeisterung die Hände. Emma antwortete auf Metas empörte Frage, was sie sich dabei bloß gedacht habe: »Die Nummer war mehr Kunst als dieser ganze Scheiß hier.«

Karl amüsierte sich damals bestens über diese Dreistigkeit. Als Emma jedoch später einmal bei einem Essen mit gemeinsamen Bekannten behauptete, dass Karl in seinem Leben immer Höchstleistungen anstrebte, weil sein bestes Stück zu klein geraten sei, packte er sie so grob am Oberarm, dass Emma überrascht aufschrie. Wenn es um seine Ehre ging, verstand Karl keinen Spaß. Trotzdem hielt Meta sich zurück, als er ihre Schwester daraufhin als »verlogenes Miststück« beschimpfte. Denn sie hatte das Gefühl, dass Emmas Worte nicht so sehr Karl vorführen, sondern sie brüskieren sollten. Sie sollte genau wissen, dass es ein Leichtes für ihre Schwester war, die tatsächliche Größe von Karls bestem Stück herauszufinden. Offensichtlich fand Emma Gefallen daran, Meta zu demütigen.

»Wie geht es Karl eigentlich?«, fragte Emma in diesem Moment mit ihrer stets gelangweilten Stimme. Mit einem Klirren ließ sie die Gabel auf den Teller fallen und schaute dann mit großen Augen in die Runde, als verstünde sie nicht recht, warum plötzlich alle Blicke auf ihr ruhten.

»Gut«, erwiderte Meta mechanisch, »denke ich.«

»Du hättest ihn mitbringen sollen, Schatz. Das ganze Hin und Her ist doch lächerlich auf die Dauer.« Elise fuhr hektisch mit ihrer Gabel durch das Risotto, um davon abzulenken, wie sehr ihr dieses Thema zusetzte. Sie schwärmte für Karl. In ihren Augen war er der perfekte Schwiegersohn – einmal davon abgesehen, dass er ihre Tochter in regelmäßigen Abständen verließ. »Lorenz, du hast ihn doch neulich beim Squash getroffen. Warum hast du ihn nicht eingeladen? Karl ist doch sonst auch jeden Sonntag mit von der Partie.«

Metas Vater zuckte gleichgültig mit der Schulter. Seit Karl seine erste offizielle Auszeit von Meta genommen hatte, fand der Bursche keine Gnade mehr bei ihm. Ein Luftikus, der sich mit edlen Mineralwassersorten auskannte. Die ganze Stadt schien voll von solchen Männern zu sein, und solange sich Meta nicht entscheiden konnte, einen echten Kerl nach Hause zu bringen, hielt er sich bei diesem Thema zurück.

»Sicherlich geht es Karl supergut«, sagte Emma, ohne eine Miene zu verziehen.

»Wie meinst du das?« Bei Meta stellten sich sämtliche Härchen auf.

»So einen Mann wie Karl lässt man nicht zappeln. Das solltest du eigentlich wissen, mein Kind«, fuhr Elise fort, als habe es den kleinen Zwist zwischen ihren beiden Töchtern gerade nicht gegeben. Trotzdem tauchten zwei grellrote Flecken auf ihren Wangen auf, die selbst das sauber aufgetragene Make-up nicht zu verdecken vermochte.

»Ich lasse Karl in keinerlei Hinsicht zappeln«, erklärte Meta, die viel lieber ihrer Schwester auf den Zahn gefühlt hätte, als ihre Mutter zu beruhigen. »Karl braucht eine Auszeit, und ich denke, die soll er sich ruhig auch nehmen.« Mittlerweile hasste Meta das Wort *Auszeit*.

»Du würdest ihm ausweichen, sagt er.« Elise hielt sich die Hand vor den Mund, als ob sie das nicht hätte sagen dürfen.

Daher weht also der Wind, dachte Meta. Die beiden haben miteinander gesprochen. Soso.

Neben ihr knisterte es, als Emma aufstand und den metallisch schimmernden Stoff ihres Kleides glattstrich. »Entschuldigt mich«, sagte sie und verschwand mit der Zigarettenschachtel in Richtung Toilette.

Am liebsten wäre Meta ihr gefolgt, doch ihre Mutter hatte mit dem Thema Karl noch nicht abgeschlossen, nun, da sie sich ohnehin schon verplappert hatte. »Er versteht ja, dass dir die Situation zu schaffen macht. Aber er befürchtet, dass sich der Abstand zwischen euch unweigerlich vergrößert, wenn ihr euch nicht weiterhin trefft.«

Meta stöhnte leise. Das war genau die Art von verquerer Rede, die sie nicht mehr hören konnte. »Auszeit bedeutet, dass man sich *nicht* sieht, Mama«, sagte sie betont gelassen, dabei ballte sie ihre Hand so sehr um die Gabel, dass ihr die Nägel ins Fleisch schnitten. Lorenz, der ihre Anspannung bemerkte, legte ihr fürsorglich eine Hand auf den Unterarm, sagte aber nichts.

»Kind …« Elise stockte, dann streckte sie den Rücken durch und spitzte die Lippen. Augenblicklich fühlte sich Meta wieder wie ein kleines Mädchen, das von seiner Mutter einer Missetat überführt wird. »Gibt es da jemand anderen?«

Vor lauter Verblüffung blickte Meta zu ihrem Vater hinüber, aber der hatte sich in seinem Stuhl zurückgelehnt und sah sie nachdenklich an. Er war offensichtlich genauso gespannt auf die Antwort wie ihre Mutter. Fast hätte Meta befreit aufgelacht und gesagt: »Ja, ich habe mich in einen jungen, verwahrlosten Kerl verliebt. Es ist einfach so passiert. Deshalb kann Karl sich auch eine Auszeit nehmen, bis er schwarz wird, dieser untreue Bastard.«

Aber so leicht war es nicht. Zum einen war sie schon lange mit Karl zusammen und teilte mit ihm neben dem gemeinsamen Freundeskreis so viele Erinnerungen und Interessen, dass sie ihn nicht von einem Tag auf den anderen aus ihrem Leben tilgen konnte. Trotz allem, was passiert war, vermisste sie ihn. Außerdem gab es ihr ein Gefühl von Unsicherheit, dass er ihrem Leben nicht weiterhin die gewohnte Struktur verlieh. Zum anderen waren nun schon zwei Wochen vergangen, seit

David das Bild in der Galerie abgegeben hatte, und seitdem war er nicht wieder aufgetaucht. Zwei schreckliche Wochen lang zerbrach sie sich nun also schon den Kopf, ob sie ihn überhaupt jemals wieder zu Gesicht bekommen würde. Er war mittlerweile so etwas wie ein verschwommenes Traumbild geworden, über das sie sich bei Tag den Kopf zerbrach und das ihr nachts das Bett wärmte.

»Meta-Schatz.« Lorenz' brummige Stimme riss sie aus den Gedanken. Sie warf ihrem Vater einen scheuen Blick zu, den dieser mit einem ermunternden Lächeln erwiderte. Wenn ihr Vater sich dazu herabließ, auf dieses Thema einzugehen, dann war es ernst. »Du weißt, dass Karl mir persönlich herzlich gleichgültig ist, aber um dich mache ich mir Sorgen. Du siehst in der letzten Zeit mitgenommen aus und bist seltsam unausgeglichen. Wenn dein Zustand nicht darauf zurückzuführen ist, dass du dich in einen anderen Mann verliebt hast, dann … Vielleicht fehlt Karl dir doch mehr, als du dir eingestehen magst.«

Meta blinzelte, während ihre Mutter beipflichtend nickte. Als Elise sich anschickte, ihre Hand über den Tisch auszustrecken, um ihre Tochter tröstend zu berühren, stand Meta so schnell auf, dass sie die Tischplatte anstieß und Emmas volles Wasserglas umkippte. Den Moment allgemeiner Verwirrung nutzend, entschuldigte sie sich und gab vor, ebenfalls in Richtung Toiletten zu entschwinden.

Stattdessen bog sie zur Bar ab, sah allerdings gerade noch rechtzeitig ihre Freundin Marie samt Ehemann und einigen Bekannten dort stehen. Nach einem wenig eleganten Schlenker hielt sie auf die Vorhalle des Restaurants zu, ignorierte den Türsteher, der ihr verwundert die Tür aufhielt, und trat ins Freie. Der frische Herbstwind begrüßte stürmisch ihre nackten Arme und Beine und trug den Geruch von Tabak zu ihr her.

Emma saß mit übereinandergeschlagenen Beinen auf der Brüstung, in der einen Hand eine brennende Zigarette, in der anderen ein halbvolles Glas. Ohne ein Wort zu verlieren, nahm Meta es ihr aus der Hand und stürzte den goldfarbenen Inhalt in einem Zug hinunter. Der Whiskey brannte ihr in der Kehle und half, ihre angespannten Nerven ein wenig zu beruhigen. Emma sah ehrlich überrascht aus, denn ein solches Verhalten passte einfach nicht zu ihrer selbstbeherrschten Schwester.

»Was sollte der dumme Spruch, dass es Karl *supergut* geht?« Statt einer Antwort zuckte Emma lediglich mit den Schultern. Doch Meta verspürte keine Lust, ihr diesen Seitenhieb einfach durchgehen zu lassen. Dafür hatte Emma in den letzten Jahren zu oft ausgeteilt, ohne selbst einzustecken. »Sorgst du dafür, dass es Karl *supergut* geht?«

»Ach, Blödsinn«, sagte Emma betont gleichgültig. In einem Bogen schnipste sie die Zigarettenkippe gegen die edle Eingangstür aus poliertem Olivenholz. »Was soll Karl denn mit mir anfangen? Der steht doch nur auf sich selbst.«

»In der Hinsicht würdet ihr beide allerdings hervorragend zusammenpassen«, sagte Meta und drückte ihr das leere Whiskeyglas in die Hand. Dann kehrte sie ins Restaurant zurück.

Erneut glitt Metas Zeigefinger über ihre Notizen. Vor einigen Tagen hatten sie vier Arbeiten eines Künstlers namens Ziegler ausgestellt, der neu mit ihnen zusammenarbeitete, und es lagen schon erste Anfragen für drei Bilder vor. Dafür hatte sie im Vorfeld ordentlich Überzeugungsarbeit leisten müssen. Nun würde sich zeigen, ob die Verhandlungen eine Eigendynamik entwickelten und die Preise damit in die Höhe trieben, oder ob das Ganze sich als Rohrkrepierer erwiese.

Eine andere Galerie hatte es bereits mit einigen seiner Arbeiten über »Körper und Formen in Bewegung« versucht und war – gelinde ausgedrückt – wenig erfolgreich gewesen. Dann hatte sich Rinzo des Malers angenommen, und dank seiner neuen Muse hatte Ziegler eine erstaunliche Wandlung hingelegt: Aus dem Studenten der Malerei, der in der Tasche ein Empfehlungsschreiben seines Professors und den Kopf voll mit Theorie und Kunstgeschichte hatte, war quasi über Nacht ein waschechtes Individuum geworden, der Cheap-Art auf geklauter Tonpappe verewigte. *Punk sells* – besonders wenn man es mit einer durch und durch bürgerlichen Klientel zu tun hatte. Da regnete es gewöhnlich Banknoten. Was Rinzos Gespür für Geld anbelangte, so war das noch legendärer als sein Auge für Talent.

Während Meta das Notizbuch schloss, überkam sie ein schlechtes Gewissen. Zwar hatte sie für Zieglers Pseudo-Dilettantismus, wie sie dessen Arbeiten insgeheim nannte, getan, was man von ihr erwartete, aber auch keinen einzigen Handschlag mehr. Während sie Kaufwilligen gegenüber Zieglers spektakulären Ansatz betonte, wunderte sie sich insgeheim, dass anscheinend niemand bemerkte, wie sie vor Langeweile fast umkam.

Vielleicht war sie auch unwillig gewesen, weil die Woche viel Spannenderes geboten hatte: Obwohl Eve es ihr am liebsten untersagt hätte, hatte Meta tatsächlich die Malerin aus der Vorstadt angenommen, die sich mit einigen Aquarellen vorgestellt hatte. Verwaschene, nur erahnbare Impressionen von Küstenlandstrichen. Wenn Meta die mittelgroßen Bilder betrachtete, hatte sie das Gefühl, als befände sie sich inmitten eines lichtdurchfluteten Traums.

Rinzo nannte solche Bilder nur abfällig Postkartenmotive. Diese Art von Malerei widersprach den Grundsätzen der Galerie, Grundsätze, denen Meta begeistert zustimmte, nachdem sie nach dem Studium in einem biederen Auktionshaus gearbeitet hatte. Mittlerweile drängte sich ihr jedoch zunehmend der Verdacht auf, dass ihr Geschmack nicht ganz so mondän war, wie sie immer geglaubt hatte. Sie entpuppte sich allmählich als Liebhaberin einer schön anzuschauenden Innerlichkeit – allein für dieses Eingeständnis hätte Eve sie vermutlich sofort der Galerie verwiesen. Diese weiß gekachelte Welt war schick, schrill und mehr ein Schlag in die Magengrube als ein in sanfte Töne gefasster Tag am Meer.

Trotzdem nahm Meta sich der Aquarelle an und fand nach langem Grübeln sogar einen Käufer: einen älteren Herrn namens Mehringer, der alle paar Monate in der Galerie vorbeischaute und sich geistreich über die verschiedensten Motive zu unterhalten wusste. Letztes Jahr hatte Meta ihm eine wunderschöne Marmorbüste vermitteln können. Dabei hatte er ihr mit aller Ausführlichkeit sein Haus an der Küste beschrieben, das er mit seiner gebrechlichen Frau während der warmen Jahreszeit bewohnte. An dieses Haus hatte Meta beim Betrachten der Küstenlandschaften denken müssen, und ihr Gespür hatte sich als richtig erwiesen. Der Herr mit dem schlohweißen Haar war begeistert, und wenn der Verkauf zweier Aquarelle auch nicht gerade ein Vermögen einbrachte, so war Meta doch mehr als zufrieden mit sich.

Obwohl sie den Verkauf zunächst für sich behalten wollte, hatte Eve an diesem Vormittag überraschenderweise ihre Nase in Rahels Buchhaltungsunterlagen gesteckt.

»Von diesen Bildern habe ich noch nie etwas gehört. Und wer ist, bitte schön, dieser Ernest Mehringer, der sie gekauft hat?« Bei der Eröffnung des Verhörs kam Eve Meta so nahe, dass diese unweigerlich einen Schritt zurücksetzen musste.

»Seit wann hast du etwas gegen Geld?«, entgegnete Meta, während sie sich um ein Pokerface bemühte.

»Die paar Kröten? Die stehen doch wohl kaum in Relation zu dem Imageschaden, der entstehen würde, wenn unsere Klientel erfährt, dass wir solche Albernheiten vertreten.«

»Also weißt du doch, um welche Bilder es sich handelt.« Langsam gewann Meta ihre Selbstsicherheit zurück, und mit ihr breitete sich Ärger über Eves anmaßendes Verhalten aus. »Was soll dieses scheinheilige Getue, da du doch offensichtlich die Verkaufliste durchgegangen bist?«

Eve biss sich auf die Unterlippe, als wolle sie sich für ihre Unbesonnenheit bestrafen. Aber so leicht ließ sie sich nicht unterkriegen. »Noch habe ich nicht mit Rinzo über deine neue Affinität zu Kitsch gesprochen …«, setzte Eve an, um sofort von Meta unterbrochen zu werden.

»Komm mir ja nicht mit einem Erpressungsversuch, Eve! Ich glaube, du vergisst, dass *ich* diese Galerie zusammen mit Rinzo ins Leben gerufen habe und *dein* Job in erster Linie darin besteht, die Laufkundschaft zu betreuen. Es tut mir leid, dich daran erinnern zu müssen, aber allmählich habe ich diese seltsamen Spielchen satt, auf die du dich in der letzten Zeit verlegt hast.«

»So was …«, brachte Eve atemlos hervor, doch anscheinend wusste sie nicht, was nun folgen sollte. Auf ihren Wangen hatten sich hektische Flecken ausgebreitet, ihre Lippen zuckten. »Dieser Hinweis auf meine Tätigkeit war ja wohl überflüssig«, stieß sie schließlich hervor.

»Tatsächlich? Ich hatte den Eindruck, als hättest du es vergessen.« Mit einem Mal war Meta die Auseinandersetzung leid, und die Tatsache, Eve in ihre Schranken verwiesen zu haben, bescherte ihr kein Hochgefühl. »Du brauchst dir nicht die Mühe zu machen und bei Rinzo Bericht zu erstatten. Ich werde selbst mit ihm die Sparte besprechen, die ich eröffnet habe. Tut mir leid, dass du künftig gezwungen sein wirst, Kitsch zu verkaufen.«

Danach hatte Eve auffallend früh die Galerie verlassen, während bei Meta ein schaler Nachgeschmack zurückblieb, erzeugt von dem Wissen, dass sie für diesen Sieg sicherlich noch würde zahlen müssen. Nachdenklich nippte sie an ihrem Kaffee und verzog das Gesicht, weil dieser inzwischen eiskalt war. Genau wie ihr Büro, wie sie in einem Anflug von Melancholie feststellte.

Die Galerie lag verlassen da. Rahel hatte schon vor einiger Zeit den Kopf zur Tür hineingesteckt und ihr gesagt, dass sie zu ihrer Theaterprobe wolle und die Alarmanlage in den Ausstellungsräumen bereits aktiviert habe. »Sieh zu, dass du nach Hause kommst. Spann doch einmal in der Badewanne aus, oder tu dir sonst etwas Gutes«, hatte Rahel sie noch aufgefordert. Doch Meta war die Vorstellung, allein in ihrem Apartment zu hocken und sich Wein nachzuschenken, wenig verlockend erschienen. Allmählich schmerzte ihr jedoch der Rücken vom vielen Sitzen, und draußen herrschte eindringliche Dunkelheit. Sie wollte gerade aufstehen, um sich einen neuen Kaffee zu machen, als plötzlich ein Lichtschein unter ihrer Bürotür zu erkennen war. Obwohl ihr der Gedanke an einen Einbruch abwegig erschien, spürte Meta, wie ihr das Herz dumpf bis zur Kehle schlug. Angespannt blieb sie sitzen und lauschte. Als es an ihrer Tür klopfte und diese sogleich aufschwang, stieß sie einen leisen Schrei aus und krallte sich an der Schreibtischplatte fest.

Karl blickte sie mit großen Augen an, während er die Tür hinter sich schloss. »Ich habe dich doch hoffentlich nicht zu sehr erschreckt?«

Meta schüttelte nur stumm den Kopf, unfähig, die Angst von einem Moment auf den nächsten abzustreifen.

Karl hielt sich kurz die Hand vor den Mund, als wolle er seine Verlegenheit überbrücken, und tatsächlich gelang ihm sogar ein einnehmendes Lächeln. Neben seinen Mundwinkeln zeichneten sich Grübchen ab, und seine gerade Nase bog sich leicht nach unten – ein Merkmal, das er von seinem Vater geerbt hatte und auf das er sehr stolz war. Meta schaute ihn bloß an und hoffte, er würde sie nicht umarmen wollen. Karl schritt zwar auf sie zu, aber so nahe wagte er sich nicht an sie heran. Stattdessen blieb er vor ihrem Schreibtisch stehen und zuckte ratlos mit den Schultern.

»Es tut mir leid, dass ich hier so reinschneie. Aber bei dir zu Hause bin ich bereits gewesen, und da ich noch den Galerieschlüssel habe, wollte ich es einfach mal hier versuchen und nachfragen, ob du vielleicht Lust auf einen Drink hast.«

Karl stand in seiner typisch selbstsicheren Haltung da, seine Fingerspitzen tippten jedoch nervös gegen die Tischplatte. Unter dem offen stehenden Mantel trug er einen dunklen Anzug mit Krawatte, der verriet, dass er nach seinem Tag im Auktionshaus nicht erst in seine Wohnung gegangen war, um sich umzuziehen. Nun saß die schmale Krawatte schief, und das stets perfekt zurückgekämmte Haar fiel ihm zersaust in die Stirn. Beides verriet, dass er sich sehr beeilt haben musste – sehr untypisch für ihn.

»Ich dachte, es täte uns beiden gut, wenn wir uns endlich wieder einmal richtig gegenüberstehen. Am Telefon bist du in der letzten Zeit immer so distanziert gewesen«, fuhr er leicht stockend fort, weil Meta sich weiterhin weigerte, sich seiner zu erbarmen und etwas zur Begrüßung zu sagen. »Du bist ganz schön wütend auf mich, nicht wahr? Ehrlich gesagt, kann ich es dir nicht verübeln. Vermutlich konnte sich eine unserer gemeinsamen guten Freundinnen nicht beherrschen und hat es dir erzählt.«

Karl hielt inne, als müsse er sich für seine folgenden Worte rüsten. Sein Gesicht wirkte nun ausgesprochen streng, weil es nicht länger von einem Lächeln beleuchtet wurde. Schatten gruben sich unter den Wangenknochen ein, und die grauen Augen wirkten mit einem Mal müde. Meta fragte sich, ob er sich genauso abgehetzt fühlte, wie er aussah – nicht, dass Karl jemals zugegeben hätte, wie sehr sein Leben ihn auffraß.

»Das mit Reese«, fuhr er vorsichtig fort, »war nur ein Abenteuer. Ich weiß wirklich nicht, was mich da getrieben hat. Du kennst sie ja, sie ist das absolute Gegenteil von dir. Vermutlich hat mich genau das gereizt, anders kann ich es mir nicht erklären. Die Geschichte ist allerdings schon seit einigen Wochen vorbei, und du kannst mir glauben, dass mich das alles mehr beschämt als dich.«

»Lass es gut sein, Karl.« Überrascht stellte Meta fest, wie wenig ihr dieses Geständnis ausmachte. Wie wenig Karls Anblick sie überhaupt berührte. Sie konnte sein gut geschnittenes Gesicht betrachten, ohne sich vorstellen zu müssen, wie es sich dem von Reese Altenberg näherte. Auch der erwartete Schweißausbruch blieb aus, ebenso wie das Bedürfnis, ihn zu beschimpfen oder einfach weinend auf die Tischplatte niederzusinken. Bisherige Versöhnungen waren stets voller Dramatik gewesen, und Meta war trotz all der erlittenen Demütigungen glücklich gewesen, wenn Karl zu ihr zurückkehrte. Nun fühlte sie sich nur noch in die Ecke gedrängt. »Du schuldest mir keinerlei Rechenschaft, was deine Beziehung mit Reese anbelangt. Schließlich sind wir kein Paar mehr.«

Karls Augenbrauen zogen sich zusammen, und sein sonst so offener Blick wurde misstrauisch. »Dass wir kein Paar mehr sind, wusste ich nicht.«

»Wenn man die eigene Beziehung auf Eis legt und Affären eingeht, führt das in der Regel zwangsläufig zu einer Trennung.« Nun wurde Meta doch heiß. Vor der Überlegung, ob sie Karl die Nacht mit David gestehen musste, hatte sie sich bislang gedrückt – deshalb konnte sie jetzt auf keinen Schlachtplan zurückgreifen. Und das ausgerechnet bei Karl.

Karl schüttelte freudlos lachend den Kopf, dann ließ er sich in den Besuchersessel sinken, die Beine gespreizt, die Arme locker auf die Lehnen gelegt. Eine Zeit lang musterte er Meta eindringlich, und es kostete sie viel Mühe, dem Blick standzuhalten.

»Wie lange sind wir noch einmal zusammen?«, fragte Karl, die Stimme leicht heiser.

»Die Frage sollte wohl besser lauten, was dabei herausgekommen ist«, entgegnete Meta. Sie löste ihre verkrampften Finger von der Tischkante, strich sich das Haar zurecht und legte die Hände dann gegeneinander, ein gut sichtbarer Beweis, dass sie kein bisschen unter Anspannung stand. Zumindest hoffte sie, dass sie so auf Karl wirkte. »Wir sind an einem Punkt angekommen, an dem wir uns vielleicht eingestehen sollten, dass da nicht mehr viel zu erwarten ist.«

»Das kann ich so nicht nachvollziehen.« Als Meta ungläubig die Augenbrauen hochzog, hob Karl sogleich beschwichtigend die Hände. »Okay, es mag nicht alles perfekt sein, weil ich gelegentlich aus der Reihe tanze. Aber davon abgesehen, passen wir beide doch großartig zusammen. Meta, wir sind einander in vielen Dingen unglaublich ähnlich.«

»Vielleicht täuschst du dich da. Ich meine, Menschen ändern sich, ändern ihre Wünsche …« Ohne dass sie recht sagen konnte, woran es lag, wurde Meta plötzlich von einer Unruhe befallen, die sie nicht verbergen konnte.

Karl musterte sie eindringlich, wobei sich seine Gesichtszüge zusehends verhärteten. »Auch wenn ich es mir selbst zuzuschreiben habe, so ging es mir in den letzten Wochen sehr schlecht. Ich bin durchaus bereit, an mir zu arbeiten und ein besserer Partner zu werden. Keine Auszeiten mehr, keine eigene Wohnung, wenn du das möchtest.« Er hielt inne, auf eine Reaktion wartend. Als die ausblieb, schlug er mit der flachen Hand auf die Sessellehne. »Vielleicht ist es selbstsüchtig, aber ich denke, dass du es mir schuldig bist, Bescheid zu sagen, wenn jemand anderes meinen Platz eingenommen hat.

Schließlich habe ich nicht um eine Auszeit gebeten, weil ich dich nicht mehr liebe.«

Meta blinzelte. Auf ein solches Bekenntnis hatte sie jahrelang gewartet, und nun, da Karl es endlich über seine Lippen brachte, löste es eine Panikattacke bei ihr aus. Sie musste mehrmals schlucken, bevor sie die Sprache wiederfand. »Das, was zwischen uns war, hat dir doch noch nie gereicht. Warum wärst du sonst wohl ständig ausgebrochen?«

»Du drückst dich vor einer Antwort, Meta.« Karl hatte sich im Sessel nach vorn gelehnt, die Hände auf die Knie gestützt, und einen Augenblick lang befürchtete Meta, er könnte vorspringen und sie kräftig durchschütteln.

Schließlich hatte er sich wieder in der Gewalt, auch wenn es ihm sichtliche Mühe bereitete. »Es tut mir leid«, sagte er und versuchte sich an einem Lächeln, das traurig schief geriet. »Ich werde wohl akzeptieren müssen, dass du zurzeit nicht an unsere Beziehung anknüpfen möchtest. Wahrscheinlich habe ich einfach zu viel zerstört. Aber ich denke trotz allem, dass wir wie füreinander geschaffen sind. Darum sollten wir zumindest unsere Freundschaft aufrechterhalten, was denkst du?«

Auf der einen Seite verspürte Meta den starken Wunsch, Karl zu widersprechen, auf der anderen verband sie immer noch etwas mit ihm. »Freundschaft klingt sehr schön«, brachte sie deshalb mühsam hervor. Als sie die Erleichterung auf Karls Gesicht sah, war sie froh über diese Entscheidung.

»Was hältst du davon, wenn wir uns nächste Woche wieder einmal mit den anderen treffen und einfach nur plaudern? Wenn du im Augenblick keine Lust hast auszugehen, könnten wir einen netten Abend bei dir zu Hause verbringen, ganz unkompliziert. Sagen wir Mittwoch?«

Zuerst wollte Meta den Kopf schütteln. Der Gedanke, den gemeinsamen Freundeskreis in ihrem Wohnzimmer versammelt zu wissen, gefiel ihr so sehr wie die Vorstellung eines Zahnarztbesuchs. Aber Karl wirkte derartig hoffnungsfroh, und seine Züge nahmen dadurch etwas so Junges und auch Verletzliches an, dass sie seinen Vorschlag nicht ablehnen konnte. »Ein netter Abend bei mir, das klingt doch … nett.«

Kapitel 10

Frondienste

David hob das Gesicht ein Stück weit an und senkte leicht die Augenlider, obwohl Mathol in seinem Rücken an der Wand der Lagerhalle aus Backstein lehnte. Unentwegt klimperte der kräftige Mann mit den Münzen in seiner Hosentasche, während er in einem nervenaufreibend schnellen Rhythmus ein Krächzen von sich gab. Ob es sich dabei um eine Marotte oder eine Taktik handelte, seine Umwelt zu reizen, ließ sich nicht sagen. David versuchte, das Geräusch nach Möglichkeit auszublenden, so wie er am liebsten den ganzen Mathol fortgewünscht hätte. Dieser Mann, dessen Visage nur aus gelben Hauern und einer fliehenden Stirn bestand, weckte in ihm eine tiefe Abneigung. Zwar hatte er bislang nur wenig mit Hagens favorisiertem Schläger zu tun gehabt, aber Mathols boshafte Ausstrahlung bestätigte ohne weiteres die Geschichten, die über ihn im Umlauf waren: ein gewalttätiger Choleriker, der keine besondere Aufforderung benötigte, um seinen niedrigen Bedürfnissen freien Lauf zu lassen.

Eigentlich sollte man einem solchen Mann nicht den Rücken zudrehen, doch David kümmerte sich in diesem Augenblick genauso wenig um Mathol wie um dessen bessere Hälfte Leug. Dem drahtigen Mann mit den zurückgegelten schwarzen Haaren war die Wartezeit zu lang geworden: Er hatte sich an der Hauswand hinabgleiten lassen und döste nun, die Augen verborgen hinter dunklen Brillengläsern, in der Hocke.

Im Augenblick wurden seine Dienste, die darin bestanden, hinter Mathol aufzuräumen, nicht gebraucht. Seine schaufelgroßen Hände hingen entspannt über den Knien, das Gesicht verschwand im Schatten.

Nathanel war vor gut einer Stunde zusammen mit einem nervösen Jannik in der Lagerhalle verschwunden, um sich dort mit dem Vorarbeiter zu besprechen, der einem schmutzigen, aber sehr lukrativen Nebengeschäft nachging. Genau aus diesem Grund waren sie zu fünft zur Feierabendzeit zum Hafen gekommen, und mittlerweile lag dieser Teil der Docks verwaist da. Im diesigen Licht, das von einigen entfernten Scheinwerfern ausging, dort, wo zu dieser späten Stunde noch Ladung gelöscht wurde, tauchte gelegentlich ein orangefarbener Kran über den Wellblechdächern auf.

Mit der Dunkelheit war eine von Feuchtigkeit durchsetzte Kälte vom Wasser aufgestiegen, die auf Davids Lippen eine salzige Spur hinterließ. Zwar konnte er das Meer nicht sehen, aber wenn er sich konzentrierte, spürte er die wundersame Energie, die von ihm ausging. Er überließ sich ganz dieser Empfindung, allerdings nicht nur weil er das Meer mochte, sondern weil er damit auch dem aufdringlichen Mathol einen Strich durch die Rechnung machen konnte, der unentwegt seine Gedanken ergründen wollte. Nichts von dem, womit sich Davids Geist fast schon gegen seinen Willen ständig beschäftigte, ging diesen Mistkerl etwas an.

Aber beliebig lang konnte er die Konzentration nicht aufrechterhalten. Dass sich die Verhandlungen so zäh in die Länge zogen, machte ihn langsam nervös. Er hätte darauf bestehen sollen, Nathanel zu begleiteten, so wie es eigentlich seiner Aufgabe entsprach. Jannik war doch anzusehen gewesen, dass er sich am liebsten in Luft aufgelöst hätte. Eine kaum ernstzunehmende Rückendeckung. Nathanel hatte jedoch nur abgewinkt. Die Sache, die er zu verhandeln hatte, war kompliziert – das regelte man besser in einer entspannten Atmosphäre. Und dafür war der harmlos aussehende Jannik besser geeignet. Trotzdem spielte David jetzt mit dem Gedanken, einfach in dieses fensterlose Lagerhaus reinzugehen und nach dem Rechten zu sehen.

»Hey, du Schwachkopf«, erklang Mathols Reibeisenstimme verdächtig dicht hinter David. »Nathanel hat gesagt, du sollst hier warten. Oder hast du das schon wieder vergessen?« Er legte eine Hand auf Davids Schulter und griff schmerzhaft fest zu.

Langsam drehte David sich um, darauf bedacht, möglichst entspannt zu wirken. Er unterdrückte sogar das Verlangen, die Hand auf seiner Schulter abzuschütteln.

Mathol hatte sich an ihn herangepirscht, vollkommen geräuschlos sich seiner Talente bedienend. Nun stand er mit erwartungsvollem Ausdruck da, die gelblichen Zähne zu einem Grinsen entblößt. David war klar, dass dieser Mann nur auf eine Gelegenheit hoffte, um die Warterei mit einer Keilerei zu verkürzen. Obgleich David es allzu gern darauf hätte ankommen lassen, riss er sich zusammen. Er würde Mathol nicht die Genugtuung verschaffen, sich auf seine Kosten zu amüsieren, weil er selbst sich im Kampf zurückhalten musste. Dieser Schläger stand schließlich in der Rangordnung weit über ihm

»Was ist, hat es dir die Sprache verschlagen?« Eine Spur von Enttäuschung schwang in der Frage mit, während sich der Druck des Handballens auf Davids Schlüsselbein verstärkte. Mathol rückte noch ein Stück näher, und David wusste, dass er eigentlich zurückweichen und etwas Beschwichtigendes sagen sollte. Stattdessen erwiderte er Mathols herausfordernden Blick.

Als habe er nur auf dieses Zeichen gewartet, richtete sich der Wolf in David auf und glitt in eine lauernde Haltung.

Von einem Moment zum anderen überschlugen sich Davids Sinne, griffen ineinander über und verstärkten sich auf verwirrende Weise. Seine Haut fühlte sich an, als führe sie plötzlich ein Eigenleben. Der Wolf wartete bloß darauf, seinem Ruf zu folgen, mit ihm zu verschmelzen, damit er Mathol endlich auf seinen gebührenden Platz verweisen konnte. Trotzdem stand David lediglich da und senkte den Blick. So verführerisch das Angebot des Dämons auch war, er würde ihm keine Gelegenheit bieten, durch einen Kampf in der Hierarchie aufzusteigen. In dem Moment, in dem er in Hagens Rudel eingetreten war, hatte David beschlossen, den untersten Rang niemals zu verlassen, auch wenn sein Wolf ihn noch so sehr bedrängte.

»Nun, Pussycat. War das etwa schon alles? Nicht einmal ein leises Knurren?« Obwohl Mathol ein rasselndes Lachen ausstieß, war seine Enttäuschung regelrecht greifbar. Solch eine hastige Unterwerfungsgeste war nicht nach seinem Geschmack, und noch weniger passte sie zu den Erwartungen, die er in Nathanels Liebling setzte. Dieser junge Kerl, der immer so tat, als könne er nicht bis drei zählen, strahlte eine Kraft aus, die Mathol unbedingt brechen wollte. Anscheinend musste man härtere Bandagen auffahren, um ihn aus der Reserve zu locken.

Mit wenig Hoffnung verpasste er dem stur nach unten blickenden David einen Fausthieb in die Rippen, was dieser kommentarlos hinnahm. Mathol wandte sich Leug zu, der aus seinem Dämmerzustand erwacht war und das Schauspiel beobachtete, ohne eine Miene zu verziehen.

Mathol hob die Arme an, als wolle er sagen: Was kann man da nur machen? Aber dann wirbelte er herum und holte weit aus, um David eine schallende Ohrfeige zu verpassen. Doch David war bereits unerwartet geschmeidig zurückgewichen, so dass der Schlag ins Leere ging. Kaum hatte sich Mathol von seinem missglückten Angriff erholt, hielt er auf David zu, der Fuß um Fuß zurücksetzte. Dabei spannte er unwillkürlich die Fäuste an und sah Mathol erneut herausfordernd an.

»Was soll das Geglotze?«, geiferte Mathol. »Spielst dich hier auf und ziehst dann doch wieder den Schwanz ein, wenn es darauf ankommt.« Das Gesicht blass vor Wut, holte er abermals zum Schlag aus.

Unvermittelt blieb David stehen, so dass Mathol fast in ihn hineingelaufen wäre. »Wenn du das noch einmal versuchst, breche ich dir das Handgelenk«, drohte David, und sein Wolf stieß ein erregtes Heulen aus.

Mathol zuckte vor Überraschung zurück. Bevor er jedoch seine Fassung zurückerlangen konnte, wurde er von einem Ruf abgelenkt, dem er sich nicht widersetzen konnte. Und auch David, der soeben nichts anderes als seinen Gegner wahrgenommen hatte, schnellte herum. Die beiden Männer reagierten wie gut trainierte Kampfhunde, deren Besitzer nach ihnen gepfiffen hatte. Und so war es auch: Nathanel war in Begleitung eines stämmigen Mannes im Blaumann auf den Vorhof getreten und kam nun leicht schlingernd auf sie zu.

Ohne sich eines Wortes bedienen zu müssen, strahlte Nathanel etwas aus, das in Davids Nacken sofort ein Prickeln auslöste. Automatisch senkte er den Kopf, lockerte seine Schultermuskulatur, die eben noch bis zum Zerreißen angespannt war, und konzentrierte sich auf die Stiefelspitzen. Nur mit Mühe konnte er den Drang beherrschen, auf Nathanel zuzulaufen und sich an seine Seite zu drängen. Mathol dagegen huschte schnurstracks zu seinem Partner hinüber, der immer noch in der Hocke saß und vorgab, weiterhin zu dösen. Nathanel brauchte keine großen Gesten, um Respekt einzufordern.

»Freut mich zu sehen, dass ihr Kerle vor Tatendrang nur so

strotzt«, sagte er, die Stimme heiser vor Spott. »Wir haben heute nämlich eine Fuhre mehr zu erledigen. Unser Freund Bremen hier hat einen neuen Geschäftspartner drüben beim Fluss aufgetan, den wir gleich zum ersten Mal beliefern werden. Darum hat es auch etwas länger gedauert als sonst. Wir mussten uns erst handelseinig werden. Eine Tour ins Grenzgebiet verdient schließlich eine Gefahrenzulage.«

»Halsabschneiderei«, sagte Bremen und kratzte sich das stoppelige Kinn. Dabei wirkte er nicht im Geringsten verärgert, vielmehr so, als nötige ihm Nathanels hartnäckige Verhandlungsweise Respekt ab.

Nathanel grinste schief, dann wandte er sich wieder seinen Leuten zu, deren Aufmerksamkeit ausschließlich auf ihn gerichtet war. »Wir werden uns aufteilen: Mathol und Leug übernehmen die beiden bekannten Touren, Jannik und ich den Trip zum Fluss, damit ich mir den neuen Kollegen mal genau anschauen kann. David bringt den Bonus ins Palais.«

»Warum macht Jannik nicht die Sache mit dem Bonus und ich begleite dich zum Fluss?« David gab sich möglichst gleichgültig, dennoch konnte er es nicht unterlassen, wieder aufzublicken.

»Weil ich nicht will, dass sich der Bonus auf dem Weg zum Palais selbstständig macht«, erklärte Nathanel mit einem Achselzucken, Janniks nervöses Gezappel an seiner Seite ignorierend. »Außerdem gibst du doch so gern den einsamen Wolf. Also los jetzt.«

Bremen führte sie in einen schwach beleuchteten Gang, der in die Kellerräume unter dem Büroturm der Lagerhalle führte. Während Nathanel und Bremen voranschritten, hatte David darauf geachtet, das Schlusslicht zu bilden. Mit einigen Stößen trieb er den vor ihm gehenden Jannik an, der sich immer wieder mit einem fragenden Blick umdrehen wollte. Einmal wandte sich auch Mathol um und zeigte eine abstoßende Fratze, indem er sein beeindruckendes Gebiss entblößte. David ließ die Drohung regungslos an sich abprallen. Nach dem, was gerade passiert war, würde er um ein Kräftemessen mit diesem versessenen Dreckskerl ohnehin nicht herumkommen. Das Wissen, dass er dabei zwangsläufig unterliegen musste, wenn er an seinem Plan festhielt, kratzte allerdings an seinem Stolz. Und einen Augenblick lang war David sich nicht sicher, ob es sich um seinen eigenen Stolz oder den seines Wolfes handelte.

Mit einigem Gefluche öffnete Bremen das widerspenstige Sicherheitsschloss einer Feuerschutztür und ließ sie in einen Raum eintreten. Die Decke war so niedrig, dass David den Kopf einziehen musste. Die Gerüche und Eindrücke, die ihm entgegenschlugen, sorgten dafür, dass er unwillentlich einen Schritt zurücktrat. Zigarettenrauch, verschwitzte Leiber, Angst und gelangweiltes Ausharren. Aber darunter lag noch etwas anderes, etwas, das er nicht so leicht zuordnen konnte: Wunden, die noch nicht ganz verheilt waren, Drogen und eine mit Gewalt und Drohungen erzwungene Gefügigkeit.

Wie kann sich Hagen nur die Finger am Menschenhandel schmutzig machen?, dachte David. Dabei wusste er genau, warum ihr Anführer sich darauf eingelassen hatte und seine Leute mit in diesen Sumpf zog. Wie auf ein Zeichen hin breitete sich in Davids Brust eine elektrisierte Anspannung aus: Der Jagdinstinkt des Wolfes war angesichts dieser Beute geweckt, und es kostete David viel Kraft, ihn zu ignorieren.

In dem Raum saßen elf Frauen auf Holzbänken, einige drückten beim Eintreten der Männer hastig ihre Zigaretten in den überquellenden Aschenbechern aus, andere zuckten nicht einmal zusammen. Dunkle Haare, helle Haare, alles war vertreten, nur eine Gemeinsamkeit konnte David auf die Schnelle ausmachen: Die Frauen waren alle sehr jung. Auf den zweiten Blick bemerkte er, dass es sich zumindest bei einer der geduckt dasitzenden Gestalten um einen jungen Mann mit außergewöhnlich zarten Gesichtszügen handelte. Eigentlich hatte es David gar nicht so genau wissen wollen.

»Gut«, sagte Nathanel, dem das wortlose Starren der Eingepferchten nichts auszumachen schien. »Mathol und Leug nehmen ihren Teil der Ladung gleich auf einen Schlag mit, Freund Bremen will nämlich Feierabend machen.«

Bremen nickte beflissen und bekam bei dem Gedanken an die vor ihm liegenden Stunden einen verträumten Blick. Burritos und Bier vor dem Fernseher – was hier gerade ablief, war für ihn nicht mehr als das übliche Tagesgeschäft.

»Ihr nehmt den Transporter. Lasst euch, was den vereinbarten Betrag für die Lieferung angeht, nicht beschwatzen. Ihr wisst ja, wie alles abläuft. Euch gehört die vordere Reihe.« Nathanel schnitt mit einer Handgeste die Gruppe in zwei Hälften. »Jannik und ich übernehmen die da drüben – auf geht's, Mädchen!«

Nathanel winkte ungeduldig mit der Hand, als würde er eine widerspenstige Kuhherde zusammentreiben. Tatsächlich bewegten sich die jungen Frauen voller Unwillen, gerade so, als hätten sie diesen stickigen, überfüllten Raum als Heimathafen liebgewonnen. Sie zupften an ihren Tops, strichen sich übers Haar und blickten zurück, ob sie auch nichts auf den Sitzbänken zurückgelassen hatten.

Jannik stand neben David und schaute ihn flehend an. Der brauchte den Blick nicht zu erwidern, um zu wissen, dass sein Freund nach wie vor darauf hoffte, nicht von ihm getrennt zu werden. Seine Unsicherheit umgab Jannik so deutlich, als wolle er sie allen Anwesenden geradezu auf die Nase binden.

Mathol ging selbstredend sofort auf diese Art von Herausforderung ein. »Wo hast du denn deinen Köter gelassen?«, fragte er mit einem verschlagenen Funkeln in den Augen.

»Das geht dich einen Dreck an«, erwiderte Jannik so schnell, dass seine Furcht vor diesem Schlägertypen gar nicht erst überhandnehmen konnte. Wenn es um Burek ging, legte er eine erstaunliche Wehrhaftigkeit an den Tag.

Doch Mathol grinste nur gehässig. »Das Vieh liegt garantiert wieder einmal auf dem Sofa von der alten Ruth. Wie jedes Mal, wenn dir verboten wird, ihn mitzunehmen. Was meinst du, wer von uns beiden seinen Job heute Nacht wohl schneller erledigt hat und zuerst bei ihr aufschlägt?«

»Mann, Mathol, halt die Klappe und setz dich mit deinem Trupp endlich in Bewegung. Es ist verdammt eng hier drinnen«, fuhr David dazwischen, dessen Nerven mittlerweile blanklagen. Als Mathol nicht reagierte, sondern sich demonstrativ die Lippen leckte, hätte er dem Mann fast auf den Mund geschlagen, damit dieser die nächsten Tage an nichts Essbares denken mochte.

Und genau in diesem Moment forderte Nathanel seine volle Aufmerksamkeit: »Das Mädchen in der Ecke gehört dir, David.« Er zeigte auf ein zierliches Geschöpf von höchstens zwanzig Jahren, dem das blonde Haar strähnig ins Gesicht hing. Dann schaute es auf und sah David ablehnend aus seegrünen Augen an.

David machte einen Schritt zurück, als hätte ihn der Schlag getroffen. Die verwahrloste Gestalt sah auf den ersten Blick aus wie Meta. Auch als sie mit widerwilligen Bewegungen auf ihn zukam und er erkannte, dass ihre Nase deutlich breiter, das Gesicht eher rundlich als oval war und das Haar einen dunklen Haaransatz aufwies, konnte er sich trotzdem kaum wieder beruhigen. Mit aufgerissenen Augen starrte er sie an, unfähig, ein Wort zu sagen. Einer Frau, die Meta so ähnlich sah, in einem klaustrophobisch engen Raum gegenüberzustehen, während Mathol und Leug grunzend ein Lachen unterdrückten, brachte ihn völlig aus der Fassung.

David wollte sich umdrehen und einfach gehen, aber da

rief Nathanel ihn bei seinem Namen. Dabei drang kein Laut über seine Lippen mit dem hinabhängenden Mundwinkel. Er rief ihn auf eine Art, der sich David unmöglich entziehen konnte. Augenblicklich vergaß er seinen Fluchtgedanken und ging auf Nathanel zu, dem seine eben demonstrierte Überlegenheit herzlich egal zu sein schien. Eigentlich hätte David dafür dankbar sein müssen, stattdessen verletzte diese Art der Behandlung ihn. Nathanel rief – er kuschte, so sah es aus. Wenigstens hatten die anderen nichts davon mitbekommen, sonst hätte Mathol sich darüber lustig gemacht.

»Deine Aufgabe besteht lediglich darin, das Mädchen ins Palais zu bringen und dafür zu sorgen, dass sie dort auch bleibt«, erklärte Nathanel unterdessen im selben gleichgültigen Ton, wie er zuvor die anderen Aufträge erteilt hatte.

Die junge Frau hatte sich bereits neben David gestellt, und obwohl ihr der Widerwille deutlich anzumerken war, drängte sie sich an seine Seite, als suche sie Schutz. David widerstand dem Bedürfnis, von ihr abzurücken, steckte jedoch die Hände in die Jackentaschen und ballte sie dort zu Fäusten. Wenigstens glich ihr Geruch nicht einmal ansatzweise dem von Meta, und auch sein Wolf schien nichts anderes als eine mögliche Beute in ihr zu sehen.

»Ist sie für Hagen?« Sofort ärgerte David sich darüber, dass er die Frage gestellt hatte.

Nathanel musterte ihn abwägend, dann antwortete er bedächtig: »Bring sie einfach in das Palais und sorg dafür, dass sie dort bleibt.«

»Gut.« David bekam vor Anspannung kaum die Zähne auseinander. »Und wie soll ich sie, verdammt noch mal, dorthin bekommen? Jannik und du werden ja wohl den Van nehmen. Oder wollt ihr vielleicht zum Fluss laufen?«

Nathanel zuckte lediglich mit der Schulter. »Wie du zurückkommst, ist dein Problem.«

»Du kannst ja auf ihr reiten«, schlug Mathol vor, ehe er sich seinem Trupp anschloss und den niedrigen Raum verließ.

David wartete ab, bis die anderen nach und nach die Feuerschutztür passiert hatten, dann deutete er der Frau mit einem Kopfnicken an, ihm zu folgen. Sie trug ein lilafarbenes Charlestonkleidchen aus zerknittertem Polyester und Tanzschuhe. Über den Arm hatte sie sich eine Jacke aus Kunstpelz gehängt, und von ihrer Schulter baumelte eine vollgestopfte Beuteltasche. Einen Moment lang dachte er darüber nach, ob sie etwas enthalten könnte, das die junge Frau vor der nächtlichen Kälte schützen würde.

Oben an der Tür wartete Bremen auf sie, um das Lagerhaus hinter ihnen abzuschließen. Der Van drehte gerade, und David erhaschte einen Blick auf Janniks Gesicht hinter dem Steuerrad, kreidebleich vor Anspannung. Dann verschwand der Van um die Ecke. Von Mathol und seinem Trupp war längst nichts mehr zu sehen, vermutlich würde er sich tatsächlich beeilen, um Jannik vor Ruths Haus abzufangen. Dem jungen Mann stand heute Nacht vermutlich nicht nur ein Schrecken, sondern auch noch eine gehörige Abreibung bevor. Umso mehr sollte ich mich ranhalten, dachte David und warf erneut einen Blick auf die Tanzschuhe seiner verächtlich ins Leere blickenden Begleitung.

Bremen hatte sich zu ihnen gesellt und machte sich mit einem Brummen bemerkbar. »Ich könnte euch beide in die Stadt mitnehmen«, schlug er vor. Als David ihn lediglich abwartend anschaute, hob der feiste Mann beide Hände hoch. »Sie könnte die Fahrt doch ruckzuck abarbeiten.«

Davids Augenbrauen zogen sich zusammen, ansonsten stand er einfach nur da, die Hände in den Taschen vergraben. Die junge Frau spuckte auf den Boden. Bremen winkte ab, die Enttäuschung ins Gesicht geschrieben. Während er zu seinem Wagen ging, rief er noch über die Schulter: »Na, dann lauft euch mal schön den Arsch ab, ihr zwei Hübschen. Immer am Kai entlang und dann weiter geradeaus. Nach einer Stunde Fußmarsch kommt ihr zur U-Bahn, keine Ahnung, ob die um diese Uhrzeit noch fährt.«

David sparte sich eine passende Entgegnung. Obgleich es mittlerweile kalt und diesig war, würde ihm eine nächtliche Wanderung durch die Stadt nichts ausmachen. Sie müssten zwar Grenzgebiet passieren, aber darum machte er sich keine Gedanken. Wenn die Tanzschuhe ihren Geist aufgaben, würde er eben ein Taxi anhalten, auch wenn ihm diese Idee nicht schmeckte. Er hasste es schon, selbst zu fahren, doch als Beifahrer trieb es ihm den Angstschweiß auf die Stirn.

In der Zwischenzeit hatte die junge Frau sich ihre Jacke übergezogen und Zigaretten aus der Tasche geholt, wobei Make-up und ein kleines Notizbüchlein herausgefallen waren, die sie eiligst wieder zurückgesteckt hatte, als wolle sie keine falsche Aufmerksamkeit erregen. Mit überkreuzten Fußknöcheln stand sie nun da und blickte den Rauchschwaden hinterher.

Da er endlich aufbrechen wollte, stieß David sie kurz an, doch sie schlug sofort nach seiner Hand. Überrascht beobachtete er sie dabei, wie sie einige Züge von der Zigarette nahm und dabei leise mit sich selbst redete. Ihre Angst paarte sich mit einem gewissen Trotz. David konnte die aufkeimende Wut wie einen roten Lichtschein sehen. Bevor sie sich in etwas hineinsteigern konnte, packte er sie am Oberarm und zog sie einen Schritt voran.

Doch es war bereits zu spät: Die Frau begann, in einer ihm unbekannten Sprache zu fluchen und nach ihm zu schlagen. Dabei hielt sie die brennende Zigarette immer noch in der Hand, und die Glut streifte David seitlich am Kinn. Zwar hatte er im nächsten Moment ihre Hände unter Kontrolle, aber das Brennen in seinem Gesicht und ihr beharrlicher

Versuch, sich seinem Griff zu entwinden, ließen ihn brutal zugreifen.

Ihr Schimpfen ging nahtlos in ein winselndes Betteln über, und David kämpfte gegen das Verlangen an, sie zu Boden zu ringen und sie unter seinem Gewicht zu begraben, bis sie kein Geräusch mehr von sich gab. Er sah das Bild ihrer Unterwerfung deutlich vor sich, der sich windende Frauenkörper, der plötzlich zusammenzuckte und dann still dalag. Als David begriff, wessen Vision er da gerade auszuleben gedachte, ließ er die Handgelenke der jungen Frau endlich los. Verfluchter Wolf!

Verstört schnappte er nach Luft und behielt sie unnatürlich lang in den Lungen, während die Frau jammernd ihre Unterarme betastete. Zweifelsohne würden sie am nächsten Tag mit Blutergüssen bedeckt sein. Als sie David schließlich einen Blick zuwarf, war kein Trotz mehr zu entdecken, aber auch nicht mehr so viel Angst. Für die junge Frau waren die Fronten geklärt. David brauchte noch einen Moment, bis er sich wieder im Griff hatte, dann ging er mit der Gewissheit los, dass sie ihm folgte. Dabei war er froh um jeden Schritt, den er tun musste, und dankbar für die Kühle auf seinem Gesicht.

Kapitel 11

Lockruf

Unruhig schlich Meta durch die Räume ihres Apartments. Das Bild, das David ihr geschenkt hatte, lehnte an der Wand in ihrem Schlafzimmer – so, wie es auch in seiner Wohnung gestanden hatte. Sie hatte sich fest vorgenommen, diesen Raum für den Rest des Tages zu meiden. Es brachte doch nichts, Stunde um Stunde dieses Bild vom Bett aus zu studieren, sich den Kopf darüber zu zerbrechen, was es wohl über seinen Schöpfer aussagte. Die zurückhaltenden Farben, das verlassene Gebäude ... Schließlich konnte sie sich nicht einmal sicher sein, ob es überhaupt von David gemalt worden war.

Und überhaupt: Dieses merkwürdige Geschenk verdrehte ihr immer mehr den Kopf. Aus einem One-Night-Stand mit unangenehmem Ausgang war mittlerweile eine Begegnung mit einem geheimnisvollen Mann geworden, nach dem sie sich mit geradezu lächerlicher Intensität sehnte. Das, was sie von David wusste – dass er ein jüngerer, leicht verwahrloster Mann war, dessen Körper alte wie neue Verletzungen aufwies und dem es auf unerklärliche Weise gelungen war, sie in dieser riesigen Stadt zu finden –, kam nicht mehr gegen das an, was sie für ihn empfand.

Was empfand sie? Diese Frage versuchte Meta nach Kräften zu verdrängen. Das Ganze erschien ihr zu absurd. Wäre sie zwanzig Jahre älter gewesen, hätte sie dieses Gefühlschaos auf eine Midlife-Crisis schieben können, auf das Bedürfnis, sich noch einmal aufzubäumen, bevor man sich eingestand, dass die wilden Zeiten endgültig vorüber waren.

Obwohl die Sonne an diesem Morgen nicht mehr als ein milchiger Flecken am Himmel war, zog Meta auf ihren ruhelosen Gängen durch das weitläufige Apartment die meisten Vorhänge zu, da ihr das Licht in den Augen schmerzte. Der Halbschatten gefiel ihr, dämpfte das leuchtende Bunt, das mit Karl in ihrem Reich Einzug gehalten hatte. Ihr Blick fiel auf den Leuchter aus korallenrotem Murano-Glas an der Decke. Er lenkte von dem Art-déco-Paravent ab, der eine Landschaft in Pastelltönen zeigte – ein Erbstück ihrer Großmutter. So viel Lieblichkeit gehört gebrochen, hatte Karl erklärt. Gegen ihr Empfinden hatte Meta eingewilligt, dieses Monstrum aufhängen zu lassen. Als es dann bei der Einweihung Komplimente für dieses Arrangement geregnet hatte, hatte sich ein bitteres Lächeln auf ihre Lippen geschlichen.

Eigentlich hatte Meta sich fest vorgenommen, die ersten eigenen vier Wände nur nach ihren Bedürfnissen einzurichten und dabei keinerlei Rücksicht auf irgendwelche Geschmacksrichtlinien zu geben. Schließlich verbrachte sie die meiste Zeit mit Menschen, die sich unentwegt darüber ausließen, was nun schick sei und was im Augenblick überhaupt nicht ginge. Deshalb wünschte sie sich dringend einen Ort, der abgeschottet von Zeitgeist und Gefallsucht war. Nichts, das einem Fragen stellte oder einen provozieren wollte. Nur Ruhe und Geborgenheit.

Ihr Widerstand war beschämend schnell gebrochen. Tatsächlich hatte ein pikierter Blick von Karl auf das lavendelfarbene Sofa mit seinem anschmiegsamen Stoff gereicht, um bei Meta den Wunsch auszulösen, alle seine Verbesserungsvorschläge ohne Diskussion anzunehmen. Das Ergebnis bestand darin, dass sie sich wie eine Fremde in ihrem Zuhause vorkam. Überall stieß ihr Auge auf Elemente, die ihr nicht das Gefühl vermittelten, ein Nest geschaffen zu haben. Nur in ihrem Schlafzimmer hatte sie sich nichts von Karls Geschmack diktieren lassen und es so eingerichtet, wie sie es sich wünschte. Mit dem Ergebnis, dass Karl keine Gelegenheit ungenutzt verstreichen ließ, ihr das Hellblau der Wände in kunstvoll despektierlichen Anspielungen unter die Nase zu reiben.

Mit verschränkten Armen blickte Meta zu dem hässlichen Murano-Leuchter auf und spielte mit dem Gedanken, ihn einfach von der Decke zu holen. Sie würde ihn mit etwas zerknülltem Zeitungspapier in einen Pappkarton stecken und Karl schicken. Falls dem Ding unterwegs ein Arm abbrechen sollte, war es auch nicht schade drum. Doch so verführerisch dieses Vorhaben auch erschien, Meta konnte sich nicht dazu durchringen, es in die Tat umzusetzen.

Mit einem Anflug von Erschöpfung schleppte sie sich zum Sofa und streckte sich darauf aus. Ihre Finger fanden die Fernbedienung für die Stereoanlage, und einen Moment später erscholl Mahlers *Ich bin der Welt abhanden gekommen* durch den weitläufigen Wohnraum. Für gewöhnlich gab es keine bessere Medizin, um ihre angespannten Nerven zu beruhigen – wenn man einmal von Hochprozentigem absah. Aber dieses Mal funktionierte es nicht. Trotzdem blieb sie liegen, den Arm über die Augen gelegt, ein Bein über die Sofakante hinabhängend.

Was war nur los mit ihr? Seit Tagen schon fühlte sie sich, als hätte sie sich einen Grippevirus eingefangen, der jeden Augenblick ausbrechen konnte. Ein Kribbeln in den Gliedern, das sie reizbar stimmte. Das ständig nagende Gefühl, etwas unternehmen zu müssen, solange noch Zeit dafür blieb.

Nachdem die letzten Töne des Musikstückes verebbt waren, sprang Meta auf und tigerte einige Runden durch das Zimmer. Sie schob Ziergegenstände auf der Kommode zurecht und warf einen kurzen Blick durch den Vorhang auf den

Himmel, der sich allmählich durch Wolkenkaskaden verdunkelte. Spätestens zur Mittagszeit würde es Regen geben. Dann blieb sie vor dem gut versteckten Regal mit den CDs stehen. Mit dem Finger fuhr sie die Reihen entlang, ohne zu wissen, wonach sie eigentlich suchte. Trotzdem wurde sie fündig. Der Schriftzug einer Band stach ihr ins Auge. Dieses Album hatte ihr eine Mitbewohnerin aus der Zeit an der Universität geschenkt, Rockmusik für Studenten quasi. Unschlüssig ging sie die Titelliste durch, doch keines der Stücke rief eine Erinnerung wach, die erklärt hätte, warum ihr der Anblick dieser CD einen freudigen Stich versetzte.

Nachdenklich betrachtete sie das Cover: In weichen Grautönen sah man ein Paar, das eine Handbreit voneinander entfernt, aber einander zugewandt dastand. Die Frau hatte dem Mann eine Hand auf die Schulter gelegt. Allerdings war nicht ganz klar, ob die Geste eine zärtliche Hinwendung oder eine Verabschiedung bedeutete. Was sollte sie bloß damit anfangen? Meta verspürte absolut nicht das Bedürfnis, sich ausgerechnet jetzt Rockmusik anzuhören. Eigentlich hatte sie diese Art von Musik noch nie gemocht. Dennoch ging sie zu der Anlage und legte die CD ein.

In dem Augenblick, als der Gesang einsetzte, begriff sie, warum sich etwas in ihr nach dieser Musik gesehnt hatte: Die Stimme des Sängers klang wie die von David. Voll, doch mit einem verhaltenen Unterton. Ruhig, ausgeglichen, leicht rau. Keine Stimme, die nach Aufmerksamkeit heischte oder gar ins Dramatische umschlug.

Ungläubig schüttelte Meta den Kopf, während sie sich auf den Boden setzte und die Knie mit den Armen umschlang. Die wenigen Sätze, die David geäußert hatte, hatten sich unzweifelhaft tief eingebrannt. Seine Wirkung ging weit über das hinaus, was sie sich eingestehen wollte. Meta schob den Gedanken beiseite und überließ sich dem Gesang. Die Stimme war schön, auf eine maskuline Weise. Sie berührte etwas in Meta oder legte vielmehr etwas frei.

Night falls
And towns become circuit boards
We can beat the sun as long as we keep moving

Wie in Trance ging Meta ins Schlafzimmer, streifte ihren Bademantel ab und zog das Kleid, das noch vom Vortag über der Schaukelstuhllehne hing, über den Kopf. Während sie den Reißverschluss hochzog, fiel ihr Blick flüchtig auf das Bild, das nun weitgehend im Schatten lag. Sie dachte überhaupt nicht daran, sich Strümpfe überzuziehen, sondern schlüpfte einfach in ein Paar Ballerinas. Auf dem Weg nach draußen griff sie nach dem Trenchcoat und ihrer Handtasche. Als sie auf der Straße ein Taxi heranwinkte, war sie sich nicht einmal mehr sicher, ob sie die Wohnungstür hinter sich zugezogen hatte.

So weit sie die Erinnerung trug, hatte sie den Fahrer in das Stadtviertel, in dem David lebte, geleitet. Doch besonders weit war das nicht gewesen, und schließlich entschied sich Meta dazu, einfach auf gut Glück an einer großen Kreuzung auszusteigen. Eine Zeit lang blieb sie mitten auf dem Gehweg stehen, die Hände in den Taschen, und sah sich um.

In ihrem Rücken befand sich einer dieser anonymen 24-Stunden-Supermärkte, wo Nylonstrümpfe neben Kinderspielsachen und Dosengemüse angeboten wurden. Immer wieder kam jemand mit vollen Tüten durch die auf- und zugleitenden Schiebetüren, doch für einen Samstagvormittag war es ruhig. Die Ampelschaltung verrichtete tapfer ihren Dienst, obwohl kaum Autos unterwegs waren. Niemand schlenderte den Gehweg entlang, als hätte er alle Zeit der Welt, genauso wenig wie es spielende Kinder oder Jugendliche gab, die beisammenhockten und sich unterhielten.

Warum sie all das vermisste, wusste Meta selbst nicht. Denn in den Ecken der Stadt, in denen sie heimisch war, herrschte auch kein belebender Trubel. Die Leute gingen stets ihren Aufgaben nach, und wer sich keinen Wagen leisten konnte, sah für gewöhnlich zu, dass er rasch eine der vielen U-Bahn-Stationen erreichte denn in dieser Stadt ging niemand gern zu Fuß.

Mit einem Mal beschlich Meta die wahnwitzige Vorstellung, dass den Menschen das Straßengeflecht wie die freie Wildbahn erscheinen musste. Dass sie die Sicherheit von festen Wänden oder ihrer Blechkisten bevorzugten. Ja, dass sie sich auf der offenen Straße vielleicht sogar wie leicht zu schlagende Opfer vorkamen. Es war dieses seltsame Gefühl, das einen überkam, wenn man die menschenleere Straße entlangging. Als würde etwas in den Türeingängen und Hinterhöfen lauern und seine Möglichkeiten abwägen. Alte Instinkte, sagte Meta sich. Da leben wir inmitten einer Großstadt und glauben uns immer noch in der Wildnis. Dabei konnte sie nicht einmal sagen, ob dieses übertriebene Sicherheitsbedürfnis auch in anderen Städten vorherrschte. Sie selbst empfand es ja nur, weil sie von ihrer Umwelt stets darauf aufmerksam gemacht wurde.

Meta knotete den Gürtel ihres Trenchcoats enger, damit der Wind ihr nicht länger eine Gänsehaut zaubern konnte. Es hatte ihr noch nie etwas ausgemacht, im schwächer werdenden Licht durch Gassen zu gehen, in denen Schatten hausten. Trotzdem hatte sie sich irgendwann entschieden, sich den Ängsten der anderen anzupassen, ein Taxi zu rufen, wenn ihr der Sinn eigentlich mehr nach einem Streifzug stand. In den letzten Jahren hatte sie über diesen Widerspruch gar nicht mehr nachgedacht und vergessen, dass es einmal anders gewesen war.

Mit einem leicht verrutschten Lächeln begann Meta ihren Spaziergang durch die Straßen, die ihr alle unterschiedslos vorkamen. Ewig gleiche Mietshäuser, die auf die Tatsache, Individuen zu beherbergen, keinerlei Rücksicht nahmen. Selbst wenn sie an Davids Haustür vorbeigehen sollte, würde sie es wahrscheinlich nicht bemerken. Zweifellos war es absurd, was sie hier trieb. Bestenfalls würde sich dieser kleine Ausflug als Heilmittel für ihr Zwangsverhalten erweisen. Am Montag wollte sie ihren ganzen Mut zusammennehmen und Rahel davon erzählen. Die würde sie zwar verstehen, ihr aber zugleich bestätigen, dass David verloren war, wenn er nicht von selbst wieder auftauchte. Vielleicht sagte sie ihr sogar, dass es an der Zeit war, dieses Hirngespinst nach all den Wochen des Wartens endlich aufzugeben.

Der Wind hatte deutlich aufgefrischt und trieb die regenschweren Wolken nun mit Eile über den Himmel. Nur gelegentlich gelang es der Sonne noch, einige Strahlen durch die Wolkentürme zu schicken. Im Großen und Ganzen sah es danach aus, als ginge bald ein Platzregen nieder.

Metas nackte Beine waren mittlerweile mit Gänsehaut überzogen, und sie raffte den Kragen des Trenchcoats zusammen. Der Gurt ihrer Handtasche rutschte von der Schulter, und ihr Gewicht baumelte schwer in der Armbeuge. Einen Regen würden ihre Ballerinas auf keinen Fall überstehen. Auf der gegenüberliegenden Straße tauchte ein Taxi auf, aber sie ließ es vorbeifahren, ohne dass sie den Arm hob. Leise verfluchte sie sich selbst. Dieses Drama muss jetzt aufhören, sofort!, schwor sie sich. Sie hatte sich bereits zu mehr hinreißen lassen, als sie vor sich selbst vertreten konnte. Dann würde sie eben die U-Bahn nehmen und dabei keinen Blick zurückwerfen.

Entschlossen drehte sie sich um und lief gegen eine Lederjacke. Bevor Meta die Augen anheben konnte, verriet der Duft schon, wer dort gerade vor ihr aufgetaucht war: David. Dieser

Geruch, bei dem Meta schlagartig ihre anerzogene Zurückhaltung vergaß, ließ sich kaum beschreiben. Er war viel mehr als etwa das kribbelnde Aroma von Eisenkraut oder der betörende Duft eines erregten Mannes. Seine Wirkung auf Metas Sinne war vielschichtiger, als könne sie ihn zugleich auch schmecken und spüren.

Ohne sich dagegen wehren zu können, strahlte Meta den Mann vor sich glücklich an. David trat einen Schritt zurück und musterte sie verhalten. Unterhalb seines Kinns leuchtete eine halbmondförmige, grellrote Wunde auf.

Kein Lächeln, stellte Meta enttäuscht fest. Nein, David wirkte gar nicht so, als könne er diesem Zufallstreffen etwas abgewinnen. Er wirkte angespannt, fast ein wenig verärgert.

»Wer hätte das gedacht?«, setzte Meta zögerlich an und wusste dann nicht, was sie weiter sagen sollte.

»Ja, so was«, sagte David gedehnt und blickte ausweichend nach unten.

»Hattest du hier in der Gegend zu tun?« Was für eine idiotische Frage, schalt sich Meta in dem Moment, als sie die Worte aussprach.

»Etwas in der Art.« David wischte sich mit der Hand über den Mund, die Augen immer noch gesenkt. »Das hier ist mein Revier«, fügte er schließlich an.

Bevor Meta über den ungewöhnlichen Ausdruck *Revier* stolpern konnte, lächelte David sie an. Es war, als hätte er seine distanzierte Haltung abgestreift wie eine Schlangenhaut. Darunter kam etwas zum Vorschein, das sie bislang lediglich erahnt hatte: eine natürliche Selbstsicherheit, die zu seinem anziehenden Duft passte.

Ohne sich dessen bewusst zu sein, ließ Meta den Kragen ihres Trenchcoats los und fuhr mit der Hand über die plötzlich erhitzte Haut ihres Halses. Unter ihren Fingerspitzen spürte sie ihren Puls rasen.

David beugte sich vor und strich ihr langsam eine Haarsträhne aus dem Gesicht. Dann ließ er die Hand wieder sinken. »Es wird gleich anfangen zu regnen«, sagte er ruhig, machte aber keinerlei Anstalten, sich in Bewegung zu setzen.

Meta konnte nur dastehen und ihn mit allen Sinnen wahrnehmen. Für den kalten Wind oder den heraufziehenden Regen hatte sie keinen einzigen Gedanken mehr übrig. Sie wollte nur, dass David die Distanz überwand, damit sie ihn endlich wieder spüren konnte.

Erste Regentropfen fielen ihr ins Gesicht. David drehte den Kopf zur Seite, als hielte er nach einem Unterschlupf Ausschau oder sogar nach einem Taxi, das sie nach Hause bringen konnte.

Entschlossen machte Meta einen Schritt auf ihn zu und schlang die Arme um seinen Hals. Eine hilflose Geste, und doch … Sie glaubte, elektrisiert zu werden, als das kurze Haar in seinem Nacken ihre Handfläche kitzelte.

Augenblicklich hob David seine Arme an und packte sie bei den Handgelenken. Er warf ihr einen gereizten Blick zu, seine dunklen Augenbrauen fuhren dicht zusammen, als sich eine senkrechte Falte mitten auf der Stirn eingrub. Aber er zwang sie nicht, die Umarmung aufzugeben.

»David«, flüsterte Meta und wusste nicht, was ihr mehr Angst einjagte: die Vorstellung, dass er sie zurückweisen oder die, dass er ihr Verlangen erwidern könnte.

Dann umarmte er sie mit einer solchen Wucht, dass sie vor Schrecken aufstöhnte. Doch nur kurz, denn schon lagen seine Lippen auf ihrem Mund. Ihre Hände ließen seinen Nacken los und krallten sich durch das Leder hindurch in seine Oberarme, damit sie seinem Ansturm standhalten konnte. Davids Hände glitten über ihre Hüften, umfassten ihren Hintern, und er zog sie noch näher an sich heran.

Über ihnen erklang ein tiefes Grollen, und mit einem Mal

ging ein Regenschauer nieder. David hielt in seinem Kuss inne, blickte kurz auf, dann drängte er Meta ein paar Schritte zurück, bis sie Mauerwerk im Rücken spürte. Die Schnelligkeit und die Kraft, die aus seinen Bewegungen sprach, entlockten ihr ein überraschtes Blinzeln.

Der Ausdruck auf seinem Gesicht war konzentriert, während er eine geschlossene Haustür fixierte. Bevor Meta noch ein »Nicht« herausbringen konnte, verpasste David der Haustür einen festen Schlag, woraufhin diese mit einem Knall aufsprang und gegen die Wand schlug. Der herausragende Bolzen des Schlosses sah verbogen aus, die Oberfläche eingedellt.

Meta durchzuckte ein Energiestoß, als wäre sie einem leichten Stromschlag ausgesetzt gewesen. Er hinterließ ein Kribbeln auf ihrer Haut, das sich aufregend und beängstigend zugleich anfühlte.

Aber noch etwas anderes beunruhigte sie. Sie glaubte nämlich, etwas gesehen zu haben, das schlicht und ergreifend nicht sein konnte: Als David mit der flachen Hand gegen die Tür geschlagen hatte, war seiner Handfläche eine Art Schemen entwichen. Als hätte nicht Davids Schlagkraft, sondern der Schemen die Tür aufspringen lassen – oder als hätte die Tür eine Druckwelle erfasst. Das kann nicht sein, beruhigte sich Meta sofort. Das hast du dir bloß eingebildet.

Während David sie in das diesige Treppenhaus hineindrängte, schob sie das Bild des Schemens beiseite. David suchte bereits wieder ihre Lippen, und Meta folgte der Aufforderung nur allzu gern.

Für einen kurzen Moment zog sich David von ihr zurück, um seine Jacke abzustreifen. Dabei konnte sie einen Blick auf den Ausschnitt seines Hemdes werfen. Augenblicklich war die gewaltsam geöffnete Tür vergessen. Das aufblitzende Schlüsselbein und die kleine Kuhle darunter führten sie in Versuchung. Sie erinnerten Meta an seine schön geschwungenen Brustmuskeln, die von dem dunklen Haar bedeckt waren, das es ihr so angetan hatte.

Bevor David sich abermals an sie drängen konnte, fuhren ihre Hände unter sein Hemd. Er stemmte beide Fäuste neben ihren Schultern gegen die Wand, während sie über seine Brust streichelte und ihre Lippen über seinen von einem Bartschatten rauen Hals gleiten ließ. Was sie dabei schmeckte, raubte ihr beinahe den Verstand: dieser salzige Film, bei dem sie sich nicht sicher war, ob sie ihn mehr schmeckte oder als Duft wahrnahm.

Ungeduldig zerrte sie an seinem Hemdkragen, riss ihn beiseite und rieb ihr Gesicht über seine freigelegte Brust. Ihre Hände suchten nach dem Bund seiner Jeans, glitten darunter und verschafften sich etwas mehr Spielraum, indem sie die Knöpfe öffneten. Während ihre Finger unter den Stoff glitten und ihn hastig über seinen muskulösen Hintern schoben, gönnte sich Meta einen Blick auf Davids angespanntes und zugleich gelöstes Gesicht, auf den fiebrigen Glanz in seinen Augen und das kaum merkliche Zittern seiner Unterlippe.

Ruckartig stieß David sich von der Wand ab, um in die Knie zu gehen und nach dem Saum ihres Kleides zu greifen. Kaum hatte er ihn zu fassen bekommen, da drängte er sich zwischen ihre Schenkel. Meta hörte das leise Reißen von Seide, als David den hauchdünnen Saum ihres Slips zwischen den Fingern überdehnte. Dann packten seine Hände sie unter ihren Oberschenkeln, um sie ein Stück hochzuheben.

Meta schloss die Augen und ließ den Kopf in den Nacken sinken. Ihre Schulterblätter schabten über das harte Mauerwerk, doch der Schmerz erreichte sie nicht. Sie öffnete die Lippen und spürte erneut Davids Mund. Ihre Arme schlangen sich um seinen Nacken, und einen Moment lang ärgerte sie sich darüber, den Trenchcoat nicht rechtzeitig abgestreift zu haben. Jetzt hätte sie ihre Seele dafür gegeben, seine erhitzte Haut auf ihren Unterarmen zu spüren. Als David jedoch seine Hüfte zwischen ihre Schenkel drängte, vergaß Meta alles um sich herum und gab sich ganz dem betäubenden Verlangen hin.

Kapitel 12

Streifzug

David lag auf der Seite, den Kopf in der Beuge seines angewinkelten Arms, eine Hand auf dem verschwitzten Laken. Zu gern hätte er die Decke gestreichelt, unter der sich Metas Rücken und die weichen Wölbungen ihres Pos abzeichneten. Sie döste auf dem Bauch liegend, die Arme unterm Oberkörper verschränkt wie ein schlafendes Kind.

Aber David hielt sich zurück. Solche liebevollen Gesten wollten nicht recht zu der rauen Leidenschaft passen, mit der sie sich in dem Hauseingang und anschließend in seinem Bett geliebt hatten. Da war kein Platz für Zärtlichkeiten gewesen, zu sehr hatte das Bedürfnis ihrer Körper nach Vereinigung und rascher Befriedigung gedrängt. Nicht, dass sich David an dieser Hastigkeit gestört hätte, aber es fiel ihm jetzt ausgesprochen schwer, Meta einfach nur zärtlich zu berühren, ohne sie zu erregen. Er befürchtete, dass eine solche Geste falsch verstanden oder – viel schlimmer noch – zurückgewiesen wurde.

Doch David wollte sich nicht in Grübeleien verlieren, sondern der angenehmen Leere hingeben, die mit der Befriedigung einherging. Er versuchte, es Meta gleichzutun, und schloss die Augen. Draußen fiel immer noch prasselnd der Regen nieder, schlug gegen die Fensterscheiben. Er erinnerte ihn daran, wie wunderbar Metas Haut geduftet hatte, als er ihr das nasse Kleid ausgezogen hatte. Kalt und glatt hatte sie sich angefühlt, bevor sie einen Augenblick später mit Hitze überzogen gewesen war.

David versuchte erneut, sich auf den fallenden Regen zu konzentrieren, aber das tiefe, leicht wunde Pochen in seinem Körper ließ das nicht zu. Was für ein Zufall es doch gewesen war, dass er Metas Fährte an diesem Mittag unweit seiner Wohnung aufgespürt hatte. Während er mit geschlossenen Augen dalag, ließ er die Geschehnisse der letzten Nacht Revue passieren.

Nach einer für alle Beteiligten unangenehmen Taxifahrt drückte er einem verstört dreinblickenden Fahrer ein paar Banknoten in die Hand. Immer noch ganz benommen, geleitete er die junge Frau in das Palais und fiel prompt Amelia in die Hände.

»Gehört sie dir?«, fragte Amelia mit einem anzüglichen Lächeln und legte dabei eine Fingerspitze auf den Amorbogen ihrer schön geschwungenen Oberlippe.

David hätte gern ihre Hand fortgewischt. Die verspielte Geste ärgerte ihn, dafür kannte er die Vorlieben von Hagens Gefährtin zu gut. Aber auch genau aus diesem Grund unterließ er es. Amelias zierliche Gestalt, von der eine verwirrende Sinnlichkeit ausging, war nicht die ausschlaggebende Größe bei einem Kräftemessen. Sie stand aus gutem Grund an Hagens Seite, denn sie war ihrem Anführer in vielerlei Hinsicht gewachsen. Doch während es bei Hagen seine unberechenbare Ader und seine unvermittelt ausbrechenden Wutanfälle waren, vor denen sich das Rudel fürchtete, so verfügte Amelia über zwei Gesichter, was fast noch beunruhigender war. In einem Moment konnte sie zuckersüß sein und einen im nächsten bis aufs Blut demütigen. Hagen neigte zur Brutalität, Amelia dagegen ging bei ihren Ausfällen mit einer Raffinesse vor, die mehr auf die Erniedrigung als auf die Unterwerfung ihrer Opfer abzielte.

Darum wog David seine Worte auch sorgsam ab, bevor er antwortete: »Ich habe das Mädchen nur hierhergebracht.« Als Amelia enttäuscht die Lippen schürzte, fügte er hastig hinzu: »Nathanel wollte das so.«

»Und was will Nathanel, das du mit ihr anstellst?« Mit diesen Worten strich Amelia der jungen Frau das Haar aus dem Gesicht. Einen Augenblick lang sah es so aus, als hätte das Mädchen ihr am liebsten in die Hand gebissen. Doch bei Amelia überlegte man es sich zweimal, ob man sich wirklich mit ihr anlegen wollte, das begriff selbst diese Fremde instinktiv.

»Ich passe auf sie auf, bis Nathanel zurück ist. Dann gehe ich.«

»Wenn du mich fragst, solltest du bleiben. So eine hübsche Beute lässt man nicht einfach aus den Augen.« Erneut schenkte Amelia ihm ein Lächeln, das nichts Freundliches enthielt. Es erinnerte David eher an eine höhnische Tierfratze.

Bevor man ihm seine Gedanken ansehen konnte, senkte er den Blick und ging mit der jungen Frau, die sich auffällig dicht in seinem Schatten hielt, in eins der abgelegenen Zimmer. Das Mädchen begutachtete kurz ihre wunden Füße, dann schlief sie auf einem Deckenlager ein. David setzte sich mit dem Rücken gegen die Tür und versuchte, seine Müdigkeit zu vergessen. Stunden später tauchte endlich ein erschöpft aussehender Nathanel auf und entließ David mit einer Geste in den anbrechenden Tag.

»Tut mir leid, dass du so lange auf mich warten musstest, aber ich habe Jannik noch zu seinem Köter begleitet. Bin mir nicht ganz sicher, aber als wir vor Ruths Tür standen, hat es irgendwo in den Schatten geknurrt. Mathol dürfte wegen meines Escort-Dienstes ziemlich angefressen sein, er lässt sich nicht gern um seinen Spaß bringen. Vielleicht solltest du deinem kleinen Freund in den nächsten Tagen Gesellschaft leisten, würde euch beiden guttun«, sagte Nathanel mürrisch.

»Danke!« Tatsächlich war seine Sorge um Jannik immer größer geworden, während er Stunde um Stunde gewartet hatte. Vor Erleichterung schlug er gegen die Wand. Bei dem knallenden Geräusch stöhnte die junge Frau im Schlaf auf, so dass David schuldbewusst zusammenzuckte. Er hätte gern erfahren, was mit ihr geschehen sollte. Aber ein Blick auf Nathanels Gesicht hatte ausgereicht, um ihm klarzumachen, dass er von diesem Mann erst einmal keine weiteren Gefälligkeiten mehr zu erwarten hatte. Deshalb verließ er hastig das Palais, darauf bedacht niemandem über den Weg zu laufen.

Für gewöhnlich hielten sich die Rudelmitglieder im Palais auf. Oder, wenn man Hagens Wege nicht unnötig kreuzen wollte, in einem der angrenzenden Häuser. Um sich bei Laune zu halten, erzählten sie sich gegenseitig Geschichten. Nun, es waren tatsächlich Geschichten – wenn auch immer dieselben –, denn die meisten Rudelmitglieder führten ein zurückhaltendes Leben. Trotzdem drehten sich die meisten Gespräche um übermenschliche Kräfte, kaum bezwingbare Triebe und die Macht, die einem der eigene Schatten verlieh. Wenn er es denn tat … Die meisten Wolfsdämonen waren schlicht nicht zu viel zu gebrauchen. Eigentlich besteht ein Großteil des Rudellebens im grimmigen Beisammensein, dachte David nüchtern. Er konnte diese erzwungene Nähe und das Hierarchiedenken nicht ausstehen, obgleich auch sein Wolf ihn in die Nähe des Rudels drängte. Davids Distanziertheit war eine Eigenart, die von einigen bewundert, von anderen mit Skepsis beäugt wurde. Der von Natur aus gesellige Jannik hatte dafür wenig Verständnis. Zwar reichte ihm in der Regel Davids Gegenwart, aber wenn dieser seine Wohnungstür hinter sich zuzog, lief Jannik mit seinem getreuen Burek geradewegs zum Palais oder zu einem der nahe gelegenen Verschläge.

Dabei hatte es anfangs danach ausgesehen, als gestehe der Anführer David keinen Rückzugsort zu. Allein seine Anfrage hatte damals einen Zornausbruch ausgelöst. Um sich abzukühlen, war Hagen derart aus dem Palais gestürmt, dass selbst der zu der Zeit noch vor Gesundheit strotzende Nathanel seine liebe Mühe hatte, Schritt zu halten. Dass ausgerechnet dieser Mann Hagen gefolgt war, hatte David Hoffnung gegeben, und er war den beiden Männern wie ein junger Hund hinterhergelaufen. Wenn Hagen seinen Wunsch nach einer eigenen Bleibe, mehrere Straßen vom Lager des Rudels entfernt, abgeschmettert hätte, hätte er nicht gewusst, wie es weitergehen sollte.

»Keine Ahnung, warum ich mich mit diesem Schwachsinn rumplagen muss.« Im Vorübergehen hatte Hagen sich einen Apfel von einem Obststand geschnappt und hineingebissen. »David steht doch in der Rangordnung ganz unten. Eigentlich sollte er vor Glückseligkeit vor mir auf dem Boden robben, weil ich ihn in meiner Nähe dulde. Ein Zimmer im Palais auszuschlagen … dieser kleine Scheißer.« Ohne innezuhalten, hatte Hagen sich umgedreht und die Apfelreste nach David geworfen.

»Du hast ihn in unser Rudel geholt, obwohl du seinen Lebensweg genau kennst«, hatte Nathanel dagegengehalten. »Der Junge ist vollkommen verblendet von Convinius' Lehren. Es braucht vermutlich seine Zeit, bis er die Nähe des Rudels rund um die Uhr ertragen kann.«

Hagen war so abrupt stehen geblieben, dass David fast in ihn reingelaufen wäre. »Weil Convinius ein Schwachkopf war, soll ich seinem Welpen jetzt Narrenfreiheit gewähren, anstatt ihn hart ranzunehmen? Das ist ein Scheißrat von dir.«

Nathanel hatte bloß mit den Schultern gezuckt. »Du bist der Chef. Aber manchmal ist die lange Leine die wirkungsvollere. Du kannst ihn natürlich auch brechen, aber wem nutzt er dann noch?«

Einige Tage lang hatte Hagen gegrollt, dann hatte David sich mit seinen Habseligkeiten in einer eigenen Wohnung einquartieren dürfen. Als er sich mit ein paar wenigen Worten für Nathanels Fürsprache bedankte, hatte der bloß geschnaubt.

»Ich will Ruhe im Rudel, und solange du wie im Käfig hin und her läufst, ist das kaum möglich. Tu mir einen Gefallen und sieh zu, dass du mit deinem Wolf klarkommst. Nochmal wird Hagen sich nämlich nicht so leicht von seiner Fährte abbringen lassen.«

David hatte stumm genickt, obgleich er die lapidare Erklärung nicht geglaubt hatte. Und das hatte sich im Laufe der Zeit auch nicht geändert. Vielmehr hatte sich der Verdacht bestätigt, dass Nathanel ahnte, wie wenig Davids Fähigkeiten seinem niedrigen Rang entsprachen. Und das, obwohl David einen Großteil seiner Kraft darauf verwendete, seinen in die Welt drängenden Wolf unter Verschluss zu halten.

Erleichtert trat David aus dem Palais und atmete die Morgenluft ein, froh, die Verantwortung für die junge Frau abgegeben zu haben. Angelockt von der frischen Luft, zwängte sich der Wolf hervor, und mit einem Mal war alles um David herum ein einziges flirrendes Gemälde aus unzähligen Fährten. Und jede einzelne davon erzählte eine eigene Geschichte. Einige lockten, andere leuchteten glühend rot wie eine Warnung. Aus Klängen wurden Farben, aus Gerüchen eine ertastbare Spur, und die klaren Formen der Welt lösten sich wie ein zu Boden gefallenes Puzzle auf. Wie immer war David sich nicht sicher, ob er das heillose Durcheinander genießen oder sich dieser anderen Welt, die ihm der Dämon offenbarte, entziehen sollte.

Ausgerechnet sein Wolf war sehr lebhaft und ließ keine Gelegenheit verstreichen, seinen Hüter auf die ungenutzten Möglichkeiten aufmerksam zu machen. Warum das so war, hatte David noch nie verstanden. Gerade er, der doch darauf gedrillt worden war, den Dämon stets zu unterdrücken. Erst seit er unter Hagens Führung lebte, hatte David begriffen, dass nicht jeder Wolf dazu bestimmt war, an Stärke zu gewinnen. Die meisten Wölfe im Rudel zeichneten sich durch ein unterwürfiges Naturell aus, so wie bei Jannik. Von Hagen und seinen Getreuen abgesehen, gelänge es den meisten Dämonen niemals, einen der höheren Ränge im Rudel zu bekleiden, denn sie zeigten nur selten das Verlangen, sich zu behaupten. Sie kauerten in den Höhlen, die ihre Hüter für sie waren, und solange ein starker Anführer sie leitete und sie an seinem Leben teilhaben ließ, waren sie zufrieden. Es waren die Menschen, die sich nach einem kraftvolleren Dämon sehnten, die sich von Taten erzählten, die sie so niemals vollbracht hätten. Es war ja nicht so, dass David diesen Hang zum Geschichtenerzählen nicht verstehen konnte. Aber der Stolz, den die Rudelmitglieder für ihren Dämon hegten, war ihm fremd.

Für gewöhnlich gönnte David dem Dämon eine Zeit lang seinen Blick auf die Welt, dann konzentrierte er sich wieder auf seine menschliche Wahrnehmung. Stets war er darauf bedacht, dem Wolf nicht zu viel Freiraum zuzugestehen, auch wenn es sie beide schmerzte. Kurz schloss er darum die Augen und raubte dem Wolf somit den Blick auf die Welt. In der Vergangenheit hatte er die Erfahrung machen müssen, dass er sich dem Dämon immer mehr annäherte, je länger er die Wolfssicht beibehielt. Obwohl dieser Berührung etwas durchweg Angenehmes innewohnte, misstraute David ihr. Zu lange hatte er sich Convinius' Ansichten über den Wolfsdämon anhören müssen, um nicht eine instinktive Abneigung zu hegen, wenn der Wolf mit ihm verschmelzen wollte. Allerdings ließ sich die dämonische Wahrnehmung niemals vollends ausblenden, sie lag wie ein durchscheinender Film über allen Dingen.

Nachdem David das Palais hinter sich gelassen hatte, sprang ihn im stets präsenten Gewühl der Fährten von Menschen, Tieren und sonstigen vielfältigen Eindrücken eine Spur regelrecht an, so vertraut war sie ihm. Vor einigen Wochen schon hatte er sie verfolgt, sich so sehr auf ihren schwachen, kaum noch wahrnehmbaren Ausläufer konzentriert, bis er sie in- und auswendig zu kennen glaubte. Metas Fährte zu folgen, das war, als ob er ein komplexes Gemälde Schicht für Schicht wieder freilegte, bis nur noch ein einzelner Pinselstrich auf der Leinwand zurückblieb. Und sein Wolf war ihm dabei so behilflich, dass David das eine oder andere Mal angehalten hatte. Doch entgegen seiner Befürchtung wollte der Wolf ihn niemals zu einer Jagd anstiften. Vielmehr kam es ihm so vor, als teilte der Dämon seine Sehnsucht nach dieser einen Frau.

Metas Fährte war an diesem Morgen von einer solchen Deutlichkeit, dass es ihm fast den Verstand raubte. Der Schrecken der letzten Nacht, als er einen Moment lang in der namenlosen Fremden eine von seinem Rudel gestellte Meta erkannt zu haben glaubte, saß ihm noch in den Knochen. Auch der Blick, den Meta ihm in der Galerie zugeworfen hatte, der verächtliche Zug um ihren Mund, war ihm ausgesprochen lebhaft in Erinnerung geblieben. Dass sie nun seinetwegen in dieser Gegend war, konnte er nicht erwarten, oder doch? Denn was trieb sie hier? Einerseits wollte er dieser Frage nur allzu gern nachgehen, andererseits wollte er sich eine weitere Zurückweisung ersparen. Die letzten Wochen waren auch so hart genug gewesen, die feixenden Bemerkungen und die Fragerei, wann er wohl mal wieder zum Zug kommen würde, hatten Spuren hinterlassen.

Während er sich noch zu einer Entscheidung durchzuringen versuchte, übernahm sein Körper das Kommando, und er hastete durch die Straßen. In dem Moment, als Meta unvermittelt ihre Arme um seinen Nacken schlang, wich auch der letzte Rest Vernunft. Nun, zumindest die anzüglichen Sprüche gehörten jetzt sicher nicht so schnell der Vergangenheit an.

Das schlechte Gewissen ließ David die Augen aufreißen. Mit seinem Unvermögen, Gefühle und Gedanken von Bedeutung zu verbergen, hatte er Meta den gierigen Blicken seines Rudels ausgeliefert. Er hatte sie zum Allgemeingut einer johlenden Horde gemacht. Ein jeder, der in der Rangordnung über ihm stand – und das taten offiziell fast alle –, hatte miterleben können, wie es war, diese Frau zu lieben.

Mit einem Stöhnen setzte David sich auf der Matratze auf und fuhr sich verzweifelt mit den Händen durchs Haar. Neben ihm rührte sich Meta und warf ihm einen schlaftrunkenen Blick zu. »Alles in Ordnung?«, fragte sie, ohne das Gesicht vom Kissen zu heben.

»Soll ich dir etwas aus der Küche mitbringen, einen Kaffee vielleicht?« David schob die Decke zur Seite und sah zu, dass er aus ihrem Blickfeld kam, bevor sie die Schamesröte auf seinem Gesicht entdeckte.

»Gern«, hörte er sie noch antworten, doch es klang nicht sehr dringlich.

In der Küche ging David einige Male auf und ab, und zum ersten Mal ärgerte er sich über die Beengtheit seiner Wohnung. Er konnte es einfach nicht fassen, dass er sich so hatte gehenlassen. Es gab einen Grund dafür, warum die meisten aus seinem Rudel sich nicht auf Liebesgeschichten einließen. Für sie alle gab es keine wahre Zweisamkeit. Oder zumindest war David nicht bereit, den Preis zu zahlen, den sein Wolf dafür fordern würde: den Preis, endlich in der Rudelordnung aufzusteigen.

Stirnrunzelnd blickte David zum Bett, auf dem sich Metas Silhouette unter der Decke abzeichnete. Über ein paar triebgesteuerte Nummern mochte Hagen schief lächeln und Amelia den Rücken streicheln. Aber sollte mehr daraus werden …

Ja klar!, spottete eine Stimme in David. Die Prinzessin auf deinem Lager ist sicherlich ganz entzückt, wenn du sie ins

Kino und anschließend zum Asiaten um die Ecke einlädst, dessen Billigfraß nicht einmal Jannik ohne Zuckungen herunterbekommt.

In Gedanken versunken, machte David sich an der Kaffeemaschine zu schaffen und durchforstete den Kühlschrank, während das Wasser aufkochte. Er fand ein altes Stück Pizza, eine braun gefleckte Banane und ein Packet Hackfleisch, von dem er nicht wusste, wie es in seinen Kühlschrank geraten war. Nachdem er alle Schränke abgesucht hatte, fand er schließlich eine Packung Hundekekse und eine Tafel Schokolade, die er wohl einmal für Jannik gekauft und vergessen hatte.

Mit zwei Bechern Kaffee und der Schokolade kehrte David schließlich ins Schlafzimmer zurück, wo Meta gegen die Wand gelehnt auf dem Bett saß. Sie hatte sich ihr zerwühltes Haar glattgestrichen und die Decke sorgfältig um die Brust gewickelt, so dass sich David seiner Nacktheit mit einem Mal sehr bewusst wurde. Der Blick, mit dem sie ihn musterte, machte das Ganze nicht unbedingt einfacher. Zumindest schien ihr zu gefallen, was sie sah. David schaute sie herausfordernd an, und sie schenkte ihm ein Lächeln, das ihm ein Kribbeln über den Rücken jagte.

Er setzte sich auf den Rand der Matratze und stellte die beiden Becher auf den Boden. Dann hielt er die Schokoladentafel hoch. »Eine Portion Zucker ist jetzt bestimmt nicht verkehrt«, sagte er, als Meta skeptisch die Lippen aufeinanderpresste.

Nach einigem Zögern sagte sie: »Wahrscheinlich hast du Recht.«

Während sie umständlich die Silberfolie abwickelte, trank David einige Schlucke Kaffee und fragte sich, wie es nun weitergehen sollte. Meta widmete ihre Aufmerksamkeit der Schokolade und schien den nackten Mann an ihrer Seite vollkommen vergessen zu haben. Verstohlen betrachtete David die

Rundungen ihrer Schultern, die helle Haut, die sie so verletzlich aussehen ließ, und die sanfte Rötung, mit der ihr Dekolleté immer noch überzogen war. In einem Anflug von Erregung wandte er sich ab und blickte in seinen leeren Becher.

»David?« Metas Stimme klang eine Spur zu zurückhaltend für eine Frau, die vorhin noch voller Leidenschaft gewesen war. Einen schrecklichen Moment lang glaubte er, dass sie seine Erregung bemerkt hatte und ihm nun erklären würde, dass sie losmüsse. Automatisch verspannten sich seine Schultern.

»Ich wollte mich für das Bild bedanken, das du mir geschenkt hast. Das war wirklich … Ich habe mich sehr darüber gefreut.«

David stellte den Becher ab und versteckte sein erleichtertes Lächeln hinter seinen Händen. Meta rutschte von hinten an ihn heran und begann, seinen Nacken mit Küssen zu bedecken. Dabei mieden ihre Lippen die Blutergüsse, die Mathols brutaler Griff hinterlassen hatte, wie auch die Narben auf seinen Schulterblättern. Doch Meta war sich dessen wohl gar nicht bewusst, denn ihre Hände gingen bereits auf Erkundungstour.

»Brauchst du vielleicht auch noch ein wenig Zucker?«, fragte sie sanft. Sie fand ihre Antwort, bevor David etwas erwidern konnte.

Kapitel 13

Grenzen abstecken

»Die Idee ist totaler Mist«, erklärte Jannik und hieb mit der Hand nach der steinernen Fassade eines riesigen Gebäudekomplexes. David schenkte ihm ein Grinsen und ging unbeirrt weiter.

Sie durchquerten eine dieser Gegenden, in denen jedes Gebäude mit Büroflächen gespickt war. Eine seltsam graue Welt, die sich trotzdem den Luxus von Flächen gönnte, auf denen Objekte und Bänke zum Verweilen einluden. Doch niemand ging der Einladung nach; diese Plätze waren immerzu verwaist. Wer es eilig hatte – und hier hatten es alle eilig, weil die Stechuhr im Kopf tickte –, mied diese Flächen sogar und nutzte sie nicht einmal für eine Abkürzung. David schien für solche Feinheiten an diesem Mittag nichts übrigzuhaben, denn er marschierte kurzerhand über einen betonierten Platz. Er war sogar derart guter Laune, dass er über den Rand eines Springbrunnens balancierte, anstatt ihn einfach zu umrunden. Jannik hingegen hielt sich zurück und schielte in das Wasser. Auf dem blau getünchten Grund lag eine Getränkedose.

»Nun hör mal zu, Superman«, setzte Jannik erneut an und packte David am Ärmel. Doch der weigerte sich einfach, stehen zu bleiben. »Du bist ernsthaft aufgekratzt, weil du diese Frau noch einmal vernaschen durftest. Okay, freut mich für dich. Jetzt bist du voll auf körpereigenen Drogen, aber musst du deshalb gleich dermaßen auf die Pauke hauen? Nathanel will, dass wir Maggies Revier heute Abend einen kleinen Besuch abstatten. Das ist Stress genug. Uns jetzt auch noch bei ihr anzukündigen, ist völlig bescheuert. Mal abgesehen davon, dass das so gar nicht geplant war. Du solltest Maggie eigentlich nicht einmal kennen, so wie es sich für den Bodensatz des Rudels geziemt. Geschweige denn wissen, wie man ihr eine Nachricht zukommen lässt. Wenn Hagen davon was mitkriegt …«

»Aber Hagen wird davon nichts mitkriegen«, unterbrach ihn David übermütig und zog ihn an einer Zottel, die von seinem Hinterkopf abstand. »Das hier ist herrenloses Revier, wir sind also runter von seinem Radar. Wenn du allerdings meinst, dass du dich später nicht zusammenreißen kannst und alles verpetzt, dann solltest du mir besser nicht hinterherlaufen.«

»Ich laufe dir nicht hinterher«, erwiderte Jannik beleidigt, sah aber rasch zur Seite, als David ihm einen höhnischen Blick zuwarf. Burek schloss mit heraushängender Zunge auf, und fast wäre Jannik über ihn gestolpert. »Wunderbar, Burek findet es hier auch klasse. Wenn man sich euch beide so anschaut, könnte man glatt auf die Idee kommen, dass euch dieses unabhängige Gebiet zusagt. Die beiden Herren sind mit einem Schlag ja so unheimlich gelöst, geradezu überschäumend.«

»Ja, ganz im Gegensatz zu dir, du Jammerlappen.«

Jannik zeigte seinem Freund den Mittelfinger, doch David grinste nur.

»Schön, dass es dir so gut geht. Denn das wird sich schlagartig ändern, wenn Hagen dich für die Aktion erst einmal an den Eiern hat. Eins kann ich dir nämlich verraten: Nathanel wird danebenstehen und keinen Mucks von sich geben, während Hagen sie dir langzieht. So eine Scheißidee.«

»Na, wenigstens werde ich nicht allein leiden müssen. Du weißt ja: mitgefangen, mitgehangen. Hagen wird begeistert sein, sich an uns beiden austoben zu dürfen. Also reiß dich besser zusammen, dann wird alles wie am Schnürchen laufen.«

Vor lauter unterdrücktem Unmut knurrte Jannik. »Neutraler Boden, Leitwolfgehabe«, nuschelte er in seinen hochgestellten Jackenkragen. Aber er sah ein, dass es sinnlos war, weiterhin auf seinen Freund einzureden.

Am gestrigen Abend hatte es eine Besprechung im kleinen Kreis wegen einiger geplanter Grenzüberschreitungen auf das benachbarte Rudelgebiet gegeben. »Um die Möglichkeiten auszutesten«, wie Nathanel es formuliert hatte. Im Klartext hieß das, dass einige von ihnen sich auf Maggies Territorium herumtreiben und ihre Markierungen hinterlassen sollten. Eigentlich eine unangenehme Aufgabe, denn es widersprach ihren Instinkten. Trotzdem hatte Jannik in einigen Gesichtern Vorfreude aufflackern sehen, was ihn beunruhigt hatte. Offensichtlich waren sie der Auffassung, dass es richtig sei, gerade so, als stünde ihnen Maggies Revier zu. Oder als freuten sie sich auf eine Auseinandersetzung mit den Nachbarn.

David war zu dieser Besprechung gerade noch rechtzeitig eingetroffen, ziemlich außer Atem und leicht neben der Spur. Nathanel hatte ihn kurz beiseitegenommen und ihm ein paar Worte zugezischt, doch zu mehr hatte ihm die Zeit gefehlt. Jannik hatte ihrem Disput voller Beklemmung zugehört.

»Du solltest dir wirklich genau überlegen, ob du diese Frau wiedersehen willst. Wenn du eine Beziehung außerhalb des Rudels eingehen solltest, wird Hagen auf sein Recht pochen.«

Jannik hatte zustimmend genickt. Nur allzu gut konnte er sich ausmalen, wie der leicht erregbare Hagen darauf reagieren würde, wenn einer seiner Untergebenen es wagte, sich ein Leben außerhalb des Rudels aufzubauen. Und dann ausgerechnet David, an dem ihr Anführer ein solch besonderes Interesse zeigte, obwohl der sich so weit entzog, wie es der Dämon überhaupt zuließ.

David hingegen hatte Nathanels Bedenken gut gelaunt beiseitegeschoben. »Was soll Hagen schon tun? Sich vielleicht dazwischenlegen, wenn ich mit Meta zusammen bin?« Er hatte gelacht, und Jannik hatte darin eingestimmt, weil er Davids Lachen einfach nicht widerstehen konnte.

Nathanel hatte sie nur nachdenklich angeschaut. »Du solltest Hagen niemals unterschätzen, David. Er hat seine Position nicht umsonst inne. Entweder ordnest du dich unter, wie es deinem Rang entspricht, oder du siehst zu, dass du langsam auf eigene Füße kommst. Nur würde dir Hagen das wohl kaum durchgehen lassen, vor allem, wenn du ihm deinen Eigensinn so deutlich und vor dem ganzen Rudel auf die Nase bindest.«

David hatte leichthin abgewinkt, obwohl die Lage zwischen ihm und Hagen angespannt war. Und seit diese Frau aufgetaucht war, hatte die Spannung merklich zugenommen. Es war nur noch eine Frage der Zeit, bis sie sich entladen würde. Jannik glaubte nicht, dass es dabei allzu gut für David aussah. Und wenn er sich jetzt vor lauter Übermut auch noch von einem seit seinem Schlaganfall veränderten Nathanel für eine dubiose Mission einspannen ließ … Darüber wollte Jannik lieber nicht nachdenken.

Um sich abzulenken, musterte er seinen Freund, der so vergnügt war, dass Jannik fast neidisch wurde. Das Zusammensein mit dieser Meta hatte David unleugbar etwas geschenkt; er war regelrecht aufgeblüht. Seine Haltung war gelöst und voller Kraft, seine Hände gestikulierten beim Sprechen, anstatt zu Fäusten geballt zu sein. Und er lachte. Nicht dieses verbitterte Geräusch, das er ansonsten von sich gab, wenn er vorgab, dass ihm wieder einmal etwas gleichgültig war, was ihn in Wirklichkeit berührte. Es war ein echtes Lachen, volltönend und warm, doch mit dieser Zurückhaltung, die Davids Wesen bestimmte und seine Nähe so angenehm machte. Dieses Lachen zu hören, fühlte sich an, als würde unter einem Wolkenrand goldenes Sonnenlicht hervorbrechen.

Jannik war es äußerst peinlich, dass sein Freund solche Gefühle in ihm weckte. Um sich abzulenken und um ein wenig Aufmerksamkeit zu erringen, fragte er mit gespielter Pikiertheit: »Was ist das eigentlich für ein lächerliches Tuch, das du dir da um den Hals gewickelt hast?«

David blinzelte verwirrt, dann zupfte er an dem ehemals grauen Stoff, der nun mit blassroten Schlieren übersät war. »Tja, da hatte jemand ein rotes T-Shirt in der Maschine im Waschsalon vergessen. Du solltest mal meine Bettwäsche sehen.«

»Tief in dir drinnen bist du halt ein Hippie«, erklärte Jannik und wich einem nicht sonderlich ernst gemeinten Hieb aus.

Schließlich verließen sie die breiten Straßen mit den glänzenden Fassaden und dem Sicherheitspersonal in jedem gläsernen Eingang. Die Gassen wurden schmaler und unscheinbarer. Auch hier wohnte wahrscheinlich kein Mensch. In dieser Gegend waren kleine Büros und Stehimbisse untergebracht. Trotzdem atmete Jannik auf. Hier fühlte er sich wohler. Wenn schon ein herrenloses Revier, dann wenigstens eins, das heimelig anmutete. Als ein paar kalte Tropfen durch seine Haare an die Kopfhaut drangen, legte er den Kopf in den Nacken und sah in den wolkenverhangenen Himmel. Ein echter Bilderbuchherbst, dachte er. Regen und Wind.

Mit mehr Druck als nötig schubste David die Tür zu einem Bistro auf, dessen Tische größtenteils leerstanden. Der dichte Regenschauer verschlang das Tageslicht und ließ den verschnittenen Raum besonders kläglich wirken. Der Kellner, der von einem Barhocker aus die Wiederholung einer Sportsendung verfolgte, machte das Ganze nicht besser. Direkt an dem einzigen Fenster saß ein bulliger Kerl und verschlang etwas, das wie eine zusammengerollte Pizza aussah. Ihm gegenüber, mit dem Rücken zur Tür, saß eine Frau. Das feuerrot gefärbte Haar lag ihr in lackierten Wellen am Kopf an.

»Hier riecht es plötzlich nach nassem Hund«, sagte sie, ohne sich umzudrehen.

Jannik, der David auf dem Fuß gefolgt war, blickte sich unwillkürlich nach Burek um, doch der Mischling hatte es wie immer vorgezogen, vor dem Gebäude auf ihn zu warten. David schüttelte leicht den Kopf und grinste Jannik zu. Dann trat er an den Tisch heran und beugte sich zu der Frau hinunter.

»Hallo, Maggie, möchtest du gerne, dass ich dich zur Begrüßung ausgiebig beschnüffle und mich an dir reibe?«

Maggie drehte ihren Stuhl so, dass sie David erst einmal ausgiebig mustern konnte, bevor sie ihm antwortete. Dieselben blauen Augen, wie sie auch David und Jannik hatten – wie sie sie alle hatten. Maggies Gesicht war außergewöhnlich spitz zulaufend, und um ihre Augen zeichnete sich ein feines Netz von Linien ab. Ihre Züge verrieten eine starke Persönlichkeit, aber auch eine tiefgehende Erschöpfung. Ein untrügliches Zeichen dafür, dass sie schon sehr lange an der Spitze ihres Rudels stand.

»Du solltest dich besser nicht aufspielen, mein Schatz«, sagte sie gedehnt, die Sprache von einem singenden Zungenschlag gefärbt, den David nicht zuzuordnen wusste. »Wenn ich das richtig sehe, hat dich vor gar nicht allzu langer Zeit schon eine Frau fertiggemacht. Eine Runde mit mir hältst du also bestimmt nicht durch, auch wenn du noch so ein potentes Kerlchen bist.«

Zu Janniks Verwunderung zuckte David lediglich mit den Schultern und setzte sich neben die Rothaarige, während er seinem Freund den anderen freien Stuhl neben dem unbekümmert kauenden Mann zuwies. Jannik zog es jedoch vor, stehen zu bleiben. Wenn es ihm nicht zu peinlich gewesen wäre, hätte er sich sogar neben die Eingangstüre gestellt. Oder noch lieber davor. David schien da deutlich weniger Berührungsängste zu verspüren, denn er angelte ungefragt einige Pommes vom Teller der Frau.

Maggie sah ihm ungerührt dabei zu. »Ich verstehe das nicht: Ich habe gehört, dass es endlich einmal vorangehen soll mit dir, David. Dass Hagen dir die nächste Stufe gewährt, damit dein Wolf zu guter Letzt doch noch sein Potenzial entfalten kann. Aber du bist weiterhin ganz der Alte. Wenn ich es darauf anlegen würde, könnte ich mir haargenau anschauen, was dieser Blondschopf gestern mit dir veranstaltet hat. Wo liegt für dich das Problem mit dem Ritual? Macht es dir Spaß, dich Hagen auszuliefern, obwohl du dich ihm genauso gut entziehen könntest?«

»Ach, Maggie. Das geht dich doch nichts an«, sagte David und versuchte, den Teller zu sich zu ziehen, was ihm mit einem flinken Schlag auf die Hand versagt wurde. »Ich wollte eigentlich mit dir über dieses Gebiet beim Fluss reden. So ein Fluss ist doch wirklich eine schöne Grenze, warum wollt ihr euch nicht darauf einlassen?«

Maggies klare Züge verzogen sich zu einer Grimasse. »Da kommt Hagens Fußabtreter und glaubt allen Ernstes, mit mir über Grenzfragen reden zu können. Du bist wirklich ein ganz schön dreister Bengel. Vor allem, da es doch deine Sippe ist, die ihr Territorium auf unsere Kosten ausdehnen möchte.«

»Willst du mir jetzt wirklich mit diesem Hierarchiekram ans Bein pinkeln?«

»Nein«, erwiderte Maggie und klang mit einem Mal sehr müde. Langsam schob sie David den Teller mit den Pommes zu. »Mein Haufen interessiert sich nicht sonderlich für das Gerede über Ränge, obwohl sich das dank Hagens aggressivem Verhalten langsam zu ändern droht. So ist das, wenn man auf der einen Seite von Hagen bedroht wird und auf der anderen Seite Sascha und sein Rudel hat, das ganz und gar im

Glauben an das Recht des Stärkeren aufgeht. Da ist es nicht einfach, ein kleines Rudel zu leiten, das einfach nur in Ruhe leben will. Trotzdem freue ich mich, dass du mein Angebot, dich jederzeit bei mir melden zu können, nicht vergessen hast. Obwohl ich, ehrlich gesagt, befürchte, dass es in diesem Fall nicht viel zu reden gibt: Wenn Hagen weiterhin darauf drängt, dass seine Leute unsere Ecken markieren, werden wir zurückschlagen.«

David aß schweigend, während Jannik am liebsten gegangen wäre. Diese Art der Unterhaltung war ihm zuwider, und er hegte den Verdacht, dass dieser fremdartige Geruch, den die Frau und ihr Partner verströmten, an ihm haften bleiben würde wie ein unsichtbarer Makel. Seine Fingerspitzen kribbelten vor Nervosität, und er verspürte den Drang, an die nächste Häuserecke zu pinkeln.

Eigentlich hatte Jannik keine Ahnung von der Ordnung der anderen Rudel. Er wusste, wo die Grenzen verliefen. Punkt. Er hatte von Maggie gehört, die ein eher kleines Rudel leitete. Eigentlich unbedeutend, wenn man einmal davon absah, dass es ein Bollwerk zwischen Hagens und Saschas dominanten Rudeln war. Ein empfindliches Gleichgewicht, das nun durch Hagens wachsenden Anspruch durcheinandergeriet.

»Du weißt, was passieren wird, wenn du keinen Handel mit Hagen auf die Beine gestellt kriegst: Dein Territorium wird über Nacht zum Kriegsgebiet erklärt werden«, nahm David den Faden schließlich wieder auf. »Nur, dass es Hagen und Sascha sein werden, die dort blutig ihre Kräfte messen. Du wirst vorher von einem der beiden geschluckt werden oder dich in den Untergrund zurückziehen müssen.«

»Erzähl mir mal was Neues«, erwiderte Maggie gelangweilt. Doch selbst Jannik entging nicht, wie fest sie die Papierserviette umfasst hielt. Ein Blick in ihr Gesicht verriet, dass ihr das Ganze schon viel zu lange zu schaffen machte. Die stete Ungewissheit, die mit der Position als Zünglein an der Waage einherging, zermürbte sie langsam. »Hast du um dieses Treffen gebeten, damit ich Hagen um des lieben Friedens willen ein weiteres Mal nachgebe? Ich habe schon so oft nachgegeben, und was hat es mir gebracht? Früher oder später wird es zu einem Krieg kommen.«

»Das willst du aber nicht für dein Rudel«, versuchte David, sie zu beschwichtigen.

Die ältere Frau wollte jedoch nicht an sich halten, zu sehr regte sie dieses Thema auf: »Woher willst du denn wissen, was gut für ein Rudel ist? Das hat dir doch keines von diesen beiden Arschlöchern beigebracht, unter deren Knute du gelebt hast. Du bist genauso verwildert wie die.«

Sofort beugte sich David mit einer schnellen Bewegung zu Maggie hinüber, so dicht, dass es nur eine Herausforderung sein konnte. Obwohl es ihr deutlich zuwider war, wich Maggie nicht zurück, sondern funkelte den jungen Mann wütend an. Ihr bislang stoisch dreinblickender Kompagnon stellte plötzlich das Kauen ein, aber bevor er aufstehen und David beim Kragen packen konnte, ließ dieser sich wieder im Stuhl zurücksinken. Beschwichtigend hob er die Hände und verschränkte diese dann hinter dem Nacken. Ein Zeichen, dass er sich unter Kontrolle hatte.

Maggie musterte ihn noch einen Moment lang gereizt, dann sagte sie zu ihrem Gefährten: »Ist gut, Anton. Soll David halt erzählen, was ihn hierhergetrieben hat.«

»Es gibt Stimmen, die sagen, dass Hagen in der letzten Zeit zu gierig geworden ist«, sagte David vorsichtig, als müsse er jedes Wort erst auf seinen Klang hin abtasten. »Die vielen Opfer, das dämliche Gequatsche über die Macht des Wolfes und die Entstehung einer natürlichen Ordnung. Das kann auf Dauer nicht gutgehen. Wenn du noch ein wenig abwarten könntest, erledigt sich das Problem vielleicht von selbst.«

Hinter sich hörte David Jannik nach Luft schnappen, und einen Moment lang bereute er es, seinen Freund mitgebracht zu haben. Jannik hatte von Politik ungefähr so viel Ahnung wie vom Autofahren, und seine Worte mussten ihm wie ein vorsätzlicher Verrat erscheinen.

»Ach ja?«, erwiderte Maggie ungerührt. »Und wer soll diesen Scheißkerl in der nächsten Zeit zu Fall bringen? Nathanel ist nach seinem Schlaganfall dazu wohl kaum imstande und hat sich ohnehin immer nur für die zweite Reihe interessiert. Als Hagen sich damals nach oben durchgebissen hat, hat er sich ihm jedenfalls nicht in den Weg gestellt. Und der Rest tanzt brav nach seiner Pfeife, auch wenn sie hinter vorgehaltener Hand murren. Von den Neuen, die er ins Rudel aufgenommen hat, einmal ganz abgesehen. Dieses Kroppzeug, das er einsammelt, wird ihm sicher nicht in den Rücken fallen.« Für einen Augenblick hielt Maggie inne und betrachtete David eindringlich. »Tja, und dann wärst da noch du. Aber du weigerst dich ja standhaft, den Wolf hervortreten zu lassen.«

David schob trotzig das Kinn vor. »Ich habe einfach kein Interesse daran, den Wolf zu füttern. Man braucht sich nur Hagen anzuschauen, um zu erfahren, was dabei rauskommt. Gut, anfangs mag der Dämon aufblühen, aber irgendwann geht es nur noch ums Jagen und Erlegen. Oder ums Zerfleischen. Dann ist man plötzlich nicht mehr als ein geiferndes Monster, dem der Schatten abhandengekommen ist.«

»Mein Junge, du bist einfach im falschen Lager gelandet«, erklärte Maggie. Obwohl sie ihre kühle Fassade aufrechterhielt, klang eine Spur von Zärtlichkeit durch. »Du hättest zu mir kommen sollen, als ich es dir angeboten habe.«

»Hagen hat mich gesucht und gefunden.«

»Du meinst, Hagen hat sich nach Convinius' Tod auf dich gestürzt wie auf eine leichte Beute. Und dann hat er dich mit der Geschichte an die Kette gelegt, dass dein Ziehvater auch einmal seinem Rudel angehört hat.«

»Convinius war ein Rudelmitglied, das steht außer Frage.«

Maggie lachte bitter und legte David eine Hand auf den Oberschenkel, was dieser mit einem leisen Knurren zuließ. Er sah alles andere als beruhigt aus. »Aber nicht unter Hagens Führung. Darüber solltest du einmal nachdenken.«

David blickte zur Seite, das Gesicht ausdruckslos. »Meinetwegen. Denkst du im Gegenzug über das nach, was ich dir gesagt habe?«

»Ja«, antwortete Maggie, dann zog sie langsam die Hand zurück. »Außerdem werde ich die nächsten Tage die Füße stillhalten, wenn du mir eins verrätst: Wenn das zwischen dir und dieser blonden Frau ernster wird, wirst du dich dann auf den Wolf einlassen, um sie zu schützen?«

Bevor er darüber nachdenken konnte, nickte David. Im nächsten Moment hätte er sich für sein freimütiges Geständnis ohrfeigen können. Damit erweckte er nur den Anschein, sich persönlich gegen Hagen auflehnen zu wollen. Mit einer hastigen Bewegung stand er auf und verabschiedete sich, ehe er gezwungen war, Maggies freundliches Lächeln zu erwidern.

Kaum waren die beiden Männer vor die Tür getreten, lief Burek schwanzwedelnd auf sie zu und beschnupperte sie mit großem Interesse. Erst als das Bistro außerhalb der Sichtweite lag, wagte Jannik es, richtig nach Luft zu schnappen.

»Was ist denn das eben für eine Nummer gewesen?« Mit einer weit ausholenden Geste deutete er zurück, auf dem Gesicht einen Ausdruck, als hätte er einen Blick in die Hölle geworfen.

»Ist ein wenig außer Kontrolle geraten«, erwiderte David, wobei er kaum die Zähne auseinanderbekam. Es kostete ihn große Mühe, überhaupt etwas zu sagen, so aufgewühlt, wie er war.

»Verdammter Mist, das möchte ich meinen! Du hast gesagt, du willst ein bisschen gut Wetter machen, damit wir demnächst nicht als lebende Puffer enden, wenn Hagen uns beide in einem Revierkampf in die erste Reihe stellt. Stattdessen ging es auf einmal um …« Jannik fuchtelte wild mit der Hand in der Luft herum, als könnte er sich eine Erklärung herbeiwinken. Dann hielt er inne, sah David nachdenklich an und sagte schließlich: »Ach, scheiß drauf. Aber du lädst mich jetzt zu einem Bier ein.«

Kapitel 14

Frauenabend

Ein wenig unschlüssig blieb Meta vor dem roten Backsteingebäude mit der schlichten Fassade stehen. Vier Stockwerke zählte sie, in einigen der Fenster hingen Bilder von Hexen und Gespenstern neben Blättergirlanden. Auf den Fenstersimsen standen Töpfe mit Heidekraut und ein garstig aussehendes Vogelhaus. Eine weihnachtliche Lichterkette blinkte bereits – oder immer noch – über einer Gardine. Neben der Eingangstür hatte jemand zwei riesige Muskatkürbisse auf einem Strohteppich platziert.

Es dämmerte, so dass in einigen Wohnungen schon Licht brannte und Meta Gelegenheit bekam, in eine Küche hineinzuspähen, in der eine Familie im Trubel der Essensvorbereitungen unterging. Die Mutter, eine drahtige Frau, rieb mit versteinerter Miene am Pullover eines Kindes herum, das offensichtlich das Innenleben der Ketchupflasche angesehen hatte und sich nun um Kopf und Kragen redete. Im Hintergrund versuchte ein Kleinkind in einem Hochstuhl gerade, die Salatschüssel zu erreichen, was dem umhereilenden Vater vollends entging.

Die Papiertüte mit den Flaschen in Metas Armen wurde zusehends schwerer, und ihre Füße ächzten unter dem Gewicht. Es war ein hektischer Tag gewesen. Sie war von einem Termin zum nächsten gehetzt und hatte unentwegt das Display ihres Handys studiert in der Panik, dass ihr ein Anruf von

David entgehen könnte. Schließlich hatte sie eine geschlagene Stunde in einer Weinhandlung verbracht, weil sie sich einfach nicht entscheiden konnte, was das Richtige für den heutigen Abend war. Außerdem hatte sie noch eine Bestellung aufgeben müssen für die verflixte Dinnerparty in ihrer Wohnung, zu der das lockere Beisammensein mit Karl und ein paar Freunden mittlerweile ausgeartet war.

Als sie sich endlich von der familiären Szene losreißen konnte, hörte sie noch ein Poltern, Kindergeschrei und das Fluchen der Mutter. Zumindest so etwas bleibt mir nach Feierabend erspart, dachte sich Meta, während sie die Klingelschilder las. Aber so richtig überzeugt klangen die Worte dabei selbst in ihren eigenen Ohren nicht.

Als sie durch das stockig riechende Treppenhaus ging, spürte sie erneut dieses mulmige Gefühl, das sie seit dem Vormittag stets aufs Neue heimsuchte. Sobald sich die Möglichkeit ergeben hatte, war Meta kurz in Rahels Büro gehuscht und hatte ihr atemlos eröffnet, dass sie David wiedergetroffen hatte.

»Und?«, hatte Rahel mit einem Lächeln gefragt.

Doch in diesem Moment war Meta zum einen klargeworden, dass sie sich wie ein verliebter Teenager aufführte, und zum anderen, dass es ihr unmöglich war, zu sagen, was David und sie direkt nach dem Wiedersehen getan hatten. Obwohl sich das Geschehene eigentlich mit wenigen Worten zusammenfassen ließ.

Rahel verstand sie auch so. Mit dem Fuß nahm sie Schwung und drehte sich einmal mit ihrem Drehstuhl um die eigene Achse, während sie ein »Unfassbar, ihr kleinen Schweine!« ausstieß. Augenblicklich begann Meta zu schwitzen und zog unauffällig ihre weit ausgeschnittene Chiffonbluse etwas hoch. Sie kam sich vor wie beim Rapport. Rahel drehte noch eine Ehrenrunde, dann bremste sie ab und stützte sich mit den

Ellbogen auf die Schreibtischplatte, die vor lauter Papierkram und Kaffeebechern kaum zu sehen war.

Mit einem spitzbübischen Grinsen musterte sie Meta. »Weißt du, was wir heute Abend machen werden? Wein trinken und essen. Und wenn du dann so richtig schön entspannt und ganz benommen von der ungewohnten Kalorienmenge bist, dann erzählst du mir jedes dreckige Detail.«

»Um Gottes willen!«, hatte Meta entgegengehalten, aber trotzdem stand sie nun fast schon peinlich pünktlich vor Rahels Wohnung. Ihre Wangen waren gerötet, wobei sie selbst nicht wusste, ob aufgrund der Anstrengung oder der Aufregung. Sie war zum ersten Mal bei Rahel eingeladen, und im Innersten verspürte sie die Hoffnung, dass es nicht das letzte Mal sein würde.

Mit gewohntem Schwung riss Rahel die Wohnungstür auf und stand in einem T-Shirt und einer fleckigen Leinenhose da. Das Lockenhaar hatte sie am Hinterkopf zusammengezwirbelt, und Meta glaubte einen Bleistift anstelle einer Spange zu erkennen. Hätte ich mir mal lieber einen Jogginganzug statt des Seidenrockes angezogen, dachte Meta verdrossen.

»Guten Abend.« Während sie Rahel zunickte, hielt sie die Papiertüte wie einen Schutzschild vor sich.

»Na los, rein mit dir«, kommandierte Rahel und zog sie am Arm in den schmalen Flur. »Sieh zu, dass du diese Schuhe loswirst. In der Kommode im Schlafzimmer findest du Wollsocken. Und dann komm in die Küche. Die kannst du nicht verfehlen, hier gibt es nämlich nur zwei Räume. Ich brauche Hilfe beim Kleinschneiden, also guck mal, ob du nicht auch ein passendes T-Shirt findest. Du willst dir doch sicher nicht diesen Hauch von einem Oberteil ruinieren, oder?«

Während Rahel wie ein Maschinengewehr redete, nahm sie Meta die Tüte mit den Flaschen ab und schob sie in einen kleinen Raum voller Kissen, Decken und Stoffbahnen. Dabei ignorierte sie gekonnt Metas Versuche, erst einmal eine Rede über die ausgesuchten Weine zu halten. Im nächsten Moment war sie auch schon verschwunden.

Verlegen blickte sich Meta in dem fremden Schlafzimmer um. Es war auf die typische Rahel-Art ein einziges Chaos, was man eigentlich nicht unbedingt bei einer Buchhalterin vermuten würde. Überall lagen Kleidungsstücke herum, Bücher stapelten sich mitten im Raum, und an der Wand hing ein mit Stecknadeln angepinntes Jazzplakat.

Meta fischte ein Paar dicke Wollsocken aus der offen stehenden Kommodenlade und setzte sich auf das Bett. Als sie ihre Füße aus den Pumps befreite, konnte sie ein erleichtertes Stöhnen nicht unterdrücken. Ermutigt suchte sie sich ein Longsleeve aus einem der Haufen raus und wechselte es gegen das Top aus. Wohlweislich vermied sie einen Blick in den am Boden stehenden Spiegel, der mit Ketten und Blumengirlanden behängt war.

Sie fand Rahel im fast quadratischen Wohnraum wieder, in dem Küche und Sitzecke untergebracht waren. Eine Balkontür verriet, dass diese kleine Wohnung über den Luxus verfügte, nach draußen treten zu können – ein seltenes Gut in dieser Stadt, das von den meisten Besitzern allerdings noch seltener genutzt wurde. Ein einladend aussehendes Sofa war auf Holzklötze aufgebockt, so dass man locker an den blau gestrichenen Küchentisch reichte. Außerdem gab es noch zwei unterschiedliche Holzstühle, die Rahel jedoch an die Wand geschoben hatte, um ausreichend Platz für ihre Kochkünste zu haben. Über dem Sofa hing der Akt einer Melone essenden Frau, in Gelb- und Grüntönen gehalten.

»Gefällt mir«, sagte Meta mit Kennermiene.

»Freut mich«, entgegnete Rahel und drückte ihr eine Schüssel mit dampfenden Tomaten in die Hand. »Da müssen die Schalen ab und die Kerne raus. Aber schau erstmal, was für

Musik du hören möchtest. Die Schallplatten stehen da drüben. Und hier«, sie drückte Meta ein Glas mit Weißwein in die Hand, »etwas zum Anstoßen. Schließlich haben wir noch zwei Flaschen vor uns. Schön, dass du da bist.«

»Ja«, erwiderte Meta mit einem Lächeln. »Das finde ich auch schön.«

Unter Rahels Anleitung war Meta maßgeblich an der Entstehung eines Feldsalats mit Ziegenkäse, einer sensationellen Minestrone und eines Zitronensorbets beteiligt. Nachdem vom Sorbet nur noch Reste in der Schale zurückgeblieben waren und die Rotweinflasche zur Neige ging, saßen die beiden Frauen auf dem Sofa und plauderten vergnügt. Die Nadel des Plattenspielers setzte zum wiederholten Male am Anfang an, aber von *Stella by Starlight* bekam bekanntlich niemand genug.

Meta konnte sich nicht entsinnen, wann sie sich das letzte Mal so gelöst gefühlt hatte. Wahrscheinlich als zehnjähriges Mädchen, als sie mit ihrer Freundin Lena im Bett Kekse gegessen und über das Musical *Cats* philosophiert hatte, anstatt zu schlafen, wie ihre Mutter sie schon mehrmals aufgefordert hatte. Was ist eigentlich aus Lena geworden?, fragte Meta sich, während sie träge das Weinglas auf dem Oberschenkel balancierte. Rahel sprach gerade über die Ausdrucksmöglichkeiten des menschlichen Körpers in der Bildhauerei. Sie kannte sich wirklich gut aus. Ansonsten hätte es sie wohl auch kaum in eine Galerie verschlagen, bei all den komischen Gestalten, die sich dort herumtrieben.

»Mein Liebling, mein absoluter Liebling ist dieser eine nackte Kerl, du weißt schon.« Rahel deutete mit dem Weinglas auf Meta. Vor lauter Eifer schwappte ein kleiner Schwall über und landete auf ihrer Hose, was sie aber nicht sonderlich beachtete.

»Hm?«

»Na, komm schon, Mädchen. Der schönste Mann, der jemals in Marmor geschlagen worden ist. Hieß er Michelangelo? Warte mal …«

Meta verdrehte spielerisch die Augen und nippte dann an ihrem Glas. Zu ihrer eigenen Verwunderung war sie nicht annähernd so betrunken, wie sie es normalerweise nach fünf Gläsern Wein gewesen wäre. Aber für gewöhnlich war ihr Magen auch nicht so gefüllt wie an diesem Abend. Hastig verdrängte sie diesen Gedanken. »Der nackte Kerl heißt David«, sagte sie stattdessen und konnte ein Lächeln nicht unterdrücken. Schnell trank sie einen weiteren Schluck Wein.

»Ach ja«, sagte Rahel und kratze sich am Kopf, als falle es ihr gerade jetzt erst wieder ein. Sie war wirklich eine miserable Schauspielerin. Kein Wunder, dass sie bei ihrem heiß geliebten Laientheater tausend Aufgaben zugeschustert bekam, die sie von der Bühne fernhielten. »Genau wie dein nackter Kerl, wenn ich mich recht erinnere.«

Meta lachte laut auf und musste im nächsten Moment husten, weil sie sich verschluckt hatte. Während sie sich die Tränen aus den Augenwinkeln wischte, begann sie, Rahel von ihrem Ausflug in Davids Stadtviertel zu erzählen. Das Ganze hatte damit geendet, dass sie sich am frühen Abend völlig ausgelaugt auf den Rücksitz eines Taxis hatte fallen lassen, kaum fähig, die immer noch zitternden Beine ins Wageninnere nachzuziehen. David und sie hatten sich so sehr verausgabt, dass Meta nicht einmal eingeschnappt war, als er ihr völlig unvermittelt eröffnete, nun gehen zu müssen. Unsagbar mundfaul hatte sie ihm ihre Handynummer genannt, die er sich auf seiner Handfläche notiert hatte. Sie hatte auch nicht verwundert aufgeblickt, als er ihr erklärte, dass er selbst kein Telefon besaß.

»Das klingt ja alles ziemlich heiß«, meinte Rahel, deren Wangen vor Aufregung gerötet waren. Die Geschichte war anscheinend nach ihrem Geschmack. »Aber wenn ihr euch das nächste Mal ausgetobt habt, solltet ihr vielleicht auch ein paar Sätze wechseln. Oder meinst du, du wärst völlig überfordert, wenn dieser David tatsächlich auch noch mit einem Übermaß an Persönlichkeit auftrumpfen könnte?«

Meta winkte ab. »Ach, daran bin ich eigentlich gar nicht so brennend interessiert. Ich hätte wirklich nichts dagegen, in der nächsten Zeit ein paarmal mit ihm zu schlafen, aber für mehr reicht es bestimmt nicht.« Noch während sie die Worte aussprach, spürte Meta einen nagenden Zweifel in sich. Mehr um sich selbst als Rahel zu überzeugen, fügte sie hinzu: »Vermutlich brauche ich einfach nur Abwechslung, genau wie Karl.«

Einen Moment lang sah Rahel so aus, als wolle sie Metas unglaubwürdige Kaltschnäuzigkeit hinterfragen, sie entschied sich jedoch anders. Was nützte es, Meta Unsicherheit und versnobtes Denken vorzuwerfen, wenn diese sich offensichtlich schon selbst mit genügend Zweifeln herumschlug. Dann lieber an Karls Stuhl sägen, das versprach zumindest vergnüglich zu werden.

Rahel war Karl in den Anfangstagen der Galerie auf einer der Vernissagen vorgestellt worden. Zuerst hatte Karl sie charmant begrüßt, nur um schon im nächsten Moment das Interesse an der Frau mit dem wirren Lockenhaar zu verlieren. Buchhalterinnen waren nun einmal nicht nach seinem Geschmack. Zwar hatte Rahel sich nicht weiter zu dieser Unhöflichkeit geäußert, aber ihr Widerwille war ihr deutlich anzusehen gewesen. Vermutlich hielt sie David allein deswegen schon für ein Geschenk der Götter, weil er das Zeug hatte, Karl endlich in den Ruhestand zu zwingen.

»David gegen Karl den Großen – das muss im Bett ja ein richtiges Kontrastprogramm sein«, tastete Rahel sich vor, und Meta ging sofort mit einem eifrigen Nicken auf das Thema ein. »Kann sein, dass ich falsch liege, aber ich vermute einmal, dass man sich das Recht, mit Karl zu schlafen, hart erarbeiten muss«, warf Rahel als Köder aus.

Ohne zu zögern, reagierte Meta: »Kein einziges Haar an Körperstellen, an denen laut Karl bei einer begehrenswerten Frau keins zu sein hat. Bei ungnädiger Beleuchtung darauf achten, dass der Hintern trotzdem im besten Licht erscheint. Am frühen Morgen rasch ins Bad huschen, bevor der Liebste auch nur ein Auge öffnet. Zähne putzen, Haare bürsten, Schlaf aus den Augen waschen, und wenn er sich dann regt, so tun, als sei man selbst auch gerade erst aufgewacht.«

Leicht wackelig, stemmte Meta sich vom Sofa hoch und ging zur Anrichte hinüber, um die letzte Flasche Wein zu holen: ein Merlot mit 12,5 Umdrehungen. Nun ja, der morgige Tag war ohnehin schon verloren. Während sie den Korkenzieher in den Flaschenhals stieß und Rahel eine Dose mit Nüssen hervorzauberte, wurde Meta zum ersten Mal bewusst, wie sehr sie das Liebesleben mit Karl unter Druck gesetzt hatte. Und wie lächerlich das Ganze erschien, wenn man es aus der Distanz heraus betrachtete.

»Guter Sex mit Karl verlangt disziplinierte Arbeit, und man darf sich vor allem niemals auch nur einen Augenblick gehenlassen.« Meta fuchtelte mit dem Korkenzieher so dicht vor Rahels Gesicht herum, dass diese sich sicherheitshalber tiefer in die Polster drückte. »Denn sollte Karl – entgegen seiner sonstigen Gewohnheit – sich dazu hinreißen lassen, einen außerplanmäßig in seine Arme zu schließen, hätte alles verheerende Folgen, was nicht dem Regelwerk für attraktive Frauen entspricht. Ein Baumwollslip? Und zack ist die sexuelle Anziehungskraft für immer verwirkt.«

Meta untermalte ihre Worte mit einem knallenden Fingerschnipsen, dann lehnte sie sich erschöpft gegen die Sofalehne und zog sich ein Kissen auf den Schoß. Eigentlich hatte sie insofern keinen Grund, sich zu beschweren, als Karl selbst geradezu akribisch seine eigenen hohen Ansprüche erfüllte. Er glaubte fest an den erotischen Freischein von Sixpacks und enthaarten Rückenmuskeln. Das zwischen ihr und Karl funktionierte ohne Frage, schließlich hatten sie sich beide ohne viele Worte darauf verständigt, wie es zu laufen hatte: sexy und modern, sprich hemmungslos und vielseitig. Aber gedankenlose Hingabe? Animalische Leidenschaft? Nicht mehr wissen, wo oben und unten ist? Das gab es nicht mit Karl, so viel stand fest. Sex machte man so, als ob eine Kamera liefe. Jede Nummer ein Werk für die Nachwelt.

»Wenn ich mit Karl zusammen bin, fühlt es sich manchmal so an, als ob mein Körper gar nicht wirklich existiert, sondern nur … ich weiß nicht … eine Idee ist. Beharrliches Magenknurren und Blasen an den Füßen von den Stilettos, so etwas darf es in Karls Welt nicht geben.« Meta erschrak über die Trostlosigkeit in ihrer Stimme. Niemals hätte sie erwartet, dieses beschämende Gefühl zuzugeben. Doch mit Rahel an ihrer Seite, die sie nicht unterbrach, ja, ihr nicht einmal heuchlerisch den Arm tätschelte, während sie sich insgeheim ins Fäustchen kicherte, konnte sie sich ihren Empfindungen stellen. Schüchtern lächelte Meta die Freundin an, die das Lächeln erwiderte.

»So läuft das halt mit dieser Art von Kerlen«, sagte Rahel, und etwas in ihrer Stimme klang bitter. »Die verkünden ihre Erwartungen natürlich niemals offen. Nein, dafür sind sie viel zu raffiniert. Ein Mann wie Karl arbeitet mit subtileren Methoden, die bei intelligenten und gebildeten Frauen wie dir auch sehr viel besser funktionieren. Anekdoten darüber, welch schrecklichen Fauxpas sich die Verflossene zuschulden hat kommen lassen. Kleine Anspielungen, wie eine gemeinsame Bekannte das handhabe und was ja wohl gar nicht ginge. Ein Fingerzeig auf das Foto in einer Illustrierten mit ungläubig hochgezogenen Augenbrauen. Wie gesagt, Meta, die klugen

Mädchen lernen besonders schnell. Wer möchte schon von seinem Freund, diesem herausragenden Stellvertreter des männlichen Geschlechts, mit einem mitleidigen Blick bedacht werden, weil man bei der Auswahl von schlüpfrigen Bemerkungen beim Liebesspiel kläglich versagt? Nein, darauf kann man gern verzichten und übt sich im vorsorglichen Gehorsam.«

»Du kennst dich ja gut aus«, sagte Meta. Die Beschreibung war ihr etwas zu passend geraten, fast wie eine Anklage. Aber sie unterdrückte das Bedürfnis, noch spitzfindiger zu reagieren, nur weil sie sich in die Ecke gedrängt glaubte. Was Rahel sagte, meinte sie ernst, und Meta wollte ihr dankbar dafür sein.

»Meta«, sagte Rahel fast zärtlich, so dass es der schmalen Frau neben ihr leichtfiel, die schillernde Hülle abzustreifen, mit der sie ansonsten durchs Leben ging. »Es ist immer einfach, auf das Leben anderer zu blicken. Du brauchst meinen Rat nicht anzunehmen, wahrscheinlich kennen wir uns beide auch gar nicht gut genug. Aber könnte es sein, dass David dir in den paar Stunden, die ihr miteinander verbracht habt, etwas gegeben hat, zu dem Karl gar nicht imstande ist?« Als Meta sie skeptischen ansah, hob Rahel abwehrend die Hände. »Okay, da gab es bislang nur Sex, doch verrät der nicht auch eine ganze Menge?«

Obwohl ihr eine scharfe Bemerkung auf der Zunge lag, hielt Meta sich zurück und versuchte, der Frage erst einmal nachzugehen. Es war bereits Nacht, und durch die abgelegene Straße, in der Rahel wohnte, fuhr zu dieser Zeit nur gelegentlich ein Auto. Über dem Dach des gegenüberliegenden Hauses war ein Streifen des sternenlosen Himmels zu sehen, und in den Fenstern standen Kerzen, die Rahel vor dem Essen angezündet hatte und die schon fast heruntergebrannt waren. Gedankenverloren starrte Meta in das weiche Kerzenlicht, das sich in der Fensterscheibe spiegelte.

Auch wenn es ihr wenig zusagte, so musste sie Rahel abermals Recht geben. Wenn sie mit Karl ins Bett ging, dann hatte sie alles fest in der Hand und wusste genau, wie es ablaufen würde. Heute schnell und hart, morgen ein kleiner Striptease, eine fein inszenierte Vorstellung. Für echte Zärtlichkeiten oder Hingabe hatte sie den Sinn verloren.

»David irritiert mich«, erklärte sie Rahel zögernd. »Sein Begehren hält sich nicht an die Regeln, die ich kenne. Er lässt sich von seiner Leidenschaft und dem Moment treiben, ergibt sich ganz seinen sinnlichen Bedürfnissen. Wenn ich mit ihm zusammen bin, kann ich mich einfach fallenlassen, mich hingeben, ohne auch nur einen Gedanken an die Art, wie ich wohl rüberkomme, zu verschwenden. Das kannte ich bislang nicht, und, ehrlich gesagt, bin ich mir unsicher, ob ich mit dieser Art von Leidenschaft nicht überfordert bin. Doch da ist noch etwas anderes, die Art, wie er mich anschaut.«

Erneut hielt Meta inne und studierte Rahels Gesicht. Konnte sie sich wirklich so weit vorwagen? Zwar hatte sie bislang unglaublich viel von sich preisgegeben, aber die erotischen Eskapaden waren eher aufgeregtes Mädchengeplapper mit einer Prise Angeberei. Ernsthaft über Karl zu sprechen, war schmerzhaft genug, aber ihren Gefühlen für David Bedeutung zuzugestehen, erschien ihr unsagbar gefährlich. Meta wünschte sich, Rahel würde etwas sagen oder tun, was ihr die Entscheidung abnahm. Doch die saß nur geduldig da, das Weinglas vergessen in der Hand.

»Nachdem David und ich miteinander fertig waren, haben wir uns unter die Dusche gestellt. Wir waren beide vollkommen erschöpft, das kannst du mir glauben. Also haben wir uns nebeneinander auf den Boden der Duschwanne gesetzt und das warme Wasser wie einen Sprühregen auf uns niedergehen lassen. Obwohl ich bestimmt ein Bild des Elends abgegeben habe mit meinem nassen Haar und dem zerlaufenen Make-up, war mir das herzlich egal. Meinen Ehrgeiz als Schönheitskönigin hatte ich restlos verloren. Ich saß einfach neben ihm, ohne zu denken oder zu sprechen. Als ich mich später abtrocknete, beobachtete er mich mit einem unergründlichen Blick. Ich habe das kaum ausgehalten, diese wortlose Intimität. Aber seit unserem Abschied fehlt mir etwas. Und damit meine ich nicht das gute Stück zwischen seinen Beinen.«

Rahel lachte kurz trocken auf, wurde aber sofort wieder ernst. »Trotzdem willst du nicht, dass eure Beziehung sich weiterentwickelt. Woran liegt das? Ist er dir nicht fein genug, zu jung, zu ungebildet?«

Zuerst wollte Meta abwinken, aber dann besann sie sich eines Besseren. An den Gründen, die Rahel auflistete, war gewiss etwas dran. Sich mit David einzulassen – einmal vorausgesetzt, dass er daran überhaupt interessiert war –, würde ihr Leben auf den Kopf stellen. Karl träfe wahrscheinlich der Schlag, weil er über seinen Nachfolger so herzhaft lachen musste, und ihr Freundeskreis würde zuerst bestenfalls amüsiert reagieren. Wenn sich die Beziehung aber nicht als Ausrutscher, sondern als etwas Festes entpuppte, verlören sie alle sehr schnell den Humor. Ihre Mutter müsste schwer schlucken, vermutlich sehr schwer, ihr Vater würde ein genauso langes Gesicht machen wie bei Karl. Und Emma … weiß der Teufel, wie ihre Schwester auf David reagieren würde. Aber all diese Punkte nahmen sich nebensächlich aus, verglichen mit der Unergründlichkeit, die David umgab, und dem unwiderstehlichen Sog, mit dem es sie zu ihm hinzog. Es schien geradezu so, als wäre sie nicht länger ein vernunftbegabtes Wesen, sondern handle aus reinem Instinkt.

»Wenn ich mir vorstelle, an Davids Seite zu sein, dann wird mir bange. Auf den ersten Blick sieht alles nach einem zurückhaltenden Mann aus, der in bescheidenen Verhältnissen lebt«, dachte Meta laut nach. »Aber ich kann mir einfach nicht erklären, wie er mich nach unserer ersten Nacht wiedergefunden hat. Dass er so unvermittelt in der Galerie auftauchte, erscheint mir immer seltsamer. Und dann sind da noch all die Narben und neuen Verletzungen … Ich meine, was treibt er, dass er ständig verletzt ist?«

»Nach dem, was du erzählt hast, scheint David vom Typ her nicht gerade ein Schläger zu sein. Vermutlich gibt es eine ganz simple Erklärung, wie Kampfsport oder einen Job als Türsteher. Das könnte auch erklären, wie er dich gefunden hat. Hat sich einfach bei ein paar Kollegen umgehört.« Obgleich Rahels Worte vernünftig klangen, zog sie selbst die Stirn kraus. Vermutlich gingen ihr einige wesentlich unschönere Erklärungen durch den Kopf.

Einen Moment lang kämpfte Meta mit sich, ob sie ihre anderen Beobachtungen auch erwähnen sollte oder ob dies zu weit ginge. Aber wenn sie es Rahel nicht erzählen konnte, wer blieb dann noch? »Als wir uns vor dem Regen in Sicherheit gebracht haben, hat David die Haustür mit Gewalt geöffnet.«

Rahel nickte einmal bedächtig, um zu signalisieren, dass sie sich an diesen Part der Geschichte erinnerte.

In einem Anflug von Nervosität begann Meta, ihren heillos zerknitterten Rock glattzustreichen. »Das war eine ziemlich massive Tür, und es war ja nicht gerade so, dass David auf sie eingedroschen oder sie eingetreten hätte. Ein Schlag, und das Ding flog fast aus den Angeln.«

Mit einem Ruck richtete sich Rahel auf. Ihr Blick war so klar und nüchtern, als säße sie vor den Zahlenkolonnen im Büro. »Was willst du damit sagen?«, fragte sie heiser, so dass Meta unwillkürlich ein Stück zurückwich. »Beschreib mir ganz genau, was du gesehen hast.«

Meta zögerte, da sie Rahels plötzliche Heftigkeit erschreckte. Doch schließlich kam sie der Aufforderung nach. »Ich weiß, das klingt jetzt absurd, aber ich kann es einfach nicht besser beschreiben: Es war, als würde etwas aus Davids Hand hervortreten und seinen Schlag potenzieren. Etwas Dunkles, wie ein Schatten.«

Bei diesem Wort wurde Rahel leichenblass im Gesicht, während sie mit einer betont langsamen Geste das Weinglas auf den Tisch stellte. Mitten in der Bewegung hielt sie inne, dann glitt sie in die Polster zurück. Auf ihren Zügen hatte sich urplötzlich Traurigkeit ausgebreitet. »Ich weiß wirklich nicht, was ich dazu sagen soll«, tastete sich Rahel vorsichtig an Worte heran.

Meta wandte sich ab und fuhr sich mit der Hand über das Gesicht, um ihre bittere Miene zu verbergen. »Es tut mir leid, dass ich so einen Blödsinn erzähle. Macht ganz den Anschein, als ob mir jede faule Ausrede recht wäre, damit ich ohne schlechtes Gewissen einfach nur mit David ins Bett gehen kann.«

Als Rahel sich vorlehnte und nach Metas Hand griff, zuckte diese zurück, aber Rahel ließ sich nicht so leicht abweisen. »Ich glaube, dein Instinkt verrät dir, dass in David etwas Gefährliches steckt. Wenn ich mich nicht irre, sehr viel gefährlicher, als du ahnst. Trotzdem weiß ich nicht, ob ich dir abraten soll, ihn wiederzusehen, oder nicht. Das ist wirklich sehr schwer.«

Meta wollte schon zu einer Erwiderung ansetzten, aber der verlorene Ausdruck auf Rahels Gesicht ließ sie innehalten. Ihre Freundin meinte jedes Wort genau so, wie sie es gesagt hatte.

Kapitel 15

Das Ritual

Malik wanderte durch die Vorhalle, deren Boden völlig verdreckt war. In der letzten halben Stunde waren unzählige Schuhsohlen durch sie zur Treppe hinübergehetzt. Unablässig rieb sich der Türsteher über die Oberarme, als könne er so die Anspannung, von der das ganze Palais erfasst war, abschütteln. Heute Abend würde kein gewöhnliches Treffen stattfinden, so viel stand fest. Was auch immer Hagen bei dieser kurzfristig einberufenen Zusammenkunft bekanntgeben wollte, es würde Auswirkungen auf das Rudel haben.

Auch an Davids Armen richteten sich sämtliche Härchen in dem Moment auf, als er durch den verwahrlosten Eingang schritt. Ein sicheres Zeichen dafür, dass das Rudel sich versammelt hatte und vor Aufregung bebte. Draußen auf der Straße war er auf Burek getroffen, doch anstatt ihn freudig zu begrüßen, hatte der Hund sich bei seinem Anblick mit eingezogener Rute in den Schatten einer Häuserwand zurückgezogen. Kein gutes Zeichen, hatte David gedacht und war trotz seiner Verspätung vor dem Eingang stehen geblieben, bis er den dringlichen Wunsch umzukehren wieder unter Kontrolle hatte.

Bevor er voller Hast die Treppen zu den oberen Räumen hinaufsprintete, traf sein Blick noch Maliks. Entgegen dessen sonstiger Gewohnheit sagte der stets schlecht gelaunte Wächter nichts. Er fixierte den jungen Mann lediglich, dann nuschelte er etwas Unverständliches.

Aber David hatte nicht die Zeit, darüber nachzudenken, warum er dieses Mal vor höhnischen Kommentaren verschont blieb. Ihm setzte der drängende Ruf zu, der ihn völlig unvermittelt erreicht hatte. Er hatte gerade herausfinden wollen, ob Meta sich für diesen Montagabend schon etwas vorgenommen hatte. Bereits am Nachmittag hatte er versucht, sie telefonisch zu erreichen, doch es war nur ihre Mailbox angesprungen.

Mittlerweile füllte Hagens Forderung, sich augenblicklich im Palais einzufinden, den gesamten Platz hinter seiner Stirn aus. Er verdrängte alles Persönliche bis zu dem Augenblick, als er durch die Tür zum Audienzsaal schritt, in dem ein vielstimmiges Gemurmel zu hören war. Schlagartig kroch ihm die Hitze den Hals hinauf, und er war froh, auf die Schnelle nur nach einer Kapuzenjacke gegriffen zu haben. Ein Raum voller Leiber, durch die das Adrenalin gemeinsam mit der Erregung des Wolfes tobte, würde sich innerhalb kürzester Zeit in eine Sauna verwandeln.

Obwohl der Saal einen großen Durchmesser hatte, schien er überfüllt. Das lag daran, dass die ganze Meute sich vom riesigen Tisch fernhielt. Alle waren sie so peinlich darauf bedacht, einen Abstand zu diesem Zeugnis von Hagens Macht einzuhalten, dass sie einander lieber auf die Füße traten.

Immer noch im Türrahmen stehend, ließ David den Blick über die Köpfe streifen, und wie immer verursachte die schiere Größe des Rudels ihm ein mulmiges Gefühl. Wir sind zu viele, dachte er und spürte, wie seine Finger sich vor Anspannung um den Türgriff schlossen, bis es schmerzte. Kein Rudel sollte so groß sein, da es eigentlich keinem Anführer gelingen konnte, es im Gleichgewicht zu halten. Allerdings glich Hagen auch keinem der anderen Rudelführer. Es war also sinnlos, sich darüber den Kopf zu zerbrechen.

David bemerkte einige bekannte Gesichter, entzog sich jedoch schleunigst der Anziehungskraft, die sie auf ihn ausübten. Zwar gab es im Rudel die eine oder andere Person, in deren Nähe er sich wohlfühlte, doch es war ihm nie gelungen, sich ihnen zu öffnen. Es ist der Dämon, der diese Gesellschaft auswählte, dachte David jedes Mal widerwillig. Deshalb entzog er sich, wo er nur konnte, selbst wenn ihm seine distanzierte Haltung zu einem Fremden in der einzigen Gesellschaft machte, die ihm geblieben war.

Um diese schmerzliche Erkenntnis abzuschütteln, versuchte David, Jannik ein Zeichen zu senden, damit sie zueinanderfanden. Jannik war das einzige Rudelmitglied, dem er sich nicht hatte entziehen können. Dieser Bursche war einfach noch schwerer loszuwerden als der eigene Schatten, wenn er einen erst einmal ins Herz geschlossen hatte. Aber David wurde sehr schnell klar, dass er in diesem Saal kaum zu Jannik durchdringen konnte: Hagens Ruf hing wie eine Bleidecke über ihnen und absorbierte alles. Es würde ihm nichts anderes übrigbleiben, als sich durch die Menge zu zwängen, bis er seinen Freund gefunden hatte. Dabei hätte er sich am liebsten unauffällig in eine Ecke zurückgezogen, um aus sicherer Entfernung herauszufinden, was Hagen plante.

Einen Augenblick lang pochte ihm das Herz bis in die Kehle, als ihm der Gedanke kam, dass Jannik die kleine Unterredung mit Maggie tatsächlich nicht für sich behalten hatte und sie sich nun vor dem gesamten Rudel für ihren Verrat verantworten müssten. Nein, das kann es nicht sein, entschied David. Wenn Hagen etwas von diesem Treffen erfahren hätte, dann hätte er bestimmt eine große Inszenierung daraus gemacht. Mathol und sein undurchdringlicher Kamerad Leug wären sofort mit großer Begeisterung bei ihm aufgeschlagen, und Hagen selbst hätte sich nicht um das Vergnügen einer kleinen Privataudienz bringen lassen, bevor er ihn dem Rudel vor die Füße warf. Nein, es wird um dieses elende Kräftemessen mit Sascha und seinem Haufen gehen, worum auch sonst?

Vermutlich würde ihnen heute Abend ein Ritual ins Haus stehen. Es wäre das erste seit langer Zeit, an dem das ganze Rudel teilnahm: Das Rudel jagt, dem Anführer steht jedoch das Vorrecht zu, die Beute zu schlagen. Da er die Macht besitzt, das Rudel zu leiten, muss er von diesem Recht keinen Gebrauch machen. Je moderner die Zeiten wurden, desto seltener griffen die Anführer auf dieses Recht zurück – aus gutem Grund. Der Wolfsdämon verlieh übermenschliche Kräfte und potenzierte die Sinne, aber er machte nicht unsterblich. Da nur sehr wenige Kinder mit dieser verräterischen blauen Augenfarbe geboren wurden, war es unleugbar klüger, nicht zu viele Menschen zu reißen. Das würde nur unnötige Aufmerksamkeit auf das Rudel lenken. Jene, die sich oder den Wolf nicht beherrschen konnten, fielen deshalb sehr schnell den Gesetzen ihres eigenen Rudels zum Opfer.

David atmete noch einmal tief ein, dann schob er sich in den überfüllten Saal und sah in unzählige Augenpaare, die von demselben tiefen Blau waren wie seine eigenen. Instinktiv senkte David den Blick und wurde Teil der Menge, zumindest so lange, bis Mathols beißende Stimme ihn herausriss.

»Sieh an«, sagte Hagens Schläger, der sich selbst im größten Gedränge an ausreichend Platz erfreuen durfte. »Unser Stargast des heutigen Abends ist endlich eingetroffen.«

David deutete eine schiefe Verbeugung an. Seit Meta mit dem Taxi davongefahren war, war ihm bewusst geworden, dass er im Verlauf der anbrechenden Nacht in irgendeiner Weise für ihre gemeinsamen Stunden würde bezahlen müssen. Doch selbst jetzt, da er einem schadenfrohen und sichtlich gereizten Mathol gegenüberstand, änderte sich nichts an seiner Überzeugung, dass es das wert gewesen war.

»Das hat Spaß gemacht, nicht wahr? Deine kleine Süße hat aber auch ein ordentliches Durchhaltevermögen«, hakte Mathol nach und trat einen Schritt weiter auf David zu. Der stellte gerade fest, dass er nicht länger Schulter an Schulter mit den anderen stand, da sie lautlos auf Distanz zu ihm gegangen waren. Ein rascher Blick bewies ihm, dass die meisten sich ohne Anteilnahme über die Gesichter rieben oder zu Boden schauten, wobei sie immer weiter zurückwichen. Einige jedoch beobachteten den Schlagabtausch mit Interesse, die Freude darüber, Zeuge einer Demütigung zu werden, funkelte unverhohlen in ihren Augen.

Ekel wallte in David hoch, als er sich wieder Mathol zuwandte. »Das war wohl eine Neuigkeit für dich, dass man im Bett Spaß haben kann – ansonsten hättest du dich kaum so daran aufgegeilt.«

Mathols Augen verengten sich zu Schlitzen, während er eine junge Frau, die ihm im Weg stand, mit einem groben Stoß zur Seite beförderte, ihr überraschtes Aufjaulen ignorierend.

Obwohl David wusste, was ihm blühte, wenn Mathol die letzte Distanz zwischen ihnen überbrückt hatte, ging er seinerseits auf ihn zu, die Muskeln in Armen und Rücken angespannt, die Hände zu Fäusten geballt. Auch wenn ihm beim Treppenaufstieg eben noch die Oberschenkel von der Erschöpfung der letzten Stunden geschmerzt hatten, jetzt fühlte er jene hitzige Energie durch seinen Körper strömen, die dem Wolf gehörte. So ungewohnt es sich auch anfühlen mochte, dieses Mal schlug David das Angebot des Dämons nicht aus. Zumindest seine Kraft würde er in Anspruch nehmen, um nicht sofort von Mathol niedergestreckt zu werden.

Augenblicklich richtete der Wolf sich auf. Er umfing David wie einen schützenden Mantel im Schneesturm und stimmte ein freudiges Geheul an, das durch den Audienzsaal hallte, bis auch die letzten Köpfe in seine Richtung herumfuhren. Obgleich Mathol ihm in der Rangordnung überlegen war, schien auch Davids Wolf die Auseinandersetzung nicht zu scheuen.

In Mathols Gesicht zuckte es, dann zog er die Lippe zurück, bis das mächtige Gebiss freilag. »Du kleiner Pisser«, knurrte er. Mit einem Satz baute er sich vor David auf und verpasste ihm einen heftigen Stoß gegen die Brust.

David taumelte zurück, fing sich aber wieder und wehrte einen Faustschlag ab, der auf sein Gesicht zielte. Derartig herausgefordert, wollte der Wolf die Führung an sich reißen, doch David drängte ihn im letzten Augenblick zurück. Zu sehr fürchtete er sich vor dem, was der Dämon anrichten könnte, wenn er erst einmal seinem Willen entglitten war.

Mathols Angriffe waren brutal und folgten so schnell aufeinander, dass David kaum begriff, wie er sie überhaupt abwehrte. Aber als Mathol mit rotglühendem, verzerrtem Gesicht einen Schritt zurücksetzte, um Luft zu holen, stand er immer noch aufrecht. Ein Wunder, das David nicht recht begreifen konnte. Erneut stürmte Mathol auf ihn zu, die Hände klauenartig vorgestreckt. Er grub seine Finger in den Stoff von Davids Jacke, um ihn mit aller Gewalt zu Fall zu bringen.

»Los, runter auf den Boden. Ich werde dir zeigen, was Spaß macht!«, brüllte er, dass ihm der Speichel von den Lippen flog.

David versuchte unterdessen nur noch, Mathol abzuschütteln und gleichzeitig seinen vor Wut rasenden Wolf unter Kontrolle zu halten. Doch ganz gleich, wie sehr er sich auch anstrengte und alle Hemmungen, brutal zurückzuschlagen, abstreifte, Mathol wich keinen Deut zurück. Als der Mann jedoch Davids Unterarm zwischen die Zähne bekam und zubiss, brüllte David zornentbrannt auf und trat Mathol die Beine weg. Gemeinsam stürzten sie zu Boden.

Mathol stierte seinen Gegner an, der ihn mit dem ganzen Gewicht seines Körpers zu Boden drückte, dann gab er endlich das Fleisch frei. Obwohl sein Wolf darauf drängte, den unter ihnen liegenden Mann endgültig zu bezwingen, zögerte David. Seine ganze Maskerade flöge auf, wenn er diesen Mistkerl jetzt unterwarf. Aus diesem Grund wollte er schon von ihm ablassen und sich in die Höhe stemmen, als Mathols Mundwinkel verräterisch zuckten. Hochschnellend versuchte er, seine Zähne in Davids Kehle zu versenken. Doch David reagiert prompt und stoppte Mathols Angriff, indem er seine Stirn gegen dessen Nasenbein krachen ließ. Vor Wut und Schmerz brüllend, sank Mathol auf den Boden zurück. Ehe David zum nächsten Schlag ausholen konnte, um ihm noch etwas ganz anderes als die Nase zu brechen, wurde er im Nacken gepackt und außer Reichweite gezerrt.

Nathanels Wolf schleuderte David beiseite, dann platzierte er sich mit einem warnenden Knurren zwischen ihm und Mathol, der sich mühselig aufrappelte. Dabei machte er keinerlei Anstalten, erneut anzugreifen, obwohl ihm anzusehen war, wie viel ihn diese Selbstbeherrschung angesichts der gerade erlittenen Niederlage kostete.

Einen Augenblick später trat Nathanel hinzu und verschmolz wieder mit seinem Schatten. »Ab jetzt gehört die Aufmerksamkeit Hagen«, sagte er so ruhig, als herrsche nicht der geringste Zweifel daran, dass die beiden Kämpfenden seine Anordnung befolgen würden. Und tatsächlich ließ sich niemand zu einem Kommentar oder gar zu einer Drohgebärde hinreißen. Der beeindruckende Beweis seiner Macht hatte Nathanel den Respekt des ganzen Saales eingebracht. Denn außer Hagen und ihm vermochte sich kein anderer aus dem Rudel von seinem Schatten zu trennen. Diese Loslösung forderte viel zu viel Macht und Kraft – vom Menschen genauso wie vom Wolf.

Während Mathol sich widerstrebend hinter Nathanel verzog, kauerte David weiterhin auf dem Boden, vertieft in einen Kampf mit seinem verletzten Stolz und seinem weiterhin aufbegehrenden Wolf. Er war kurz davor, sich über Nathanels Befehl hinwegzusetzen, als die Seitentür des Audienzsaals aufschwang und Hagen in Begleitung von Amelia eintrat.

Obgleich Amelia nicht gerade klein war, wirkte sie an der Seite ihres imposant gebauten Gefährten fast grazil. Ihr dunkelgolden schimmerndes Kleid, das sie an diesem Abend trug, verstärkte dagegen Hagens Düsterheit. Es wirkte wie eine abgesprochene Inszenierung: Sonne und Schatten. Wieder einmal beschlich David der Verdacht, als stimme Hagen hinter verschlossenen Türen ein schrilles, fast gebrochenes Lachen an, das nicht zu seinem dominanten Auftreten als Rudelführer passen wollte, aber unendlich furchterregender war. Etwas an dem Mann wies auf einen tiefen Sprung hin, den er mit aller Macht zu kaschieren versuchte.

Er ist kein echter Anführer eines Rudels, schoss es David unvermittelt durch den Kopf. Einen Moment lang befürchtete er, den Gedanken laut ausgesprochen zu haben. Doch der Einzige, der ihm einen aufmerksamen Blick zuwarf, war Nathanel. Einige Herzschläge lang befürchtete David, ertappt worden zu sein, doch da wandte sich der ältere Mann schon wieder von ihm ab. Ohne eine Regung im Gesicht sprach er leise zu dem vor sich hin fluchenden Mathol. Der gab ein zustimmendes Krächzen von sich, dann schritt er durch die erstarrte Menge und verschwand. Bevor er sich ebenfalls zum Gehen abwendete, nickte Nathanel David zu, der nach wie vor auf dem Boden kauerte. Erst da richtete er sich auf und bemühte sich, den Stoff seiner Kapuzenjacke über der Brust glattzustreichen. Es dauerte eine Weile, bis er begriff, dass die Falte, an der er sich wie im Wahn abarbeitete, in Wirklichkeit ein Riss im Stoff war. Ein sichtbarer Beweis für Mathols Rage.

Mit steifen Bewegungen zog er die Jacke aus und ließ sie einfach auf den Boden fallen.

Einen Augenblick später ging jemand neben David in die Hocke, so dass er instinktiv ein warnendes Knurren ausstieß. Aber es war nur Jannik, der sich nach der Jacke bückte. Er hängte sie über seinen Arm, dann schenkte er David ein verlegenes Lächeln. Die Angst stand dem jungen Mann noch deutlich ins Gesicht geschrieben, und David konnte eine Mischung aus Scham und Erregung an ihm riechen.

»Das war heftig«, sagte Jannik leise.

David nickte, während er auf seiner Unterlippe kaute, die blutig schmeckte, wie er verblüfft feststellte. Er sah Hagen mit verschlossener Miene durch das Rudel streifen, als wäre er ein natürlicher Bestandteil der Gruppe. Nur die Art, wie sie alle leicht zurückschreckten, erweckte den Eindruck, als wolle sich ein Raubtier unter eine Herde mischen.

Hastig versuchte David, diesen Gedanken zu verdrängen, und blinzelte angestrengt. Im selben Moment traf ihn Hagens Blick. Der hünenhafte Mann verzog seinen Mund zu einem Lächeln, und David glaubte etwas Verschlagenes darin zu entdecken, das ihn hart schlucken ließ. Hagen tauschte noch ein paar Sätze mit Nathanel aus, dann kam er auf David zu.

»Mir gefällt, was du da angeschleppt hast«, sagte Hagen und senkte das Kinn auf die Brust, so dass David ihm notgedrungen in die Augen sehen musste. Es dauerte etwas, bis ihm klarwurde, wovon Hagen sprach. Er hatte eine harsche Zurechtweisung wegen der gemeinsamen Stunden mit Meta oder wegen des Zweikampfes mit Mathol erwartet. Die namenlose Frau dagegen, die er letzte Nacht in das Palais gebracht hatte, hatte er völlig vergessen.

»Nathanel wollte das so«, erwiderte er und bemühte sich um ein ausdrucksloses Gesicht.

Hagens Lächeln blieb wie eingebrannt haften. »Amelia sagte mir schon, dass es dir schwerfällt, dich zu deiner Beute zu bekennen.«

»Man könnte meinen, dass es David leichter fällt, eine Frau zu bespringen, als sie zu erlegen. Ein guter Wolf sollte beides können.« Wie aufs Stichwort hatte sich Amelia zu ihnen gesellt und schmiegte sich an die Seite ihres Gefährten. Der Blick, mit dem sie ihn bedachte, gefiel David noch weniger als ihre Worte. Amelia betrachtete ihn mit einer unverhohlenen Vorfreude, als wisse sie etwas, das ihm bislang entgangen war. Hilfesuchend wandte er sich zu Nathanel, aber der sah demonstrativ an ihm vorbei.

»David, warum kommst du nicht mit nach vorn? Was wir heute Nacht zu besprechen haben, könnte dich interessieren«, bot Hagen freundlich an, als habe Amelia die anzügliche Bemerkung niemals gemacht.

Kurz spielte David mit dem Gedanken, das Angebot höflich auszuschlagen und sich mit Jannik in die Nähe des Ausgangs zu stellen. Dann begriff er, dass es sich nicht um ein Angebot, sondern um einen Befehl handelte. Jannik, der dies deutlich schneller verstanden hatte, wich bereits zurück und schenkte ihm noch ein schiefes Lächeln.

Mit schlecht verborgenem Widerwillen folgte David dem Rudelführer zum großen Tisch, auf dem wie immer die Pelzdecke ausgebreitet lag. Hagen platzierte sich dahinter und stützte sich mit beiden Armen darauf ab. Amelia setzte sich mit übereinandergeschlagenen Beinen auf eine Tischecke und strich sich mit einer trägen Bewegung das goldbraune Haar zurück, während Nathanel sich mit dem Rücken gegen die Wand lehnte und sichtlich mit seiner Erschöpfung kämpfte.

Davids Versuch, sich in die Reihen des Rudels zurückfallen zu lassen, wurde von einem plötzlich auftauchenden Leug verhindert, der sich hinter ihm aufbaute wie eine Mauer. Den

Kiefer vor Wut zusammengepresst, fügte sich David und gesellte sich zu Nathanel, der ihn nicht weiter beachtete. Von Mathol war unterdessen keine Spur zu entdecken.

Hagens Blick glitt über die gut vierzig Gesichter seines Rudels, Männer wie Frauen, mehr junge als alte, denn etwas in dem Dämon oder der Lebensweise im Rudel sorgte dafür, dass sie kein besonders langes Leben führten. Die meisten von ihnen waren unauffällige Gestalten, in ihrer zurückhaltenden Art schon fast seltsam anmutend. Alltagsgesichter, die keine Aufmerksamkeit auf sich lenkten, den Blick gesenkt, als müssten sie das leuchtende Blau ihrer Augen verbergen. Vermutlich hatten sie alle schon zu viel Aufmerksamkeit wegen ihrer Andersartigkeit auf sich gezogen. Nur einige Gestalten stachen aus diesem grauen Einerlei hervor. Sie versuchten offenbar, sich darin zu übertrumpfen, Hagens grimmiges Auftreten nachzuahmen.

Allerdings hatte der Rudelführer für die Gesichter, mit denen er sich üblicherweise am häufigsten umgab, heute keinen zweiten Blick übrig. Stattdessen konzentrierte er sich auf diejenigen, die hastig die Lider niederschlugen und sich vor lauter Unsicherheit im Gedränge des Rudels verbargen. Anstelle von Wärme und Vertrauen schlug Hagen eine auf Vorsicht gedrillte Anspannung entgegen, aber er erwartete auch nichts anderes. Er gehörte nicht zu jenen Anführern, die viel auf Zuneigung und ehrlich erworbenen Respekt gaben. Seit er die Führung übernommen hatte, war es weniger darum gegangen, dass Miteinander von Mensch und Wolf erträglich zu gestalten, als darum, den Einfluss des Anführers zu stärken – und zwar außerhalb des Rudels. Darum ging es Hagen.

Dadurch unterschied er sich von seinen Vorgängern und auch von den anderen Rudelführern in der Stadt. Es drängte ihn danach, sein Jagdrevier zu vergrößern, damit seine über die Jahre pervers angewachsene Reißlust befriedigt werden konnte. Einige behaupteten hinter vorgehaltener Hand, dass es bei den Ritualen schon lange nicht mehr darum ging, den Jagdtrieb des Rudels zu befriedigen und den Wolf zu stärken, damit er das Revier behaupten konnte. Sondern dass alles darauf abzielte, den Dämon zu brechen, etwas aus ihm zu machen, was er nicht war: eine blutdurstige Bestie.

Wenn die Sprache auf dieses Thema kam, hielt David sich zurück. Denn jählings erscholl Convinius' vertraute Stimme, die ihn mahnte, dass der Wolf ohne Zweifel eine mörderische und widernatürliche Bestie sei. Die Mitglieder eines Rudels, hatte Convinius stets abfällig behauptet, redeten sich gegenseitig ein, es mit einem Wesen zu tun zu haben, das ein natürlicher Teil von ihnen war und Gemeinsamkeiten mit einem echten Wolf aufwies. Aber Convinius hatte den Wolf einen Dämon, einen grausamen Fluch genannt, der einen zur Einsamkeit verpflichtete. Lange Zeit hatte David ihm geglaubt, doch mittlerweile wusste er nicht mehr, was er davon halten sollte. Obwohl er nur am Rand des Rudels lebte, hatte er doch beobachten können, dass viele von ihnen sich mehr nach Ruhe und Geborgenheit als nach Opfern sehnten.

David hasste diese Grübeleien, denn er wollte am liebsten gar nicht darüber nachdenken, genauso wenig, wie er sich mit seinem Wolf auseinandersetzen wollte. Da er ihn nicht rief und die meisten seiner Kämpfe ohne seine Mithilfe bestritt, hatte sich der Dämon die letzten Jahre nur selten gemeldet und kauerte im Inneren seines Hüters wie in einer dunklen Höhle. Ein verwaistes, gezähmtes Geschöpf – bis jetzt. Seit Meta in Davids Leben getreten war, war der Wolf zweifellos reger geworden. Sein wildes Aufbegehren während des Kampfes mit Mathol war der beste Beweis dafür. Es schien, als hätte Meta den Wolf hervorgelockt. Oftmals kam es David sogar vor, als sehne der Dämon sich genauso nach ihrer Nähe wie er. Dass er bei dieser Vorstellung einen eifersüchtigen Stich verspürte, machte das Ganze noch verwirrender. Seit der ersten Nacht, die er mit dieser leidenschaftlichen und zugleich kühlen Frau verbracht hatte, ließ sich die Gleichgültigkeit, mit der er durchs Leben gewandelt war, nicht länger aufrechterhalten. Obwohl ihm seine Affäre mit Meta trotz der hämischen Blicke seines Rudels wie ein Geschenk vorkam, gefiel ihm das vitale Interesse seines Wolfes nicht im Geringsten. War es doch die Schuld dieses Dämons, dass er sein Leben nicht nach seinen eigenen Vorstellungen gestalten konnte.

Als Hagen nun zu einer Begrüßung ansetzte, um die Zusammenkunft zu eröffnen, versuchte David mit aller Macht, das unterschwellige Knurren seines Wolfes zu überhören, das ihm in den Ohren dröhnte. Zumindest teilten sie ihre Abneigung gegenüber diesem Mann.

»Wir haben uns in der letzten Zeit selten versammelt, aber wir wissen alle, dass dies ein gutes Zeichen ist: Alles läuft bestens, unser Rudel gedeiht. Es gedeiht sogar so gut, dass wir einige neue Mitglieder in unserer Mitte begrüßen dürfen. Solche, die die Einsamkeit aufgegeben haben, nachdem sie unseren starken Ruf vernommen haben, und solche, die ihrem alten Rudel entwachsen waren.«

Bei diesen Worten ging ein kaum wahrnehmbares Raunen durch den Audienzsaal, in das David unbedacht mit einstimmte, obwohl er in der Nähe von Hagen stand. Doch er konnte sich dem geäußerten Missbehagen nicht entziehen. Gewiss war es immer wieder einmal vorgekommen, dass jemand von einem Rudel in ein anderes wechselte: verlorene Machtkämpfe, Liebesgeschichten … Aber die Neulinge, von denen die Rede war, wurden von dem Blutgeruch angezogen, der Hagen umgab wie ein dunkler Heiligenschein. Zwar standen sie inmitten ihres neuen Rudels, doch sie wirkten stets allein. Nicht, dass es ihnen etwas ausgemacht hätte, denn all ihre

Blicke galten ohnehin nur Hagen, dem Gebieter über Tod und Leben in dieser Stadt voller Opfer. Nun, viele Menschen spürten die Anwesenheit des Dämons und verhielten sich entsprechend vorsichtig, wenn sie auf den Straßen unterwegs waren. Auch die modernen Zeiten voller Kameras, Handys und anderem elektronischen Zeug machten es nicht unbedingt einfacher. Man musste sich seine Beute besonnen aussuchen, wenn man keine Aufmerksamkeit erregen wollte. Und Hagen wusste, wie man an Opfer herankam, für die sich niemand interessierte. Welche Bündnisse man knüpfen musste, um Menschen in seine Gewalt zu bringen, deren Namen niemand kannte und die keine Spuren in der Stadt hinterließen.

Bei diesem Gedanken brach David der Schweiß aus. Vor seinem inneren Auge sah er die junge Frau, die in einem zerknitterten Kleid und wundgelaufenen Füßen irgendwo in der Zimmerflucht des Palais auf einer alten Matratze schlief. Zu wissen, dass es diese Frau gab, war der Preis, den er dafür zahlen musste, Teil eines Rudels zu sein. Schließlich hatte Convinius ihm das unentwegt eingebläut – auf eine Art und Weise, dass David immer noch die Spuren dieser Lehrstunden an seinem Leib trug. Wer Teil eines Rudels ist, akzeptiert das Jagen, das der Anführer als Stellvertreter für die Seinen übernimmt. Genau das tat Hagen, wenn er Namenlose als Lohn für seine Dienste forderte. Er jagte sie für das Rudel und riss die Beute, um zu erstarken, so dass kein feindliches Rudel auf die Idee verfiel, ein Kräftemessen zu wagen. Der Wolf war ein Dämon, ein Raubtier, dessen Instinkte befriedigt werden mussten – darin bestand die oberste Pflicht eines Anführers. Wer also das Jagen ablehnte, wählte zwangsläufig die Einsamkeit. Anders als Convinius hatte David die Einsamkeit nicht ertragen können.

Als wäre es Davids plötzlichen Schuldgefühlen gelungen, trotz Hagens überwältigender Präsenz zu Nathanel durchzudringen, warf dieser ihm einen nachdenklichen Blick zu. Hastig schaute David zu Boden.

Unterdessen kümmerte Hagen sich nicht weiter um das Murren des Rudels, sondern gestand ihm sogar einen gewissen Raum zu – ein Beweis seiner Macht. Sobald er nämlich wieder die Stimme erhob, wurde es schlagartig still.

»In einem Rudel kann man nichts lange geheim halten. Daher wissen wohl schon alle, dass wir die Grenzen unseres Reviers neu abstecken müssen. Dank unserer als blutig verschrienen Bräuche sind wir das mächtigste Rudel in dieser Stadt.« Während sich in Hagens Stimme ein erregter Ton schlich, gruben sich seine Finger in die Pelzdecke. »Die Stadt gehört uns, sie ist unser Revier.« Die absolute Überzeugung, die er ausstrahlte, griff auf das Rudel über und erfüllte den Saal mit einer knisternden Atmosphäre.

Dort, wo das Rudel besonders gedrängt stand, konnte David Hände beobachten, die plötzlich zur Seite ausscherten, um den Nebenmann zu berühren, Leiber, die sich vor- und zurücklehnten, Arme und Hüften, die aneinandergerieben wurden. Der Wunsch, miteinander zu verschmelzen, griff rasend schnell um sich. In der Menge erkannte er Jannik, der die Augen geschlossen hielt und den Kopf gegen die Schulter einer älteren Frau gelehnt hatte, von der David glaubte, dass es Ruth war. Doch er konnte nur ihre Rückseite erkennen, da sie in den Armen eines Mannes lag. Auch er selbst war diesem rasch um sich greifenden Bedürfnis ausgeliefert und ertappte sich dabei, wie er sich möglichst dicht neben Nathanel stellen wollte, so dicht, dass sie sich unweigerlich berühren würden. Als könne eine Berührung die seltsame Erregung mindern, die Hagens Ruf in ihm geweckt hatte.

Es war das Eingeständnis von Zusammengehörigkeit, einander zu brauchen. Es entspann sich eine dem Wolf eigentümliche Energie, die sie miteinander verband. Ein wunderbares, wohliges Gefühl, das einen bestärkte und dem Leben einen Sinn verlieh. Diese Verbundenheit war einer der Gründe gewesen, warum David nach Convinius' Tod Hagens Vorschlag, sich seinem Rudel anzuschließen, nicht abgelehnt hatte. Nach diesem Gefühl der Zugehörigkeit hatte er sich immerzu gesehnt, ganz gleich, wie hoch der Preis dafür sein mochte.

Doch bevor David tatsächlich seinem Bedürfnis nachgab und zu Nathanel ging, der nach wie vor allein und seltsam distanziert an der Wand lehnte, kam ihm erneut die junge Frau in den Sinn. Das Wissen um den Preis für diese Zusammengehörigkeit versetzte ihm einen Stich.

Amelia war inzwischen über den Tisch zu Hagen geklettert, und als er erneut zu sprechen begann, legte sie ihre Lippen an sein Ohr, als flüstere sie ihm etwas zu.

»Ich denke, der Weg, den wir beschreiten werden, ist allen hier klar: Wir werden Maggie das Angebot machen, sich uns anzuschließen. In der nächsten Zeit werden wir ihr zeigen, dass sie ihre Grenzen nicht aufrechterhalten kann. Im Augenblick mag sie sich zwar noch tot stellen, aber wir werden sie zwingen, unsere Grenzüberschreitungen nicht länger zu ignorieren.« Hagen streichelte bei diesen Worten über den Rücken seiner Gefährtin. Dabei hielt er seinen Blick gesenkt, gerade so, als erzähle er sich seinen Plan selbst. »Dann werden wir sehen, was Sascha und sein Haufen zu der neuen Situation sagen. Hält er still – gut. Fängt er an zu knurren – besser. Wir sind zahlreich und stark genug, um ihn aus der Stadt zu jagen. Um die kleinen Rudel in den Vorstädten müssen wir uns keine Sorgen machen, die werden sich aus unseren Geschäften schön raushalten. Und wir werden uns beizeiten um sie kümmern.«

Hagen hielt inne und sah sich um. Doch es gab weder Widerspruch noch begeisterte Zurufe. Über diesen Punkt waren sich in der Tat alle einig, ganz gleich, was der Einzelne darüber denken mochte. Hagen hatte diesen Weg schon vor langer Zeit eingeschlagen, und wer Bedenken geäußert hatte, war entweder verstummt oder hatte das Revier verlassen – freiwillig oder mit Nachhilfe, wenn man den Gerüchten Glauben schenken durfte. Bei diesem Zusammentreffen war eigentlich nur ausgesprochen worden, was sie schon lange ahnten: Sie würden gegen Sascha in den Krieg ziehen. Für welchen Lohn? Darüber wurde nicht gesprochen.

Trotzdem hielt die Anspannung an, als erwarte ein jeder, dass noch etwas anderes kommen würde, als sei der Höhepunkt dieses Treffens noch nicht erreicht. Hagens Mund verzog sich zu einem Lächeln, während er geschmeidig auf den Tisch kletterte und sich in eine lauernde Haltung hockte. Unwillkürlich drängte die Menge sich näher an ihn heran in der Hoffnung, er würde endlich in sie eintauchen, sie alle vereinen.

»Uns stehen einige Herausforderungen bevor, weshalb ich meinen engsten Kreis ausdehnen werde.« Langsam drehte Hagen sich um die eigene Achse und schob sein Kinn unnatürlich weit vor. Seine Augen fixierten David, der instinktiv zurückwich und gegen Leug stieß. Blitzschnell drehte Leug ihm den Arm auf den Rücken, Davids Fluchen dabei ignorierend. »Uns zerrinnt die Zeit zwischen den Fingern, David«, erklärte Hagen mit einer lockenden Stimme, doch das gierige Funkeln in seinen Augen erzählte eine andere Wahrheit. »Leider kann ich nicht länger Rücksicht auf deinen Widerwillen nehmen. Ich habe mir so viel Mühe gemacht, dich in dieses Rudel zu locken. Nun wirst du auf dich nehmen, was es braucht, um ein ernstzunehmendes Rudelmitglied zu werden. Ich wünschte mir, du wärst in der Vergangenheit nicht so widerborstig gewesen, dann hätten wir diesen Weg Schritt für Schritt gehen können. Heute Nacht, befürchte ich, wirst du ihn mit einem Anlauf nehmen müssen.«

David erstarrte, während die Worte langsam zu ihm durchdrangen. Wie ein verzerrtes Echo hallten sie wider und ließen sich nur mühsam zusammensetzen. Und während sein Verstand Hagens Worte noch nicht begreifen konnte, flutete ihm schon die Vorfreude des Rudels entgegen: In ihrem Kreis würde heute Nacht ein Wolf zu seinem großen Sprung ansetzen. Die Begeisterung wallte auf, riss auch jene mit, die sich dem Jagdwillen des Dämons für gewöhnlich nicht leichtfertig unterordneten.

David selbst hatte einige Jagdgeschichten gehört, denn in der engen Gemeinsamkeit des Rudels erzählte man sich viel und gerne. Aber er war noch nie Zeuge geworden, kannte bislang nur die grauenhaften Überbleibsel vom nächsten Morgen, wenn Hagen sich ausgetobt hatte. In diesem Rudel war das Ritual zu einem eifrig gehüteten Privileg geworden, dessen Erleben der Anführer nur noch mit einigen Auserwählten teilte. Nun, David hatte während seiner Zeit mit Convinius erlebt, was es bedeutete, wenn der Dämon freigelassen wurde – auf derartige Privilegien konnte er gut und gern verzichten. Sein Wolf sehnte sich zwar nach der Jagd und einem gelegentlichen Kräftemessen mit seinesgleichen, aber Sehnsucht nach Blut und Tod hatte er bislang noch nicht offenbart.

Während David versuchte, sich aus Leugs Griff zu winden, schaute er hilfesuchend zu Nathanel. Der hagere Mann erwiderte seinen Blick auch unumwunden, doch darin war nichts als distanzierte Kälte zu finden. Es gelang David kaum, seine Enttäuschung zu verbergen, und als er dicht neben sich Hagens Lachen hörte, wagte er es nicht, ihn anzusehen.

Hagen schien seine Verletztheit noch vertiefen zu wollen: »Bedank dich bei Nathanel hierfür. Er war der Meinung, dass bei dir Eile geboten sei.« Die Stimme war zwar gesenkt, dennoch war die Gehässigkeit herauszuhören.

Einen Herzschlag lang spielte David mit dem Gedanken, Hagen anzugreifen, sich jetzt schon für das zu rächen, was ihm gleich angetan werden würde. Doch er riss sich zusammen. Leug in seinem Rücken wusste, was er tat, so dass er bei dem Versuch eines Angriffs nicht weit käme. Vermutlich lieferte er Hagen mit seiner Unbeherrschtheit auch noch einen Grund zum Spott.

Plötzlich schwenkte die Aufmerksamkeit des Rudels um, und auch David verspürte unvermittelt ein Zerren, als würde er von einer Leine gezogen werden. Der Auslöser: Ein lädiert aussehender Mathol bahnte sich seinen Weg durch die Menge und führte die junge Frau an seiner Seite, die David ins Palais gebracht hatte. Sie wirkte betäubt, doch nicht, als habe man ihr Drogen eingeflößt, sondern vielmehr, als habe sich ihr Geist vor lauter Entsetzen hinter eine Mauer zurückgezogen. Zwar hielt Mathol sie grob am Arm gepackt, aber sie torkelte, ohne Widerstand zu leisten, neben ihm her.

Beim Anblick ihres gräulich schimmernden Gesichtes, das vom strähnigen Haar umrahmt war, und dem Kleid, das um ihren Körper schlackerte, wurde David speiübel. Wie eine Feuerschneise fraß sich ihre Angst zu ihm durch, traf ihn so hart, dass er kaum zwischen ihren und den eigenen Empfindungen unterscheiden konnte. Mathol trieb sie bis vor den riesigen Tisch, packte sie bei den Hüften und hievte sie hinauf. Dort blieb sie einfach sitzen, genau so, wie er sie abgesetzt hatte. Aus dem Rudel erklang spärlich unterdrücktes Aufstöhnen, ein nur durch den Instinkt geleitetes Bedürfnis, seine Triebe nicht länger im Zaum zu halten, sondern vorzustürmen und zu jagen. Aber niemand wagte es, sich derartig gehenzulassen.

Hagen, dessen gieriger Blick ebenfalls auf die Frau geheftet war, trat nun einen Schritt zurück und breitete einladend die Arme aus. Ein Zeremonienmeister, der das Büfett eröffnete.

»Nun, David, was sagst du zu meinem Geschenk? Amelia hat sie extra für dich ausgesucht, sie meinte, ihr Aussehen würde dich anspornen. Zierlich, blondes Haar … Irgendwie habe ich das Gefühl, das Mädchen schon einmal gesehen zu haben.« Er lachte trocken, und ein paar andere stimmten mit ein. »Der Tradition nach ist sie natürlich deine Beute. Schließlich hast du sie hierhergebracht. Also, greif zu.« Hagen grinste anzüglich.

Den Schmerz in seiner Schulter ignorierend, lehnte David sich so weit vor, wie Leugs Griff es zuließ. »Du kannst mich nicht dazu zwingen«, sagte er leise. Dabei klang eine solche Gewissheit durch, dass Hagens Mundwinkel sich bedrohlich tief nach unten verzogen.

»Warum sollte ich mir die Finger an dir schmutzig machen?«, konterte er. Trotz seiner Worte packte er David ins Haar und zerrte ihn mit brachialer Gewalt nach vorne. Hinter ihnen stöhnte Leug vor Überraschung auf, als er Davids Arm gezwungenermaßen freigab.

David stolperte einige Schritte, während er vor Schmerzen die Augen zukniff. Es fühlte sich so an, als wolle Hagen ihn mit bloßen Händen skalpieren. Dann stieß er mit voller Wucht gegen die Tischkante und kippte vornüber. Hagen half dem Ganzen noch nach, indem er seine Finger in Davids Nacken grub und ihn niederdrückte, bis sein Gesicht in dem borstig abstehenden Pelz versank.

Von dem Fell ging ein seltsamer Geruch aus, und seine Berührung glich ganz und gar nicht der einer toten Haut. David kam es vor, als hätte man sein Gesicht mit Gewalt in den Schoß des Dämons gezwungen und dieser würde sich ihm nun entgegenstemmen. Entsetzt riss er den Mund zu einem Schrei auf, woraufhin unzählige Härchen über seine Lippen tanzten. Er wollte zurückweichen, doch Hagen hatte sich direkt hinter ihn gestellt und verhinderte den Fluchtversuch mühelos. Nicht einmal seine Arme zitterten, als David sich mit aller Kraft zu entwinden versuchte. Stattdessen drückte er dessen Gesicht erneut nieder.

Der Wolf in seinem Inneren heulte gequält auf, bevor er sich in den tiefsten Winkel von Davids Seele zurückzog. David glaubte ersticken zu müssen, trotzdem war es ihm unmöglich, einzuatmen, so sehr ekelte er sich vor dem Pelz. Die Berührung rief einen derartigen Widerwillen in ihm wach, dass er ihn nicht einmal zügeln konnte, als ihm die Beine unter dem Körper wegzusacken drohten. In weiter Ferne spürte er die Aufregung des Rudels, aber er hoffte nicht darauf, dass ihm jemand zu Hilfe eilen würde – niemand war Hagen gewachsen, und sie alle wussten das nur zu genau. Außerdem – wer wollte schon jemandem zur Seite stehen, der sich gegen den Anführer auflehnte?

Ohne sagen zu können, ob sein Körper einfach wegen des Sauerstoffmangels ermattete oder ob er sich letztendlich Hagens Willen unterwarf, gab David den Widerstand auf. Einen Moment später löste sich der Griff in seinem Nacken, obgleich Hagen bedrohlich dicht hinter ihm stehen blieb. Für einige Atemzüge war es ihm auch gleichgültig. Er war nur darauf bedacht, den Kopf zur Seite zu drehen und seine Lungen mit Sauerstoff zu füllen. Dann richtete er sich vorsichtig auf, musste jedoch feststellen, dass Hagen ihm kaum Spielraum ließ. Ungelenk kletterte er auf den Tisch und nutzte die Gelegenheit, in die Menge zu schauen. Alle Augen ruhten auf ihm. Er konnte die Gier sehen, die Lust an der Jagd, die Hagen auf ihn machte und die er selbst gleich auf die namenlose Frau machen würde. Er suchte nach Jannik und fand sein blasses Gesicht schließlich in den hinteren Reihen. In dem Jungen kämpfte ein Wettstreit zwischen Entsetzen und jener Fiebrigkeit, die das gesamte Rudel gefangen hielt. Aber auch eine Spur von Scham, weil er seinem Freund nicht zu Hilfe gekommen war. Jannik senkte den Blick, und auch David hielt es nicht länger aus, seinen Freund anzusehen.

Neben ihm regte sich die Frau. David reagierte auf ihre Bewegung, bevor er es überhaupt begriff. Sie hatte sich den hochgerutschten Kleidersaum über die Oberschenkel gezogen und zuckte bei Davids hastiger Bewegung zusammen. Als sie sich das Haar hinter die Ohren strich, erinnerte diese Geste David so schmerzlich an Meta, dass er beinahe vor Erbitterung aufgestöhnt hätte. Ihre grünen Augen machten es nicht besser, vor allem, weil aus ihnen neben der ganzen Furcht, die sie empfand, Verachtung gleißte. David rutschte auf sie zu und wollte beruhigend die Hand nach ihr ausstrecken, da schoss ihr Arm hervor, und sie hielt ihren Zeigefinger ausgestreckt in die Luft. Mitten in der Bewegung erstarrte er und blickte sie stumm an.

Die Frau öffnete ihren Mund, aber erst beim zweiten Anlauf drangen auch Worte mit einem kaum verständlichen Akzent heraus: »Was willst du, mich hier bumsen? Auf diesem Fell, vor denen da?«

»Das wäre schön, was?«, tönte Mathol, der weiterhin die Stellung neben ihr hielt, und lachte dreckig. »Nein, Mädchen. Der Junge wird dich gleich fressen.« Blitzschnell beugte er sich vor und schnappte mit seinen riesigen Zähnen in die Luft, dass es klackte. »Streng dich an, David, dem Publikum muss schließlich etwas geboten werden.«

Als Mathol sich ihr mit seiner immer noch blutenden Nase entgegenneigte, wich die Frau mit einem spitzen Schrei zurück, bis sie gegen Davids Arm stieß. Wie ein in die Enge getriebenes Tier blickte sie wild von einem zum anderen.

Mathol schien die Situation äußerst gut zu gefallen, er ließ sogar ein angriffslustiges Knurren hören, bei dem sich sämtliche Haare auf Davids Unterarmen aufstellten. Es mochte eine Sache sein, ein Opfer zu jagen und in die Ecke zu drängen.

Aber es zu quälen, lag gewiss nicht in der Natur des Wolfes. Das Rudel sah das offensichtlich ähnlich, denn eine Welle von Missmut durchströmte den Raum.

Plötzlich schob sich Amelia zwischen Mathol und den Tisch, berührte die Frau an der Schulter und sagte eindringlich: »Lauf! Lauf, so schnell du kannst.«

Als habe sie lediglich auf diesen Anstoß gewartet, sprang die Frau vom Tisch. Doch kaum kamen ihre Füße auf dem Boden auf, knickte sie um und fiel auf die Knie. Vollkommen aufgelöst, versuchte sie, auf allen vieren weiterzukriechen, hielt jedoch mit schmerzverzerrtem Gesicht inne und fasste sich an den verdrehten Knöchel.

In das Rudel geriet Bewegung, bestimmt durch den Wunsch vorzupreschen und der eindeutigen Anweisung ihres Anführers, sich zurückzuhalten. Auch Mathol blieb zähneknirschend hinter Amelia stehen, deren Nasenflügel angesichts des ausgelieferten Opfers vor Anspannung vibrierten. Die offenkundige Jagdlust stand im krassen Gegensatz zu ihrem sorgfältig geschminkten Gesicht.

Unterdessen nutzte David den Moment, um vom Tisch, der ihm mehr denn je wie ein Opferaltar erschien, hinabzusteigen. Allerdings hatte sich Hagen nicht von dem Durcheinander ablenken lassen und machte einen bedrohlichen Schritt auf ihn zu. Dabei bot er die ganze Autorität auf, die der Wolf ihm zur Verfügung stellte. Er ergriff Davids Oberarm und grub seine Finger hinein, dass David befürchtete, der Knochen könnte bersten.

Als Hagen zum Reden ansetzte, zitterte seine Oberlippe vor Anspannung. »Du wirst sie dir jetzt schnappen. Oder ich lasse dieses Miststück herbringen, das dich die letzten Wochen fast um den Verstand gebracht hat. Dann werde ich dafür sorgen, dass du stattdessen ihr das verfluchte Genick brichst«, flüsterte er so leise, dass David die Worte kaum verstand. »Mir ist es völlig egal, wie, aber du wirst deinen Wolf jetzt, verdammt noch mal, stärken!«

Benommen schüttelte David den Kopf, gleichgültig, dass sich über Hagens Antlitz ein Schatten auszubreiten drohte, der ihn vernichten konnte. Doch in diesem Moment wurden auch seine Sinne in ein Grau getaucht, das die Welt anschließend um ein Vielfaches lebendiger erscheinen ließ. Ohne dass er darum gebeten hatte, war ihm der Dämon zu Hilfe geeilt. Flüchtig schloss er die Augen, als sein Wolf mit ihm verschmolz.

»Du willst also, dass ich ein Opfer stelle – Hauptsache, der Dämon in mir wird stärker?«, fragte David seinen Anführer, der kurz davor war, die Beherrschung zu verlieren. »Irgendein Opfer?«

»Ja«, erwiderte Hagen mit einer Stimme, in der nichts Menschliches mehr zu finden war. »Sofort.«

Mit einem Satz war David wieder auf dem Tisch und überquerte ihn mit zwei langen Schritten. »Mathol, hierher!«, rief er, und es klang wie ein Befehl. Widerwillig riss der Angesprochene den lauernden Blick von der tränenüberströmten Frau, der er Zentimeter für Zentimeter auf ihrem Weg durch den Audienzsaal gefolgt war.

»Halt's Maul. Hättest sie dir ja nehmen können, jetzt gehört sie mir«, knurrte Mathol, kehrte aber dennoch zum Tisch zurück.

»Ich will nicht die Frau – ich will dich«, erwiderte David und verpasste dem Mann kurzerhand einen Tritt gegen die Stirn.

Noch während Mathol mit ungläubigem Ausdruck nach hinten kippte, kam David auf dem Boden auf und räumte Amelia, nicht ohne eine gewisse Genugtuung, mit einem Stoß aus dem Weg.

Zuerst sah es so aus, als wollte Amelia ihn anspringen, um sich für diese Unverschämtheit zu rächen, doch dann hielt sie inne, weil sie begriff, was David vorhatte. Auf ihren Zügen spiegelte sich eine verzückte Vorfreude, und sie warf Hagen, der Davids ungestümen Angriff auf Mathol beobachtete, eine Kusshand zu.

Blitzschnell drehte sich der gestürzte Mathol auf die Seite und versuchte, David mit seinen schweren Stiefeln zu treffen. Aber David wich den Tritten geschickt aus. Mit geschmeidigen Bewegungen umkreiste er Mathol, der nicht wagte, sich aufzusetzen.

»Verfluchter Scheißkerl«, schrie Mathol, außer sich vor Zorn.

Das Rudel bebte vor Aufregung und baute sich um sie herum auf, um nur keinen Augenblick dieses Schauspiels zu verpassen. Einige feuerten David sogar an. Mathol war für seine Grausamkeit und sein Vergnügen daran, Schwächere zu quälen, verhasst. Niemand wollte sich auch nur eine Sekunde davon entgehen lassen, wie David diesen Mistkerl in die Schranken verwies.

Mathol, der Demütigungen selbst kaum ertrug, war mittlerweile so aufgebracht, dass er keinen Gedanken mehr an seine Deckung verschwendete, sondern zum Angriff ansetzte. Auf diese Gelegenheit hatte David nur gewartet. Aber als er vorpreschte, um sich den fluchenden Mann zu schnappen, wurde er im letzten Moment von einem brutalen Schlag in die Nieren überrascht. Alle Kraft verließ ihn, und er fiel vor Schmerzen auf die Knie. Immerhin gelang es ihm, zur Seite auszuweichen, bevor ihn ein weiterer Schlag treffen konnte. Während er sich schwer atmend aufrichtete, erblickte er Mathols Kumpanen Leug, der ihn gegen jede Regel von hinten angegriffen hatte.

Unterdessen hatte Mathol sich aufgerappelt und war in Angriffsstellung gegangen. »Wenn du brav stillhältst und mir die Kehle präsentierst, beiße ich dir vielleicht nur etwas anderes durch«, bot Mathol an und umrundete David, so dass dieser zwischen ihm und Leug gefangen war.

Doch David ignorierte diese Aufforderung ebenso wie das gebannte Ausharren des Rudels, Hagens stummes Drängen, Amelias Erregung und das durchdringende Aphrodisiakum, das nichts anderes als die Furcht der zum Opfer bestimmten Frau war. Stattdessen schob er sämtliche antrainierten Hemmungen beiseite und rief seinen Wolf. Als der Dämon Gestalt annahm, hielt er ihn nicht zurück, sondern ließ ihn gewähren, während er die Grenzen zwischen der inneren und äußeren Welt überquerte. Ehe einer der beiden Männer angreifen konnte, stürzte sich Davids Schattenwolf auf Leug, der voller Bestürzung unter dem schemenhaften Angreifer zusammenbrach.

Zugleich schleuderte David Mathol erneut zu Boden, bevor dieser überhaupt begriff, wie ihm geschah. Mit einer schier übermenschlichen Kraft, die sich allein aus seiner Wut speiste, drückte David die Schultern des Mannes auf den Boden. Seine Finger gruben sich durch Stoff und Fleisch, und er spürte, wie unter dem Druck ihrer Kraft Knochen nachgaben und zerbrachen. Er stierte Mathol an, bereit, ihn zu töten.

Da kehrte Davids Schattenwolf zurück, baute sich hinter Mathols Kopf auf. Die Lefzen des hochgewachsenen, schweren Wolfes waren zurückgezogen und entblößten die Reißzähne eines natürlichen Raubtieres. Seine angespannte Schultermuskulatur zeichnete sich unter dem grauen Fell ab, die krallenbewehrten Pfoten stemmten sich gegen den Boden und verursachten dabei nicht das leiseste Geräusch – ein Schatten und zugleich eine Bestie, die bereit dazu war, ihre Fänge in reales Fleisch zu schlagen.

David nickte dem Wolf unmerklich zu, während er den Griff um Mathols Schultern verstärkte. Als ihm einen Herzschlag später Blut ins Gesicht spritzte, zuckte er nicht zurück. Er behielt seine Hände auf Mathols Schultern und sah ausdruckslos dabei zu, wie der Mann unter ihm, von Krämpfen geschüttelt, verblutete.

Zunächst waren Mathols Augen noch weit aufgerissen, obgleich auch auf sie ein roter Funkenregen niederging. Dann begannen die Lider zu flattern, bis schließlich das einst strahlende Blau verblasste. David sah in leere Augen, und einen Moment später tat sich eine braune Iris auf, starr und leblos.

Mit größtmöglicher Konzentration löste David die Finger von dem toten Mann und richtete sich mit steifen Bewegungen auf. Mathol lag ausgestreckt da, die tiefe Wunde an seinem Hals gnädigerweise vom dunklen Blut bedeckt. Mit zittrigen Fingern griff David nach dem Saum seines T-Shirts und wischte sich damit über das Gesicht. Als er den Blick hob, durchfuhr ein Flackern seinen Schattenwolf, als zuckten Blitze über einen Gewitterhimmel. Die Konturen des riesigen Tieres vibrierten, doch bevor es sich auflösen konnte, setzte es zum Sprung an und verschmolz mit Davids Körper.

David keuchte auf und trat unwillkürlich einen Schritt zurück. Rasant breitete sich direkt unter seiner Haut ein Brennen aus, als würde dort etwas hineingeätzt werden – eine Markierung, wie er voller Abscheu erkannte. Trotzdem widerstand er dem Bedürfnis, sich zu kratzen, bis die verseuchte Haut in Fetzen herunterhing. In seiner Verzweiflung konzentrierte er sich auf sein Innerstes, stieß jedoch nur auf eine Leere, als läge das gerade Erlebte bereits Jahrtausende zurück und hätte eine Einöde hinterlassen. Aus weiter Entfernung nahm er wahr, wie die Rudelmitglieder sich ihm vorsichtig näherten, hörte ihren Herzschlag, spürte ihre Atemlosigkeit. Eine stille Andacht.

Erneut blickte David auf den blutverschmierten Leichnam zu seinen Füßen, als dieser plötzlich von einem Schatten umhüllt wurde. Immer neue dunkle Schlieren woben ein Netz, breiteten sich wie ein graues Leichentuch aus, bis die Umrisse von Mathol nur noch zu erahnen waren. Während David das Geschehen voller Unglauben beobachtete, zog sich der Schatten zu einem heulenden Wolfskopf zusammen, der ein ohrenbetäubendes Klagelied ausstieß.

Gepeinigt schloss David die Augen, und hinter seinen Lidern setzte eine Explosion ein, der er sich unmöglich entziehen konnte. Er wurde mitgerissen, ohne zu begreifen, wie ihm geschah. Obwohl die Explosion gleißend hell erschien, so wusste David doch, dass es kein Licht gab, sondern nur eine grenzenlose Schwärze, die sich endlos verdichtete. Ein Teil von ihm wurde in diese Finsternis gerissen und neu geboren – das erkannte er, ohne es zu verstehen. Er hörte in weiter Ferne das Heulen seines Wolfes, aber er konnte es nicht deuten. Dieses Universum gehörte dem Dämon. Dies war sein Schattenreich, dem er zu entfliehen versuchte, indem er sich in der Brust der Menschen neben ihrer einzigartigen Seele einnistete und mit ihrer Hilfe auf die Welt blickte.

Als David die Augen wieder aufschlug, hatte er keinen Begriff davon, wie lange er im Schattenreich gewesen war. Dafür war das Bild, das seine Umgebung abgab, um ein Vielfaches detaillierter geworden: Rudelmitglieder, deren Dämon sich ihm vorher entzogen hatten, erstrahlten nun in einem eigenen Spektrum. Ihre Empfindungen offenbarten sich ebenso wie ihre Bedürfnisse. Bewegungen warfen vibrierende Bahnen, lichtlose Ecken zeigten mit einem Mal Konturen, und der Raum nahm eine seltsame Dimension an. Er erkannte Leugs verängstigten Wolf, bevor er den Mann sah, der mit beiden Händen eine blutende Halswunde umfasst hielt. David wurde übel vor lauter Verwirrung. Er schwankte, doch der Wolf in seinem Inneren richtete sich auf und verhalf ihm zu neuer Kraft.

Als David das Gleichgewicht wiedergefunden hatte, nahm er einen dunklen Schatten neben sich wahr, von dem ein widerwärtiger Geruch ausging: versengtes Haar, vor Hitze geronnenes Blut. Obwohl sich ihm Hagens Dämon nicht offenbarte, sah David den Anführer in einem neuen Licht. Sein Wolf, dachte David benommen, es ist nicht Hagens Wolf, mit dem etwas nicht stimmt. Tief in seinem Innern hörte er das Echo eines zustimmenden Grollens. Instinktiv wollte er zurückweichen, als Hagen dicht vor ihn trat, doch sein Körper steckte immer noch im Schrecken der Veränderung fest, unfähig, sich einer weiteren Herausforderung zu stellen.

»Nun«, sagte Hagen, während er Davids Kinn umfasste und eindringlich dessen Gesicht betrachtete. »Das hatte ich mir zwar anders vorgestellt, aber dieser Weg ist unleugbar auch eine Möglichkeit, in der Hierarchie des Rudels aufzusteigen. Sehr weit nach oben. Hätte nicht gedacht, dass du dich so sehr nach Mathols Platz sehnst und ihm deshalb kurzerhand die Kehle zerfetzt. Sich von seinem Wolf zu trennen, ein schöner Trick. Es muss dich viel Kraft gekostet haben, diese Fähigkeit vor mir und dem Rudel zu verbergen. Warum hast du eigentlich nie gezeigt, welchen Rang du aufgrund deiner Stärke wirklich beanspruchen könntest? Wenn ich das gewusst hätte, wäre das ganze Drama hier unnötig gewesen, denn du weißt ja schon, wie man den Wolf in diese Welt lockt und ihm eine Form gibt.«

Einen Augenblick hielt Hagen inne, als dächte er darüber nach, noch etwas zu sagen. Dann wandte er sich ab und fixierte die junge Frau, die vor Entsetzen zusammengekauert auf dem Boden lag, eingekeilt vom Rudel, das ihre Anwesenheit bis zu diesem Moment vergessen hatte. Als die Mitglieder sich nun Hagens geifernden Blickes bewusst wurden, sprengten sie hastig auseinander. Niemand stellte sich dem Anführer in den Weg, wenn er sich auf ein Opfer stürzte.

Ohne nachzudenken, spannte David die schmerzenden Muskeln in seinem Körper an, um Hagen davon abzuhalten. Doch ehe er etwas unternehmen konnte, traf ihn der Wille seines Anführers wie ein Schlag gegen die Brust, der seine Lungenflügel in Brand setzte. Während David einen Schmerzensschrei unterdrückte, blickte Hagen ihn lächelnd an, den Beweis seiner Macht genießend. Ganz gleich, wie stark der Dämon in David sein mochte, Hagen war ihm dennoch überlegen.

»Jagdzeit«, flüsterte Hagen, nachdem er seinen Triumph über den jüngeren Mann ausreichend ausgekostet hatte. Dann stürzte er sich auf die wehrlose Frau.

David stand da, gefangen von Hagens Autorität, unfähig, sich zu rühren. Auch sein Wolf war erstarrt, fast, als hätte ihm Hagens Machtbeweis jeden Lebensfunken geraubt. Nur ein leises Wimmern war zu hören. Erst als das Schreien der Frau verebbt war und sich Jannik ihm schreckensbleich näherte, löste sich der Bann. Jannik hielt ihm seine zerschlissene Jacke hin, und er nahm sie ohne ein Wort entgegen. Der Junge sah ihn flehend an. Obgleich David die Angst, die Jannik quälte, geradezu auf seiner Zunge schmecken konnte, wandte er sich ab und ging.

Kurz schaute er zu Hagen hinüber, der Amelia und einige andere in geduckter Haltung dabei beobachtete, wie sie die beiden geschlagenen Opfer ausschlachteten. Nathanel dagegen stand immer noch an die Wand gelehnt, als habe er sich in der ganzen Zeit nicht ein Mal gerührt. Gegen seinen Willen tastete David nach ihm. Da war nichts, zumindest nichts, was Nathanel ihn spüren lassen wollte. Verräter, dachte David und verspürte einen qualvollen Stich.

Er hatte das Palais schon eine Weile hinter sich gelassen, als ihn der Ruf seines Anführers erreichte. Hagen war endlich bewusst geworden, dass der gerade erst gestärkte Wolf seines

Rudels das Fest ohne Erlaubnis verlassen hatte. Während Hagens Forderung, sofort umzukehren, in seiner Dringlichkeit immer massiver wurde, ging David in einen leichten Lauf über. Er würde nicht zurückkehren, ganz gleich, was es ihn kostete.

Kapitel 16

Besuch

Die Tage waren merklich kürzer geworden, und wenn eine Wolkendecke – wie jetzt am frühen Abend – den Himmel verdunkelte, kam es einem so vor, als wäre es bereits tiefste Nacht. Nun, vielleicht nicht ganz so finster, denn das allgegenwärtige Kunstlicht hüllte die ganze Stadt in einen gelblichen Kokon. Und trotzdem, dachte Meta, wirkte es bedrohlich. Sie hatte das Küchenfenster einen Spaltbreit geöffnet, so dass die Herbstluft durch den dünnen Stoff ihrer Tunika drang und ihre Unterarme streifte. Sie konnte froh sein, heute keinen Fuß mehr vor die Tür setzen zu müssen.

Das Echo von Eves gekünsteltem Lachen riss sie aus ihren Gedanken, und sie machte sich eilig daran, das Fenster wieder zu schließen. Als sie sich dem Tablett zuwandte, das sie bereits mit verschiedenen Dip-Schalen und Crackern beladen hatte, bemerkte sie Karl, der im Türrahmen lehnte und sie ungeniert beobachtete.

»Du siehst heute Abend sehr schön aus«, erklärte er mit einer ernsten Miene, als handele es sich nicht einfach um ein Kompliment, sondern um ein Geständnis mit weitreichenden Folgen.

Im letzten Moment gelang es Meta, ein liebliches Lächeln zu unterdrücken, das sich bei einem derartigen Kompliment automatisch auf ihre Lippen schleichen wollte. Es erschien ihr beinahe so, als wäre ihr Körper der Auffassung, dass man als

Frau in einer solchen Situation zart zu erröten und mit den Augen zu plinkern habe. In Wirklichkeit jedoch störte sie der begehrliche Blick, mit dem Karl sie unverwandt anschaute.

»Vielen Dank«, sagte sie steif und widmete sich wieder ihren Schalen, deren Anordnung noch lange nicht perfekt war.

Vor nicht allzu langer Zeit hatte sie jeden Morgen vor dem Spiegel gestanden und überlegt, was sie bloß anziehen könnte, um von ihm mit solcher Aufmerksamkeit bedacht zu werden. An diesem Abend hatte sie hingegen, kurz bevor die Gäste eingetrudelt waren, das Outfit aus der Galerie gegen eine bestickte Tunika eingetauscht, die eigentlich etwas zu knapp war. Und weil ihr für eine richtige Frisur schlicht die Zeit gefehlt hatte, hatte sie die Haare mit Kämmen hochgesteckt. Schließlich hatte sie, sobald sie der Galerie den Rücken kehren konnte, das Dinner ganz allein vorbereitet, da Karls Beitrag lediglich darin bestanden hatte, die Gäste einzuladen. Mit einem opulenten Rosenstrauß und der Klage, wie furchtbar viel Arbeit in den letzten Tagen angefallen war, war er deutlich zu spät eingetroffen. Meta war das mehr als recht gewesen, denn zum einen verspürte sie trotz ihres Versprechens, sich einander freundschaftlich anzunähern, eine gewisse Unlust, sich in Karls Nähe aufzuhalten. Zum anderen war sie durch die vielen Aufgaben für diesen Abend davon abgelenkt worden, unentwegt ihr Handy zu belauern.

Am Montag hatte David die Nachricht auf ihrer Mailbox hinterlassen, dass er sich in den nächsten Tagen wieder melden würde, weil sie bestimmt einiges um die Ohren hatte. Er hatte leicht verlegen geklungen, beinahe so, als wäre es ihm unangenehm gewesen, bei ihr anzurufen. Bei der Vorstellung, dass David sich nur aus Pflichtgefühl heraus bei ihr meldete, hatte sich jeder Quadratmillimeter von Metas Haut schmerzhaft zusammengezogen. Nachdem sie die Nachricht, in einer

Seitengasse stehend und eine Mappe mit Unterlagen zwischen die Knie geklemmt, noch drei weitere Male abgehört hatte, war sie jedoch zu dem Entschluss gekommen, dass er es lediglich unangenehm fand, ihr auf die Mailbox zu sprechen. Wahrscheinlich konnte er Telefone einfach nicht ausstehen, was auch erklärte, warum er kein eigenes besaß. Beschwingt hatte sie die nächste Weinhandlung betreten, um für den heutigen Abend zu ordern.

Gegen ihre Gewohnheit hatte sie das Handy sogar während wichtiger Geschäftstreffen angelassen, um den nächsten Anruf von David sofort entgegennehmen zu können. Allerdings hatte er bislang keinen weiteren Versuch unternommen, sich bei ihr zu melden. Zwar war heute erst Mittwoch, doch sie konnte ihre zunehmende Nervosität einfach nicht ignorieren. Deshalb fiel es ihr auch schwer, wenigstens mit einem Hauch von Charme auf Karl zu reagieren, der eindeutig zu nahe an sie herangetreten war, um ihr über die Schulter zu schauen. Meta roch sein Aftershave, eine Note von frisch geschnittenem Gras. Angenehm, aber nicht betörend.

»Kannst du dich noch erinnern, wo wir diese kobaltblaue Reisschale mit dem Kirschblütenmuster gefunden haben?«, fragte Karl in einem weichen Tonfall und deutete auf die gefüllten Schalen, in denen sich Avocadocreme, Salsa- und Currysaucen befanden. »Wir hatten uns für ein Wochenende ein altes Sportcabrio von Karol geliehen und sind einfach aufs Land gefahren. Zumindest so weit, bis der Auspuff abfiel. Wir hingen den ganzen Tag bei schönstem Sommerwetter in diesem öden Kaff fest, in dem das einzige Gute dieser Trödelladen war. Es war unglaublich, was man dort unter all dem Staub an wundersamen Dingen entdecken konnte. Später saßen wir beide mit staubigen Klamotten, aber höchst zufrieden in einem Fastfood-Restaurant. Das hatte ich schon fast vergessen.«

»Ja«, sagte Meta, »das war ein schöner Tag.«

Plötzlich überkam sie ein Anflug von schlechtem Gewissen, das ihr zuflüsterte, ihre Beziehung zu Karl in den vergangenen Wochen ausschließlich unter dem Banner seiner Affären und überzogenen Ansprüche gesehen zu haben. Ein berechnender, egoistischer Mann. Darüber hatte sie ganz vergessen, dass Karl tatsächlich auch sehr begeisterungsfähig sein konnte. Er hatte ein verblüffendes Gespür dafür, was gut war, und konnte sich dem Moment hingeben – zumindest wenn alle Komponenten perfekt zusammenpassten, fügte sogleich eine giftige Stimme hinzu. Das Wörtchen *perfekt* war so schrecklich wichtig für Karl.

Als Karl vorsichtig seine Hand auf ihre Schulter legte, ergriff Meta hastig das Tablett und schenkte ihm ein freundliches Lächeln, das nur leicht schief geriet. »Nimm doch zwei neue Champagner-Flaschen aus dem Kühlschrank. Ich denke, Eve braucht noch ein Glas, damit ihr ständiges Gelächter wenigstens etwas ehrlicher klingt.«

In Karls Blick schlich sich ein verletzter Zug, den Meta zuvor noch nie bei ihm gesehen hatte. Irritiert verharrte sie einen Augenblick lang, bevor sie endgültig in den großzügig geschnittenen Wohnraum zurückkehrte, wo Eve gerade wieder eine von Rinzos im Stehen vorgetragenen Anekdoten mit einem Lachen abschloss. Diese Frau hätte einen wunderbaren Anklatscher im Theater abgegeben, dachte Meta und verharrte kurz im Durchbruch, der das Ess- vom Wohnzimmer trennte.

Nicht, dass Rinzo eine solche Unterstützung nötig gehabt hätte: Er war die Selbstsicherheit in Person und verfügte über das Grundvertrauen, dass alle Aufmerksamkeit quasi per Geburtsrecht ihm galt. Dem konnte nicht einmal seine kleine untersetzte Statur Abbruch tun, vielmehr betonte er die Züge seines Kugelkörpers mit engen Anzügen, spitzen Designerschuhen und – Meta konnte sich bei diesem Anblick stets nur mit Mühe ein Grinsen verkneifen – Einstecktüchern in Knallfarben. Man musste Rinzo allerdings zugutehalten, dass er tatsächlich einen hervorragenden Alleinunterhalter abgab, zumindest, wenn man selbst gern Stunde um Stunde eifrig nickend dasaß. Doch neben dem funkensprühenden Charme und unruhigen Geist, der von einer Idee zur nächsten sprang, besaß Rinzo auch klares Kalkül. Nach außen hin ließ er sich zwar als Kunstnarr feiern, aber Meta wusste nur allzu gut, dass es bei jedem Lob und jeder noch so unschuldig wirkenden Anspielung einen Hintergedanken gab. Rinzo war einfach ein großer Zirkusdirektor und hatte das Volk der Kunstliebhaber und solche, die Geld dafür ausgaben, fest im Griff.

Inzwischen fächelte sich Rinzo mit einem pistazienfarbenen Taschentuch Luft zu. Nach dem gesetzten Essen, das Meta bei einem französischen Restaurant um die Ecke bestellt hatte – Selbstgekochtes wäre eher ungnädig aufgenommen worden –, hatte man sich plaudernd ins Wohnzimmer zurückgezogen. Eine auf den ersten Blick bunt gemischte Gruppe mit unterschiedlichen Kleidungsstilen und Körperhaltungen. Da war der im Maßanzug steckende Rechtsanwalt Asam, der mit gelöster Krawatte auf dem Sofa lümmelte und mit seinem gerade geerbten Porzellan aus dem letzten Jahrhundert angab. Neben ihm seine Ehefrau Marie, die sich über hysterisch ehrgeizige Eltern im Kindergarten ihrer Tochter lustig machte, dabei jedoch den Anschein erweckte, als beschriebe sie sich selbst. Sue, ein in gelbe Seide gewickelter Kanarienvogel, der wieder einmal nur am Essen gepickt hatte, bis Meta vor lauter schlechtem Gewissen ihren eigenen Teller ignoriert hatte. Der Gedanke an ihre in den letzten Wochen unleugbar runder gewordenen Hüften setzte ihr ohnehin zu. Sie verbrachte eindeutig zu viel Zeit mit der stets von Leckereien umgebenen Rahel. Und dann war da noch Emma, die mit ihrer Jugendlichkeit und dem übergroßen Vintage-Kleid wie ein Fremdkörper in dieser Runde wirkte.

Doch der erste Eindruck täuschte: Die Menschen in Metas stilvoll eingerichtetem Wohnzimmer verband unendlich viel mehr miteinander, als sie trennte. Ähnliche Familien- und Bildungshintergründe, miteinander verwobene Freundeskreise, Vorlieben für dieselben Feriendomizile und Stadtviertel. Wahrscheinlich würden sie sogar ihren Kindern den gleichen Vornamen geben und trotzdem glauben, einen besonders individuellen Treffer gelandet zu haben. Schließlich waren sie allesamt peinlich darauf bedacht, ihre sorgsam inszenierte Einzigartigkeit bei jeder sich bietenden Gelegenheit herauszustellen.

Einen verführerischen Augenblick lang gab Meta sich der Vorstellung hin, wie sie einen versteckten Hebel drückte, sich eine Luke im Boden auftat und das eifrig plappernde Volk kurzerhand darin verschwand. Dann könnte sie sich aufs Sofa fallen lassen und hemmungslos die Avocadocreme genießen. In dieser Vision fehlte nur noch jemand, der ihr den Rücken streichelte und einen wunderbar männlichen Duft verströmte.

Bevor Meta das Bild weiter ausmalen konnte, streifte Karls Ellbogen sie – er trug zwei geöffnete Champagner-Flaschen in den Händen und würdigte sie im Vorbeigehen keines Blickes. Meta rollte mit den Augen, dann folgte sie ihm.

Emma, die gegen die Wand gelehnt dastand und eine Zigarette rauchte, bedachte sie mit einem verschmitzten Lächeln. »Na, Meta, was machst du denn für ein Gesicht? War die Cracker-Marke falsch oder Karl zu schnell fertig?«

Weil sie schon so gut in Schwung war, lachte Eve am lautesten über die schlüpfrige Anspielung, während sie Metas Gesicht nach verräterischen Anzeichen abscannte, ob an Emmas Worten vielleicht etwas dran war. Nun, dachte sich Meta, die höflich lächelnd das Tablett auf einem der Beistelltische absetzte, was es braucht, um Eve erträglicher zu machen, ist kein Champagner, sondern ein kräftiger Schlag mit der Flasche gegen den Hinterkopf.

»Irgendwie werde ich das Gefühl nicht los, dass es dir eine perverse Form von Befriedigung verleiht, mich zu blamieren, Emma. Hat das irgendetwas mit einem Kleine-Schwester-Komplex zu tun? Du bist doch sonst immer so ein cooles Mädchen.« Mit diesen Worten schnappte Meta sich eine Handvoll Erdnüsse und setzte sich auf einen Fußschemel, den freien Platz neben Karl ignorierend.

Einen Augenblick lang herrschte angespanntes Schweigen – die Retourkutsche war anscheinend etwas zu persönlich ausgefallen. Außerdem passte sie wenig zu der für gewöhnlich so beherrschten Meta. Aber Emma schien sich nichts daraus zu machen. Sie ertränkte die aufgerauchte Zigarette in einem halbvollen Weinglas und setzte sich neben Karl, wobei ihr der Ausschnitt ihres Kleides gefährlich weit über die Schulter rutschte. »Lieber cool als zickig«, erklärte sie leichtfertig. Dann wandte sie sich Karl zu: »Ich möchte auch ein Glas Champagner, sonst prickelt hier ja gar nichts.«

Karl schüttelte den Kopf, als könne er so viel Dreistigkeit kaum ertragen, dennoch reichte er ihr ein Glas und schenkte ein.

Meta war schon versucht, Emma vorzuschlagen, woanders ihren Spaß zu suchen, wenn es ihr hier zu langweilig war. Aber während sie das salzige Aroma der Nüsse auf ihrer Zunge schmeckte, musste sie sich eingestehen, dass der Abend tatsächlich langweilig war. Als wolle er das Ganze unterstreichen, begann Asam, von seiner Suche nach einem ordentlichen Fitnessstudio, das zusätzlich einen Parkservice anbot, zu erzählen.

Voller Sehnsucht fixierte Meta ihr Weinglas, doch sie beherrschte sich. Den ganzen Abend über hatte Karl mit Argusaugen ihren Alkoholkonsum kontrolliert, als suche er nur nach dem Beleg, dass sie ohne seine stützende Hand durchs Leben taumelte. Nun wog Meta ab, was schlimmer sein mochte: dass Karl sie für eine verzweifelte Trinkerin hielt oder diesen Abend weiterhin nüchtern durchstehen zu müssen.

Was war nur los mit ihr? Diese Art von Geselligkeit hatte zwar nie Begeisterungsstürme bei ihr ausgelöst, aber sie hatte es stets als gegeben hingenommen, dass solche Abende zu ihrem Lebensstil gehörten. Allerdings hatte es ihr wesentlich mehr Vergnügen bereitet, auf Rahels Sofa zu sitzen und über das Leben zu schwadronieren. Vielleicht sollte man sich seine Freunde doch nicht nach Äußerlichkeiten aussuchen, dachte Meta düster. Inzwischen riss Rinzo die Unterhaltung wieder an sich, weil er der Auffassung war, dass Asams Stimme bereits eindeutig zu lang erklungen war.

»Deine Wahrnehmung ist eingerostet, mein Guter, weil du dich von frühmorgens bis spät in die Nacht nur mit deinen Rechtsanwaltskollegen und dieser schrecklichen Klientel umgibst«, erklärte er, rasch noch einen Cracker mit Champagner herunterspülend. »Nimm es mir nicht übel, aber Erbrecht … Das bringt nicht gerade die kreative Seite in einem Menschen zum Schillern. Schau mich an: Mein täglich Brot ist der Umgang mit Künstlern, Menschen, die es gewohnt sind, alles aus einer anderen Perspektive zu betrachten. Das fordert immens, hält einen beweglich. Du verharrst, das ist dein Problem. Was du brauchst, ist Abwechslung, die wirkt Wunder.«

»Und das von einem Mann, der seit zwanzig Jahren nicht mehr die Stadt verlassen hat«, sagte Meta und erschrak selbst über die Abgeklärtheit, mit der sie ihre Gedanken aussprach.

Doch Rinzo schien unempfindlich für eine derartige Überführung. »Warum sollte ich? Diese Stadt ist perfekt, hier findet man einfach alles. Warum sollte ich also weggehen, wenn es die interessanten Mensch hierherzieht?«

»Wahrscheinlich hast du Recht, Rinzo.« Obwohl Meta genau wusste, dass sie sich auf dünnes Eis begab, konnte sie nicht an sich halten. »Du weißt ja immer, was spannend ist. Außerdem spielt sich alles, was dich interessiert, komplett hier in deiner Manege ab. Und wenn du woanders hingehen würdest, würdest du bestimmt nur die gleichen Leute treffen – weil du alles andere einfach ausblendest.«

»Sind wir ein wenig angefressen, meine Liebe?«, fragte Rinzo mit zusammengekniffenen Augen und war in diesem Augenblick alles andere als ein Zirkusdirektor voll kindlichem Elan.

Von der Wohnungstür ertönte ein Klingeln, aber bevor Meta die Chance nutzen und sich der anbahnenden Auseinandersetzung entziehen konnte, sprang Sue mit einem nervösen Lächeln auf. »Ich geh schon. Das ist bestimmt der Fruchtsalat, den das Le Frog vergessen hat zu liefern«, sagte sie und eilte davon, als handelte es sich um die letzte Möglichkeit, einer Feuersbrunst zu entgehen.

Rinzo, der sich von so etwas Profanem wie Türklingeln nicht beeindrucken ließ, strich mit den Fingern über seinen schmal getrimmten Schnurrbart. »Ich bin mir durchaus bewusst, dass deine persönliche Lage in der letzten Zeit etwas angespannt ist«, setzte er mit einem kurzen Seitenblick auf Karl an, den Ton schon wieder gemäßigter, als erteile er einen wohlwollenden Rat. »Aber du solltest dich deinem Liebesleid stellen, anstatt die festen Ankerpunkte in deinem Leben zu torpedieren und alles infrage zu stellen. Du verhärtest zusehends, weil du außerstande bist, schöpferisch mit dem Kummer umzugehen. Deshalb überträgst du dein Elend auf andere Bereiche deines Lebens, weil du mit einem Mal denkst, dort etwas ändern zu müssen. Glaub mir, dadurch wird alles nur schlimmer.«

Einen Moment lang blinzelte Meta verwirrt, dann meinte sie zu begreifen, was sich hinter Rinzos nur scheinbar spontan gehaltener Rede verbarg. »Nimmst du es mir etwa übel, dass ich eine eigene Künstlerin angenommen und auch verkauft habe?«

Von der Seite her ertönte ein verächtliches Schnauben – Eve hielt die versteckte Kritik an ihrem Herrn und Meister nicht eine Sekunde länger aus. Und so gern Rinzo auch das Wort führte, in diesem Fall überließ er seine Verteidigung lieber jemand anderem.

»Mal abgesehen davon, was diese provinzielle Kunst, die du angeboten hast, für den Ruf der Galerie bedeuten mag, ist dieses neue Gehabe von dir wohl eher Ausdruck einer vorgezogenen Midlife-Crisis. Es gelingt dir nicht, deinen Partner zu halten. Der Job, der nun einmal komplett deinen beschränkten Fähigkeiten entspricht, befriedigt dich nicht mehr. Du verletzt Menschen, mit denen du seit Jahren befreundet bist und die nur dein Bestes wollen. Außerdem hast du eindeutig zugenommen – ein sicheres Zeichen dafür, dass es dir schlecht geht.« Eve wiegte voller gespielter Traurigkeit den Kopf hin und her. Dann blickte sie zu Karl, der den Schlagaustausch mit einem solchen Interesse verfolgt hatte, dass es ihm nicht einmal gelungen war, Pikiertheit vorzutäuschen. »Karl, du solltest langsam einen Schlussstrich unter das ganze Elend ziehen. Bitte nimm Meta zurück, ja?«

Meta klappte der Unterkiefer nach unten. Fassungslos beobachtete sie, wie Karl den Blick senkte, um ein zufriedenes Lächeln zu verbergen. Zweifellos waren Eves Worte nach seinem Geschmack. Wahrscheinlich fand auch er es an der Zeit, dass seine widerspenstige Exfreundin einmal kräftig gedemütigt wurde, damit sie sich wieder schön brav fügte.

Bevor Meta auch nur ansatzweise ihre Sprache wiederfand, brach Emma in schallendes Gelächter aus. »So ein Blödsinn«, brachte sie atemlos hervor, um sogleich wieder von einer Lachsalve geschüttelt zu werden.

Meta wollte schon in das Lachen einstimmen, da drang Sues vom Auktionshaus gestählte Stimme zu ihr durch. »Hier ist … *Besuch.*« Das letzte Wort sprach Sue wie eine Frage aus.

Einen Schritt hinter Sue, die nervös ihre Hände aneinanderrieb, stand David. Ein ausgesprochen verwahrlost aussehender David in einer fleckigen Kapuzenjacke und zerschlissenen Jeans. Sein Haar war zerzaust, aber nicht auf eine lässige, beabsichtigte Weise. Unter seinen Augen zeichneten sich tiefe Schatten ab, die das Blau der Iris unnatürlich stark zum Leuchten brachten. Der dunkle Dreitagebart verlieh ihm etwas Verwildertes.

Zu ihrem Entsetzen bemerkte Meta mehrere Prellungen, die sich unter der braunen Haut abzeichneten. Marie beugte sich gerade vor, um besser sehen zu können, und ihre bestürzte Miene verriet, dass ihr die Verletzungen ebenfalls nicht entgingen. Die gesamte Gesellschaft starrte ihn mit hemmungsloser Neugierde an.

David ertrug die prüfenden, leicht fassungslosen Blicke ohne sichtbare Regung. Er stand einfach nur da, die Schultern herabhängend, als empfinde er eine tiefe Erschöpfung, die ihn gegen sämtliche Eindrücke immun machte. Seine Augen bestätigten diesen Eindruck, denn ganz gleich, wie sehr sie auch strahlen mochten, in ihnen herrschte eine kaum erträgliche Leere.

Mein Gott, was ist nur geschehen?, schoss es Meta durch den Kopf, und mit einem Schlag war sie auf den Beinen und lief zu David, der ihren Blick erst erwiderte, als sie dicht vor ihm stehen blieb. Sue nutzte die Gelegenheit und kehrte zu der Gruppe zurück.

David schluckte einige Male sichtbar, dann sagte er: »Tut mir leid, dass ich hier einfach so auftauche.« Unsicher hob er die Hand, und einen Augenblick lang sah es so aus, als wolle er ihr Gesicht berühren. Doch dann verharrte er mitten in der Bewegung. »Ich sollte besser wieder gehen.«

Meta wollte zu einer energischen Entgegnung ansetzen, ihm ohne Umschweife sagen, wie froh sie war, ihn zu sehen. Aber etwas an David war anders, seit sie ihn das letzte Mal gesehen hatte, so dass sie lediglich ein schwaches Kopfschütteln zustande brachte. Trotzdem schien er in diesem Raum die einzige wirklich existierende Person zu sein, und ihm wohnte eine Strahlkraft inne, die Meta unweigerlich anzog. Nur mit großer Mühe gelang es ihr, die Fassade zu wahren und sich nicht auf ihn zu stürzen, damit sie mit ihm verschmelzen konnte.

Rinzo, der dazugetreten war, nutzte den Moment allgemeinen Schweigens.

»Einer von deinen neu entdeckten Künstlern?«, fragte er überschwänglich. Es war allerdings auch der Hauch von Hoffnung herauszuhören, dass der junge Mann sich als etwas viel Delikateres herausstellen könnte.

»Hungrig?« Jovial legte er David eine Hand auf die Schulter, der ihn aus den Augenwinkeln ansah. Rinzo zog die Hand mit einer Schnelligkeit zurück, als habe ihn etwas gebissen. Auf seinen Gesichtszügen spiegelte sich plötzlich ungewohntes Unbehagen, und er trat einen Schritt zurück.

»David, bist du überfallen worden?« Die eigene Stimme klang hohl in Metas Ohren. Sie wünschte sich inniglich, alle anderen würden sich einfach erheben und kommentarlos ihre Wohnung verlassen. Nur würde ihr niemand diesen Gefallen tun. Dieser zerschlagene junge Mann hatte mit seinem Auftritt gerade den Abend gerettet, und wenn es richtig gut lief, würde man noch Wochen später ein aufregendes Gesprächsthema haben.

David presste kurz die Augen zusammen, als versuche er, sich zu konzentrieren und eine Antwort abzuwägen. Aber sein erschöpfter, leerer Blick sagte Meta, dass er keine beruhigende Ausrede vorbringen konnte. Überrascht stellte sie fest, dass sie genau darauf gehofft hatte. »Nicht direkt ein Überfall, aber etwas in der Art. Ich sollte die nächste Zeit besser nicht mehr in meiner Wohnung vorbeischauen. Ehrlich gesagt, werde ich das ganze verdammte Viertel meiden.«

Obwohl David – wie es seiner Art entsprach – leise gesprochen hatte, hatte Karl auf dem Weg zu ihnen offensichtlich alles verstanden. »Wenn Sie überfallen worden sind, sollten Sie eiligst die Polizei aufsuchen.« Karl hielt sich unnatürlich gerade, als wolle er mit dem jüngeren Mann vor sich auf einer Augenhöhe sein. Doch obgleich David sichtlich in sich zusammengesunken dastand, überragte er Karl gut um einen halben Kopf. Karl hätte in Davids Schatten verschwinden können. Vermutlich verstärkte diese Unterlegenheit auch seine Abneigung gegenüber dem unerwarteten Besuch, denn als er weitersprach, war seine Stimme eine Tonlage tiefer. »Außerdem – wenn Sie sich immer noch in Gefahr glauben, ist es keine besonders gute Idee, hier bei Meta aufzutauchen. Nicht, dass wer auch immer sich mit Ihnen angelegt hat, plötzlich vor ihrer Tür steht.«

Einen Moment lang musterte David Karl mit wenig Interesse, und als er sprach, sah es so aus, als koste es ihn einiges an Überwindung, dem sichtlich aufgebrachten Mann überhaupt eine Antwort zu geben. »Das wird kaum passieren. Metas Wohnung liegt außerhalb ihres Reviers.«

Karl legte die Stirn in Falten und versuchte sich an einem abfälligen Lachen, das jedoch nur seine Verunsicherung verriet. »Revier? So ein paranoider Blödsinn. Haben Sie heute Morgen vielleicht vergessen, Ihre Medikamente einzunehmen?«

Rinzo, der sich erstaunlich lange zurückgehalten hatte, mischte sich wieder in die Unterhaltung ein. Allerdings hielt ihn die Wirkung von Davids Blick weiterhin auf Abstand. »Revier – das ist so eine Art Gangslang, nicht wahr? Wusste gar nicht, dass wir Gangs in unserer Stadt haben. Vielleicht im Untergrund. Mögen Sie Graffiti?«

Da die Situation langsam ins Obskure abzugleiten drohte, riss sich Meta aus der Gebanntheit, mit der sie auf Davids unerklärliche Anziehungskraft reagierte. Zwar stand David im Moment noch wie betäubt da – selbst der Salonblödsinn, den Rinzo vor lauter Nervosität von sich gab, schien nicht zu ihm durchzudringen. Aber sie befürchtete, er könne sich unvermittelt umdrehen und gehen, wenn sie ihm nicht rasch einen Grund zum Bleiben anbot. Will ich denn überhaupt, dass er bleibt?, fragte sie sich dann und zögerte. Da hob David eine Hand hoch, um sich über den Nacken zu streifen, und Meta vergaß angesichts dieser Geste sämtliche Zweifel. Die Art, wie er sich bewegte – verhalten, aber mit einer unbewussten Anmut –, sorgte dafür, dass sich ihre Lippen von selbst bewegten: »Zieh doch deine Jacke aus und setz dich zu uns.«

Einen grausamen Augenblick lang reagierte David nicht auf ihre Worte. Sie befürchtete schon, zu spät gesprochen zu haben, da öffnete er den Reißverschluss der Kapuzenjacke und streifte sie sich von den Schultern. In diesem Moment bereute Meta bereits ihre Aufforderung. Das hellgraue T-Shirt, das zum Vorschein kam, war nicht nur zerknittert, sondern wies unzählige braune Stellen auf. Einige fein wie Funkenregen, andere großflächig. Der gesamte Saum war verfärbt und stand steif ab. Etwas Zähes war in den Stoff eingedrungen und hatte ihn hart werden lassen. Metas Instinkt flüsterte ihr zu, dass von dem T-Shirt ein schwerer Geruch ausging, der sie vermutlich an Kupfer erinnern würde, wenn David nicht stets von diesem betörenden Duft umgeben wäre. Ein Blick auf seine Jeans zeigte zwar keine weiteren Flecken, aber das mochte daran liegen, dass sie zu dunkel war.

Auch Karl schien eine ähnliche Vermutung durch den Kopf zu gehen, denn er erbleichte. Meta presste ihre Zähne so fest aufeinander, dass der Druck bis unter die Schädeldecke spürbar war. So, wie die Flecken auf dem T-Shirt aussahen, dürfte das Blut David nicht einfach aus der eigenen Nase gelaufen sein.

David bekam von ihrer Beklemmung nichts mit, denn er rieb sich ausgiebig die vor Übermüdung geschwollenen Augenlider. An seinem Unterarm prangte dunkel eine verschorfte Bisswunde auf. Erst dann warf er einen Blick auf die Gesellschaft, die sich hinter Metas Rücken verbarg. Fünf schamlos neugierige Augenpaare stierten ihn an.

Da knurrte der Wolf in David. Es war ein tiefes Hallen, das nichts mit der Drohgebärde eines echten Wolfes gemeinsam hatte. Es war kein Geräusch, das von Schallwellen zum Trommelfell getragen wurde. Nein, es hatte einen viel unheimlicheren Ursprung. Es grub sich direkt ins Stammhirn und rief jene uralten Fluchtreflexe wach, die in der modernen Gesellschaft zusehends verkümmerten. Der Wirkung dieser Drohgebärde vermochte sich niemand zu entziehen. Einen Augenblick später versammelten sie sich zu einer Gruppe, in der ein jeder sich am liebsten hinter dem anderen versteckt hätte. Allerdings wagte es niemand, durch den Flur an David vorbeizugehen. Mochte der Drang, sich in Sicherheit zu bringen, noch so stark sein, niemand wollte das Raubtier unnötig provozieren.

Nur Meta war gegen diese Drohgebärde immun, hatte sie nicht einmal als solche erkannt. In ihren Ohren wohnte dem Knurren etwas Trostloses inne, das einer tiefen Verzweiflung entsprang. Und dieses Gefühl war so stark, dass Meta kaum wusste, wie sie darauf reagieren sollte. Sie verspürte nur das diffuse Bedürfnis, David Trost zu spenden. Eine zärtliche Geste würde dafür nicht ausreichen, aber alles in ihr drängte darauf, ihm endlich beizustehen. Nur das Wie war Meta schleierhaft.

Obwohl ihr der Schrecken deutlich anzusehen war, löste sich Eve aus der Gruppe, fegte am regungslosen David vorbei und ging hinter Rinzo in Deckung, der den jungen Mann wie ein überaus interessantes Objekt studierte. Währenddessen hatte Karl seine Beherrschung wiedergefunden und umfasste Metas Oberarm, um sie von dieser furchteinflößenden Kreatur fortzuziehen. Da erst streifte David seine Benommenheit ab. Mit einem Schlag straffte er die Schultern und neigte den Kopf zur Seite. Die Augen waren dabei auf Karls Hand gerichtet, und in ihnen flackerte etwas auf, das die Wirkung des seltsamen Knurrens bei weitem überstieg.

Meta wusste ohne Zweifel, dass er es nicht bei einer Drohgebärde belassen würde, wenn sie nicht sofort etwas unternahm. »David«, sagte sie mit einer Bestimmtheit, dass sie beinahe selbst vor lauter vorauseilendem Gehorsam zusammengezuckt wäre. »Dort ist mein Schlafzimmer. Geh da rein und leg dich schlafen. Ich verabschiede jetzt meine Gäste.« Ohne seine Reaktion abzuwarten, wandte sie sich Karl zu, wobei sie seine Hand behutsam von ihrem Arm löste. Dann schob sie den blassen, aber auch zornig aussehenden Mann zu Rinzo und Eve hinüber.

Einen Moment lang stand David verblüfft da, dann drehte er sich um und ging zu dem Zimmer, auf das Meta gedeutet hatte. Als er die Tür hinter sich schloss, stieß Asam ein nervöses Kichern aus. »Der ist nicht ganz zurechnungsfähig, oder?«

»Ihm ist irgendetwas Schreckliches zugestoßen, das müsst ihr doch bemerkt haben.« Zu Metas Unglück war die Selbstsicherheit so unvermittelt aus ihrer Stimme verschwunden, wie sie aufgetaucht war. Nun fühlte sie sich bloß müde und verwirrt und wünschte sich nichts sehnlicher, als dass sich die Gesellschaft ohne jeden Kommentar verabschiedete.

»Der Kerl hat uns angeknurrt!«

»Ach, komm schon, Asam. David wollte euch nur schockieren, weil ihr ihn wie ein exotisches Tier angestarrt habt.«

»Was er ja wohl auch ist«, ließ Emma vom Sofa her vernehmen, wo sie sich gerade erneut Champagner nachschenkte. Mit einem überlaufenden Glas kam sie zu den anderen hinüber, sichtlich beglückt über die spektakuläre Wendung, die dieser Abend genommen hatte. Offensichtlich hatte Davids Drohgebärde sie eher erregt als abgeschreckt. Hastig leckte sie das Rinnsal von ihrem Handrücken. »Hast du was dagegen, wenn ich einen Abstecher ins Schlafzimmer unternehme und feststelle, ob er auch knurrt, wenn man ihm den Bauch krault?«

Doch bevor Emma sich an ihrer Schwester vorbei in Richtung Schlafzimmertür aufmachen konnte, hatte diese sie so kräftig beim Oberarm gepackt, dass Emma empört aufkreischte. Trotzdem gab Meta nicht nach. »Für heute Abend habe ich genug von deinen Unverschämtheiten«, sagte sie mit Nachdruck in der Stimme.

»Kein Interesse daran, schwesterlich zu teilen?« Obgleich Emma sich um ein aufgesetztes Augenplinkern bemühte, stellte sie ihr Champagnerglas auf einer Konsole ab. Metas Reaktion hatte sie wohl doch mehr beeindruckt, als sie einzugestehen bereit war.

Meta wollte gerade zu einer passenden Replik ansetzen, da sagte Eve mit nachdenklich zusammengezogenen Augenbrauen: »Ich weiß, wer das ist: dieser unverschämte Typ aus der Galerie, der seine eigene Erektion als Geschenk für dich gemalt hat. Einer von deinen Künstlern.« Dabei sprach sie das Wort *Künstler* aus, als handle es sich dabei um etwas Abstoßendes. »Habt ihr beide diesen Auftritt eben geplant, war das irgendeine Art von Performance?«

Rinzo blinzelte sie begeistert an, aber Meta schüttelte den Kopf. Im nächsten Moment hätte sie sich ohrfeigen können, weil sie diese Einladung zu einer eleganten Ausrede einfach in den Wind schlug.

»Wenn er kein Künstler ist, was und wer ist er dann?«, fragte Karl mit so lauter Stimme, dass Meta befürchtete, David könne gleich wieder in der Tür auftauchen, wach gerufen vom Zorn, der in der Frage mitschwang.

»David ist …«, versuchte Meta sich an einer Antwort, kam jedoch nicht weiter. Sie spürte die Blicke der anderen auf sich, ahnte, was ihnen durch den Kopf ging. Was sollte sie tun? Eine Lüge wollte ihr einfach nicht über die Lippen kommen, dafür empfand sie zu viel für David, und ihr Schweigen wussten die anderen ohnehin zu deuten.

Karl schnaufte verächtlich. »Okay, das erklärt einiges. Das ganze Gerede über die Leere unserer Beziehung war nichts weiter als eine billige Hinhaltenummer. Du vögelst mit diesem Hengst herum, während ich mir den Kopf zerbreche, wie ich dich zurückgewinnen kann. Geht es dir um Rache, ist es das? Willst du mir beweisen, dass du immer noch begehrenswert bist? Ist der Kerl deshalb so jung?«

Meta spürte, wie ihr Tränen in die Augen stiegen. Nie hätte sie Karl eine solche Gemeinheit zugetraut, auch wenn sie seine Selbstherrlichkeit ja kannte. Die Schadenfreude, die sie in den Gesichtern der anderen sah, machte ihr die Entscheidung leichter. »David ist ein ruhiger und zugleich aufregender Mann. Dass ich ihn heute Nacht nicht wegschicke, da er verletzt und durcheinander ist, liegt bestimmt nicht allein an seinen Qualitäten als Liebhaber.«

»Dein David ist ein mit Blut bespritzter, knurrender Irrer. Und ich habe mich vor dir im Staub gewälzt, weil ich eine Affäre mit Reese Altenberg eingegangen bin. Dabei hat Reese im Gegensatz zu diesem Knaben Stil, zumindest ist sie imstande, die zivilisatorischen Grundregeln zu befolgen. Oder liegt der Reiz bei diesem David genau darin, dass er sich wie ein Tier aufführt?«

Solange er gesprochen hatte, hatte Karl Meta wutentbrannt

angestarrt, und sie hatte fast damit gerechnet, dass er zum Abschluss vor ihr auf den Boden spucken würde. In diesem Moment brach sie endgültig mit dem Mann, von dem sie einmal geglaubt hatte, er gehöre an ihre Seite. Und auch das ganze Theater, das ihre angeblichen Freunde an diesem Abend veranstaltet hatten, war ihr zuwider. Entgegen der jahrelangen Gewohnheit legte Meta ihre stets höfliche Maske ab und zeigte ihre Abneigung unverhüllt, als sie Karls Blick erwiderte.

Offensichtlich hatte er mit einer anderen Reaktion gerechnet. »Keine Erklärung?«

»Nein. Ich möchte, dass du jetzt gehst. Wir sind miteinander fertig.«

Karl stemmte die Hände in die Hüfte und ließ den Kopf hängen. Dann ging er schnurstracks zur Garderobe und schnappte sich seinen Mantel. An der Wohnungstür blieb er noch einmal stehen, während die anderen sich knapp bei Meta verabschiedeten, bevor sie ihm folgten. Nur bei Emma sah es einen Moment lang so aus, als könnte sie sich nicht recht zum Aufbruch entscheiden. Abwägend musterte sie ihre Schwester, hielt sich den Oberarm an der Stelle, wo Meta gerade erst fest zugepackt hatte, und hakte sich dann bei Karl unter, was dieser kaum zu bemerken schien.

»Vielleicht bereue ich später, was ich jetzt sage«, begann Karl, wobei seine Oberlippe bebte. »Melde dich bei mir, wenn du dich mit diesem Burschen ausgetobt hast. Dann sehen wir weiter.«

Meta stand mit vor der Brust verschränkten Armen da, noch lange nachdem sich die Tür hinter einem neugierig zurückblickenden Rinzo geschlossen hatte. Vermutlich hätte er noch etwas zu sagen gehabt, wenn Eve ihn nicht mit der ihr eigenen Resolutheit fortgezogen hätte. Meta zitterte vor Anspannung, unschlüssig, was sie denken, empfinden und gar als Nächstes tun sollte. Der Bruch, den sie soeben willentlich herbeigeführt hatte, forderte seinen Tribut. Schließlich kam ihr ein tiefes Sehnen zu Hilfe, von dem sie wusste, dass dessen Erfüllung ganz nah war: Der Gedanke an Davids warme, wohlriechende Haut machte das Zerwürfnis vergessen. Vor Metas innerem Auge flackerte die Vorstellung auf, wie sie sich an seinen schlafenden Körper schmiegte und sich treiben ließ, bis sie ebenfalls eingeschlafen war.

Ehe ihr die Vernunft etwas zuflüstern konnte, das sie hätte zögern lassen, betrat sie das Schlafzimmer. Der Raum lag im Dunkeln, doch Meta hätte problemlos mit Hilfe ihrer Nase den Weg zum Bett finden können. Die vertrauten Gerüche ihres Schlafzimmers – eine Mischung aus Puder und Rosen – hatten sich wundersam mit Davids Duft vermischt. Als ihre Finger den Lichtschalter der Nachttischlampe ertastet hatten, zögerte Meta einen Moment lang, dann drückte sie ihn hinunter. Im dämmerigen Licht lag David bäuchlings ausgestreckt auf der Bettdecke. Offensichtlich hatte er sich lediglich die Schuhe abgestreift, bevor er in einen tiefen Schlaf versunken war, das Gesicht in ihren Kissen vergraben.

Lautlos schlüpfte Meta aus Tunika und Wäsche, streifte sich ein Nachthemd über und verschwand mit einem Lächeln im Badezimmer.

Als sie wenig später neben dem Bett stand, wusste sie zuerst nicht, was sie davon abhielt, sich einfach neben ihn zu legen. Schließlich wurde ihr klar, dass David immer noch das blutverschmierte T-Shirt trug, auch wenn auf der Rückseite lediglich einige bräunliche Schlieren zu sehen waren. Es war ihr unmöglich, auch nur in die Nähe dieses Stoffes zu geraten, als stünde er für etwas Schmutziges, das auf sie überspringen würde, wenn sie ihm zu nahe kam. Behutsam kniete sie sich auf die Matratze und versuchte, das T-Shirt mit spitzen Fingern hochzuschieben. Doch David erwies sich als zu schwer.

Während Meta unschlüssig am Saum zupfte, zuckte er mit einem Mal leicht zusammen und sagte entrüstet: »Lass das.« Dabei griff er sich in den Nacken, als habe ihn dort etwas gepackt. Augenblicklich zog Meta die Hände zurück. Eine seltsame Berührung schien sie gestreift zu haben, bei der sich sämtliche Härchen auf ihren Unterarmen aufstellten. Langsam richtete David sich auf und blinzelte sie an. »Dich meine ich nicht«, sagte er schlaftrunken und rieb sich die Lider, als könne er sie nur mit Gewalt dazu zwingen, offen zu bleiben.

Eigentlich hätte Meta nachfragen wollen, wen er denn dann gemeint hatte. David machte jedoch den Eindruck, vor Übermüdung gleich wieder einzuschlafen, darum fragte sie nur hastig: »Ziehst du dein T-Shirt aus?«

Mit einem leisen Murren zog David es sich über den Kopf. Meta sah lilafarbene Prellungen an Rippenbogen und Schulter, die schwarzen Spuren von Handabdrücken auf seinem Oberarm – aber als David ihr ein erschöpftes Lächeln schenkte, erwiderte sie es und schob die unzähligen Fragen, die ihr durch den Kopf schossen, beiseite. Kaum hatte er sich auf den Rücken gelegt, kuschelte sie sich an seine Seite und bettete den Kopf auf seiner Brust, tunlichst darauf bedacht, die Schwellung unterhalb des Schlüsselbeins nicht zu berühren. »Ich wünsche dir eine schöne Nacht«, sagte sie leise, doch David war bereits eingeschlafen.

Kapitel 17

Ein neuer Hafen

Wie ein Funkenregen war sie in seinem Reich niedergegangen und hatte ihm Wärme gespendet. Jeder Moment in ihrer Nähe war ein Geschenk. Genau wie sein Hüter sehnte er sich danach, sich um diese Frau zu winden und in sich aufzusaugen, was sie an Wärme und Glück zu bieten hatte. Deshalb hatte er auch zugelassen, dass sie sich vom Rudel entfernten, ganz gleich, wie sehr die fehlende Nähe ihn schmerzte. Er hatte gewusst, dass ihre Gegenwart ihm ausreichte. Trotzdem hatte er nicht mit dem gerechnet, was geschehen würde, wenn sie im Schlaf tief in das Traumreich hinabstieg und dabei Tore aufstieß, die ihn passieren ließen. Ohne zu zögern, war er der Einladung gefolgt, war in sie und durch sie hindurchgetaucht, um vollkommen unverhofft Gestalt anzunehmen, während sein Hüter im Schlaf nicht einmal zuckte.

Nun stand er schon seit langer Zeit neben dem Bett und wartete darauf, dass er jenes drohende Zerren spürte, das ihn seiner Form beraubte, ihn zu vernichten drohte, wenn er nicht augenblicklich zu seinem Hüter zurückkehrte. Doch nichts geschah. Er hörte den Atem der beiden Menschen, ihren Herzschlag, spürte die Wärme, die ihre ruhenden Körper abstrahlten. Draußen herrschte noch tiefste Nacht, doch er nahm bereits die ersten Zeichen für das Erwachen der Stadt wahr.

Vorsichtig näherte er sich dem Gesicht der schlafenden Frau. Unter ihren Lidern rasten die Augäpfel hin und her, während sie unbeweglich dalag. Nicht mehr lange, dann würde sie diese Phase des Traumes verlassen, und die Tore würden sich wieder schließen – das verstand er nun. Dann musste er zurückkehren, und nur ihr Funkenregen würde ihm die Dunkelheit erträglich machen. Bis dahin bettete er seinen Kopf neben ihr auf das Kissen und nahm sie mit allen Sinnen wahr.

Als David aufwachte, war es bereits später Morgen. Während er sich die noch müden Augen rieb, flackerte immer wieder Metas Gesicht vor ihm auf, mit entspannten Zügen, schlafend. Ihm war, als habe er die halbe Nacht nur davon geträumt, sie zu betrachten und ihre pure Gegenwart zu genießen. Diese Bilder kamen ihm unendlich real vor, indessen die sich ihm aufdrängende Welt, die aus Verkehrslärm und Tageslicht bestand, fremd wirkte. David hatte weder eine Ahnung, wo er sich eigentlich befand, noch erinnerte er sich an Geschehnisse, bevor er in diesen tiefen Schlaf gefallen war.

Er rollte sich auf die Seite und tastete nach jemandem, der nicht da war. Widerwillig öffnete er endlich die Augen, und es dauerte eine Weile, bis er begriff, dass er diesen Raum nicht kannte. Die Wände waren hellblau gestrichen und wurden von einigen schlicht gerahmten Zeichnungen geschmückt. Weiß lasierte Holzmöbel und ein Strauß frischer Teerosen auf einer Kommode strahlten etwas so Weibliches aus, dass er unwillkürlich lächeln musste. Der Rosenduft verriet ihm, bei wem er Unterschlupf gefunden hatte. So sah also das Schlafzimmer der nach außen stets so mondän und steif wirkenden Meta aus. Es gefiel ihm ausgesprochen gut. Er konnte gar nicht anders, als sein Gesicht erneut an das kühle Leinen der Kissen zu schmiegen und tief einzuatmen. Seine Sinne reagierten auf diesen Reiz mit einer solchen Intensität, dass er anschließend nicht zu sagen vermochte, wie lange er so versunken dagelegen hatte.

Schließlich kam David eine Idee, bei der er sich blitzschnell aufsetzte. Warum sich mit einem duftenden Kissen zufriedengeben, wenn sich Meta wahrscheinlich in unmittelbarer Nähe befand?

Als er die Beine über den Bettrahmen schwang, musste er jedoch ein schmerzverzerrtes Ächzen unterdrücken, was ihn an seinen geschundenen Körper erinnerte. Für den Bruchteil einer Sekunde flackerten Bilder aus dem Audienzsaal vor seinem inneren Auge auf, doch David ließ sie an sich vorbeiziehen, ohne eine Empfindung aufsteigen zu lassen. Hagens Ruf war ihm noch weit über die Grenzen des Reviers gefolgt, und einige Male hatte er sich dabei ertappt, in das Palais zurückkehren zu wollen. Auch hatte sich die Trennung vom Rudel mit jeder Stunde grauenhafter angefühlt, als habe er sich selbst willentlich ein Körperteil abgeschlagen. Trotzdem war David weitergegangen. So hatte er die Zeit nach dem Ritual verbracht: jeden Gedanken vermeidend, umherirrend, während der gestärkte Wolf seine Wahrnehmung Stunde um Stunde mehr in ein neues Licht tauchte.

Nach dem Ritual hatte der Dämon seinen Körper und Geist in ein Chaos gestürzt, und nur langsam hatte sich daraus etwas Neues zusammengesetzt – was es war, konnte David immer noch nicht genau sagen. Seine Sinne waren schärfer, und er glaubte die Präsenz des Wolfes so deutlich wahrzunehmen, als handele es sich um ein tatsächliches Gegenüber und nicht nur um einen Schatten, der in seinen Tiefen auf seine Chance lauerte. David hatte immer geglaubt, dass ein erstarkter Wolf ihn zu dominieren versuchen würde. Stattdessen hatte er sich bislang wie ein Freund verhalten, der sogar Davids Entscheidung, das Rudel zu verlassen, akzeptiert hatte.

Eine verschwommene Erinnerung stieg in ihm hoch, die das Lächeln auf Davids Gesicht wieder aufleuchten ließ. Gestern Nacht hatte der Wolf ihn geweckt, indem er ihn im Nacken gepackt hatte. Es war wegen Meta gewesen … Sie hatte etwas von ihm gewollt …

Langsam kehrte auch die Erinnerung an den letzten Abend zurück, und David biss sich auf die Unterlippe, als er sich der neugierigen Blicke – dieser stummen Herausforderung – entsann. Zuvor hatte er sich unvermittelt vor Metas Wohnungstür wiedergefunden. Keine bewusste Entscheidung hatte ihn hierhergeführt, vielmehr hatte ihn etwas kaum Greifbares geleitet. Er hatte es jedoch nicht infrage gestellt, denn er war so müde und verzweifelt gewesen, dass die Umgebung, die Metas ganzes Wesen atmete, ihm wie eine Erlösung vorgekommen war. Darum hatte er auch nicht gezögert einzutreten, als eine fremde Frau ihm die Tür geöffnet hatte. Dass er Meta mit seinem spontanen Besuch in eine unangenehme Situation bringen könnte, war ihm gar nicht in den Sinn gekommen. Die Anwesenheit ihrer Gäste hatte er kaum registriert. In Metas Nähe zu sein, war ihm hingegen wie eine Befreiung vorgekommen, als habe er nach Tagen des Umherirrens endlich einen Hafen gefunden.

Nun, am Morgen nach seinem gedankenlosen Auftritt, ausgeschlafen und einigermaßen Herr seiner Sinne, wurde ihm bewusst, dass ihre Freunde von seinem Verhalten sicherlich nicht angetan gewesen waren – um zu diesem Schluss zu kommen, brauchte es nicht viel Fantasie. Trotzdem hatte ihn Meta bei sich behalten und sogar an seiner Seite geschlafen.

Dieser Gedanke verlieh David ausreichend Kraft, um aus dem Bett zu steigen. Er sah sich nach seinem T-Shirt um, konnte es aber nirgendwo finden. Stattdessen entdeckte er sein Bild, derart an die Wand gelehnt, dass man es vom Bett aus betrachten konnte. Erneut schlich sich ein Lächeln auf sein Gesicht, und als er es hinter der Hand verstecken wollte, berührten seine Fingerspitzen sprödes Barthaar. Was er brauchte, war nicht sein verdrecktes T-Shirt, sondern eine Dusche und eine Rasierklinge. Er sah sich im angrenzenden Bad um und fand beides neben jeder Menge Handtücher und einem Herrenbademantel, der ihn vom Duft her an den aufgebrachten Mann erinnerte, der so besitzergreifend seine Hand auf Metas Schulter gelegt hatte.

Als David später mit einem Handtuch um die Hüften – er hatte es einfach nicht über sich bringen können, in den Bademantel zu schlüpfen – und frisch rasiert in den Flur trat, kam ihm sogleich eine zurückhaltend lächelnde Meta entgegen. Ein Reif hielt ihr das Haar aus dem Gesicht, und sie trug ein schlichtes Leinenkleid, das von einem breiten Ledergürtel zusammengehalten wurde. Ihre Füße steckten in Filzschlappen. Unwillkürlich musste David grinsen – das war so gar nicht die Meta, wie er sie bislang kennengelernt hatte. Und doch war dieser Anblick erstaunlich stimmig und passte zu dem liebevoll eingerichteten Schlafzimmer.

Sie bemerkte seinen Blick und wich ihm nicht aus. »Guten Morgen. War dir der Bademantel zu klein, oder möchtest du einfach nur mit deinem wohlgeformten Oberkörper angeben?«

»Beides«, antwortete David und folgte ihr in die Küche. Auf dem Tisch war mit kunstvollem Porzellan bereits fürs Frühstück eingedeckt: frischer Orangensaft und Kaffee, Croissants, Marmelade und Honig, ein Teller mit Obst.

David kam dicht hinter Meta zum Stehen und fühlte sich versucht, wenn schon nicht ihre Taille zu umschlingen, so doch wenigstens kurz seine Finger über ihre Arme gleiten zu lassen. Aber er zögerte. Vielleicht verstand sie ihn falsch, würde es als eine Aufforderung zu mehr betrachten. Und sosehr es ihn auch selbst überraschte: An diesem Morgen wollte er einfach nur mit ihr beim Frühstück sitzen und sich ein wenig unterhalten. Denn seit der letzten Nacht hatte sich ein Gefühl von Vertrautheit ausgebreitet, das sich vollkommen richtig anfühlte.

»Ich hoffe, du gehörst nicht zu den Männern, die morgens schon ein halbes Tier aufessen können«, sagte Meta, während sie auf den Herd zuschritt, um dort Eier in die Pfanne zu schlagen. »Mehr hat mein Kühlschrank nämlich nicht zu bieten.«

Obwohl Davids Magen sich so leer anfühlte, dass er gleich anfangen würde, sich selbst zu vertilgen, lachte er leise und sagte: »Nein, das sieht alles sehr lecker aus. Ich weiß wirklich nicht, wann ich das letzte Mal vor einem gedeckten Frühstückstisch gesessen habe.«

Trotz des Kompliments inspizierte Meta die Küchenschränke, während sie zugleich in der Pfanne rührte. »Sonst habe ich noch eine Dose Baked Beans zu bieten, zumindest glaube ich das. Ein Souvenir von meiner letzten Reise. Muss irgendwo stehen …« Sie kam mit der Pfanne zum Tisch und schob sämtliche Spiegeleier auf Davids Teller, der sie erstaunt anblickte.

»Danke. Aber was ist mit dir?«

»Ich esse das Obst«, erklärte Meta und klang dabei etwas wehmütig, was angesichts der frisch gebackenen Croissants auch nicht verwunderlich war.

»Na, komm schon«, sagte David, der gerade die halbe Ketchupflasche über die Eier kippte, um ihren angebrannten Rand zu kaschieren. »Allein zu essen macht doch keinen Spaß.«

Meta schaute gequält, dann griff sie sich ein Croissant, und als sie hineinbiss, entspannten sich ihre Gesichtszüge. Mit einem angenehmen Schweigen widmeten sie sich beide ihrem Essen, bis Meta plötzlich unruhig auf ihrem Stuhl umherzurutschen begann. David sah sie mit hochgezogenen Augenbrauen an, aber Meta zögerte noch einen Moment, bevor sie auf die Aufforderung einging. »Nach dem Frühstück muss ich leider gleich los – ich habe eine Verabredung mit einer Künstlerin, die ich so kurzfristig nicht absagen kann.«

David legte die Gabel auf den Teller, und es war ihm deutlich anzusehen, dass er mit einem sofortigen Rauswurf rechnete. Sogleich hob Meta beschwichtigend die Hand.

»Als ich aufgewacht bin, saß die Frau bereits im Zug, sonst hätte ich den Termin verlegt. Ich weiß, wir beide sollten uns unterhalten, und ich will mich auch gar nicht davor drücken.«

Da David immer noch nicht sonderlich überzeugt aussah, streckte sie den Arm aus und berührte seine Hand. David schien zu erstarren, dann nahm er jedoch ihre Hand in die seine und sah sie aufmerksam an.

»Schau mal«, fuhr Meta deutlich erleichtert fort. »Vielleicht ist es auch gar nicht so wild, dass ich jetzt gehen muss: Solange ich weg bin, steckst du deine Klamotten in die Waschmaschine und schläfst noch ein wenig – das wird dir sicherlich guttun. Du siehst immer noch sehr erschöpft aus. Auf der Konsole im Flur liegen einige Karten von Bringdiensten, ansonsten findest du da auch einen Zweitschlüssel, falls du vor die Tür gehen möchtest. Denn ehrlich gesagt, glaube ich nicht, dass du mit ein paar Eiern satt zu bekommen bist. Und heute Abend … Nun, wir überlegen uns heute Abend, was wir machen wollen.«

David dachte kurz nach und nickte dann zustimmend. »Heute Abend ist gut. Ich muss auch noch jemanden besuchen und außerdem zusehen, dass ich etwas Neues zum Anziehen auftreibe.«

Als Meta sich wenig später von ihm verabschiedete, lehnte sie sich zu ihm hinüber und gab ihm einen zarten Kuss auf die Wange. Obwohl es sich wunderbar anfühlte, war David außerstande, die zärtliche Geste zu erwidern. Denn ihm war gerade klargeworden, dass er heute Abend nicht würde zurückkehren können, wenn sich sein geplantes Gespräch mit Maggie als unfruchtbar erwies.

Vielleicht wäre es ohnehin das Beste, flüsterte ihm sein schlechtes Gewissen zu. Wenn du in Metas Nähe bleibst, wird Hagen dich früher oder später finden, und dann wird er nicht zögern, dich zurückzuholen. Hastig schob er den Gedanken beiseite.

Kapitel 18

Asyl

Er hätte Maggie einfach anrufen können, so wie er es beim letzten Mal getan hatte. Sie höflich um eine Audienz bitten. Doch diese Vorgehensweise fühlte sich falsch an, schließlich war er längst ohne Erlaubnis in ihr Revier eingedrungen. Dass Maggie noch nicht ein paar von ihren Handlangern vorbeigeschickt hatte, um David persönlich mit der Nase auf die Grenzlinie zwischen den Revieren zu drücken, zeigte deutlich: Sie duldete ihn hier, und diese Duldung würde ihn einiges kosten, da war er sich sicher.

Kaum konnte er in seine leidlich gewaschenen Sachen steigen, brach David auf. Schon auf dem Weg durch den Hausflur prüfte er erst einmal, ob auch keine anderen Bewohner unterwegs waren – deren unabdingbar skeptische Mienen wollte er sich gern ersparen. Er konnte sich bestens vorstellen, wie wenig vertrauenerweckend er in seiner zerrissenen Kleidung und den mittlerweile blau-grünlich verfärbten Blutergüssen im Gesicht aussah. Zwar war er es gewohnt, dass sein Gesicht Spuren von Gewalt verriet, aber in seinem eigenen Viertel fiel er damit nicht weiter auf.

Als er nun die Vorhalle des Hauses verließ und in die blasse Mittagssonne trat, die das letzte verfärbte Laub der Kastanien aufleuchten ließ, empfand er sich selbst als Fremdkörper. Metas Wohnung lag in einem begehrten Wohnviertel, dessen Häuser zwar einige Stockwerke maßen, aber mit ihren aufwendig inszenierten Fassaden etwas Heimeliges ausstrahlten. Allein, dass es alten Baumbestand gab, ließ die Preise wahrscheinlich ins Unermessliche steigen. Außerdem war es von hier aus nicht sonderlich weit bis zur City, wo die meisten Bewohner zweifelsohne ihren Tagesgeschäften nachgingen.

Obwohl die Wege entlang der schönen Häuser zu einem Spaziergang einluden, befand sich außer David niemand auf der Straße. Wie auch in anderen Stadtteilen hasteten die Menschen lediglich von ihrer Wohnungstür zum Wagen oder noch rascheren Schrittes zur nächsten öffentlichen Haltestelle. David wusste auch, woran das lag. Er hatte es Jannik einmal erklärt, der in dieser Stadt geboren war und niemals einen Fuß über ihre Grenzen gesetzt hatte, so dass er diese Gehetztheit für normal hielt.

»Die Menschen hier sind immer auf der Flucht. Selbst in Saschas Revier in der Nähe der Ausgehmeile treiben sie sich im Pulk herum, und nur Betrunkene entfernen sich von der Herde«, hatte David seinem Freund erläutert, als sie wieder einmal auf den Stufen des Palais herumlungerten. »Eine Stadt wie diese sollte doch eigentlich von einer Schar von Obdachlosen und fliegenden Händlern belagert sein. Ist sie aber nicht. Auf den Straßen findest du nur Verrückte oder solche, denen nichts anderes übrigbleibt. Und sogar von denen nur wenige, wenn du einmal darüber nachdenkst.«

»Wenn Hagen durch die Straßen streift, wird sein Wolf wohl kaum darauf verzichten, eine leichte Beute zu schlagen«, hatte Jannik mit geschwollener Brust geantwortet. Es gefiel ihm, sich mit den Taten seines Anführers zu schmücken, solange niemand etwas Ähnliches von ihm erwartete.

David hatte ihn abwartend angesehen und erst weitergesprochen, als klarwurde, dass Jannik den Kern seiner Worte nicht erfasste. »Die Menschen in dieser Stadt spüren die Anwesenheit des Dämons«, hatte er ruhig erklärt und überhörte

Janniks Einwurf: »Der Wolf ist doch kein verdammter Dämon.« »Ihr Instinkt verrät ihnen, dass etwas Bedrohliches, etwas Unnatürliches unterwegs ist. Wer seine fünf Sinne einigermaßen beisammenhat, achtet darauf, sich möglichst wenig im Freien aufzuhalten, dort, wo die Raubtiere unterwegs sind. Hast du dich denn noch nie gefragt, warum wir alle mehr oder weniger davon abhängig sind, dass Hagen für uns sorgt?«

Jannik hatte stumm den Kopf geschüttelt und dabei nicht unbedingt den Eindruck erweckt, als wolle er die Antwort wirklich wissen.

»Weil wir in der normalen Welt nur schwerlich Fuß fassen. Wer will schon ein Auto von jemandem kaufen, dessen Anblick ihm einen Schauer über den Rücken jagt? Oder einen Handwerker in sein Haus lassen, der offensichtlich mit dem Gedanken spielt, dir den Kopf abzureißen, weil er deine Angst wittern kann? Ich weiß, darüber wird im Rudel nicht groß gesprochen, weil niemand sich sonderlich für die Welt dort draußen interessiert, solange Hagen sagt, wo es langgeht. Aber es ist nicht zu übersehen, dass die Menschen uns meiden. Es ist, als könnten sie an deinem Geruch erkennen, wer du in Wirklichkeit bist: ein verkleideter Wolf, der sich unter Schafe gemischt hat.«

Obwohl Jannik sich sichtlich wand, hatte David nicht innegehalten. Von seinen eigenen Worten war eine bittersüße Faszination ausgegangen, weil sie ihm die aussichtslose Lage vor Augen führten. »Vielleicht geht der eine oder andere Mensch auf uns zu, doch spätestens wenn sie das erste Mal eine Schwäche zeigen und der Wolf reagiert, ziehen sie sich zurück. Warum glaubst du, haben die meisten von uns nur selten Kontakt zu ihren Familien? Weil es nichts Schlimmeres gibt, als in den Augen der eigenen Familie Furcht zu sehen.«

Nach diesem Satz war David verstummt, eingeholt von der eigenen Vergangenheit. Sein Schweigen hatte bewirkt, dass

Jannik sich rasch wieder erholte und sogar ein zittriges Lächeln aufgesetzt hatte. »Ich kenne mich vielleicht nicht besonders gut aus mit Familiendingen, weil ich im Heim aufgewachsen bin. Aber wer braucht schon Familie, wenn er ein Rudel hat?«

Diese Frage hallte David nun durch den Kopf, als er die Wohnhäuser hinter sich ließ und einen ummauerten Stadtpark betrat. Obwohl der Park in einem Knotenpunkt des Viertels lag, sah er verlassen aus. Die mit feinem Kiesel ausgelegten Wege verwilderten, und niemand hatte sich die Mühe gemacht, die Blumenbeete für den herannahenden Winter abzudecken. Ohnehin gab es nur wenige von ihnen, Buschwerk und Baumriesen machten den Großteil des Parks aus – ein vergessenes Wildgehege mitten in der Großstadt.

Eigentlich sollte man meinen, dass sich die beiden mächtigen Rudel der Stadt um diesen verwilderten Flecken Erde rissen, aber tatsächlich überließen sie Maggie den Park nur allzu gerne. Während er noch darüber nachdachte, meldete sich der Wolf, der sich den ganzen Morgen über still verhalten hatte, und versuchte eindringlich, durch Davids Augen auf die aus Astwerk und Schatten bestehende Welt zu blicken. Da begriff David, dass das Desinteresse an dem Park an den Anführern lag: Sowohl Hagen als auch Sascha bevorzugten die Jagd, die für Stärke und Macht stand. Dafür brauchten sie die Stadt. Jeder Anführer, der seine Schar wie eine Horde williger Untergebener leitete, brauchte die Stadt.

Die Erde duftete schwer nach dem nächtlichen Regenschauer. Und auch von dem gefallenen Laub ging ein würziger Geruch aus, der jedoch nicht darüber hinwegtäuschen konnte, dass hinter den alten Eichen etwas Gefährliches lauerte.

Ein Rudel kann man genauso schwer wechseln wie seine Familie, hieß es. David hatte bereits seine Mutter und zwei Geschwister hinter sich gelassen, als seine Kindheit sich dem

Ende zugeneigt und der Wolf sein Recht geltend gemacht hatte. Außerdem hatte er einen Ziehvater verloren, der ihm zwar vieles angetan, aber auch etwas geschenkt hatte. Nun hatte er mit seinem Rudel gebrochen. Trotzdem fühlte er sich zum ersten Mal in seinem Leben nicht wie ein von allen Bindungen losgerissener Niemand, der unfähig war, eigene Entscheidungen zu treffen. Er wusste genau, was er wollte, und er würde es durchsetzen, ganz gleich, was Maggie davon halten mochte. Nur der nagende Gedanke, dass Meta entdecken könnte, was er wirklich war, machte ihm zu schaffen. Doch jedes Mal, wenn dieser verstörende Gedanke Form annahm, vernahm David in sich ein beruhigendes Grummeln, als gäbe der Wolf ihm das Versprechen, dass dies nicht geschehen würde. Und unbegreiflicherweise glaubte David ihm.

Die wartenden Gestalten, die hinter einem eingefallenen Pavillon saßen, hatte David bereits bemerkt, bevor er ihrer ansichtig wurde. Die Macht des Wolfes war mit Mathols Tod zwar größer geworden, aber David war noch nicht richtig in der Lage, mit den neuen Gaben umzugehen. Deshalb konnte er aus den Spuren, die der Wolf wahrnahm, keine rechten Schlüsse ziehen. Er spürte bei den verborgenen Rudelmitgliedern lediglich eine aggressive Form von Anspannung, die von einem stärkeren Willen im Zaum gehalten wurde.

Als er um die Ecke trat, stieß eine junge Frau mit stacheligem Kurzhaarschnitt vor Überraschung einen Schrei aus. Doch sie entspannte sich augenblicklich wieder, als ihr Begleiter sich ohne Hast erhob. Da ihr Wolf nur eine schwache Präsenz – ähnlich wie bei Jannik – aufwies, richtete David seine Aufmerksamkeit auf den massigen Mann, der nun reglos dastand. Er erkannte in dem stoischen Gesicht Maggies Gefährten aus dem Bistro wieder: Anton. Dem bereitete Davids unvermittelter Auftritt anscheinend nur wenig Sorge.

Ein wenig abseits stand ein Mann, der ungefähr in Davids Alter sein mochte. Von der Statur her eher unscheinbar, in dunkle Stoffe gekleidet – aber all dies täuschte nicht darüber hinweg, dass er der Quell jener Angriffslust war, die David ausgemacht hatte. Das halblange Haar hing ihm ins Gesicht, schien ihn jedoch nicht daran zu hindern, David gründlich zu mustern. Etwas zu gründlich, fand Davids Wolf und meldete sich mit einem Scharren an den inneren Grenzen. Einen Augenblick lang fühlte David sich versucht, dem Drängen des Wolfes nachzugeben, aber er riss sich zusammen. Er hatte sich noch nie viel aus diesem albernen Kräftemessen gemacht, und er würde bestimmt nicht ausgerechnet jetzt damit anfangen.

»Mein Sohn Tillmann«, erklang Maggies Stimme direkt hinter ihm, so dass er erschrocken herumfuhr und beim Anblick der Rudelführerin einige Schritte zurückstolperte. »Es freut mich, dass du dich dagegen entschlossen hast, ihn zur Begrüßung anzufallen.«

Einen Moment lang presste David den Handrücken gegen seine Lippen, dann setzte er ein brüchiges Lächeln auf. »Hallo, Maggie. Das ist ja wirklich eine vorbildliche Einkreisung, wie aus dem Lehrbuch.« Dabei fand er die Tatsache, in eine Falle getappt zu sein, wenig belustigend.

»Wenn ich geahnt hätte, wie sehr der Wolf in dir zu Kräften gekommen ist, dann hätte ich dich in eine unserer Erdgruben getrieben.« Auch Maggie sah nicht so aus, als stimme ihr Treffen sie froh. Auf bedrohliche Weise übertrug sich ihre Stimmung auf ihre Begleiter. David konnte spüren, wie sich die Anspannung in ihren Körpern aufbaute. Nicht einmal Anton schien sich diesem Zugzwang widersetzen zu können, obwohl er erst zum Handeln neigte, wenn es sich wirklich nicht mehr vermeiden ließ.

»Es wundert mich, dass Hagen dich hat gehen lassen«, fuhr Maggie fort. »Es kräftigt den Wolf unendlich mehr, jemand

Ranghöheres zu schlagen, als menschliche Beute zu reißen. Hagen sollte das eigentlich wissen, schließlich verdankt er dieser Tatsache seinen Rang als Anführer.«

Maggie war eine außergewöhnlich große Frau, auch wenn sie nicht Davids Höhe erreichte. Dabei war sie hager und schmal gebaut. Doch das täuschte nicht über die Macht hinweg, die sie ausstrahlte. Zu seinem Erstaunen nahm David diese Präsenz mehr als je zuvor wahr. Zum ersten Mal wurde ihm bewusst, dass sie eine geborene Anführerin war und weder er noch sein Wolf den geringsten Zweifel an ihrem Anspruch hegten – ganz anders als bei Hagen. Vielleicht lag das auch daran, dass Maggie es nicht nötig hatte, immerzu auf ihre Überlegenheit hinzuweisen.

»Wem aus Hagens Garde hast du denn den Garaus gemacht, dass du nun in der Lage bist, dich und deinen Wolf vor Anton zu verbergen?«, fragte Maggie, während sie einfach nur dastand, die Hände in den Manteltaschen verborgen.

David konnte spüren, wie sie sich auf seine Gedanken konzentrierte, aber erstaunlicherweise gelang es ihm, sie abzuweisen.

Maggie gab ein frustriertes Schnaufen von sich, in das Tillmann einstimmte, um sogleich wieder zu verstummen. Als David keine Anstalten machte zu antworten, sagte sie schließlich: »Ich hoffe, es war Mathol, dieses ausgemachte Arschloch. Passt Hagen vielleicht sogar ganz gut in den Kram, dass er dieses Schwein endlich los ist. Wenn man den Gerüchten glauben darf, hat Mathol eine zu große Befriedigung beim Vergießen von Blut empfunden. Dieses hemmungslose Vergnügen steht in eurem Verein doch einzig und allein dem König zu.«

»Da weißt du mehr als ich«, erwiderte David. Er ärgerte sich ein wenig darüber, dass er vor Schrecken um die eigene Achse gewirbelt war und nun nur Maggie sehen konnte. Zwar spürte er dank des Wolfes die drei anderen in seinem Rücken, aber es wäre ihm trotzdem lieber gewesen, wenn er auch sie hätte sehen können. Allerdings verriet ihm Maggies konzentrierter Ausdruck, dass sie ihm im Augenblick keine Positionsänderung durchgehen lassen würde. Unter anderen Umständen hätte David es bestimmt schmeichelhaft gefunden, dass sie ihn für einen ernstzunehmenden Gegner hielt, nur heute erschwerte es seine Position ungemein.

»Nun, es muss eine Erklärung dafür geben, dass Hagen dich hat ziehen lassen«, fuhr Maggie fort.

»Vielleicht hat er mich einfach nur nicht zurückhalten können.« Kaum hatte er die Worte ausgesprochen, bereute David sie. »Oder es ist der Beweis dafür, dass ich ihm nicht wichtig genug bin«, versuchte er, den Fauxpas auszubügeln, aber es war zu spät.

Maggie nickte nachdenklich. »Ich befürchte, wir haben ein Problem, David.«

»Ich habe nicht im Geringsten vor, dir Probleme zu bereiten, Maggie.« Um sie zu beschwichtigen, trat David einen Schritt auf die rothaarige Frau zu, nur um gegen eine unsichtbare Wand zu laufen. Maggies Wolf hatte mit einer solchen Geschwindigkeit eine mentale Reviergrenze gezogen, dass Davids Gliedmaßen wie nach einem Stromschlag kribbelten. Er setzte einen Schritt zurück und schüttelte die Hände aus, betreten über die Zurückweisung. Allerdings war dieses drastische Mittel der beste Beweis dafür, dass Maggie ihn tatsächlich als ernstzunehmenden Gegner einschätzte. Schlechter hätte es für ihn nicht kommen können, denn warum sollte Maggie einen starken Wolfsdämon in ihrem Reich dulden, der sich ihr nicht anschließen wollte? Es dürfte ausgesprochen schwierig sein, sie davon zu überzeugen, dass er keine Schwierigkeiten machen würde, einfach nur aus dem Grund, weil er es konnte.

»Ich weiß nicht richtig, wie ich es dir erklären soll, Maggie. Aber ich kann auf keinen Fall so weitermachen wie bisher. In einem Rudel leben, mich unterordnen, so tun, als wenn es nichts anderes als die Wünsche dieses Dämons für mich gäbe … Ich bin mit einem ganz simplen Plan im Kopf zu dir gekommen: Ich suche mir eine Bleibe und einen Job und werde mich fortan wie ein völlig normaler Mensch benehmen«, erklärte David mit zusammengebissenen Zähnen. Das widerwärtige Gefühl, als er gegen Maggies Grenze gestoßen war, ließ nicht nach. »Ich hatte nie vorgehabt, den Wolf in mir zu stärken, weil ich einfach nichts mit dieser ganzen Rudelpolitik zu tun haben wollte. Aber Hagen hat mir keine andere Wahl gelassen, und eigentlich sollte ich ihm dankbar sein, denn ansonsten wäre ich wohl nie imstande gewesen, mich von ihm abzuwenden.«

»Du willst mir erzählen, dass du dich von deinem Rudel losgesagt hast und nicht wieder zurückkehren wirst?«

David nickte, und hinter ihm erscholl freudloses Gelächter.

»Das ist doch nichts weiter als ein Trick, mit dem Hagen uns unterlaufen will. Schickt uns diesen dreisten Kerl hierher, der gerade ein Ritual bestanden hat, und hält uns für dumm genug, ihn hier im Revier ohne Bindung an unser Rudel herumlaufen zu lassen«, erklärte eine Männerstimme voller Hohn, die David problemlos mit Maggies Sohn Tillmann in Verbindung brachte. Kurz bereute er es, diesem Burschen nicht doch einen Denkzettel verpasst zu haben. Aber vermutlich wäre das der Anfang vom Ende gewesen, denn Maggie hätte sicherlich nicht tatenlos zugesehen.

Glücklicherweise musste Maggie nicht lange über die Anschuldigung ihres Sohnes nachdenken. »Dafür ist David ein viel zu schlechter Schauspieler«, entschied sie und sah sich um, als suche sie nach einer Sitzmöglichkeit.

Einen Moment später spürte David eine seltsame Veränderung: Maggie hatte die Grenze, die ihn auf Abstand halten sollte, wieder aufgehoben.

»Du hast dich also von Hagen abgewandt und bist hierhergekommen. Allerdings nicht zu mir, sondern zu dieser Frau, richtig?«

David nickte stumm.

Wenn Maggie diese Zurückweisung etwas ausmachte, so ließ sie sich zumindest nichts anmerken. »Nur damit ich das auch wirklich richtig verstehe: Du willst, dass ich dir Asyl gewähre, aber du willst nicht Mitglied meines Rudels werden?«

»Du weißt, wie ich zu dir und deinem Rudel stehe, ich glaube jedoch nicht, dass das der richtige Zeitpunkt ist.« David glaubte zwar, dass es dafür niemals einen richtigen Zeitpunkt geben würde, aber er hoffte inständig, Maggie würde ihm dies nicht ansehen. »Hagen würde das kaum akzeptieren. Außerdem habe ich irgendwie das Gefühl, dass der Wolf seit dem Ritual einfacher zu handhaben ist. Seine Anwesenheit ist viel leichter zu ertragen, ich komme mir nicht mehr so vor, als würde er mir ein Leben im Rudel aufzwängen.«

Maggie blickte ihn erschöpft an.

Er befürchtete schon, sie könnte sich einfach umdrehen und ihn der Willkür ihrer Garde überlassen. Dann begriff er, dass Maggie das niemals tun würde. Selbst wenn sie es nicht ausgesprochen hatte, war immer klar gewesen, dass sie ihn mochte und ihn auch jetzt noch jederzeit in ihrem Rudel aufnehmen würde. David war überrascht, wie schwer es ihm fiel, Maggie zurückzuweisen und nun ihren enttäuschten Blick zu ertragen. Dabei hatte er nach Convinius' Tod gedacht, nie mehr so etwas empfinden zu müssen. Nur mit dem Unterschied, dass Convinius ihn so angesehen hatte, wenn er wieder einmal den Verlockungen des Dämons nachgegeben hatte. Maggie hingegen war enttäuscht, weil er die Gaben des Wolfes nicht zu schätzen wusste.

»David, wenn du glaubst, du könntest den Wolf wie ein zahmes Haustier in dir halten, um mit dieser Frau zusammenzuleben, dann hast du nichts begriffen. Der Wolf ist durch das Ritual sehr viel mächtiger geworden, deshalb fällt es dir leichter, ihn zu ertragen. Mehr als je zuvor ist er jetzt ein Teil von dir. Aber das willst du einfach nicht begreifen! Was glaubst du denn, warum der Wolf unser Schatten ist? Ohne ihn sind wir unvollständig, so ist das nun einmal. Außerdem hast du noch nicht gelernt, mit den Veränderungen, die das Ritual hervorruft, umzugehen. Wenn du dich nicht damit auseinandersetzt, wird der Wolf die Kontrolle übernehmen.«

»Nein«, widersprach David heftiger als beabsichtigt. »Dass ich in der Lage war zu gehen und der Wolf sich fügte, liegt an Meta. Zum ersten Mal, seit ich meine Familie verlassen habe, bedeutet mir jemand mehr als das Rudel. Und der Wolf wirft mir keine Stöcke zwischen die Beine. Vielleicht ist sie eine Art Heilmittel.«

»David, du belügst dich selbst. Das ist äußerst gefährlich, man darf sich nicht von seinem Wolf abwenden. Vor allem nicht, wenn er so stark ist wie deiner. Es ist ein Wunder, dass er dich nicht mit aller Macht drängt, dich erneut einem Rudel anzuschließen. Die Gesellschaft eines gewöhnlichen Menschen kann die Bedürfnisse des Wolfes niemals erfüllen, es sei denn …«

Mitten im Satz hielt Maggie inne und begann, gedankenverloren auf ihrem Daumennagel herumzubeißen, während die Anspannung um sie herum ins Unerträglich stieg. Schließlich blickte sie wieder auf, und als David ihre blauen Augen auf sich ruhen fühlte, verspürte er den Wunsch, sich ihrem Willen zu beugen. Doch ihm war zugleich bewusst, dass Maggie gar keine Unterwerfung einforderte. »Du darfst vorläufig in meinem Revier bleiben. Zumindest, solange es noch das meine ist«, sagte sie leise. Dann wandte sie sich ab und verschwand genauso schnell, wie sie erschienen war.

David stand noch einige Atemzüge lang da, bis er grob bei der Schulter gepackt wurde und Tillmann ihn herausfordernd anfunkelte.

»Meine Mutter mag dich zwar in ihrem Revier dulden, aber du solltest künftig trotzdem vorsichtig sein, wenn du auf unseren Straßen unterwegs bist.«

»Warum sollte ich das?« Davids Wolf richtete sich mit einem Knurren auf. Zu gern wollte er herausfinden, wie stark dieser Tillmann wirklich war. Aber David drängte ihn zurück. Das konnte er auch allein klären, schließlich war Maggies Sohn nur angepisst, weil seine Mutter sich großzügig verhalten hatte. Vielleicht war er sogar eifersüchtig. »Du kannst dich entspannen, Tillmann. Ich bin weder scharf darauf, mich mit dir zu messen, noch will ich dir deinen Platz im Rudel streitig machen. Ehrlich gesagt, hoffe ich, dass wir uns künftig nicht noch einmal über den Weg laufen.«

»Denkst du wirklich, das ist alles, worum es hier geht, du Schwachkopf? Dadurch, dass Maggie dir erlaubt, dich in unserem Revier zu verkriechen, hat Hagen bloß einen Grund mehr, die Grenzen einzurennen.«

Tillmann war so in Rage, dass er David bei den Oberarmen packen wollte, doch der wehrte den Griff geschickt ab und verpasste dem verdutzten Mann einen Stoß, der ihn zurücktaumeln ließ. Schnell versicherte sich David, dass Anton und die junge Frau nicht vorhatten, sich einzumischen. Dann streckte er beide Hände vor, eine besänftigende Geste, ehe Tillmann die Fassung verlor und die Situation eskalierte.

»Es ist, wie ich es zu Maggie gesagt habe: Ich bin raus aus dieser Wolfssache, diese ganze Politik geht mich nichts an.« Davids ohnehin tiefe Stimme klang fast dumpf vor unterdrückter Wut. »Aber wenn es dich beruhigt, kann ich dir versichern, dass deine Mutter eine ausgesprochen clevere Frau ist. Ansonsten hätte sie sich Hagen nicht so lange vom Hals gehalten. Ihr wird schon eine Lösung einfallen, da bin ich mir sicher.«

»Das reicht mir nicht.«

David starrte ihn an, bis Tillmann den Blick senkte. »Dann werde ich dir das nächste Mal, wenn du mir über den Weg läufst, in den Hintern treten. Egal, was Maggie davon hält.«

»Du glaubst wohl, nach dem Ritual kann dir keiner mehr was.«

»Das wirst du dann ja herausfinden.«

Als David ging, drehte er sich nicht ein Mal um. Er spürte die Gefühle der drei Garden, die auf eine ihm noch unbekannte Weise den Weg zu ihm fanden. Was er dadurch erfuhr, ließ ihn schaudern. Er würde aufpassen müssen, wenn er gemeinsam mit Meta durch die Straßen von Maggies Revier lief. Ein Wolf, der sich herausgefordert fühlte, würde eine Möglichkeit finden, um sich zu beweisen. Tillmanns Wolf mochte in einem Kampf mit ihm unterliegen, aber dieser Mann war bestimmt gerissen genug, sich einen Vorteil zu ersinnen

Kapitel 19

Schwierige Entscheidungen

Eigentlich war der Tag, seit sie ihre Wohnung nach dem gemeinsamen Frühstück mit David verlassen hatte, bislang unerwartet angenehm verlaufen: Als Meta in Begleitung der Malerin Camille die Galerie betreten hatte, stand Sol bereits Parade. Der junge Mann war eine wahre Augenweide, mit einer Figur von irritierender Ebenmäßigkeit, die Proportionen harmonierten vollkommen. In das prägnante Gesicht passte die schwarze Hornbrille mit den ovalen Gläsern, als wäre sie extra dafür angefertigt worden. Er trug einen schmal geschnittenen Anzug und ließ beim Anblick der beiden Frauen seinen ganzen Charme spielen. Seine dunklen Augen glitzerten vor Freude, und er klatschte tatsächlich einmal kurz in die Hände, als hätte er nichts sehnlicher als ihre Ankunft erwartet.

Meta hatte den jungen Burschen in Eigenregie direkt von der Uni weg eingestellt, nachdem Eve in den letzten Wochen erstaunlich wenig Zeit in der Galerie verbrachte und sich zunehmend als Rinzos rechte Hand verstand. Sols einnehmendes, wenn auch leicht überdrehtes Naturell hatte sie überzeugt, da die Atmosphäre in der Galerie dringend einen Ausgleich zu Eves versnobter Art gebrauchen konnte. Außerdem hatte sie rasch seine offene Haltung sowohl gegenüber Kunst als auch gegenüber der Käuferklientel zu schätzen gelernt.

Camille dagegen, deren Küstenaquarelle Meta vor kurzem verkauft hatte, war eine dieser nüchtern veranlagten Menschen, an denen Charme aus Prinzip abprallt. Anstatt auf Sols Gezirpe einzugehen, erwiderte sie schlicht, dass sie das Wetter auch angenehm fand und gern einen Kaffee trinken würde. Daraufhin faltete Sol die Hände und lächelte einen Moment lang eisern weiter: »Kaffee – eine sehr schöne Wahl.«

»Ein netter Junge«, bemerkte Camille, ohne eine Miene zu verziehen. Trotzdem meinte Meta, einen amüsierten Unterton herauszuhören. Zwar war es äußerst schwierig, in Camilles neutraler Art verschiedene Schattierungen auszumachen, doch Meta glaubte, dass sich da eine rabenschwarze Färbung erkennen ließ. Diese ältere Frau mit ihren weichen Körperrundungen und dem praktischen Kurzhaarschnitt verfügte über einen äußerst trockenen Humor.

Nachdem sie einen Rundgang durch die Galerie gemacht hatten, zogen sie sich in Metas Büro zurück, um eine größere Zusammenstellung von Camilles Arbeiten zu besprechen. Auf dem Weg zur Kaffeemaschine, wo Meta Nachschub holen wollte, trat Rahel an ihre Seite und schenkte ihr ein Lächeln.

»Ich wollte nur einmal hören, wie die Einladung gestern gelaufen ist. Bist du wieder im Liebesrausch mit Karl?«

Seit dem Abend, an dem sie sich gemeinschaftlich auf dem Küchensofa einen Schwips angetrunken und Geheimnisse ausgetauscht hatten, hatte Meta Rahel fast nur im Vorbeilaufen gesehen. Die letzten Tage waren hektisch gewesen: Meta hatte neben den normalen Geschäftsaufgaben auch die Dinnerparty vorbereiten müssen, während Rahel auf den Glockenschlag zu ihren Theaterproben verschwunden war, da man auf die Premiere zusteuerte. Wenn sie trotzdem die Gelegenheit gefunden hatten, ein paar Sätze auszutauschen, war Rahel so freundlich wie immer gewesen. Trotzdem hatte Meta das Gefühl, dass sich seit jenem Abend etwas verändert hatte. Entgegen ihrer sonstigen Art war Rahel mit einem Mal seltsam zurückhaltend, was auch durch ihre direkt formulierte Frage nach Karl nicht überspielt werden konnte.

»Ach, Karl …«, fing Meta an und wusste dann nicht, wie sie fortfahren sollte. Seit dieser Mann letzte Nacht ihre Wohnung verlassen hatte, hatte sie keinen weiteren Gedanken an ihn verschwendet. All ihre Sinne waren viel zu sehr mit einem anderen Exemplar seines Geschlechts beschäftigt gewesen. Allerdings waren es tatsächlich nur ihre Sinne, die um David kreisten, da Meta sich jeden vernunftgeleiteten Gedanken verbot. Wenn sie anfing, über die gestrigen Geschehnisse nachzudenken, würde sie vermutlich den Tag nicht überstehen und vielleicht am Abend nicht den Weg zurück in ihre Wohnung finden, wo David sie zu einem Gespräch erwartete. Ein Gespräch, das um blutbespritzte T-Shirts und die Frage, wie es nun mit ihnen weitergehen sollte, kreisen würde. Mit einem Anflug von Panik konzentrierte sich Meta wieder auf Rahel. »Karl hat wohl endgültig begriffen, dass ich an einer aufgewärmten Beziehung nicht interessiert bin. Daraufhin hat er schlagartig sein Interesse an einer Freundschaft verloren.«

Rahel versuchte, ihr Lächeln aufrechtzuerhalten, doch es misslang ihr. »Wenn ich Karl richtig einschätze, hat es wohl einer ordentlichen Demonstration bedurft, um ihm klarzumachen, dass seine Chancen mau aussehen?«, fragte sie langsam, als wäre sie sich unsicher, ob sie die Antwort überhaupt hören wollte.

»Ja, da hast du Recht. Aber das ist eine schwierige Geschichte, und ich muss jetzt wirklich wieder zurück zu meinem Besuch.« Meta hoffte inständig, dass ihre rot verfärbten Wangen sie nicht verrieten. Seit sie sich dazu hatte hinreißen lassen, Rahel von diesem eingebildeten Schatten zu erzählen, der angeblich aus Davids Fingerspitzen gekommen war, fühlte sie sich jedes Mal verunsichert, wenn sie Rahel sah. Vermutlich auch ein Grund, warum sie kaum miteinander gesprochen hatten.

»Gut, wie du meinst«, sagte Rahel. Trotzdem hielt sie Meta am Ellbogen fest, als diese sich zum Gehen wenden wollte. »Meta, das klingt jetzt bestimmt ein wenig schräg, aber wenn dieser David wieder bei dir auftauchen sollte, dann sag mir bitte Bescheid. Nicht, dass ich dir Angst machen will, aber ich möchte da gerne etwas mit dir besprechen, bevor du dich weiter auf diesen Mann einlässt, ja?«

Statt einer Antwort warf Meta hektisch einen Blick über die Schulter. »O nein! Ich habe Camille in meinem Büro mit den Arbeiten von diesem Pornografen allein gelassen, der sich für einen Fotokünstler hält. Ich will die gute Frau doch nicht verschrecken!«

Ungeachtet des überschwappenden Kaffees hastete Meta mit langen Schritten zurück in ihr Büro, wo Camille vor dem Fenster stand und die Betonwand betrachtete. Als sie sich umdrehte, sah es zunächst so aus, als wolle sie eine Bemerkung über die seltsame Aussicht machen, doch dann verfing sich ihr Blick an der von Metas Händen tropfenden Kaffeespur.

»Ich hoffe, Sie haben sich nicht verbrannt?«

Meta schüttelte nur stumm den Kopf, während sie Papiertücher aus einer Box zupfte.

Den Rest des Tages brachte sie eiserne Disziplin auf, um ja keinen Gedanken an David oder Rahels Worte zu verschwenden. Sogar Eve, die am Nachmittag mit einer Grabesmiene die Galerie betreten und den unerschütterlich freundlichen Sol ignoriert hatte, hielt sich zum Glück mit beißenden Kommentaren zurück. Denn diese hoch konzentrierte Geschäftsfrau, die mit ihrem Handy am Ohr durch die Räume eilte, hatte schließlich nicht das Geringste mit jener Meta zu tun, die ihren jungen Liebhaber auf so spektakuläre Weise in die Gesellschaft eingeführt hatte. Nun, es würde noch genügend andere Möglichkeiten geben, bei denen Eve ihr zu verstehen geben konnte, dass dieser Abend sie als absolut niveaulos geoutet hatte.

Der Tunnelblick, den Meta aus Selbstschutz aufgesetzt hatte, wich erst, als sie sich am frühen Abend vor der schweren Holztür ihres Wohnhauses wiederfand. Nun rächten sich die unterdrückten Ängste, indem sie Meta schlagartig bestürmten und ein heilloses Durcheinander in ihrem Kopf anzettelten. Einen Moment lang glaubte sie, kaum den Mut zu finden, um einzutreten. Alles kein Problem, redete sie beruhigend auf sich ein. Wenn du nicht möchtest, musst du das blutige T-Shirt nicht sofort ansprechen. Und dieses unmenschliche Knurren, das er ausgestoßen hat, braucht heute Abend kein Thema zu sein. Vielleicht ist er ja auch gar nicht mehr da.

Den letzten Gedanken bereute Meta sofort, da sich zu ihrer Mutlosigkeit nun außerdem die Furcht gesellte, dass David auf und davon sein könnte – und diese Vorstellung fand sie weit schlimmer als den Gedanken an eine Auseinandersetzung, die gewiss viel Unerfreuliches über sein Leben zutage fördern würde. Er ist da, ganz bestimmt, wiederholte sie wie ein Mantra. Vor ihrer Wohnungstür versuchte sie, sich noch einen vernünftigen Schlachtplan zurechtzulegen, doch da schwang die Tür auf, und David erschien im Rahmen.

»Ich hatte schon befürchtet, du würdest das Ergebnis meiner Kochkünste bis zur Straße riechen und schleunigst wieder umkehren«, sagte er leichthin, aber Meta entging nicht der ernste Zug um seine Augen.

Während sie eintrat und er ihr aus dem Mantel half, stellte sie zu ihrer Erleichterung fest, dass David ein neues Oberteil trug. In ihrer Verwirrung erschien es Meta wie ein rettender Anker.

»Du bist einkaufen gewesen?«, fragte sie und packte den Saum des T-Shirts, wobei sie vorgab, lediglich den arg verblichen Aufdruck lesen zu wollen. In Wirklichkeit nutzte sie die Gelegenheit, näher an ihn heranzutreten und sich von seiner körperlichen Nähe beruhigen zu lassen. »Creedence Clearwater Revival – sind die nicht ein bisschen zu alt für dich?«

»Ja, aber ich habe nichts gegen ein bisschen zu alt für mich«, sagte David mit seiner leisen, leicht herben Stimme, die ihr jedes Mal einen wohligen Schauer über den Rücken jagte. »Dieser Tante-Emma-Laden einige Straßen von hier hatte tatsächlich eine paar verstaubte Exemplare im Hinterzimmer gelagert. Vermutlich warten die schon seit Jahrzehnten auf einen Käufer. Ich hoffe bloß, dass die Lebensmittel, die ich dort gekauft habe, nicht genauso lange herumgelegen haben.«

Sanft umfasste er ihre Hüfte und wollte sie in Richtung Küche lenken, doch Meta drängte sich rasch an seinen Körper und ließ ihre Hand unter den Stoff des T-Shirts gleiten. »Die Anspielung auf *ein bisschen zu alt* eben war ganz schön frech. Wenn du möchtest, dass ich das sofort wieder vergesse, dann solltest du dich jetzt mal ordentlich anstrengen.«

Meta nahm ein paar der feinen Haare unterhalb seines Bauchnabels zwischen die Fingerspitzen und zupfte kräftig daran. Einen Augenblick lang sah David sie an, als wolle er Einspruch erheben, aber dann küsste er sie. Erst zärtlich, fast ein wenig neckend, aber schon bald so eindringlich, dass Meta keine Gelegenheit mehr fand, ihn weiter zu piesacken. Stattdessen fuhren ihre Finger über die warme Haut seines Rückens, und sie spürte einen Anflug von Erleichterung. Das Gespräch war vertagt, sie musste weder Fragen stellen noch Entscheidungen treffen.

Die Zahnbürste achtlos im Mund auf und ab bewegend, lauschte Meta auf den Radau, den David in der Küche veranstaltete. Als sie gestern Abend endlich voneinander abgelassen hatten, war es Meta gerade noch gelungen, einige Löffel von den Bratkartoffeln zu essen, die David zubereitet hatte, dann hatte sie sich zurück in die Kissen gelegt und war eingeschlafen.

Die Aufregung der letzten Tage und der versäumte Schlaf fordern ihren Tribut, hatte Meta sich beim Aufwachen gesagt. Doch irgendwie ließ sich das schale Gefühl nicht verdrängen, dass sie einfach nur versucht hatte, David aus dem Weg zu gehen. Das war natürlich Unsinn, denn näher, als sie ihm letzte Nacht gekommen war, ging es wohl kaum.

Unwillkürlich überkam sie die Erinnerung: David liegt auf ihr, stemmt sich dann ein Stück in die Höhe und sieht sie mit einem prüfenden, leicht abweisenden Blick an. Etwas geht ihm durch den Kopf, das ihm nicht gefällt, und er sucht in Metas Gesicht nach einer Antwort. Sie stört die Distanz, schlingt die Arme um seinen Nacken, zieht ihn zu sich hinab. Er ist widerwillig, verspannt. Als sich die Lücke zwischen ihren beiden Körpern schließt, grummelt er leise. Ihre Haut trifft aufeinander, wärmt sie beide. Vorsichtig fährt sie mit ihren Lippen über seine Wange, leckt über seinen Mundwinkel, während sie ihre Hüften fordernd bewegt. Sie tut alles, damit er sich nicht noch einmal von ihr löst und sie nachdenklich mustert. Er soll sich im Jetzt verlieren, sich genauso gedankenlos der Leidenschaft hingeben, wie sie es tut. Alles andere macht ihr schreckliche Angst. Augenblicklich presst sie ihren Mund auf seinen, ein wenig grob, doch er beschwert sich nicht. Sie spürt im Kuss, wie er endlich die Augen schließt und sich ihr hingibt. Sie winkelt das eine Bein an, streichelt mit der Ferse über seine Oberschenkel. Aber all das kann nicht darüber hinwegtäuschen, dass sich eine Leere in ihr ausbreitet, die David so nicht zu füllen vermag.

Dieser Leere musste sie sich stellen, das war ihr nun klar.

Meta drehte den Hahn auf, führte die Hand unters kalte Wasser und wusch sich langsam das Gesicht. Als sie sich wieder aufrichtete, strich sie sich mit den noch nassen Handflächen die Haare nach hinten, griff nach einem Band und fasste es im Nacken zusammen. Regungslos betrachtete sie ihr Gesicht, die ersten feinen Vertiefungen um die Augen herum und die senkrechte Linie über der Wurzel der rechten Braue, die jedes Mal verrutschte, wenn sie sich über etwas ärgerte. Die Schatten unter den Augen, die sie jeden Morgen schon fast mechanisch mit einem Concealer abdeckte, die von Natur aus blass rosafarbenen Lippen und das ovale Muttermal auf der Wange, das auch Emma zierte.

Seit wie vielen Jahren sah sie sich schon an, ohne wirklich bei sich zu sein? Diese trügerische Zufriedenheit, in der sie bislang gelebt hatte, wann hatte die eingesetzt? Wann war jener Zeitpunkt gewesen, den die junge begeisterungsfähige Frau verpasst hatte, an dem sie den nächsten Schritt hätte gehen müssen? Als sie ihre eigenen Gedanken der verführerischen Selbstsicherheit Rinzos unterworfen hatte? Als sie Karl zum ersten Mal das Recht eingestanden hatte, ihr eine Persönlichkeit anzudichten, die sie immer weiter von sich selbst entfernte? Sie war freiwillig zurückgetreten, anstatt ihren Lebensweg zu gehen, das war ihr schon seit längerem bewusst. Dabei war ihr die schillernde, betörend lebendig scheinende Welt der Kunst noch vor einigen Jahren, als sie mit Rinzo die Galerie aufgebaut hatte, wie ein Paradies vorgekommen. Niemals hatte sie damit gerechnet, diesem Lebensstil zu entwachsen. All die schicken Bekannten, die aufregenden Orte und die mitreißenden Themen, um die es immerzu ging. Als sich die ersten Risse in der perfekt geglaubten Welt auftaten, hatte sie sie voller Schrecken zu verbergen versucht. Doch mit jedem Jahr, mit jedem Monat, den sie genauer hingesehen hatte, war der Drang, einen Schritt weiterzugehen, stärker geworden.

Trotzdem hatte sie diesen Schritt lange Zeit nicht getan – dabei hatte sie sich immer für eine starke Persönlichkeit gehalten. Meta wandte den Blick von ihrem grübelnden Spiegelbild ab.

Die Küche war verlassen, nur die Kaffeemaschine arbeitete. Aus dem Wohnzimmer drangen die Klänge der Instrumentalversion eines alten Morcheeba-Albums herüber. Mit zwei Tassen in der Hand schlenderte sie schließlich zu David, der bäuchlings auf dem Sofa lag und in einem Bildband über eine Impressionisten-Ausstellung blätterte. Als er sie bemerkte, schenkte er ihr ein Lächeln, das überraschend schüchtern ausfiel. Meta zog einen Hocker heran und reichte ihm eine der Tassen.

»Na, irgendetwas Inspirierendes gefunden?«

David trank einen Schluck, dann stellte er die Tasse neben dem Sofa auf dem Boden ab. Seine Finger spielten mit den Seiten des Katalogs, als könne er sich noch immer nicht davon lösen. »Diese Bilder ... Die sind schon nicht verkehrt, aber die Idee, einfach Eindrücke aus dem eigenen Lebensalltag zu nehmen, gefällt mir nicht besonders.«

Trotzdem hing sein Blick auffällig lange an einer von der Sonne beschienenen Angelszene fest, so dass Meta Gelegenheit fand, über seine Worte nachzudenken. Zuerst hatte sie einfach eine geübte Replik geben wollen, in der sie auf den Meilenschritt eingegangen wäre, den der Impressionismus für die Malerei bedeutet hat. Dann gestand sie sich ein, dass es hier keineswegs um Geplauder ging. David versuchte, etwas über sich selbst zu sagen. Also schwieg sie.

»Das mag natürlich an meinem Leben liegen, dass mir diese Impressionistenkiste nicht richtig gefällt«, fügte David schließlich an und bestätigte damit Metas Gedanken. »Früher habe ich Bilder gemalt, die das Gegenteil von dem Chaos abbilden sollten, in dem ich lebte. Das Ergebnis kennst du ja.«

Mit dem Kinn deutete er in Richtung Schlafzimmer. »Eine Zeit lang hat das ganz gut funktioniert, aber wenn ich nicht richtig aufgepasst habe, sind aus meinen fein säuberlich strukturierten Bildern schnell Skizzen von einem verwaisten Stadtteil geworden.« Obwohl er sich ihr wieder zugewandt hatte, ging sein Blick an ihr vorbei. Sie konnte ihm ansehen, wie sich die Erinnerung vor seinem inneren Auge aufbaute, wie sehr sie ihm zu schaffen machte. »Wie in einem Alptraum, in dem man durch verwaiste Plattenbauten läuft, bei denen die Wände und Treppen eingestürzt sind, riesige Löcher im Boden, Staub und Kabel. Und im Keller ist eine Grube eingelassen – eine Kampfarena. Das wäre doch einmal ein Thema für ein hübsches Bild, was?«

David presste hart die Lippen aufeinander, dann sah er Meta an und gab ein verstörtes Lachen von sich.

Ohne darüber nachzudenken, setzte sich Meta neben ihn auf das Sofa. Zärtlich streichelte sie seine Schulter, fuhr mit den Fingerspitzen über die kleine Kuhle hinter seinem Ohr, wo die Haut sich samtig anfühlte. Dann wanderten ihre Finger weiter zum Nacken und bis zum Haar, das trotz seiner Kürze unvermutet weich war. Die ganze Zeit über saß David zwar reglos da, aber Meta spürte, wie sich etwas in ihm entspannte und er ihre Zärtlichkeiten genoss, auch wenn er ihr dabei anscheinend nicht völlig über den Weg traute. Er befürchtet, dass ich ihn ein weiteres Mal in mein Bett locken will, um mich vor einer Entscheidung zu drücken, dachte Meta. Vermutlich würde er sich sogar darauf einlassen.

Doch in diesem Moment akzeptierte Meta, dass sie sich zu David hingezogen fühlte und dieses erste vorsichtige Band, das sie in den letzten Tagen miteinander geknüpft hatten, weit über die gemeinsamen Nächte hinausging. Unwillkürlich dachte sie an jene letzte Sommernacht des Jahres, als sie David im größten Gedränge gefunden hatte. *Gefunden*, dachte sie überrascht. Nicht zufällig auf ihn gestoßen. Ohne zu begreifen warum, vertraute sie dem Instinkt, der ihr sagte, dass David zu ihr gehörte.

Meta gab ihm einen leichten Kuss auf die Wange, dann sagte sie: »Ich möchte, dass du bei mir bleibst. Unabhängig davon, ob du in deine Wohnung zurückkehren kannst oder nicht.« David warf ihr einen verblüfften Blick zu, der Meta schmunzeln ließ. »Ja, ich weiß. Das ist ein seltsames Angebot, nachdem wir uns kaum kennen und ich keine Ahnung habe, was dir Schlimmes zugestoßen ist. Aber ganz gleich, wie unser beider Leben bislang ausgesehen hat, ich habe das Gefühl, dass sich uns nun die Chance bietet, etwas Neues zu beginnen. Gemeinsam.«

Kaum hatte sie die Worte ausgesprochen, rechnete Meta damit, David würde ein Stück von ihr abrücken. Es hätte sie auch nicht verwundert, denn sie konnte selbst kaum glauben, was sie eben so unverblümt ausgesprochen hatte.

Doch David rückte nicht ab. Einen Augenblick lang sah er sie noch prüfend an, als müsste sie ihm zublinzeln und zu verstehen geben, dass sie ihn auf den Arm genommen hatte. Dann lehnte er sich auf dem Sofa zurück und zog sie in seine Arme. Nur allzu gern schmiegte Meta sich an seine Seite. Die Musik hallte angenehm durch ihren Kopf, während sie Davids warmen Körper und den gleichmäßigen Rhythmus seines Atems spürte. Sie konnte nicht sagen, wann sie sich das letzte Mal so geborgen gefühlt hatte.

Kapitel 20

Unerwartete Nähe

Unauffällig sah Jannik sich um. Die Straße war wie gewohnt verwaist, nur gelegentlich kam ein Passant, der den Kopf gesenkt hielt und zusah, dass er an dem nach einem Streuner aussehenden Jungen und dessen Hund vorbeikam. Trotzdem mochte Jannik sich nicht einfach auf den Bordstein setzen, bis er sich zu einer Entscheidung durchgerungen hatte. Burek blickte ihn mit herabhängenden Ohren an, wahrscheinlich konnte er sich auch einen besseren Ort vorstellen als diese breite Straße, auf der der Herbstwind bestenfalls ein paar Zeitungsseiten jagte.

»Noch einen Moment, du Nervensäge«, tröstete Jannik den Hund und griff nach seinem Tabakbeutel. Neben ihm auf dem Boden stand ein Karton mit ein paar von Davids Sachen. Es hatte ihn viel Mut gekostet, in die Wohnung einzubrechen und die Dinge herauszusuchen, von denen er wusste, dass sie seinem Freund wichtig waren. Hagens Garde schlich unentwegt durch die Gegend, aber bislang hatte ihn niemand zur Rede gestellt, was er in der Wohnung des Abtrünnigen zu suchen gehabt hatte. Jannik vermutete, dass Nathanel eine schützende Hand über ihn hielt. Ihm war das allerdings nicht recht. Schließlich war es die Schuld des alten Knaben gewesen, dass David überhaupt erst in diese Situation geraten war.

In den letzten Tagen war es fast unmöglich gewesen, den Gerüchten zu entgehen, die im Rudel die Runde machten.

Dabei mieden die meisten Davids einzigen Kumpel nach Kräften, als ginge von ihm eine ansteckende Krankheit aus, die Krankheit namens Fahnenflucht. Wenn Nathanel nicht so scharf darauf gewesen wäre, den Wolf in David mit aller Macht zu stärken, dann wäre David bestimmt auch nicht durchgedreht und abgehauen. Zumindest redete Jannik sich das ein, genauso wie die Tatsache, dass es nur noch eine Frage der Zeit sei, bis David zurückkehrte. Keiner von ihnen schaffte es, allzu lange ohne die Verbindung zu den anderen zu überstehen. Es schmerzte den Wolf, als hielte man ihn in einer Grube gefangen, wo er von allem Lebenswerten abgeschnitten war.

Zwar war David durch die Zeit, die er mit Convinius verbracht hatte, zäher als der Rest des Rudels, aber auch er würde früher oder später dem Sehnen seines Wolfes nachgeben müssen, wenn er nicht den Verstand verlieren wollte. Es sei denn, David schließt sich einem neuen Rudel an, wisperte eine leise Stimme, die Jannik überhaupt nicht schätzte.

Sind zwei schon ein Rudel?

Verbissen sah Jannik zu der Galerie auf der anderen Seite der Straße hinüber, durch deren großes Schaufenster er die blonde Frau beobachtete. Sie hatte einen Arm um ihre Taille gelegt, den anderen auf die Hüfte gestützt. Gelegentlich gestikulierte sie mit der Hand, wenn sie eins von ihren Worten unterstreichen wollte. Je länger Jannik sie betrachtete, desto weniger verstand er, was David von dieser Frau wollte, deren ganzer Leib mit seinen Spuren bedeckt war. Ihre Bewegungen wirkten affektiert, ihre Mimik äußerst reduziert. Sie wirkte langweilig und war außerdem zu dürr. Der imposante Mann im Anzug, mit dem sie sich unablässig unterhielt, schien da anderer Meinung zu sein. Was immer er in dieser Frau sah, es gefiel ihm. Gut, er war ja auch der Typ Mann, den man an Metas Seite erwarten würde. Aber was, verdammt noch mal, wollte David bloß von ihr?

Mit einem Seufzen warf Jannik seine aufgerauchte Zigarette in den Rinnstein, woraufhin Burek ein hoffnungsfrohes Bellen hören ließ. »In Ordnung, wir beide starten jetzt durch«, sagte Jannik und klemmte sich den Karton unter den Arm. Ohne einen Blick nach links oder rechts zu werfen, ging er auf die Galerie zu und stieß mit der Schuhspitze die Eingangstür auf.

Leichtfüßig schoss Burek an ihm vorbei, um schwanzwedelnd auf die Frau zuzulaufen und seine Schnauze an ihrem blass schimmernden Kleid zu reiben. Diese Meta blieb stocksteif stehen, wie Jannik mit einiger Befriedigung feststellte. Doch dann beugte sie sich hinunter und tätschelte dem Hund den Kopf.

Jannik ließ geräuschvoll den Karton auf den Boden fallen und sagte: »Tut mir leid, dass Burek so aufdringlich ist, aber du riechst total nach David.« Augenblicklich kam Leben in dieses puppenhafte Gesicht. Meta lachte unsicher, und das Blut schoss ihr leuchtend rot in die Wangen. Sieht doch gar nicht verkehrt aus, gab Jannik widerwillig zu.

Meta streichelte den sich immer noch vor Vergnügen windenden Hund, dann richtete sie ihre Aufmerksamkeit wieder auf den Herrn an ihrer Seite, der die Szenerie mit unverstelltem Interesse beobachtete. »Also, Herr Kandelanz, ich lasse dann zwei der Aquarelle an Ihre Privatadresse liefern, und Sie sehen, ob die Bilder sich tatsächlich, wie erhofft, in die Umgebung einfügen. Wissen Sie, es ist ein Unterschied, ob man Kunst kauft, die für öffentliche Orte wie Ihre Kanzlei bestimmt ist, oder solche, mit der man sich in seinen wenigen ruhigen Momenten umgeben möchte. Solche Werke sind ja auch keine Investitionsanlage, sondern gehören zu den Dingen, die man später einmal Menschen hinterlassen möchte, die einen wirklich gekannt haben und den Wert der Bilder verstehen.«

Der elegante Mann lachte leise und verabschiedete sich freundlich, wobei er auf dem Weg zum Ausgang Jannik noch einmal ansah. Zu dessen großer Überraschung fiel der Blick nicht herablassend aus, sondern bloß neugierig. Vermutlich glaubt er, dass ich das da drüben produziert habe, dachte Jannik grinsend und betrachtete eine Leinwand, die mit einer wilden Farbschmiererei bedeckt war.

»Wenn Sie zu David wollen, kann ich Ihnen auch gern sagen, wo Sie ihn finden können. Ich meine, Sie sind doch ein Freund von ihm, oder?« Metas Stimme klang bei den letzten Worten belegt, als käme ihr plötzlich in den Sinn, dass ihr Liebhaber sich nicht nur mit Freunden umgab. Jannik hätte nur allzu gern gewusst, was David ihr wohl für eine Lügengeschichte aufgetischt hatte, damit er bei ihr bleiben konnte. Währenddessen trat Meta auf ihn zu und betrachtete ihn eingehend. »Sind Sie mit David verwandt?«, fragte sie mit einem Mal überschwänglich.

»Nein, nicht direkt. Ich meine, wir sind nicht direkt … blutsverwandt oder so.« Die Entwicklung des Gesprächs gefiel Jannik überhaupt nicht. Eigentlich hatte er nur vorgehabt, in die Galerie hineinzuschneien, diese Frau in Verlegenheit zu bringen, weil er so wütend auf sie war, und sie dann samt Davids Sachen einfach stehen zu lassen. »Aber wir sind Freunde«, setzte er mit fester Stimme nach, um ja keine weiteren Fragen aufkommen zu lassen.

Doch Meta wirkte nicht überzeugt. »Sie haben exakt dieselbe Augenfarbe wie David, dieses tiefe Blau. Das kann doch kein Zufall sein.«

»Also, ich bin vorbeigekommen, um Davids Krempel abzugeben. Für den Fall, dass er auch mal dein Bett verlassen will, braucht er ja wohl etwas zum Anziehen.« Leider ging Meta auf den Seitenhieb nicht weiter ein, sondern musterte ihn ohne Unterlass. Unwillkürlich fing Jannik an, sich unter ihrem

Blick zu winden. »Außerdem wäre es nett, wenn du ihm sagen würdest, dass er sich ruhig mal bei mir melden kann.« Er zögerte kurz und sah sich hilflos nach Burek um, der jedoch die weitläufigen Räume inspizierte. »Und vielleicht noch, dass ich das irgendwie verstehen kann, was da neulich passiert ist. Also, er soll sich einfach melden, ja?«

Meta nickte langsam, und während er so vor ihr stand, bemerkte Jannik plötzlich etwas Seltsames: Sein Wolf, dieses schwache, zurückgezogene Wesen, fühlte sich in der Gegenwart dieser Frau äußerst wohl. Er regte sich zwar nicht, fühlte jedoch auch keinen Zwang, sich in den letzten Winkel zu pressen und tot zu stellen. Das muss an Davids Spuren liegen, die diese Frau wie eine zweite Haut umgeben, dachte Jannik. Aber irgendwie fühlte sich die vernünftig klingende Begründung zu harmlos an, so als verkenne er etwas Essenzielles, obwohl es sich ihm unleugbar offenbarte.

»Ja«, sagte Meta. »Das will ich gerne tun …« Sie schaute ihn fragend an, und es dauerte einen Moment, bis er begriff, worauf sie hinauswollte.

»Jannik.« Sein eigener Name flog ihm regelrecht von den Lippen. Dann schickte er ein schüchternes Lächeln hinterher. »Hat er dir schon von mir erzählt?«

»Nein, bislang leider noch nicht. Aber das wird David bestimmt sofort nachholen, wenn wir es endlich einmal aus meinem Bett rausschaffen.« Zu Janniks Erleichterung wurde dieser Kommentar von einem Lächeln begleitet, das ihm bewies, dass diese kleine Retourkutsche nicht nachtragend gemeint war.

Eigentlich war nun der perfekte Moment gekommen, um sich umzudrehen und zu gehen, doch Jannik konnte sich von dieser Frau nicht losreißen. So unangenehm ihm das herrenlose Gebiet und erst recht die hellerleuchtete Galerie mit ihren kühlen Geschöpfen vorgekommen war, so wohl fühlte er sich jetzt. Am liebsten hätte er sich gemeinsam mit Meta gegen den Tresen gelehnt, eine Zigarette geraucht und noch ein wenig geplaudert.

Eine kräftige Frauenstimme riss ihn jäh aus seinen Träumereien.

»Meta, ich fände es wirklich klasse, wenn du Rinzo jetzt endlich zurückrufen würdest. Eve ist nämlich ausgeflogen, Sol treibt sich immer noch mit dieser Pressetante im Café herum, so dass der Telefondienst wieder einmal an mir hängenbleibt. Also wählst du jetzt entweder augenblicklich Rinzos Nummer, oder ich gehe nach Hause. Was ist dir lieber?« Eine süß aussehende Frau mit dunklen Locken, deren Alter Jannik allerdings nur schwer einschätzen konnte, hatte sich zu ihnen gesellt und die Hände angriffslustig in die Hüften gestemmt. »Außerdem hat mich dieser Köter beschnüffelt.«

Meta schlug sich mit dem Handrücken gegen die Stirn. »Mist, Rinzo habe ich vollkommen vergessen. Tut mir leid, Rahel.«

»Lass mich einmal raten, woran das wohl liegen könnte?«, fragte Rahel in einem deutlich milderen Ton. Sie sah Jannik an und lächelte ihm zu. Doch bevor er es erwidern konnte, verzog sich ihr Mund zu einem erschrockenen O, und sie wich zurück. Janniks Wolf hob kurz den Kopf, anscheinend unschlüssig, wie er auf diese plötzlich aufkommende Furcht reagieren sollte. Da die Frau jedoch ihre Angst schnell niederkämpfte, entschloss sich der Wolf zum Rückzug.

Unterdessen schien Meta von dem Stimmungswandel nichts mitzubekommen, da sie verlegen ihre Fingernägel betrachtete. »Das ist Jannik, ein Freund von David. Er hat einige von seinen Sachen vorbeigebracht. David wohnt vorübergehend bei mir, das habe ich dir vor lauter Hektik ja noch gar nicht erzählt.«

»Nein, das hast du nicht«, erwiderte Rahel heiser. Zwar weigerte sie sich, auch nur einen zweiten Blick auf Jannik zu verschwenden, aber sie schien noch weniger Lust zu verspüren, Meta anzuschauen. Einige Atemzüge lang stand sie reglos da, dann wandte sie sich zum Gehen. »Ruf Rinzo an, bevor du auch das vergisst.«

Mit einem verhaltenen Nicken verabschiedete sich Jannik von Meta, die sichtlich um Fassung rang. Offenbar hatte sie das kurze Gespräch mit dieser Frau ganz schön aus der Bahn geworfen, und als sie Jannik zum Abschied nachwinkte, glaubte er zu verstehen: Das Geheimnis um Davids Wolf zog Kreise, die sich auf Metas Leben auswirkten. Diese Rahel hatte irgendwie begriffen, dass der Geliebte ihrer Freundin mehr als nur ein junger Bursche war, der sich über seine Vergangenheit ausschwieg. Sie hatte die Gefahr erkannt, die der Wolf darstellte. Jannik wünschte sich inständig, sie hätte es nicht getan. Er bewegte sich selten außerhalb des Rudels, und die Angst in Rahels Augen hatte ihn verletzt.

Missmutig ließ Jannik das Geschäftsviertel hinter sich. Er überschritt die nur für ihn sichtbare Grenze zum Revier seines Rudels und verspürte einen fast körperlichen Widerwillen, als ihn Hagens Macht berührte. Er blieb abrupt stehen und schluckte einige Male kräftig, dann hatte er seinen Magen wieder unter Kontrolle. Burek schaute ihn fragend an, woraufhin er mit den Schultern zuckte. »Keine Ahnung, was los ist«, erklärte er seinem Hund. »Aber Nachhausekommen sollte sich eigentlich schöner anfühlen.« Er lachte kurz über seine eigenen Worte, fühlte sich jedoch kein bisschen besser.

Burek schien es ähnlich zu gehen, denn er duckte sich plötzlich und versuchte, hinter seinem Herrchen in Deckung zu gehen. Jannik blickte sich irritiert um und stieß einen Schrei aus, als wie aus dem Nichts Nathanel neben ihm auftauchte.

»Irgendwie ist es traurig, dass die Instinkte deines Hundes besser sind als deine eigenen.« Nathanels Stimme ließ nicht erkennen, ob in seinem Kommentar Verachtung lag. Obwohl der Körper des älteren Mannes seit seiner Krankheit mit einigen Gebrechen zu kämpfen hatte, vermutete Jannik, dass sein Wolf davon nicht betroffen war. Einige unterschätzten Nathanel, weil er sich stets in Zurückhaltung übte und in der Vergangenheit die Aufgabe des Anführers abgelehnt hatte. Doch Jannik traute Hagens rechter Hand eine Menge zu, zum Beispiel, dass er seine einigen Pläne verfolgte. Und einer davon betraf eindeutig David.

»Wir können ja nicht alle mordsdominant sein«, hielt Jannik dagegen, wobei er sehr viel mutiger klang, als er sich fühlte. »Ich mag meinen Wolf«, fügte er an, um ja keinen Zweifel aufkommen zu lassen.

»Ich auch«, erwiderte Nathanel abermals in diesem seltsam neutralen Ton, doch dann verzog sich sein schiefer Mund für einen Augenblick zu einem Lächeln. »Diese Frau, zu der David sich so hingezogen fühlt, riecht gut, nicht wahr? Wie hast du auf sie reagiert?«

Sofort erinnerte Jannik sich an das wohlige Gefühl, das ihn in Metas Nähe überkommen hatte. Aber wie sollte er es in Worte fassen, vor allem vor Hagens Vize? »Bestimmte Frauen riechen immer gut«, erklärte er deshalb mit einem bemüht blanken Gesichtsausdruck.

»Ja, das stimmt wohl.« Nathanel nickte bedächtig, während er seine großen, leicht verbogenen Hände anschaute. »Mich erinnert der Duft jedoch auch an etwas anderes. Daran, wie es ist, jemandem nahe zu sein, der nicht nach dem eigenem Stall riecht und der trotzdem zu einem gehört. Das ist eine seltene Gabe. Aber ich habe nicht nur auf dich gewartet, um mit dir die Vorzüge von Davids Geliebter zu besprechen.«

Obwohl Jannik plötzlich der Schweiß ausbrach und er gerne geflüchtet wäre, wagte er es nicht, sich auch nur einen Schritt von Nathanel zu entfernen. Er wusste nur zu gut, dass er vor diesem Mann, der das eine Bein nachzog, nicht davonlaufen konnte. Dazu brauchte er nicht einmal das hoffnungslose Winseln seines Wolfes zu hören.

»Nun«, sagte Nathanel, »ich möchte, dass du mich auf dem Laufenden hältst, was David betrifft. Die Frage ist, wirst du das freiwillig tun, oder soll ich mich in deinem Kopf einnisten?«

Kapitel 21

Ein Neubeginn

»Es ist mir ein Rätsel, wie man ein solches Schmuckstück von einem Haus derart herunterkommen lassen kann.« Der übergewichtige Mann wischte sich mit dem Handrücken über die Stirn. Obwohl es eiskalt im Haus war, hatte der kurze Gang die Treppe hinauf und das Abrücken eines alten Kleiderschranks Halberland ordentlich ins Schwitzen gebracht.

»Schau dir das an«, sagte er zu David und deutete auf eine beachtlich große, grün angelaufene Stelle in der Tapete. »Der Schimmel ist doch nicht erst gestern durch die Mauer gekrochen, sollte man meinen. Hat hier kein Schwein interessiert. Wahrscheinlich sind die Leitungen im Bad hinter dieser Wand schon seit Jahren marode. Das ist eine ganz üble Sache.«

David nickte und begann, wie aufgetragen, in einer Ecke den braunen Teppichboden aufzureißen.

»Und?«, fragte sein Chef, der immer noch Luft in seine Lungen pumpte und ungläubig die verschimmelte Wand betrachtete.

David verlagerte sein Gewicht auf die Knie und zerrte verbissen an dem Zipfel, dann stemmte er die Hände in die Hüften. »Ich weiß nicht, womit sie den Teppich verlegt haben, aber nach all den Jahren hat der Kleber nichts von seiner Wirkkraft eingebüßt. Wenn ich noch mehr daran rumreiße, habe ich die Dielen gleich mit in der Hand.«

»Scheiße«, erwiderte Halberland. »Aber da ist Holz drunter, ja?«

Erneut packte David die Teppichecke und zog mit aller Kraft. Mit einem in den Ohren schmerzenden Geräusch gab das Gewebe nach. David betrachtete halb genervt, halb belustigt den Fetzen zwischen seinen Fingern, dann begutachtete er das Eckchen, das er freigelegt hatte. Er griff nach einem Schraubenzieher und hobelte etwas von dem schmutzig orangefarbenen Lack ab, der unter dem Teppich zum Vorschein gekommen war. Schließlich nickte er. »Treffer: Holzdielen.«

»Das ist doch gut!« Halberland hatte sich endlich erholt und gesellte sich zu David. Soweit sein Bauch es zuließ, ging er in die Knie und schnaufte: »Das ist Eiche, sag ich dir. So hat man das früher gehalten: schöne, dicke Eichendielen. Freu dich, Junge. Wenn wir diese Bruchbude hier auf Vordermann bringen, gibt es ordentlich etwas zu tun für dich. Mutti soll dich nicht umsonst zu so einem starken Kerl aufgepäppelt haben.« Halberland klopfte ihm auf die Schulter, dann brüllte er: »Sentker, was is' nun mit dem Balkon? Kurz vorm Einsturz?«

Als zur Antwort nur ein unverständliches Murmeln erklang, atmete Halberland noch einmal tief ein und nahm den nächsten Treppenabsatz in Angriff. »David, du schaust dir unterdessen schon mal das Bad an, ja? Sieh zu, dass du ein paar von den Fliesen runterschlägst, damit wir wissen, was uns noch alles erwartet. Wahrscheinlich verbergen sich dahinter noch ein, zwei weitere Schichten. Mann, ich freue mich jetzt schon auf den Kostenvoranschlag für die Renovierung. Das wird ein Fest!«

Mit einem Grinsen blickte David seinem Chef hinterher. Sobald Halberland außer Sichtweite war, griff er erneut nach dem Teppich und rief den Wolf. Ein kaum sichtbarer Schatten verdichtete sich zwischen seinen Fingern, einen Augenblick später hatte er mit einem einzigen Ruck eine beachtliche

Ecke Boden freigelegt. Bei diesem Anblick grummelte der Wolf zufrieden, ganz im Einklang mit seinem Herrn. Vorsichtig hobelte David weitere Lackspäne ab, bis genügend Farbe und die Maserung des Holzes zu erkennen war. Eiche – Halberland hatte Recht gehabt, der Mann verstand sein Geschäft.

Zufrieden ging er in das Badezimmer, um die Fliesen in Augenschein zu nehmen. Diese leuchteten in einem künstlichen Braun, einige von ihnen zeigten Scherenschnitte von Palmen und Meer. David verzog ungläubig das Gesicht. Diese Fliesen mochten vor einigen Jahrzehnten einmal modern gewesen sein, aber nun hatten sie sogar ihre Wiederauferstehung dank der Retrowelle überlebt. Diese Scheußlichkeit würde ich glatt auch ohne Bezahlung abreißen, dachte er und schüttelte sich.

Ohne Voranmeldung änderte der Wolf Davids Wahrnehmung, und das Badezimmer schimmerte in verschiedenen Farben und Formen, als sähe er durch ein Prisma: Eine Vielzahl unterschiedlichster Fährten überlagerten einander. Allerdings erzählten sie von einem normalen Alltag und waren überdies alt, wie der Wolf leicht enttäuscht feststellte. Hier lebten schon lange keine Menschen mehr.

Mit einem Schnaufen drängte David die Wolfssicht zurück – dieser Hang des Wolfes zur Selbstständigkeit war neu, und er wusste noch nicht, was er davon halten sollte. Allerdings musste er sich eingestehen, dass das Zusammenleben mit dem erstarkten Dämon sich unerwartet gut anfühlte. Als wäre ihnen beiden eine Souveränität geschenkt worden, die es ihnen leichter machte, beisammen zu sein. Als lebten sie seit dem Ritual in einem größeren Einklang miteinander. Eigentlich ein Widerspruch in sich: Wie konnte ein höheres Maß an Freiheit dazu führen, dass man sich einander näher fühlte? Wie auch immer, es fiel David jedenfalls erstaunlich leicht, mit den Menschen zurechtzukommen, nachdem er zuerst voller Panik befürchtet hatte, jeden Augenblick aufzufliegen. Er glaubte sogar, dass Halberland ihm gut aufs Fell gucken konnte.

David ging zum Fenster, und es brauchte einiges an Geschick, um das verzogene Holzfenster zu öffnen. Von hier blickte man in den ummauerten Garten, ein Kleinod inmitten der endlosen Stadt. Der Regen hatte die von altem Laub bedeckten Beete zum Schimmern gebracht. Im Sommer nahm der alte, dicht bei der Mauer gepflanzte Baum bestimmt die Hälfte des Gartens mit seiner Laubkrone in Beschlag, doch nun ragten seine kahlen Äste wie ein hochkomplexes Kunstwerk aus unzähligen Strichen in die Luft empor.

Während er in den Garten hinabsah, dessen Erdreich er bis in den ersten Stock riechen konnte, bemerkte David, wie sich ein ungewohntes Gefühl ausbreitete. Es dauerte einen Moment, bis er es benennen konnte: Zufriedenheit. Allein die Aussicht auf diesen Job machte ihn glücklicher, als er es in den vergangenen Jahren je gewesen war. Zwar war er nichts weiter als der Leiharbeiter einer Zeitarbeitsfirma, aber Halberland beschäftigte ihn nun schon seit einer Woche und war zufrieden mit ihm. Halberlands kleines Unternehmen hatte sich auf Renovierungsarbeiten verlegt – »alles aus einer Hand« –, und in diesem wohlhabenden Wohnviertel mit seinen altehrwürdigen Bauten gab es mehr als genug zu tun. Dabei hatte David kaum zu hoffen gewagt, in Maggies Viertel eine Arbeit zu finden.

Das Wunderbarste war seine Beziehung zu Meta – David blinzelte bei dem Wort *Beziehung* unwillkürlich, aber dazu war ihre Affäre mittlerweile unleugbar gediehen. Dennoch sorgte auch etwas anderes für dieses warme Gefühl von Zufriedenheit. Früher hatte er all seine Energie darauf verwenden müssen, seinen übermütigen Wolf an die Leine zu legen. Doch seit dem Ritual war die Anwesenheit des Wolfsdämons auf eine unerklärliche Art leichter geworden. Allein, dass er David nicht unentwegt drängte, zum Rudel zurückzukehren, grenzte an ein Wunder. Obwohl der Wandel verwirrend und schmerzhaft gewesen war, war der Dämon nicht zu einer unüberwindbaren Macht herangewachsen, die ihn unter seine Herrschaft zwang. Oftmals verhielt sich der Wolf so ruhig, dass David seine Existenz fast vergaß. Dabei hatte er immer geglaubt, dass der erstarkte Dämon zwangsläufig versuchen würde, seine ureigenen Interessen durchzusetzen. Genauer gesagt, hatte Convinius das behauptet, und das Verhalten von Hagen samt seinen blutrünstigen Getreuen hatte den Verdacht untermauert.

Vielleicht halte ich mich ja deswegen so gern in Maggies Nähe auf, dachte David, während seine Finger die bröckelnde Verfugung der Fensterrahmen untersuchten. Diese Anführerin war anders … machtvoll, jedoch nicht verdorben. Er hatte sich schon so manches Mal gefragt, was wohl aus ihm geworden wäre, wenn Maggie ihn nach Convinius' Tod gefunden hätte. Auch ihr Wolf war stark, aber sie missbrauchte ihn nicht dazu, die Schwächeren zu unterwerfen und mit Blut an sich zu ketten. Allein der Gedanke an die dreckigen Geschäfte, für deren Abwicklung Hagen das Rudel missbrauchte, ließ David unbewusst die Hände zu Fäusten ballen.

In den letzten Jahren war das Rudel immer tiefer in ein Netz aus Gewalt und Verbrechen verstrickt worden, damit Hagen seine Blutopfer in die Fänge bekam. Zwar war Sascha auch nicht gerade als Menschenfreund bekannt, aber dass er seine Leute in ebensolche Machenschaften verwickelte, konnte David sich einfach nicht vorstellen. Ihm schien es eher so, als zögen die Toten, die Hagen und seine erste Garde in widerwärtiger Regelmäßigkeit forderten, den ganzen Dreck der Stadt an.

»Hey, David! Wie sieht's unten bei dir aus?« Obwohl Halberland schnaufte, als würde er gleich einen Herzinfarkt erleiden, tönte in seiner Stimme auch seine Begeisterung für die vor ihnen liegende Aufgabe durch: So schön die Fassade des Hauses anmutete, im Inneren war es eine Ruine. Aber es wartete bereits ein wohlhabendes junges Paar darauf, jede Menge Geld hineinzustecken, damit sie Freunde und Familie mit einer prächtig renovierten Stadtvilla beeindrucken konnten.

»Alles raus, würde ich sagen. Und damit meine ich auch die verschimmelte Wand zwischen Bad und dem Nachbarraum. Zwei so kleine Räume, das sieht doch nach nichts aus. Daraus könnte man ein richtiges Luxusbadezimmer machen.« Die Vorstellung, Zeuge zu werden, wie dieses Haus Zimmer für Zimmer wieder auferstand, gefiel David ausgesprochen gut.

»Ah, da kommt wohl das *Fräulein Innenarchitektin* in unserem jungen Freund zum Vorschein.« Halberland lachte, bis ihn ein Hustenanfall überkam. Dann japste er erst noch ein paarmal, bevor er weitersprach. »Sentker und ich bleiben erstmal hier oben. Dieser schmiedeeiserne Balkon sieht aus, als würde er abstürzen, wenn man ihn bloß schief anguckt. Ist aber ein echter Leckerbissen, den sollte man auf jeden Fall erhalten. Die erste Etage gehört also dir. Wenn die neuen Besitzer in einer Stunde auftauchen, sollten wir denen eine erste Bestandsaufnahme geben. Nur keine eigenen Vorschläge, bitte. So was können Schickimickis nicht ausstehen – Tipps hören die sich nur von Leuten an, für deren Meinung sie viel Geld bezahlt haben. Wir reden über veraltete Elektroleitungen und morsche Treppenstufen, verstanden?«

David zuckte gleichmütig mit der Schulter, aber Halberland schien auch keine Antwort zu erwarten. Mehr zum Spaß setzte er seinen Schraubenzieher bei einer schief sitzenden Steckdose an, die daraufhin gleich aus der Fassung fiel. »Über die Elektroleitungen gibt es auch wirklich mehr als genug zu reden«, brummte er.

Mit einem Mal breitete sich auf Davids Haut jenes seltsame Prickeln aus, das ihn sonst nur überkam, wenn er den Wolf rief. Mit einem ungläubigen Staunen beobachtete er, wie sein Schatten die verschwommene Form eines Wolfes annahm und über die braunen Wandfliesen glitt. Anders als im Kampf mit Mathol nahm der Wolf keine festen Konturen an, sondern verhielt sich, wie man es von einem Schatten erwartete – einmal davon abgesehen, dass er nicht länger die Silhouette seines Herrn aufwies.

»Was zum …«, stieß David aus, um sogleich innezuhalten, als ihm bewusst wurde, dass er laut gesprochen hatte. Doch das Geschehen brachte ihn tatsächlich aus der Fassung. Zwar hatte er seinen Wolf schon oft von sich getrennt – Convinius hatte ihn diese Kunst gelehrt, auf eine sehr schmerzhafte Art und Weise –, aber dieser Bruch war immer von ihm ausgegangen. Nun war es der Wolf, der aus ihm hervorbrach und die Verbindung zwischen ihnen beiden so weit ausdehnte, dass sie jeden Augenblick zu reißen drohte.

Was, zum Teufel, soll das?, fragte David den Wolf über jenen mentalen Faden, der sie miteinander verband. Auch wenn seine Umrisse im diesigen Nachmittagslicht leicht zerlaufen wirkten, sah es so aus, als wedle der Wolf verlegen mit der Rute. Etwas bis dato Unbekanntes formte sich in Davids Bewusstsein: Der Wolf teilte sich ihm klarer als je zuvor mit. Nur ein Spaziergang, bin gleich wieder da …

»Lass dich aber nicht erwischen«, sagte David und kam sich sofort wie ein Idiot vor. Der Schatten flackerte, dann löste er sich wie ein Nebelhauch auf und verschwand. Zurück blieb ein junger Mann, der hoffte, dass der Balkon Halberland & Co. noch eine Weile beschäftigte, denn ohne seinen Schatten wollte er ihnen nur ungern unter die Augen treten. Es hatte einen guten Grund, warum die meisten Rudelmitglieder sich nicht von ihrem Schatten trennen konnten: Ohne die Macht des Wolfsdämons ließ sich die Position im Rudel nicht lange aufrechterhalten. Man war für die Zeit, in der der Schatten fort war, ausgeliefert. Man war nur ein Mensch. Und das fühlte sich selbst für David seltsam an.

Während er die übrigen Räume untersuchte, die ebenfalls in einem desolaten Zustand waren, wartete David darauf, dass jenes Echo anschwoll, das von der leeren Stelle des Wolfes herrührte und sich innerhalb kürzester Zeit zu einem ohrenbetäubenden Lärm hochschaukeln konnte, bis man glaubte, bloß eine Hülle zu sein, die gleich zerbersten würde. Doch nichts dergleichen geschah. Er spürte zwar das Fehlen des Wolfes, aber auch eine Verbindung, wie ein kaum wahrnehmbares Summen, ein Faden, den er noch zu berühren lernen musste. Das war neu.

Was auch immer das Ritual bewirkt hatte, es war so ganz anders als alles, was er erwartet hatte. Wenn er das in der Zeit geahnt hätte, in der ihm das Leben in Hagens Stadtpalais mit jedem Tag abstoßender erschienen war, hätte er sich vielleicht nicht so gegen die Stärkung des Dämons gewehrt. Aber er hatte einfach zu viele starke Wölfe kennengelernt, die ihm pervertiert vorgekommen waren. Convinius etwa, der sich selbst fast noch mehr hasste als seinen Wolf … Hagen und seine heruntergekommene Meute … und er selbst mittendrin, den Bedürfnissen seines Dämons ausgeliefert, der nicht ohne die Nähe zu anderen Wölfen existieren konnte.

Dabei hatte die Abwesenheit eines Rudels David selbst nach Convinius' Tod verhältnismäßig wenig ausgemacht, während es sich für den Wolf angefühlt hatte, als hätte man ihn in einer Kapsel eingesperrt und diese dann im Meer versenkt. Von Moment zu Moment war die Kälte, die der Dämon in seiner Isolation erlitt, unerträglicher geworden. Durch seine Verbindung mit dem Wolf wusste David nur allzu gut, wie es sich anfühlte, wenn jeder Gedanke, jede Gemütsregung erstarrte, bis alles zu einer Salzwüste geronnen war, in der nur noch das eigene leidende Winseln erklang.

Doch der Gedanke war müßig: Nach dem Ritual hatte er das Rudelleben hinter sich gelassen, und offensichtlich begnügte der Dämon sich jetzt damit, ohne engeren Kontakt zu anderen seiner Art zu leben.

Was mein Wolf wohl gerade treibt?, dachte David und stellte sich vor, wie der Schatten sich um Maggies Beine schlängelte, auf der Suche nach Nähe zu seinesgleichen. Nun, solange seine Abwesenheit ihn nicht wie früher in den Wahnsinn trieb, sollte es David recht sein. Je weniger Wolf in seinem Inneren hauste, umso besser. Trotzdem blickte er missmutig an sich hinab, schalt sich jedoch sofort, weil ihm das Fehlen seines Schattens nun wirklich nicht zu schaffen machen sollte.

Unwillkürlich dachte David daran zurück, wie es sich vor Mathols Tod angefühlt hatte, sich von seinem Schatten loszureißen. Während er zurückgelassene Möbel über den verschlissenen Teppichboden schob, wurde die Erinnerung an die damals erzwungenen Trennungen so lebendig, als geschähen sie genau in diesem Augenblick. Vertraut klang ihm Convinius' stets gereizte Stimme im Ohr, die er nun schon seit einigen Jahren nicht mehr gehört hatte: »Wie kann es dich schmerzen, von diesem Eindringling getrennt zu sein? Statt winselnd in der Ecke zu liegen, solltest du deine Freiheit genießen, so kurz, wie sie währt.«

Mit ungläubiger Miene beugte sich der Mann zu einem David herunter, dessen Züge gerade erst die weichen Spuren der Kindheit abgelegt hatten. Obwohl Convinius vielleicht Mitte dreißig sein mochte, sah er in Davids Augen aus wie ein alter Mann: ausgezehrt und halb aufgefressen von einem inneren Feuer. Das einzig Strahlende an dieser farblosen Gestalt waren die blauen Augen, ausgerechnet jener Part, den Convinius so sehr hasste. Obwohl er vom Körperbau her eher zierlich veranlagt war und seine unnatürlich anmutende Schlankheit darauf hätte schließen lassen können, dass er dem schon als Jugendlichen hünenhaften David körperlich nicht gewachsen war, wusste David es aus leidiger Erfahrung besser: Convinius' selbstzerstörerische Verachtung für das, was er war und nicht ändern konnte, verwandelte ihn in einen unbezwingbaren Gegner.

Es war eine von Convinius' Lieblingsübungen gewesen, seinem Schützling einzubläuen, welche Art von Dämon er in sich beherbergte: keinen harmlosen Weggefährten auf vier Pfoten, wie David seit seiner Kindheit geglaubt hatte, sondern einen eigensüchtigen Besatzer, dessen Freundlichkeit nur als Fassade diente. Dahinter verberge sich nichts anderes als ein Schmarotzer, der in die Menschen eindrang und ihnen seinen Stempel aufdrückte.

»Warum sonst«, hatte Convinius dem widerspenstigen Jungen erklärt, »hat dich deine Mutter wohl freiwillig in meine Obhut gegeben? Weil sie gespürt hat, dass du nicht ihr Kind bist, dass du jemand anderem gehörst.«

Diese Rede verletzte David unendlich, da sie einen Verdacht aufgriff, der ihn durch seine ganze Kindheit begleitet hatte: ein Kuckucksei im Schoß seiner Familie zu sein, das seiner Mutter Rebekka und seinen Geschwistern die Luft zum Atmen stahl. Trotzdem hatte er den Mann, der nur aus Sehnen und Knochen zu bestehen schien, trotzig angefunkelt. »Rebekka hat zugestimmt, dass ich mit dir gehe, weil ich es so wollte. Ich kann jederzeit zu meiner Familie zurückkehren.«

»Ach ja?« Auf Convinius' verhärmtem Gesicht deutete sich ein trauriges Lächeln an. »Vermutlich würde deine Mutter dir sogar die Tür öffnen, wenn du anklopfen würdest. Doch um welchen Preis? Dass ihr der Wolf eines Tages die Kehle zerfetzt? Du bist beschmutzt von diesem Dämon, der in dir haust, und darüber hinaus eine Gefahr, weil du unwillig bist, die Bestie zu beherrschen. Jeder halbwegs vernünftige Mensch bemerkt, dass von dir nichts Gutes ausgeht, und wird sich deshalb zurückziehen. Diese Erfahrung wirst du doch sicherlich auch schon gemacht haben, nicht wahr, David?«

»Dein Wolf ist vielleicht böse, aber meiner ist es nicht!« Obwohl der Junge dagegen ankämpfte, stiegen ihm Tränen in die Augen. Er verspürte den Drang, einfach nach Convinius zu schlagen, als Genugtuung für den Kummer, den er ihm mit seinen Worten bescherte. Aber der Wolf hatte beruhigend gebrummt, ein wohlvertrauter Trost, so dass der Junge sich schließlich entspannte. »Ich werde älter und klüger, und wenn ich meinen Wolf beherrschen kann, dann gehe ich nach Hause.«

»Wenn dir das eines Tages wirklich gelingen sollte, freue ich mich für dich. Aber ich befürchte, dass dir das nie gelingen wird, solange du den Wolf als Verbündeten und nicht als deinen Gegner ansiehst, den es bis aufs Blut zu bekämpfen gilt. Der Dämon täuscht uns, indem er vorgibt, nicht mehr als ein Wolf zu sein, ein berechenbares Wesen. In Wirklichkeit dürstet ihn nach Blut und Macht. Solange du ihn nicht kontrollierst, kannst du nicht unter Menschen leben.«

Dies war die Kernlektion gewesen, die Convinius ihm hatte beibringen wollen. Dabei hatte er nicht immer mit Worten gekämpft, wie die vernarbten Striemen auf Davids Rücken verrieten. Je nach Verfassung war der Junge in seinen Augen mal ein schwaches Opfer, das den Verführungskünsten des Dämons ausgeliefert war, mal ein Verräter, ein williger Lakai, der sich hemmungslos den Künsten des Wolfes hingab, gedankenlos über die Folgen, die diese Verbrüderung haben würde.

Ein lautes Poltern aus der Etage über ihm, gefolgt von einer lautstark vorgetragenen Verwünschung, riss David aus seinen unglücklichen Erinnerungen. Er stand mitten in einem leeren Raum, dessen vergilbte Tapeten noch verrieten, wo einmal die Möbel gestanden hatten. Der Geruch von Laub stieg ihm erneut in die Nase, und es dauerte eine Weile, bis er merkte, dass eine der Fensterscheiben einen feinen Sprung aufwies.

Trotzdem konnte David sich nicht dazu aufraffen, den Schaden genauer unter die Lupe zu nehmen. Wie jedes Mal, wenn er an Convinius dachte, mischte sich die Wut über den erlittenen Schmerz und die Demütigungen mit Trauer. Früher hatte David sich für diese Regung selbst verachtet, aber inzwischen gestand er sie sich zu. Trotz allem, was Convinius ihm angetan hatte, war er ihm auch ein Lehrer gewesen. Ganz gleich, mit welch drastischen Mittel ihm der kühle, gebeugte Mann vor Augen geführt hatte, dass der Wolf eine Bestie sei – das Ende, das Convinius schließlich gefunden hatte, hatte er ihm nicht gewünscht.

Convinius war das Opfer seiner eigenen Kunst geworden: der Fähigkeit, sich von seinem Schatten zu lösen. Nach all den Jahren, in denen er seinen Schatten mit aller Leidenschaft zu vernichten versucht hatte, war dieser Hass schließlich erwidert worden. Zurückgeblieben war nur ein zerfleischter Leichnam. Doch selbst im Tod hatten die auf wundersame Weise unverletzt gebliebenen Gesichtszüge keinen Frieden ausgestrahlt, obwohl der Schatten endlich von ihnen gewichen war. Die nun blassgrauen Augen hatten ins Leere gestarrt, als könnten sie die lebenslange Trauer auch im Tod nicht abstreifen. Ein verschwendetes Leben.

Mit einem Schnaufen, das jeder Dampflok Ehre gemacht hätte, kam Halberland ins Zimmer gestampft. David zuckte schuldbewusst zusammen und trat rasch einen Schritt aus dem einfallenden Licht heraus. Im Dunkeln würde die Abwesenheit seines Schattens nicht weiter auffallen.

»Zwei Anrufe«, keuchte Halberland, der weder Davids erschrockenes Gesicht noch seinen fehlenden Schatten bemerkt hatte. »Erst die neuen Besitzer: Er steckt irgendwo im Stau fest, und sie wagt es bei Regen nicht, hier allein aufzutauchen.

Der Besichtigungstermin ist also auf morgen verschoben. Ist mir ganz recht, schließlich dämmert es schon. Der zweite Anruf kam von deiner Freundin. Ich soll dir ausrichten, dass etwas für dich in der Galerie abgegeben worden ist. Du sollst vorbeikommen.«

Davids Züge erhellten sich augenblicklich. Der Gedanke daran, gleich vor Meta zu stehen, verdrängte sämtliche schmerzlichen Erinnerungen mit einem Schlag. »Kann ich mich dann jetzt aus dem Staub machen, wo doch sonst nichts weiter anliegt?«

»Nur zu«, sagte Halberland. »Schließlich sieht man hier ja gleich nix mehr vor lauter Dunkelheit, und vom Strom sollten wir besser die Finger lassen. Über Sentkers Kopf ist eine dieser alten Glühlampen explodiert. Sag mal, nimmt dir die Zeitarbeitsfirma so viel von deinem Lohn weg, dass du dir kein eigenes Handy leisten kannst?«

David zog angewidert die Nase kraus. »Ich kann die Dinger einfach nicht ausstehen.«

»Genau wie's Autofahren, ja? Also nicht nur Innenarchitektin, sondern auch noch ein Öko.«

»Ja, so was in der Art«, sagte David und grinste seinen übergewichtigen Chef an. Sein neues Leben gefiel ihm wirklich ausgesprochen gut.

Kapitel 22

Das Versprechen

Eigentlich hätte Rahel schon längst Feierabend machen können, nachdem sie das Tagesgeschäft abgewickelt hatte und es heute Abend noch eine wichtige Probe ihrer Laienschauspielgruppe gab. Doch sie konnte sich einfach nicht dazu durchringen, sich ihre Jacke zu schnappen und die Galerie durch den Lieferanteneingang zu verlassen.

Nachdem dieser Junge, der Meta am Nachmittag einen Besuch abgestattet hatte, ihre letzten Zweifel hinsichtlich Davids Natur zerstreut hatte, war sie wie getrieben im Büro auf und ab gelaufen. Seit Meta ihr von diesem seltsamen Schemen erzählt hatte, der aus den Händen ihres geheimnisvollen Liebhabers hervorgetreten war, nahm sie sich stets aufs Neue vor, ihrer Freundin etwas über jene Menschen zu erzählen, deren Schatten ein Eigenleben führten. Aber dann hatte sie einen Grund nach dem anderen gefunden, warum es unsinnig war, Meta einzuweihen. Der wichtigste von ihnen bestand in der Tatsache, dass es sich nur um eine Vermutung handelte, ganz gleich, wie gut sie zum Rest der Geschichte passte. Immerhin war es dem Mann in dieser riesigen Stadt zweimal gelungen, ohne weitere Anhaltspunkte dieselbe Frau zu finden. Aber schließlich besteht das Leben aus den verrücktesten Zufällen, hatte Rahel sich erfolgreich beruhigt – bis heute.

Bei dem Gedanken an die blauen Augen, in die sie am Nachmittag einen Blick geworfen hatte, spürte sie sogleich einen Druck an ihrer Kehle, als hätte sie jemand mit festem Griff gepackt. Doch mehr zu schaffen machten ihr die Tränen, die unwillkürlich aufstiegen und die sie auf keinen Fall fließen lassen konnte. Hastig wischte sie sich mit dem Pulliärmel über die Lider, doch diese Berührung verschlimmerte alles nur, denn auch sie war eine allzu vertraute Geste aus ihrer Kindheit. Nicht weinen, es nicht an sich herankommen lassen. Verfluchte Wölfe.

Nun hatte Rahel jedoch den notwendigen Beweis erhalten. Sie konnte sich nicht länger davor drücken, Meta die Augen zu öffnen, ganz gleich, ob die gerade erst entstandene Freundschaft dadurch zerstört werden würde. Denn daran, dass die ungewöhnliche Verbindung zwischen Meta und ihr gekappt werden würde, hegte Rahel keinen Zweifel. Sie wusste nur allzu gut, dass Menschen es einem übelnahmen, wenn man ihnen etwas offenbarte, das ihr Leben aus den Fugen geraten ließ. Genau diese Furcht hatte Rahel in Wirklichkeit überhaupt so lange zögern lassen, denn obwohl es ihr weder an Bekanntschaften noch an einer engen Familienanbindung mangelte, stellte ihre Freundschaft zu Meta etwas Besonderes dar. Ansonsten hätte sie keine solche Zurückhaltung walten lassen, die dazu geführt hatte, dass ihre Freundin nun jemanden bei sich beherbergte, der ihr nur Unglück bringen konnte.

Mit beiden Händen wischte sich Rahel über das Gesicht und stellte fest, dass doch einige Tränen einen Weg über ihre Wangen gefunden hatten. Sie schniefte durch die Nase und beschloss, schnell noch dem Waschraum einen Besuch abzustatten, bevor sie Meta gegenübertrat. Mit einem verquollenen Gesicht und bebender Stimme würde sie keinen besonders überzeugenden Eindruck machen.

Als sie schließlich wieder durch die Tür vom Waschraum schritt, hörte sie Metas helles Lachen. Ein ungewöhnlicher Klang in diesen Räumen. Außerdem gehörte Meta für gewöhnlich zu jenen Frauen, die ein Lachen nach Möglichkeit unterdrückten oder es wohlerzogen hinter der Hand versteckten. Doch jetzt erscholl es offen und mit einer verspielten Note. Obgleich sie das schlechte Gewissen packte, zog Rahel die Tür wieder ein Stück zu. Vorsichtig linste sie durch den Spalt.

Beim Tresen, der auf seiner spiegelglatten, schwarzen Marmoroberfläche lediglich einige Kataloge beheimatete, stand Meta. Zu ihr beugte sich gerade ein junger Mann herunter, um ihr etwas zu sagen, das sie erneut auflachen ließ. Sie schüttelte den Kopf, bis sich Haarsträhnen in ihren Wimpern verfingen. Der Mann nutzte die Chance und strich die Strähnen vorsichtig aus ihrem Gesicht, wobei seine Fingerspitzen zum Nacken wanderten und dort liegen blieben. Eine zärtliche Berührung, aus der Vertrautheit sprach.

Rahel musste nicht erst abwarten, dass der Mann den Blick hob und sie die Farbe seiner Iris erkannte. Sie wusste auch so, dass es David war, der mit Meta flirtete. Nur zu gern schien ihre Freundin auf das Spiel einzugehen. Gerade stellte sie sich auf die Zehenspitzen und flüsterte dem hochgewachsenen Mann etwas zu, woraufhin dieser mit vorgetäuschter Empörung zurückwich, ohne jedoch ihren Nacken freizugeben. Meta lachte siegessicher und hakte ihren Finger im Taschensaum seiner Jeans ein, um ihn erneut dicht an sich heranzuziehen. In diesem Augenblick dröhnte ein Handy los, und Meta nahm den Anruf mit einem äußerst ungeduldigen Gesichtsausdruck an, während David sie schmunzelnd in die Seite zwickte. Meta gab ihm einen Klaps auf die Finger, aber ihre Züge entspannten sich sichtlich ob dieser kleinen Neckerei.

»Hallo, Rinzo«, begann sie in den Hörer zu sprechen, um eine klare, geschäftsmäßige Stimme bemüht, was ihr in Davids Nähe offensichtlich alles andere als leichtfiel. »Natürlich habe ich vollstes Verständnis dafür, dass du schon wieder anrufst. Nett, dass du fragst. Aber es ist, wie ich zuvor schon sagte: Ich finde es unseriös, einem Künstler gewisse Marktwerte zuzusagen, nur um ihn von der Konkurrenz abzuwerben – ganz gleich, ob er der neue Stern am Himmel ist oder nicht. Okay, sprechen wir unsere Argumente trotzdem noch einmal durch.«

Entgegen jeder Vernunft verließ Rahel ihr sicheres Versteck hinter der Tür und ging zu den beiden hinüber. Gegenüber Davids dunkler Erscheinung wirkte Meta fast wie ein Lichtreflex, doch auf seinen harten Gesichtszügen spiegelte sich eine anziehende Wärme, und dieser Widerspruch ließ ihn verwirrend attraktiv aussehen. Als Rahel näher kam, zuckte David zusammen, anscheinend überrascht von der Tatsache, dass er sie nicht schon vorher bemerkt hatte. Tja, dachte sich Rahel, wenn man dem Objekt seiner Begierde so nahe ist, können die Sinne noch so gut geschärft sein.

David hatte sich schnell wieder gefangen und warf ihr ein zögerliches Lächeln zu, das sie wider besseres Wissen erwiderte. Die strahlende Anziehungskraft des jungen Mannes überwog ihre Ängste, und Rahel wusste genau, woher sie stammte: David war bis über beide Ohren verliebt – dieses Gefühl wob seine eigene Art von Magie, der man sich nur schwer entziehen konnte. Ob ihn das nun gefährlicher machte oder vielleicht zähmte, vermochte Rahel allerdings nicht zu sagen.

Auch Meta hatte mittlerweile ihre Freundin bemerkt und winkte sie eifrig zu sich. »Rinzo, einen Moment bitte. Nein, Rinzo, warte einmal kurz, ja?« Doch Rinzo schien momentan außerstande, auch nur eine Sekunde innezuhalten – so war es schon den ganzen Nachmittag über gegangen, seitdem er Meta endlich einmal an den Apparat bekommen hatte.

Meta verdrehte die Augen, dann eilte sie auf Rahel zu und zog die erstarrte Freundin zum Tresen, wo sie mit der Hand auf den verlegen dreinblickenden Mann deutete. Zwischen einigen beruhigenden Brummgeräuschen, die für den aus dem Apparat dröhnenden Rinzo bestimmt waren, formte Meta mit den Lippen lautlos die Namen von David und Rahel, wobei sie die Vorstellung mit der freien Hand untermalte.

Plötzlich spannte sich Metas Körper an wie ein Flitzebogen, und eine steile Falte grub sich über ihrer rechten Augenbraue ein. »Auf gar keinen Fall!«, rief sie in den Hörer, um ihn sogleich mit der Hand zuzuhalten. »Rahel, kümmerst du dich bitte einen Moment lang um David? Rinzo steht kurz vor einem geschäftlichen Kamikazeflug.« Kaum hatte Rahel zustimmend genickt, streichelte Meta ihrem Liebsten noch einmal über den Arm und entfernte sich dann, zu einem lautstarken Monolog ansetzend, in Richtung Büro.

Während Rahel noch mit grüblerischer Miene ihre Möglichkeiten abwog, bemühte David sich – sichtlich ungeübt – um eine Unterhaltung. »Meta hat mir erzählt, dass Sie in einem Laientheater mitspielen. Was für ein Stück proben Sie denn zurzeit?«

»Meta und der böse Wolf.« Die Worte waren heraus, bevor Rahel selbst recht verstand, was sie da von sich gab. Doch der Blick aus den blauen Augen hatte die alte Angst in ihr wachgerufen, auf die sie mit Kühnheit zu reagieren gelernt hatte. Zwar wohnte dieser Taktik ein gewisses Risiko inne, aber es war ihr lieber, bei einem Angriff zu scheitern, als in ihrer Furcht zu ertrinken.

David lachte kurz verstört auf, und Rahel konnte an dem Funkeln in seinen Augen erkennen, dass etwas in ihm bereits Witterung aufnahm. Bevor sie die Beherrschung verlor und zurückwich, sagte sie: »Ich weiß, was du bist. Und es sind nicht nur deine Augen, die dich verraten. Du wirst mir eine äußerst gute Begründung liefern müssen, damit ich nicht sofort zu Meta gehe und sie über deine wahre Natur aufkläre. Du solltest wissen, dass ich dir diese Chance nur deshalb gebe, weil ich gesehen habe, wie ernst es euch beiden ist. Außerdem tust du ihr gut, so verrückt das klingen mag. Also, was kannst du zu deiner Verteidigung vorbringen?«

Eine Sekunde lang befürchtete Rahel, David könnte das Problem auf eine sehr grundsätzliche Art lösen, nachdem sie ihn dermaßen erbarmungslos in die Ecke gedrängt hatte. Der junge Mann blinzelte jedoch nur einige Male, während er das Gehörte allmählich begriff, dann lehnte er sich seitlich gegen den Tresen und verschränkte die Arme vor der Brust, das Gesicht angespannt, um den Mund einen mutlosen Zug.

»Was kannst du denn schon darüber wissen, was ich bin?«

Gern hätte Rahel ihm an den Kopf geworfen, eigentlich müsste jeder halbwegs normale Mensch bemerken, dass in ihm etwas hauste, das nicht da sein sollte. Diese unbeschreibliche Aura, die ihn umgab und jeden auf Distanz hielt. Das Gefühl, einem fremdartigen Geschöpf gegenüberzustehen, das nur vorgab, Mensch zu sein. Doch Rahel wusste es besser: David war ein Mensch – und er war auch etwas anderes. Obwohl sie ihn gern verletzt hätte, indem sie ihm sein Menschsein absprach, konnte sie es nicht über sich bringen. Sie wünschte sich, er würde sie angesichts ihres Wissens bedrohen oder wenigstens anknurren. Aber dass er sich einfach nur zurückzog und mutlos wirkte, machte es für sie unendlich viel schwieriger.

»Ich weiß genug über dich und deine Bagage, um abschätzen zu können, wie dieses kleine Tête-à-tête mit Meta enden wird«, sagte sie und verachtete sich für die Brüchigkeit in ihrer Stimme. Auch wenn David sich von ihrer Angst nicht herausgefordert fühlte, so wollte sie vor ihm nicht schwach erscheinen. »Das Rudel gewinnt immer, so ist das doch bei euch. Ich habe keine Ahnung, was du für einer bist, aber früher oder später wirst du Meta den Rücken zukehren. Du wirst ihr etwas antun, weil ihre Liebe dich von den anderen fernhält.«

»Das werde ich nicht tun!«

Davids Stimme war unerwartet laut geworden, worüber er mehr erschrak als Rahel, die hinter den Tresen zurückwich. Nicht, dass ihr dieser Quader Stein viel Schutz bieten konnte. David drehte sich in ihre Richtung und umklammerte die Kante des Tresens, bis seine Fingerknöchel weiß hervortraten.

»Natürlich wirst du das tun«, flüsterte Rahel, unfähig, einen Anflug von Mitleid zu verbergen. »Du bist ein erwachsener Mann, du weißt, welche Regeln dir die Wolfsnatur auferlegt.«

»Aber ich habe den Wolf unter Kontrolle«, erwiderte David, immer noch unfähig, Rahels Blick zu begegnen. »Ich möchte bei Meta sein und ein ganz gewöhnliches Leben führen. Und ich sehe nicht ein, warum ich darauf verzichten sollte, nur weil dieser verfluchte Dämon nach anderen Regeln spielen will.«

»Dämon? So nennst du das Wesen in dir?«, fragte Rahel ernsthaft irritiert. »Der Wolf ist doch ein Teil von dir – wie dein Schatten. Du kannst ihn nicht einfach bannen, wie stellst du dir das vor?«

Nun hob David den Blick, und Rahel zuckte zusammen, als sie den Zorn sah, der in ihm flackerte. Aber es war nur die Wut eines Mannes. »Da siehst du einmal, wie wenig du weißt. Glaubst du etwa, der Wolf sei etwas Natürliches, so wie eine psychische Krankheit oder ein seltener Erbfehler?«

»Nein, natürlich nicht. Aber diese Trennung, die du vornimmst, ist falsch. Ehrlich gesagt, kann ich mir vorstellen, dass dich das noch viel gefährlicher für Meta macht, als wenn du zu deiner Natur stehen würdest.«

David lachte höhnisch auf und lehnte sich über den Tresen, um Rahel eine passende Antwort zu geben. Dann hielt er plötzlich inne. »Warum weißt du so gut über uns Bescheid?« In seiner Frage schwang keinerlei Angriffslust mehr mit, sondern langsames Verstehen.

»Jemand aus meiner Familie war wie du.« Rahel umfasste ihre Oberarme, als könne sie sich damit gegen die Kälte wappnen, die nun von ihr Besitz ergriff. »Er konnte sich auch nur schwer dem Rudel verschreiben. Kam immer wieder zu uns zurück. Aber Mensch und Wolf müssen miteinander verschmelzen, so lautet die erste Regel des Rudels. Wer sich gegen sie auflehnt, wird gejagt.«

Einen Moment lang blickte David sie voller Entsetzen an, bevor sich Begreifen und Mitgefühl auf seinem Gesicht ausbreiteten. »Ich habe bislang nur davon gehört. In manchen Rudeln wird es so gehandhabt, nicht in allen«, sagte er ruhig, aber Rahel konnte spüren, wie sehr ihm diese Vorstellung zusetzte. »Und bei mir ist es anders: Mein Rudel ist so groß, dass mein Anführer mich kaum vermissen wird, und mein Wolf lässt sich einfach bezähmen. Außerdem scheint er Meta zu mögen. Er hat mich in den Tagen, seit ich bei ihr bin, jedenfalls nicht ein Mal gedrängt, zu unserem Rudel zurückzukehren.«

Es dauerte, bis Rahel seine Worte wirklich begriff. Ihre Hand fuhr in die Luft und sank sofort wieder herab. »Bist du dir sicher?«, fragte sie verblüfft.

»Ja.« David nickte. »Vielleicht liegt es daran, dass ich lange Zeit unter der Obhut eines Mannes gelebt habe, der seinen Wolf derart beherrschte, dass er ein Leben ohne Rudel führte. Er wusste, wie man den Dämon bezwingen kann, auch wenn es ihn nicht glücklich gemacht hat. Aber ich bin glücklich, wenn ich nur daran denke, dass es mir mit Meta gelingen könnte, ein normales Leben zu führen.«

»Du willst ihr also nichts von dem Wolf erzählen?« Rahel war immer noch nicht überzeugt.

Obwohl allein die Vorstellung ihm sichtlich Schmerzen bereitete, quälte David seine Mundwinkel zu einem Lächeln. »Warum sollte ich sie damit verunsichern, solange mein Wolf sich still verhält?«

Voller Anspannung registrierte Rahel, dass das leise Gemurmel von Metas Stimme verstummt war, während sie nach wie vor einen inneren Kampf mit sich ausfocht. Gleich würde ihre Freundin um die Ecke gestöckelt kommen. Auch David blickte über die Schulter zu den Büros am Ende des Flurs hinüber, dann wandte er sich wieder Rahel zu, die Kieferknochen hell unter der dunklen Haut hervortretend. »Ich würde ihr nie etwas zuleide tun. Wenn sie jemals von dem Wolf erfahren sollte, werde ich sofort gehen, das verspreche ich dir.«

In diesem Moment trat Meta aus ihrem Büro, die Wangen vom Kräftemessen mit Rinzo erhitzt, aber mit siegreicher Miene. Demonstrativ stellte sie ihr Handy aus und ließ es mit einem Lächeln in der Handtasche verschwinden, die ihr bereits ausgehfertig in der Armbeuge hing.

»Auch wenn Rinzo die nächsten Tage schmollen und sich endlos über seine stressbedingten Darmprobleme beklagen wird, das ist mir dieser Punktsieg wert gewesen! Wenn ich mir anhören muss, keine Ahnung von Kunst zu haben, dann muss er damit leben, ein mieser Geschäftsmann zu sein.«

Meta stellte sich neben David und legte ihm den Arm um die Hüfte, was ihr gut gelang, denn David hatte sich auf die Ellbogen gestützt und seine untere Gesichtshälfte in den Händen verborgen. Eine reine Vorsichtsmaßnahme, da er seine Mimik noch nicht wieder unter Kontrolle hatte. Sein Blick ruhte unverwandt auf Rahel, die sich ein Lächeln abrang, obwohl sie am liebsten schluchzend davongelaufen wäre. Hatten die Stunden auf der Theaterbühne also doch etwas gebracht.

»Worüber habt ihr zwei denn so angeregt gesprochen?« Ein wenig verunsichert blickte Meta von einem zum anderen, unschlüssig, was sie von der Situation halten sollte.

»Na, worüber rede ich denn zurzeit ununterbrochen? Über meine Theateraufführung natürlich.« Rahel schnitt eine Grimasse, als könne sie sich selbst nicht mehr ertragen.

Just verschwand die steile Falte über Metas Augenbraue. »Und, konntest du David für einen Job als Komparse begeistern, oder vielleicht als Beleuchter?«

»Nein, und den Türsteher wollte er auch nicht geben. Du solltest deinen Süßen wirklich besser erziehen, damit er auf das hört, was ältere Frauen ihm sagen.«

»Was meinst du mit *ältere Frauen*, Rahel? Willst du dich bei mir unbeliebt machen?«, erwiderte Meta gut gelaunt. »Ich finde, mein Sieg über Rinzo muss gefeiert werden: Ich lade euch zu diesem schicken neuen Thailänder ein, was sagt ihr dazu?«

Während David immer noch nicht in der Lage war, angemessen zu reagieren, winkte Rahel ab. »Macht ihr zwei Täubchen euch mal einen schönen Abend. Ich muss noch Hand am Kleid der Hauptdarstellerin anlegen – irgendwie bleiben diese Nebenjobs immer an mir hängen.« Rahel war selbst erstaunt, wie gut sie die Rolle der Freundin ausfüllte, die eben zum ersten Mal mit dem neuen Mann bekanntgemacht worden war.

»Wirklich nicht?« Meta wirkte ein wenig enttäuscht und bedachte den zurückhaltenden David mit einem fragenden Blick.

Vermutlich würde der junge Kerl erst einmal ein Kreuzverhör über sich ergehen lassen müssen, ob er auch höflich genug zu ihr gewesen war.

»Ihr zwei seht aus, als ob ihr ein wenig Zeit miteinander verbringen solltet. So ist das eben mit frischverliebten Paaren. Ich klinke mich dann ein, wenn der erste Zauber verflogen ist, okay?«

Meta winkte mit einem Lachen ab, gab Rahel einen Kuss auf die Wange, während David mit zitternden Händen den Karton mit seinen Habseligkeiten aufhob. Als Meta einfiel, dass sie ihren Ohrring beim Telefonieren abgenommen und auf dem Schreibtisch liegen gelassen hatte, nutzte Rahel die Chance, um noch einmal mit David zu sprechen.

»Du versprichst mir hoch und heilig, sofort das Weite zu suchen, wenn der Wolf anfängt, Probleme zu machen?« Wider ihren Instinkt packte Rahel den reglos dastehenden Mann fest am Oberarm und grub ihre Fingernägel in den Stoff seiner Jacke.

David sah sie ernst an. »Wenn auch nur der Verdacht besteht, dass ich Meta gefährden könnte, gehe ich.«

Rahel nickte, lockerte ihren Griff aber erst, als Meta fröhlich plappernd zu ihnen zurückkehrte. Noch lange Zeit, nachdem das Paar gegangen war, stand sie da, die Gedanken gefangen in der Vergangenheit, die ihr so viel Schmerz, aber auch Freude bereitet hatte. Obgleich sie es besser wusste, war es ihr unmöglich gewesen, diesen jungen Mann seiner Chance zu berauben. Dafür hatte sie einen anderen zu schrecklich scheitern sehen.

Kapitel 23

Zerbrechliche Gebilde

Die letzten Wochen waren wie im Flug vergangen. David wünschte sich sehnlichst, jeden einzelnen Moment einzufangen, jede Minute klar wie ein Bild zu bannen und Stück für Stück gegen seine unselige Vergangenheit auszutauschen. Er dachte an Larissa, die wegen der Toberei ihres jüngeren Bruders keine ruhige Minute in der kleinen Mietwohnung gefunden hatte. Seine in sich gekehrte, immer etwas leidende Schwester, die in seiner kindlichen Welt nichts anderes als eine Spielverderberin gewesen war. Aus Rache hatte sie ihm eines Tages ins Ohr geflüstert, es sei kein Wunder, dass ihr Vater sich nach seiner Geburt abgesetzt hatte. Wer wolle schon mit einem Kuckucksei in der Familie leben? Einer Familie, in der alle braune Augen wie Zartbitterschokolade hatten – bis auf einen. Auch wenn er Larissa damals bloß eine alberne Fratze gezeigt hatte, die Worte hatten sich bei ihm eingebrannt und ein Schamgefühl hinterlassen, das er nun endlich abstreifen wollte. Er würde diesen schwarzen Fleck in seinem Leben mit dem Gefühl von Geborgenheit übertünchen, das eine im Schlaf murmelnde Meta hervorrief, die sich so lange gegen seinen Rücken drängte, bis er sich umdrehte und sie in die Arme schloss.

Ja, so würde er es machen. An die Stelle eines tobenden Convinius, der nicht aufhören konnte, sich darüber zu ereifern, dass David seinem Dämon nicht ausreichend die Stirn bot, trat Nathanel. Unwillkürlich zuckte David zusammen. Nein, nicht Nathanel, sondern ein lachender Halberland, der ihm auf den Rücken klopfte, weil sein versauter Witz so gut gewesen war.

Immer neue Erinnerungen tauchten auf, mit denen David sich nicht länger herumquälen wollte. Sein kaum zu bändigender Wolf, der ein Opfer ins Visier genommen hatte, das er zumindest ein wenig treiben wollte – wurde ohne Zögern gegen das wunderbare Bild eingetauscht, wenn er mit Meta in der Badwanne lag und ihre entspannten Gesichtszüge betrachtete.

Die Vergangenheit abzustreifen, war eine wahre Befreiung, so dass David sich letztendlich auch an die schmerzlichste Erinnerung heranwagte, die ihn in seinen Alpträumen heimsuchte: die vor Panik weit aufgerissenen Augen seiner Mutter Rebekka, die auf den Wolf gerichtet waren. Er hatte die Lefzen bedrohlich hochgezogen, und durch den grauen Leib konnte man die Umrisse der Küchenzeile erahnen. An den eben noch vor Zorn fluchenden Jungen, der sich die von einer Ohrfeige gerötete Wange hielt und jetzt vor Entsetzen kaum noch atmen konnte, wollte David nie wieder denken. Für den Wolf war Rebekka in diesem Moment lediglich jemand gewesen, der auf seinen Platz verwiesen werden musste. Beute, die frech geworden war. Er hatte gar nicht vorgehabt, sie zu verletzen. Doch für Rebekka, die schon so viel wegen ihres schwierigen Sohnes hatte ertragen müssen, war eine Welt zusammengebrochen. Dass David seinen Wolf gar nicht aufgefordert hatte, sie zu attackieren, hatte sie nicht verstanden. Vermutlich war es dieser Bruch gewesen, der ihn Convinius' Einladung, bei ihm zu leben, hatte annehmen lassen. Er hatte das leichte Zittern von Rebekkas Händen in seiner Nähe nicht länger ertragen können, die ausweichenden Blicke, die ihm sagten, dass er zu einem Fremden geworden war.

Stattdessen legte er die Erinnerung an den Moment, als Meta ihn eingeladen hatte, bei ihr zu bleiben, wie eine schützende Decke über diesen Teil seiner Vergangenheit.

Es klappte, wenn vielleicht auch nur für eine kurze Zeit. Jeden Zweifel daran, dass sein neues Leben gefährdet sein könnte, weil sich sein Vorleben nicht einfach ausmerzen ließ, schob er beiseite. Er war ein verliebter Mann, dem sich eine wunderbare Welt auftat, so dass es ihm leichtfiel, alles Unangenehme auszublenden. Stunden voller Zweifel, Einsamkeit und Selbstverleugnung? Begraben unter Schnappschüssen aus seinem neuen Leben. So einfach ging das.

Allein bei der Vorstellung musste David lächeln, als er aus seinen verdreckten Stiefeln schlüpfte, bevor er die Wohnungstür aufschloss. Nach wie vor fühlte er sich in dem klinisch sauberen Flur von Metas Wohnhaus wie ein Fremdkörper, aber damit konnte er mittlerweile ganz gut leben. Wie auch mit den irritierten Blicken der anderen Hausbewohner, wenn sie ihm in Arbeitskleidung oder seinen eher schlichten Alltagssachen begegneten.

»Sind Sie mit den Arbeiten im oberen Apartment immer noch zugange?«, fragte der ältere Herr mit dem gebeugten Rücken ihn jedes Mal, wenn er David auf dem Weg zum Abendspaziergang im Foyer begegnete. Mittlerweile verkniff sich David den dezenten Hinweis, dass er kein von Meta angestellter Handwerker war – diese Information überforderte den guten Mann anscheinend. Denn ein Kerl wie er konnte unmöglich mit einem distinguierten Gentleman wie ihm unter einem Dach leben, geschweige denn an der Seite einer Frau wie Meta.

Obwohl David schon beim Betreten der Wohnung merkte, dass Meta nicht da war, genoss er den Moment. So fühlte es sich an, nach Hause zu kommen – auch wenn es immer noch von einem seltsamen Kribbeln begleitet wurde. Eigentlich lag der alte Herr aus der unteren Etage gar nicht so falsch: Das Apartment sah tatsächlich aus wie eine Baustelle. Nun, nicht mehr ganz so schlimm wie vor einigen Tagen, als Meta wie im Rausch diesen roten Leuchter aus Glas von der Decke geholt hatte, ungeachtet der Tatsache, dass er in tausend Teile zersprang, als er auf dem Boden landete. Ähnlich war es auch vielen anderen Möbelstücken ergangen, und David hatte ordentlich damit zu tun gehabt, dem Tempo zu folgen, mit dem seine Liebste ihrer Ausräumwut nachkam. Im riesigen Wohnzimmer standen mittlerweile nur noch das Sofa, ein fast leeres Bücherregal, die Stereoanlage und eine Staffelei, auf der eine weiße Leinwand stand. Ein Geschenk von Meta.

Überall an den Wänden klebten Papierschnipsel, die mit unterschiedlichen Farben angemalt waren: Blassviolett, Lindgrün, sogar Kirschrot. Doch bislang hatte Meta sich nicht entscheiden können, welche Farbe sie für die gemütlichste hielt. David hatte sich aus dieser Diskussion bislang tunlichst herausgehalten, obwohl sie ihn immer wieder um seine Meinung bat. Aber sein Instinkt verriet ihm, dass es hierbei nur vordergründig um Demokratie ging und ihm ein falscher Kommentar das Genick brechen konnte.

»Ich weiß doch noch nicht einmal, welche Farbe ich auf meine Leinwand auftragen soll«, hatte er sich jedes Mal erfolgreich herausgeredet.

Im Badezimmer stieg David aus der verdreckten Arbeitskluft, die ihm die Zeitarbeitsfirma gestellt hatte. Nachdem er geduscht hatte, zog es ihn zu ebendieser Leinwand hin. Ein Form gewordenes schlechtes Gewissen, das er am liebsten mit auf den Sperrmüll gestellt hätte, wenn Meta nicht jeden Abend einen erwartungsvollen Blick darauf geworfen hätte. Auf einem Apfel kauend, stand er nun davor und lachte über sich selbst. Wenn eine leere Leinwand sein größtes Problem darstellte, dann war er wirklich ein glücklicher Mann.

Er schlenderte zu dem kleinen Stapel mit CDs hinüber, die Jannik ihm in den Karton gestopft hatte, und legte eine davon in die Anlage. Nach einem Anflug von Hemmung drehte er den Lautstärkepegel hoch, bis die Bässe laut durch den halbleeren Raum hallten. In seinem Inneren hörte er ein zufriedenes Grummeln – da mochte wohl noch jemand gern laute Musik. Aus einer Laune heraus schnappte David sich ein Stück von der Papierrolle, auf der Meta ihre Farbexperimente verewigte, und holte sich einen Kugelschreiber. Er setzte sich auf das Sofa, sprang noch einmal auf, um sich den dicken Katalog mit den Impressionisten zu holen, und legte ihn als Unterlage auf seine angezogenen Oberschenkel. Eine Sekunde später setzte er die blaue Mine an, ohne eine Idee zu haben, was er eigentlich malen wollte.

David war so vertieft in seine Arbeit, dass er Meta erst bemerkte, als sie im Zimmer stand und ihn beobachtete. »Wie kann dir bei diesem Krach auch nur eine läppische Inspiration zufliegen? Diese Musik klingt ausschließlich nach Chaos.« Sie hatte die Hände auf die Hüftknochen gestützt und den Kopf zurückgezogen – das tat sie immer, wenn sie den Eindruck erwecken wollte, etwas kühl zu betrachten, obwohl es sie in Wirklichkeit berührte.

»Sag bloß, du magst die Kings of Leon nicht.« David schenkte ihr ein schiefes Lächeln. Da die Kritik an seinem Musikgeschmack jedoch nicht spurlos an ihm vorüberging, blieb er kurzerhand sitzen, anstatt Meta zur Begrüßung in die Arme zu nehmen.

Trotz des kleinen Liebesentzugs gab Meta nicht nach. »Die Stimme des Sängers ging mir, ehrlich gesagt, schon im Hausflur auf die Nerven. Was malst du denn da?«

»Sei nicht so neugierig«, erwiderte David, immer noch schmunzelnd. Dann konzentrierte er sich erneut auf das Papier, das mittlerweile mit unzähligen blauen Strichen bedeckt war. Seine Stirn legte sich in Falten, als sehe er die Skizze zum ersten Mal in seinem Leben.

Meta schnaufte, dann ging sie um das Sofa herum, um die Musik leiser zu stellen. Anschließend versuchte sie, einen Blick auf die Zeichnung zu werfen, doch David klappte im letzten Moment den Katalog samt Zeichnung weg, so dass sie auf seiner Brust lagen.

»Angeber«, sagte Meta leise. Dann drängelte sie sich neben ihn aufs Sofa und fragte zwischen einigen Küssen, mit denen sie seine Wange bedeckte: »Zeigst du es mir?«

Ein wenig unsicher hob David den Katalog an, und Meta holte behutsam das vom Kugelschreiber arg mitgenommene Papier hervor. Sie musste es ein Stück von sich weghalten, um zu erkennen, was es darstellte: das Skelett eines mehrstöckiges Gebäudes, aus unzähligen wilden Strichen zusammengesetzt, so dass es zu flimmern schien. Windschief, filigran. Ein Nachtbild.

»Eigentlich ist es Mist.« David legte sich die Hand über die Augen, als könne er den Anblick seiner eigenen Skizze nicht ertragen. »Ich wollte bloß meine momentane Stimmung einfangen, ein Bild, das zeigt, wie es mir zurzeit geht. Aber das sieht eher nach Vergangenheit aus.«

»Dieses Gebäude erweckt den Eindruck, als könne es sich nicht entscheiden, ob es einfallen oder allen Widrigkeiten trotzen soll«, sagte Meta, in den Anblick der Skizze versunken.

»Ich sollte die Malerei einfach bleiben lassen«, fuhr David eine Spur zu hitzig fort. »Mir geht es doch gut, ich bin zufrieden – die Überlegerei, was ich malen könnte, geht mir auf die Nerven.«

»Aber diese Skizze hier ist doch nicht das Ergebnis von deiner Grübelei, oder?«

David hielt inne und warf einen flüchtigen Blick auf das gebrechliche Gebäude. Tatsächlich hatte er in den letzten Tagen sehr viel darüber nachgedacht, wieder mit der Malerei anzufangen. Nicht etwa, um Meta zu beeindrucken, denn er fürchtete eher, sie zu enttäuschen. Aber der Gedanke daran, wie gut es ihm früher getan hatte, sich einfach aufs Malen zu konzentrieren und Convinius' Forderungen und das ewige Drängeln des Wolfes auszublenden, hatte ihn nie losgelassen. Die Malerei war eine Heimat gewesen, die nur ihm allein gehörte. Auch wenn er sie heute nicht mehr zur Abgrenzung brauchte, so verspürte er dennoch den Wunsch, sich auszudrücken. Zwar waren ihm die unterschiedlichsten Themen eingefallen, aber keine Idee hatte sich derart verfestigt, dass er sie tatsächlich umgesetzt hätte.

Diese seltsame Skizze war einfach von selbst entstanden, und je länger David sie betrachtete, desto unwohler fühlte er sich. Er hatte einen Verdacht, aus welcher Quelle das Motiv gespeist wurde, wollte jedoch nicht weiter darüber nachdenken. Sein neues Leben war noch viel zu zerbrechlich, um es einer Belastungsprobe zu unterwerfen. Je weniger er sich mit seiner Vergangenheit auseinandersetzte, umso geringer war das Risiko, dass ihm die Gegenwart zwischen den Fingern zerrann. Zumindest redete David sich das ein, jeden Gedanken an einen verwaisten Jannik oder die brisante Situation, in der Maggie und ihr Rudel sich befanden, verdrängend. Ganz gleich, was sein Gewissen ihm einflüstern wollte, er hatte sich die Phase des Glücks verdient!

Obwohl Meta aufmurrte, ließ David die Skizze samt Katalog hinter der Sofalehne verschwinden, dann zog er Meta auf sich. Nach einer kleinen Rangelei richtete sie sich mit gespieltem Widerwillen auf, so dass sie auf seiner Hüfte zum Sitzen kam. Während David sich eine Hand unter den Kopf schob und sich entspannte, zeichnete sie Kreise auf seine Brust.

»Wie war dein Tag?«, fragte er.

Meta malte noch ein paar Achten auf Davids Rippenbögen, doch als er sich als kitzelresistent erwies, zuckte sie mit den Schultern. »Wenn man es so sehen will, war der Höhepunkt des Tages ein Anruf von meiner Mutter. Offensichtlich ist ihr Karl begegnet.«

Hastig warf Meta David einen prüfenden Blick zu, doch er verzog keine Miene. Sie hatte ihm äußerst knapp von ihrer letzten Beziehung erzählt und dass ihr Ex davon ausging, sie würde über kurz oder lang zu ihm zurückkehren. David hatte das Ganze mit einem Achselzucken abgetan, trotzdem hatte Meta den Verdacht, er befürchtete insgeheim, Karl könnte Recht behalten. Ihre Worte gründlich abwägend, fuhr sie deshalb fort: »Da meine Mutter das Thema in Gegenwart meines Vaters nicht anschneiden möchte, hat sie mich angerufen – während der Arbeitszeit! Das macht sie sonst nie. Elise hat auf sehr komplizierte Weise zu erfahren versucht, ob die Renovierung der Wohnung mittlerweile abgeschlossen sei und ob ich die Nase nun endlich voll von Neuerungen hätte.«

»So lautet also die elegante Umschreibung für Sex mit einem nichtsnutzigen Kerl, der sich bei dir eingenistet hat.« David lachte verhalten. »Und, hast du schon die Nase voll?«

Als Meta nicht sofort verneinte, hob er mit einem Ruck die Hüfte an und senkte sie so rasch wieder, dass sie fast das Gleichgewicht verloren hätte. Da sie Anstalten machte, mit eingeschnappter Miene von ihm runterzusteigen, packte er sie um die Taille und hielt sie fest.

Einen Moment lang wand Meta sich noch in seinem Griff, dann streckte sie sich würdevoll und strich die Haare hinter die Ohren zurück. »Ich habe meiner Mutter ausgesucht höflich geantwortet, dass der anhaltende Reiz des Neuen darin liegt, wie überraschend ausdauernd er ist, und ich deshalb keinerlei Veranlassung sehe, wieder in alte Muster zu verfallen.

Jedenfalls so lange nicht, wie mein neues Lieblingsspielzeug sich gut zu benehmen weiß.«

David schaute sie grinsend an, eine Sekunde, noch eine Sekunde – dann riss er die schallend lachende Frau zur Seite und begrub sie unter seinem Körper.

Als Meta einige Zeit später eng an seine Seite gekuschelt mit halb geschlossenen Augen döste, kreisten Davids Gedanken um ein Telefongespräch, das er schon seit Jahren führen wollte. Bislang hatte er sich aber nicht dazu durchringen können. Zum hundertsten Mal spielte er in Gedanken durch, wie seine Mutter wohl auf seine Stimme reagieren würde. Ob sie ihn überhaupt wiedererkannte? Oder wäre er gezwungen zu sagen, wer er war? Aber wer war er überhaupt für Rebekka? Der Sohn, den sie einem Fremden namens Convinius mitgegeben hatte, weil ihr die seltsamen Eigenarten des Jungen Angst einjagten? Oder war er das Kind, das sich nach etwas gesehnt hatte, was sie ihm nicht geben konnte – dafür aber ein Unbekannter? David hatte diesen Zwiespalt nie aufklären können, und auch heute fühlte er sich diesem Schritt noch nicht gewachsen. Hatte Rebekka ihn trotz allem geliebt? Er wusste es nicht.

Behutsam befreite er sich aus Metas Umarmung, was diese mit einem verträumten Lächeln zuließ. Sie streichelte ihm noch einmal über den Rücken, dann kugelte sie sich unter der Wolldecke zusammen. David schlüpfte in Hosen und Pulli und griff sich auf dem Weg zum Balkon Metas Handy. Dunkelheit und Kühle begrüßten ihn, als er mit nackten Füßen auf den Steinboden des ausgedehnten Balkons trat. Einen Augenblick konnte er nicht sagen, wer die Herbstluft mehr begrüßte – er oder der Wolf, so sehr fühlte er sich mit ihm eins. Im Hinterkopf dröhnte Convinius' anklagende Stimme, dass er dem Dämon nicht über den Weg trauen durfte. Aber er wollte sich darauf nicht einlassen.

Auf dem Balkon waren weder Blumentöpfe noch ein Gartenstuhl zu finden. Laut Meta pfiff der Wind so unangenehm um das Haus, dass man sich ohnehin so gut wie nie nach draußen wagen konnte – wozu da eine Sitzgelegenheit? Aber David verstand auch so, dass Meta sich dem Gesetz der Stadt unterwarf und sich nicht freiwillig draußen aufhielt.

Es dauerte eine Zeit lang, bis es ihm gelungen war, die Telefonnummer einer bestimmten Bar herauszufinden, und noch länger, bis er Janniks Stimme vom anderen Ende der Leitung her hörte, der mürrisch seinen Namen nannte.

»Hi, wie geht es dir?«, fragte David und biss sich vor Aufregung leicht auf die Unterlippe. Obwohl er immerzu an seinen Freund hatte denken müssen, hatte er sich bisher nicht dazu durchringen können, sich mit Jannik in Verbindung zu setzen. Auch wenn das feige gewesen sein mochte, so ließ es sich einfach nicht leugnen, dass Jannik zu Hagens Rudel gehörte. Das Rudel, von dem eine Gefahr ausging, über die David lieber nicht nachdenken wollte. Ansonsten wäre er vielleicht zu dem Entschluss gekommen, dass er es Meta schuldig war, schleunigst seine Sachen zu packen und sich aus dem Staub zu machen.

Am anderen Ende der Leitung herrschte Schweigen, und David befürchtete schon, aus Versehen eine falsche Taste gedrückt zu haben, weil er das Handy so hart an sein Ohr presste. Doch dann hörte er Jannik schnaufen.

»Was meinst du, wie es mir geht, seit du dich verpisst hast?«

»Tut mir leid, aber was kann ich schon tun?«

»Zurückkommen vielleicht?« Jannik klang nicht so, als meinte er das ernst. Aus seiner Stimme sprach eine Bitterkeit, die gar nicht zu ihm passte.

»Hör zu, Jannik. Ich werde nicht zurückkommen. Ich habe auch schon mit Maggie darüber gesprochen …«

»Du willst nicht zurückkommen, definitiv?«, unterbrach ihn Jannik barsch. Bevor David etwas erwidern konnte, sagte er noch: »Dann kannst du mich mal am Arsch lecken.« Und legte auf.

Zuerst wollte David die Nummer erneut anwählen, doch mitten in der Bewegung verharrte er. Der Wolf regte sich – ein Angebot, Jannik eine Nachricht zu überbringen, die er nicht so leicht verweigern konnte wie ein Telefonat. Aber David zögerte. Er konnte seinen Freund verstehen. Er war in eine Welt aufgebrochen, in der es für Jannik keinen Platz gab, selbst wenn er in der Lage gewesen wäre, ihm über Hagens Grenzen hinaus zu folgen. Er spielte mit dem Gedanken, den Wolf aufbrechen zu lassen, verwarf ihn jedoch wieder. Es führte kein Weg zueinander – das hatte Jannik schon vor ihm begriffen. Jeder Versuch, einander trotzdem nahe sein zu wollen, würde es nur schlimmer machen.

David schlang die Arme um seinen Oberkörper und starrte ziellos in die Nacht, das tröstende Winseln des Wolfes ignorierend. Er hatte also auf dem Weg zu einem eigenen Leben ein weiteres Band durchschnitten. Nun war es bereits geschehen, und es hatte keinen Sinn, zurückzublicken.

Kapitel 24

Frostnacht

Schon bald würde er zu seinem Hüter zurückkehren müssen, trotzdem konnte er ihr nicht widerstehen. Alles an ihr war so einladend, so wärmend. Deshalb schloss er noch ein wenig mehr auf, das stetige Klackern ihrer Absätze im Ohr, ihrem Atem lauschend. Sie fühlte sich wohl, während sie durch die dunklen Straßen spazierte, die – wie immer in dieser Stadt – ihr ganz allein gehörten.

Noch immer begriff er nicht, warum es so lange gedauert hatte, sie zu finden. Man sollte glauben, dass eine solche Leuchtkraft, wie sie ihr innewohnte, nicht zu übersehen war. Ein Feuerwerk in der Dunkelheit. Trotzdem hatte es bis zu dieser späten Sommernacht gedauert, bis er sie gefunden hatte und sie seinen Hüter. War es tatsächlich ein Zufall gewesen?

Bevor er sich versah, war er viel zu dicht aufgeschlossen. Als sie ihren Kopf in seine Richtung drehte, verschmolz er dennoch nicht mit den schützenden Schatten. Er wollte, dass sie ihn sah. Sie ging weiter, kaum schneller als zuvor, und beobachtete ihn aus den Augenwinkeln. Ihr Duft, den ihm der Wind zuwehte, verriet keine Furcht. Dass sie nicht zur Flucht ansetzte, nicht einmal zurückschreckte, ließ ihn mutiger werden. Er musste einfach ein paar Schritte an ihrer Seite laufen, sie vielleicht sogar kurz einmal berühren, ehe er zu seinem Hüter zurückkehrte. Als sein Fell ihre Beine streifte, hoffte er für einen Augenblick, sie könne willentlich jene Pforten öffnen, die sie bislang nur im Traum aufzustoßen vermochte. Dann hörte er ihr leises Lachen, und mit einem Mal vergaß er seine Wünsche: hier und jetzt.

Meta stand vor dem Spiegel im Schlafzimmer und zupfte an dem Balconette-BH, weil ihr Busen über den Spitzensaum zu quellen drohte. Rein figurtechnisch war das Zusammensein mit David eine Katastrophe. Nicht nur, dass er unheimlich gut kochen konnte, er verführte sie auch ständig dazu, über die Stränge zu schlagen. Außerdem hatten Rahel und er nach einigen Startschwierigkeiten herausgefunden, dass sie beide die Leidenschaft fürs Essen verband. So hatte man als lustiges Trio bereits einige kalorienreiche Abende miteinander verbracht. Das Ergebnis bestand in deutlich runderen Formen, was David in seinen Fütterungsarien nur bestätigte – denn im Gegensatz zu ihr mochte er ihre neuen Rundungen ausgesprochen gern.

Es war nicht so, dass sie ihre neue Sanduhrenfigur unschön fand. Aber es verwandelte sie in eine andere Frau ... Sie fühlte sich präsenter, durchsetzungsfähiger und irgendwie ... aufregender. Zwar hatte sie in der letzten Zeit einige fiese Anspielungen von Eve hinnehmen müssen, und ihre Mutter hatte sich über die Gewichtszunahme ebenfalls besorgt geäußert, doch damit konnte sie erstaunlich gut leben. Insgeheim ärgerte sie sich über jeden kaum angerührten Teller im Restaurant, den sie im Lauf der Jahre hatte zurückgehen lassen. Das war sie also, die neue Meta: ein dickes Fell, ein üppiger Po und in mancherlei Hinsicht unersättlich. Gut, dass sie Karl bislang noch nicht wiedergesehen hatte. Er war der einzige Mensch, dem sie es zutraute, ihrer vorsichtigen Weiterentwicklung mit einem entsetzten Blick ein Ende zu bereiten.

Erneut zupfte Meta an dem Spitzenrand, dann gab sie es auf und zog sich den Rollkragenpulli über den Kopf. Es war sinnlos, es länger zu leugnen: Sie würde sich neue Wäsche zulegen oder sich von David trennen müssen. Bei der Vorstellung, wie sie ihn damit necken könnte, breitete sich ein gut gelauntes Lächeln auf ihrem Gesicht aus. Ach, noch so eine Sache: Wenn das so weiterging, würde sie bald Lachfältchen bekommen. Trotzdem ließ sie das Lächeln nicht bleiben, sondern stieg in ihre hohen Stiefel, griff sich Mantel und Schal und verließ die Wohnung.

Im Treppenhaus traf sie auf den ergrauten Herrn aus der unteren Etage, der die Samstagszeitung unter den Arm geklemmt hatte, und grüßte freundlich. Der Mann blickte sie einen Moment lang irritiert an, als könne er sie nicht richtig zuordnen. Dann hob er den Zeigefinger, als wäre ihm etwas Wichtiges eingefallen. »Wo ist denn Ihr Handwerker?«

»Der muss noch ein wenig Geld verdienen, bevor er mich auf dem Wochenmarkt trifft«, erwiderte Meta rasch und trat auf die Straße.

In der Nacht hatte der erste Frost des Jahres alles mit einem milchigen Film überzogen, von dem jetzt immer noch einige Spuren zu sehen waren. Meta kam es so vor, als hätte etwas die Stadt berührt, sie mit kleinen Leerstellen belegt und den Klang der Geräusche verändert. Sie genoss das brennende Gefühl der Kälte, als sie tief einatmete, und spielte kurz mit dem Gedanken, die paar Straßen zu dem Café, in dem sie mit Emma verabredet war, zu laufen. Doch automatisch stellte sich jene antrainierte Beklemmung ein, und sie entschied, dass es einfach nicht der richtige Zeitpunkt war, um mit noch mehr Altbewährtem zu brechen. Mit geübter Geste winkte sie sich ein Taxi herbei.

Zu ihrer Überraschung saß Emma bereits im Café und kippelte auf ihrem Hocker vor dem hohen Bistrotisch. Als wäre es nicht schon ungewöhnlich genug gewesen, dass ihre Schwester sie zum Frühstück eingeladen hatte. Die Begrüßung bestand in zwei rasant ausgetauschten Küssen auf die Wangen, und Meta bereute bereits, gekommen zu sein. Jedes Mal, wenn sie mit dieser jungen Frau beisammensaß, stellte sich über kurz oder lang das Gefühl ein, eine grauenhaft langweilige

Person zu sein. Und das, obwohl Emma sich selbst so gut wie nie dazu herabließ, etwas zur Unterhaltung beizutragen.

»Siehst gut aus«, eröffnete Emma das Gespräch, und Meta rechnete schon mit einem folgenden bissigen Kommentar, der jedoch ausblieb.

»Danke, du auch«, erwiderte sie deshalb ein wenig lahm. Dann erst bemerkte sie die schwarzen Mascarareste, die unter Emmas Augen klebten. Ihre Schwester sah aus, als wäre sie direkt aus einem Clubbesuch auf diesen Hocker gekippt. »Was hast du denn letzte Nacht getrieben?«

Emma legte den Kopf in den Nacken, als müsse sie sich beim Nachdenken ernsthaft anstrengen. Schließlich senkte sie das Kinn mit einem Ruck auf die Brust und sagte: »Ich wette, bei dir war es spannender.«

Von daher wehte also der Wind. Meta nuschelte etwas Unverständliches und blickte sich ausweichend in dem belebten Café um. Im Hintergrund plätscherte französische Popmusik, gepaart mit den Küchengeräuschen und dem Geschrei des Kochs. Die Wand hinter der Bar war mit einem Mosaik aus orangefarbenen und grünen Steinchen beklebt, von dem Meta nicht genau wusste, ob es ihr gefiel oder ob sie es scheußlich fand. Sie saßen neben dem Fenster, und sie stellte überrascht fest, dass sich ein feiner Dunst über die Stadt gelegt hatte und das Licht blau färbte. Doch bald würde die Sonne hervortreten und die letzte Ahnung der Frostnacht verbannen.

»Komm schon, Meta, lass dich nicht lange bitten. Ich platze vor Neugier, was dein Liebesleben betrifft. Was glaubst du wohl, was mich dazu angetrieben hat, mir heute Morgen nicht einfach die Decke über den Kopf zu ziehen, sondern hierherzukommen?« Emma lehnte sich über den Tisch und blickte sie tatsächlich flehentlich an. Ihre Schwester musste ernsthaft neugierig sein, wenn sie sich zu einem solchen Schauspiel hinreißen ließ. »Von überallher nur lauter Gerüchte, und du lässt dich nirgendwo mit diesem Kerl blicken, von dem Rinzo ganz genau weiß, dass er bei dir wohnt. Das würde man dir anmerken, sagt er. Du wärst wie ausgewechselt. Und ich möchte gern wissen, was dieser David mit dir anstellt, dass du plötzlich so vollkommen anders tickst.«

So viele Worte an einem Stück hatte Emma in Metas Gegenwart noch nie gesprochen. Auch Emma schien sich dieses Umstands bewusst zu sein, denn sie lehnte sich wieder zurück und betrachtete eingehend ihre Fingernägel, um den peinlichen Moment des Schweigens zu überspielen. Zu ihrer beider Erlösung trat der Kellner an den Tisch und bat um die Bestellung. Seine Stimme war sehr weich, fast zu angenehm für eine Männerstimme. Als die beiden Schwestern Milchkaffee und Brioche orderten, verstand er nur die Hälfte des Gesagten und hakte im höflichsten Ton immer wieder nach. Meta war froh über jede gewonnene Sekunde.

Nachdem der Kellner gegangen war, hatte sie den Ausbruch ihrer Schwester verwunden und war bereit, sich Emma zu stellen: »David geht dich nichts an«, erklärte sie unumwunden. »Aber wenn ich mich mit David nicht an den üblichen Orten herumtreibe, liegt das nicht daran, dass ich mich nicht mit ihm blicken lassen will. Wir unternehmen einfach nur andere Dinge.«

Emmas anzügliches Grinsen verriet ihr, dass sie ihre Unternehmungen besser rasch ausführen sollte, bevor ein falscher Eindruck entstand.

»David kocht fantastisch, das heißt: Er hat gerade erst herausgefunden, dass er es kann, und experimentiert jetzt wie wild. Außerdem mögen wir beide dieses kleine Programmkino bei mir um die Ecke und …«

»Ja, sicher!« Emma grinste. Als Meta empört nach Luft schnappte, pustete sie zufrieden Löcher in den Schaum ihres Milchkaffees, den der Kellner soeben vor ihr abgestellt hatte.

»Eigentlich müsste ich ganz schön eifersüchtig auf dich sein: Mama steht völlig neben sich wegen deines jugendlichen Liebhabers, diesem kriminellen Objekt. Deine Affäre ist für sie ein einziges großes Drama, von dem sie ernsthaft glaubt, dass sich die gesamte Gesellschaft von morgens bis abends das Maul darüber zerreißt. Aber du brauchst dir keine Sorgen zu machen, ich bin darüber hinweg, seitdem ich Mama sehr detailliert berichtet habe, wie David uns alle auf deiner Dinnerparty angeknurrt hat. Ihr schockierter Gesichtsausdruck hat mich für einiges entschädigt.«

Meta biss in die Brioche, um sich ein wenig Zeit zu verschaffen. Dabei beobachtete sie den Kellner, der, an die Theke gelehnt, eine Pause einlegte und dabei den Bleistift wie eine Zigarette zwischen den Fingern hielt. Vermutlich hatte er gerade erst mit dem Rauchen aufgehört. »Im Gegensatz zum Rest der Welt bist du offensichtlich der Meinung, dass das zwischen mir und David etwas Festes ist.«

Emma zog verblüfft die Augenbrauen hoch. »Das war doch klar, nachdem du diesen versifften Typen, der eindeutig neben der Spur stand, in dein Schlafzimmer geschickt hast, anstatt ihn ohne Zögern vor die Tür zu setzen. Wie ich schon sagte: Was auch immer er mit dir anstellt, er macht es richtig. Mit dir kann man langsam was anfangen, jetzt, da du nicht mehr bloß so eine Anziehpuppe bist.«

»Du meinst also nicht, dass der Mangel an Karls wertvollem Einfluss auf mich äußerst beklagenswert ist?«

»Ach, sei froh, dass du Karl los bist. Ich meine, jetzt habt ihr beide endlich jemanden zum Liebhaben: du deinen David und Karl sich selbst.« Ermutigt durch Metas Lachen fügte Emma noch hinzu: »Den besten Sex hat Karl immer dann, wenn er mit sich allein ist. Der ist ein solcher Egomane im Bett.«

Emma hielt inne und machte ein derart verlegenes Gesicht, dass Meta das Lachen im Halse stecken blieb. Doch dann entschied sie sich anders. Karl war Geschichte, und Emma – nun, Emma war wie immer einfach nur sie selbst: ein kleines Miststück. Aber eben ihre Schwester, und davon hatte sie nur eine. Bevor Emma zu einer Erklärung ansetzen konnte, hob Meta abwehrend die Hand. »Ehrlich gesagt, will ich es gar nicht wissen. Lass uns einfach einen Schlussstrich darunter ziehen, okay?« Emma nickte eifrig und sah dankbar aus. »Aber eins verspreche ich dir, Schwesterchen: Wenn du mir künftig dumm kommen solltest, mach dich auf Gegenwehr gefasst. Ab heute heule ich nicht mehr, wenn du mich an den Zöpfen ziehst. Ich hole mir eine Schere und schneide dir deine ab.«

Emma rang sich ein Grinsen ab. »Sei nicht so theatralisch.«

Meta wollte nicht einlenken. Mit den Fingern ahmte sie eine Schere nach: »Schnipp, schnapp.«

Ungefähr drei Sekunden lang riss Emma sich zusammen, dann kicherte sie los. Es war das albernste Geräusch, das Meta jemals von ihrer jüngeren Schwester gehört hatte, und sie stimmte gern mit ein. Voller Übermut blickte sie Emma an und genoss das bislang ungekannte Empfinden, sich in der Gegenwart ihrer Schwester wohlzufühlen. Allein weil Emma ihr in die Augen schaute und ihr so das Gefühl gab, dass sie tatsächlich etwas miteinander verband, sah sie sich gedrängt, die neue Bindung zu festigen.

»Also, ich möchte dich zwar nicht mit Bettgeschichten unterhalten, aber ich könnte dir etwas anderes, ziemlich Verrücktes erzählen«, setzte Meta an. Emma wischte sich die schwarz verschmierten Lachtränen aus dem Gesicht und schaute sie so ehrlich interessiert an, dass Meta ihr Zögern kurzerhand beiseiteschob. »Mir ist neulich ein Wolf gefolgt, als ich die Galerie verlassen habe.«

Emma spitzte die Lippen und gab ein ungläubiges Schnaufen von sich. »Ein Wolf. Du willst mich wohl immer noch ärgern.«

»Ich weiß, es klingt verrückt. Aber ich bin mir ganz sicher. Die Stimmung am frühen Abend war einfach zu schön, so dass ich mich, anstatt wie sonst nach einem Taxi zu rufen, zu einem Spaziergang entschlossen habe.«

»Du bist tatsächlich im Dunkeln zu Fuß losgelaufen? Allein?«, hakte Emma mit ungläubigem Staunen nach.

»Nun, ich hatte auch ein schlechtes Gewissen. David liegt mir ständig damit in den Ohren, dass ich mir ein Taxi nehmen soll, wenn er es nicht schafft, mich von der Galerie abzuholen.« Meta zog die Nase kraus. »Er macht sich da richtig Sorgen, dabei ist unsere Wohngegend doch eine der sichersten in der Stadt. Deshalb habe ich mich auch schon ein- oder zweimal nicht daran gehalten. Frag mich nicht wie, aber er bekommt es jedes Mal raus und wird kreidebleich.« Dass David auf ihre Spaziergänge so bestürzt reagiert hatte, hatte Meta verwirrt, aber dann hatte sie es auf Davids vormals zerschlagenes Gesicht und blutiges T-Shirt zurückgeführt.

»Und ich dachte, das Streunen hätte Mama dir samt allen anderen Eigenarten erfolgreich abgewöhnt.«

Meta zuckte zusammen. »*Streunen*?«

»Sag bloß, du hast diese Unart deiner Kindertage, sorglos durch die Straßen zu streifen, schon vergessen. Ich kann mich jedenfalls noch bestens an die hysterischen Anfälle unserer Mutter erinnern, wenn sie dich wieder einmal bei so einem Ausflug ertappt hat. ›Aber Mami, es ist so schön, durch das gefallene Laub zu laufen‹«, äffte Emma die kindliche Meta nach und zwirbelte dabei eine ihrer Haarsträhnen. »Auf so eine schwachsinnige Idee bin ja nicht einmal ich gekommen. Umherstromern – macht doch außer dir kein Mensch in dieser Stadt. Und das aus gutem Grund.«

»Und der wäre?«, fragte Meta, während sie ihre vollkommen aufgelöste Mutter vor sich sah, die von oben herab auf sie einredete. Allerdings begriff sie auch jetzt noch nicht – wie schon als Kind –, woher die ganze Aufregung rührte.

Offensichtlich fiel die Antwort nicht besonders einfach aus, denn Emma kaute nachdenklich auf ihrer Unterlippe herum. »Was weiß ich, es ist eben so. Weil man dabei zum Beispiel auf Wölfe trifft, wie du eben selbst erzählt hast. Oder habe ich dich etwa falsch verstanden?« Meta nickte nachdenklich, während Emma unter ihrem Blick auf ihrem Hocker umherrutschte. »Nun erzähl schon«, forderte ihre Schwester sie schließlich auf.

»Es war also schon dunkel, als ich die Galerie verließ. Der Tag war anstrengend gewesen, und es fühlte sich gut an, sich einfach nur treiben zu lassen. Die grellbeleuchteten Hauptstraßen, auf denen der Feierabendverkehr tobte, habe ich gemieden. Ich wollte nur das Klacken meiner Absätze auf dem Pflaster hören und mich vom Wind vorantreiben lassen. Als ich durch eine schmale Verbindungsgasse ging, bemerkte ich auf einmal etwas.« Meta hielt inne, als sie versuchte, sich die Erinnerung wieder lebhaft vor Augen zu führen. Sie hatte niemand anderem von dieser Begegnung erzählt, weil sie ihr so unwirklich erschienen war. Manchmal, wenn sie an das Erlebnis dachte, kam es ihr sogar so vor, als wäre es nur ein Traum gewesen. Auch jetzt verspürte sie mit einem Mal den Wunsch, die Geschichte für sich zu behalten, doch sie fuhr fort.

»Ich meine, ich habe dieses Tier nicht wirklich gesehen. Es war dunkel in der Gasse, und es drängte sich in die Schatten. Nur einmal ist es kurz an meinen Beinen entlanggestreift, und das fühlte sich an wie … Ich kann es nicht beschreiben. Es war so unwirklich, wie in einem Traum. Als würde alles seine feste Kontur verlieren und zu Schemen verschmelzen, eine dämmerige Sphäre, in der alles möglich ist.«

Emmas Mund war zu einem Strich geworden, so sehr konzentrierte sie sich auf die Erzählung. »Und dann?«

Es fiel Meta seltsam schwer, sich auf das danach Folgende zu konzentrieren. »Ich glaube, er lief noch ein Stück neben mir her, wie ein Begleiter.« Dabei lag ihr das Wort *Beschützer* auf der Zunge, nur war es ihr unmöglich, es vor ihrer Schwester auszusprechen. »Und so plötzlich, wie er aufgetaucht war, verschwand er auch wieder. Glaube ich zumindest.«

»Ein Wolf?«, fragte Emma, und zu Metas Erleichterung schwang Verwunderung, aber kein Zweifel in ihrer Stimme mit. Der würde sich vielleicht in ein oder zwei Stunden einstellen, aber dann würden sie beide darüber lachen können.

»Ja, ein Wolf«, sagte Meta nachdenklich und schaute zum Fenster hinaus.

Kapitel 25

Wolfsstunde

Obwohl der Wochenmarkt in Metas Stadtviertel eine echte Attraktion war und selbst in der kalten Jahreszeit Besucher von weither anzog, hatte sie ihn vor kurzem das erste Mal gemeinsam mit David besucht.

Der Platz, auf dem das bunte Treiben stattfand, war für gewöhnlich eine öde Betonfläche mit einigen eingezäunten Bäumen, die keinen sehr überlebenswilligen Eindruck machten. Doch für ein paar Stunden am Samstagvormittag verwandelte sich dieses öffentliche Brachland in ein Spektakel. Plötzlich wurde einem bewusst, dass in dieser Stadt tatsächlich auch Kinder lebten, und nicht nur Erwachsene unter Zeitdruck. Leger gekleidete Familien mit prallgefüllten Leinenbeuteln streiften umher auf der Suche nach einem weiteren Leckerbissen fürs Wochenende. Eifrig wirkende Männer im besten Alter hielten Einkauflisten für ihr Viergängemenü in den Händen, während Haushälterinnen zwischen den routinierten Bestellungen, die sie aufgaben, ein Schwätzchen mit der Obstverkäuferin hielten. Hier kauften Studenten genauso gern ein wie einige Köche aus den besseren Restaurants, die ihre Speisekarten mit regionalen Leckereien aufhübschten.

Auf diesem Markt konnte man einfach alles kaufen, allein die Vielzahl der Tomatensorten am Gemüsestand fesselte Metas Aufmerksamkeit mehr als so manches Werk in ihrer Galerie. Sie konnte es kaum glauben, dass sie jahrelang Tür an Tür mit diesem kulinarischen Wunder gelebt hatte, ohne je dort gewesen zu sein. Glücklich über die vielfältigen Eindrücke kaufte sie sich eine Tüte gebrannte Mandeln und stellte sich ein wenig abseits neben einen exotisch anmutenden Tee- und Gewürzstand.

Mit David hatte sie keinen festen Treffpunkt auf dem Markt ausgemacht, nur eine ungefähre Zeit. Trotzdem machte Meta sich keine Sorgen darum, dass er sie in diesem Getümmel nicht finden würde. Er verfügte über die sonderbare Gabe, sie jederzeit auflesen zu können. Sie hatte sogar einen Witz darüber gemacht, dass es eigentlich an ihr wäre, wie ein Spürhund seiner fantastisch riechenden Duftspur zu folgen. Aber zu ihrem Erstaunen hatte er die Anspielung nicht besonders amüsant gefunden, sondern bloß mit erstarrtem Gesicht an ihr vorbeigesehen. Da es so gar nicht zu David passte, sie gegen eine Wand laufen zu lassen, war sie zu verblüfft gewesen, um dem auf den Grund zu gehen.

Mittlerweile ging es auf Mittag zu. Obwohl es eine Zeit lang ganz danach ausgesehen hatte, als ob die Wolkendecke aufreißen und die Sonne ihr bleiches Novemberlicht verströmen würde, hatte es sich stattdessen weiter bezogen. Nun hing ein bleifarbenes Wolkenband am Himmel, was der belebten Atmosphäre auf dem Markt jedoch keinen Abbruch tat. Die sich rasch ausbreitende Kälte, der ein leichter Frostgeruch anhaftete, schien die gute Stimmung sogar zu verstärken.

Während Meta darüber nachdachte, woraus wohl dieser leckere Überzug auf den Mandeln gemacht wurde – eine Spur von Zimt, da war sie sich sicher –, stand David auf einmal vor ihr und griff auch schon in die Tüte.

»Unverschämter Mensch«, sagte Meta und versteckte die Mandeln hinter ihrem Rücken.

David grinste und ließ kurz den rötlichen Kern zwischen

seinen Zähnen aufblitzen. »Möchtest du sie zurückhaben?«, fragte er herausfordernd, als er sie in die Arme nahm.

Wie sich herausstellte, hatte David einem der Stände bereits einen Besuch abgestattet, und ließ Meta nun raten, was er eingekauft hatte. Sie hatte sich bei ihm eingehakt, und unbekümmert schlenderten sie durch die vollen Gänge. David war direkt von der Arbeit an der alten Stadtvilla, von der er allzu gern schwärmte, zum Markt gekommen und trug immer noch seine staubige Arbeitshose. Obwohl er sich die Hände gründlich geschrubbt hatte, fanden sich schwarze Schlieren auf der Haut. Offensichtlich hatte er in den frühen Morgenstunden, als er aufgebrochen war, keine Lust gehabt, sich zu rasieren, und der dunkle Bartschatten verlieh ihm etwas Verwegenes. Ganz gleich, wie wüst er aussehen mochte, Meta konnte sich nichts Schöneres vorstellen, als neben ihm herzuspazieren. Sie verspürte sogar einen Anflug von Stolz, während David sie mit seiner ruhigen Stimme erneut dazu drängte, einen Tipp abzugeben.

»Okay, noch einmal. Aber dann habe ich die Nase von der Raterei voll«, erklärte Meta. »Du warst am Fischstand, richtig? Oh, gut. Barbe, Thunfisch, Karpfen, Aal … nein.«

Bevor Meta ein entnervtes Schnaufen von sich geben konnte, öffnete David den Beutel und ließ sie einen Blick hineinwerfen: Ein wildes Durcheinander aus Fühlern und Panzern wuselte da herum. Meta wurde schwindelig. »Die leben ja noch.« Ihre Stimme war tonlos.

»Ja, aber nicht mehr lange«, erklärte David. Er stupste Meta leicht an, woraufhin diese sich kräftig schüttelte.

»Wenn du glaubst, in meiner Wohnung einen Massenmord begehen zu können, dann hast du dich getäuscht. Die lassen wir drüben beim Fluss wieder frei.«

David zuckte unbekümmert mit den Schultern. »Gut, dann besuche ich heute Abend eben Rahel. Die Frau ist sich sicherlich bewusst, dass man für ein gutes Essen auch Opfer bringen muss.«

»Ich habe schon genug Opfer für dein gutes Essen gebracht: Gestern habe ich meinen Lieblings-Bleistiftrock der Schneiderin geschenkt, weil durch Auslassen nichts mehr zu retten war.« Obwohl sie sich dabei ein wenig mädchenhaft vorkam, zog Meta eine Schnute und ließ es zu, dass David zärtlich ihr Kinn umfasste und sie küsste. Erstaunlicherweise gelang es ihm dadurch viel besser als mit Worten, jeden Zweifel an ihrer Figur fortzuwischen.

Bevor sie den Markt verließen, schenkte David ihr noch einen Strauß aus cremefarbenen Rosen, deren kugelig-gebauschte Köpfe sich eng aneinanderschmiegten. Eines Nachts hatte er ihr erklärt, dass der Duft von Rosen für ihn den Moment markierte, in dem sein Leben mit ihr angefangen hatte. Obwohl er nicht verriet, welche Geschichte sich dahinter verbarg, mochte Meta den Gedanken, und so stellten die Rosen auch für sie mehr als nur ein romantisches Geschenk dar.

Vollbeladen und ein wenig erschöpft, bogen sie später auf eine Hauptstraße ein, aber als David Anstalten machte, den Weg zur U-Bahn einzuschlagen, zupfte Meta ihn am Arm. »Das Wetter ist heute so schön herbstlich. Warum gehen wir nicht einfach das kurze Stück zu Fuß?«, fragte sie. Dabei wunderte sie sich, dass es ihr tatsächlich schwerfiel, diesen Vorschlag zu machen. David schien in ständiger Sorge um ihre Sicherheit – denn das glaubte sie langsam: Er fürchtete sich davor, dass ihr etwas passieren könnte. Selbst lief er dagegen immer allein zu Fuß. Er hegte eine erstaunliche Abneigung gegen jede Art von Fortbewegungsmittel, was ihn jedoch nicht davon abhielt, mit Meta zusammen stets die Bahn oder ein Taxi zu nehmen.

Auch jetzt zogen sich seine Augenbrauen wie auf Kommando zusammen. »Wenn wir uns nicht beeilen, wagen die Krustentiere noch einen Ausbruch.«

»Gut, dann bringen wir erst die Einkäufe nach Hause und machen dann einen Spaziergang.« Meta bemühte sich um einen lockeren Ton, als bemerke sie seine Sorge nicht. »Gleich in der Nähe gibt es auch einen Stadtpark, in den sich kaum jemand verirrt, mit riesigen alten Bäumen. Und einer der Seitenarme des Flusses läuft da durch, alles sehr verwunschen und geheimnisvoll. Ich kann mir gut vorstellen, dass sich der Frost zwischen all dem verwilderten Geäst gehalten hat. Glaub mir, es wird dir gefallen.«

Ein Blick auf Davids versteinertes Gesicht reichte aus, um Metas Überschwang zu bremsen.

»Lass uns jetzt zu Fuß nach Hause gehen und noch ein bisschen frische Luft schnappen«, lenkte er ein. »Aber dann muss ich erst einmal aus diesen dreckigen Klamotten raus und brauche etwas Warmes zum Trinken. Das klingt zwar toll mit diesem Park, aber mir ist es heute etwas zu kalt für weitere Ausflüge. Außerdem bin ich ziemlich erledigt von der Arbeit.«

Obwohl Meta nichts von alldem glaubte – weder hatte sich David bislang besonders kälteempfindlich gezeigt, noch gelang es seinem anstrengenden Job, ihn seiner erstaunlichen Energie zu berauben –, nickte sie zustimmend. Etwas in Davids Augen hatte aufgeflackert, als sie den Park erwähnte. Etwas, das ihr einen Schauer über den Rücken gejagt hatte. Schweigend verließen sie den belebten Markt, jeder seinen eigenen Gedanken nachhängend.

David hielt die Einkäufe in der linken Hand, während er den freien Arm um Metas Taille gelegt hatte. Obwohl sie Stiefel mit hohen Absätzen trug, schlug er ein schnelles Tempo an, dem sie nur widerwillig folgte. Von der Seite warf sie ihm gelegentlich einen Blick zu, nur um feststellen zu müssen, dass Davids Wangen eingefallen wirkten, weil sein Kieferknochen unter einer enormen Anspannung stand. Bevor sie den Mut fand, nach dem Grund für die Eile zu fragen, erblickte sie am

Ende der Seitenstraße die Allee, in der sich ihr Wohnhaus befand. Auch David entging nicht, dass sie kurz vor dem Ziel waren, und er schenkte Meta ein schmales Lächeln, während sich der angestrengte Zug um seine Augen langsam löste.

»Kann es sein, mein Lieber, dass du auch anderen Frauen in diesem Viertel deine Aufwartung machst und es deshalb so eilig hast, die freie Wildbahn hinter dir zu lassen? Den Verdacht habe ich schon seit längerem, weil mich die ältere Dame aus dem Haus immer mitleidig ansieht, wenn sie ihren Malteser spazieren führt.«

Wie erhofft lachte David auf, ein so wunderbares Geräusch, dass Meta kurz die Augen schloss. Im nächsten Moment verlor sie fast das Gleichgewicht, als David mit Gewalt von ihr fortgerissen wurde und sie sich taumelnd in der abseitsliegenden Gasse wiederfand.

Kapitel 26

Nackt

Anscheinend hatte der Angreifer nur darauf gewartet, dass seine Aufmerksamkeit nachließ. In dem Augenblick, als sein Lachen durch die Gasse hallte, wusste David, dass er einen Fehler gemacht hatte: Er spürte die Präsenz eines anderen starken Wolfes, doch im selben Augenblick wurde ihm der Arm, der eben noch Metas Taille umfasst hatte, auf den Rücken gedreht. Er stolperte einige Schritte vorwärts, so dass er fast auf die Knie gestürzt wäre. Ehe er sich fangen konnte, hatte der Angreifer ihn umrundet, packte ihn am Revers und riss ihn mit solcher Gewalt in die Höhe, dass er aufkeuchte. Er hob den Blick und sah in die blauen Augen von Maggies Sohn Tillmann. Dieser nickte einmal kurz zur Begrüßung, dann rammte er seine Stirn in Davids Gesicht.

Eine schwarzfleckige Explosion hinter Davids Augen raubte ihm die Sicht, während sich von seiner rechten Braue aus rasant ein taubes Gefühl ausbreitete. Metas entsetzter Aufschrei drang an sein Ohr, und sofort setzte der Wolf in seinem Inneren zum Sprung an. Aber David konnte nicht zulassen, Meta in einem solchen Augenblick sein Geheimnis zu offenbaren. Erst, wenn ihm nichts anderes mehr übrigblieb.

Deshalb brachte David all seine Kraft auf, um den Dämon davon abzuhalten, Gestalt anzunehmen und sich auf jeden zu stürzen, der Meta in irgendeiner Form bedrohte. Der Wolf wollte trotzdem ausbrechen und setzte bei diesem Versuch eine ungeahnte Energie frei. David glaubte, in einen Strudel gerissen zu werden, in dem er nicht mehr zwischen seinem Willen und dem des Dämons unterscheiden konnte. Wäre Metas Furcht nicht gewesen, hätte David vermutlich Tillmanns brutalen Angriff vergessen vor lauter Erstaunen darüber, zu welcher Macht der Dämon seit dem Ritual gelangt war. In den letzten Wochen hatte sich der Wolf so unauffällig verhalten, dass er dessen schiere Existenz gar nicht mehr bedacht hatte. Nun begriff David, dass Maggie Recht gehabt hatte: Er war kaum imstande, die Macht des Dämons zu beherrschen. Gerade, als er glaubte, sich dem Willen des Wolfes unterwerfen zu müssen, zog dieser sich zurück und hinterließ einen vor Fassungslosigkeit und Erschöpfung gelähmten Mann.

Abwartend hielt Tillmann David an der Jacke fest, wobei sich seine Finger durch das Leder gruben, als suchten sie das nackte Fleisch. Trotzdem war David froh über den festen Griff, andernfalls wäre er zu Boden gesunken, immer noch unfähig, die Kontrolle über seine Gliedmaßen zurückzuerlangen.

Schließlich packte Tillmann ihn unter dem Kinn und zerrte seinen Kopf in den Nacken, bis David seinen Blick erwiderte. »Was ist los mit dir? Als ich dich das letzte Mal gesehen habe, warst du doch ganz wild auf ein Dominanzspielchen. Und jetzt klappst du zusammen, wenn ich dich nur einmal anticke? Ist es wirklich so leicht, dich zu unterwerfen?«

Obwohl David sich bemühte, den unterlegenen Eindruck aufrechtzuerhalten, erkannte Tillmann die Wahrheit. Er lockerte den Griff um Davids Kinn, der sich sofort nach Meta umsah. Aber der Spielraum, den Tillmann ihm ließ, reichte nicht aus, um einen Blick auf sie zu werfen. Außerdem lief ihm Blut von seiner Braue ins Auge, wo Tillmanns Stirn ihn getroffen hatte. Vor Verzweiflung hätte David am liebsten aufgebrüllt, denn er wagte es nicht, die Hilfe des Wolfes in Anspruch zu nehmen. Nicht einmal, um Tillmann einen kräftigen Stoß zu verpassen, damit er endlich seine Pfoten von ihm nahm. Der Dämon würde jede Gelegenheit nutzen, um hervorzubrechen und Gestalt anzunehmen. Dann könnte er vor Meta nicht länger leugnen, was er war.

Die Anspannung auf Davids Zügen beobachtend, sagte Tillmann: »Du hast wegen der Frau den Schwanz eingezogen, richtig? Nun gut, ihr wird nichts passieren, zunächst jedenfalls nicht. Jagau sorgt lediglich dafür, dass sie während unserer kleinen Unterredung nicht abhaut. Ich schlage also vor, dass du schön stillhältst, während ich rede. Dann sehen wir weiter.«

Langsam zog Tillmann seine Hand zurück, und als er feststellte, dass David sich auf den Handel einließ, betrachtete er ihn eingehend. David umgab die Macht des Dämons wie ein vibrierendes Feld. Davon war Tillmann angezogen, zugleich machte ihn Davids starker Wolf aggressiv. »Möchtest du denn gar nicht wissen, warum ich mir die Mühe dieses kleinen Überfalls ausgerechnet heute gemacht habe?«

»Behalt es für dich«, forderte David ihn leise auf.

Es war die Verachtung, die in den Worten mitschwang, die Tillmann ausholen ließ. Er traf David knapp unter dem Rippenbogen.

Im Hintergrund schrie Meta heiser auf.

Mit einem Schlag entwich David die Luft aus der Lunge, und es dauerte einen Moment, bis er sich wieder aufrichten konnte. Der Schmerz rief erneut den Wolf auf den Plan, der sein Temperament angesichts dieser Herausforderung kaum zügeln konnte. Ein brennendes Verlangen breitete sich in David aus, den Mann vor sich auf seinen Platz zu verweisen. Auch wenn Tillmann einen starken Wolf in sich barg, so zweifelten weder David noch sein Dämon daran, ihm überlegen zu sein. Doch im Gegensatz zu seinem Wolf war David nicht im Geringsten daran interessiert, das Leben an Metas Seite seinem verletzten Stolz zu opfern.

»Maggie hat mir erlaubt, mich in ihrem Viertel aufzuhalten. Hat sich irgendetwas daran geändert?«, fragte David in der Hoffnung, dass Meta möglichst wenig von dieser Unterhaltung mitbekam, obwohl er ahnte, dass sie dafür viel zu nahe bei ihnen stand.

»Du meinst wohl ihr *Revier*, du Arsch«, erwiderte Tillmann auch sogleich laut und deutlich. »Aber leider ist es nicht mehr lange Maggies Revier, denn in weniger als zwölf Stunden werden wir unter Hagens Herrschaft fallen. Meine Mutter hielt es für besser, dem Teufel ihre Seele zu verkaufen, als von ihm gefressen zu werden. Denn genau das hätte Hagen mit ihr gemacht, auch wenn dieser aalglatte Parlas das natürlich in eine diplomatische Umschreibung gepackt hat. Hagen wird also nicht unser neuer Herr und Meister, sondern unser Beschützer. Zumindest so lange, bis er unser Revier kennt und es wagen kann, den ersten Schlag gegen Sascha auszuführen.«

Die Nachricht schockierte David, und zum ersten Mal warf er Tillmann einen aufmerksamen Blick zu. Hinter seiner Wut versteckte der Mann eine tiefe Verletztheit, die durch die Entscheidung seiner Mutter und Rudelführerin ausgelöst worden war. Dabei ging es um mehr als um gekränkten Stolz; es war der Glaube, verraten worden zu sein. Im Gegensatz zu Tillmann begriff David jedoch, dass Maggie keine andere Möglichkeit gehabt hatte. Für einen Moment überkam ihn eine Welle von Mitleid, und er vergaß, dass Meta sich in Hörweite befand. »Wenn Maggie abgelehnt hätte, hätte Hagen nicht nur sie getötet, sondern euer halbes Rudel ausgemerzt, jeden, der seinen Anspruch gefährden könnte.«

Tillmann lachte bitter. »Kein Wunder, dass Maggie einen solchen Narren an dir gefressen hat – du könntest wirklich ihr Sohn sein. Zumindest bist du ihr ähnlicher, als ich es bin. Und im Gegensatz zu deiner Anwesenheit kann sie auf meine sogar verzichten. Ich darf mich nämlich bis zur Übergabe absetzen. Ich gehe zu einem der kleineren Rudel außerhalb der Stadt. Zumindest hat meine Mutter das so verhandelt. Bevor ich aber mein Revier verlasse, wollte ich mich noch von dir verabschieden. Soll ich dir sagen, warum mir das so besonders wichtig ist?«

Mittlerweile war jedes andere Gefühl in Tillmann anscheinend wieder seinem gleißenden Zorn gewichen. Es sah fast so aus, als verlöre er gleich die Selbstbeherrschung und fiele David an. Mühsam sog Tillmann Luft durch die Zähne ein, dann sagte er mit vor Zorn brüchiger Stimme: »Es ist deine verdammte Schuld, dass Maggie sich so lange zurückgehalten hat, bis nichts mehr ging. Du hattest ihr versprochen, dass sich das Problem mit Hagen lösen würde, bevor er uns überrennt. Sie hat dir geglaubt, weil du stark genug bist, dieses verrückte Schwein zur Strecke zu bringen. Aber es war eine Lüge. In Wirklichkeit bist du nur daran interessiert, das Schoßhündchen von dieser Frau da zu spielen. Dein eigenes Rudel ist dir scheißegal, wie kann man da erwarten, dass dir unseres etwas bedeutet?«

Die Worte trafen David ungeahnt hart. Aus dieser Perspektive hatte er die Situation noch nie betrachtet. Zu fremd war er unter seinesgleichen gewesen. Erst an Metas Seite hatte er sich das erste Mal in seinem Leben vollständig gefühlt. Mit einem Mal haftete den letzten Wochen, die seine glücklichsten gewesen waren, ein schaler Beigeschmack an. Und obwohl David es besser wusste, fühlte er sich wie ein elender Verräter.

»Weiß deine Freundin eigentlich, was du bist? Nein? Hat sie nicht einmal eine Ahnung, wer ihr da das Bett warm hält?« Tillmann hielt inne, dann senkte er das Kinn auf die Brust und sah David gehässig an.

Eine Sekunde später traf Tillmann ein Faustschlag im Gesicht. Er taumelte verblüfft zurück, wobei ihm das Blut aus der

Nase spritzte. Doch bevor David ihn weiter attackieren konnte, schrie Meta empört auf. Augenblicklich wirbelte David herum und sah, wie der gedrungene Mann namens Jagau ihren linken Oberarm mit festem Griff umfangen hielt. Ungläubig starrte sie den Mann an, der ihr soeben mit voller Absicht Schmerzen zugefügt hatte, als sie David zu Hilfe eilen wollte.

Plötzlich packte Tillmann ihn mit unmenschlicher Kraft und drehte seinen Arm auf den Rücken. Die Schmerzen, die seinen Körper dabei durchfuhren, lediglich wie ein fernes Glimmen wahrnehmend, versuchte David, sich mit aller Kraft dem Griff zu entwinden. Tillmann, über dessen Haut ein Schatten tanzte, hielt dagegen.

»Wenn du nicht sofort stillhältst, wird mein Freund deiner Schönen das Genick brechen, und zwar ehe du sie erreichen kannst. Ganz gleich, wie schnell du bist, er wird schneller sein. Hast du das begriffen?«

Anstelle einer Antwort gab David seine Gegenwehr auf, den Blick auf Meta gerichtet, die ihn voller Entsetzen und Unverständnis ansah. Schreckensbleich war sie zwischen der Häuserwand und ihrem Wächter eingezwängt. Sie hielt den Rosenstrauß, den er ihr vor einer halben Ewigkeit, wie es ihm schien, geschenkt hatte, an ihre Brust gepresst. Beinahe so, als ob sie jeden Moment zerfallen würde, wenn sie sich nicht länger daran festhielt.

»Tief in deinem Innersten sträubt sich doch sicherlich alles dagegen, dein Menschleben mit einer Lüge zu beginnen, oder, David?«, fuhr Tillmann unterdessen fort, die Stimme heiser vor unterdrückter Genugtuung. »Ich werde dir einen Gefallen tun und dir helfen: Ich locke deinen Wolf für dich hervor, damit deine Liebste sich ihn einmal anschauen kann. Schließlich besitzt du doch diese besondere Gabe, dich von ihm zu trennen. Sehr anschaulich. Was denkst du, wie ihr der Schattenwolf gefallen wird?«

Mit diesen Worten gab Tillmann seinen Arm frei und schritt an ihm vorbei. Als er Meta erreichte, ließ Jagau ihren Arm los und zog sich zurück. Tillmann baute sich vor der regungslosen Meta auf, die Hände hinter dem Rücken verschränkt, sie eingängig begutachtend.

»So sehen also Frauen aus, die sich mit Raubtieren einlassen, anstatt vor ihnen zu fliehen.«

Seinem Ton wohnte etwas so Anzügliches inne, dass Meta ihren Blick kurz vom am ganzen Leib bebenden David losriss, um den Mann, der bedrohlich nahe an sie herangetreten war, zu mustern.

Tillmann grinste sie boshaft an. »Erstaunlich. Normalerweise macht ihr immer einen weiten Bogen um uns, als würdet ihr ahnen, dass wir in euch bestenfalls ein unterhaltsames Spielzeug sehen. Aber wahrscheinlich magst du es auf die harte Tour, was?«

»David, wovon redet dieser Mensch?« Metas Augen waren vor Schrecken so weit aufgerissen, dass die grün schimmernden Seen ihrer Iris freilagen.

Ihre Panik und Abscheu, die David wie eine schwarze Flut entgegenschlug, drohte ihn unter sich zu begraben. Er spürte, wie ihn der Mut verließ. Selbst wenn Tillmann sich jetzt abwandte und ging, so würde Meta ihn, nachdem sie den ersten Schrecken verwunden hatte, verlassen. Er hatte sie verloren. Die Verzweiflung paarte sich mit Wut, und dieses Mal unterdrückte David sie nicht. Augenblicklich wurde der Wolf hervorgelockt und tanzte über Davids Haut wie ein dunkler Schemen. Noch einmal sah er Tillmann warnend an. »Tu das nicht«, sagte er mit einer Ruhe, die angesichts der Aufruhr in seinem Inneren unmöglich schien.

Tillmann zögerte nur kurz. »Das hast du dir selbst zuzuschreiben«, sagte er und verpasste Meta einen Schlag gegen die Schläfe.

Meta gab ein schwaches Keuchen von sich, als sie durch die Wucht des Schlages mit Gesicht und Schulter gegen den rohen Stein schlug. Der Rosenstrauß glitt ihr aus den Händen, und sie trat darauf, als sie sich benommen von der Wand abstützte. Tillmann zerrte sie herum und schlang seinen Arm um ihren Oberkörper, so dass sie nicht ohnmächtig in sich zusammensinken konnte.

David sah, wie sich Metas Stirn und Wange bereits rot verfärbten, dort, wo sie gegen den Stein geprallt war. Tillmann fasste ihr ins Haar und riss ihren Kopf nach hinten. Blitzschnell glitt seine Hand unter den Rollkragen ihres Pullovers und zog den Stoff herunter, bis ihre helle, pochende Kehle zu sehen war. Noch ehe David den Wolf freigeben konnte, brach der Dämon eigenständig mit einer solchen Impulsivität aus ihm heraus, dass er glaubte, es zerreiße ihn. Doch in diesem Moment war ihm das vollkommen gleichgültig.

In dem Augenblick, als David gewaltsam von ihr fortgezerrt worden war, hatte Meta kaum mitbekommen, dass sie beide tatsächlich angegriffen wurden. In ihrem ganzen Leben war sie noch nie bedroht, geschweige denn grob angepackt worden. Doch mehr als die Gewalt hatte sie etwas anderes schockiert: Die Augen der Angreifer leuchteten in demselben Blau wie Davids. Wie die Augen des Jungen, der sie neulich in der Galerie besucht hatte. Was waren das nur für Menschen? Der Schmerz, als Tillmanns Faust sie an der Schläfe traf und ihr Gesicht gegen die Mauerwand schlug, wischte ihre Benommenheit weg. Sie brauchten Hilfe. Jetzt, sofort.

Meta spürte, wie kräftige Hände nach ihrem Körper fassten, ihr den Kopf in den Nacken zerrten, so dass sie nur noch den Winterhimmel sehen konnte. Der Griff war derartig hart, dass sie nicht einmal mit dem Gedanken spielte, sich ihm zu entziehen. Stattdessen konzentrierte sie sich darauf, nach Hilfe zu rufen. Sie blendete alles aus – Schmerz, Verwirrung. Übrig blieb die Gewissheit, dass ein Hilferuf nicht ungehört verhallen würde, und Meta gab ihr ohne Zögern nach. Alles, was sie tun musste, war zu rufen. Als ihr der eigene Schrei in den Ohren gellte, stellte sie verwirrt fest, dass sie den Mund gar nicht geöffnet hatte. Trotzdem erscholl sogleich eine Antwort: ein ohrenbetäubendes Tosen. Jede Faser ihres Körpers reagierte auf dieses unwirkliche Geräusch, das sie mit allen Sinnen gleichzeitig wahrzunehmen schien.

In ihrem Nacken stieß Tillmann ein unmenschliches Knurren aus, mit dem auch David seinen Unmut kundtat. Während Tillmann den Griff um ihre Kehle verstärkte, veränderte sich die Art seiner Berührung: Etwas durchfuhr seine Hand, drang in sie ein und durch sie hindurch. Eine unnatürliche Energiewelle, die Meta erschaudern ließ, obwohl sie ihr so vertraut vorkam – sie kannte die Quelle dieser Macht, war schon von ihr berührt worden. Zwischen Tillmanns Hand und ihrer Haut hatte sich der Schatten ausgebreitet, so dass er ihre Kehle mit Leichtigkeit zerquetschen könnte. Mit derselben Leichtigkeit, mit der David damals die Metalltür hatte aufspringen lassen.

Ohne zu begreifen, was sie tat, griff ein Teil von Meta nach dieser sich zu einem Schemen verdichtenden Energie und lud sie ein. Als der Schatten ihre Einladung annahm, wurden in ihrer Seele Räume aufgestoßen, von denen sie bislang keine Vorstellung gehabt hatte. Lichtdurchflutet und weit. Wie ein Wirbelsturm tobte Tillmanns Schatten durch diese Räume, als habe er sich noch nie zuvor so frei und glücklich gefühlt. Zuerst wollte sich Meta sträuben, die Türen wieder zuschlagen, einfach, weil es nicht sein durfte. Dann erkannte sie, dass es nur ungewohnt war, diese fremde Macht in sich zu tragen, und ließ es geschehen. Als der Schatten sie endlich verließ, schlossen sich die Türen in Metas Innerem zwar wieder, aber sie waren nicht verriegelt.

Die Anspannung, unter der Tillmann gestanden hatte, war plötzlich wie gelöst. Auch der Griff in ihrem Haar lockerte sich, so dass Meta endlich ihren Kopf senken konnte. Augenblicklich stieß David ein beschwörendes »Nicht hinschauen« aus, aber im selben Moment sah sie den riesigen Wolf, der sich direkt vor ihr zum Angriff aufgebaut hatte.

Mein Wolf, dachte Meta, als sie ihn wiedererkannte. Mein Wolf, der mich auf meinem Spaziergang durch dunkle Straßen begleitet hat. Dann begriff sie, dass das Wesen vor ihr nicht existierte, zumindest nicht auf die gleiche Art wie sie. Die Gestalt war nicht mehr als ein Schemen, eine Ahnung von einem Wolf. Trotzdem strahlte er eine ungeheure Energie aus. Seine Fänge und die sich unter dem bleigrauen Fell abzeichnenden Muskeln waren Waffen, denen niemand widerstehen konnte. Alles in diesem Schattenwolf drängte zum Angriff – allerdings nicht auf Meta, sondern auf Tillmann, der immer noch dicht hinter ihr stand, fast ein wenig selbstvergessen.

Nur mit Mühe gelang es Meta, den Blick von dem lauernden Wolf abzuwenden und zu David hinüberzusehen, der reglos einige Schritt hinter der Kreatur stand. Seine Gesichtszüge zeigten eine Verzweiflung, die Meta nicht begreifen konnte. Sie wollte ihm Trost zukommen lassen, die Versicherung, dass nun alles gut werden würde, doch all ihre Aufmerksamkeit wurde von dem tänzelnden Schatten eingenommen. Meta blickte dem Wesen, das auf eine lautlose Art zu ihr sprach, in die Augen und erkannte in deren Tiefen, als würde sie eine Ewigkeit in eine Nebelwand starren, plötzlich zwei blaue Leuchtfeuer. Da verstand sie: Dieses Wesen war ein Teil von David. Und es wollte ein Teil von ihr sein. Die Bitte war von einer solchen Dringlichkeit, dass es Meta fast das Bewusstsein raubte. Es war mehr, als sie ertragen konnte.

»Ruf deinen Wolf zurück«, forderte Tillmann unterdessen

David mit brüchiger Stimme auf und trat langsam einige Schritte hinter Meta zurück. »Ich weiß nicht, was hier eben passiert ist, aber ich denke, wir sind quitt.«

Zuerst reagierte David gar nicht, dann nickte er lediglich und schloss die Augen. Der Schattenwolf, der vor Meta stand, als warte er nur darauf, dass sie ihn endlich berührte, machte widerwillig kehrt und schritt auf seinen Herrn zu. Ungläubig schaute Meta dabei zu, wie der Wolf mit David verschmolz.

»Ich habe keine Ahnung, wozu deine Lady imstande ist. Aber was immer es auch ist, der Wolf mag es. Du bist wirklich stets für eine Überraschung gut, David. Jetzt kann ich fast verstehen, warum Maggie einen solchen Narren an dir gefressen hat.« Einen Moment blieb Tillmann stehen, dann wandte er sich ab und verschwand mit seinem Kumpanen so plötzlich, wie sie beide aufgetaucht waren.

David stand mit geschlossenen Augen da, reglos, als nehme er alles hin, was nun geschehen mochte. Verzweifelt suchte Meta nach Worten, um ihn zu erreichen, aber es gelang ihr nicht einmal, einen Schritt zu tun. Zu verwirrend, zu überwältigend waren die letzten Minuten gewesen, ihre ganze Welt war auf den Kopf gestellt worden. Und sie ertastete immer noch die Weite in ihrem Inneren, die nun, da der Schatten zu Tillmann zurückgekehrt war, verwaist in ihr lag.

»Es tut mir leid. Ich habe wirklich geglaubt, ich könnte den Wolf vor dir verheimlichen«, sagte David kaum hörbar. Er trat auf Meta zu und bückte sich. Zuerst sah es aus, als wolle er den Rosenstrauß aufheben, aber dann richtete er sich lediglich wieder auf. Kein Blick, keine Berührung. »Du brauchst jetzt keine Angst mehr zu haben, Tillmann ist fort und wird dich nicht wieder belästigen. Keiner von uns wird das noch einmal tun.« Mit diesen Worten machte er auf der Stelle kehrt und ging fort.

Nein, bleib!, wollte Meta ihm zurufen, aber ihre Lippen waren wie versiegelt. Als sie die Starre endlich abgestreift hatte und ihm hinterherlaufen wollte, stolperte sie über den Rosenstrauß und fiel auf die Knie. Unfähig, sich wieder zu erheben, begann sie zu weinen.

Kapitel 27

Freier Fall

Irgendwann fand Meta die Kraft, aufzustehen und nach Hause zu gehen, wobei sie kaum spürte, wie ihre Füße den Boden berührten. Ihr ganzer Körper war ein einziges Beben, obgleich er sich wie abgestorben anfühlte. Doch Meta scherte sich nicht um ihr Befinden, sie spürte vor Kummer und Entsetzen kaum, was in ihrem Inneren passierte. In einer grauenhaften Endlosschleife, die sich völlig ihrem Willen entzog, flackerten die Bilder auf: Die Rohheit, mit der David und sie attackiert worden waren, diese nie zuvor erlebte Angst und der Schmerz vermischten sich mit dem Erscheinen des Wolfes, der ihrem Ruf gefolgt war. Sie spürte ein Nachhallen des Schattens, den sie Tillmann entlockt hatte, damit er ihr nicht die Kehle zudrücken konnte. Sah Davids Körper, der den Schatten in sich aufnahm. David, der sich von ihr abwandte.

Unwillkürlich begann Meta zu keuchen, weil ihr die Luft immer schneller aus den Lungen zu entfliehen drohte. In einem fort tauchte vor ihrem inneren Auge der Schattenwolf auf, bereit ihr zu folgen, nur um sich einen Herzschlag später wieder mit David zu vereinen. Meta schüttelte mechanisch den Kopf, als wäre die Erinnerung nicht mehr als ein Trugbild. Dabei hatte sie erkannt, dass der Schattenwolf ein Teil von David war und zugleich doch etwas ganz anderes. Instinktiv begriff sie diese Wahrheit, als hätte sie ihr ganzes Leben lang in ihr geschlummert und auf den Moment gewartet, sich ihr endlich zu offenbaren. So musste es sein, denn auf dieses Wesen zu reagieren war ihr so leicht gefallen, wie zu atmen … Verwirrt schob Meta den Gedanken beiseite, und es blieb nur noch das Bild von David, wie er ihr den Rücken zukehrte.

Wenn Meta noch die Kraft besessen hätte, hätte sie vor Verzweiflung geschrien, bis ihr die Stimme brach. Aber so schaffte sie es gerade einmal, die Wohnungstür hinter sich zuzuziehen und auf den Boden zu gleiten. Reglos saß sie da, unfähig, den Blick zu heben. Dabei hätte sie auch gar nicht gewusst, wo sie hinschauen sollte: Das Apartment war innerhalb eines einzigen Augenblicks zu einem Symbol für ihre Verlassenheit geworden. Im Wohnzimmer lagen zwar noch Davids CDs und im Kleiderschrank Stücke seiner schmalen Garderobe … Die wenigen Wochen, die sie gemeinsam in diesen Wänden verbracht hatten, hatten nicht mehr Spuren hinterlassen. Trotzdem bedeuteten sie für Meta, dass diese Zimmer ihnen beiden gehört hatten, dass sie diesen Lebensraum mit David geteilt hatte.

Bei diesem Gedanken überkam Meta eine weitere Welle der Verzweiflung, und sie krümmte sich zusammen. *David ist fort* – wie ein schreckliches Mantra ging ihr der Satz durch den Kopf. Eine böse Wahrheit, die sie vergiftete. Er würde nicht zurückkehren und sie erlösen, sie hatte ihn verloren. Warum? Das verstand sie kaum. Er war ihr in dieser irrwitzig schnellen Abfolge von Gewalt und absurden Erlebnissen abhandengekommen. Etwas hatte das Band zwischen ihnen zerschnitten, aber sie wusste nicht, was. Unwillkürlich leuchteten blaue Augen vor ihr auf, und abermals spürte sie Tillmanns Griff um ihre Kehle, bis ihr die Angst sämtliche Wärme aus dem Körper gesaugt hatte. War das die Welt, vor der David sie hatte beschützen wollen? War er deshalb gegangen?

Das schale Tageslicht wanderte durch die Fenster des Apartments, bis es sich in ein dunkles Grau verwandelte und schließlich der Nacht wich. Als alles endlich im Dunkeln lag, gelang es Meta, tief durchzuatmen. Sofort jagte ein brennender Stich durch ihre Brust und fraß sich in ihre Lungen. Sie war so überrascht, dass sie einen Moment lang glaubte, ersticken zu müssen. Doch rasch verwandelte sich der Schmerz in ein warmes Pochen, als wäre das Leben wieder in sie zurückgeflossen, und sie begann zu weinen. Erst leise, beinahe stumm, dann endlich lauter, bis es kein Halten mehr gab. Schluchzend presste sie ihr Gesicht gegen die angewinkelten Knie und hörte auch dann nicht auf, als schon lange keine Tränen mehr flossen. Der erlittene Schock war wie ein Dieb, der ihr allen Lebensmut raubte.

So kam es, dass Meta immer noch an der Wohnungstür kauerte, als es spät in der Nacht klingelte. Es dauerte lange, bis sie das Geräusch in ihrer Benommenheit überhaupt zuordnen konnte, und noch viel länger, bis sie sich aufraffte, den Summer zu drücken und die Tür zu öffnen. Während sie an den Türrahmen gelehnt dastand, dachte sie darüber nach, wer sie wohl um diese Uhrzeit besuchen kam. Doch sie war zu ausgelaugt, und selbst das Stehen auf den zitternden Beinen erschien ihr fast zu anstrengend. Nicht einmal die Hoffnung, es könnte David sein, flackerte auf – zu gut hatte Meta begriffen, dass er sie verlassen hatte.

Obwohl Meta den Schritten lauschte, die auf dem Granitboden des Hausflurs widerhallten, zuckte sie zusammen, als Rahels aschgraues Gesicht vor ihr auftauchte. Bei ihrem Anblick lachte Meta leise, ein kaum hörbares Krächzen. Ihre Freundin sah fast so elend aus, wie sie selbst sich fühlte: Das Lockenhaar stand ihr wirr vom Kopf ab, der zusammengepresste Mund war ein farbloses Etwas, und unter den Augen hatten sich schwarze Ringe eingenistet. Rahel schienen alle Lebensgeister abhandengekommen zu sein. Lediglich eine ermattete Hülle war zurückgeblieben.

Meta schloss für einen Moment die Augen. »Du weißt es?«, fragte sie, die Stimme heiser vom Weinen.

Vor lauter Hilflosigkeit hob Rahel die Hände hoch. »David hat mich angerufen und gesagt, dass ihr überfallen worden seid.« Unwillkürlich berührte Meta ihre pochende Schläfe, wo Tillmanns Fausthieb sie getroffen hatte. »Außerdem hat er gesagt, dass du seinen Wolf gesehen hast. Ich habe ihm versprochen, mich um dich zu kümmern, damit du diesen Schock verwindest. Und ich soll dir ausrichten, dass du dir keine Sorgen machen musst. Das sei heute der erste und letzte Einbruch der Gewalt in dein Leben gewesen. Er wird nicht wiederkommen.«

Rahels letzte Worte fühlten sich an, als hätten sie Meta eine Klinge in den Leib gerammt: Sie krümmte sich zusammen, und ihre Freundin stützte sie im letzten Moment und begleitete sie ins Schlafzimmer. Dort schmiegte sich Meta in die nach David duftenden Kissen und weinte sich in den Schlaf.

»Du hast also Bescheid gewusst, dass dieses …« Meta stockte. »Ich weiß nicht einmal, wie ich es nennen soll.«

Rahel stand auf dem Balkon, der mit einer feinen Schneeschicht bestäubt war, die dem finsteren Morgen einen Hauch von Unbeschwertheit verlieh. Wenn es überhaupt möglich war, sah sie nach ein paar Stunden Schlaf auf dem Sofa noch angegriffener aus als in der letzten Nacht. Sie blickte Meta aus geröteten Augen an, dann schaute sie wieder in den bleigrauen Himmel.

»Es ist ein Wolf, aber David nennt ihn einen Dämon, gerade so, als sei er von ihm besessen.«

»Du kennst diesen Wolfsdämon also?«

Obwohl der Wind um die Hausfront peitschte und ihr geschundener Körper zitterte, trat Meta ebenfalls ins Freie. Sie atmete tief ein und stellte sich so dicht neben Rahel, bis ihre

Oberarme sich berührten. Dankbar für diese tröstende Geste, schenkte Rahel ihr ein vorsichtiges Lächeln.

»Ja, ich weiß um diesen Dämon«, sagte sie, und Meta bewunderte sie für ihre gefestigte Stimme, die ihr unendlich viel Kraft abverlangen musste. »Mein jüngerer Bruder Augusten kam mit den gleichen schönen blauen Augen auf die Welt wie David. Deshalb habe ich auch erkannt, was David ist. Ich hätte es dir sagen müssen, aber ich habe es einfach nicht über mich gebracht. Ich habe miterleben müssen, was der Wolf aus einem Menschen macht, welche Grenzen er ihm auferlegt. David ist so verliebt in dich, da habe ich ihn einfach nicht seiner Chance berauben können. Allerdings hat er mir versprochen, dich zu verlassen, wenn der Wolf hervorbricht, und ich habe ihm vertraut. Damit habe ich einen Fehler begangen, nicht wahr?«

Ohne darüber nachdenken zu müssen, schüttelte Meta den Kopf. »Nein, es war gut, dass David und ich zuerst unsere Zeit miteinander hatten. So hatte ich die Gelegenheit, von einer Seltsamkeit über die nächste zu stolpern, ohne gleich mit dem großen Geheimnis konfrontiert zu werden. Wenn du es mir sofort gesagt hättest, hätte ich vielleicht vor Entsetzen mit David gebrochen.«

Rahel zog vor Verwirrung den Kopf zurück und sah Meta an. »Das kann nicht dein Ernst sein!«, brach es dann aus ihr hervor. »Du hast den Wolf gesehen und spielst trotzdem mit dem Gedanken, David zurückhaben zu wollen?«

Verblüfft von Rahels heftiger Reaktion, zuckte Meta zusammen. Ganz gleich, wie erschreckend das Geschehen in der Gasse auch gewesen und wie absurd die Existenz dieses Wolfsdämons auch sein mochte, in keinem Moment hatte sie daran gezweifelt, dass sie David trotzdem an ihrer Seite haben wollte. Deshalb verletzten sie Rahels Worte auch. Offenbar war ihre Freundin davon ausgegangen, sie würde sich in der Sekunde, in der sein Geheimnis gelüftet war, von ihm abwenden. Als wäre er nicht einmal die Überlegung wert, ob sie den Wolf vielleicht ertragen könnte. Als Meta sicher war, dass ihrer Stimme nichts Harsches beiwohnte, sagte sie schlicht: »Ja. Ich habe mich für David entschieden, daran ändert auch der Dämon nichts.«

Eine Spur von Hoffnung legte sich über Rahels Züge, löste die Anspannung, die ihr Gesicht in eine Maske verwandelt hatte. Dann legte sie der vor Kälte und Erschöpfung zitternden Freundin den Arm um die Schultern und führte sie zurück in die Wohnung. »Es ehrt dich mehr, als du denkst, dass du David nicht zum Teufel wünschst. Aber ich finde, du solltest zuerst mehr über den Wolf wissen, bevor du eine so grundlegende Entscheidung triffst. Ich koche uns jetzt eine Kanne Tee, und dann erzähle ich dir, was ich darüber weiß. Wenn du das Ganze verdaut hast und deinen David immer noch willst, dann werde ich dir helfen und meinetwegen auch Patentante von euren Welpen werden, okay?«

Meta warf ihr einen skeptischen Blick zu, aber die warme Luft im Inneren der Wohnung hieß sie willkommen und machte den kleinen Seitenhieb mit den Welpen vergessen. Während Rahel in die Küche verschwand und ein Tablett mit Keksen und Geschirr belud, kuschelte Meta sich, in eine Wolldecke gehüllt, in die Sofaecke. Ihr Kopf schmerzte unerträglich, und auf ihrer Stirn hatte sich ein handtellergroßer Bluterguss ausgebreitet, dort, wo sie gegen die Mauer gestoßen war. Auch ihr Handgelenk war geschwollen und ließ sich nur schwer bewegen. Noch immer konnte ein Teil von ihr nicht glauben, dass sie tatsächlich attackiert worden war. So etwas gab es in ihrer Welt nicht. Aber in Davids … Dort gehörte Gewalt offensichtlich zum Alltag. Meta fielen all die Verletzungen ein – alte und neue –, mit denen sein Körper übersät war. Wohin ist er bloß gegangen? Wie heiße Finger kroch ihr die Sorge den Nacken hinauf. Zwar hatte dieser Tillmann davon gesprochen, dass sie nun quitt seien, aber war David wirklich in Sicherheit?

Als Rahel mit dem Tablett zurückkehrte, verdrängte Meta rasch ihre Überlegungen. Wenn sie von der Sorge erzählte, dass David vielleicht in Gefahr schwebte, zöge Rahel sicherlich ihr Angebot, nach ihm zu suchen, zurück. Was gewiss auch das Vernünftigste wäre, denn wer konnte schon sagen, was sich hinter alldem verbarg. Nur interessierte sich Meta nicht länger für vernünftige Entscheidungen.

Gegen ihren schwachen Protest häufte Rahel Zucker in den Tee und goss Sahne nach, dann setzte sie sich mit einer Tasse in den Händen auf die gegenüberliegende Seite des Sofas und steckte ihre Füße zu Meta unter die Decke. Es brauchte ein paar Schlucke Tee, bis Rahel sich räusperte, und Meta gönnte ihr gern diese Zeit, auch wenn sie vor Aufregung kaum an sich halten konnte.

»Wie gesagt, mein Bruder Augusten kam ebenfalls mit dieser verräterischen Augenfarbe auf die Welt. Nicht, dass wir damals eine Ahnung gehabt hätten, was sich hinter diesem genetischen Wunderwerk verbarg. In unserer Familie gibt es eigentlich keine strahlend blauen Augen.« Rahel verzog den Mund zu einem traurigen Lächeln. »Heute weiß ich, dass der Wolfsdämon von Geburt an mit einem Menschen verbunden ist. Niemand kann sagen, wann die Verschmelzung stattfindet, zu welchem Zeitpunkt der Dämon also auf den Menschen überspringt. Manche glauben sogar, dass Mensch und Wolf von Anfang an gemeinsam existieren, obwohl ich persönlich nichts davon halte: Während Augusten noch ein Kind war, war der Wolf längst ausgewachsen und mehr ein Beschützer als ein kindlicher Spielgefährte. Aber ich glaube auch nicht, dass man von dem Dämon besessen ist, schließlich zwingt er niemanden dazu, ernsthaftes Unheil anzurichten.«

»Von einem Dämon besessen? Ich kenne diese Worte nur im Zusammenhang mit Exorzismus«, hakte Meta unsicher nach. Sie hatte zwar Verständnis dafür, dass Rahel sich dem Thema so umständlich näherte, aber sie begriff nicht wirklich, worauf die Freundin hinauswollte.

Rahel strich sich das Lockenhaar aus der Stirn, die vor Anstrengung ganz zerfurcht war. »Genau das ist der springende Punkt: Man kann den Wolf nicht austreiben – wenn du dich mit der Geschichte befasst und weißt, wonach du suchst, wirst du schnell herausfinden, dass es immer wieder einmal versucht worden ist. Aber der Wolf ist ein Teil des Menschen, und die meisten von ihnen fühlen sich auch so stark mit ihm verbunden, dass sie kaum noch zwischen ihren eigenen Bedürfnissen und denen des Wolfes unterscheiden können. Sie sind vermutlich die zufriedensten ihrer Art.«

»Was erwartet dieser Wolf denn überhaupt?«

»Einmal davon abgesehen, dass der Wolf die Sinneswahrnehmungen verändert und einem unnatürliche Kraft verleihen kann, eigentlich nicht viel: Er jagt gerne, aber die Lust zu lauern und zu hetzen hat nichts mit Mordlust zu tun. Wobei es natürlich trotzdem kein Spaß ist, von seinem eigenen Bruder durchs Haus gescheucht zu werden, wie ich dir verraten kann.« Rahel lachte leise, und es klang so traurig, dass Meta unvermeidlich wieder die Tränen in die Augen stiegen. Sie rutschte zur Freundin hinüber und umschloss sanft ihren Ellbogen mit der Hand.

»Du hast den Wolf gesehen: Er ist ein Schemen, bestenfalls eine Idee von einem Wolf«, fuhr Rahel nach einigem Räuspern fort. »Man könnte fast glauben, dass er diese Form angenommen hat, um der Fantasie der Menschen entgegenzukommen. Wir suchen doch in allem Unbekannten eine vertraute Form. Hier passt der Wolf am besten, weil er tatsächlich einige Eigenschaften dieses Tieres innehat. Der Dämon sehnt sich nach der

Gesellschaft von seinesgleichen und will mit ihnen in einem Verbund leben. Darum sprechen die betroffenen Menschen von Rudeln und Revieren. Er braucht das Gefühl der Zugehörigkeit und ist doch immer einsam, weil er sich nicht mit den anderen Wölfen vereinen kann. Er trägt also den gleichen Widerspruch in sich, den wir Menschen nur allzu gut kennen: Auf der einen Seite das Ich, auf der anderen das Wir – ein ständiger Widerstreit, man ist ein Wandler zwischen den Welten. Vielleicht nistet sich der Dämon ja genau aus diesem Grund in Menschen ein. Die Wölfe rotten sich also zusammen, und innerhalb der Gruppe muss der Einzelne seinen Platz finden, sich entsprechend seines Naturells einordnen – unter Menschen spricht man bei einem solchen Verhalten von Hierarchiebewusstsein. Wer ist das Alphatier? Wer das schwächste Glied in der Kette?«

Rahel stockte, um ein leises Kichern hinter der hohlen Hand zu verstecken. »Eigentlich ist der Wolf ein ganz schöner Spießer. Und dabei glaubt man doch immer, Dämonen verkörpern das absolut Böse und verschaffen sich Lust durch Chaos und Vernichtung. Nun, dieser Dämon weiß eine gelegentliche Balgerei und ein warmes Plätzchen am Ofen zu schätzen.«

Von so viel Leichtigkeit angesteckt, ließ auch Meta sich zu einem Lachen hinreißen, obwohl es reichlich abgehackt klang. »Ich glaube, damit werde ich fertig«, sagte sie und wollte sich sofort an der Hoffnung, nun das Schlimmste hinter sich zu haben, festklammern. Doch Rahels ernste Miene verriet ihr, dass sie noch keineswegs am Ende angelangt waren.

»Augusten war ein liebes Kind … einerseits.« Rahel unterbrach sich, als befürchte sie, nicht die richtigen Worte für ihren Bruder zu finden. »Aber oft war es so, als würde er nicht dieselbe Sprache sprechen wie wir. Nach allem, was ich in den letzten Jahren über den Wolf herausgefunden habe, würde ich sagen, dass der Wolf für Augusten als Kind etwas Natürliches war, das er nie infrage gestellt hat. Er hatte einen schattenhaften Kompagnon, der seine Sicht auf die Welt veränderte. Wenn man ihn ärgerte, konnte mein Bruder einen anknurren, dass einem die Nackenhaare zu Berge standen. Und man drängte ihn besser nicht in die Ecke, denn der Wolf verstand sich eben als Beschützer seines Hüters. Wenn er bei Augusten also Unsicherheit oder gar Angst wahrnahm, war es um seine Zurückhaltung geschehen, und er nahm Gestalt an.«

»Die Gestalt eines Schattenwolfes«, sagte Meta leise, fast wie benommen.

Rahel nickte. »Solange sein Hüter noch ein Kind ist, kann der Schatten die Form eines Wolfes annehmen. Später verliert sich diese Fähigkeit wieder, nur ganz wenige sind in der Lage, ihrem Wolf diese Freiheit zuzugestehen. Was David gestern getan hat, war etwas Besonderes, Meta. Sein Dämon muss sehr stark sein, David muss sehr stark sein.«

Es lag Meta auf der Zunge, zu sagen, dass der Schatten Gestalt angenommen hatte, um *ihrem* Hilferuf zu folgen. Allein die Andeutung hätte Rahel bestimmt überfordert. Und auch Meta verspürte im Augenblick kaum den Wunsch, die Dinge noch weiter zu verkomplizieren. Deshalb konzentrierte sie sich wieder auf Rahels Erzählung über deren kleinen Bruder.

»War auch Augusten stark?«, fragte sie vorsichtig. Vor ihren Augen entstand das Bild eines dunkel gelockten Jungen mit denselben offenen Gesichtszügen wie Rahels: Wie er die Hand ausstreckte und das mächtige Haupt eines Wolfes berührte, der fast genauso groß war wie er selbst.

Rahel nickte, während sie sich einige wirr abstehende Haarsträhnen hinter die Ohren strich. »Als Kind ist Augusten stark gewesen, denn er war mit sich im Reinen. Warum auch nicht? Sein Wolf war ihm Freund, Vertrauter und auf eine kaum beschreibbare Art auch ein Teil seiner selbst. Meine

Eltern und ich wussten damals nicht, womit wir es zu tun hatten. Obwohl wir immer wieder Zeugen von den Taten des Wolfes wurden, gaben wir die meiste Zeit über vor, es handle sich lediglich um einen besonders hartnäckigen imaginären Freund. Es war ein verwirrender Spagat, über den keiner von uns sprechen konnte. Als Augusten älter wurde und allmählich begriff, dass seine Familie ein dunkles Geheimnis hütete und darunter litt, wurde er immer unsicherer. Er liebte uns, aber er liebte auch seinen Wolf. Dieser nicht zu überwindende Zwiespalt war für beide Seiten unendlich schmerzhaft und hat tiefe Wunden gerissen, die nie verheilt sind. Vermutlich könnte David dir ähnliche Kindheitsgeschichten erzählen.«

Übermannt von einer Flut unterschiedlicher Gefühle, schloss Meta die Augen. Rahels Geschichte ging ihr so nahe, dass sie ihre eigene Misere vergaß. Zugleich fühlte sie sich ihrer Freundin verbunden und war ihr dankbar für das Vertrauen, das sie ihr entgegenbrachte. Es musste Rahel schwerfallen, die Geschichte ihres Bruders zu erzählen, eine Geschichte voller Verluste, wenn Meta den Unterton ihrer Stimme richtig deutete. Zugleich begriff sie aber auch einige Facetten an David, die ihr zuvor kaum bewusst gewesen waren: seine Wurzellosigkeit, diese stete Erwartungshaltung, von ihr abgewiesen zu werden. Sein Wunsch nach Nähe, dem trotzdem stets eine unerklärliche Zurückhaltung innewohnte. Vermutlich teilte David mehr als eine Kindheitserfahrung mit Augusten.

Eine leichte Berührung am Handrücken riss Meta aus ihren Gedanken. Rahel nahm ihr die Tasse ab und goss Tee nach. Dankbar nahm Meta das ihre eiskalten Hände wärmende Gefäß zurück und schenke Rahel ein Lächeln, das diese voller Zuneigung erwiderte. »Ich kann dir nicht sagen, wie dankbar ich bin, dass du zu mir gekommen bist und mir all das erzählst. Das ist ein großer Freundschaftsdienst.«

Rahel schüttelte den Kopf. »Das habe ich dir geschuldet … und irgendwie auch mir selbst. Du musst begreifen, dass du mit David nicht nur einen Mann samt Wolf bekommst, sondern auch jemanden, dessen Lebensgeschichte wahrscheinlich voller Fallstricke steckt.« Prüfend sah Meta ihre Freundin an. Mit wachsender Unruhe bemerkte sie, dass Rahel sich auf die Unterlippe biss, bevor sie weitersprach. »David fühlt sich ganz und gar nicht eins mit seinem Wolf, und das kann sehr gefährlich sein. Er hat sein Rudel verlassen – was ich kaum für möglich gehalten hätte –, er kümmert sich nicht um seinen Wolf … Du darfst nicht glauben, dass der Wolf leicht zu handhaben ist, zumindest nicht, wenn man aufhört, sich an die Regeln zu halten. Und die wichtigste Regel lautet: Lebe in einem Rudel, ganz gleich, wie klein es sein mag – oder wie verdorben. Die Wölfe brauchen einander, und sie brauchen einen starken Anführer, der den Schwächeren unter ihnen einen Weg in unsere Welt bahnt. Deshalb ist der Wolf hier: Er möchte Teil dieser Welt sein. So gesehen, hat David nicht Unrecht, wenn er den Wolf einen Dämon nennt. Denn wenn man anfängt, sich ihm zu entziehen, kann er genau dazu werden: eine fremde Macht, die Besitz von dir ergreift und ihre Forderungen stellt. Diesen Zwiespalt hält nicht jeder aus.«

Hastig vergrub Rahel ihr Gesicht in ihren Händen, und Meta konnte ein zorniges Aufschnaufen hören. Erst nach einiger Zeit wagte sie es, die Frage zu stellen, die mit jedem Satz von Rahel dringender geworden war: »Was ist aus Augusten geworden?«

Rahel wischte sich fast trotzig mit dem Ärmel über die Augen, dann sah sie Meta an, in ihrem Blick eine unerträgliche Mischung aus unterdrückter Wut und Trauer. »Als Augusten auf der Schwelle zum Mannsein stand, suchte eine Frau meine Familie auf – mein Bruder war ihr angeblich zufällig über den Weg gelaufen, und sie hatte erkannt, wie es um ihn bestellt war. Sie klärte uns über sein Geheimnis auf und bot an, ihn zu ihrem Rudel mitzunehmen. Nach vielen zermürbenden Diskussionen gaben meine Eltern ihr Augusten mit, der zunächst überglücklich war. Vermutlich hatte er geglaubt, er könnte beides haben: ein Rudel und seine Familie. Doch die Anführerin war herrschsüchtig und sah es ausgesprochen ungern, wenn Augusten das Revier verließ, um uns zu besuchen.«

Rahel hielt kurz inne, sie wirkte vollkommen aufgelöst und sah sich im Zimmer um, als suche sie nach etwas, an dem sie sich festhalten konnte.

Unruhig rutschte Meta umher, unsicher, wie sie der Freundin helfen konnte. »Rahel«, sagte sie vorsichtig, »wenn es dich zu sehr verletzt … Ich möchte nicht, dass du alte Wunden aufreißt, nur um mir zu helfen.«

Einen Augenblick lang fror Rahel jede Regung ein, als habe man sie gewaltsam aus einem Traum gerissen, dann sah sie Meta liebevoll an. »Es tut mir leid, aber nach all der Zeit schmerzt mich diese Geschichte immer noch unerträglich. Dabei sollte ich froh sein, jemanden zu haben, dem ich sie erzählen kann. Es ist grausam, seinen Bruder verleugnen zu müssen, weil alles, was seine Lebensgeschichte betrifft, ein einziges unausgesprochenes Geheimnis ist.«

Bevor Meta einige tröstende Worte finden konnte, tätschelte Rahel ihr Knie. So saßen sie eine Zeit lang schweigend da, bis Rahel erneut zu sprechen begann, die Stimme wieder gestärkt. »Der Wolf ist, wie gesagt, ein Rudeltier und braucht die Nähe von seinesgleichen. Einer der Gründe für dieses Verlangen hängt damit zusammen, dass die Wölfe mental miteinander verbunden sind, Eindrücke und Erinnerungen austauschen können.«

Meta riss die Hand hoch, um Rahel zu unterbrechen. Sie begriff nicht recht, was das eben Erfahrene genau zu bedeuten hatte. Die Vorstellung, dass jemand in Davids Erinnerung eindringen konnte, verwirrte sie. »Heißt das, andere Rudelmitglieder könnten von meiner Beziehung zu David wissen?« Allein bei der Vorstellung begannen ihre Wangen wie Feuer zu glühen. Was genau mochten die Rudelmitglieder von ihrer stürmischen Liebesbeziehung mitbekommen haben?

Rahel nickte mitleidig. »An und für sich ist diese Gabe etwas Gutes, aus der das Rudel Stärke beziehen kann. Aber oftmals wird sie als Recht des Stärkeren missbraucht. Augustens Anführerin nutzte sie zur Kontrolle. Wenn er dann doch einmal zu uns kam, wagte er es kaum, sich uns zu öffnen. Ich glaube nicht einmal, dass der Druck auf ihn so außergewöhnlich groß gewesen war – vermutlich erging es allen Rudelmitgliedern so. Aber mein Bruder litt unter der inneren Zerrissenheit. Meine Eltern und ich begriffen, dass wir ihn gehen lassen mussten, dass er die Spannung nicht aushielt.« Erneut glitt Rahels Blick ins Leere, und ihre Worte klangen so, als würde sie mit jemandem aus der Vergangenheit sprechen, sich ihm erklären. »Wenn wir uns ein paar Jahre zurückgehalten hätten, wäre Augusten vielleicht stark genug für ein Doppelleben gewesen, obwohl ich nicht wirklich daran glaube. Doch wir konnten nicht auf ihn verzichten. Wenn eine Familie durch ein Geheimnis zusammengeschweißt wird, dann stärkt das die Bindung, ganz gleich, was auch Schreckliches passieren mag. Wenn Augusten uns also wieder verließ, drängten wir ihn jedes Mal, rasch zurückzukehren. Bis er nicht mehr kam. Kein Abschiedswort, nur ein spurloses Verschwinden. Augusten hatte den Wandel zwischen den Welten nicht länger ertragen können.«

Obwohl Rahel es nicht aussprach, konnte Meta die Geschichte hinter den Worten heraushören: Sie hielt Augusten für tot, für immer verloren. Was auch geschehen sein mochte, der Dämon hatte einen hohen Preis für den Verrat eingefordert. Erneut fragte Meta sich, wie Augusten wohl ausgesehen haben mochte. Etwas an David – das spürte sie – hatte Rahel an ihren jüngeren Bruder erinnert und sie dazu verleitet, einem anderen Wolf noch einmal eine Chance zu geben, ganz gleich, wie gering die Hoffnung war.

»Vielleicht verstehst du jetzt, warum es so wichtig ist, dass du das Wesen des Wolfes wirklich begreifst«, fuhr Rahel fort, wobei ihr deutlich anzumerken war, dass sie dafür kaum noch die notwendige Kraft hatte. »Du bekommst nicht einfach David plus einen Wolf. Ein Teil von ihm ist mit etwas Größerem verbunden, dem du nicht angehörst. Wenn ihr beide das nicht akzeptiert, wird sich der Dämon gegen euch wenden. Glaub mir, er kann sich dem Rudel nicht entziehen.«

Als Meta nicht gleich antwortete, richtete Rahel sich auf und streckte die Hand nach ihr aus. Einen Moment lang befürchtete Meta, ihre Freundin könnte sie an den Schultern packen und eine Antwort aus ihr herausschütteln. Überfordert blinzelte sie sie an, aber Rahel legte ihr bloß die Hand auf den Oberarm und nickte ihr verständnisvoll zu.

Schließlich sagte Meta: »Als dieser Schattenwolf gestern Gestalt angenommen hatte, ist David einfach davon ausgegangen, dass ich ihn nicht akzeptieren könnte. Er hat mir nicht einmal die Chance gegeben.«

Die Erkenntnis schmerzte so sehr, dass Meta befürchtete, abermals in Tränen auszubrechen. Aber war Davids Schlussfolgerung wirklich so unangebracht gewesen? Welche Frau hätte das schon ertragen können – Liebe hin oder her? Was sagt es nur über mich aus, dass ich nicht bloß die Existenz eines solchen Wolfsdämons zu akzeptieren bereit bin, sondern auch mit vollem Bewusstsein einen Menschen als Teil meines Lebens einlade, der diesen Dämon in sich trägt?, fragte sich Meta und fürchtete sich zugleich vor der Antwort.

»Der Schatten ist ein Wesen aus einer anderen Welt, und etwas in uns spürt das.« Rahel achtete nicht auf die Sorgenfalten, die sich auf Metas Stirn zeigten. »Ich brauche nur an ihn zu denken, dann läuft es mir schon kalt den Rücken herunter. Er ist wider die Natur, ein Eindringling, und das jagt uns Menschen mehr Furcht ein als alle Grausamkeiten, die er uns antun könnte. Für Augusten war es unerträglich, Angst und Ablehnung in den Augen seiner Familie zu entdecken. Trotzdem ist es weder unseren Eltern noch mir gelungen, den Schatten ohne Furcht zu ertragen«, sagte Rahel voller Wehmut.

»Wenn ich mit David zusammen bin, verspüre ich keine Angst – ganz gleich, ob ich seinen Wolf sehe oder nicht«, erwiderte Meta vorsichtig. »Dieser brutale Tillmann hat mir Angst eingejagt. Der Zorn, den Davids Wolf versprüht hat, hat mir Angst eingejagt, weil ich dachte, er könnte die Beherrschung verlieren und Tillmann die Kehle zerfetzen. Aber ich habe nicht einen Augenblick lang befürchtet, der Wolf könnte mir etwas antun. Schließlich habe ich ihn ja auch gerufen.«

»Was meinst du mit *gerufen*?«, unterbrach Rahel sie verwirrt.

Ertappt hob Meta die Hände. »Ich weiß nicht, wie. Ich habe ihn gerufen, und er ist gefolgt. Außerdem bin ich Davids Wolf schon einmal zuvor begegnet ... Er ist neben mir hergelaufen, als würde er zu mir gehören. Und so hat es sich irgendwie auch angefühlt.«

Rahel sah sie lange Zeit nachdenklich an, bis sie schließlich sagte: »Dann verfügst du über eine Gabe, von der ich bislang nur Gerüchte gehört habe: Du kannst den Wolf rufen, obwohl er kein Teil von dir ist – deshalb flößt er dir keine Furcht ein. So wie ich den Wolf begreife, ist sein Hüter eine Art Portal, durch die er an unserer Welt teilhaben kann. Deshalb sind Menschen, die keinen Wolf in sich tragen, in den Augen des Dämons bestenfalls Beute. Aber es soll auch Menschen geben, die sich zu Portalen wandeln können, also nicht nur einen Dämon auf sich zu ziehen vermögen, sondern jeden beliebigen. Es ist also kein Wunder, dass David sich von seinem Rudel trennen und mit dir leben konnte. Ich befürchte, dass diese Gabe Geschenk und Fluch in einem ist.«

Meta schüttelte verständnislos den Kopf. Warum sollte eine Gabe, die es ihr ermöglichte, mit David zusammen zu sein, ein Fluch sein?

Rahel schien ihre Gedanken zu erraten, denn sie sagte: »Augustens Rudelführerin war äußerst besitzergreifend und eifersüchtig, obwohl sie es doch war, zu der er immer wieder zurückkehrte. Aber wenn Davids Wolf sich von dir angezogen fühlt, dann bist du für sein Rudel eine ernstzunehmende Konkurrenz. Und du weißt, wie sich Wölfe verhalten, die sich herausgefordert fühlen. Oder was passiert, wenn du einem Wolf begegnest, der deine Macht für sich in Anspruch nehmen will? So oder so bist du wahrscheinlich gefährdeter als jeder andere von uns.«

Kapitel 28

Dunkle Wege

Nathanel versuchte, mit der Schuhspitze einen kleinen Stein zu treffen, es gelang ihm jedoch erst beim zweiten Mal. Die ohnehin spitzen Wangenknochen in seinem Gesicht traten stärker als sonst hervor und verwiesen die auffällig blaue Iris in zwei dunkle Höhlen. Nathanels Leib wirkte ausgezehrt, die Kleidung schlackerte um seine langen Glieder. Und trotzdem strahlte er eine vibrierende Energie aus, deren Quelle ungebrochen floss. Mit rot geränderten Augen sah er dem davonkullernden Kiesel hinterher, und selbst als dieser liegen blieb, konnte er den Blick nicht von ihm abwenden. Nach einer Zeit wurde es sogar dem stets stoisch dreinblickenden Anton, Maggies rechter Hand, zu langweilig, sich neben dem Mann die Beine in den Bauch zu stehen: Er gab ein Brummen von sich. Nathanel zuckte zusammen, sichtlich ungern aus seinen Gedanken gerissen. »Dieses Herumrennen ist nichts mehr für mich«, erklärte er lakonisch.

Anton hielt sich mit einem Kommentar zurück, denn er war viel zu erfahren, um den älteren Mann falsch einzuschätzen. Allein, dass es Nathanel gelungen war, dieses Haus ausfindig zu machen, während Anton nicht einmal den Hauch einer Fährte hatte aufspüren können, verrieten die Macht und das Können, die in diesem verbrauchten Körper beheimatet waren.

Nathanel legte den Kopf in den Nacken und betrachtete das leerstehende Haus, das im fahlen Licht des Nachmittags einen besonders deprimierenden Eindruck machte. Die Stille des Sonntags machte das Ganze nicht unbedingt besser; es fehlte der typische Autolärm. Während er das Haus eingehend musterte, stellte er allerdings fest, dass die Zeit des Verfalls offensichtlich vorüber war. Von einigen Tagen waren hier viele Leute ein und aus gegangen. Vermutlich würden schon bald die Vans eines Sanierungsunternehmens vorfahren, um der alten Stadtvilla mit der verstaubten Fassade zu neuem Glanz zu verhelfen. Eine schöne Vorstellung.

Nathanel konzentrierte sich kurz und stellte fest, dass weder Jugendliche noch Obdachlose die Chance genutzt hatten, um ein Fenster einzuschlagen und ihre Herrschaft über das verwaiste Gemäuer auszurufen. Vermutlich lag es daran, dass dieses edle Wohnviertel seine Jugend auf Internate schickte und den in dieser Stadt dünn gesäten Stadtstreichern und Junkies die schicke Umgebung auf den Magen schlug. Kein Wunder, dass die mächtigen Rudel nie versucht hatten, sich Maggies hübsches Viertel unter den Nagel zu reißen: Es entsprach überhaupt nicht dem idealen Jagdrevier.

Obwohl die beunruhigende Aura, von der das Haus umgeben war, alles zu dominieren drohte, schlich sich unvermittelt noch eine andere Fährte in Nathanels Wahrnehmung. Auf seinen schmalen Lippen deutete sich ein Lächeln an. Nicht, dass Jannik eine Chance gehabt hätte, seine Anwesenheit vor ihm zu verschleiern. Aber er war zumindest schlau genug, ausreichend Abstand zu wahren, so dass Nathanel ihn nicht am Kragen packen und nach Hause schicken konnte. Es war ein gutes Zeichen, dass der Junge nach den letzten Wochen, in denen er sich wie ein waidwundes Tier in Ruths Haus verkrochen hatte, nun den Mut aufbrachte, ihnen zu folgen. Außerdem beruhigte es Nathanel, zu wissen, dass Jannik in der Nähe sein würde, wenn er seinen Plan zu Ende geführt hatte.

»Möchtest du hier draußen auf mich warten?«, fragte Nathanel den auf den Fersen wippenden Anton höflich, ehe er sich zum Gehen abwandte.

Anton zuckte mit den Schultern. »Würde Maggie das wollen? Schließlich hat sie mich doch mitgeschickt, damit ich ein Auge auf dich habe.«

»Tja, na dann«, gab Nathanel zurück und begann, die verschlossene Eingangstür zu untersuchen.

Zuvor hatten Maggie und ihre Garde Hagen an der Grenze begrüßt und in ihr Revier eingeladen, um zu überprüfen, wie man eine Übernahme vonseiten Saschas am besten abwehren konnte – zumindest hatte Rene Parlas den Angriff von Hagen auf diese diplomatische Art umschrieben. Anschließend war Nathanel sofort mit Hagens Einverständnis zu einem Rundgang ausgeschert. Fürsorglich hatte Maggie ihm den schweigsamen Anton an die Seite gestellt. Dabei wussten beide Parteien nur allzu gut, nach wem der ältere Mann eigentlich Ausschau hielt. Und Maggie wollte ihn dabei nicht allein lassen.

Die Tür des Hauses stellte sich als äußerst massiv und hervorragend verriegelt heraus, aber als Anton anbot, sie mit Gewalt zu öffnen, lehnte Nathanel ab und mühte sich stattdessen mit einem Klappmesser am Schloss ab.

»Er wird doch eh schon mitbekommen haben, dass wir hier sind«, erklärte Anton, als das Schloss immer noch keine Anzeichen machte, aufzuschnappen.

Widerwillig richtete Nathanel sich auf und strich sich das dunkelgraue Haar hinter die Ohren. »Ja, das hat er bestimmt, aber ich will ihn nicht unnötig reizen. Ein verwundeter Wolf ist besonders gefährlich. Ich habe keine Lust, diese verdammte Tür aus den Angeln zu heben und im nächsten Moment angefallen zu werden.«

Anton warf ihm einen Blick zu, als zweifle er daran, dass Nathanel so etwas passieren könnte. Schließlich besann er sich eines Besseren und erklärte: »Ich mache es mit der Schulter, dann knackt es nur mal kurz.«

Mit einem Schwanken wich Nathanel zur Seite, und einen Augenblick später traten sie in das nach Schimmel riechende Treppenhaus. Auch im Inneren strahlte das Haus jene beunruhigende Energie ab, die Nathanel angelockt hatte. Aber noch immer ließ sich keine eindeutige Fährte ausmachen. Er verharrte, dann erklärte er: »Wir fangen oben unter dem Dach an. Wenn ich mich nicht täusche, hat er sich eine hübsche Aussicht auf den Himmel gesucht. Der Vollmond hat so etwas Tröstliches.«

Als Nathanel die Tür aus dünnem Sperrholz am Ende der Stiege öffnete, stellte er fest, dass er mit seiner Vermutung richtiggelegen hatte: David saß mit dem Rücken gegen einen Holzpfahl gelehnt, den Blick auf das Dachfenster gerichtet. Der weitläufige Speicher stand leer, der Boden war mit einer Staubspur überzogen, die sich an einigen Stellen dunkel verfärbte, wo Wasser durch die alten Schindeln eingedrungen war.

Nathanel trat ein – Anton zog es vor, im Türrahmen stehen zu bleiben –, und David sah nur kurz zu ihm auf, weder überrascht noch unangenehm berührt angesichts des unverhofften Besuchs. Nathanel hingegen fiel es außerordentlich schwer, seine Empfindungen in diesem Augenblick zu beherrschen: Dort hockte seine letzte Hoffnung, ganz in sich zusammengesunken, die Augen erschreckend leer.

Davids Augenbraue war aufgeplatzt, ein verkrustetes Zeugnis von seiner Auseinandersetzung mit Tillmann – Maggies Sohn hatte seine Erinnerung an Davids Demütigung quasi als Willkommensgeschenk für Hagen und die anderen Eindringlinge in den Köpfen seines Rudels hinterlassen. Auf Davids Wange zeigten sich dunkle Schlieren, dort, wo das Blut von der Wunde entlanggelaufen war und er es mit der Hand verwischt hatte. Offensichtlich hatte die Kraft nicht ausgereicht, um die Spuren gänzlich zu entfernen. Auch wenn Davids Geist für Nathanel unerreichbar war, so gelang es ihm dennoch, zu erkennen, dass der junge Mann direkt nach seinem Zusammenstoß mit Tillmann hierhergekommen war.

»Diese blonde Frau war wohl nicht sonderlich erfreut darüber, die Bekanntschaft deines Wolfes zu machen?« Nathanel kam nicht umhin, eine gewisse Enttäuschung in seiner Stimme erkennen zu lassen. Obwohl er es besser wusste, hatte ein Teil von ihm gehofft, dass diese Geschichte anders ausgehen würde. Es musste also einen anderen Grund geben, warum Jannik und sein Wolf sich in der Gegenwart von Davids Geliebter verblüffend wohlgefühlt hatten.

David sparte sich eine Antwort und blickte wieder zum Fenster hinaus.

»Nun, es hat bestimmt auch sein Gutes, dass diese Affäre beendet ist. Eigentlich hat Tillmann dir sogar einen Gefallen getan, denn sonst wäre es Hagen gewesen, der plötzlich vor eurer Tür gestanden hätte. Und dann? Für die Frau ist es einfacher so. Auch wenn es der Schreck ihres Lebens gewesen sein mochte, immer noch besser, als einem vor Rachsucht fast besinnungslosen Rudelführer gegenüberzustehen, der sein Recht einfordert.«

David schnaufte leise, aber seine Muskeln spannten sich nicht einmal ansatzweise an, wie Nathanel beunruhigt bemerkte. Eigentlich wusste er nicht, was er erwartet hatte. Einen Krieger, der darauf brannte, in die Schlacht zu ziehen, nachdem ihm gerade erst sein Lebenstraum zerstört worden war? Einen verängstigen Welpen, der nach einem missglückten Ausflug in die Welt der Menschen darauf hoffte, wieder im Schoß des Rudels aufgenommen zu werden? Nathanel war zu alt und auch zu erfahren, um so naiv zu sein. Vor ihm saß ein liebeskranker junger Mann, der nicht die geringste Kraft aufbrachte, um sich gegen sein Schicksal zu stemmen.

Für einen kurzen Augenblick schloss Nathanel die Augen. Der Weg, den er beschreiten musste, lag grausam klar vor ihm. Die Aussicht, dass David am Ende mit seinem Rudel – einem richtigen Rudel – wieder vereint wäre, tröstete ihn wenig. Zu schwer wog das Risiko, dass dieser Junge als weiteres Opfer auf Hagens langer Liste endete. Allerdings gab es keine andere Möglichkeit, denn Nathanel lief die Zeit davon. Wenn er sein Rudel vor dem Untergang bewahren wollte, dann musste er handeln – und zwar jetzt. Für Gefühle oder Gewissensbisse blieb da kein Platz. Wer zögerte, würde im Kampf um die Spitze verlieren. Auch diese Erfahrung hatte er bereits auf schmerzliche Weise gemacht. Deshalb musste David noch weiter in die Ecke gedrängt werden, selbst wenn dabei etwas in ihm zerbrach.

»Findest du nicht, dass der Preis für deinen Verrat an Hagen zu hoch ausfällt?«, fragte Nathanel. Beinahe tastend wählte er die Worte, während er den Raum durchmaß.

David kümmerte sich nicht darum, dass der ältere Mann sich in eine bessere Position brachte. Offensichtlich befürchtete er keinen Angriff, oder schlimmer noch: Es war ihm gleichgültig.

Unter Nathanels Wangen gruben sich tiefe Schatten, während er mit einem leichten Schaudern bemerkte, wie die Macht des Wolfes sich um ihn legte. Sie verwandelte seinen verletzlichen, kranken Körper in eine Waffe, die kaum zu brechen war. »Ich kann ja noch verstehen, dass du bereit bist, Hagen für das erlebte Glück mit deinem eigenen Blut zu bezahlen. Aber dass du ihm kampflos diese Frau überlässt, für die du so weit gegangen bist, will mir nicht in den Kopf.«

Mit einem Mal kam Leben in Davids Augen. »Hagen hat es auf Meta abgesehen, obwohl ich mich von ihr getrennt habe?«

»Ja.«

Diese Antwort änderte alles. David stemmte sich mit der

Absicht, davonzustürmen, auf die Beine. Doch mit einer solchen Reaktion hatte Nathanel gerechnet: Sein Schatten sprengte auf den jungen Mann zu, bevor dieser sein Gleichgewicht finden konnte, und riss ihn zu Boden. Mit einem Krachen schlugen Davids Schulterblätter auf die Dielen, und schon sickerte etwas Blut aus seiner Kehle. Aber als er die Hände zur Abwehr hochriss, war der Schemen bereits wieder zu seinem Herrn zurückgekehrt.

Angelockt von der heftigen Auseinandersetzung hatte Anton nun doch den Speicher betreten und sah Nathanel mit gerunzelter Stirn an. Die kleine Machtdemonstration hatte anscheinend Eindruck gemacht. Als sich David mühsam aufrichtete und eine Hand auf die blutende Kehle legte, machte es fast den Anschein, als wolle Maggies riesiger Gehilfe ihm die Hand reichen. Nathanel stieß jedoch ein drohendes Knurren aus, woraufhin der massige Bursche stehen blieb, die Arme herabhängend, die Miene ausdruckslos.

Plötzlich erklang aus einer der unteren Etagen dumpfes Krachen. Nathanel verdrehte sichtlich verärgert die Augen und wandte sich Anton zu. »Sei so gut und fang diesen ungeschickten Poltergeist ein, aber bitte sanft. Ihr könnt dann ja unten auf uns warten. Ich kann jetzt keine Unruhe vertragen«.

Kaum war Anton zur Tür hinaus, richtete er den Blick wieder auf David. Auf dessen Stirn bildete sich eine tiefe Falte, so dass sich die Verletzung auf der Braue gefährlich spannte.

»Wenn du diese Frau retten möchtest, wird dir nichts anderes übrigbleiben, als dich Hagen zu stellen, das müsste dir doch mittlerweile klargeworden sein«, sagte Nathanel, während David sich an dem rohen Dachgebälk hochzog. »Niemand anderes aus dem Rudel ist in der Lage, ihm die Stirn zu bieten. Nur du und ich verfügen über die Gabe, unseren Wolf auszusenden.«

»Warum schickst du dann nicht einfach deinen Wolf, damit er mit Hagen abrechnet?«, fragte David mit rauer Stimme. Die Zurechtweisung hatte offenkundig seinen Zorn geweckt. »Bei mir fällt es dir schließlich auch so leicht, mich auf meinen Platz zu verweisen.«

Weder Nathanels Miene noch Gesten sagten etwas über seine Empfindungen aus, als er antwortete: »Mein Wolf ist dir nicht überlegen, David. Das weißt du genau. Du ordnest dich mir unter, weil du es willst, weil du dich nach einer Vaterfigur sehnst. Dieser Wunsch verrät mehr über dich, als dir lieb sein kann, denn er macht dich berechenbar.«

David schüttelte den Kopf, als wolle er eine lästige Fliege verscheuchen. »Das ist mir im Augenblick, ehrlich gesagt, scheißegal. Ich werde jetzt zu Meta gehen und dafür sorgen, dass sie die Stadt verlässt. Such dir jemand anderen, der deinen Tyrannenmord begeht. Frag doch Anton, vielleicht hat der für diesen Blödsinn Zeit.«

Ehe David auch nur einen Fuß vor den anderen setzen konnte, knurrte Nathanel ihn an. Als gehorche sein Körper einem ungeschriebenen Gesetz, hielt David in der Bewegung inne und sah den alten Mann zornig an.

»Im Augenblick ist Hagen noch bei Maggie, und sie gehen gemeinsam die Grenzen zu Saschas Revier ab«, erklärte Nathanel ungerührt. »Wir haben also noch ein wenig Zeit, bevor Hagen sich seiner Herzensangelegenheit widmet und deiner Süßen vorführt, wozu ein Rudelführer in der Lage ist, der sich zurückgestoßen und betrogen fühlt.«

»Das klingt so, als wäre Hagen ein gekränkter Liebhaber. Dabei bin ich nicht der Erste, der dem Rudel unter seiner Führung den Rücken zugedreht hat. Wenn du mich also entschuldigst? Ich habe schon genug Zeit damit verschwendet, hier Löcher in die Luft zu starren, anstatt mich um Metas Sicherheit zu kümmern. Für ein Schwätzchen mit dir werde ich sicher nicht das Risiko eingehen, dass Hagen schon mal ein Begrüßungskommando zu Meta schickt.«

»David, fällt es dir wirklich so schwer, zu erkennen, dass du für Hagen nicht irgendein beliebiges Rudelmitglied bist?« David winkte nur mit der Hand ab und ging auf die Tür zu, die zur Stiege führte. »Du hast einmal Convinius gehört. Dein Ziehvater hat dir nicht nur eine seltene Gabe mit auf den Weg gegeben, sondern dir auch einen unauslöschlichen Stempel aufgedrückt, so, wie Eltern es nun einmal zu tun pflegen.«

Als der Name Convinius fiel, verharrte David. Fluchend fuhr er sich mit den Händen durchs Haar und drehte sich dann Nathanel zu, der offensichtlich mit dieser Reaktion gerechnet hatte. Ohne es steuern zu können, huschte der Schatten des Wolfes über Davids Haut und hinterließ ein glühendes Prickeln.

»Was, zum Teufel nochmal, hat Convinius mit dieser Geschichte zu tun? Nathanel, wenn du bloß versuchst, mich hinzuhalten, dann vergesse ich meinen Respekt und breche dir das Genick, bevor dein verfluchter Wolf mich auch nur zwicken kann.«

Ein Lächeln stahl sich auf Nathanels Gesicht, aber die ausgemergelten Züge verwandelten es in eine unheimliche Grimasse. »Entspann dich, wir haben genug Zeit, denn Hagen wird sich auf keinen Fall um das Vergnügen bringen lassen, dein Weibchen höchstpersönlich einzufangen.«

»Sie heißt Meta!«

Nathanel zuckte mit der Schulter: »Meinetwegen. Für mich gleichen sich die Menschen, als wären sie lediglich Schatten. Im Gegensatz zu dir habe ich mich noch nie für sie interessiert.« Als David zu einem Protest ansetzen wollte, schaute er ihn streng an, und der Gewohnheit gehorchend, schwieg der junge Mann. »Ich will dir etwas über Convinius' Vergangenheit erzählen. Das hätte ich vermutlich schon viel früher tun sollen, dann wäre uns dieses ganze Elend vielleicht erspart geblieben. Nun, es war nicht mein erster Fehler, wenn ich es recht bedenke.«

Nathanel schwankte leicht, dann hatte er sich wieder in der Gewalt. »Hättest du dich nicht in einem Haus mit einer netten Sitzecke verkriechen können?«, fragte er, ohne eine ernsthafte Antwort zu erwarten. Er bekam auch nur ein ungeduldiges Brummen von David zu hören. »Wie du weißt, gehörte Convinius einmal zu unserem Rudel. Er kam in einem sehr jungen Alter zu uns, noch ein halbes Kind. In meiner Erinnerung war er ein unbeschwerter Bursche, der sich ausgesprochen wohl in seiner Wolfshaut fühlte. Auf seinem Kopf wuchs die Art von blonden Locken, die sich wie Korkenzieher in die Luft schrauben. Als ich Jahrzehnte später neben seinem zerfleischten Leichnam stand, hat mich der Anblick seines geschorenen Kopfes mehr mitgenommen als alles andere. Damals, als Convinius zu unserem Rudel stieß, hätte ich niemals darauf gewettet, dass das Leben diesem gut gelaunten Geschöpf so viel rauben würde. Bei seinem Busenfreund Hagen sah das ganz anders aus.«

Bei diesen Worten zog David erstaunt die Augenbrauen hoch, und Nathanel gab ein leises Lachen von sich. »Man mag es kaum glauben, nicht wahr? Convinius und Hagen, die beiden lebenden Gegensätze. Aber was bleibt zwei jungen Männern, die in der Rangordnung ganz unten stehen, anderes übrig, als sich zusammenzutun? Eine schwierige Situation – das verbindet. Eine solche Freundschaft täuscht über Verschiedenheiten hinweg. Damals habe ich meinen ersten Fehler begangen: Ich bin davon ausgegangen, dass Convinius' Freundschaft Hagen in die richtige Richtung lenken würde.«

Mit einer ungeduldigen Handbewegung unterbrach David die Erzählung. »Das ist ja alles wirklich sehr interessant, aber können wir diese kleine Geschichtsstunde vielleicht ein anderes Mal abhalten?«

»Nein«, erwiderte Nathanel nüchtern. »Um Hagen zu schlagen, musst du begreifen, wer er ist. Wusstest du, dass er von einem anderen Rudel aufgezogen worden ist, das ihn schließlich vertrieben hat?« David zuckte gleichgültig mit der Schulter, doch davon ließ Nathanel sich nicht abhalten. »Weil ihm der Wolf davongelaufen ist, so lautete seine Erklärung. Eigentlich nichts Ungewöhnliches, denn in den ersten Lebensjahren ist der Wolf ja noch in der Lage, seine Schattenform anzunehmen und sich seinen eigenen Angelegenheiten zu widmen. Allerdings hatte Hagen die Schwelle zum Erwachsensein fast überschritten. Nur in den Augen unserer damaligen Anführerin Piroschka war er noch ein halbes Kind, Bartschatten hin oder her. Wir hätten misstrauischer sein sollen. Aber zunächst lief alles gut. Als dann die Schwierigkeiten in unserem Revier begannen, war es vermutlich Convinius' Talent geschuldet, dass auf Hagen niemals mehr als ein schwammiger Verdacht fiel.«

Nathanel konnte ein schmerzverzerrtes Ächzen nicht länger unterdrücken. Die letzten Wochen hatten seine ohnehin angegriffenen Kraftreserven aufgebraucht, und die Suche nach David hatte ihn an seine Grenzen getrieben. Mit steifen Gliedern setzte er sich auf den Boden und wischte sich über die Stirn, auf der sich kalter Schweiß angesammelt hatte. In seinem Inneren jaulte der Wolf leise, ein Trost trotz der Sorge, die der Dämon empfand.

Einmal mehr wurde sich Nathanel bewusst, wie sehr sein lebenslanger Gefährte darunter litt, dass sein Hüter im Gegensatz zu ihm allmählich an Lebenskraft verlor. Dass das Wissen um den baldigen Abschied schon länger feststand, machte es für beide nicht leichter. Mehr als jeder andere im Rudel war Nathanel mit seinem Wolf verschmolzen, daher machte die Gewissheit, schon bald voneinander getrennt zu sein, den Gedanken an den bevorstehenden Tod unerträglich.

Nach kurzem Zögern trat David auf Nathanel zu und ging vor ihm in die Hocke. Der Zorn in seinem Blick war Besorgnis gewichen, obgleich er es nicht wagte, den älteren Mann zu berühren. Aber Nathanel verstand auch so, dass sein geschwächter Zustand dem Jungen zusetzte: Ganz gleich, was er ihm angetan hatte, es gelang David nicht, sich von ihm abzuwenden. So stolz Nathanel dieser Zuneigungsbeweis auch machte, er passte nicht zu seinen Plänen. Und an denen würde er festhalten – dieses Mal würde er keinen Fehler begehen.

Langsam öffnete Nathanel seinen Geist und ließ seine Erinnerung hinausströmen. Dabei blickte er in Davids weit aufgerissene Augen, als dieser zum ersten Mal von einer Gabe des Dämons heimgesucht wurde, die er noch nicht kennengelernt hatte. Bislang war es David bloß gewohnt gewesen, dass die stärkeren Wölfe in seinen Geist eindrangen, um ihn zu kontrollieren und zu verhöhnen. Doch nun erkannte er den eigentlichen Sinn dieser Fähigkeit: Ein verbindendes Moment, das das Rudel miteinander verknüpfen konnte – auch diese Gabe hatte Hagen offensichtlich zu einer Waffe der Unterdrückung umgeschmiedet.

Während David in Nathanels Vergangenheit eintauchte, verfärbte sich sein Gesicht grau, als entwiche ihm alles Leben. Der Dämon umschlang ihn, hüllte ihn in Schatten. Schließlich schloss Nathanel seine Augen und stieg ebenfalls in die Vergangenheit hinab, um den Jungen dorthin zu führen, wo er ihn haben wollte.

Kapitel 29

Königsmord

Vor gut zwei Jahrzehnten waren die Zeiten für das Rudel härter gewesen: Die Ausmaße der Stadt waren mit den heutigen nicht zu vergleichen, es hatte sogar eine Auswanderungswelle gegeben. Viele Menschen zogen in die Grenzbezirke, dorthin, wo Industrie und Gewerbe eine neue Heimat gefunden hatten und Familien die Grundstücke bezahlen konnten. Das Zentrum mit seinen mehrstöckigen Mietskasernen kam einem am Abend oftmals wie eine Geisterstadt vor. Kein gutes Revier, um auf die Jagd zu gehen. Der Wolf mochte es, wenn seine Umgebung vor möglichen Fährten vibrierte, wenn seine Wege erfüllt waren vom Rhythmus schlagender Herzen. Außerdem gehörte dem Rudel gerade mal ein Dutzend Wölfe an. Es war, als befände sich der Dämon, der sie alle beseelte, in dieser Stadt auf dem Rückzug, als hielte ihn das dahinsiechende Revier davon ab, sich weiterhin mit den Menschen zu verbinden.

Piroschka, ihre Anführerin, spielte mit dem Gedanken, die Stadt zu verlassen. Wer zurückbleiben wollte, sollte sich einem der anderen Rudel anschießen, die sich noch im Schatten der Stadt herumtrieben. Einige – unter ihnen auch Nathanel – durchschauten diesen Gedanken als das, was er war: ein Zeichen von Schwäche. Eine Anführerin, die ihr eigenes Rudel aufzulösen bereit war, hatte versagt. Anstatt den Platz zu räumen, war sie eher gewillt, das Rudel zu zerstören. Doch die Tage waren schwer und das Rudel klein.

In den Jahren seit diesem Sommer, in dem sich die Hitze wie eine bleierne Decke über die Stadt legte und sie noch lebloser als sonst erscheinen ließ, hatte sich Nathanel immer wieder gefragt, warum er damals nicht die Rolle des Anführers einforderte. In ehrlichen Momenten musste er sich jedoch eingestehen, dass er nicht dafür geschaffen war. Er war ein Mann der zweiten Reihe, ihm fehlte jene Begabung, einen Schritt nach vorne zu tun und die anderen mitzureißen. Er hatte stets fest daran geglaubt, dass es einem Rudel am besten bekam, wenn es vom stärksten Wolf geleitet wurde. Nur, dass in diesem Sommer nicht der stärkste Wolf nach der Macht griff und gewann.

Als Piroschka das Rudel zusammenrief, dämmerte es bereits. Trotzdem glitzerte der Belag des abseitsliegenden Sportplatzes noch immer. Aufgeweicht von der Hitze des Tages blieb er an den Sohlen kleben und vermischte sich dort mit dem allgegenwärtigen Staub der Stadt.

Nathanel war einer der Letzten, die eintrafen. Sein Nacken brannte von der Sonne, und das Hemd klebte ihm verschwitzt am Rücken. Er war den ganzen Nachmittag umhergelaufen, obwohl sich bei der Hitze nicht einmal mehr die Kinder unter den Fontänen der Hydranten vergnügen wollten. Aber die Unruhe, von der die Stadt ergriffen war, hatte sich mit seiner eigenen verbunden, so dass er es einfach nicht ausgehalten hätte, irgendwo zu verharren. Als Piroschkas Ruf ihn schließlich erreichte, hatte er einen Moment lang gezögert. So weit war es also schon gekommen.

Obwohl Nathanel spürte, dass Piroschka ihn neben sich haben wollte, blieb er in der letzte Reihe. Bei diesem Tribunal wollte er nicht neben ihr stehen. Ihre Nähe war ihm verleidet, seit sie von den Plänen, die Stadt zu verlassen, zu reden begonnen und nicht wieder aufgehört hatte. Zwar wusste Nathanel, dass ihm die Rolle des enttäuschten Liebhabers nicht gut zu

Gesicht stand, aber er konnte einfach nicht aus seiner Haut – für ihn kam das Schicksal des Rudels an erster Stelle. Wenn Piroschka das anders sah, brauchte sie einen anderen Mann an ihrer Seite.

Kaum hatte Nathanel seinen Platz eingenommen, scharten sich einige Rudelmitglieder um ihn, während die Anführerin mit den bereits früh ergrauten Strähnen im Haar abseits dastand. Der Bruch zeichnete sich immer stärker ab, aber er kratzte nicht an Piroschkas Selbstbewusstsein. Sie kannte Nathanel gut genug, um zu wissen, dass er sich nicht nach der Rolle des Anführers sehnte. In ihren Augen war er keine Herausforderung, sondern Ballast, den sie auf ihrer Suche nach neuen Pfründen zurücklassen würde.

Doch heute ging es wohl um ein anderes Thema, auch wenn Nathanel nicht erraten konnte, was so wichtig sein mochte. Als sie endlich vollzählig waren, trat Piroschka einen Schritt nach vorn, und sofort gehörte ihr die ganze Aufmerksamkeit. Diese natürliche Autorität hatte Nathanel stets an ihr bewundert, und dass sie ihn auch jetzt noch anlockte, versetzte ihm einen Stich.

»Ihr könnt euch sicherlich denken, warum wir uns versammelt haben. Über einem frisch zerfleischten Leichnam unten am Fluss sammeln sich die Fliegen. Die wievielte Leiche seit Sommerbeginn? Ich bin beim Zählen irgendwie aus dem Takt gekommen.«

Unter Piroschkas gereiztem Blick begann das Rudel, sich zu winden, und auch Nathanel spürte, wie ihm das Blut in die Wangen stieg, als müsse er ein schlechtes Gewissen haben. Obwohl kaum ein Mensch wegen der unentwegt brennenden Sonne sein Haus verließ, waren in den letzten Wochen immer wieder grausam zugerichtete Leichen aufgetaucht. Nicht nur im Revier des Rudels, sondern auch in den herrenlosen Gegenden. Trotzdem hatte es eine Zeit lang gedauert, bis sich der

Verdacht erhärtete, dass einer von ihnen auf die Jagd ging. Eigentlich nichts Ungewöhnliches für einen Wolf, der es liebt, einer Fährte zu folgen und die Beute einzukreisen. Vielleicht sogar ihre Angst zu spüren. Aber Menschen bestialisch zu ermorden?

»Inzwischen können wir davon ausgehen, dass der Mörder aus unseren Reihen stammt.« Bei diesen Worten zuckte Nathanel zusammen. Woher wollte Piroschka das wissen? Als habe sie seinen Gedanken erraten, lächelte sie ihn schmallippig an. »Wir können davon ausgehen, weil ich mir die Leiche angeschaut habe, bevor die Menschen aufgetaucht sind. Ein Jäger, der seine zerrissene Beute wie ein groteskes Kunstwerk zurücklässt, wird sehr schnell selbst zum Gejagten. Und wir sind uns doch wohl alle einig, dass wir uns eine solche Aufmerksamkeit kaum leisten können. Deshalb kann es auch nur eine Art der Bestrafung geben: den Tod.«

Ein verstörtes Aufmurren ging durch die Reihen, da einige Piroschkas Worte nicht richtig begriffen. Zu unfassbar war diese Vorstellung. Doch Nathanel verstand sehr wohl, worauf ihre Anführerin hinauswollte: Unter ihnen gab es einen Mörder. Schnell ließ er seinen Blick über die ihm so vertrauten Gesichter schweifen. Was Piroschka gesagt hatte, konnte einfach nicht sein. Niemand von ihnen war in der Lage, sich so gut vor ihrer Anführerin zu verbergen. Oder hatte sie ihre Aufgaben in der letzten Zeit wirklich derart vernachlässigt? Ihm lag die Frage auf der Zunge, doch da fing Piroschka erneut an zu sprechen.

»Seitdem die letzte Leiche entdeckt worden ist, hatte ich einen Verdacht. Man kann viele Spuren im Fluss abwaschen, aber eben nicht alle. Dieses Mal bin ich unserem Jäger gefolgt.«

»Du hast ihm dabei zugesehen, wie er diese Frau umgebracht hat?« Nathanel starrte Piroschka voller Unglauben an.

Augenblicklich traf ihn Piroschkas Autorität wie ein Schlag in den Magen, aber er glaubte, einen Funken von Erregung in ihren Augen erkannt zu haben. Was sie beobachtete hatte, hatte sie alles andere als erschreckt.

Piroschka konzentrierte sich wieder auf das Rudel, das sich vor Anspannung kaum noch zu rühren wagte. »Hagen, wirst du freiwillig vortreten?«, fragte sie mit trügerischer Ruhe.

Als nichts passierte, verzog sich ihr Mund zu einem harten Lächeln. Ohne ein Geräusch zu machen, wich das Rudel zurück. Ein Kreis bildete sich um den jungen Mann. Sogar Nathanel, der gerade erst wieder Luft bekam, wich zurück. Allerdings nur so weit, dass er das plötzlich eröffnete Tribunal beobachten konnte.

Hagen verzichtete darauf, hilfesuchend über die Schulter zu jenen zu schauen, zu denen er eben noch gehört hatte. Auch kam ihm kein Wort über die Lippen. Langsam ließ er sich auf die Knie sinken, als akzeptiere er Piroschkas Richtspruch. Aber er schlug keinesfalls den Blick nieder, sondern sah die auf ihn zutretende Frau zwischen den schwarzen Haarsträhnen, die ihm im Gesicht klebten, kühl abschätzend an. Dabei zitterte sein schlaksiger Körper, in dessen Größe er noch nicht richtig hineingewachsen war, unentwegt.

»Du leugnest es also nicht?«, fragte Piroschka.

Nathanel hatte den Eindruck, als wäre die Anführerin froh, diese Angelegenheit so schnell wie möglich zu beenden, bevor noch mehr Fragen gestellt wurden, die sie in einem schlechten Licht dastehen ließen.

Als Hagen beharrlich schwieg, nickte sie. »Du nimmst mein Urteil also an. Wir werden es vollstrecken – hier und jetzt.«

Scheinbar abwartend, sah Piroschka auf Hagen herab, doch der Schatten tanzte bereits über ihrer hellen Haut. Jeden Augenblick würde sie zuschlagen.

Plötzlich durchschnitt ein Ruf die Stille. »Warte! Du kannst

Hagen doch nicht einfach töten, bevor er die Tat nicht gestanden hat.« Convinius' Stimme bebte vor Verzweiflung, als er aus dem Kreis hervortrat. Es sah so aus, als wolle er zu seinem Freund gehen, sich vielleicht sogar vor ihn stellen. Doch dann blieb er einfach nur stehen, vollkommen verwirrt über das eben Gehörte, noch unfähig, es zu begreifen. »So etwas würde Hagen niemals tun. Vielleicht hast du dich getäuscht.«

Piroschka brauchte nicht lange, um eine Antwort zu finden: »Nein.« Dann rief sie ihren Wolf: Der Schatten vibrierte im Dämmerlicht und trat auf Hagen zu, der nun mit willig gesenktem Kopf dakniete, als erwarte er sein Ende mit Sehnsucht. Doch ehe Piroschkas Wolf die Reißzähne in Hagens Nacken versenken konnte, wurde er selbst von einem Schemen angefallen und zu Boden geworfen.

Nathanel stand wie erstarrt da, unfähig zu begreifen, was Convinius soeben getan hatte: Er hatte seinen Wolf gesandt, um Piroschka aufzuhalten. Doch das konnte nicht sein! Von wem hatte der Junge bloß diese Fähigkeit erlernt? Während seine gesamte Aufmerksamkeit auf den vor Anstrengung zitternden Convinius gerichtet war, zu dessen Füßen die kämpfenden Wölfe zu einem undurchsichtigen Schatten verschmolzen, sprang Hagen auf Piroschka zu. Der überraschten Frau gelang es nicht einmal mehr, die Hände zur Abwehr hochzureißen. Sie schlug der Länge nach hin, und sogleich umfasste Hagen ihren Kopf und schlug ihn mit brachialer Kraft auf den Asphalt. Zwei dumpfe Aufschläge drangen zu Nathanel durch, der dritte wurde vom Knacken der Schädelknochen begleitet. In diesem Moment durchfuhr das gesamte Rudel die Gewissheit, dass ihre Anführerin tot war.

Das Chaos, das anschließend ausbrach, bekam Nathanel nur wie durch einen Nebel mit. Er registrierte gerade noch, wie sich seine Finger in Hagens T-Shirt krallten, an dem er den jungen Mann hochriss, um ihm sofort einen Schlag ins Gesicht zu verpassen. Dann geriet hinter seiner Stirn alles durcheinander – die Nachwirkung der Leere, in die der Dämon ohne einen Anführer zu stürzen drohte. Das letzte Wehklagen von Piroschkas Wolf, als dieser sich von seiner Hüterin verabschiedete, brach ihm fast das Herz.

Als er wieder zu sich kam, sah er, wie Hagen am Boden kauernd an den Folgen des erzwungenen Rituals litt und Convinius neben ihm Wache hielt. Aber keines der Rudelmitglieder hätte es gewagt, sich Convinius entgegenzustellen. Der Respekt vor ihm war zu groß.

Mit aschgrauem Gesicht richtete sich Hagen endlich auf, und sein Freund trat hinter ihn.

»Wir werden nie wieder über diesen Vorfall sprechen«, sagte Hagen mit heiserer Stimme, und beinahe das ganze Rudel nickte zustimmend. »Piroschka ist tot, also wird es keine weiteren Leichen in unserem Revier geben. Wir bleiben hier, unauffällig in den Schatten.«

Nathanel wollte schon Einspruch erheben, aber dann wurde er von der Vereinigung des Rudels mitgerissen, das seinen neuen Anführer angenommen hatte. Wie hätte er sich da als Einziger widersetzen können? Er warf einen letzten Blick auf Piroschkas Leichnam, unter dessen Kopf sich die dunkle Lache immer weiter ausbreitete. Er kniete neben ihr nieder, um ihre Augen zu schließen, und in ihm siegte die Überzeugung, dass die Führungsspitze dem Stärksten gehörte. Ob dieser sich seinen Platz durch eine List erschlichen hatte, diese Frage stellte er sich nicht.

Nur einer von ihnen vergaß nicht, Hagen diese Frage zu stellen: Convinius. Nachdem sich das Rudel, erschöpft von dem Schrecken der letzten Stunden, in seine Verschläge zurückgezogen hatte, trat er neben seinen ungewöhnlich gelassen wirkenden Freund. Nathanel, der die Szene aus einiger Entfernung beobachtete, war trotzdem nicht der Zug auf

Convinius' Gesicht entgangen. Dieser Junge glaubte, das Richtige getan zu haben, als er seinem unschuldigen Freund zu Hilfe gekommen war, und er wollte es auch hören.

»Piroschka hatte sich geirrt, nicht wahr?«

Ohne Zögern erwiderte Hagen seinen Blick. »Wenn man an der Spitze stehen will, muss man stärker sein als die anderen. Man muss seinen Wolf stärken, ihm etwas bieten«, erwiderte er ruhig. Dabei versuchte er, Convinius einen Arm um die Schultern zu legen, als Beweis für ihre Freundschaft, doch der blondhaarige Mann wich zurück.

»Das ist keine Antwort auf meine Frage«, beharrte er. Convinius zwang sich, Hagens Blick zu erwidern, aber sein bebender Kiefer verriet, dass er die Antwort sehr wohl verstanden hatte.

»Convinius …«, setzte Hagen an, doch da wandte sich sein Freund schon ab. Er ging, und Nathanel konnte mit jeder Faser seines Leibes spüren, wie Hagen voller Verzweiflung und Wut nach ihm rief. Er bekam keine Antwort.

Die Erinnerungen zerflossen langsam zu einem grauen Tuch, das Davids gesamtes Blickfeld ausfüllte, bis es vor seinem inneren Auge zerriss. Er fand sich auf dem Speicher wieder, von Angesicht zu Angesicht mit Nathanel. Die Lider des älteren Mannes waren immer noch geschlossen, als schliefe er, aber David spürte, dass Nathanel ihm lediglich die Zeit zugestand, das eben Gesehene zu bewältigen. Tatsächlich fühlte sich David benommen, als hätte ihn jemand komplett zerlegt und anschließend falsch zusammengesetzt. Auch sein Zeitgefühl wollte sich nicht wieder einstellen. Er vermochte nicht zu sagen, wie lange seine Reise in die Vergangenheit gedauert hatte. Er wusste ja nicht einmal, wie lange er nun schon vor Nathanel hockte und ihn anstarrte.

Beklommen stellte David fest, dass er mit beiden Händen

Nathanels Oberarme umklammert hielt, als verlöre er sonst das Gleichgewicht. Es brauchte ein erstaunliches Maß an Konzentration, um die Finger zu lösen, denn sie waren wie erstarrt. Dann sah David zu, dass er ein paar Schritte Abstand zwischen sie beide brachte. Mit den Händen rieb er sich übers Gesicht, die Haut ungeahnt kühl, die Lippen ausgetrocknet. Als er wieder aufblickte, hatte Nathanel die Augen aufgeschlagen und musterte ihn nachdenklich.

»Ihr hättet Hagen töten müssen«, sagte David, die Stimme seltsam tonlos, als wäre ein Teil von ihm noch nicht aus der Vergangenheit zurückgekehrt. Dabei konnte er kaum fassen, wovon er soeben Zeuge geworden war. »Hagen hat seinen Rang durch Betrug erschlichen. Ohne Convinius' Hilfe wäre er niemals mit Piroschka fertiggeworden. Das verdammte Rudel hat zugelassen, dass ein blutrünstiger Lügner sich zum Anführer aufschwingt.«

Nathanel nickte zustimmend, sah jedoch nicht im Geringsten zerknirscht aus. Stattdessen strahlte er eine Würde aus, von der David nicht begreifen konnte, woraus sie sich speiste – nach alldem, was Nathanel gerade preisgegeben hatte.

»Heute sehe ich das auch so, aber damals glaubte ich, dass es ausreicht, den amtierenden Anführer auszustechen. Das Wie erschien mir zweitrangig. Ich habe mich geirrt.« Eine graue Haarsträhne hing Nathanel ins Gesicht, und obwohl sie seine Oberlippe streifte, schien er sie nicht zu bemerken. Aufmerksam behielt er David im Auge, der immer noch sein Gesicht betastete. »Dennoch ist Hagen kein Dummkopf. Was immer in ihm an kranken Bedürfnissen gärt, er hat es lange Zeit unter Kontrolle gehalten. Man kann ohne weiteres sagen, dass er in den ersten Jahren einen ganz passablen Anführer abgab – zumindest hielt er das Rudel zusammen. Außerdem spielte ihm der Lauf der Geschichte in die Hände: Die neuen Wirtschaftsbranchen schwemmten wieder Menschen in die Stadt, die Viertel füllten sich, das Revier erwachte zu neuem Leben. Das Rudel wuchs und gedieh – es gab keinen Grund mehr, seinen Rang anzuzweifeln. Dann ist etwas geschehen, vor ein paar Jahren … Ganz schleichend begann Hagen, seine alten Interessen wieder aufleben zu lassen, als niemand mehr so genau hinschaute. Dass sich der Anführer eines stets größer werdenden Rudels nach mehr Macht sehnte, wagte niemand infrage zu stellen. Und wenn es doch jemand tat … Nun, es ist ihm ja auch gelungen, ausreichend Gleichgesinnte um sich scharren.«

»Ach komm, Nathanel. Es ist doch nicht so, als ob du diesen Blutzoll verweigert hättest. Das Rudel geht bei dir immer vor, was?« Davids Stimme bebte vor unterdrücktem Zorn, und nur knapp konnte er dem Wunsch widerstehen, auf das Dachgebälk einzuschlagen. »All die Menschen, die Hagen für seine abscheulichen Rituale geopfert hat, schöngeredet mit den angeblichen Bedürfnissen des Dämons. Du hast, ohne mit der Wimper zu zucken, neben Hagen gestanden, wenn er seine Reden über die wahre Natur des Wolfes geschwungen hat, obwohl du wusstest, dass es nur als Ausrede zum Morden diente. Und um nichts anderes als Mordlust handelt es sich. Dabei hat Hagen das Rudel mit Schuld besudelt.«

»Du bist doch das beste Beispiel dafür, dass sich nur die Schwachen verführen lassen. Schließlich hast du dich widersetzt«, hielt Nathanel ruhig dagegen.

Bei diesen Worten senkte David den Blick. Das Schuldgefühl, das er seit seiner Zeit mit Convinius unter einem Mantel der Gleichgültigkeit versteckt hatte, war grausamer als die Wut und Enttäuschung, die Nathanels Entscheidungen in ihm weckten. Er klemmte seine zitternden Hände unter die Oberarme und drängte die furchtbaren Bilder aus seiner Vergangenheit von sich, die unwillkürlich aufflackerten. Bilder von zerrissenen Frauenleichnamen, ausgeblutetes Fleisch von einer grauen Farbe. Zurückgelassen in den Wäldern, in denen Convinius und er gelebt hatten. Er hatte sie gefunden und geschwiegen.

»Es steht mir nicht zu, dich zu verurteilen«, sagte er leise. »Schließlich habe ich mich in der Vergangenheit selbst mit meinem Ausharren schuldig gemacht.«

Eine Zeit lang standen die Worte im Raum, dann setzte Nathanel langsam zum Sprechen an: »Du spielst auf die Opfer an, die du während deiner letzten Wochen mit Convinius gefunden hast, nicht wahr?« Davids betretenes Schweigen als Zustimmung nehmend, nickte Nathanel. »Wenn du vor Hagen stehst, solltest du ihn danach fragen. Aber wenn du ein schlauer Junge bist, wirst du nach dem, was du eben erfahren hast, wohl von allein auf die Lösung kommen. Du hast selbst gesagt, dass Hagen falschspielt.«

Bevor David sich dessen bewusst war, hatte er auch schon einen Schritt auf Nathanel zugemacht. »Du weißt von den Opfern?«

»Ja, aber ich habe schon zu viel Zeit mit Reden verbracht. Die Sache drängt, und wir müssen zusehen, dass du Hagen gewachsen bist, wenn du ihm gegenübertrittst. Wir müssen etwas für deinen Wolf tun.«

Einen Moment lang spielte David noch mit dem Gedanken, den älteren Mann zu bedrängen, aber ein Blick auf Nathanels verschlossenes Gesicht verriet ihm, dass er sich nicht überreden lassen würde. »Hagen kann mich mal kreuzweise. Behalt dein Geheimnis für dich, ich gehe jetzt zu Meta.«

»Kannst du das wirklich, einfach so gehen?« Wie Nathanel so am Boden kauerte, ähnelte er plötzlich einem Raubtier, das sich nahe genug an seine Beute herangeschlichen hatte und nun bloß noch auf den richtigen Zeitpunkt wartete, um zuzuschlagen. »Seit Convinius' Tod und deiner Ankunft in unserem Rudel ist Hagen zunehmend außer Kontrolle. Was glaubst du, warum er so aggressiv sein Revier ausweiten will? Die Menschenjagd befriedigt ihn nicht mehr, er will Wölfe jagen. Was sag ich, *jagen*? Er will morden. Maggies Rudel wird als Erstes für seine Befriedigung bluten müssen. Kannst du das wirklich zulassen?«

Fluchend lief David einige Schritte auf und ab, unschlüssig, was er lieber täte: die Treppe hinabstürzen und zu Meta laufen, keinen einzigen Gedanken mehr an die Welt der Wölfe verschwenden. Oder Nathanel den Hals umdrehen, weil er ihn vor solch eine schreckliche Wahl stellte.

»Ich werde dir helfen, das Richtige zu tun«, sagte Nathanel, während er mühsam zum Stehen kam.

»Sei still«, knurrte David. Aber schon im nächsten Augenblick durchfuhr ein Aufprall seinen Körper, der ihn von den Füßen riss. Nathanels Wolf hatte ihn angegriffen, und dieses Mal war es keine Drohgebärde. Während sich von seiner Brust aus rasant ein Feuer ausbreitete, das seine Lungen zu versengen drohte, schlitterte er einige Schritte weit über den rissigen Boden und knallte gegen die Dachschräge. Sein Hinterkopf schlug gegen einen Balken, und plötzlich war alles in ein grellweißes Licht getaucht. Kaum wissend, wo oben und unten war, versuchte David, auf alle viere zu kommen, was ihm auch schließlich gelang. Er schüttelte den Kopf, bis das weiße Flackern verschwand.

Als er die Augen aufschlug, blickte er durch grauen Nebel zu Nathanel, der sich für den nächsten Angriff bereitmachte. Die eben noch vor Erschöpfung unwilligen Glieder des Mannes zeugten nun von einer Vitalität, die vom Dämon geborgt war, nachdem sein Wolf wieder zu ihm zurückgekehrt war.

»Nein«, sagte David leise und versuchte, sich emporzustemmen, doch da preschte Nathanel auch schon nach vorn. Gemeinsam stürzten sie zu Boden.

Davids Wolf versuchte, mit aller Gewalt hervorzubrechen,

den Angreifer abzuwehren, aber David hielt ihn im Zaum. Obwohl Nathanels kräftiger Wolf seinen Körper vor Schmerz erbeben ließ, wollte er den von Krankheit und Alter geschwächten Mann auf keinen Fall verletzen. Nathanel rang ihn nieder und drückte ihm mit dem Unterarm die Luft ab.

David keuchte auf und sah seinen Angreifer voller Entsetzen an: In Nathanels blau strahlenden Augen triumphierte nicht etwa der Dämon, sondern Todessehnsucht war dort zu lesen. Für einen Herzschlag vergaß David seinen tobenden Wolf, denn mit einem Schlag begriff er, wie Nathanel ihn für den Kampf mit Hagen rüsten wollte. Der ältere Mann wollte sich opfern. Mehr als diesen Moment der Nachlässigkeit brauchte der Dämon nicht, um sich loszureißen und seine Schattengestalt anzunehmen.

Ein Lächeln breitete sich auf Nathanels Gesicht aus, während er von dem jungen Mann abließ und sich aufrichtete. Eine Sekunde später zerriss Davids Wolf ihm die Kehle.

David war vor Entsetzen außerstande, sich zu rühren, und musste zusehen, wie Nathanel nach hinten überkippte. Er hörte den Aufschlag des Körpers auf die Dielen, registrierte, wie das Herz noch schlug, während die Lungen bereits in sich zusammenfielen. Dann kehrte sein Wolf zu ihm zurück, und David stieß einen Schrei aus, der erst endete, als er vollends in den Schatten versunken war.

Kapitel 30

Im Netz

Hinter den großen Fenstern, die die Stirnseite des Restaurants einnahmen, konnte man einen weiteren Versuch des anstehenden Winters beobachten, die letzten Spuren von verfärbtem Laub zu tilgen. Der raue Wind scheuchte Schneeflocken über das Wasser im Hafen, so dicht, dass das kleine Motorboot, das gerade von einem Frachter abgelegt hatte, kaum mehr als ein Schemen war. Die Wasseroberfläche spiegelte den grauen Himmel, und sämtliche Farben waren aus der Welt dort draußen gewichen. Das kräftige Rot, in dem das Restaurant eingerichtet war, sowie die vielen plaudernden Gäste und der aufregende Duft der arabischen Gerichte, die hier serviert wurden, änderten nichts an diesem tristen Eindruck.

Meta konnte den Blick nicht von den umherjagenden Schneeflocken nehmen, die eine betäubende Wirkung auf sie hatten. Als Laila endlich mit einem Tablett zurückkehrte, auf dem zwei Tees in filigranen Gläsern und eine Schale mit Datteln Platz gefunden hatten, flackerte das Spiel der weißen Tupfer vor ihrem inneren Auge noch einige Sekunden nach. Meta blinzelte angestrengt, und Laila schenkte ihr ein warmes Lächeln, wobei sich die Linien um ihre Augen vertieften, ohne ihre Schönheit zu mindern. Ihre Haut schimmerte in einem Ton, wie wenn man Sahne mit geschmolzener Schokolade verrührt: hell und dunkel zugleich.

»Um die Zeit habe ich auch immer einen Durchhänger«, sagte Laila und schüttete die Hälfte der Zuckerdose in ihr Teeglas. »Das hier wird uns beiden wieder auf die Sprünge helfen.«

Meta brauchte einen Augenblick, bis sie sich sicher war, ihre Stimme unter Kontrolle zu haben. »Was für Gewürze mischen die denn in den Tee? Der duftet fantastisch.«

»Keine Ahnung, aber sie wissen auf jeden Fall, was sie tun.«

Erneut vertieften sich die Lachfältchen. Dieses Mal gelang es Meta sogar, das Lächeln zu erwidern. »Es freut mich, dass wir es endlich einmal geschafft haben, uns zu treffen, und nicht immer nur darüber zu reden«, sagte sie und meinte es auch so.

Die beiden Frauen hatten sich vor Monaten auf einer Vernissage kennengelernt und sich sofort sympathisch gefunden. Laila arbeitete für eine der benachbarten Galerien. Heute erst hatte Meta herausgefunden, dass diese vielleicht vierzigjährige Frau nicht nur über einen ausgesprochen vielschichtigen Kunstgeschmack verfügte, sondern auch ein wahrhaft aufregendes Leben geführt hatte: zwei kurz vor dem Abschluss abgebrochene Studiengänge, weil ihr das Fach plötzlich langweilig erschienen war, Erfahrungen als Barkeeperin, Reiseleiterin, pleitegegangen mit einem Internet-Auktionshaus für Gegenwartskunst, und dann noch ein Kind, das eine Hochbegabtenschule besuchte. Also ordentlich Stoff zum Erzählen – was Laila auch sehr gern und freimütig tat.

Unter anderen Umständen wäre Meta von einer solchen Lebensgeschichte vermutlich zwischen Begeisterung und Staunen hin- und hergerissen gewesen, aber heute war sie einfach zu erschöpft. Seit David vor zwei Tagen fortgegangen war, stand sie trotz Rahels Hilfe vollkommen neben sich. Deshalb war sie über dieses spontane Mittagessen auch sehr froh gewesen.

Laila hatte sich mit einem Kunden unterhalten, der vor kurzem ein Bild bei Meta ersteigert und begeistert von ihrem Kunstverstand geschwärmt hatte. Daraufhin hatte sie kurzerhand beschlossen, einfach in der Galerie vorbeizuschauen und Meta zum Essen einzuladen.

Eve, die Laila von der Treppe aus beobachtet hatte, war eindeutig nervös gewesen. Vermutlich kannte sie bereits einige Geschichten über die eigensinnige Frau und befürchtete, dass Meta – nachdem sie gerade erst erfolgreich eine neue Kunstsparte im Galerieprogramm durchgesetzt hatte – im Eifer des Wandels eine neue Kollegin mit an Bord bringen wollte. Oder vielleicht sogar gegen jemand Unliebsamen einzutauschen gedachte?

Als Meta ihren Mantel geholt hatte, war sie deshalb noch kurz zu Eve gegangen und hatte leise gesagt: »Findest du nicht auch, dass Lailas dunkle Schönheit einen großartigen Kontrast zu unserem weißen Kachelparadies bildet? Ich könnte mir gut vorstellen, dass ich mir das gerne häufiger anschauen würde.« Eve hatte nur ein Schnauben hören lassen, doch es hatte bei weitem nicht so abfällig wie sonst geklungen. Na, dann grüble mal schön, hatte Meta voller Schadenfreude gedacht.

Tatsächlich war Laila nicht im Geringsten an einem neuen Job interessiert; sie hatte bloß Lust auf ein Gespräch unter Kunstnarren verspürt. Dass sie jedoch schon nach kurzer Zeit auch über alles andere redeten, das ihnen gerade durch den Kopf ging, machte das Mittagessen trotz Metas durchscheinender Niedergeschlagenheit zu einem Erfolg. Mit ihrer überschwänglichen Art gelang es Laila sogar, ihrer Gesprächspartnerin das eine oder andere Lachen zu entlocken. Ihr schien Metas Niedergeschlagenheit durchaus nicht entgangen zu sein, aber sie war wohl zu taktvoll, um sie darauf anzusprechen. Dafür war Meta ihr ausgesprochen dankbar, denn so bekam sie die Möglichkeit, wenigstens für die Dauer eines

Essens das ganze Elend zu vergessen, in das ihr Leben sich verwandelt hatte.

»Vermutlich wird Rinzo mich für unser Treffen als miese Verräterin brandmarken, sobald ich in die Galerie zurückgekehrt bin«, erklärte Meta mit gespielter Ernsthaftigkeit, nachdem Laila gerade die Rechnung beglichen hatte.

Laila legte den Kopf schief. »Soll ich dir mal meine ehrliche Meinung zum Thema Rinzo und der Galerie sagen? Ich denke, es war höchste Zeit, dass bei euch mal ein frischer Wind weht. Ich bin zwar von der Konkurrenz und sollte deshalb vermutlich meinen Mund halten, aber wenn man sich ein wenig in der Gerüchteküche umhört, dann braucht euer Laden dringend einen Ausgleich zu Rinzos Gehabe. Der redet zwar viel von Genius und Einzigartigkeit, aber, ehrlich gesagt, geht es bei ihm doch offensichtlich schlicht ums Geschäft. Ein bisschen Seele, der Mut, nicht nur auf die zu schauen, die mit ihrer Meinung immer in der ersten Reihe stehen, wird sich lohnen. Vielleicht bekommt eure Buchhalterin nicht unbedingt mehr zu tun, aber du wirst aufblühen, und das zahlt sich bestimmt aus. Solche Umbruchzeiten sind gewiss schwierig, doch du machst das schon richtig.«

Einen Moment lang verspürte Meta das dringende Bedürfnis, sich gegen Lailas Schulter zu lehnen und hemmungslos zu weinen. Stattdessen schluckte sie tapfer und sagte ein leises Dankeschön. Diese Worte hatten ihr eben viel mehr gegeben, als Laila ahnen konnte, denn stets übermannte sie der Schmerz aufs Neue. Und angesichts der Dinge, die Rahel ihr über den Wolfsdämon erzählt hatte, fühlte sie eine Trostlosigkeit, die ihr zuflüsterte, die Hoffnung auf Davids Rückkehr einfach fallenzulassen und sich mit seinem Verlust abzufinden. Doch dazu war Meta nicht bereit.

Es ist eine Zeit des Umbruchs, sagte sie sich, während sie in der kleinen Vorhalle des Restaurants auf Lailas Taxi warteten.

Es ist verstörend, aber es wird vorübergehen. Sobald ich David gegenüberstehe und die richtigen Worte sage, wird es vorbei sein. Und dann … Aber das »und dann« schien so grausam weit weg Die Unfähigkeit, sich ein Wiedersehen vorzustellen, war fast noch schlimmer als der Liebeskummer und die Sorge, David nicht finden zu können. In seiner alten Wohnung war sie schon gewesen, doch die war bereits wieder neu vermietet worden. Bei Halberland, seinem Chef, war David auch nicht aufgetaucht. Obwohl der Mann geschimpft hatte wie ein Rohrspatz, hatte er darum gebeten, dass David sich bei ihm melden sollte, sobald er wieder auftauchte.

Lailas Taxi fuhr vor, und die beiden Frauen verabschiedeten sich herzlich voneinander. Von der geschützten Vorhalle aus beobachtete Meta, wie die in einen voluminösen Mantel verhüllte Gestalt durch den Schneesturm lief und der Wagen, Matsch aufspritzend, losfuhr. Unschlüssig blieb Meta hinter der Eingangstür stehen: Sollte sie sich ebenfalls ein Taxi rufen lassen oder einen kurzen Spaziergang zur S-Bahn wagen? Zwar hatte sie wegen der bleiernen Müdigkeit – die sie dennoch in den Nächten nicht schlafen ließ – die ganze Zeit über gefröstelt, aber mit einem Mal fühlte sie eine innere Unruhe, die sich, begleitet von Hitzewellen, in ihrem Körper ausbreitete. Beim Blick auf die einsamen Straßen beschlich sie kurz die Furcht, Tillmann könnte ihr abermals auflauern. Doch schon schob sie den Gedanken beiseite: Das Restaurant lag am Hafen, also weit weg von ihrer Wohnung und somit von Tillmanns Revier – falls er überhaupt noch in der Stadt sein sollte.

Als draußen ein weiteres Taxi vorfuhr, um einen Gast aussteigen zu lassen, trat Meta ins Freie, wo ihr Wind und Schnee sofort die Sicht raubten. Sie stolperte die Stufen hinunter und wäre um ein Haar in Karl hineingelaufen. Es dauerte einen Augenblick, bis sie ihn erkannte, da er sich den Schal über das Kinn gezogen hatte. Er reagierte wesentlich schneller und umfasste ihre Oberarme, als wolle er sie vor einem Fall schützen.

»Hallo, Meta. Du wolltest doch wohl nicht etwa gerade los?«, fragte er freundlich.

»Ehrlich gesagt, doch. Eve hält schon den ganzen Tag lang Stellung in der Galerie, weil Sol auf Familienbesuch ist. Wenn ich sie jetzt nicht ablöse, bekommt sie vielleicht noch einen Lagerkoller.« Meta zwang sich, unbeschwert zu klingen, während sie am liebsten Karls Hände abgewehrt hätte.

Karls Augenbrauen zogen sich zusammen, dann blickte er verlegen drein. »Eigentlich hat Eve mich angerufen und mir erzählt, dass du zum Essen hierhergegangen bist. Ich wollte schon früher da sein, aber mir ist leider etwas Geschäftliches dazwischengekommen. Warum leistest du mir nicht noch etwas Gesellschaft, nur für einen Kaffee?«

»Eve hat dich angerufen?« Obwohl sie keinen Zweifel an Karls Worten hegte, konnte Meta es kaum glauben. »Was hat sie dir sonst noch so auf die Nase gebunden?«

Endlich nahm Karl seine Hände von ihr. »Lass uns das doch im Warmen besprechen«, schlug er vor, demonstrativ den Kragen seines Mantels hochschlagend.

Meta sparte sich eine Antwort und stieg die restlichen Treppen hinab. Karl fluchte leise und folgte ihr. Während sie schnellen Schrittes über eine Brücke liefen, beachtete Meta ausschließlich die im Schnee verschwindende Hafenanlage. Irgendwo im weißen Gewirr glaubte sie, die Umrisse eines Krans auszumachen. Unterdessen versuchte Karl, zu ihr aufzuschließen, was sie nur noch rascher gehen ließ. Dabei achtete sie gar nicht mehr auf ihre Umgebung, so dass sie nicht wusste, wo sie sich eigentlich befand, als Karl sie schließlich grob an der Schulter packte und zum Anhalten zwang. Von der Promenade, in die der Hafen überging, war jedenfalls weit und breit keine Spur mehr zu entdecken.

»Warum läufst du vor mir weg?«, fragte Karl, nur leidlich Zorn und verletzten Stolz unterdrückend.

»Ich laufe nicht vor dir davon, ich will einfach nur nichts mehr mit dir zu tun haben.« Hatte Meta sich eben noch gewünscht, dass Karl lautlos im Schneegestöber verschwand, so empfand sie nun eine gewisse Genugtuung dabei, ihm die Wahrheit an den Kopf zu werfen. Herausfordernd baute sie sich vor ihm auf. »Ich vermute mal, Eve und Rinzo haben eins und eins zusammengezählt und dir gleich brühwarm berichtet, dass David mich verlassen hat. Und dass ich ein wimmerndes Nervenbündel bin, wenn ich mich nicht gerade hinter meiner Arbeit verstecke.« Karl brachte lediglich ein Nicken zustande. »Und was willst du jetzt, mich trösten?«

»Es gibt keinen Grund, über mich herzufallen«, erklärte Karl, der langsam zu seiner alten Selbstsicherheit zurückfand, nachdem ihn Metas Angriff kurzfristig aus der Fassung gebracht hatte. »Wir haben in der Vergangenheit beide Fehler gemacht. Meinst du nicht auch, dass jetzt der richtige Zeitpunkt gekommen ist, um einen Schlussstrich unter diese unseligen Geschichten zu ziehen?«

»Gern. Ein Schlussstrich, wunderbar. Darf ich jetzt gehen?«

»Vielleicht solltest du mal darüber nachdenken, wie schwer es für mich ist, dir hinterherzulaufen, obwohl du mit diesem Idioten zusammen gewesen bist, der dich auch noch hat sitzenlassen. Das sagt doch viel über meine Gefühle für dich aus. Da habe ich wohl mehr verdient als so eine patzige Abfuhr.«

Nur mit Not konnte Meta den aufwallenden Zorn unter Kontrolle halten. Dabei wäre es eine solche Befriedigung gewesen, Karl einen Schlag in bestimmte Körperregionen zu verpassen. »Das ist also deine Vorstellung von Ritterlichkeit«, gab sie stattdessen betont ruhig zurück. »Während du dich mit meiner Schwester und weiß der Teufel mit wie vielen anderen Frauen vergnügst, bin ich also Ausschussware, weil ich mich mit einem nicht standesgemäßen Mann eingelassen habe. Und du möchtest nun für deine unendliche Großzügigkeit, mich zurückzunehmen, belohnt werden?«

Obwohl die Kälte ihm schon die Farbe aus dem Gesicht gelöscht hatte, wurde Karl bei diesen Worten noch eine Spur blasser. »Diese völlig durchgeknallte Emma hat dir also davon erzählt?«

So unmittelbar wie ihre Wut aufgeflammt war, verlosch sie auch wieder. Meta schloss die Augen und sehnte sich einfach nur danach, sich in ihr Bett zu kuscheln, dem immer noch Davids wunderbarer Geruch anhaftete. »Du hast Recht mit dem Schlussstrich, Karl. Vergessen wir diese ganzen Geschichten. Die Sache zwischen uns beiden ist vorbei, nicht wegen Emma und auch nicht wegen David. Wir beide sind schlicht auf der Suche nach völlig verschiedenen Dingen. Lass uns das akzeptieren.«

Mit einem fassungslosen Gesichtsausdruck zog Karl sich die Mütze vom Kopf und fuhr sich mit den Handschuhen durchs Haar, bis es wirr abstand. Gegen ihren Willen spürte Meta Mitleid. Karl war es einfach nicht gewohnt, zurückgewiesen zu werden. Aus seiner Sicht hatte er ihr soeben den größten Liebesbeweis erbracht, zum dem er fähig war.

»Karl …«, setzte sie tröstend an, aber da stieß er schon ein hämisches Lachen aus.

»Das ist nichts weiter als ein schlechter Witz.« Seine schön geformten Augen erzählten von der Verletzung, die sie ihm beigebracht hatte, doch sein Mund war bereits zu einer gehässigen Linie verzogen. »Lass mich raten, woran es liegt, dass du diesen verdammten Kerl einfach nicht wieder aus deinem Kopf bekommst. Es ist sein Scheiß –«

»Hör endlich auf!«, fuhr Meta ihm ins Wort. »Ich werde jetzt gehen.«

Wütend packte Karl sie an der Schulter. Er griff so hart zu, dass sie vor Schreck aufstöhnte. Morgen würde die empfindsame Stelle zwischen Schulter und Halsbeuge bestimmt von seinen Fingerabdrücken gezeichnet sein. »Habe ich Recht?«, fragte er heiser.

Meta versuchte, ihn mit dem freien Arm fortzuschieben, Karl war jedoch viel größer und entschieden kräftiger als sie. Er zuckte nicht einmal zusammen, als sie ihm vor die Brust schlug. Seine Finger gruben sich nur tiefer durch den Stoff ihres Mantels, bis sie stöhnend ein Stück in die Knie ging. Unterdessen begann Karl, vor sich hin schimpfend, seinen Mantel zu öffnen.

»Dir hat wohl einfach nicht gereicht, was du hattest, nicht wahr, Meta? Aber ich kann dir versichern, dass du dich da getäuscht hast. Ich werde es dir beweisen.«

Doch bevor Karl tatsächlich dazu kam, sackte er plötzlich mit einem Keuchen leicht vornüber. Der Griff an Metas Schulter verlor an Kraft, und sie schüttelte ihn ab. Perplex taumelte sie einen Schritt zurück, den Blick auf Karls schmerzverzerrtes Gesicht gerichtet. Der Schnee trieb ihr in die Augen, setzte sich auf den Wimpern fest, doch sie war außerstande, ihn fortzublinzeln.

»Lass mal alles schön da, wo es ist, mein Freund.« Die Stimme klang fremd, auch das Profil des Mannes war ihr unbekannt. Unnatürlich schmal, mit einem asiatischen Einschlag, obwohl die Augen hinter dunklen Brillengläsern verborgen waren. Der Mann beachtete Meta nicht weiter, sondern packte Karl am Kragen und boxte ihm zweimal hintereinander in den Magen.

»Wir hatten lediglich eine Auseinandersetzung«, versuchte sie, ihn zu beschwichtigen, als er Karl gerade die Chance gab, sich nach den Schlägen wieder aufzurichten. »Er wird sich jetzt bestimmt zusammenreißen und mich nicht weiter verfolgen.«

Der hagere Asiate nickte, machte aber keinerlei Anstalten, von Karl abzulassen. »Da bin ich mir sicher«, sagte er. Dann schlug er Karl mit der geballten Faust ins Gesicht, woraufhin dieser endgültig in sich zusammensackte und auf dem Boden liegen blieb. »Weil du nämlich mit uns kommen wirst, Engelchen.«

Ohne den Sinn der Worte zu begreifen, machte Meta einen unbeholfenen Schritt zurück und stieß dabei gegen einen weiteren Fremden, der augenblicklich die Arme um sie schlang. Meta erstarrte, weil ihr ein beißender Geruch in die Nase drang, als habe jemand zu dicht bei einem Feuer gestanden. Widerwillig blickte sie auf und sah in ein Augenpaar, dessen Farbe ihr schmerzlich vertraut war: ein leuchtendes Blau. Doch ihrem Ausdruck wohnte etwas so furchteinflößendes inne, dass ihr der Atem stockte.

»So sieht der Leckerbissen also in natura aus. Über Davids Geschmack lässt sich einfach nicht streiten.« Der hünenhafte Mann verzog den Mund zu einem Grinsen, wobei ihm ein verräterischer Schatten über die Züge glitt.

Meta begann zu schreien und konnte nicht wieder aufhören. Der Mann hinter ihr, der sie mühelos in seinen Armen hielt, stimmte in ihren Schrei mit ein, unnatürlich hoch, nur unterbrochen von einem Lachen, das fast noch grausamer klang.

Kapitel 31

Nachspiel

Die Dunkelheit war so dicht geworden, dass sie selbst das Licht der Laternen zu ersticken drohte. Obwohl die Seitenfront des gegenüberliegenden Hauses lediglich einen verwaisten Treppenschacht zur Ansicht bot, hielt Meta eisern ihren Blick darauf gerichtet. Dort draußen in der Nacht lag die Wirklichkeit, daran musste sie sich fortwährend erinnern. Der riesige, halbleere Saal, in den man sie gesperrt hatte, war nichts weiter als ein schrecklicher Traum.

Gegen ihren Willen wurde ihr Blick jedoch immer wieder von dem altarähnlichen Tisch angezogen, über den ein räudiger Pelz ausgebreitet lag. Meta glaubte, einen animalischen und leicht ätzenden Geruch wahrzunehmen, der von ihm ausging. Ein widerspenstiger Teil von ihr wollte sich dieses archaische Artefakt genauer ansehen, sie dazu anstiften, ihre Finger durch den verdreckten Pelz gleiten zu lassen und sich die ihm innewohnende Macht anzueignen. Je dringender dieses Bedürfnis wurde, desto sturer blickte Meta zu dem hohen Fenster hinaus.

Ohne Zweifel war sie dabei, ihren Verstand zu verlieren. Hatte es in der Sekunde begonnen, als sie sich einbildete, einen Schattenwolf zu Hilfe gerufen zu haben? Oder als sie in ihrem Inneren Türen aufgestoßen hatte, um die Macht, die diesen Tillmann umgab, zu besänftigen? Vielleicht hatte es aber auch schon viel früher angefangen, etwa, als sie geglaubt hatte, Davids Hand würde ein Schatten umspielen, der ihm eine unglaubliche Kraft verlieh …

Alles war Lug und Trug. So musste es sein, anders konnte sie sich den ganzen Wahnsinn nicht erklären. Ihr Geist war vom Weg abgekommen, streunte verloren über abseitige Wege. Ihre Mutter hatte sie gewarnt: Niemand, der bei klarem Verstand ist, läuft auf den Straßen dieser Stadt umher.

Meta presste ihre Lippen aufeinander, bis sie schmerzten. Nur dadurch gelang es ihr, die Tränen zurückzudrängen, die sich in ihren Augenwinkeln angesammelt hatten. Eine erneute Welle von Erschöpfung drohte sich in ihren Gliedern auszubreiten, wurde jedoch sogleich von den Selbstzweifeln weggespült, die sie nun schon seit einer gefühlten Ewigkeit gefangen hielten.

Sie war verdorben, deshalb hatte sie in jener letzten Sommernacht zu David gefunden. Sie hatte sich von ihren Instinkten leiten lassen, und die hatten sie genau zu dem Mann geführt, der ihr ganzes Leben auf den Kopf gestellt hatte. Auf eine Art und Weise, die weit über jede romantische Vorstellung hinausging. Nun stand sie hier, in einem verwahrlosten Saal, während über die dunklen Flure des Palais Schatten schlichen, die vorgaben, Wölfe zu sein. Ich hätte mir wenigstens ein rotes Kleid anziehen sollen, wenn ich schon kein Cape besitze, dachte Meta mit einem Anflug von Galgenhumor.

Doch als die Saaltür aufging und die schweren Schritte ihr verrieten, dass ihr Entführer zurückgekehrt war, waren Sarkasmus und Selbstzweifel mit einem Schlag vergessen. Dieser Mann strahlte eine Lust an Gewalt aus, als wären in ihm alle Dämme, die einem die Menschlichkeit für gewöhnlich auferlegte, mit einem Schlag geborsten. Dass er ihr vor einigen Stunden nicht mitten auf offener Straße die Kehle zerfetzt hatte, war nicht einem Anflug von Skrupel geschuldet. Nein, er hatte sie in sein Reich verschleppt, um das Vergnügen noch mehr auskosten zu können, das ihr Tod ihm bereiten sollte. Das Bedürfnis zu fliehen war in seiner Gegenwart fast überwältigend. Trotzdem gab Meta ihm nicht nach, denn etwas anderes überwog: Ihr Entführer hatte sie mit diesen so vertrauten blauen Augen angestiert. Dieser beängstigende Mensch barg also etwas in sich, das ihn zu Davids Bruder machte. Was immer das auch in dieser gewalttätigen Schattenwelt zu bedeuten hatte …

Mit langsamen Bewegungen drehte Meta sich um und sah den ganz in Schwarz gekleideten Mann an. Er war hinter ihr stehen geblieben, nahe genug, dass er nur den Arm ausstrecken musste, um sie zu berühren. Eine Strähne seines langen schwarzen Haares hing ihm ins Gesicht, aber er schien sie gar nicht zu bemerken, so vertieft war er in die Betrachtung ihres sich vor Furcht rasch hebenden und senkenden Brustkorbs. Hinter ihm stand die Tür ein Stück weit offen, und durch den Spalt fiel dämmeriges Licht. Offenkundig machte er sich keine Sorgen darüber, dass sie ihm entkommen könnte.

»Was genau mache ich hier?«, fragte Meta, als sie das Schweigen nicht länger ertrug. Ihre Stimme klang rau und brach beim letzten Wort einfach weg.

Einen Augenblick lang sah es danach aus, als ziehe der Mann vor, weiterhin ihre Brust zu beobachten, anstatt zu antworten. Dann gab er ein leises Schnaufen von sich. »Der kleine Tillmann hat dir doch gezeigt, was David ist: ein Wolf. Und bevor er beschlossen hat, diesen Nebenaspekt zu vergessen und unter deine Röcke zu schlüpfen, hat er einem Rudel angehört. An der Spitze eines jeden Rudels steht ein Anführer. Ich bin Hagen.« Erwartungsvoll zog der Mann seine buschigen Brauen hoch, Meta jedoch wartete nur reglos ab. »In einem Rudel gibt es Regeln, klare Gesetze. David hat geglaubt, wenn er mein Revier verlässt, würden sie nicht mehr für ihn gelten.

Ein Fehler. David gehört mir, und was ihm gehört, ist ebenfalls meins. Und du gehörst David, richtig?«

»Ich gehöre zu David«, erwiderte Meta, unsicher, ob dieser Mann den Unterschied begriff.

Hagen ließ ein zufriedenes Brummen hören. Fast behutsam begann er, ihren Mantel zu öffnen. Wie betäubt sah Meta dabei zu, wie der Stoff sich teilte und den Blick auf ihr besticktes Folklorekleid freigab. Mit einer Geste, die bei ihr ein Déjà-vu-Gefühl auslöste, griff er nach dem Saum und drängte sich an sie, bis sie mit dem Rücken gegen die Wand stieß.

Ihr Entsetzen bemerkend, hielt Hagen kurz inne und grinste sie anzüglich an. »Diese spezielle Erinnerung von David an euer gemeinsames Liebesleben gefällt mir besonders gut. Der Hausflur. Ich hätte nichts dagegen, die Nummer mit dir nachzuspielen. Allerdings auf meine Art.«

Als Hagens Hand über ihren Oberschenkel wanderte, versuchte Meta, ihn mit einem Stoß gegen die Brust zurückzudrängen. Allerdings schien Hagen nichts gegen ein kleines Gerangel einzuwenden zu haben. »Warum versuchst du es nicht mit ein wenig mehr Selbstvertrauen?«, fragte er sie, wobei sich ein seltsam hoher Ton in seine tiefe Stimme einschlich. »Ruhig ein wenig fester.«

Zunehmend panisch, hämmerte Meta ihm gegen die Brust. Dann griff sie nach seiner Hand und versuchte, sie von ihrem Oberschenkel fortzuzerren, da ihre Haut an der Stelle brannte, wo er sie berührte.

»Ist das alles, was du zu bieten hast?« Seine Enttäuschung war nicht zu überhören, während seine Finger die Spitze ihres Slips ertasteten.

»Nimm deine verfluchten Pfoten weg!«, schrie Meta nun völlig außer sich. Mit aller Kraft wand sie sich hin und her, um zu entkommen, doch Hagen hielt sie zwischen seinem muskulösen Körper und der Wand gefangen. Als er sich zwischen ihre Schenkel zwängte, bekam Meta zu spüren, dass ihre verzweifelte Gegenwehr ihm ausgesprochen gut gefiel. Augenblicklich stellte sie ihre Bewegungen ein.

»Du darfst mich nicht nehmen.« Der Satz wollte ihr kaum gelingen. »David gehört dir nämlich nicht.«

»Dieser kleine Dreckskerl ist mein!«

Kaum hatte er die Worte ausgesprochen, schlug er Meta mit der Faust ins Gesicht. Ihr Kopf flog zur Seite, aber der Schmerz fühlte sich unendlich viel besser an als die Berührung seiner Hand auf ihrer bloßen Haut. Da zerrte Hagen mit Gewalt an ihrem Kleid, um es entzweizureißen. Voller Entsetzen dachte Meta, dass er nach dem Zerreißen des Stoffes nicht einhalten würde. Er wäre erst befriedigt, wenn er ihre schützende Haut zerfetzt, ihren Brustkorb aufgebrochen und sich in ihren noch pochenden Innereien gesuhlt hatte. Sie spürte seinen unnatürlich heißen Atem auf ihrem Gesicht, fühlte sich ummauert von seinem drängenden Körper, nach dem sie nun wieder mit aller Kraft schlug und trat. Ihr eigenes wütendes Brüllen klang ihr auch noch in den Ohren, als Hagen ihre Handgelenke hochriss und sie gegen die Wand presste, damit sie endlich nicht mehr gegen ihn ankämpfen konnte.

Doch Meta dachte gar nicht daran aufzugeben. Sie hatte den Schatten entdeckt, der inzwischen über Hagens Antlitz tanzte. Abermals zwängte er sich nun zwischen ihre Schenkel, und Meta öffnete jene weiten Räume in ihrem Inneren und lud den Schatten ein. Komm zu mir, rief sie ihn. Einen Herzschlag lang glaubte sie, Hagens Dämon würde das Angebot ausschlagen, aber schon jagte er wie ein Windstoß durch sie hindurch. Nun setzte Hagen dazu an, in sie einzudringen. Seine freie Hand zerrte ihren Kopf in den Nacken, und er fletschte seine Zähne, um sie in ihren Hals zu schlagen. Doch da erklang hinter ihm mit einem Mal das einschüchternde Knurren eines Wolfes.

Augenblicklich erstarrte Hagen, dann löste er sich gerade weit genug von Meta, um einen Blick über die Schulter zu werfen. Was er dort sah, ließ ihn die ihm ausgelieferte Frau mit einem Schlag vergessen: Sein eigener Schattenwolf hatte sich drohend hinter ihm aufgebaut, die hochgezogenen Lefzen zeigten Reißzähne, die in ihrer Größe und Schärfe nur noch wenig mit denen eines echten Wolfes gemein hatten. Dieses Wesen war ein Raubtier, das einem Alptraum entsprungen war, davon beseelt, anzugreifen.

»Was, verflucht noch mal …« Weiter kam er nicht, denn der Wolf setzte zum Sprung an und riss ihn mit sich. Hagens hünenhafter Leib schlug mit einem dumpfen Knall zu Boden. Zuerst sah es so aus, als wollte er seine Finger in das Fell des Wolfes graben, um ihn zur Seite zu schleudern. Aber da verschmolz der Schatten bereits wieder mit seinem Hüter, und die Hände fuhren ins Leere. Als verursache die Rückkehr des Dämons ihm Schmerzen, begannen Hagens Glieder zu zittern wie bei einem Stromschlag. Dann blieb er totengleich liegen.

Meta war froh, die Wand in ihrem Rücken zu haben, denn sonst hätte sie sich kaum auf ihren wackligen Beinen halten können. Mit einer fahrigen Bewegung strich sie ihr Kleid glatt, dessen Saum nun wieder ihre Knie umspielte. Dann betastete sie ihr linkes Ohr, wo Hagens Faustschlag sie getroffen hatte und das nun von einem hohen Pfeifton erfüllt war. Dabei behielt sie die ganze Zeit den leblos daliegenden Hagen im Auge.

Plötzlich ging die Tür auf, und ein Mann von stämmiger Statur trat ein. Schweigend schaute er auf Hagen, dann auf Meta. Allerdings brachte er nicht mehr als ein leichtes Runzeln der Stirn zustande. Er ging zu Hagen hinüber und stupste ihn mit der Schuhspitze an. Erst leicht, dann so kräftig, dass der Knall des Aufpralls bis zu Meta drang.

Mit einem schmerzvollen Stöhnen drehte Hagen sich auf die Seite und sah sich verwirrt um. Der Mann war bereits wieder einen Schritt zurückgetreten. Schaukelnd, als wäre er betrunken, kam Hagen auf die Beine und zog sich die Lederhosen über die Hüften. Den Kopf gesenkt, stand er da, als müsse er sich sammeln, dann sagte er mit heiserer Stimme: »Ich drehe deinen verfluchten Kopf einmal um die eigene Achse, wenn du keinen überzeugenden Grund für diesen Auftritt hast, Anton.«

Der bullige Mann zuckte mit den Schultern. Falls Hagens Drohung ihm Sorgen bereitete, konnte er es ausgesprochen gut verbergen. »Maggie schickt mich, damit ich dir Bericht über meinen letzten Auftrag erstatte.«

»Warum? Kann Maggie ihren Mist auf einmal nicht mehr allein regeln?«, presste Hagen zwischen aufeinandergebissenen Zähnen hervor, während er leicht vor- und zurückschwankte.

»Mein Auftrag lautete, Nathanel zu begleiten, während er in unserem Revier nach deinem entlaufenen Streuner sucht. Er hat ihn gefunden.«

»Gut. Und warum muss ich mir dann deine Fresse statt Nathanels anschauen?«

Der Mann namens Anton zögerte einen Augenblick. »Nathanel wird nicht zurückkehren. Deshalb wollte Maggie, dass ich dich hole.«

Hagen fluchte und gab dann ein widerwilliges, aber zustimmendes Brummen von sich. Schließlich sprach er in Metas Richtung, sah ihr dabei allerdings nicht in die Augen. »Wenn ich wiederkomme, werden wir dieses kleine Vorspiel überspringen. Du wirst mir geben, was ich will, und anschließend werde ich mich in deinem Blut wälzen. Aber zuerst trete ich deinem widerspenstigen Freund in den Arsch. Wenn David brav ist, bringe ich ihn erst um, nachdem er uns beiden zusehen durfte.«

Als Hagen endlich die Tür hinter sich schloss, atmete Meta erleichtert aus. Es war ihr tatsächlich gelungen, sich gegen diesen Mann, der mit keiner ernstzunehmenden Gegenwehr gerechnet hatte, zu behaupten. Allerdings auf eine Art, die sie verwirrte. Ihre Glieder fühlten sich so bleiern an, dass sie glaubte, gleich mit den Füßen voran durch den Boden zu sinken. Hagens Wolf Gestalt zu verleihen, hatte sie viel Kraft gekostet. Oder war es nur der Schock über diese Fähigkeit, die so plötzlich aus ihr hervorgebrochen war? Trotzdem wollte Meta der Müdigkeit nicht nachgeben. Die Drohung, die Hagen ausgestoßen hatte, schwirrte ihr durch den Kopf, nur ihren Sinn konnte sie nicht ausmachen. Sie musste sich ein wenig ausruhen, dann würde sie weitersehen.

Kapitel 32

Phönix

Der Schatten wand sich um ihn, bedrängte ihn, als wolle er mit ihm verschmelzen. Voller Wut und Verzweiflung knurrte er, jaulte, schnappte mit seinen Fängen ins Leere. Ein Schatten, der einen Schatten jagt – ein sinnloses Unterfangen. Und doch gelang es diesem anderen, plötzlich herrenlos gewordenen Schemen, sich an ihm festzukrallen. Danach wurden sie beide ins Dunkel gezerrt. Immer tiefer wurden sie in die Endlosigkeit gerissen, die blau schimmernden Tore nicht mehr als eine vage Ahnung in der Ferne, die er vielleicht nie wieder würde überbrücken können. Trotzdem konnte er nicht loslassen und kämpfte mit aller Kraft gegen den Herrenlosen an, der ihn ohne Unterlass bestürmte. Selbst als der Schatten sich über seine Augen legte und in ihn eindrang, versuchte er noch, seinen Gegner zu packen. Dann versank alles in Dunkelheit.

David war nicht mehr als ein von den Strapazen der Geburt zerschundenes Tier, die Glieder schmerzend, doch taub zugleich, die Augen geschlossen vor der unbekannten Welt, die nichts als Unheil versprach. In seiner Brust brannte ein Feuer, als hätten seine Lungen soeben zum allerersten Mal einen Atemzug getan. Doch ganz gleich, wie grauenhaft der Moment der Geburt auch gewesen sein mochte, nun verflüchtigte sich das Erlebte bereits. Die Erfahrung war zu umfassend, als dass sie sich in seinem Geist hätte festsetzen können. Zurück blieb die Ahnung, etwas ausgesetzt gewesen zu sein, das unendlich größer war als er selbst.

Die erste bewusste Regung, die David nach Nathanels Tod verspürte, war Wut. Eine unbändige Wut auf sein Schicksal, das ihm dieses verdammte Höllenwesen von einem Dämon aufgehalst hatte, der offensichtlich jedes Mal an Stärke gewann, wenn in ihm etwas zerbrach. Wut über das eigene Unvermögen, dieses Wesen zu verbannen oder wenigstens seine Macht zu brechen. Wut über die verlorene Bindung zu Menschen, die der Wolf ihm auf die eine oder andere Weise geraubt hatte. Seine Familie, Convinius, Meta und nun auch noch Nathanel, der ihm trotz seiner ständigen Distanziertheit so nahe gewesen war.

Mit einem Ruck öffnete David die Augen und richtete sich auf. Greller Schmerz durchfuhr seinen Körper, als wären ihm sämtliche Knochen gebrochen und wieder zusammengenagelt worden. Alles fühlte sich wund an. Gerade mal einen Atemzug lang hielt er sich aufrecht, dann überkam ihn eine Welle von Übelkeit. Er konnte sich gar nicht schnell genug zusammenkrümmen, da brach sie sich auch schon Bahn. Aber sein leerer Magen hatte nichts preiszugeben, und so würgte David bloß gequält.

Jemand fing an, ihm den Rücken zu tätscheln. Obwohl er ahnte, wer dort hinter ihm hockte und leidlich versuchte, Trost zu spenden, bemühte er sich, die Hand abzuschütteln. Allerdings fehlte ihm schlicht die Kraft dazu. Als der Würgereiz endlich nachließ, schaffte er es gerade einmal, nicht vornüberzusinken.

Nathanel war tot, und er war dafür verantwortlich. Dass sein Wolf von selbst angegriffen hatte, machte das Ganze nicht besser, sondern führte ihm nur deutlich vor Augen, was für ein Ungeheuer er in sich barg. Hatte Convinius also doch Recht behalten: Der Wolf war nicht mehr als eine Bestie, die auf ihre Chance zu töten lauerte. Der Zorn, den David über diesen

Verrat empfand, legte sich wie ein dämpfendes Tuch über die Trauer. Was auch immer Nathanel für ihn bedeutet haben mochte, nun war nicht der richtige Zeitpunkt, sich damit auseinanderzusetzen.

Widerwillig dachte er darüber nach, dass der Wandel sich dieses Mal anders angefühlt hatte, so intensiv und grundlegend, dass er über einen längeren Zeitraum ohne Bewusstsein gewesen war. Nach Mathols Tod waren sein Wolf und er wie zerrissen gewesen, waren umhergeirrt, unfähig, mit der neuen Perspektive umzugehen. Doch jetzt – was Nathanels Tod auch freigesetzt hatte, es hatte den Dämon in David zu einem anderen Wesen gemacht. Die Verbindung zwischen ihnen beiden hatte zugenommen, und nur mit Not konnte er den Wolf davon abhalten, zu ihm durchzudringen. Was immer der Dämon ihm einflüstern wollte, er wollte es auf keinen Fall hören. Er würde diesem Mörder keine weitere Chance gewähren, so viel stand fest.

»Hör endlich auf, mir den Rücken zu tätscheln, oder mir kommt es wirklich noch hoch, Jannik.«

Augenblicklich hörte das rhythmische Klopfen auf, dennoch blieb die Hand auf Davids gekrümmtem Rücken liegen. »Tut mir leid, aber ich sitze hier schon seit einer Ewigkeit vollkommen nutzlos herum. Das macht mich echt wahnsinnig.« Zwar klang Janniks Stimme brüchig, aber es schimmerte bereits Freude darüber durch, seinen Freund wieder bei sich zu wissen.

»Was genau meinst du mit *Ewigkeit*?«, fragte David, der sich behutsam aufsetzte.

»So lange, wie es gebraucht hat, bis Nathanels Wunde aufhörte zu bluten und die Lache unter ihm fast versickert ist.«

»Jannik, verflucht!«

David würgte erneut, zunehmend ungeduldiger mit seinem Körper, den er einfach nicht unter Kontrolle bekam. Alles in ihm drängte voran in dem Wissen, dass er Meta unbedingt rechtzeitig erreichen musste. Die Vorstellung, Hagen könnte ihm bereits zuvorgekommen sein, ließ er gar nicht erst zu.

Währenddessen plapperte Jannik weiter, beinahe so, als entlade sich nun alles, was sich in den letzten Wochen angesammelt hatte. »Ich weiß, das klingt hart, aber ich glaube, für Nathanel war es besser so. Sein Körper wollte nicht mehr – um das zu erkennen, musste man echt kein Genie sein. Aber ich habe es so richtig hautnah mitbekommen, weißt du. Nathanel hat sich an mich gebunden, schwer zu beschreiben. Er hat sich an meinen Wolf drangehängt, weil er Bescheid wissen wollte, wenn ich Kontakt zu dir aufnehme. Das habe ich natürlich bleiben lassen, ich wäre ja wohl ein Scheißfreund, wenn ich mich als Wanze missbrauchen ließe. Aber so eine Verbindung ist keine Einbahnstraße, verstehst du? Ich habe auch etwas von Nathanel mitbekommen. Na ja, eigentlich mehr von seinem Wolf. Es ist schrecklich zu wissen, dass man voneinander getrennt wird. Nicht so wie die Nummer, die du draufhast, sondern endgültig getrennt. Nichts mit gemeinsam in die ewigen Jagdgründe und so. Ich weiß jetzt Bescheid.«

Ohne aufzublicken, holte David aus und verpasste Jannik einen leichten Schlag vor die Brust. Der junge Mann schrie auf, nahm es seinem Freund aber nicht weiter übel.

»Vielleicht gibt es nur für den Wolf keine ewigen Jagdgründe. Es wäre doch schrecklich, wenn man diesen Dämon nicht einmal durch den eigenen Tod loswürde.«

»Wie kannst du nur so etwas Bescheuertes sagen?«, erwiderte Jannik hitzig und entlockte David damit ein leises Lachen. »Du willst deinen Wolf ja bloß loshaben, damit er dir nicht länger die Ohren vollwinselt, wenn du mit deiner Meta ins Bett gehst.«

»Oh Mann, Jannik«, brachte David mühsam hervor, während sich seine Rippenbögen aus unterdrücktem Lachen schmerzhaft zusammenzogen. Gleichzeitig war er Jannik für seine unbekümmerten Worte unendlich dankbar, denn mit ihnen kehrten auch die Lebensgeister zu ihm zurück. Als er sich schließlich stark genug fühlte, hob er den Blick und suchte den Boden des Speichers nach Nathanels Leichnam ab.

Es musste mitten in der Nacht sein, denn durch die Dachluke sah man lediglich ein sternenloses Schwarz. Jannik hatte die Deckenlampe angeschaltet, aber der schwache Schein reichte nicht annähernd, um den weitläufigen Speicher auszuleuchten. Trotzdem konnte David mühelos die Umrisse Nathanels erkennen, über dessen Oberkörper und Kopf Jannik etwas ausgebreitet hatte, vermutlich seine Jacke. Außer der dunklen Lache, die sich unter dem Leichnam ausgebreitet hatte, bot der Anblick keinen Schrecken.

Zu seinem Erstaunen konnte David ihn tatsächlich ertragen, ohne an Schuldgefühlen zu zerbrechen. Die würden sich zweifelsohne noch früh genug einstellen. Allerdings verspürte er das Verlangen, zu Nathanel zu gehen, die Jacke zurückzuschlagen und herauszufinden, in welcher Farbe die Augen nach seinem Tod wohl leuchteten. Doch dann besann er sich eines Besseren. Niemand, den er kannte, war mit seinem Wolf so verschmolzen gewesen wie Nathanel. Er war sogar so weit gegangen, sich für das Wohlergehen seines Rudels zu opfern.

Während David seine steifen Schultern in der Hoffnung bewegte, bald wieder aufstehen zu können, fiel ihm etwas anderes ein: »Wo steckt eigentlich Anton?«

»Der Sack«, sagte Jannik ächzend, offenkundig ein paar unangenehme Erinnerungen verdrängend. »Der hat mich abgefangen, als ich nachschauen wollte, was Nathanel oben auf dem Dachboden treibt. Hat mich eingefangen wie eine streunende Töle. Na ja, wahrscheinlich darf ich mich nicht beschweren, war auch ein wenig dämlich von mir, mich so dicht ranpirschen zu wollen. Nachdem er jedenfalls Nathanels Leichnam gesehen hat, meinte er, dass sich sein Job damit erledigt hätte, und ist einfach abgezischt. Kaum zu glauben, was?«

Zu Janniks sichtlicher Unzufriedenheit blieb David ihm eine Antwort schuldig. Stattdessen betrachtete er die nackte Glühbirne, die von einem herabhängenden Kabel baumelte. »Keine gute Idee, hier oben Licht anzumachen«, sagte David schließlich tonlos.

Jannik schnaubte ungeduldig. »Ja, klar. Kannst du dir ungefähr vorstellen, wie gruselig das ist, mit einem Toten und einem Bewusstlosen, der schreit und sich krümmt, im Dunkeln zu sitzen? Wenn die Nachbarn nichts Besseres zu tun haben, sollen sie doch meinetwegen die Bullen rufen.«

»Das meine ich nicht.« Davids Blick hing bereits wieder an Nathanel. »Das Haus steht auf dem Grundstück zurückgesetzt und ziemlich für sich. Das mit dem Licht bekommt keiner mit. Aber die Elektrizität ist Schrott. Ein Kurzschluss, und die Bude könnte abfackeln.« Kaum hatte er die Worte ausgesprochen, fasste David einen Entschluss. Sie würden Nathanels Leichnam nicht den neugierigen Blicken anderer überlassen. Für das Schickimicki-Paar, das dieses Haus beziehen wollte, würde es nach den Geschehnissen ohnehin wertlos sein.

Kapitel 33

Am Scheideweg

Im diesigen Licht der Morgendämmerung schlugen die Flammen empor, dem sanften Schneefall trotzend. Er hatte die Straße in eine weiße Decke gehüllt, auf der sich nun brennendes Rot spiegelte. Mit einem tosenden Lärm griffen die Flammen um sich und spien Rauchschwaden in den grauen Himmel. Das trockene Holz des Dachstuhls hatte das Feuer beflügelt, doch das Mauerwerk der unteren Etage hatte seinen Ehrgeiz empfindlich gebremst. Zwar fraß es sich durch Treppen und Holzböden, aber seine Macht reichte nicht aus, das alte Haus zum Einsturz zu bringen.

Erleichtert stellte David, der mit Jannik im Schatten eines Nachbarhauses stand, fest, dass das Feuer auch nicht auf den Garten übergriff. Der wochenlange Regen und der eingekehrte Frost boten den gierig züngelnden Flammen keinen Weg, um noch weiteres Unheil zu stiften. Obwohl er sich sagte, dass es ihn nichts mehr anginge, hoffte David, dass das Haus wieder saniert und nicht einfach abgerissen werden würde. Trotz des Anblicks der rotglühenden Zerstörung fühlte es sich nach wie vor richtig an, Nathanel auf diese Weise bestattet zu haben. Letztendlich war das Haus nur ein weiteres Opfer des Dämons geworden. Und so, wie es aussah, würde David noch etwas ganz anderes opfern müssen, bevor der Tag zu Ende ging.

Als die Feuerwehr sich in Stellung gebracht hatte und auch die ersten Polizeiwagen vorfuhren, machten die beiden Männer sich wortlos auf den Weg. Burek, der draußen auf die Wiederkehr seines Herrchens gewartet hatte, war zuerst überglücklich auf sie zugestürzt, hatte seine Begrüßungsgesten aber sogleich eingestellt, als er die bedrückte Stimmung wahrnahm. Also hatte er die Rute eingezogen und sich an Janniks Beine geschmiegt, was dieser mit einem beruhigenden Brummen belohnt hatte.

Bis zu Metas Wohnung würden sie ein paar Straßen weit laufen müssen, und der Gedanke daran, was ihn dort wohl erwartete, schnürte David die Kehle zu. Die Vorstellung, Meta wieder gegenübertreten zu müssen, war fast so erschreckend wie das Bild einer verlassenen Wohnung, in der ein Netz aus Fährten von einer gewaltsamen Entführung erzählte. Dass Hagen Meta, wenn er sie erst einmal in seinen Fängen hatte, Gewalt antun würde, daran hegte David keinen Zweifel. Unwillkürlich verfiel er in einen Laufschritt, doch die Anstrengung des Wandels und die Furcht drohten ihm die Atemluft zu rauben. Schwarze Punkte tanzten vor seinen Augen, und er stolperte fast über die eigenen Füße. Während er wankend zum Stehen kam, spielte er mit dem Gedanken, jene Kraftquelle in seinem Inneren anzurufen, die für das ganze Elend verantwortlich war.

Aber er widerstand: Der Wolf hatte sich losgerissen und Nathanel getötet. David fühlte sich besudelt, und das Wissen, dass der Mörder dieses Mannes in ihm hauste, trieb ihn fast in den Wahnsinn. Und wenn er auch die Macht des Dämons nun mehr als je zuvor in seinem Leben brauchte, war er fest entschlossen, sich von ihm loszusagen.

Kaum war dieser Entschluss gereift, überkam David unwillkürlich das Gefühl, als sammle sich alle Lebensenergie im Zentrum seines Leibes. Aber sie floss in seinen Schatten, der in die Gestalt eines Wolfes hinüberwechselte. Der Wolf blieb vor ihm stehen, die Schnauze bebend vor Anspannung. Dringender als je zuvor versuchte er, zu David durchzudringen, ihm etwas mitzuteilen. Doch David lehnte sich vor Erschöpfung bloß gegen eine Häuserwand und schloss die Augen. Das Einzige, was er jetzt wollte, war, dass der Schatten ging und nie wieder zurückkehrte. Als habe der Wolf ihn erhört, verschwand er.

Kurz darauf schloss Jannik endlich zu ihm auf, packte ihn beim Ellbogen und zog ihn behutsam voran. »Was rennst du denn so, Mann? Du bist im Gesicht weiß wie ein Laken. Wenn du vor Metas Tür zusammenklappst, ist auch niemandem geholfen.«

David nickte unwillig, ließ aber zu, dass Jannik ein langsameres Tempo vorgab. Einige Minuten später tauchte das Haus auf, in dem David die letzten Wochen so unbeschwert ein und aus gegangen war.

»Siehst du was?«, fragte David, die Stimme heiser vor Ungeduld.

»Nein, nichts beim Haus selbst. In der Nachbargasse sind irgendwelche Wolfsspuren … schon ein bisschen älter und nicht aus unserem Rudel. Eigentlich solltest du das besser draufhaben als ich, mein Freund.«

David ging nicht darauf ein, sondern wandte sich dem Hund zu, der zwischen ihnen beiden Platz gemacht hatte. »Na, Burek, was meinst du: Ist hier jemand, dem wir besser nicht begegnen sollten?« Der Rüde legte den Kopf schief und wedelte freundlich. »Das heißt wohl, dass Hagen sich hier nicht hat blicken lassen. Sonst wäre Burek wohl kaum so locker drauf.«

»Warum rufst du nicht einfach deinen Wolf und gehst auf Nummer sicher?« Jannik klang direkt spöttisch. »Du hast Panik, richtig? Mann, ich kann es nicht glauben: Du hast Hackfleisch aus Mathol gemacht und Nathanel besiegt, aber du traust dich nicht, deinen Wolf zu rufen.«

»Du hast keine Ahnung, wovon du sprichst«, erwiderte David leise und warf Jannik einen Blick zu, der den jungen Mann zurückweichen ließ. Dann ging er auf die Haustür zu, deren Schlüssel noch immer in seiner Hosentasche steckte. Auf dem Flur begegnete ihnen der alte Herr von unten auf dem morgendlichen Gang zum Bäcker. Höflich zog er den Hut.

»Heute sogar mit Verstärkung unterwegs?«, fragte er freundlich, um dann Bureks struppiges Fell mit einem kritischen Blick zu mustern. Entgegen seiner sonstigen Gewohnheit war der Hund mit ihnen in das Haus gekommen.

Metas Wohnungstür war intakt, und als David die noch im Dämmerlicht liegende Diele betrat, stieg ihm sogleich der wohlige Duft entgegen, den er in den letzten Wochen mit dem Wort *Zuhause* verbunden hatte. Das war, bevor Tillmanns Rachegelüste alles zerstört hatten. Ein hastiger Blick auf die Garderobe verriet, dass Meta nicht daheim war, denn der Mantel, den sie seit Anfang November trug, hing nicht an seinem Platz. Obwohl es ihr gar nicht ähnlich sah, war sie anscheinend in aller Herrgottsfrühe in Richtung Galerie aufgebrochen.

Jannik drängelte sich an David vorbei, dicht gefolgt von Burek, der schnurstracks ins Wohnzimmer lief und sich dort ohne Zögern auf das Sofa legte. »Mag sie keine Möbel, oder warum ist das hier so leer?«, fragte Jannik und verschwand in Richtung Küche, woher schon eine Sekunde später das Aufschnappen des Kühlschranks zu hören war.

Eigentlich wollte David sofort wieder aufbrechen, doch die vertrauten Räume lockten ihn. Ehe er sich versah, stand er im Schlafzimmer. Das Bett war immer noch mit der lavendelfarbenen Wäsche bezogen wie vor einigen Tagen, und bei dem Gedanken, dass sich dort noch die Spuren von ihnen beiden vermischten, zog sich sein Magen schmerzend zusammen. Ein Blick in den Kleiderschrank verriet, dass seine Sachen unangerührt an Ort und Stelle hingen. Nur der Rosenstrauß auf der Kommode, der am Samstag nicht ausgewechselt worden war, erinnerte daran, dass ihr gemeinsames Leben auseinandergebrochen war: Die verwelkten Blätter waren abgefallen und lagen verstreut auf dem weiß lasierten Holz.

David fuhr sich mit der Hand über die Augen und hielt einen Moment inne. Dann blieb sein Blick an seinem Spiegelbild hängen. Ein verwilderter und zerschlagen aussehender Mann sah ihm entgegen, die Augen tief in den Höhlen liegend, das Gesicht verunstaltet von Schlieren verkrusteten Blutes. Unvermittelt blitzte die Vorstellung auf, wie er in einem solchen Zustand Meta in der Galerie gegenübertrat und sie davon zu überzeugen versuchte, dass er sie in Sicherheit bringen musste. Ein schattenloser Irrer, vor dem sie ohne Zweifel voller Furcht zurückweichen würde. Hastig lief er ins Badezimmer, um seinen Kopf unter den Wasserhahn zu halten.

In der Zwischenzeit hatte Jannik es sich mit einem beladenen Teller auf dem Sofa neben Burek gemütlich gemacht, und als David schließlich eintrat, grinste er ihn mit vollen Backen an. »Alles sehr nett hier. Könnte ich mich glatt dran gewöhnen, besonders an den vollen Kühlschrank. Burek gefällt es hier übrigens auch.« Dabei warf er einen Schinkenfetzen in die Luft, den der Hund mühelos auffing.

»Freut mich«, erwidert David trocken und kniete sich vor die Musikanlage. Anscheinend hatte Meta sich als Letztes ein altes Rockalbum angehört, von dem sie einmal erwähnt hatte, dass die Stimme des Sängers der seinen ähnelte. Um ein Lächeln zu unterdrücken, biss David sich auf die Unterlippe. Ganz gleich, wo er auch suchte, nichts deutete darauf hin, dass Meta ihn aus ihrem Leben verbannt hatte. Eigentlich hatte er erwartet, bestenfalls einen Karton mit seinen Habseligkeiten vor der Tür vorzufinden, inklusive der schriftlichen Aufforderung, ihr nie wieder unter die Augen zu treten. Doch auf dem Esstisch lag sogar noch seine Zeichnung von dem hinfälligen Haus, die er vor einer gefühlten Ewigkeit angefertigt hatte.

»Also, falls es dich interessiert: Metas süße Freundin ist hier gewesen, die mit den vielen Locken«, brachte Jannik zwischen zwei Bissen hervor. »Bestimmt haben dir die beiden Frauen gründlich den Arsch bearbeitet, weil du Meta nicht nur einen vorgeflunkert, sondern dich auch noch aus dem Staub gemacht hast, nachdem du aufgeflogen bist. War wohl nicht gerade deine beste Vorstellung.«

Trotz Janniks Sticheleien verspürte David Erleichterung. Alles sah danach aus, als ob Meta am Morgen ganz normal zur Arbeit aufgebrochen sei, ohne dass Hagen oder jemand aus seinem Gesinde sie belästigt hatte. Den Tag würde sie in der Galerie oder an anderen sicheren Orten verbringen. Er hatte also ausreichend Zeit, sie zu finden, bevor Hagen ihrer in Maggies Revier habhaft werden konnte.

»Schubs Burek von dem Sofa, bevor er noch etwas anderes als die Decke einsaut, und dann hauen wir ab«, sagte David, der es mit einem Mal gar nicht mehr erwarten konnte, die Galerie zu betreten. Selbst wenn Rahel ihm die Pest an den Hals wünschen sollte, weil er sein Versprechen, sich von Meta fernzuhalten, brach. Damit würde er genauso leben können wie mit einem Aufblitzen von Furcht in Metas Augen, solange sie ihn nur in ihrer Nähe duldete, bis er sie in Sicherheit gebracht hatte.

Doch bevor David seinen Freund, der sich hastig die Essensreste in den Mund stopfte, hochziehen konnte, sprang Burek winselnd vom Sofa und versuchte, sich hinter Davids Beinen zu verstecken. Auf Janniks Gesicht breitete sich augenblicklich ein panischer Ausdruck aus. »Scheiße«, flüsterte er und ließ den Teller auf den Boden fallen.

Mit langen Schritten hielt David auf die Wohnungstür zu, die bereits mit einem Knall aufsprang. Abrupt blieb er stehen. Maggies rot leuchtender Schopf tauchte auf, und sie lächelte ihn müde an. »Guten Morgen, David«, sagte sie. »Ich habe Besuch mitgebracht.«

Hinter Maggie betrat ein Mann um die vierzig die Diele: Er war von durchschnittlich hohem Wuchs, allerdings mit breiten Schultern und kräftigen Oberarmen – trotz der winterlichen Temperaturen trug er nicht mehr als ein kurzärmeliges Hemd und Stoffhosen. Am Handgelenk hing eine schwere Digitaluhr, die zu dem altmodischen Bürstenhaarschnitt passte. Seine Augen lagen unter schweren Lidern, so dass das verräterische Blau kaum mehr als ein Schatten war. Die Mundwinkel seines unpassend sinnlichen Mundes hingen herunter, während er den Blick gelangweilt umherschweifen ließ. Maggie musste den Mann an ihrer Seite gar nicht vorstellen, denn obwohl David ihn noch nie zuvor gesehen hatte, wusste er, um wen es sich handelte: Sascha hatte es gewagt, diese Straßen, die nun unter Hagens Herrschaft standen, zu betreten.

An Saschas Seite gesellte sich eine Frau, deren dunkelblondes Haar ihr wie ein Vorhang eng ums Gesicht hing, was die ohnehin langgestreckten Züge unvorteilhaft betonte. Ihr Blick war zwar auf David gerichtet, aber sie schien durch ihn hindurchzusehen. Zu seinem Erstaunen konnte er beobachten, wie sie mit Hilfe des Wolfes versuchte, Witterung aufzunehmen, jedoch scheiterte.

Was auch immer der Wandel nach Nathanels Tod aus dem Dämon gemacht hatte, er schützte David vor aufdringlichen Übergriffen anderer Wölfe – sogar in einer Situation, da er einen eigenen Weg eingeschlagen hatte. Obgleich David selbst in diesem Moment auf die Hilfe des Dämons verzichten wollte, fühlte er sich ohne die Berührung seines langjährigen Begleiters seltsam nackt.

Die Frau stieß ein frustriertes Schnaufen aus, das Saschas Desinteresse endlich brach. »Der alte Mann wusste offensichtlich ganz genau, was er tat, als er sich von dir töten ließ«, sagte er mit einer schleppenden Stimme, die Sprache durchwirkt von einem Akzent, der David an unendlich weite Wälder im Dämmerlicht denken ließ. »Loreen dringt für gewöhnlich zu jedem von uns durch und sollte es auf jeden Fall bei einem tun, dessen Wolf sich aus dem Staub gemacht hat.«

Irgendwo im Hintergrund keuchte Jannik erschrocken auf, der erst jetzt bemerkte, dass sich an Davids Körper kein Schatten schmiegte.

Sascha reagierte nicht darauf, sondern hing einem Gedanken nach, bevor er weitersprach. »Es ist wirklich zu schade, dass ich nicht dabei sein werde, wenn du Hagen herausforderst.«

Beim Anblick dieses kaltblütigen Mannes verspürte David das dringende Bedürfnis, ihn ohne Vorwarnung zur Tür hinauszustoßen. Sascha wohnte eine abstoßende Verrohung inne, die nur von einer ausgeprägten Vernunft im Zaum gehalten wurde. Aber anstatt seinen Instinkten zu folgen, entschied sich David dafür, nach den Wolfsregeln zu spielen: Bewusst wandte er sich von Sascha ab und konzentrierte sich auf Maggie, der dieses Revier schließlich immer noch gehörte.

»Warum kommst du mit deinen neuen Freunden nicht herein? Einer von euch sollte sich allerdings gegen die ramponierte Tür lehnen, damit sie nicht endgültig aus dem Rahmen fällt.«

Zu seiner Überraschung ging Maggie wirklich auf ihn zu, und als sie an ihm vorbeischritt, streifte sie leicht seinen Oberarm – eine beabsichtigte Geste, um ihn zu beruhigen. »Tut mir leid, dass wir hier mit einem solchen Radau eindringen, aber deine Fährte ist sehr verwirrend. Deshalb waren wir unsicher, was uns hinter der Tür erwarten würde.«

»Ich bin Gast in deinem Revier, Maggie. Wie könnte ich

dir etwas antun?«, fragte er, selbst verwundert über den warmen Unterton in seiner Stimme.

Maggie sah ihn kurz an, dann ging sie auf den Esstisch zu, wo die Zeichnung lag. Eine Zeit lang studierte sie das Papier, ungerührt von der Anwesenheit Janniks, der auf dem Sofa herumzappelte. Dem Jungen war die Anspannung ins Gesicht geschrieben, und es war ihm hoch anzurechnen, dass er sich nicht gemeinsam mit seinem wimmernden Hund hinter dem Möbelstück versteckte.

»Ich mache mir auch keine Sorgen, dass du mir etwas antun könntest, ganz gleich, welche Stärke der Wolf dir verliehen haben mag«, sagte Maggie, wobei ihre Fingerspitzen das vom Stift zerfurchte Papier abtasteten. »Aber dein Unwille, den Wolf anzunehmen, zwingt mich dazu, eine Entscheidung zu treffen, die mich mehr als alles andere quält.«

Mit einem Schlag war es um Davids Selbstbeherrschung geschehen. Bevor er begriff, was er tat, stand er vor Maggie und packte sie an den Schultern. Es gelang ihm gerade noch, sie nicht durchzuschütteln. Hinter sich konnte er Sascha knurren hören, doch Maggie gab ihm mit einer Geste zu verstehen, dass er sich zurückhalten sollte.

»Komm zur Sache, Maggie«, forderte David sie mit rauer Stimme auf. »Du weißt, warum ich in diese Wohnung zurückgekehrt bin. Das Einzige, was mich im Augenblick interessiert, ist, Meta aus der Schusslinie zu bringen, in die sich dein Revier verwandelt hat.«

»Daran sind Nathanel und du ja nicht gerade unschuldig. Ich habe mich auf dich verlassen und stand am Ende völlig allein da.«

»Das ist mir, ehrlich gesagt, scheißegal.« Mit einem Ruck gab er Maggies Schultern frei und trat einen Schritt zurück.

»Tatsächlich?« Eine Welle feuerroten Haares war ihr über

die Braue gerutscht, und als Maggie sie zurückschob, zitterten ihre Finger. »Wenn wir uns gegenseitig zerfleischen, wirst du anschließend lediglich froh darüber sein, dass es ein paar weniger von uns gibt?«

Wütend hob David die Arme in die Luft, dennoch konnte er sich ihren Worten nicht entziehen. »Du weißt, wie ich über den Wolf denke: Wenn man ihn nicht niederhält, verwandelt er sich in einen blutrünstigen Dämon. Er lauert doch nur auf seine Chance. Ich habe es gerade am eigenen Leib erlebt, verdammt. Warum sollte ich mir also um dich und deinen Haufen Gedanken machen?«

»Du kennst mich, David. Und trotzdem hältst du mich für jemanden, der zulässt, dass eine Bestie in mir immer weiter zu Kräften kommt? War Nathanel so? Du redest einen solchen Unsinn, Convinius hat dir wohl den Verstand verdreht!«

Maggie sah ihn an und offenbarte damit ihre verletzten Gefühle. David wünschte sich plötzlich inniglich, er hätte sich nicht von Sascha abgewandt. Eine Auseinandersetzung mit diesem kaltblütigen Mann wäre bei weitem einfacher zu ertragen gewesen.

»Um zu verstehen, wozu der Wolf in der Lage ist, braucht man nur lange genug in einem Rudel zu leben.« Davids Mund bewegte sich wie von selbst. »Je höher der Rang, desto größer ist die Lust am Jagen. Und wer jagt, wird über kurz oder lang auch töten. Also komm mir nicht so, Maggie. Wir wissen beide, was es kostet, den Wolf zu stärken.«

Aber so leicht war ihr nicht beizukommen. »Jagen ist nicht gleich Töten, und Töten ist nicht gleich Morden. Wir sind Wandler zwischen den Welten und keine Bestien. Du kannst Hagen nicht als Gradmesser nehmen. Sein Problem ist nicht der Wolf, sondern er selbst.«

David setzte gerade zu einer Entgegnung an, als Sascha unvermittelt auf sie zutrat. Seine starke körperliche Präsenz und die Tatsache, dass er ihm viel zu nahe war, weckte in David das Bedürfnis, den Mann fortzustoßen. Trotzdem verharrte er an Ort und Stelle, wohlwissend, dass Saschas Provokation am besten mit Aushalten entgegenzutreten war.

»Dieses Gerede ist Zeitverschwendung«, erklärte Sascha, scheinbar die Ruhe in Person, die Hände in den Hosentaschen. Nur eine kaum wahrnehmbare Gereiztheit in der Stimme verriet, dass er nicht im Geringsten mit der Situation zufrieden war – weder mit der Tatsache, so lange ignoriert worden zu sein, noch mit dem vertrauten Umgang zwischen Maggie und David. »Der Bursche hält sich für einen Mörder, weil er mit diesem alten Wolf kurzen Prozess gemacht hat. Deshalb sind wir jetzt alle Mörder für ihn. Kann uns doch recht sein, solange er bloß Hagen beseitigt. Den zweiten Mann seines Rudels hat er ja auch schon auf dem Gewissen.«

Bei dieser unterschwelligen Kampfansage spannte David seine Muskeln an. Vermutlich war es nur Maggies Anwesenheit geschuldet, dass Sascha ihn noch nicht direkt herausgefordert hatte. »Wenn du so scharf auf Hagens Tod bist, dann kümmere du dich doch darum. Oder reicht es bei dir dafür nicht?«, gab er in dem vollen Bewusstsein zurück, Sascha damit unnötig zu reizen. Aber seine Nerven waren für Spielereien zu strapaziert.

Erstaunlicherweise stürzte sich Sascha nicht sofort auf ihn, sondern setzte ein träges Grinsen auf. »Ich würde Hagen nur allzu gern das Licht ausblasen, diesem abartigen Hurensohn. Kann ich aber nicht, denn das hier ist schließlich immer noch Maggies Territorium. So gesehen, bin ich gar nicht anwesend.«

David stutzte kurz, dann begriff er, worauf Sascha hinauswollte: Offensichtlich hatte Maggie nicht vor, ihr Revier kampflos aufzugeben. Statt von einem der beiden großen Rudel überrannt zu werden, spielte sie die beiden Anführer gegeneinander aus. Kluges Mädchen, dachte David. Dann sah er Sascha abfällig an. »Wenn du nicht hier bist, dann solltest du am besten auch deine Schnauze halten.«

Nichts in Saschas Gesicht regte sich, dennoch wankte David eine Sekunde später unter einem Angriff. Jemand hatte ihn angesprungen, doch es war kein Schatten. Ohne nachzudenken, packte er blindlings zu und bekam eine sich windende Loreen zu fassen. »Bastard«, fauchte sie ihn an. Mit ihren erstaunlich langen Nägeln hatte sie ihm die Wange aufgekratzt, und wenn David sie nicht rechtzeitig abgewehrt hätte, wäre sein Auge ebenfalls verletzt worden.

Mit stummem Groll hielt er Loreens Handgelenke fest, und erst als Maggie leise seinen Namen nannte, ließ er die vor Schmerzen wimmernde Frau wieder los. Unter dem gleichgültigen Blick ihres Herrn sank Loreen auf den Boden, die geschundenen Handgelenke an die Brust gepresst.

Als er hinter sich eine Bewegung wahrnahm, kreiste David um die eigene Achse. Aber es war lediglich Jannik, der ihm mit weit aufgerissenen Augen zu Hilfe geeilt war. Jetzt allerdings schien ihn sein Mut bereits wieder zu verlassen, denn er wich zurück, als Davids Blick ihn traf.

»Warum hat sie nicht ihren Wolf zu Hilfe gerufen?«, fragte Jannik, die Stimme vor Aufregung unnatürlich laut.

Verwirrt blinzelte David, dann schüttelte er den Kopf. Er begriff es selbst nicht. Eigentlich wäre es ein Leichtes für Loreen gewesen, seinen Griff abzuschütteln. Im Gegensatz zu ihm konnte sie jederzeit auf die Macht des Dämons zurückgreifen. Schließlich würde Sascha niemanden an seiner Seite dulden, dessen Wolf schwach war.

»Loreen hat ihren Wolf gerufen«, erklärte Maggie, die die Auseinandersetzung teilnahmslos beobachtet hatte, »aber er ist ihr nicht gefolgt. Der Dämon weiß, wann er einem überlegenen Gegner gegenübersteht.«

»So geht das meinem Wolf ständig«, warf Jannik mit einem überdrehten Kichern ein.

»Willkommen in der Königsklasse«, sagte Sascha, als habe der schmale Junge niemals den Mund aufgemacht. All seine Aufmerksamkeit war auf David gerichtet. »Begreifst du jetzt, dass es deine Bestimmung ist, Hagen herauszufordern?«

»Du kannst mich mal«, erwiderte David, hielt den Blick jedoch gesenkt, als wäre er mit den Gedanken woanders.

Angesichts dieser Anmaßung pochte Saschas Schlagader an seinem breiten Hals wie wild, und seine Nasenflügel zeichneten sich scharf ab, als er tief Luft einsog. »Du willst dich der Herausforderung, gegen Hagen anzutreten, also nicht stellen? Der Wolf ist dir gleichgültig, du willst nicht einmal seine Hilfe annehmen, um der Fährte dieser Frau zu folgen, um die sich – laut Maggie – bei dir alles dreht? Nun, dann verrate ich dir mal etwas: Deine Freundin ist seit gestern Morgen nicht mehr in dieser Wohnung gewesen. Hast du eine Ahnung, was das bedeutet?« Während sich auf Davids Gesicht eine aschfahle Blässe ausbreitete, verzogen sich Saschas Mundwinkel tatsächlich zu einem grimmigen Lächeln. »Hagen hat sie längst in seinen Klauen. Und wir kennen ihn alle gut genug, um zu wissen, was er mit ihr anstellen wird.«

Als David in Richtung Wohnungstür stürmen wollte, packte Sascha ihn im letzten Augenblick und schleuderte ihn zu Boden. David schlug schmerzhaft auf der Seite auf und schlitterte weiter, bis der Esstisch ihn stoppte. So schnell es ging, kam er wieder auf die Beine, aber ein dräuender Schatten hatte sich bereits vor ihm aufgebaut.

»Ruf deinen Wolf zurück«, forderte David Sascha auf. Da der bloß mit den Schultern zuckte, erkannte David, dass nicht Sascha, sondern Maggie der Schatten fehlte. Die Erkenntnis traf ihn wie ein Schlag in den Magen.

»Was soll das, verflucht?«

Obwohl Maggie aussah, als bewahre sie lediglich ein schmales Band vor dem endgültigen Auseinanderbrechen, erwiderte sie Davids verzweifelten Blick. »Hagen wartet im Park auf dich. Eigentlich hatte er diese Frau bloß geraubt, um dich in die Knie zu zwingen. Aber jetzt, da er weiß, was Nathanel zugestoßen ist, will er deinen Tod.«

»Anton hat also keine Zeit damit verloren, Hagen auf die Nase zu binden, was auf dem Dachboden geschehen ist.« Obwohl ihm eher danach zumute war, vor Verzweiflung zu schreien, stieß David ein bitteres Lachen aus. Der Schattenwolf tänzelte bei diesem unerwarteten Geräusch leicht zurück, das schemenhafte Gebiss gefletscht.

Maggie nickte, dann machte sie eine elegante Bewegung, woraufhin der Schatten zu ihr zurückeilte. »Hagen ist ganz gebannt von der Vorstellung, dich in seine Gewalt zu bringen. Es geht ihm um viel mehr, als dich einfach nur zu töten und damit einen ernstzunehmenden Rivalen loszuwerden: Da er dich nicht zähmen kann, will er dich brechen.« Mit jedem Wort sackten ihre Schultern ein Stück weiter hinunter. »Es tut mir unendlich leid, David, aber das ist meine einzige Möglichkeit, um mein Rudel zu retten. Als ich Sascha treffen wollte, war Hagen wie im Wahn. Er ist so besessen von dir, dass er gar nicht auf die Idee kommt, ich könnte ihn in eine Falle laufen lassen. Im Gegensatz zu Nathanel, der meine Pläne sehr wohl erkannt hat.«

»Dann hast du also nicht nur vor, aus mir und Meta Opferlämmer zum Wohlergehen deines Rudels zu machen, sondern du hast auch Nathanels Entscheidung hingenommen, sich von mir zerfleischen zu lassen?«

»Nathanel verstand, dass es nur diesen einen Weg gibt, um Hagen endgültig aus dem Weg zu räumen«, erwiderte Maggie ungeduldig. Die Vorwürfe hatten wieder Leben in ihr Gesicht gebracht.

»Nein«, mischte Sascha sich ein. »Es gibt noch einen anderen Weg: Wenn es diesem engstirnigen Burschen hier nicht gelingen sollte, Hagen zu töten, wird mein Rudel die Angelegenheit übernehmen – so wie wir es abgesprochen haben, Maggie. Wir haben uns bereits an der Grenze gesammelt. Hagens Rudel mag uns zwar zahlenmäßig überlegen sein, aber unsere Wölfe sind stark und nicht bloß verwildert. Am Ende dieser Nacht werden wir das Gleichgewicht zwischen den Rudeln wiederhergestellt haben. Nur, dass es entweder *einen* Toten oder sehr viele geben wird. Hagens Clan muss auf die richtige Größe gestutzt werden.«

Maggie machte einen Schritt auf David zu, was dieser mit einem Ballen der Fäuste bedachte. Doch Maggie ließ sich von einer solchen Geste nicht abschrecken. »Verstehst du jetzt endlich, in was für einer Lage wir sind – du und ich? Hier geht es nicht nur um meine, sondern auch um deine Leute – obwohl die dir ja egal zu sein scheinen.«

»Wir sind ihm überhaupt nicht egal!«, mischte Jannik sich in die Unterhaltung ein. Vor lauter Nervosität zupfte er an seinen Haarfransen. Er warf David einen hoffnungsvollen Blick zu, und als sein Freund nicht sofort verneinte, setzte er ein leises »nicht wahr, David?« nach.

Von einem Moment auf den anderen fühlte David sich wie ausgebrannt. Nur seine Hülle stand noch bewegungslos in dem schwach nach Rosen duftenden Zimmer, die Wange brennend von den frischen Kratzspuren, der Rippenbogen erfüllt von einem dumpfen Schmerz. Die Sorge um Meta drohte ihn nicht länger um den Verstand zu bringen, die Trauer um Nathanel war wie fortgewischt und Maggies Verrat genauso unwichtig wie Janniks Vertrauen in ihn. Er stand einfach nur da, spürte, wie die Zeit verstrich, und hoffte, dass sich dieser Zustand niemals mehr ändern würde. Um ihn herum war Chaos ausgebrochen, Wahnsinn und Bedrohung griffen schneller um sich als jedes zerstörerische Feuer. Als Jannik neben ihn trat und ihn vorsichtig am Ellbogen berührte, reagierte er nicht einmal ansatzweise.

»David, wir sind dir doch nicht egal?«, fragte der Junge erneut.

Endlich drang die Stimme seines Freundes zu ihm durch, aber ehe David beschwichtigend den Kopf schütteln konnte, antwortete Sascha: »Zumindest bist du ihm nicht egal, kleiner Mann.«

Mit einer ungeahnt schnellen Bewegung war Sascha vorgeprescht und hielt den um sich schlagenden Jannik im festen Griff. Als David angreifen wollte, umfasste Sascha Janniks Kinn und deutete mit einer ruckartigen Bewegung an, wie leicht es ihm fallen würde, dem Jungen das Genick zu brechen. Augenblicklich hielt David inne.

»Sieh es als Anreiz dazu an, Hagen den Garaus zu machen«, erklärte Sascha, seine Stimme voller Verachtung für den jungen Mann vor sich, dessen Lippen vor unterdrücktem Zorn blutleer und fest aufeinandergepresst waren. »Du solltest ein wenig dankbarer aussehen, denn wenn du alles zu meiner Zufriedenheit erledigt hast, dann bekommst du nicht nur deinen Kumpanen hier in einem Stück wieder, sondern auch ein Rudel und meinetwegen sogar die ausgeweideten Reste von dieser Frau, die Hagen dir geraubt hat.«

»Wenn ich mit Hagen fertig bin, werde ich als Erstes darüber nachdenken, wer als Nächstes auf meiner Liste steht«, erwiderte David so leise, dass es kaum mehr als ein Flüstern war.

Doch Sascha verstand ihn bestens. Zum ersten Mal zuckte er zurück und ließ einen Anflug von Zweifel erkennen. »Wir geben beide nur acht auf das, was uns gehört.« Mit diesen Worten reichte er den fluchenden Jannik an Loreen weiter, die augenblicklich dafür sorgte, dass der Junge für weitere Beschimpfungen nicht mehr ausreichend Luft in den Lungen hatte.

»Wenn ihr Jannik etwas antut, werde ich dir keine Gelegenheit geben, dich auf deinem Revier in Sicherheit zu bringen.«

»Wenn du Hagen getötet hast und seinen Platz im Rudel einnimmst, wie es sich gehört, werde ich keinen Grund mehr haben, dich unter Druck zu setzen. Fang endlich an, dich wie ein Wolf zu verhalten.« Ohne ein weiteres Wort zu verlieren, folgte Sascha Loreen und ihrem Gefangenen zur Tür hinaus, allerdings nicht, ohne dabei sicherheitshalber über die Schulter zurückzublicken.

Maggie blieb noch einen Moment stehen, unschlüssig, ob sie es wagen konnte, auf David zuzugehen und ihn zu berühren. »Es tut mir leid. Ich warte im Park auf dich.« Dann ging auch sie.

Kapitel 34

Besitzansprüche

Nachdem Hagen sie verlassen hatte, war Meta vor Erschöpfung in einen traumlosen Schlaf gesunken. Trotz ihrer Abneigung gegen den Pelz auf dem Altar, der wie ein zurückgelassener Teil Hagens wirkte, hatte sie sich auf ihm niedergelassen. Der Raum bot keine andere Sitzgelegenheit, und sie konnte sich kaum noch auf den Beinen halten. Von dem Pelz ging zwar ein widerwärtiger Gestank aus, aber das Fell schmiegte sich trotz der vielen Schmutzflecke einladend an sie an.

Nun weckten sie Durst und Kälte. Mühsam kam sie auf die Beine, jede Bewegung eine Qual. Sie zitterte am ganzen Leib, ihr verletztes Ohr pfiff unentwegt, und die Schulter, bei der Karl sie brutal gepackt hatte, pochte dumpf. Noch immer konnte sie die erlebte Gewalt kaum begreifen. In ihrer Welt hatten Übergriffe bislang in gemeinen Kommentaren und Nichtbeachtung bestanden. Dass sie in den letzten Tagen so oft bedrängt und attackiert worden war, brachte etwas in ihr zum Wanken. Würde sie fortan eine dieser Frauen sein, in deren Blick stets eine Spur von Furcht zu erkennen war? Nein, dachte Meta entschlossen. Sie konnte sich wehren. Daran würde sie sich festhalten, auch wenn diese Gabe, wie Rahel es genannt hatte, sie verstörte.

Mit klammen Fingern raffte sie den Mantel vor ihrer Brust zusammen, und bei der Erinnerung, wie Hagen ihn Stück für Stück geöffnet hatte, wurde ihr speiübel. Reiß dich zusammen, stachelte sie sich an. Versuch dich lieber an die wenigen Sätze zu erinnern, die Hagen und dieser Anton ausgetauscht haben. Dabei lief sie im weitläufigen Saal auf und ab, bis die Wärme langsam wieder in ihre Glieder zurückkehrte. Was hatte Hagen gesagt? Ihr Kopf fühlte sich an, als sei er mit Watte gefüllt, doch das konnte eigentlich nicht sein, denn ihr Hirn knallte bei jedem Schritt schmerzhaft gegen die Stirn. Hagen hatte von David gesprochen … Bevor er gegangen war, hatte er gesagt, er würde nun David aufsuchen.

Abrupt blieb Meta stehen, als ihr klarwurde, was Hagen vorhatte: Er würde David mit Gewalt unterwerfen, wenn nicht sogar töten. Und David würde ihm unterlegen sein, das spürte sie mit schmerzlicher Klarheit. Sie kannte die Wölfe der beiden Männer, und Hagens war eindeutig stärker.

Mit schnellen Schritten lief Meta zur Tür und begann, an der Klinke zu reißen, doch sie war verschlossen. Trotzdem zerrte sie noch ein paarmal daran, weil sie nicht wusste, was sie sonst tun konnte. Als ihr Herzschlag nicht mehr ganz so dröhnend durch ihren Körper pulsierte, versuchte sie, sich zu sammeln.

Innerhalb von wenigen Tagen war ihr gesamtes Weltbild auf den Kopf gestellt worden, und ein paar Stunden in diesem Saal hatten ausgereicht, um die Sonntagsessen im Kreise der Familie wie Geschichten aus einer fernen Märchenwelt erscheinen zu lassen. Nun lebte sie unter Schatten, Schatten, die ihre Form verändern und zu gefährlichen Raubtieren werden konnten. Sie, die smarte Galeristin, deren Lebenslauf sich kaum von denen ihrer Freundinnen unterschied. Wie sollte sie bloß damit umgehen, um inmitten dieses Wahnsinns nicht zu zerbrechen? Dass sie die Antwort darauf bereits kannte, machte es nicht einfacher: Ein Teil ihrer selbst war mit dem Schattenwolf verbunden. Warum sonst wäre sie wohl in der Lage, ihn zu rufen und ihm Obhut zu gewähren? Ihm gar eine Form zu verleihen?

Vorsichtig näherte Meta sich der größten Verletzung, die sie hatte hinnehmen müssen: die Trennung von David. Allerdings sah sie nun die Geschehnisse in der Gasse in einem anderen Licht: Er war gegangen, weil er ihre Gabe nicht erkannt hatte. Deshalb war er sich so sicher gewesen, dass sie sich, nachdem sie seinen Wolf gesehen hatte, von ihm abwenden würde. Außerdem hatte er sie schützen wollen, denn mit ihm sollte auch die Gewalt wieder aus ihrem Leben verschwinden. Auf die Idee, dass die Wölfe bereits ihre Spur aufgenommen hatten, war er vermutlich gar nicht gekommen. Was hatte Rahel gesagt: Wolf und Rudel gehören zusammen. Wenn man versucht, sie voneinander zu trennen, endet es in einem Desaster. Die ganze Zeit über hatte sich bei David alles nur darum gedreht, den Wolf vor ihr zu verbergen. Dabei hatte er übersehen, dass sein Wolf Teil von etwas Größerem war und sie offensichtlich dazugehörte. Nun würden sie beide dafür zahlen müssen, dachte Meta mutlos.

Mit einem leisen Quietschen öffnete sich die Tür einen Spalt. Zuerst stolperte Meta vor Schrecken ein paar Schritte rückwärts, dann hielt sie verblüfft inne. Da stand eine Frau, noch halb verdeckt vom Schatten, und musterte sie neugierig. Meta legte den Kopf schief und versuchte zu begreifen, mit wem sie es zu tun hatte. Die Frau mochte ungefähr so alt wie sie sein, etwas größer und die Silhouette eindeutig weiblicher, wie die eng anliegende Kleidung verriet. Obwohl das Licht im Saal äußerst spärlich ausfiel, schimmerte ihr Gesicht in einem Bronzeton, der das Blau ihrer Augen unecht erstrahlen ließ.

Die Frau blinzelte Meta zu und schloss die Tür hinter sich. »Hagen hätte vorsichtiger mit deinem Gesicht umspringen sollen«, erklärte sie, während sie langsam auf Meta zuschritt.

Unwillkürlich betastete Meta ihre Wange, wo Hagens Schlag sie getroffen hatte. Obwohl die Frau lächelte und ihr eine

Wasserflasche hinhielt, verspürte sie einen ausgeprägten Widerwillen. Die Gesichtszüge verrieten Härte, und um den Mund lag ein Zug, als geriete dieses Lächeln auch angesichts von Abscheulichkeiten nicht ins Wanken. Mit einem tonlosen »Danke« nahm Meta die Flasche entgegen, öffnete sie jedoch nicht, obwohl ihr Rachen vor Durst schmerzte.

»Mein Name ist Amelia, und ich glaube, als Hagens Gefährtin muss ich mich für sein grobes Benehmen entschuldigen«, fuhr die Frau fort. »Manchmal vergisst er, dass man mit seinem Hab und Gut vorsichtig umgehen muss.«

Amelia war so dicht herangetreten, dass ihr Parfüm in Metas Nase stieg: ein Duft nach Lilien und Opium. Süß, beinahe klebrig verseuchte er die Atemluft. Meta musste den Kopf zur Seite drehen. Amelia verstand diese Geste falsch und gab ein beruhigendes Geräusch von sich. Sanft strich sie Meta eine Haarsträhne hinter das Ohr und ließ dann die Hand auf ihrer Schulter ruhen.

»Das, was zwischen dir und David passiert ist, hat mir gefallen«, erklärte Amelia flüsternd. »Da war so viel Leidenschaft zwischen euch … Es war das reinste Vergnügen, Zeuge eurer Vereinung zu werden.«

»Da hast du ja etwas, das dich mit Hagen verbindet. Der hat sich nämlich auch äußerst inspiriert gezeigt.« Obwohl es Meta gelang, Spott in ihre Stimme zu legen, fürchtete sie sich in Wahrheit vor dieser Frau. Etwas ging von ihr aus, etwas, das es ihr unmöglich machte, die Finger, die nun wieder über ihr Haar strichen, fortzuschieben. Feine Goldarmreife klirrten an Amelias Handgelenken.

»Weißt du, was ich mir wünsche?« Amelias Stimme klang verträumt, während sie ihre Stirn gegen Metas lehnte, sich zärtlich an sie drängte. »Dass Hagen deinen David nur unterwirft, aber nicht tötet. Dann würdet ihr beide uns gehören, wäre das nicht schön? Du hast etwas an dir … Ich kann es nicht beschreiben. Aber ganz gleich, was es auch ist, das dich so besonders anziehend macht, ich will es behalten.«

»Solltest du dann nicht bei Hagen sein und ihn davon abhalten, David vor lauter Rachsucht umzubringen?«

Mit einer trägen Bewegung löste sich Amelia von Meta, woraufhin die sogleich die Chance nutzte und zurückwich. Amelia fasste ihr braunes Haar im Nacken zusammen, während sie ernsthaft über Metas Frage nachzudenken schien. Schließlich nahm sie eine einzelne Strähne und kitzelte sich damit unter der eigenen Nase, so dass Meta ihre Frage beinahe wiederholt hätte. Doch Amelia kam ihr zuvor: »In den letzten Wochen hat sich bei Hagen alles nur noch um David gedreht. Dieser untreue kleine Bastard hat meinen bösen Wolf fast in den Wahnsinn getrieben. Es hat Nathanel und mich viel Überredungskunst gekostet, damit er nicht einfach in Maggies Revier eindrang, um ihn sich zu holen. Doch so herum ist es besser, so gehen die Rudelregeln mit dem Vergnügen zusammen.«

Erneut lächelte Amelia, und Meta sah ihren Verdacht bestätigt: Diese Frau genoss die Macht, anderen Qualen zuzufügen. Ohne den Blick zu senken, schritt Meta langsam zurück, und mit jedem Schritt war ihr, als könne sie wieder freier atmen. Amelia ließ sie gewähren, auch wenn ihr lauernder Blick verriet, dass sie ihr nur einen begrenzten Spielraum zugestand.

»Wenn Hagen tatsächlich solch einen Zorn auf David hegt und das Recht, ihn anzugreifen, auf seiner Seite ist, dann verstehe ich nicht, warum du Hagen nicht begleitet hast, sondern hier bist.«

Amelia machte ein paar Schritte auf Meta zu, so dass diese über den seltsamen Tanz, den sie beide aufführten, fast gelacht hätte. »Das verstehst du nicht, weil du deine eigene Gabe nicht begreifst. Du bist der Schlüssel zu David, und zwar nicht nur, weil er sich zu dir hingezogen fühlt. Hagen wollte nach seinem … wie soll ich sagen … nicht nach Plan verlaufenen Rendezvous mit dir zwar nichts davon hören, aber ich habe es begriffen: Du kannst den Wolf rufen.«

Als Amelia diese Wahrheit ausgesprochen hatte, zuckte Meta zusammen, da sie sich an Rahels Sorge erinnerte. Sollte sie jemandem begegnen, der ihre gerade erst entdeckte Fähigkeit für seine eigenen Zwecke missbrauchen wollte – was würde dann geschehen?

Amelia beobachtete sie forschend. »Ich sehe, dass wir uns verstehen«, sagte sie voller Befriedigung. »Tillmann hat dir bloß den Schattenwolf vorführen wollen, um David zu entlarven. Dabei hatte er keine Ahnung, was er mit seinem lächerlichen Racheplan in dir wecken würde. Aber warum hat David dich verlassen? Hat er es wie Tillmann mit der Angst zu tun bekommen? Würde mich nicht überraschen, schließlich mag es David überhaupt nicht, wenn man ihn an die Kette legt. Er ist zu dominant, das macht ihn ja so wertvoll in meinen Augen. Soll ich dir meinen Plan verraten? Ich ziehe einen starken Wolf, den man kontrollieren kann, einem übermächtigen Rudelführer vor, zu dem Hagen zweifelsohne aufsteigen würde, wenn er David tötet. Wie du siehst, bist du mein Schlüssel, um sowohl David als auch Hagen mir zu Willen zu machen. Es ist in der Tat an der Zeit für einen Führungswechsel in unserem Rudel.«

Meta leckte sich über die Lippen. Wenn Amelia besser als sie selbst begriff, wozu sie in der Lage war, wie standen dann ihre Chancen, sich gegen diese Frau zu wehren? Nicht besonders gut, wenn man Amelias selbstgefällige Haltung bedachte. »Was willst du von mir?«, fragte sie deshalb geradeheraus.

Einen Augenblick erstarrte Amelia, als horche sie auf eine innere Stimme. Dann legte sie den Kopf schief, eine Geste, die Meta an einen Hund erinnerte, der einem für das menschliche Gehör viel zu hohen Pfiff lauschte.

»Wir haben nicht mehr viel Zeit, David ist bereits in Hagens Nähe«, bestätigte Amelia ihre Vermutung. »Dein Freund will die Herausforderung anscheinend annehmen. Wer hätte das gedacht? Nathanels Tod hat ihm wohl den Kopf verdreht.« Nachdenklich begann Amelia, wieder an ihrer vollen Unterlippe zu kauen, und zum ersten Mal glaubte Meta eine Spur von Unsicherheit zu entdecken. Es sah ganz danach aus, als ob sie nicht mehr vollends der Überzeugung war, dass Hagen diesen Kampf ohne viel Federlesens gewinnen könnte.

Während Meta plötzlich Hoffnung verspürte, fuhr Amelia fort, als habe es ihr Zögern gar nicht gegeben. »Ich will, dass du Davids Wolf zu dir rufst, wenn Hagen den Kampf eröffnet – deshalb bin ich hierher zurückgekehrt, anstatt mir das Spektakel anzusehen. Du kannst mir eins glauben, Schätzchen: Wenn David ohne seinen Wolf kämpft, wird Hagen ihm nichts antun. Und das ist es doch, was wir beide wollen, richtig?« Obwohl Amelias Stimme einem liebevollen Säuseln glich, entging Meta keinesfalls die mitschwingende Drohung – das war keine Frage gewesen, sondern eine Feststellung.

»Ich habe eine bessere Idee«, hielt Meta dagegen. »Lassen wir die beiden Männer ihren Kampf austragen, und du lässt mich zu dieser Tür hinausspazieren, weil ich ansonsten deinen Wolf rufe.«

Hatte Amelia sich eben noch angriffslustig vorgebeugt, so verharrte sie nun. Dann begann sie zu lachen. Ein leises, vergnügtes Lachen, als habe sie kaum noch mit dieser Wendung gerechnet. Sie holte ein Butterflymesser hervor und ließ es gekonnt aufschnappen. »Mein Wolf bleibt schön da, wo er ist: tief in seiner Höhle. Mit dir werde ich auch so fertig, denn ich glaube kaum, dass ein Prinzesschen wie du jemals gelernt hat, sich zur Wehr zu setzen. Und für Narben wirst du wohl kaum etwas übrighaben, oder?«

Während Meta noch die aufblitzende schmale Klinge anstarrte, sprang Amelia auf sie zu und hielt ihr das Messer an die Kehle. Instinktiv versuchte Meta, die Hand mit der Klinge wegzustoßen, aber Amelia entwand sich ihrem Griff und ließ den Stahl kurz über die ungeschützte Haut gleiten. Ein brennender Schmerz durchfuhr Metas Kehle. Sie schwankte leicht, trotzdem konzentrierte sie sich auf Amelias Gesicht, in der Hoffnung, den Schatten auftauchen zu sehen, damit sie ihn zu sich einladen konnte. Doch diese Chance gewährte ihr Amelia nicht. Stattdessen drängte sie Meta in eine Ecke.

»Davids Wolf«, zischte sie. »Ruf ihn.«

Erneut hatte Amelia sich so dicht vor Meta aufgebaut, dass der süßliche Duft ihres Parfüms ihr den Atem raubte. Der Geruch nach Leichen, dachte Meta, während die Messerspitze sich in die weiche Mulde ihres Halses bohrte.

»Ich werde dich ganz langsam aufschlitzen, wenn du nicht tust, was ich dir sage«, drohte Amelia und unterstrich ihre Entschlossenheit, indem sie die Klingenspitze tiefer ins Fleisch drehte. Dabei entstand ein schabendes Geräusch, bei dem Metas Knie nachzugeben drohten. Trotzdem weigerte sie sich, auch nur an einen Hilferuf zu denken. Diese Frau würde sie niemals dazu bringen, Verrat an David zu begehen.

Begreifen breitete sich in Amelias Augen aus, als sie einen Schritt zurücktrat, das blutige Messer anklagend auf Metas Brust gerichtet. »Das wird dir noch leidtun«, sagte sie leise.

Plötzlich erklang ein drohendes Knurren. Amelia wirbelte herum und stieß einen hohen Schrei aus, der sich jedoch sogleich in ein siegessicheres Lachen verwandelte. »Da haben wir ja unseren Freund«, sagte sie und wollte blindlings nach Meta greifen, um sie wieder in ihre Gewalt zu bringen. Dabei waren ihre Augen auf die flackernde Silhouette von Davids Schattenwolf gerichtet, so dass sie nicht bemerkte, wie Meta ihren Arm anhob und ihr die Wasserflasche gegen den Hinterkopf schlug. Mit einem Ächzen ging Amelia in die Knie, fing sich aber erschreckend schnell, wie Meta feststellen musste, während sie sich hinter den Altar flüchtete.

Als Amelia mit zornesblassem Gesicht auf sie zuhielt, preschte der Wolf vor und versuchte, nach ihr zu schnappen, doch seine Reißzähne glitten durch Amelias Fleisch, ohne eine Spur zu hinterlassen. Er stieß ein verzweifeltes Heulen aus, das kaum mehr als ein fernes Hallen war – er verlor seine Umrisse, löste sich auf, drohte, nicht mehr zu sein, als ein von der Sonne ausgeblichener Schatten.

Hilflos starrte Meta ihn an. »Kehr zu David zurück«, forderte sie den Wolf auf, der Amelia hinterherlief. Doch er reagierte nicht.

»Er will dich beschützen, selbst wenn es bedeutet, dass er erlischt«, sagte Amelia. »Ich werde ihm das Gefühl geben, dass seine Heldentat nicht umsonst war.«

Mit einer geschmeidigen Bewegung sprang Amelia auf den Tisch, um ihrer wieder habhaft zu werden, doch da packte Meta entschlossen den Saum der Pelzdecke und zog mit aller Kraft daran. Amelia verlor das Gleichgewicht und stürzte zu Boden. Meta wollte sie schon bei der Schulter packen und herumreißen, damit sie ihr das Messer entwinden konnte, da bäumte sich Amelias ganzer Leib auf: Beim Fall hatte sie sich die Klinge in ihre eigene Brust gerammt. Als Amelia sie nun mit zitternden Fingern herauszog, sprang eine Fontäne aus Blut hervor. Amelia gab ein Krächzen von sich und sah Meta ungläubig an. Einen Augenblick lang zögerte Meta, dann machte sie kehrt und ließ sich vor dem fast verblassten Schattenwolf nieder. Hinter ihr schnappte Amelia noch ein paarmal nach Luft, dann wurde es still.

Der Schemen vor ihr war nicht mehr als eine verblasste Ahnung von einem Wolf. Meta verzweifelte schier. Vielleicht war sie in der Lage, den Wolf zu rufen, aber sie konnte ihn nicht wieder fortschicken. Tränen liefen ihr über die Wangen, als sie ihre Hand ausstreckte und nichts als eine Art Nebel spürte. Also tat sie, was sie konnte, und rief ihn. Einen Moment später drang der Wolf in sie ein, nahm einen Platz in ihrem Inneren ein, der ihr Leben lang nur ihr allein gehört hatte. Meta spürte, wie sich Panik in ihr ausbreitete. Ein Druck baute sich auf, als zerreiße es sie jeden Moment. Bislang hatte sie nur zugelassen, dass der Dämon sie als Pforte benutzte, aber ihn in sich zu tragen, schien ihr unmöglich. Während sich ihre Finger in die Brust gruben, als könnten sie so Platz für den Wolf schaffen, schloss Meta schwer atmend die Augen. Dort, im Dunkeln hinter ihren Lidern bewegte sich etwas. Ein Schatten. Bevor sie begriff, dass es der Wolf war, folgte sie ihm bereits.

Als sie eintrat, drehte er sich um und lief einige Schritte auf sie zu. Eine stumme Aufforderung, ihm zu folgen. Hier in seinem Reich war sie nicht mehr als ein helles, warm scheinendes Licht. Doch Licht war etwas, das diese unendliche Finsternis nicht kannte. So, wie sie ihn zu sich eingeladen hatte, hatte er sie in seine Welt eingelassen. Nun würde er dafür sorgen, dass sie sich in diesem Reich nicht verlor, selbst wenn er deshalb den Wettlauf gegen die Zeit verlieren sollte.

Kapitel 35

Die Arena

Im Laufe des Morgens hatte sich der Schneefall der letzten Nacht in einen Regenvorhang verwandelt, der die Welt mit einem bleiernen Grau überzog. Die bis vor einigen Stunden noch dichte Schneedecke war bis auf einige schäbige Reste geschmolzen, so dass eine schwärzliche Laubschicht zwischen den weißen Feldern zum Vorschein kam. Die Rinde der Bäume war dunkel vor Feuchtigkeit, während die Äste unbeweglich ihre nackten Finger emporreckten. Irgendwo hinter der undurchdringlichen Wolkenhülle musste die Sonne gerade ihren Zenit überschritten haben, doch es gelang ihr kaum, Kraft zu entfalten. Die Luft trug bereits wieder eine Ahnung von Frost mit sich. Nicht mehr lange, und der Regen würde erneut in dichten Schneefall übergehen.

Als David die schmiedeeiserne Pforte durchschritt, die in die Mauer des Parks eingelassen war, spielte er kurz mit dem Gedanken, den Wolf zu rufen, damit er erkennen konnte, an welchem Ort Hagen ihn erwartete. Burek, der sich erst aus seinem Versteck hinter dem Sofa hervorgetraut hatte, nachdem Sascha und Maggie das Apartment verlassen hatten, stand mit eingezogener Rute neben ihm. Obwohl alles in David danach drängte voranzugehen, ließ er sich neben dem Hund auf die Knie nieder und kraulte ihn hinter den Ohren.

»Hey, Burek«, flüsterte er ihm zu. »Du brauchst nicht so zerknirscht zu sein. Ich wäre Jannik an deiner Stelle auch nicht gefolgt, schließlich macht Sascha den Eindruck, als würde er Hunde gern fressen. Außerdem kann ich ein wenig Hilfe gut gebrauchen. Das ist jetzt viel wichtiger, damit wir beide unseren Kumpel in einem Stück zurückbekommen. Also, wo sind die anderen aus dem Rudel?«

Zwar sah Burek trotz des Zuspruchs alles andere als glücklich aus, aber er streckte seine Nase in den Wind und fiel in einen leichten Lauf. David folgte ihm, den Blick zu Boden gesenkt, jeden Gedanken an das, was ihm bevorstand, verdrängend. Burek suchte sich einen Pfad zwischen den kahlen Bäumen, umkreiste das stetig dichter werdende Gestrüpp und lief schließlich einen mit Birken bepflanzten Hügel hinauf.

Mann und Hund waren so sehr in ihren Gang vertieft, dass sie gar nicht bemerkten, wie sich hinter den Bäumen ein zementgraues, flaches Gebäude auftat. Erst als David fast dagegengelaufen wäre, machte er Halt und blickte auf. Doch er begriff nicht recht, womit er es zu tun hatte. Vor ihm ragte die gut drei Meter hohe Mauer eines Gebäudes auf, rundlich geschwungen und ohne irgendeinen Eingang oder auch nur eine Fensterluke. Dafür drang etwas anderes zu ihm durch: ein feines Lärmen. Jemand musste sich im Innern aufhalten, ein aufgeregt rumorendes Publikum. Burek schien etwas Ähnliches durch den Kopf zu gehen, denn er stieß ein leises Wimmern aus.

David zuckte mit den Schultern und versenkte die Hände in den Jackentaschen. Offensichtlich hatte er sein Ziel erreicht. Also machte er sich auf, das Gebäude zu umrunden.

Schon bald passierte er einen verwaisten Lieferanteneingang, dessen Zufahrt mit einer verrosteten Kette verriegelt war. Berge verrotteten Laubs sammelten sich in den Ecken und unterstrichen den Anschein des Gebäudes, schon länger in Vergessenheit geraten zu sein. Ein Stück dahinter breitete sich eine kleine Terrasse aus, auf der früher einmal die Tische eines Cafés gestanden haben mochten. Das Gatter, das ansonsten wohl den gläsernen Vorbau des Gebäudes abschirmte, war mit Gewalt ein Stück beiseitegeschoben worden. Dahinter klaffte eine ungastliche Dunkelheit. Doch anstatt in den Eingang zu schlüpfen, ging David zu einer angrenzenden schulterhohen Mauer hinüber, von der bunte Farbe abblätterte. Trotzdem waren noch die Umrisse eines Delfins zu erkennen, der durch einen roten Reifen sprang.

Mit einer behänden Bewegung erklomm David die Mauer, hinter der er den Bruchteil einer in den Hügel eingelassenen Arena erkennen konnte. Obwohl Burek zu jaulen anfing, sprang David auf der anderen Seite der Mauer hinab und durchquerte Gestrüpp, bis er die obersten Sitzreihen erreichte, die nicht mehr als in Beton gegossene Treppenstufen waren. Das Herzstück der Arena bildete ein trockengelegter Pool, dessen hellblau getünchter Grund trotz des trüben Lichts leuchtete. Hinter dem Schwimmbecken ragte eine Kuppel auf, welche die Stirnseite des Gebäudes ausmachte. Geschwungene Stahlträger hielten eine mächtige Glasfront, auf der Moos und eine Blätterdecke lagen, so dass man nicht hindurchschauen konnte. Erst auf den zweiten Blick erkannte David, dass das Glas an vielen Stellen geschwärzt war, als habe jemand im Inneren ein Feuer angezündet, das die Scheiben mit Ruß überzogen hatte. Ein schwacher Feuerschein schien durch das Schwarz zu züngeln. Obwohl kaum ein Blick in das Innere der Kuppel möglich war, hatte David die Ahnung, dass diese Arena auf der anderen Seite der Glaswand noch einmal gespiegelt war. Je länger er das verdreckte Glas betrachtete, desto sicherer meinte er, umhereilende Schatten dahinter zu erkennen. Sie suchten sich einen Platz auf den Treppenstufen, ungeduldig auf den Beginn einer Show wartend. In der Mitte des Pools war ein Steg eingelassen, an dem zu jeder Seite eine Öffnung in die Kuppel führte.

Behutsam stieg David die glitschigen Treppen hinunter, während sich in ihm eine bislang unbekannte Einsamkeit ausbreitete. Vor einigen Tagen noch war sein Leben zum ersten Mal vollkommen gewesen, und dann war ihm Stück für Stück der Boden unter den Füßen weggebrochen. Nun hatte er nicht einmal mehr seinen Schatten an der Seite. Während David langsam in den Pool hinabglitt, versuchte er, nicht darüber nachzudenken, vor welcher Wahl er gleich stehen würde: Meta oder Rudel – Mensch oder Dämon? Das Wohlergehen von beiden war im Augenblick Hagens Willkür unterworfen, und David sah keinen Weg, diese Machthoheit zu brechen. Er konnte nur auf Hagens widerliches Verlangen, ihn zu unterwerfen, vertrauen. Etwas anderes, worauf er bauen konnte, hatte er nicht.

Als er neben dem Steg im Pool zum Stehen kam und sich den Regen aus den Augen wischte, dachte er darüber nach, wieder hinaufzuklettern und einen Blick durch die Glaskuppel zu riskieren. Aber er verwarf die Idee. Ganz gleich, was ihn dort erwartete, er musste ja doch hineingehen. Außerdem durfte er nicht mehr Zeit verschwenden. Mit jedem Augenblick stieg die Wahrscheinlichkeit, dass Hagen Meta für seine Ungeduld büßen ließ.

Die beiden Durchlässe, die es den Delfinen früher ermöglicht hatten, für ihren Auftritt von innen ins Becken zu schwimmen, waren nun mit stählernen Gattern verrammelt. Eines jedoch hatte sich verkeilt und bot einen Spalt über dem Boden, der groß genug war, um hindurchzurobben. Während David vor der dunklen Öffnung stand, war das einzige Geräusch, das er hörte, sein eigener rasch gehender Atem. Im Inneren der Kuppel herrschte Schweigen. Der Wind streifte seine trotz der Kälte verschwitzte Haut.

Gerade als David in die Knie sinken wollte, nahm er eine Bewegung hinter sich wahr. Er wirbelte herum, doch es war nur Burek, der überrascht einen Satz zurücktat. Offensichtlich hatte der Hund eine Lücke gefunden und war ihm gefolgt. Obwohl ihm der Schrecken bis in die Kehle pochte, breitete sich ein Lächeln auf Davids Gesicht aus, dann machte er sich daran, sich, auf dem Bauch liegend, durch den Spalt zu zwängen.

Mit gesenktem Blick richtete David sich auf. Er wusste auch so nur allzu gut, dass ihn in diesem Moment etliche Augenpaare beobachteten. Selbst ohne seinen Wolf spürte er die Energie, die bei einer Zusammenkunft des Rudels freigesetzt wurde. Sämtliche Härchen an seinen Unterarmen stellten sich mit einem Prickeln auf, als würde die klamme, von Brandgestank verseuchte Luft einen Stromfluss leiten. David nahm sich noch ein paar Herzschläge lang die Zeit, sich zu sammeln, dann sah er auf.

Verstreut über die Ränge der Arena, saßen die beiden Rudel im diesigen Licht, das durch die verrußte Kuppel fiel. Ihre Körper warfen grotesk flimmernde Schatten, auf ihren Gesichtern tanzte der rötliche Schimmer von drei Feuerschalen, die am Rand des Pools aufgestellt waren. Eine beeindruckende Beleuchtung in Sommernächten, aber gewiss nicht dafür geeignet, einen solchen Raum zu erhellen, wie die dicke Rußschicht auf der Innenseite der Kuppel bewies.

Die obersten Ränge verschwanden fast in der Dunkelheit, so dass David sich anstrengen musste, etwas zu erkennen. Anscheinend saßen dort Maggies Leute neben jenen, die in Hagens Rudel in der Rangordnung unten standen. Auf den besten Plätzen dicht am Rand des Beckens tummelten sich Hagens Favoriten und stierten ihn feixend an. Ganz vorn erhob sich gerade Leug, das Gesicht undurchdringlich wie eh und je. Plötzlich leckte er sich über die Lippen, als wäre David nicht mehr als eine in die Falle gegangene Beute, an der er sich schon bald sattfressen würde. Dennoch wagte auch er es nicht vorzupreschen – alle saßen sie regungslos da und starrten David an, während er in die Mitte des Pools ging. Burek blieb tapfer an seiner Seite, ließ aber vor lauter Furcht den Kopf hängen.

»Ein gelungener Auftritt.«

Hagens dröhnende Stimme erklang schräg hinter David. Langsam drehte er sich um und sah hinauf zum Steg, an dessen Spitze Hagen stand. Das schwarze Haar fiel dem Rudelführer offen und strähnig auf die Schultern, als wäre er in den letzten Stunden zu oft mit der Hand hindurchgefahren. Seine Wangen leuchteten rot von der Anstrengung, die es ihn kostete, nicht sofort anzugreifen. Der Schein des Feuers verstärkte den Eindruck, als stünde Hagen in Flammen. Die Gier nach Gewalt und Tod, die in den blauen Augen tanzte, zeigte sich zum ersten Mal unverhüllt. Entweder glaubte Hagen, es nicht mehr nötig zu haben, seine wahre Natur zu verbergen, oder er stand kurz davor, seinen Verstand zu verlieren. Vielleicht fehlte ihm aber auch nur Amelia an seiner Seite. Sie allein verstand es auf unnachahmliche Weise, die zerstörerische Energie ihres Gefährten so zu leiten, dass sein Rudel nicht panisch vor ihm flüchtete.

»Ich weiß es zu schätzen, dass du dich auf dem Weg zu uns nicht hinter deinem Wolf versteckt hast.« Hagens Stimme hallte durch die Kuppel wie ein dumpfes Dröhnen. »Aber dass du hier ohne deinen Schatten auftauchst, ist etwas übertrieben. Wir wissen, wie stark du durch Nathanels Tod geworden bist. Also, David, was soll die Wichtigtuerei?«

Als hätte er die höhnische Frage nicht gehört, schaute David zu Maggie hinüber, die mit leblos herabhängenden Armen hinter Hagen stand und so elend aussah, als würde sie gleich zusammenbrechen. »Wo ist Meta?«, fragte er, die Stimme unvermutet ruhig.

Doch Maggie schüttelte nur den Kopf und richtete ihre Aufmerksamkeit auf Hagen, dessen Selbstbeherrschung sich mit jeder Sekunde, die David ausgeliefert vor ihm stand, zunehmend verlor. Immer drängender breitete sich sein Verlangen zu töten aus und steckte die Mitglieder seines Rudels an, die seinem schwarzen Sog nicht widerstehen konnten. Hohes Stöhnen und unterdrücktes Scharren von Füßen war zu hören, doch niemand wagte es, seinen Instinkten nachzugeben. Das bevorstehende Ritual, das im Zentrum dieser Arena zelebriert werden sollte, gehörte allein ihrem Anführer – es ging um seine Stellung, und er würde jeden reißen, der sich ihm in den Weg stellte.

Mit einem Knurren trat Hagen einen Schritt zur Seite, so dass Maggies schmale Silhouette hinter seinem breiten Rücken verschwand. »Ich habe mir deinen Blondschopf geholt, du kleiner Hurensohn, das weißt du genau. Und falls nicht, warum fragst du nicht deinen Wolf? Der könnte dir verraten, mit welchen Spuren ihres Leibes ich übersät bin.« Hagen stieß ein gehässiges Lachen aus. »Ich habe sie mir geholt, jetzt gehört sie mir, David. Deine Liebste war nichts weiter als die Vorspeise. Nun ist es Zeit für den Hauptgang.«

Obwohl David bei der Vorstellung, was Hagen Meta angetan haben könnte, fast den Verstand verlor, ließ er sich nichts anmerken. »Ehrlich gesagt, kann ich mir nicht vorstellen, dass du Meta bereits umgebracht hast. Diese Inszenierung hier dient doch ausschließlich dazu, einen Abtrünnigen vor den Augen des ganzen Rudels abzustrafen und gleichzeitig deine Macht unter Beweis zu stellen. Du solltest Meta herbringen lassen, wenn du mich bis an die Grenzen demütigen willst. Hast du aus Tillmanns Erinnerungen nicht gelernt, womit man mich am besten verletzen kann?«

»Vielen Dank für den großzügigen Tipp.« Einen Moment lang war Hagens Bariton nicht mehr als ein Knurren. »Aber

Ich plane etwas viel Interessanteres, als dich bloß zu brechen. Über diesen Punkt bin ich schon lange hinaus. Eine kapitale Beute ist immer auch eine besonders reizvolle. Und du hast die Fähigkeit, dich von deinem Wolf zu lösen, perfektioniert. Wenn ich dich gleich in deine Einzelteile zerlege, wird ein Teil dieser Macht mir gehören. Wer hätte gedacht, dass mein alter Freund Convinius mir ein solches Geschenk hinterlassen würde?«

»Und ich dachte, dass Convinius dir das größte Geschenk damit gemacht hatte, dass er sich von dir töten ließ.«

Hagen lachte schrill auf, so dass David unwillkürlich zusammenzuckte. Es sollte eigentlich unmöglich sein, dass ein massiger und durch und durch maskuliner Körper wie Hagens ein solches Geräusch hervorbrachte. »Nathanel, diese alte Klatschbase«, sagte Hagen, als das abstoßende Lachen endlich verklungen war und er sich die Tränen aus den Augen wischte. »Allerdings vermute ich, dass er dir nicht die ganze Geschichte erzählt hat. Als ich damals in Convinius' Revier eingedrungen bin, ging es mir nicht darum, meinen ehemaligen Weggefährten aus dem Weg zu räumen. Eigentlich wollte ich nur einen Blick auf seinen Nachwuchs werfen. Doch mein alter Freund war leider etwas kratzbürstig. Ein Pech für Convinius, dass er seinem Wolf nicht einmal im Angesicht des Todes vergeben konnte. Sein Wolf stand hilflos da, auf seinen Ruf wartend. Als ich meine Zähne in seine Kehle grub, hatte ich sogar den Eindruck, als sei der alte Bursche mir dankbar dafür, ihn endlich von seinem Elend zu erlösen.«

»Vielleicht wäre die Geschichte ja anders ausgegangen, wenn du Convinius zuvor aufgeklärt hättest, dass die gerissenen Frauenleichen in unserem Revier nicht auf das Konto seines wildernden Wolfes gingen.«

Obwohl die meisten Rudelmitglieder kaum verstanden, um was es bei diesem Schlagabtausch ging, breitete sich ein unruhiges Murren aus, angestiftet von Maggies Leuten, die instinktiv den Empfindungen ihrer Anführerin folgten. Die hatte ihre Starre abgeschüttelt und zog sich unmerklich von Hagen zurück.

Auch David spürte, wie die Stimmung umschlug. Noch vor ein paar Minuten war er davon ausgegangen, dass Hagen ihn unter dem Gejohle des Rudels überwältigen würde. Nun war er sich nicht mehr so sicher. Außerdem hatten Hagens Worte etwas in Bewegung gesetzt: Convinius hatte sich geirrt, denn Hagen war zum Mörder geworden und nicht etwa dessen Wolf. Zum ersten Mal seit dem Wandel tastete David nach der leeren Stelle, die sein abwesender Wolf in ihm hinterlassen hatte, um sogleich wieder zurückzuschrecken. Er würde töten müssen, um zu retten, was er liebte. Das begriff er nun. Aber noch war er nicht bereit dazu, den Dämon zu rufen. Stattdessen bedrängte er Hagen weiter: »Du bist ein Betrüger. Alles, was von Bedeutung ist, hast du dir erschwindelt.«

Trotz der harschen Worte entspannten sich Hagens Gesichtszüge und nahmen einen fast verträumten Ausdruck an. »Alles, was wichtig ist, steht da unten zu meinen Füßen und wartet darauf, dass ich es erlege.«

»Nicht erlegen – ermorden. Das hier hat nichts mit dem Wolf zu tun.«

Anstelle von Widerworten oder eines Angriffs löste sich Hagens fiebrige Körperhaltung, und er ließ sogar seine Arme ruhig herunterhängen. Die zunehmende Unruhe auf den Rängen schien ihn nicht weiter zu kümmern. Sein Blick ruhte auf David, der erkannte, dass es den Rudelführer nicht länger gab. Hagen hatte die Verkleidung, hinter der er sich all die Jahre versteckt hatte, endgültig abgelegt. Sollte es ihm gelingen, David zu töten, würde er anschließend in seinen eigenen Reihen ein Schlachtfest eröffnen, bis Sascha kam, um ihn aufzuhalten – falls das dann überhaupt noch möglich war.

Ein Lächeln breitete sich auf Hagens Zügen aus, dem etwas so Fremdes innewohnte, dass kein Dämon es zu überbieten vermochte. »Du hast Mathol und Nathanel getötet, du müsstest doch eigentlich wissen, wie es ist, wenn man einen Wolf erlegt. Berauschend, um so vieles besser als das Auslöschen eines langweiligen Menschenopfers. Wenn du einen Wolf tötest, dann tötest du einen, und doch sind es zwei. Es ist eine solche Qual für den Dämon, von seinem Herrn fortgerissen zu werden und fortan nichts weiter als der Schatten eines Schattens zu sein. Das Geschenk von einem solchen Opfer besteht nicht nur in dem Wissen, die absolute Macht über ein Geschöpf auszuüben, indem man ihm das Leben nimmt, sondern darin, ihm auch noch etwas anderes zu rauben: Das Opfer befähigt einen, immer weitere Opfer reißen zu können.«

In diesem Augenblick wurde David klar, warum Convinius' Tod die so lange unterdrückte Mordlust dieses Mannes nach all den Jahren wieder hatte hervorbrechen lassen. Ein weiteres Mal suchte er Maggies Blick, und als sie ihn erwiderte, nickte er ihr zu. Trotz der Falle, in die sie ihn gelockt hatte, konnte er mit einem Mal die Entscheidungen akzeptieren, die sie als Rudelführerin getroffen hatte: Hagen musste getötet werden. Maggie schenkte ihm ein schwaches Lächeln, dann lief sie lautlos vom Steg zu ihren Leuten am Beckenrand. Diese sammelten sich unauffällig, um sich hinter den vorderen Rängen zu positionieren.

David zog seine Jacke aus und ließ sie auf den Boden fallen. »Ich bin nicht Convinius.«

Die unstet zuckenden Flammen verwandelten Hagens Gesicht in eine Maske aus Blutrot und Schatten. »Nein, das bist du nicht«, erklärte er so leise, dass die Worte kaum zu hören waren. »Aber du wirst genauso sterben wie er: ohne deinen Wolf an deiner Seite.« Dann verschwand die Maske hinter einem grauen Schatten, als Hagen vom Steg heruntersprang.

Er kam nur ein paar Schritte von David entfernt auf und begann sogleich, ihn zu umkreisen.

Davids Blick hing an dem Schatten des Mannes fest, der die Umrisse eines Raubtieres angenommen hatte. Wie ein sich windender, stets in Bewegung bleibender Schutzpanzer legte sich um Hagen der Schatten, den nur eins durchdringen konnte: ein stärkerer Wolf.

David traf eine Entscheidung – er würde seinem Wolf vertrauen. Also rief er ihn.

Hagen spannte seine Muskeln an, dann stürmte er los.

Davids Wolf folgte dem Ruf seines Herrn nicht.

Kapitel 36

Wolfszeit

Hagen war so schnell bei ihm, dass David die Bewegung kaum nachvollziehen konnte. Er wurde bei der Kehle gepackt und ein Stück in die Luft emporgerissen, bis nur noch seine Zehenspitzen den Boden berührten. Ein lähmender Schmerz durchfuhr ihn, und instinktiv griff er nach Hagens Hand, versuchte, sie gewaltsam zu lösen, obwohl er wusste, dass er nichts gegen diesen Griff auszurichten vermochte. Doch die Luft wich ihm so schnell aus den Lungen, dass er nicht anders konnte.

Abwartend stierte Hagen ihn an, und als David sich zu rühren aufhörte, löste er den Griff. Der junge Mann sank in sich zusammen, während er qualvoll ein- und ausatmete.

»Was soll das?« Hagens Stimme war nicht mehr als ein raues Flüstern. »Ruf deinen verfluchten Wolf zu Hilfe!«

Das Blut rauschte hinter Davids Stirn lauter als jede Brandung, dennoch glaubte er, ein gebanntes Schweigen in der Arena wahrzunehmen. Jeder hatte mit einem Kampf gerechnet, sogar er selbst. Ein Lachen fand den Weg über seine Lippen, das umgehend einen Hustenanfall auslöste. Abermals rief er seinen Wolf – und erneut weigerte sich der Dämon, dem Ruf seines Herrn zu folgen. Nichts schien ihm etwas zu bedeuten, weder sein Hüter noch diese einzigartige Herausforderung, gegen den Anführer anzutreten.

Im nächsten Augenblick traf eine Stiefelspitze David mit einer solchen Wucht an der Schulter, dass er auf dem Rücken aufschlug. Schwarze Schlieren tanzten vor seinen Augen. Er schloss sie einen Moment lang, und als er sie wieder öffnete, sah er Hagen hoch aufragend mit gespreizten Beinen über sich stehen. Der Ausdruck, mit dem er auf ihn herunterblickte, verriet einen Zorn, der Hagen aufzufressen drohte. Mit einer an die Grenzen stoßenden Selbstbeherrschung setzte der Rudelführer seinen schweren Stiefel auf Davids Brust und verstärkte drohend den Druck.

»Ruf ihn.«

Obwohl David befürchtete, seine Brustplatte müsse jede Sekunde zerbersten, sagte er keuchend: »Tut mir leid. Aber heute wird es wohl nichts mit dem Doppelmord.«

Hagen brüllte wie von Sinnen auf, und David nutzte den Moment, um sich zur Seite zu rollen. Sein Ausbruch kam so unvermutet, dass Hagen fast das Gleichgewicht verlor und einige Schritte zurücktaumelte. Die Macht, die seinen Körper eben noch umspielt hatte, löste sich auf. Bevor er sich wieder gefangen hatte, war David auf den Beinen. Keuchend stützte er sich auf seinen Oberschenkeln ab. Einen weiteren Angriff würde er ohne die Hilfe des Dämons nicht überstehen, das stand fest.

Hagen setzte aufs Neue zum Sprung an, hielt dann aber unvermittelt inne. Voller Unglauben blickte er auf den Hund, der sich in seiner Wade verbissen hatte. Burek hatte tatsächlich den Mut aufgebracht, ihn zu attackieren. Blitzschnell griff Hagen nach ihm, doch da war der Hund bereits zurückgewichen und kläffte ihn an, vor Furcht die Rute zwischen die Läufe geklemmt.

»Sieh an«, sagte Hagen mit einem ungewohnt belustigten Ton. »Dein Schatten hat sich also in eine Töle verwandelt. Oder ist der etwa deine heimliche Verstärkung? Ein verlaustes Fellknäuel, das darauf spezialisiert ist, Angreifern die Fersensehnen durchzukneifen, während du deinen Wolf um Hilfe anheulst?« Als David nicht reagierte – er war vollauf damit beschäftigt, Luft durch seine wunde Kehle zu ziehen –, legte Hagen den Kopf in den Nacken und stieß ein brüllendes Lachen aus, das jedoch genauso abrupt erlosch, wie es aufgelodert war. »Willst du den Wolf nicht rufen? Oder kannst du ihn nicht rufen?« Langsam kam er auf ihn zu, die Gesichtszüge bereits erneut von Schatten überlagert. »Er ist dir davongelaufen, nicht wahr?«

Mit einigen schnellen Schritten war Hagen bei David und schlang seine Arme um ihn. Obwohl David sich zur Wehr setzte, presste ihn Hagen an sich, so dass sein Gesicht an dessen Halslinie gezwungen wurde. Die vom Schatten umhüllte Haut verströmte eine Hitze, die David zu verbrennen drohte, doch noch mehr setzte ihm das Pochen der Schlagader zu. Er konnte Hagens Herzschlag spüren – so nahe hatte er ihm nie kommen wollen. Ein beißender Geruch stieg ihm in die Nase, aber auch eine Ahnung von Rosenduft. David keuchte auf.

»Ja, dieses nach Rosen duftende Miststück, das uns beiden so viel Ärger bereitet hat«, sagte Hagen unterdessen, dem es nicht die geringste Mühe bereitete, den kräftigen David gegen dessen Willen festzuhalten und sogar eine Hand über den sich aufbäumenden Rücken wandern zu lassen. »Dein Wolf ist bei ihr, so muss es sein. Dann hat Amelia also Recht behalten.«

Mit aller Kraft stemmte David sich gegen den merklich unbeeindruckten Mann, versuchte, ihn wegzudrängen, und scheiterte. In seiner Verzweiflung brüllte David auf, doch sein Schrei verstummte an Hagens schattenumwundener Haut, als würde er in die Leere des Universums schreien.

»Amelia hat also Recht behalten«, wiederholte Hagen fast zärtlich. »Dann können wir ja eine kleine Planänderung vornehmen: Ich werde dich töten, aber zuvor werde ich dich noch ein wenig jagen, und zwar auf meine ganz spezielle Art und Weise.« Während er sprach, hatte seine Hand bereits seinen Weg unter Davids Shirt gefunden und fuhr über seine angespannten Rückenmuskeln, als könne er sich nicht entscheiden, ob er ihm Schmerzen zufügen oder ihn liebkosen sollte. Verzweifelt trat David nach Hagens Füßen, doch er glitt am Schutz des Schattens ab wie an einer Granitwand.

Hagen lachte erneut. »Das Spiel habe ich heute schon mal mit deinem Liebling gespielt, bis sie mir einen Strich durch die Rechnung gemacht hat. Sollen wir beide direkt dort einsteigen, wo ich mit ihr aufgehört habe?«

Im nächsten Augenblick löste Hagen die Umarmung und verpasste David einen Stoß, so dass dieser gegen die Poolwand taumelte. Das hier konnte unmöglich passieren!, schrie alles in David auf, doch da streckte Hagen erneut die Hand nach ihm aus.

»Auf diese Idee hat mich übrigens das kleine Miststück gebracht. Sie meinte, du würdest mir nicht gehören. Ich werde dir jetzt beweisen, dass du mir gehörst.«

David schlug nach dem ausgestreckten Arm, fügte sich jedoch lediglich selbst Schmerzen zu, weil sein Handgelenk gegen den vom Schatten geschützten Unterarm schlug. Hagen lächelte siegessicher. Als dessen Hand über seinen Bauch glitt, musste David unwillkürlich an die aufgerissenen Leichen denken, die Hagen hinterlassen hatte. Ausgeweidet – aber nicht mit den Raubzähnen der Bestie. Hagen war mit seinen Fingern in die Innereien seiner Beute eingedrungen.

»Nein«, sagte David atemlos, während Hagens Fingerspitzen auf seiner Haut zu brennen begannen.

Ehe Hagen seinem Wahn nachgeben konnte, zersprang plötzlich die Glaskuppel unter einem ohrenbetäubenden Dröhnen in unzählige Splitter, die sogleich von der Druckwelle des Nachhalls fortgerissen wurden. Die Fäuste gegen die Schläfen gepresst, taumelte Hagen einige Schritte zurück, das Gesicht vor Schmerz verzerrt. Ungläubig sah David zu, wie der Rudelführer ungeheure Qualen ausstand und die verschiedenen Rudel um Fassung rangen. Dann sah er zu den Metallbögen hinauf, die nun nur den Nachthimmel zu tragen schienen. Es schneite. Sein Blick wanderte zum Steg. Über ihm ging sein Schattenwolf in Angriffsstellung, den immer noch benommenen Hagen fixierend. Neben das ungewöhnlich klar umrissene Geschöpf trat Meta und sah den Rudelführer mit vor Wut und Entsetzen weißem Gesicht an.

»Du irrst dich«, sagte sie. »David gehört dir nicht.«

Ein Lächeln stahl sich auf Davids Lippen, so verrückt es in diesem Augenblick auch sein mochte. Doch Metas Anblick löste die Angst, die ihn die letzten Stunden gefangen gehalten hatte, mit einem Schlag auf. Ihr Gesicht zeigte Spuren von Gewalt, aber sowohl die Körperhaltung als auch die entschlossene Miene verrieten, dass Hagen ihr Innerstes nicht hatte brechen können. Kurz trafen sich ihre Blicke, und er erkannte die gleiche Sehnsucht, die auch er bei ihrem Anblick verspürte. Meta schenkte ihm ein zaghaftes Lächeln, dann konzentrierte sie sich wieder auf Hagen, der sich mittlerweile von der Machtdemonstration des Dämons erholt hatte.

Auch in die Ränge der Arena kehrte Leben zurück. Während das pulverisierte Glas samt Schneeflocken durch die zerborstene Kuppel rieselte, erhoben sich die beiden Rudel wie aus einem Schlaf. Wer eben noch zusammengekauert am Boden gelegen und erwartet hatte, dass dieser nie zuvor verspürte Druck ihm den Brustkorb sprengen würde, tastete nun nach seinem Wolf, um in seinem Inneren einen verwirrten, aber auch seltsam belebten Dämon anzutreffen. Während Maggies Leute sich am unteren Rand der Treppen versammelten, breitete sich im anderen Rudel Unruhe aus. Fjalla, eine junge Frau, die besonders unter Hagens Führung gelitten hatte, drängte sich mit leuchtenden Augen die Treppe herunter, doch ehe sie an den Rand des Pools gelangen konnte, wurde sie von Leug mit einem Faustschlag niedergestreckt.

»Keiner rührt sich«, brachte er zwischen zusammengebissenen Zähnen hervor. »Jedem Überläufer, der es wagt, die Treppe weiter runterzukommen, breche ich das Genick. Noch bestimmt Hagen hier die Regeln.«

Aber als traue er seinen Worten selbst nicht über den Weg, schielte Leug über die Schulter in Metas Richtung, die Hagen nicht aus den Augen ließ. Der hatte sich inzwischen wieder zu seiner vollen Größe aufgerichtet und betrachtete abwechselnd Meta, David und den lauernden, immer noch deutlich umrissenen Schattenwolf.

Als David langsam ein paar Schritte auf den Rudelführer zutrat, setzte sein Wolf zum Sprung an und verschmolz einen Moment später mit ihm. Schwer aufkeuchend sank David in die Knie und blieb so mit gesenktem Kopf hocken.

Ein gieriges Glimmen funkelte in Hagens Augen auf, aber in diesem Moment durchschnitt Metas klare Stimme den Raum. »Wenn du angreifen solltest, ehe David zum Kampf bereit ist, hetze ich dir deinen eigenen Wolf auf den Hals, Hagen. Und glaube mir, damit täte ich dem Dämon einen Gefallen. Er lauert nur darauf, dir nach all den gemeinsamen Jahren die Fänge ins Fleisch zu schlagen.«

David begriff nicht, was geschehen war, aber sein Wolf musste in seiner Abwesenheit einen weiteren Wandel durchlebt haben. Zu groß war der Schmerz bei ihrer Vereinigung, schneidend und kurz. Für eine Spanne, die sich nicht in Zeit messen ließ, wurde er von einer undurchdringlichen Finsternis umhüllt – dann war der Moment vorüber. Als er die Augen öffnete und den Kopf in den Nacken legte, erblickte er einen in Blutrot getauchten Nachthimmel, von dem rötliche Flecken heruntertanzten. Verwirrt blinzelte er, doch der rote Schein wollte nicht weichen. Sein Wolf grummelte, und zum ersten Mal seit seiner Kindheit ließ David sich ohne Vorbehalte von ihm beruhigen. Er ließ es sogar zu, dass der Wolf seine Wahrnehmung veränderte, während er den Kopf senkte und Hagen betrachtete, der ihn abwartend anstierte. Die Hände zu Fäusten geballt, stand er da, und doch verriet seine Köperhaltung eine gewisse Unschlüssigkeit, gerade so, als ergreife er gleich die Flucht. Genau das würde David auf keinen Fall zulassen.

»Ich bin so weit«, sagte er. Der aufkommende Wind trug seine raue Stimme zur Kuppel hinaus.

In diesem Moment erscholl irgendwo draußen im Park ein Wolfsgeheul, das alle Köpfe herumfahren und in die schneedurchwehte Nacht blicken ließ. Es war eine Herausforderung, das hatte selbst der Schwächste unter ihnen begriffen.

»Sascha ist auf dem Weg hierher.« Maggie war bis an den Beckenrand vorgetreten, und kurz sah es so aus, als würde sie herunterspringen, um zu David zu laufen und sich an seine Seite zu drängen.

Hagen schob seinen Unterkiefer vor und schluckte sichtbar. »Sascha kommt hierher? Das wird ja immer besser. Allein mit dieser verfluchten Frau an deiner Seite kann es schon keinen fairen Kampf geben, David. Du hast gehört, womit sie mir gedroht hat: Sie wird meinen Wolf manipulieren, anstatt ihn um sein Recht kämpfen zu lassen.«

»Eigentlich hast du ja auch keinen fairen Kampf verdient«, sagte David. »Aber falls es dich beruhigt: Das hier werden wir beide allein ausfechten.«

David blickte zu Meta hoch, die jedoch zögerte. Hagen hatte ihr im Audienzsaal viel Leid zugefügt, und sie sehnte sich nach Wiedergutmachung. Außerdem befürchtete sie, dass der geschunden aussehende David den Kampf trotz der Hilfe seines Dämons nicht überstehen könnte. Dann kamen ihr Rahels Worte in den Sinn, dass der Wolf in einem Rudel leben musste. Was auch immer sich in dieser Arena zwischen David und Hagen abspielen mochte, es ging um ebendiesen Punkt. Sie täte David keinen Gefallen, wenn sie sich hier dazwischendrängte. Außerdem beherrschte sie die Macht, die sie gerade erst kennengelernt hatte, kaum. Deshalb nickte sie widerwillig. »Das hier ist eine Angelegenheit des Rudels – ich werde mich nicht einmischen.«

Als wolle er Zeit schinden, hob Hagen rasch den Arm. »Wenn ich das richtig verstehe, hat diese Frau dort oben dafür gesorgt, dass dein verdammter Wolf Amelia erlegt hat. Es war ihre Macht, die eben auf dich übergegangen ist …« Unvermittelt hielt Hagen inne, dann stieß er ein hohes Wehklagen aus, das sich nach und nach in ein Lachen verwandelte. »Das ist perfekt! Wenn ich deinen aufgerissenen Kadaver endlich unter mir liegen habe, David, dann wird Amelia wieder mir gehören.«

David schüttelte nur stumm den Kopf. Er würde keine weitere Zeit mehr damit verschwenden, sich Hagens Wahnsinn anzuhören, während Sascha, angelockt von der freigesetzten Macht des Dämons, Maggies Revier überrannte. Was auch immer Amelias Tod für den Dämon bedeutete, er brauchte es nicht, um diesen Mann zu überwältigen.

Noch ehe der Schatten sich über seiner Haut ausgebreitet hatte, stürzte David los. Doch Hagen hatte bereits Anlauf genommen und sprang durch das zerbrochene Glas hinaus ins Freie. Fluchend jagte David hinter ihm her. In seinem Rücken brach inzwischen das Chaos aus, weil Hagens Rudel endgültig in zwei Parteien zerfiel. Ein Kampf entflammte, in dem die von Leug Angeführten ihre Minderheit durch Brutalität wettmachten – was jeder zu spüren bekam, der sie daran hindern wollte, ihrem Anführer zu folgen. Offensichtlich gingen sogar Hagens Getreue davon aus, dass er diesen Kampf nicht gewinnen konnte, zumindest nicht unter fairen Voraussetzungen.

Darum wollten sie ihm um jeden Preis folgen und ihm Unterstützung leisten, damit er weiterhin ihr Anführer blieb.

Meta stand auf der Spitze des Stegs und blickte voller Entsetzen auf die plötzlich ausgebrochene Gewalt. Auf den Rängen, kaum noch erkennbar im unsteten Schein der Feuerbecken, die mehr Rauch als Licht spendeten, prügelten Menschen aufeinander ein, rissen sich zu Boden, brüllten und schlugen wie wild um sich. Einige wenige befreiten sich aus dem Tumult und sprangen in das Becken, wo sie von anderen mit roher Gewalt niedergestreckt wurden.

Nur einem gelang es schließlich, sich zu befreien, und als er mit zerrissener, blutbefleckter Kleidung Hagen und David hinterherhetzte, erkannte Meta, dass es sich um den Mann handelte, der Hagen bei ihrer Entführung geholfen hatte. Jemand hatte ihm die dunkle Brille von der Nase gerissen, und seine Augen zeigten sich in einem milchigen Blau. Er ist blind, begriff Meta. Vermutlich sieht er nur durch die Augen des Dämons. Aber das würde ihn nicht daran hindern, seinem Anführer zu Hilfe zu eilen, obwohl das gegen sämtliche Regeln verstieß. Wenn sich ihm die Chance bot, würde er David hinterrücks anfallen. Ohne zu zögern, begann Meta, die Räume in ihrem Inneren zu öffnen, um dem Dämon dieses Mannes einen Unterschlupf zu gewähren. Doch in dieser Sekunde wurde sie bei der Schulter gepackt und herumgezerrt. Eine hochgewachsene Frau mit feuerrotem Haar, das ihr wie ein Flammenkranz vom Kopf abstand, erzwang ihre Aufmerksamkeit.

»Vergiss Leug, mit dem wird David schon fertig. Du musst jetzt etwas tun, bevor Hagens Rudel sich untereinander zerfleischt. Beruhige sie!«, forderte sie, gegen den Lärm in der Arena anbrüllend.

Meta starrte sie regungslos an. Wie sollte sie dieser Frau klarmachen, dass sie kaum wusste, was sie tat? Einen Wolf beheimaten – das mochte ihr gelingen. Aber gut drei Dutzend auf einmal? Sie konnte hören, dass einige der Wölfe ein verzweifeltes Heulen ausstießen, woraufhin der eine oder andere Hüter in der tobenden Menge anfing, sich an Haut und Haaren zu reißen. Wahrscheinlich, um das überwältigende Durcheinander, das in ihnen ausgebrochen war, abzustreifen. Nur mit Mühe konnte Meta das Verlangen unterdrücken, sich die Hände auf die Ohren zu legen in der Hoffnung, den Druck, der sich innerhalb des zerfallenden Rudels ausbreitete, ausgleichen zu können.

»Verdammt.« Kurzerhand rüttelte die Frau Meta durch. »Tu einfach, was du vorhin getan hast. Als du die verdammte Glaskuppel pulverisiert hast!«

»Ich weiß nicht, wie«, brachte Meta kläglich hervor.

Die Finger der Frau bohrten sich schmerzvoll in ihre Oberarme, dann legte sich ein Schatten über ihre Züge. In der nächsten Sekunde formte der Schatten einen Wolfskopf, der Meta mit weit aufgerissenem Maul bedrohte. Instinktiv wich sie zurück und rief vor Schreck den Wolf der Frau zu sich, indem sie die Türen zu ihren inneren Räumen aufriss. Während der Wolfsdämon einen Herzschlag später durch sie hindurchjagte, blickte Meta in die blauen Augen dieser Fremden, in denen sie etwas Vertrautes zu erkennen glaubte. Was auch immer es war, es brachte sie zu der Entscheidung, die Türen nicht wieder zu schließen. Stattdessen rief sie Hagens führerlos gewordenes Rudel und erhielt sofort eine Antwort. Der Ansturm der Wölfe, der auf ihren Ruf folgte, übermannte sie. Meta versuchte standzuhalten, aber sie ging verloren in einem Strudel aus Gefühlen und Eindrücken, die nicht ihr gehörten.

Kapitel 37

Treibjagd

Das Geräusch der zersplitternden Eisschicht, mit der der einsetzende Frost den regennassen Grund überzogen hatte, klang in Davids überempfindlichem Gehör wie eine Drohung. Unter der frischen Schneeschicht lagen Laub und Geäst, die sich im Handumdrehen in spiegelglatte Gefilde verwandeln konnten. Dennoch zügelte er das Tempo nicht, mit dem er durch den Wald jagte, trotz Dunkelheit und Schneefall, Hagens Fährte klar vor Augen. Er würde nicht innehalten, bevor er diesen Mann endlich zu Fall gebracht hatte. Und dann? Das Bild, das sein Wolf mit einer fiebrigen Wildheit heraufbeschwor, beantwortete diese Frage mehr als deutlich: Hagen war totes Fleisch.

Endlich entdeckte David die Umrisse des flüchtenden Mannes zwischen Bäumen und Sträuchern, obgleich er in seiner schwarzen Kleidung mit der Dunkelheit zu einer Einheit verschmolz. Dem Blick des Dämons war das gleichgültig, für ihn strahlte Hagen, als hätte er sich mit Benzin übergossen und angezündet. Einer lebenden Fackel gleich zog er eine Fährte wie eine Rauchspur hinter sich her, die in Davids Lunge brannte – ein vertrautes Gefühl in Hagens Nähe.

Auch Hagen war nicht entgangen, dass sein Verfolger aufschloss. Er warf einen gehetzten Blick über die Schulter, wobei er im Lauf mit der Schulter gegen einen Baum stieß und fast das Gleichgewicht verlor. Noch ein paar Meter, dann würde David ihn eingeholt haben.

Plötzlich stieß Davids Wolf einen Warnruf aus. Zu spät – unter ihm brach der Boden ein. Aber bevor er ganz in der Tiefe verschwand, gruben sich seine Finger in den Rand der sich auftuenden Grube. David fluchte. Er war tatsächlich in eine von Maggies Fallen geraten. Obgleich der Boden gefroren war, begann er unter seinem Griff bereits nachzugeben, da sein Körpergewicht ihn hinabzerrte. Verzweifelt versuchte er, an den Wänden mit den Füßen Halt zu finden, doch seine Stiefel glitten an der glatten Oberfläche jedes Mal ab, bevor er sich hinaufstemmen konnte. Der Wolf jaulte auf, als Davids Finger bei dem Versuch, sich hochzuziehen, beinahe den Rand zum Einsturz gebracht hätten. Gegen seinen Instinkt hielt David daraufhin still, die Stiefelspitzen leidlich an der Wand abgestützt, und konzentrierte sich auf seine missliche Lage. Wenn er auf dem Grund dieser Grube landen sollte, würde er zweifelsohne festsitzen – Maggie wusste, was sie tat. Dann konnte Hagen noch einmal auf ihn pinkeln, bevor er in die Arena zurückkehrte und sein Rudel erneut hinter sich vereinte. Bei dieser Vorstellung fühlte David sich versucht, seinen Wolf auszuschicken, auch wenn der allein vermutlich nicht gegen diesen starken Gegner gewinnen konnte.

Sein Wolf begann mit einem Mal zu knurren, und im nächsten Moment spürte David den Druck einer Schuhsohle auf seinen Fingerknochen. Mühsam hob er den Blick und sah einem aus dem Mund blutenden Leug ins Gesicht.

»Lass ihn noch ein wenig zappeln«, erklang Hagens atemlose Stimme. Mit einem sicheren Abstand spähte er über den Grubenrand. »So schnell kann sich das Blatt wenden, was, David?«

»Wir sollten dafür sorgen, dass er für immer in diesem Loch verschwindet, und dann schnellstens unser Rudel in unser Revier zurückbringen. Die Grube steht unter Wasser, bis sie ihn finden, wird er es wohl kaum schaffen.« Abwartend sah

Leug seinen Anführer an, konstant den Druck auf Davids Hand verstärkend, die erschreckend schnell an Kraft verlor.

Doch Hagen konnte dem Vorschlag seinem Gesichtsausdruck nach wenig abgewinnen. »Was nutzt es mir, wenn er dort unten einfach krepiert? Dann ist sein Wolf verloren.«

»Wenn wir ihn rausholen … Sein Wolf ist stark, er ist stark«, erwiderte Leug mit deutlichem Widerwillen in der Stimme, während seine Finger unwillkürlich zu den Narben wanderten, die die Zähne von Davids Schattenwolf dort hinterlassen hatten.

Aber Hagen ließ sich nicht beirren. »Denk nach: Wenn ich die Macht von Davids Wolf nicht in mich aufnehme, sind wir verloren. Oder glaubst du etwa, dass Sascha mich nach alledem, was passiert ist, freiwillig anerkennen wird?«

Bei dieser Aussicht zuckte etwas in Leugs für gewöhnlich ausdruckslosem Gesicht, das bei Hagen ein verzerrtes Lächeln hervorrief. »Wenn David seinen Wolf ausschickt, lenkst du das Vieh lange genug ab, damit ich unserem Freund den Hals umdrehen kann. Wenn er ihn bei sich behält, schauen wir mal, wie lange er sich gegen uns beide behaupten kann. Nur …«, Hagen packte Leug brutal am Arm, als dieser sich gerade herunterbücken wollte, »… ich bin derjenige, der David tötet. Solltest du dich vordrängeln, wirst du den Wandel nicht überleben.«

Leug nickte stumm, dann umfasste er Davids Handgelenke, wobei sich der Schatten zwischen seinen Finger ausbreitete, und zog den schweren Mann mit einem Ruck aus der Grube heraus.

Mit einem unterdrückten Stöhnen schlug David bäuchlings auf dem gefrorenen Boden auf. Er spürte ein Knie zwischen seinen Schulterblättern, während Hände seinen Kopf zu umfassen versuchten. Doch bevor sie ausreichend Halt fanden, um ihm mit einem Ruck das Genick zu brechen, nahm Davids Schattenwolf Gestalt an und schnappte nach dem Angreifer. Nachdem der losgelassen hatte, verschmolz der Schatten wieder mit David und legte sich wie eine schützende Hülle um ihn.

Trotz der schmerzenden Muskeln stemmte David sich mit einer kräftigen Bewegung auf die Beine und wirbelte herum. Hagen grinste ihn herausfordernd an und setzte dabei einige Schritte zurück, wobei sein Schatten die Form eines Wolfes annahm und zwischen den beiden Männern stehen blieb wie ein Bollwerk. In seinem Rücken konnte David den schnell gehenden Atem von Leug hören. Allerdings stand der Mann zu weit weg, um ihn mit einem raschen Griff zu packen und in die Grube zu werfen. Er war gefangen zwischen zwei Gegnern, und das Einzige, was ihm blieb, war der Angriff.

David deutete eine Vorwärtsbewegung an, woraufhin Hagens Schattenwolf knurrte und das Nackenfell aufstellte. Fasziniert beobachtete David, dass er den Umriss des Wolfes trotz der Dunkelheit klar erkennen konnte, fast noch deutlicher als den sich dahinter verbergenden Hagen. So entging ihm auch ungeachtet der Drohgebärde nicht, wie der Wolf leicht zurückwich. Hagens Dämon mochte nach all den Opfern, mit denen sein Herr ihn gemästet hatte, noch so mächtig sein, aber sein Instinkt verriet ihm, dass er in diesem Kampf unterliegen würde.

»Irgendwie macht dein pelziger Freund hier den Eindruck, als würde er lieber das Weite suchen, als es auf ein Kräftemessen ankommen zu lassen. Da habt ihr beide ja tatsächlich mal etwas gemeinsam«, sagte David, während er einen weiteren Schritt auf den immer lauter knurrenden Schattenwolf zu tat, bis er sehen konnte, wie die Schneeflocken durch dessen Leib hindurchwehten.

In diesem Augenblick erklang erneut ein Wolfsgeheul, das von Saschas Kommen kündete. Nur, dass es dieses Mal erschreckend nahe war. Unwillkürlich blickte David in die Richtung, in der auch die Arena lag. Die Arena, in der er Meta zurückgelassen hatte.

Plötzlich wurde er von hinten angesprungen. Der Aufprall fühlte sich an, als hätte ihn ein Kran mit seiner Last gestreift. Trotzdem gelang es David, sich über die Seite abzurollen. Bevor Leug ihn packen konnte, tauchte er unter dem Schlag des Angreifers weg und rammte seinen Kopf in Leugs Magen. Und abermals holte David aus und gab seinem Angreifer einen Faustschlag gegen die Schläfe mit.

Nun sprang ihn Hagens Schattenwolf an und grub die Fänge in seinen Oberarm. Vor Schmerz und Überraschung brüllend, taumelte David zurück und stürzte fast erneut in die Grube. Mühelos drangen die Zähne des Wolfes durch Stoff und Fleisch. Allerdings war der Biss bei weitem nicht stark genug, um ernsthaften Schaden zuzufügen, dafür befand sich der Schattenwolf schon zu sehr in Auflösung. Dass er trotzdem angegriffen hatte, war einzig Hagens Willen zu verdanken. Als David den Wolf im Nacken zu fassen versuchte, griff er ins Leere. Der Schatten war bereits zu seinem Hüter zurückgeeilt, der auf David zuhielt.

Obwohl die Bisswunde wütend pochte, sein Arm taub wurde und der Rest seines Körpers vor Überanstrengung und Schmerzen ächzte, konzentrierte sich David auf Hagen, wohl wissend, dass Leug nur auf die Möglichkeit lauerte, ihn erneut anzugreifen.

Sein Wolf wollte dem Angreifer entgegenstürmen, doch David hielt ihn zurück, nutzte seine Macht nur dafür, sich zu schützen. Und als Hagen mit seiner ganzen Kraft auf ihn stürzte, um ihn unter seinem massigen Körper zu begraben, ließ David sich mitreißen. Gemeinsam rollten sie über den gefrorenen Grund, Stein und Geäst in ihrem Weg, keilten sich ineinander bei dem Bemühen, den anderen niederzuringen.

Obgleich es seine Hände waren, die Kleidung, Fleisch und Haare zu fassen bekamen, die sich zur Faust ballten und zuschlugen, sobald sich ihnen die Chance bot, fühlte er sich kaum wie ein kämpfender Mann. Seine Bewegungen waren zu schnell, zu instinktiv. Außerdem gelang es ihm einfach nicht, auf Distanz zu gehen, um Hagen gezielt zu attackieren. Dennoch fühlte sich diese wilde Art des Kampfes richtig an. Mehr als je zuvor verschmolz er mit dem Wolf, verließ sich auf dessen Kraft und Gespür, bis er Hagen endlich mit dem Rücken auf den Boden drücken konnte. Mit dem Unterarm quetschte er ihm die Luft ab und kniete sich auf den sich aufbäumenden Oberkörper.

Ehe David jedoch seinen Sieg begreifen konnte, erhielt er einen dumpfen Schlag im Rücken, der ihm die Luft aus den Lungen presste. Keuchend sackte er nach vorn, bis sein Gesicht beinahe auf Hagens zum Liegen kam. Dann traf ihn ein weiterer Schlag, dessen Aufprall David nutzte, um zur Seite abzurollen. Schwer atmend bemühte er sich, den Schmerz zu ignorieren, doch er konnte sich einfach nicht aufsetzen. Ohne abzuwarten, glitt der Dämon in seine Wolfsform über und baute sich schützend vor ihm auf.

Inzwischen hatte Hagen sich wieder erholt und tastete nach seinem Kiefer, wo ihn einer von Davids Fausthieben getroffen hatte. Dann forderte er Leug auf: »Lock seinen Wolf weg. Es wird Zeit, dieses Drama zu beenden.«

Leug nickte, obwohl ihm die Furcht ins Gesicht geschrieben stand. Aber ehe er den Wolf attackieren konnte, legte sich ein kräftiger Arm um seinen Oberkörper und zerrte seinen Kopf in den Nacken, bis sein hervorspringender Kehlkopf freilag. Hagen stieß ein Brüllen aus, dem nichts Menschliches mehr innewohnte. David richtete sich ein Stück auf und sah, wie Tillmann zwischen den Bäumen hervortrat und seinem stämmigen Kompagnon, der Leug im Schwitzkasten hielt, ein

Zeichen gab, den strampelnden Mann in Richtung Grube zu verschleppen.

»Tut mir leid, dass Jagau und ich uns eingemischt haben. Aber bei einem Kampf um die Rudelspitze sollte es mit rechten Dingen zugehen. Vielleicht bekommt ihr beiden Pfeifen es ja noch hin, euch gegenseitig den Garaus zu machen«, erklärte Tillmann mit einer gewissen Genugtuung in der Stimme.

David wollte etwas erwidern, doch der Schlag in die Nieren machte ihm zu schaffen – es fühlte sich an, als hätte Leug eine Klinge hineingerammt und sie stecken lassen. Der Schmerz ließ einfach nicht nach. Tillmann kümmerte sich jedoch ohnehin nicht um ihn, sondern musterte Hagen, sorgfältig darauf bedacht, außerhalb von dessen Reichweite zu bleiben. Hagen hatte seinen Wutanfall mittlerweile überstanden und stierte ihn an, als würde er ihn gleich zerfetzen. Irgendwo in der Dunkelheit erklang ein abgehackter Schrei, gefolgt von erstickten Flüchen, die darauf schließen ließen, dass Leug den Grund der Grube erreicht hatte.

»Klingt so, als könntet ihr beide euren Kampf nun fortführen. Und wenn's geht, legt einen Zahn zu. Es wäre sinnvoll, wenn euer Scheißrudel einen Anführer hat, bevor Sascha an die Tür klopft und den Job übernimmt.«

»Maggies Brut«, stieß Hagen zwischen gefletschten Zähnen hervor. »Hätte ich bloß auf dein Gedärm als Tribut bestanden, anstatt mich von Nathanel beschwatzen zu lassen, dich ziehen zu lassen. Aber wer kann von einer listigen alten Hure wie deiner Mutter schon erwarten, dass sie mit sauberen Karten spielt?«

Einen Augenblick lang sah es so aus, als würde Tillmann die Beherrschung verlieren und sich auf Hagen stürzen, der ihm ohne Zweifel trotz seiner Angeschlagenheit überlegen war.

»Verfluchter Schweinehund«, brachte Tillmann mühsam hervor, während er sich in die Macht seines Dämons hüllte.

Als Hagen ihm nicht mehr als ein abschätziges Grinsen zuwarf, wollte er angreifen – ein solch vorhersehbarer Schachzug, dass er auf jeden Fall gescheitert wäre.

Im letzten Moment fing David, der sich inzwischen aufgerappelt hatte, ihn ab und zerrte ihn bei der Schulter herum. Tillmann stieß ein drohendes Fauchen aus, aber David kümmerte sich nicht weiter darum: Hagen hatte den günstigen Moment ausgenutzt und war zwischen den Büschen verschwunden.

Getrieben von einem Zorn, der ihn seinen unwilligen Körper vergessen ließ, jagte David Hagens glühend roter Silhouette durch die Finsternis nach. Es musste ein Ende haben – und zwar jetzt. Er spürte nicht mehr, wie seine Füße auf den Boden schlugen, bemerkte weder Dickicht noch Äste, die ihm im Weg waren, auch nicht das Brennen in seiner Brust. Hagen war vor ihm, ganz dicht, das war das Einzige, was in diesem Moment zählte. David streckte den Arm aus, doch es reichte noch nicht. Während er einen Wutschrei ausstieß, nahm sein Dämon die Form eines springenden Wolfes an und brachte einen Herzschlag später Hagen zu Fall. Noch während der stürzte, war David hinter ihm und riss mit aller Kraft seinen Kopf herum. Als Hagen auf den Boden aufschlug, war bereits alle Lebenskraft aus seinem Körper gewichen.

Von einem plötzlichen Zittern geplagt, drehte David den schweren Mann auf den Rücken. Er blickte in seine starren Augen, in denen sich schwarze Strähnen verfangen hatten. Selbst im Tod trug er noch einen Ausdruck von Siegessicherheit auf den Zügen. Während David beobachtete, wie Schneeflocken sich auf die leicht offen stehenden Lippen setzten, kehrte sein Wolf zu ihm zurück und winselte leise.

»Ist gut«, sagte David und streckte die Hand nach ihm aus, damit sie wieder eins werden konnten. Nachdem der Wolf zu ihm zurückgekehrt war, begriff er schlagartig, wovor sich der

Dämon fürchtete: Über Hagens Leichnam manifestierte sich der Schatten wie ein dicht gewebtes Tuch. Ein letztes Mal verließ der Wolf seinen Hüter. Nein, dachte David und versuchte, rückwärts davonzukriechen. Kein weiterer Wandel, nicht jetzt, das stehe ich nicht durch.

Kapitel 38

Bluthandel

Eigentlich wollte Meta die Augen nicht öffnen. Ob dort draußen Licht oder Schatten herrschte – sie konnte es nicht sagen. Sie fühlte sich schwerelos, als hielten sie seidene Bahnen mitten in einem leeren Raum. Doch die Bahnen, die sie trugen, wurden enger und enger, schnitten ihr ins Fleisch, so dass sie es trotz ihrer Erschöpftheit kaum noch aushielt. Als sie mit bleiernen Gliedern begann, sich zu regen, setzte ein seltsames Hallen ein, dumpf und fern. Sie wollte nicht wissen, was es war – trotzdem kam es immer näher.

»Will nicht«, flüsterte Meta und erschrak, als ihre eigene Stimme in den Ohren dröhnte.

Das Hallen verwandelte sich in ein Lachen, zuerst tief, dann stetig heller. Ein Frauenlachen. Verwirrt öffnete Meta die Augen, und was sie sah, war blasse Haut und feuerrotes Haar. Die Frau, die vorgetäuscht hatte, sie anzugreifen, damit sie die Wölfe einließ, hielt sie in den Armen und drückte sie fest an sich, während Metas schwerer Kopf auf ihrer Schulter ruhte. Sie duftete nach frisch gefallenem Laub und schwerem Erdreich, wie der Park, der sich um die Arena erstreckte. Augenblicklich kehrte das Leben in Metas Körper zurück und verscheuchte die Taubheit. Vorsichtig löste sie sich aus der Umarmung und sah die Frau fragend an. Die lächelte sie an.

»Ich bin Maggie«, sagte sie und strich Meta über das Haar, als wäre sie ein kleines Mädchen, das belohnt werden musste.

»Was du eben getan hast, war großartig. Ich kann es immer noch nicht fassen.«

»Was genau habe ich denn getan?«, fragte Meta mit einer Zunge, die sich anfühlte, als hätte sie ihr Volumen verdoppelt und würde nun die gesamte Mundhöhle ausfüllen.

Einen Augenblick lang sah es so aus, als wollte Maggie sie noch einmal in ihre Arme schließen, doch ein fernes Wolfsheulen ließ sie zusammenfahren. Maggie biss sich auf die Unterlippe, dann richtete sie sich auf und zog Meta gleich mit auf die Beine, obwohl die schwach protestierte.

»Du hast Davids Rudel nicht nur beruhigt, sondern auch wieder vereint«, erklärte Maggie, während sie Meta den Arm um die Hüfte legte, damit diese auf dem Weg zu den Rängen nicht über ihre eigenen Beine stolperte.

»Davids Rudel?« Meta war noch viel zu benommen, um die Geschehnisse vor und nach ihrer Bewusstlosigkeit zu begreifen. Es konnte nicht mehr als ein paar Minuten her sein, dass David Hagen nachgestürzt war, aber für Meta fühlte es sich unendlich viel länger an.

Maggie, die Metas Irritation als Angst um David deutete, zog sie näher an ihre Seite. »Es wird Davids Rudel sein, sobald er zurückkommt. Und er wird zurückkommen, das verspreche ich dir.«

Im undurchdringlichen Dunkel auf den Rängen erkannte Meta Menschen. Sie standen dicht beisammen und tauschten leise Worte miteinander aus, die nicht mehr als zärtliche Laute zu sein schienen. Auf dem Boden glaubte sie zwei seltsam verrenkte Gestalten zu erkennen, von denen keine Regung mehr ausging. Einige Rudelmitglieder standen gekrümmt da oder hielten sich Stofffetzen an blutende Wunden. Auch wenn Meta sich nicht sicher sein konnte, so mutmaßte sie, dass das Rudel deutlich geschrumpft war. Einige waren geflohen, wurde ihr schlagartig klar.

Als sie zusammen mit Maggie vor die Ränge trat, richteten sich die Blicke von Davids Rudelmitgliedern ausschließlich auf sie. Meta erkannte eine Zuneigung bei ihnen, die ihr die Ohrränder rot färbte. Sie hatte diesen Menschen, nein, diesem Rudel etwas geschenkt und sie damit an sich gebunden, ohne dass sie es gewollt hatte. Doch bevor Meta diesem Gedanken nachgehen konnte, berührte sie etwas an den Waden: Der zerzaust aussehende Mischling schlich ihr um die Beine und sah sie erwartungsvoll an. Meta bückte sich und tätschelte ihm den Kopf.

»Ihr habt den Ruf gehört: Sascha und sein Rudel werden jeden Moment hier eintreffen.« Maggies Stimme war klar und deutlich. Nichts deutete darauf hin, dass diese Frau auch nur die Spur von Unsicherheit verspürte. »Wir werden ihn draußen empfangen und so lange hinhalten, bis David zurückgekehrt ist. Es wird nicht leicht sein, Sascha von seiner sicher geglaubten Beute fortzuscheuchen, ohne dass er zuschnappt. Deshalb werden unsere beiden Rudel geschlossen auftreten, nur dieses eine Mal, ansonsten können wir uns gleich alle hinknien und Sascha freien Zugriff auf unser Genick anbieten. Ein Angebot, das er auf keinen Fall ablehnen würde. Also Bewegung!«

Es erklang breites Zustimmen, aber Maggie kümmerte sich bereits nicht mehr darum und winkte einen bulligen Mann aus ihrem Rudel zu sich. »Anton, sieh zu, dass du noch ein paar von diesen Ölkanistern ranschleppst und die Feuerschalen draußen anzündest. Wir wollen Sascha doch einen ordentlichen Auftritt bieten.« Dann wandte sie sich Meta zu, die sie aufmerksam ansah. »Wir werden leider noch ein weiteres Mal auf deine Hilfe zurückgreifen müssen: Wenn Hagen endlich tot ist, wird das Rudel es spüren. Dann wirst du nach David rufen müssen, denn er wird den Wandel dort draußen nicht allein überstehen.«

Meta nickte stumm. Zwar wusste sie nicht, wie sie Maggies

Bitte nachkommen sollte, aber sie würde es versuchen. »Wie kannst du dir so sicher sein, dass David gewinnt?« Die Frage war heraus, bevor Meta sich dessen überhaupt bewusst war. Als er auf dem Grund des Pools gestanden hatte, hatte er so unendlich erschöpft ausgesehen …

»Alles, was Hagen will, ist Blut und Macht. David will endlich sein Leben in die eigene Hand nehmen, und heute Nacht bietet sich ihm endlich diese Chance. Er wird sie ergreifen, glaub mir.«

Erneut ging eine solche Woge des Selbstvertrauens von Maggie aus, dass Meta gar nicht anders konnte, als ihr zuzustimmen. Außerdem sehnte sie sich nach dem Augenblick, wenn das Rudel den Tod seines einstigen Anführers signalisierte und sie ihren Ruf aussenden konnte … den David hoffentlich auch vernehmen würde. David wird ihn hören, ganz bestimmt, versuchte Meta, sich zu beruhigen. Sein Wolf wird mich auch dieses Mal hören und ihn mitbringen – so wie er mich zu David gebracht hat. Mit einem Schwindelgefühl erinnerte sie sich an den Moment, als der Wolf sie mitgerissen hatte, während er zu seinem Hüter zurückkehrte. Diese Erinnerungen an die Welt des Dämons waren nicht mehr als Fetzen eines flüchtigen Traums. Aber sie hatten sie die gerade erst erweckte Macht des Dämons am eigenen Leib spüren lassen. Dabei konnte sie nicht sagen, dass es sich falsch angefühlt hätte. Nur verwirrend.

Gemeinsam schritten die beiden Rudel nach draußen und sammelten sich schweigend auf der einen Seite der Außenarena, während in den Schalen Feuer entzündet wurde. Obwohl es im Freien kaum kälter war als unter der zerstörten Kuppel und das Rudel so dicht gedrängt hinter ihr stand, dass sie die Wärme ihrer Körper spüren konnte, zitterte Meta. Mit klammen Fingern stellte sie den Kragen ihres Mantels auf und steckte anschließend ihre Hände in die Ärmel. Dann schloss sie die Augen und konzentrierte sich auf das Rudel. Schneeflocken landeten auf ihren Haaren und Wimpern.

Die Berührungen, während die Wölfe sie als Portal benutzt hatten, hatten einen Weg hinterlassen. Ähnlich dem von David, dem sie mit dem Schattenwolf gefolgt war, um die Arena zu finden. Wie der, den sie nutzen würde, um ihn zu rufen, sobald er seinen Kampf beendet hatte. Wenn es nur endlich so weit wäre. Die Gedanken schossen ihr kreuz und quer durch den Kopf, und sie war sich nicht sicher, wie lange sie die Anspannung noch aushalten konnte. Zu viel war in zu kurzer Zeit geschehen, hatte nicht nur ihr Leben, sondern auch ihre Seele und Weltsicht durcheinandergewirbelt. Zu diesem Zeitpunkt konnte sie, da war sich Meta sicher, nur noch vorangehen. Wenn sie zu lange stehen blieb, würde sie zerbrechen. Doch nun nahm sie eine aufsteigende Furcht um sich herum wahr, die verriet, dass sich Saschas Rudel näherte.

Frustriert schlug Meta die Augen wieder auf und sah, wie die ersten dunklen Gestalten auf die Mauer der Arena kletterten und sich langsam von ihr herunterließen. Saschas Rudel sammelte sich in vollkommenem Schweigen. Sie sind viel mehr als wir, schoss es Meta durch den Kopf, und unwillkürlich sah sie sich nach einem Fluchtweg um. In ihrem Rücken entstand Unruhe, die sich jedoch schon im nächsten Moment wieder legte. Meta blinzelte, dann begriff sie: Maggie hatte ihre Stellung dazu benutzt, die Ängstlichen und Schwachen zu beruhigen. Das also hatte Rahel gemeint, als sie sagte, es gebe einen guten Grund dafür, dass Anführer einen solchen Zugang zu ihren Leuten hatten. Ein guter Anführer nutzte seine Stärke, um zu führen, nicht um zu manipulieren.

Die Neuankömmlinge verharrten reglos am Fuß der Mauer, eine kaum entwirrbare Einheit aus Körpern. Die Gesichtszüge wurden stets nur kurz von den gierig aufschnellenden

Flammenzungen beleuchtet, ehe sie erneut hinter einem Vorhang aus Dunkelheit und Schneeschleiern verschwanden. Kein Anzeichen eines Grußes oder auch eines Angriffs, nur stummes Ausharren, das nichts anderes als ein Kräftemessen war. Doch was immer Sascha mit dieser Demonstration erreichen wollte – panische Flucht des zahlenmäßig unterlegenen Rudels oder eine Maggie, die unterwürfig Verhandlungen anbot –, es blieb aus. Vermutlich stand Davids Rudel weiterhin unter dem Eindruck der Verbundenheit, die es mit ihrer Hilfe erlebt hatte. Außerdem weiß Maggie offensichtlich, was sie tut, dachte Meta und merkte, dass sie sich absurderweise ebenfalls zu entspannen begann.

Unvermittelt tat sich eine Lücke in dem Rudel bei der Mauer auf, und ein etwas kurz geratener, nichtsdestotrotz beeindruckender Mann trat hervor. Weder die Frostluft noch das zunehmende Schneetreiben schienen ihm etwas auszumachen. Er stand hemdsärmelig da, während der durchnässte Stoff ihm am Leib klebte und das Flammenspiel eine ausgeprägte Muskulatur verriet. Ohne eine Miene zu verziehen, blickte er herunter, und erst als Maggie einige Schritte auf ihn zuging, deutete er mit dem Kopf einen Gruß an.

»Sascha.« Im Vergleich zu diesem vor Kraft und Selbstherrlichkeit strotzenden Mann wirkte Maggie wie ein Schatten. Aber Meta hatte gerade erst gelernt, wie viel Macht einem dadurch verliehen werden konnte. »Ich verstehe, dass du in Sorge bist, aber es bestand trotzdem kein Grund, hierherzukommen.« Dabei vermied sie das Wort *eindringen* ebenso wie den Hinweis, dass er mit seinem gesamten Rudel ihr Revier betreten hatte. »Es ist nur noch eine Frage von Minuten, dann ist Hagen als Anführer abgelöst, und die alte Ordnung ist wiederhergestellt.«

Einen Augenblick lang sah es so aus, als hätte Sascha nichts von dem gehört, was Maggie gesagt hatte. Seine ganze Aufmerksamkeit war auf die beiden Rudel zu seinen Füßen gerichtet, gerade so, als könne er sie einzig und allein durch seine Präsenz zur Unterwerfung zwingen. Dann wanderte sein Blick zu der zerstörten Glaskuppel.

»Ich bin mir nicht sicher, ob Hagen mich im Moment überhaupt noch interessiert«, sagte er mit dunkler Stimme, nicht sonderlich darum bemüht, laut zu sprechen. Trotzdem hatte jeder seine Worte verstanden, und eine Sekunde später fand sich Meta umkreist von Menschen, die sie nicht kannte und die ihr dennoch so vertraut waren, dass sich ihre Berührungen angenehm anfühlten. »Die Frau – ich will sie mir ansehen«, forderte Sascha.

»Das kann ich nicht entscheiden. Sie gehört zu David. Du wirst warten müssen, bis er wieder hier ist«, erklärte Maggie mit einem Tonfall, als würde sie lediglich einen übereifrigen Geschäftspartner vertrösten. Doch ihre plötzlich hochgezogenen Schultern verrieten, dass sie befürchtete, Saschas Ansinnen nicht lange widerstehen zu können.

Ein höhnisches Lächeln schlich sich auf Saschas Gesicht. »Selbst wenn es diesem Sturkopf, auf den du alles gesetzt hast, tatsächlich gelingen sollte, Hagen aus dem Weg zu schaffen, wird der Wandel ihn nicht so rasch aus seinen Klauen entlassen. Das weißt du doch genau, Maggie.«

Erst bei diesen Worten begriff Meta, dass Sascha es nur allzu gern auf eine Auseinandersetzung ankommen lassen würde, um Hand an sie zu legen. Da ging ein Ruck durch das Rudel: Hagen war tot. Meta keuchte auf – auf dieses Zeichen hatte sie gewartet. Doch als sie versuchte, sich auf David zu konzentrieren, sah sie nur Sascha, der mit gerunzelter Stirn einige Treppen heruntergestiegen war, gefolgt von einer kleinen Nachhut. Einige seiner Leute scherten währenddessen zu beiden Seiten aus. Gott, sie kreisen uns ein! Voller Angst wich Meta zurück, da drehte Maggie sich um und suchte ihren

Blick. Zuerst wollte Meta sich nicht darauf einlassen, zu sehr bannte sie der Anblick Saschas, der sich langsam näherte, aber dann ließ sie sich auf die vertrauten blauen Augen ein. Dieselbe Farbe wie Davids Augen. Einen Herzschlag später sendete Meta ihren Ruf aus, und vor Erleichterung hätte sie fast gelacht, so leicht gelang es ihr. Alle Angst war vergessen, und sie verschwendete auch keinen Gedanken daran, was passieren würde, wenn David den Ruf beantwortete, nachdem er gerade erst den Anführer getötet hatte.

Der Ruf hallte nach und schuf eine hell leuchtende Sphäre, die Meta umhüllte wie ein Kokon. Nur undeutlich nahm sie daher die plötzlich ausbrechende Unruhe wahr. Was auch immer passierte, es war gleichgültig, bis der Ruf beantwortet wurde. Meta registrierte, dass die Körper, an die sie sich bislang gelehnt hatte, in Bewegung gerieten, dass jemand brüllte und jemand anderes fluchte. Einen Moment später wurden auch diese Eindrücke von dem Licht getilgt. Eine ungeheure Druckwelle breitete sich aus und zwang alle in die Knie. Nur Meta taumelte einen Schritt zurück, fing sich und schlug sich vor Glück die Hände vor den Mund. David hatte geantwortet.

Kapitel 39

Die Vereinigung

Der Schatten, der von Hagens Leichnam aufstieg, verdichtete sich und dehnte sich dann schneller aus, als David zurückweichen konnte. Doch bevor er den entsetzten Mann erreichte, erkannte dieser eine Spur, einen feinen Lichtstreifen, als hätte jemand eine Kerze ins Fenster gestellt, damit er den Weg nach Hause finden konnte. Nur zu gern nahm David die Einladung an. Sogleich wurde er in eine Finsternis gezerrt, die ihm bereits vertraut war: die Welt des Dämons. Ein unendliches Schattenreich, in das dieses Mal jedoch jemand ein Licht getragen hatte. Und auf dieses Licht trieb der Dämon mit aller Macht zu, bis es eine solche Helligkeit und Wärme ausstrahlte, dass David sich die Hände vor das Gesicht schlagen musste.

Dann war es genauso abrupt vorbei, wie es begonnen hatte.

Vorsichtig sog David Luft in seine Lungen: Der brennende Gestank war fort, stattdessen trug die Winterluft einen Hauch von Rosen mit sich. Er nahm die Hände fort. Zu seinen Füßen lag nicht länger Hagens Leichnam, sondern ein Meer aus niedergesunkenen Leibern. Er sah vertraute Körperumrisse und Gesichter. Vor ihm lag sein altes Rudel und streifte gerade seine Ohnmacht ab. Verwirrt sah David zu, wie Bewegung in das Menschenknäuel geriet, dann entdeckte er eine Armlänge vor sich Meta. Er blinzelte, dann packte er den Mann, der zwischen ihm und Meta kauerte und ihm deshalb den Weg versperrte, am Kragen und schleuderte ihn beiseite, nicht ahnend, dass es Sascha war. Dabei handelte er nur seinem Instinkt gehorchend, so selbstverständlich auf die Kraft des Wolfes zurückgreifend, als seien sie wirklich eins. David streckte den Arm aus, und erst als seine Finger ihre vom Frost kühle Wange berührten und ihre Lippen lautlos seinen Namen formten, wusste er, dass es wahr war.

In nächsten Moment kam der Wandel über ihn wie eine schwarze Woge, aber dieses Mal ließ sich David nicht von ihrer Macht übermannen. Alles, was er wollte, stand vor ihm und bot ihm einen sicheren Hafen in diesem Sturm, den der Dämon in seinem Inneren entfachte. Nach all den Jahren konnte er den Wolf endlich annehmen – die Grenzen, die er ihm auferlegte, aber auch die Gaben. Er würde sich nicht länger abwenden.

Und während David sich an Meta festhielt, strömte die freigesetzte Energie des Wandels durch ihn hindurch und zerstäubte sich wie Gischt über dem Rudel, um es zu vereinen. Für diesen Moment gelang es ihnen, mit Davids Hilfe die innere Zerrissenheit zu überwinden, jenes Verlangen, sich mit den anderen Wölfen zu vereinen und doch fast immer von ihnen getrennt zu sein.

Kaum richtete David seine Aufmerksamkeit auf das Rudel, wurde sein Ruf beantwortet, und seine Leute scharten sich um ihn. Ein enger Kreis von Menschen, über deren Haut im roten Licht der allmählich verglimmenden Feuer Schatten tanzten. Ohne zu zögern, öffnete David sich so weit, dass es selbst den Schwächsten unter ihnen gelang, in diesen Kreis einzutreten. Er ließ sie an seiner eigenen Stärke teilhaben, indem er ihnen half, den Wolf zu besänftigen. Er schaffte einen Ausgleich zwischen den beiden Welten, so wie es sein sollte.

Unterdessen richtete Sascha sich benommen auf und torkelte voller Widerwillen zur Seite. Er war sich mit jeder Faser bewusst, kein Bestandteil dieses Schauspiels zu sein, in dem ein Rudel sich unter einem neuen Anführer zusammentat. Seine Hand fuhr zum Nacken, dorthin, wo David ihn mit solch einer Kraft gepackt hatte, dass die Muskelstränge schmerzten. Hastig senkte er wieder die Hand, aber niemand aus seinem Rudel hatte die Geste eines Schwächlings bemerkt. Sie alle waren viel zu sehr mit der Vereinigung beschäftigt, die sich vor ihren Augen abspielte. Es kostete Sascha fast all seine verbliebene Kraft, um nach seinen Leuten zu pfeifen, damit sie sich hinter ihm formierten. Maggie sah kurz in seine Richtung, dann schmiegte sie sich in die Reihen ihres kleinen Rudels, als ginge von dem Eindringling nicht länger eine Gefahr aus.

Erst als sich Sascha sicher sein konnte, dass er das Zittern seiner Hände einigermaßen unter Kontrolle hatte, hob er den Blick. »Herzlichen Glückwunsch, David«, brachte er zwischen seinen vor Anspannung verkanteten Zähnen hervor, während er einen Bogen um das Rudel ging. Zwar hatte Sascha in Maggies Apartment Davids Stärke gewittert, aber im Gegensatz zu Maggie hatte er dem jungen Mann weder zugetraut, Hagen zu töten, noch, anschließend rasch seinen Anspruch zu verteidigen. Nach wie vor glaubte er, sich über den jüngeren Mann hinwegsetzen zu können. »Du hast getan, was ich von dir gefordert habe. Auch wenn ich mir nicht ganz sicher bin, ob dir der Sieg über Hagen wirklich zuzuschreiben ist.«

Augenblicklich zerschlug sich die positive Energie der Vereinigung, und der Unmut des Rudels über Saschas Anmaßung war beinahe greifbar. Nur David rührte sich nicht. Versunken stand er mit Meta in den Armen da. Er schien wild entschlossen, sie nie mehr loszulassen. Nach all den Zweifeln, Ängsten und Kämpfen konnte er die Vorstellung, sich auf etwas anderes als auf Meta zu konzentrieren, kaum ertragen.

Meta, der Saschas kaum verhohlene Drohung nicht entgangen war, streichelte seine Wange. Wenn es David nicht gelang,

Sascha dazu zu bringen, seine Position als Anführer anzuerkennen, dann würden sie alles verlieren – diese Tatsache hatte selbst sie als Außenstehende begriffen.

»Ich liebe dich«, sagte sie leise. »Aber wenn du jetzt nicht sofort dafür sorgst, dass hier Ruhe herrscht, damit wir endlich nach Hause gehen können, dann bist du wirklich in großen Schwierigkeiten. Da hilft dir auch dein treuer Hundeblick nicht.«

David blinzelte verwirrt. »Hundeblick?«

Widerwillig löste er sich von Meta und trat auf Sascha zu, der ihn betont kühl musterte. Doch das angriffslustige Funkeln in seinen Augen und die angespannte Körperhaltung verrieten den Sturm, der in ihm tobte. Davids Wolf, der nach wie vor unter dem Eindruck der Vereinigung stand, zuckte bei dieser Drohung unvermittelt zusammen. Offensichtlich fiel es ihm schwer, sich bereits der nächsten Herausforderung zu stellen. David ging es da nicht anders.

»Ich will mir die Frau ansehen«, sagte Sascha, wobei er jedes Wort hervorpresste. »Ich will wissen, wozu sie in der Lage ist und ob ich auch einen Anspruch auf sie erheben kann.«

Eine Zeit lang stand David schweigend da, in den Anblick seines Gegenübers vertieft. Die Spannung zwischen den beiden Männern war in der ganzen Arena spürbar und sorgte dafür, dass ein jeder sich unbehaglich regte. Es war David, der sich als Erster rührte. Er steckte die Hände in die Hosentaschen, wobei er kurz das Gesicht verzog, da die Bisswunde im Oberarm ihm einen unerwarteten Stich versetzte. Dann sagte er: »Nein.« Nicht sonderlich laut, aber doch so deutlich, dass nicht mal der Schneefall den Hall dämpfen konnte.

Sascha zuckte zurück, als habe Davids schlichte Zurückweisung ihm eine Wunde zugefügt. Ein verzerrter Zug legte sich um den Mund, während er seinen Wolf rief, um sein Gegenüber mit Gewalt gefügig zu machen. Aber sein Schatten formte nur für den Bruchteil eines Herzschlages die Silhouette eines Wolfes, dann verschwamm er wieder und kehrte zu seinem Hüter zurück. Ungläubig nahm der ihn mit aufgerissenen Augen auf. Anstatt dem Ruf seines Hüters zu folgen, hatte sich auch Saschas Wolf dazu entschieden, sich zu unterwerfen.

Doch offensichtlich reichte diese Niederlage nicht aus, um Saschas Siegermentalität zu brechen. David glaubte regelrecht zu hören, wie sich der Pulsschlag dieses machtgewohnten Mannes verlangsamte, bis er zu seiner alten Selbstsicherheit zurückgefunden hatte. Sich nachdenklich das Kinn reibend, ging er auf Maggie zu, die ihn abschätzend ansah.

»Hagen hat meine Machtposition infrage gestellt und dadurch das Wohlergehen der Rudel in dieser Stadt in Gefahr gebracht«, begann Sascha laut nachzudenken, während er in einem Abstand zu Maggie stehen blieb, den er mühelos würde überwinden können, wenn er es darauf anlegte. Falls Maggie sich allerdings gefährdet sah, ließ sie sich nichts anmerken. Auch ihr Rudel blieb gelassen. »Wir beide wissen nur allzu gut, welche Folgen es haben kann, wenn ein zu großes Ungleichgewicht entsteht. Deshalb haben wir zwei ja auch beschlossen, Hagen von diesem Burschen umbringen zu lassen. Wie es aussieht, haben wir trotz allem nichts dazugewonnen: Diese Frau kann den Wolf rufen, dadurch gefährdet ihre Existenz ebenfalls das Machtgefüge. Vor allem, wenn sie nur zu einem von uns gehört.«

Maggie schien nur mit halbem Ohr zuzuhören und unfassbarerweise mit den Gedanken ganz woanders zu sein. Sie musste sich sogar räuspern, bevor sie zu einer Antwort ansetzte. »Wie ich dir schon sagte, Sascha: Diese Frau gehört zu David. Außerdem glaube ich nicht, dass sie irgendein Machtgefüge durcheinanderbringt. Vielleicht würde sie das in deinen Händen tun, aber in denen ist sie ja glücklicherweise nicht.«

Sascha zog die Oberlippe hoch, als wolle er Maggie für ihre klaren Worte anknurren. »Solange ich nicht genau weiß, was sie ist und was sie hier heute Abend getan hat, erkenne ich Davids Führungsanspruch nicht an.«

»Vergiss es.« Obgleich Davids Ton gelassen war, galt ihm sofort die volle Aufmerksamkeit. »Ich habe Hagen zur Rechenschaft gezogen und die Führung des Rudels übernommen. Wenn du an der Rechtmäßigkeit Zweifel hegst, kannst du sie dir meinetwegen in den Arsch schieben.« Mit der Hand fuhr er sich durch sein zerzaustes Haar, dann über die geröteten Augen, als könnte er die Erschöpfung damit fortwischen. »Ich denke, wir sind quitt. Hagen, seine kranke Gier und kriegerischen Pläne sind Vergangenheit. Es gibt also keinen Grund mehr, sich noch länger in Maggies Revier herumzutreiben. Das gilt für dein Rudel genauso wie für meins. Was Meta anbelangt: Wenn du zu ihr willst, musst du an mir vorbei. Und wie du eben so schön demonstriert hast, kannst du das nicht.«

»Im Augenblick vielleicht noch nicht«, knurrte Sascha. Damit wollte er kehrtmachen und zu seinem Rudel zurückkehren, doch als er an David vorbeigehen wollte, packte der ihn so schnell am Arm, dass Sascha überrascht einen Fluch ausstieß.

»Ich habe dieses ›Wer ist der bösere Wolf‹-Spielchen nicht veranstaltet, um deinen Ehrgeiz zu wecken. Die alte Ordnung hat ihren Sinn, da gebe ich dir Recht. Deshalb sollten wir sie beibehalten: Drei Reviere – drei Anführer, bis wir vielleicht eines Tages so weit sind, dass wir solche Grenzen nicht mehr brauchen.«

Eine Weile stand Sascha schweigend da, während die Anspannung um ihn herum wuchs. Dann flackerte ein listiges Lächeln auf, das er sofort wieder hinter einer ausdruckslosen Maske verbarg. »Gut«, sagte er gedehnt. »Dafür werde ich aber ein Pfand in der Hand behalten, damit du nicht vergisst, mich und mein Rudel ernstzunehmen.«

David legte den Kopf schief, dann verstand er. »Ich kann dir Jannik nicht überlassen«, sagte er, die Stimme plötzlich rau vor Widerwillen.

»Das brauchst du auch nicht.« Sascha klang beinahe vergnügt, als ihm bewusst wurde, wie gut sein Druckmittel funktionierte. »Schließlich habe ich ihn bereits.«

Den Sieg genießend, wollte Sascha sich abwenden, aber David verstärkte kurzerhand den Griff. Als Sascha erneut gezwungen war, stehen zu bleiben, ging ein aggressives Raunen durch sein Rudel, das sogleich von Davids Leuten erwidert wurde. Auch wenn keiner es wagte, die Reihen zu verlassen, so entstand dennoch ein Geraschel, als Muskeln angespannt und Beine in eine bessere Position gebracht wurden.

Unvermittelt trat Maggie zwischen die beiden Männer, und als sie Davids Arm vorsichtig herunterdrückte, sah es kurz so aus, als würde er es sich nicht gefallen lassen. Letztendlich wich er mit einem aufgebrachten Leuchten in den Augen zurück, während Sascha ihn mit einem dreisten Grinsen bedachte. Augenblicklich jaulte Davids Wolf auf und begann, aufgebracht umherzurennen, ohne allerdings den Versuch eines Angriffs zu unternehmen – Maggies Präsenz beeindruckte nicht nur seinen Hüter.

»Ich kann ihm Jannik auf gar keinen Fall überlassen. Nicht bloß, weil er zu meinem Rudel gehört, sondern weil er mein Freund ist.« Eindringlich sah David Maggie an, doch die lächelte ihn lediglich dünn an.

»Lass Sascha ziehen«, forderte sie ihn auf.

David schüttelte störrisch den Kopf. »Meta stellt für niemanden eine Bedrohung dar, außer er fordert es selbst heraus. Nur weil Sascha das nicht in den Kopf geht, werde ich nicht auf Jannik verzichten.«

Sascha gab ein verächtliches Schnaufen von sich, woraufhin David sich wütend zu ihm hinunterbeugte. Er war am Ende mit seiner Geduld, sein Körper schmerzte vor Überanstrengung und Müdigkeit, und er wollte sich endlich an Meta schmiegen und einschlafen. »Du wolltest mir Jannik wiedergeben, wenn Hagen tot ist, du verlogenes Dreckschwein. So war die Abmachung.«

Erneut schob sich Maggie dazwischen. »Lass Sascha gehen, vertrau mir.«

»Scheiße.« David presste die Augenlider zusammen, bis grelle Blitze aufleuchteten, dann trat er langsam einen Schritt zurück.

Sascha nickte lediglich zum Abschied und gesellte sich dann geradewegs zu seinem Rudel. Die Reihen öffneten sich, und er schritt die Treppen herauf, ohne einen Blick zurückzuwerfen. Als er samt seinem Rudel die obersten Stufen erklomm, machte David Anstalten, ihm doch noch hinterherzujagen, aber bevor er auch nur einen Schritt tun konnte, prallte er gegen eine mentale Mauer. Fluchend wirbelte er herum und starrte Maggie wutentbrannt an. Die jedoch blinzelte ihm verschwörerisch zu. Verwirrt hielt David inne. Einen Moment später hatte sich das letzte von Saschas Rudelmitgliedern auf die Mauer hochgezogen und verschwand in der Dunkelheit.

»Maggie …«, knurrte David drohend, kam aber nicht weiter. Burek, der bislang tapfer an Metas Seite ausgeharrt hatte, flitzte mit einem freudigen Bellen ins Innere der Arena. David zögerte nicht, sondern folgte dem Hund. Seine Wut war mit einem Schlag vergessen. Fast rannte er in den Schatten, der unter zahlreichen Liebesbekundungen den sich wild auf dem Boden räkelnden Burek durchkraulte.

»Na, du Kläffer. Hast du genau so eine schöne Zeit gehabt wie ich?« Trotz der Platzwunde auf seiner Lippe schenkte Jannik seinem Hund ein Grinsen, aus dem, als er den sprachlosen David neben sich bemerkte, ein Lachen wurde. Mit steifen

Bewegungen stand Jannik auf und nahm seinen Freund in die Arme.

David erwiderte die Umarmung, aber als Jannik schmerzerfüllt aufkeuchte, setzte er ein Stück zurück und musterte ihn gründlich. Auf dem Gesicht des Jungen zeigten sich Blutergüsse, die Unterlippe hatte gerade wieder zu bluten begonnen und an seinem Hinterkopf standen lediglich Überreste der einstigen Franseninsel ab. Was sich unter der mitgenommen aussehenden Kleidung verbarg, ließ sich nur erraten. Trotzdem konnte Jannik nicht aufhören zu grinsen.

»Diese verhärmte Kuh von Loreen steht drauf, wenn man auf den Knien vor ihr rumrobbt, als wäre man nichts weiter als ein widerspenstiger Köter, dem sie mal kräftig einen Einlauf verpassen muss. Mann, die habe ich vielleicht gefressen.« Dann zuckte er gleichgültig mit der Schulter und wandte sich den beiden abseitsstehenden Männern zu. »He, einer von euch riecht nach Tabak. Wie wäre es mit einer Zigarette für das befreite Entführungsopfer?«

Mit einem abfälligen Lächeln im Gesicht trat Tillmann vor und hielt Jannik eine Schachtel hin, aus der sich der Junge eine Zigarette fischte und sich zwischen die Lippen steckte. So stand er einen Augenblick da, dann hob er genervt die Augenbrauen. »Feuer?«

»Wie wäre es mit einem Bitte?«, erwiderte Tillmann, kramte aber in seinen Taschen, als Maggie sich gemeinsam mit Meta dazugesellte.

Meta starrte ihn mit weit aufgerissenen Augen an. »Du?«, fragte sie mit bebender Stimme, David ignorierend, der ihr den Arm um die Hüfte legte.

»Ja, ich.« Obgleich Tillmann sich bemühte, gelassen zu wirken, huschte seine Zunge nervös über die Lippen. »Auf dem Weg hierher sind Jagau und ich im Wald über dieses Häufchen Elend und seine beiden Bewacher gestolpert. War ein leichtes

Spiel. Sascha hat es nicht für nötig gehalten, schwere Geschütze zur Bewachung von dieser halben Portion aufzufahren.«

Jannik ließ ein wütendes Schnauben hören, das Tillmann jedoch nicht weiter beeindruckte. Er war vielmehr damit beschäftigt, sich möglichst rasch als Retter darzustellen, damit Meta nicht noch einmal auf die Idee kam, seinen Wolf zu rufen und ihn damit an ihre Leine zu legen. Einmal diese Erfahrung gemacht haben zu müssen, reichte Tillmann vollauf.

»Vermutlich wollte er einfach nur nicht auf seine fähigen Leute verzichten, als er in die Arena eindrang«, sagte David beschwichtigend, das Gesicht in Metas Haare geschmiegt. Dabei gab er ein zufriedenes Grollen von sich, von dem man nicht genau sagen konnte, ob es aus seinem Brustkorb kam oder dem Wolf gehörte. »Ein Glück, dass es den Wachen nicht gelungen ist, Sascha einen Hilferuf zu senden.«

»Das kommt davon, wenn man sich ausschließlich auf seinen Gegner konzentriert und keine Kraft mehr übrig hat, um mit seinem Rudel zu kommunizieren, ihr beiden Einzelkämpfer«, spottete Maggie.

»Im Gegensatz zu dir?«, hakte David nach.

»Glaub mir, von mir kannst du noch eine Menge lernen. Ein Rudel zu führen, bedeutet auch, den Weg mit ihm zusammen zu gehen.« Maggie warf einen müden Blick auf die langsam verlöschenden Feuer. »So, aber für heute reicht es mit den Lektionen, finde ich. Du bist weiterhin mein Gast, David. Also tu, was du willst. Ich geh mit meinen Leuten jetzt nach Hause. Es ist schweinekalt hier.« Mit diesen Worten setzte sie sich in Bewegung, und als David ihr ein verdutzt klingendes Dankeschön hinterherrief, hob sie lediglich die Hand, ohne sich umzudrehen.

»Nach Hause klingt gut«, sagte Meta, deren Beine mit einem Schlag so schwer wurden, dass sie sich kaum noch aufrechthalten konnte. David warf ihr einen zögerlichen Blick zu, als sei er sich nicht ganz sicher, was sie damit meinte. Meta verdrehte die Augen. »Du kommst mit zu mir. Oder glaubst du etwa, ich hätte diese Hölle durchwandert, um dich anschließend fortzujagen? Wir schlüpfen unter eine Decke und wärmen uns gegenseitig – war das jetzt deutlich genug?«

Da erst lachte David befreit auf, und in Metas Ohren klang es so warm und anziehend, dass sie die Augen schloss.

Kapitel 40

Neuzeit

Kaum näherte Meta sich der Musikanlage, hörte sie ein Stöhnen. »Müssen wir uns jetzt wieder dieses Klassikgedudel antun?«, fragte David, der eine Schale mit geriebenem Parmesan auf den Tisch stellte.

Es gelang Meta gerade noch so, ein pikiertes Hochziehen der Augenbrauen zu unterdrücken. Da die Diskussion über die richtige Musik einfach nicht abriss, hatte sie in einer solchen Situation mittlerweile Übung. Also atmete sie einmal tief durch und sagte dann mit einem nur leicht aufgesetzten Lächeln: »Wie wäre es mit einem Kompromiss?«

Misstrauisch legte David den Kopf schief. Dass er sich jedoch ein höhnisches Lachen und Widerworte sparte, machte es Meta leichter, einen Schritt weiter auf ihn zuzugehen, als sie eigentlich vorgehabt hatte. »Können wir uns vielleicht auf Tom Waits einigen?«

David nickte zustimmend. »Eins von den neuen Alben?«

»Übertreib es nicht«, hielt Meta dagegen und machte sich daran, die CD herauszusuchen. Während die ersten Akkorde eines Klavierspiels durch den großzügigen Raum klangen, sah Meta sich zufrieden um. Die Wände zeigten sich in einem Elfenbeinton, auf dem ein zartrotes Rosenmuster rankte. Auf der Konsole, die David auf dem Dachboden eines zu renovierenden Hauses gefunden und restauriert hatte, stand in einem Wust aus Kerzen, gläsernen Schatullen mit getrockneten Blüten und Porzellanfiguren eine mit Paisleymuster überzogene Schale, in der ein bunter Frühlingsblumenstrauß ruhte. Meta brauchte sich diese Zusammenstellung bloß anzusehen, um Eve pikiert seufzen zu hören. Kitsch, purer Kitsch. Allerdings klang dieses Geräusch nach Vergangenheit und ließ sie bestenfalls schmunzeln.

Nach den Erlebnissen in der Arena hatte sie sich wie eine Besessene in die Arbeit gestürzt: Innerhalb der letzten Wochen hatte sie die neue Sparte im Galerieangebot etabliert und parallel dazu auch noch das Apartment in ein behagliches Zuhause verwandelt. Zwar hatte David sie dabei tatkräftig unterstützt und es dieses Mal sogar gewagt, eigene Vorstellungen bei der Gestaltung einzubringen – was zu ihrer eigenen Verwunderung sehr harmonisch verlaufen war –, aber er hatte sie die Hälfte der Zeit darum gebeten, endlich einmal einen Gang herunterzuschalten. Dabei hatte er stets so besorgt ausgesehen, dass es ihr fast das Herz brach. Doch sie hatte einfach nicht anders gekonnt. Die Vorstellung, zur Ruhe zu kommen und sich mit den Geschehnissen seit Tillmanns Überfall auseinanderzusetzen, hatte nur Panik in ihr ausgelöst. Es war passiert – und damit basta. Sie hatte einfach damit zurechtkommen wollen, genau wie mit dem Wissen, dass David seine Zeit nicht nur mit Halberland und einem eifrigen Jannik im Gefolge auf den Baustellen verbrachte, sondern auch gemeinsam mit seinem Rudel, dessen einzelne Mitglieder er behutsam zu einem eigenständigeren Leben anleitete. Bei seinen Bemühungen, den Wolf in einem jeden von ihnen zu stärken, damit sie nicht länger auf die unmittelbare Nähe des Rudels angewiesen waren, war Maggie ihm eine große Hilfe. Auf Metas Hilfe wollte er nach Möglichkeit verzichten, da ihm Saschas Worte über das sensible Machtgefüge noch in den Ohren klangen. Seine eigentliche Aufgabe sah er ohnehin darin, dem Rudel ein Leben zu ermöglichen, das sowohl den Wolf als auch den Menschen befriedigte. Hierin bestand die wahre Herausforderung, denn bislang gab es keine Vorbilder, und selbst David zuckte immer noch zusammen, wenn er sich Fremden gegenübersah, als befürchte er, sofort entlarvt zu werden.

Zwar fiel es Meta erstaunlich leicht, den Wolf, der in ihrem Liebsten hauste, nicht nur zu akzeptieren, sondern geradezu willkommen zu heißen, doch die Veränderungen und Erfahrungen der letzten Wochen waren zu massiv gewesen, um sich einfach so mit ihnen abfinden zu können. Ihre Gabe, den Wolf zu rufen und ihm als Hüter zu dienen, hatte Ängste ausgelöst, und sie spürte, dass es David ähnlich ging. Schließlich hatte auch er die Ereignisse in der Arena, als sie dem Dämon die Möglichkeit gegeben hatte, seine wahre Macht zu entfalten, nicht angesprochen. Ihr war sogar, als ob David sich vor dem Potenzial, das sie in ihm entfachen könnte, fürchtete. Auch Meta setzte die Vorstellung, was sie eigentlich war, nachträglich mehr zu als in dem Moment, da sie sich einfach nur auf ihren Instinkt verlassen hatte.

David machte sich immer noch in der Küche zu schaffen, und Meta ließ die letzten Wochen an sich vorüberziehen. Keine einfachen Wochen.

Mitten in einem Kundengespräch hatte sie die Fassung verloren: Von einem Moment zum anderen schien es ihr, als ob man sie in einem schwarzen Kellerloch gefangen hielt, aus dem es kein Entrinnen gab. Bevor sie sich versah, war Amelias verblutender Leib vor ihrem inneren Auge aufgeblitzt und hatte alles andere überdeckt. Daraufhin weinte Meta hemmungslos. Glücklicherweise kam Rahel aus ihrem Büro herausgestürmt und nahm sich der vollkommen aufgelösten Freundin an.

Die darauffolgenden Tage waren ein einziges Ausharren gewesen, während Angst und Panik, gepaart mit Wut und Hoffnungslosigkeit, sich ihrer immer wieder bemächtigt hatten.

In dieser Zeit wich David nicht von ihrer Seite und setzte sich, ohne dass Meta etwas davon mitbekam, mit ihrer hysterischen Mutter und einem ernsthaft besorgten Vater auseinander. Obwohl David sich ihrer Familie gegenüber zunächst sehr verhalten zeigte, weil es ihn schmerzhaft daran erinnerte, dass er immer noch keinen Kontakt zu seiner eigenen Mutter aufzunehmen wagte, war er anscheinend gut darin. Die beiden waren zwar mitgenommen vor Sorge, ließen Meta aber in seiner Obhut zurück.

Allerdings war es Rahel gewesen, die ihr schließlich aus dem Elend heraushalf, indem sie einen jahrhundertealten Trick anwandte: Sie ließ Meta erzählen. Denn David konnte sie erst einmal nicht berichten, wie Karl sie bedrängt, Hagen sie fast überwältigt hatte und wie Amelia durch ihr Nichtstun gestorben war. Wie verstörend es gewesen war, als sich ihre Gabe mit einem solchen Paukenschlag offenbart hatte, dass sie es jetzt kaum wagte, sich erneut darauf einzulassen. Dieser Prozess war für beide Frauen äußerst schmerzhaft gewesen, aber sie hatten ihn überstanden. Die daraus erwachsene Freundschaft war ein Geschenk, wie es wohl nur aus großer Not entstehen konnte.

Every time I hear that melody
Something breaks inside.

Versunken in die Musik stand Meta am Fenster und blickte ins milchige Sonnenlicht hinaus. Zwar waren die Tage schon deutlich länger und die Allee unter ihr war bereits mit einem ersten feinen Grün überzogen, aber die Sonne hatte noch nicht wieder zu ihrer vollen Kraft zurückgefunden. Ihr war dies äußerst lieb, sie wollte den Übergang der Jahreszeiten genießen wie eine Art zarter Neubeginn.

Hinter ihr stellte David mit einem Klirren eine Karaffe mit Wein auf den bereits üppig gedeckten Tisch. Als sie sich umdrehte, lächelte er sie liebevoll an. Nur zu gern folgte sie der Aufforderung, ging zu ihm und ließ sich von ihm in den Arm nehmen. Kaum stieg ihr sein betörender Duft in die Nase, vergaß sie die Anstrengungen, die sie im Bad unternommen hatte, um ihr Äußeres in das einer perfekten Gastgeberin zu verwandeln. Dafür fühlte sich Davids Oberkörper unter dem dünnen Pullover einfach zu verführerisch an.

Während ihre Finger bereits unter den Stoff geschlüpft waren und seine Rückenmuskulatur erkundeten, fiel Meta mit einem Schlag ein, wer heute außer ihrer Familie noch zum Essen eingeladen war. Die Rudelmitglieder mochten zwar nicht länger in Davids Gedanken eindringen können, aber die Fährten, die ihr Liebesspiel hinterließ, konnte selbst Jannik lesen. Und genau dieses Rudelmitglied hatte ihr Apartment zu seinem zweiten Zuhause erklärt.

Normalerweise steckte sie Janniks wissendes Grinsen, wenn er zum Rauchen auf den Balkon verschwand oder sich hinter der geöffneten Kühlschranktür verbarg, recht gut weg. Aber in der Gegenwart ihrer Eltern würde sie es nicht aushalten. Ausgesprochen widerwillig löste sie sich nach einem Kuss von David, was dieser mit einem Zusammenziehen der Augenbrauen bedachte.

»Jannik«, erklärte Meta entschuldigend, und sogleich spiegelte sich Verstehen auf Davids Gesichtszügen. Trotzdem fühlte sich Meta leicht gereizt. »Ich hätte da übrigens noch ein paar Regeln für das Essen heute: Jannik soll seinen Fressneid unterdrücken. Diese schlechten Tischmanieren sind schlichtweg peinlich. Und Burek darf nicht an uns Frauen herumschnüffeln, besonders nicht an Rahel. Mach das deinem Freund auf vier Pfoten bitte klar.«

David grinste sie lässig an, was Metas Unmut noch verstärkte. »Und was dich betrifft: Verzichte beim Essen bitte auf Leitwolfgehabe, falls jemand deine Kochkünste zu kritisieren wagt.

Familie und Freunde haben das Recht, ihrem Naturell entsprechend mit dir umzugehen.«

Nun verging David seine herablassende Art. »Es geht mir schlicht auf die Nerven, wenn Rahel beim Kochen immer alles besser weiß.«

»Sie wird nicht heimlich angeknurrt.«

»Nun übertreib aber nicht«, entgegnete David, wobei er allerdings ertappt aussah. »Ich kann ausgesprochen gut mit Kritik umgehen, wenn sie berechtigt ist. Aber deine Freundin ist eine notorische … Besserwisserin.«

Meta entging keineswegs, dass ihm ein anderes Wort auf der Zunge gelegen hatte. Sie baute sich vor ihm auf und zog ihn am Ausschnitt seines Pullovers auf ihre Höhe hinab. »Kein Knurren, kein hinterhältiges Heranpirschen, damit Rahel sich so lustig erschreckt. Und wo wir schon dabei sind: keine dämlichen Anspielungen gemeinsam mit Jannik darüber, wo meine kleine Schwester sich die letzte Nacht rumgetrieben hat, nur weil ihr zwei ihre Fährte lesen könnt. Ihr habt vielleicht euren Spaß daran, Emma vorzuführen, aber meine Mutter leidet jedes Mal Höllenqualen, weil sie nicht begreift, um was es bei eurem Geplänkel geht. Elise hasst es, bei Tratschgeschichten nicht im Bilde zu sein.«

»Wenn ich mir Emmas Lebenswandel so anschaue, tut deine Mutter gut daran, keine Ahnung zu haben. Ich weiß nicht, was für ein Dämon Emma antreibt, aber sie ist ein echt wildes Mädchen.« Trotzdem hob David die Finger zum Versprechen hoch, wenn auch wahrscheinlich nur, weil er sich einen Belohnungskuss erhoffte.

Stattdessen zwickte Meta ihn in die Rippen. »Du wirst dich so brav aufführen, wie man es von dem Mann an meiner Seite erwartet. Kein halb verwilderter Wolf, kein abgebrühter Schläger und erst recht kein gerade volljährig gewordenes Liebesspielzeug.«

David lachte leicht rau auf. »Kein was? Dafür hat mich nun wirklich keiner aus deinem Umfeld gehalten. Meta, hat mich doch keiner, oder?«

Einen Augenblick lang ließ Meta ihn zappeln und unterstrich das Ganze mit einem anzüglichen Lächeln. »Toyboy«, flüsterte sie kaum hörbar, während David ein Knurren andeutete. Dann sagte sie zärtlich: »Einer gewissen bornierten Blondine aus dem Kunstgewerbe ist so etwas einmal durch den Kopf gegangen, wenn auch nur flüchtig. Aber die hat in meinem Leben schon lange nichts mehr zu melden.«

Danksagung

Mit dem Erscheinen von *Morgenrot*, dem ersten Roman der Dämonen-Reihe, hat die Buchwelt für mich eine weitere Facette hinzugewonnen, denn plötzlich war da eine Vielzahl von Leserinnen und Lesern. Keine Freundin, deren Geschmack man ohnehin gut kennt, oder eine Lektorin mit ihrem geschulten Blick, sondern Menschen mit den unterschiedlichsten Blickwinkeln. Das war eine wunderbare Erfahrung, allem voran die absolut inspirierenden Lesungen, auf denen spannende Fragen gestellt und Ansichten geäußert wurden, so dass ich mich im Anschluss am liebsten immer direkt an den Laptop gesetzt hätte. Schreiben ist eine einsame Angelegenheit, aber ein solches Feedback macht alles wieder gut – also ganz vielen lieben Dank!

Ein weiteres großes Dankeschön geht an meinen Bastian, der stets an meiner Seite steht und bei dem ich mich auch im größten Chaos absolut aufgehoben fühle. An Justus, weil er mir erklärt hat, wie ein wahrer Wolf zu sein hat: »Ein bisschen böse, aber auch ein bisschen lieb.« Meine Familie, vor allen Siegrun und Eva, die mir den Rücken freihalten und stärken, und natürlich Nadine (tut mir leid, dass David keine Fassaden hochklettert – vielleicht im nächsten Roman). Ein besonderer Dank gilt meinem Großvater, weil ich durch ihn gelernt habe, dass Liebe auch auf den Entscheidungen beruht, die wir treffen.

Ein herzliches Dankeschön möchte ich auch dem Heyne-Verlag aussprechen, der weiß, wie man Autorinnen glücklich macht. Angefangen bei der Herstellung, die Bücher in Schmuckstücke verwandelt, über die Presse-Ladys (Sie wissen wirklich, wie man diesen Job macht!) und die leidenschaftlichen Vertreter, bis hin zu meinen engagierten Lektorinnen: Martina Vogl mit ihrem wunderbaren Gespür für Geschichten und Julia Bauer, Königin des Spannungsbogens. Außerdem Kerstin von Dobschütz, Wort- und Satzschmiedin. Auch der Mannschaft der Agentur Thomas Schlück gilt mein Dank für die vielfältige Unterstützung – besonders meinem Kollegen Martin Meyer-Maluck – und die Nachsicht, wenn ich wieder einmal mit meinem Zeitplan jongliere. Ihr seid mir eine große Hilfe.